ALLGEMEINE REIHE
BAND 9

Besuchen Sie das Haus der Fantastik im Internet:

www.Festa-Verlag.de

Die Pflanzen des Dr. Cinderella

25 unheimliche Geschichten

Herausgegeben von Frank Festa

FESTA

1. Auflage März 2007
© dieser Ausgabe 2007 by Festa Verlag, Leipzig
Titelbild: Dave Kendall
Druck und Bindung: CPI Moravia Books s.r.o., Pohorelice
Alle Rechte vorbehalten

ISBN 978-3-86552-046-3

INHALT

9	Ralph Adams Cram: *Das Haus in der Rue M. le Prince*
25	Robert E. Howard: *Das Ding auf dem Dach*
35	Gustav Meyrink: *Die Pflanzen des Dr. Cinderella*
45	Oskar Panizza: *Die Kirche von Zinsblech*
55	L. P. Hartley: *Der australische Gast*
77	Ralph Adams Cram: *Gefangen auf Schloss Kropfsberg*
89	Edgar Allan Poe: *William Wilson*
111	Ralph Adams Cram: *Die weiße Villa*
127	Leonhard Stein: *Der Flötenbläser*
159	Bram Stoker: *Im Haus des Richters*
181	Willy Seidel: *Lemuren*
189	Ralph Adams Cram: *Notre Dame des Eaux*
199	Max Brod: *Wenn man des Nachts sein Spiegelbild anspricht*
209	Ralph Adams Cram: *Das Tote Tal*
221	Orest M. Somow: *Eine eigenartige Abendgesellschaft*
229	Ignaz Franz Castelli: *Tobias Guarnerius*
241	Alexander von Ungern-Sternberg: *Das gespenstische Gasthaus*
253	Villiers de l'Isle-Adam: *Das zweite Gesicht*
267	Guy de Maupassant: *Eine Erscheinung*
275	Paul Leppin: *Severins Gang in die Finsternis*
339	John Charles Dent: *Das Geheimnis in der Gerrard Street*
367	Vernon Lee: *Die verruchte Stimme*
395	William Hope Hodgson: *Der Spuk auf der Jarvee*
417	Eric Count Stenbock: *Die andere Seite*
431	Karl Hans Strobl: *Der Skelett-Tänzer*

Die älteste und stärkste Empfindung des Menschen ist die Angst ...
H. P. Lovecraft

RALPH ADAMS CRAM

Ralph Adams Cram (1863–1942) war Architekt und Spezialist für gotische Baukunst und schrieb auch einige Arbeiten zu diesem Thema. Neben dem langen Fantasy-Gedicht ›Excalibur‹ sind die Erzählungen aus der Sammlung *Black Spirits and White* seine einzige Publikation im fantastischen Bereich. Dieses schmale Buch enthält einige Meisterwerke der unheimlich-fantastischen Literatur. Es wurde 1895 in Amerika veröffentlicht und ist seither nie wieder in Buchform publiziert worden. Dabei handelt es sich bei den sechs Erzählungen des Bandes (fünf davon sind in dieser Ausgabe aufgenommen) um stilvolle, ausgeklügelte und wirklich exzellente Varianten der Geistergeschichte – es sind allesamt Reiseberichte, die Crams ausgedehnte Reisen durch Deutschland, Frankreich und Italien dokumentieren.

   Howard Phillips Lovecraft, der Großmeister der modernen unheimlichen Erzählkunst, kannte von Ralph Adams Cram die Geschichte ›The Dead Valley‹, die er in einer Anthologie gelesen hatte, und hätte er sie nicht in seinem berühmten Aufsatz über die unheimliche Literatur, *Supernatural Horror in Literature,* lobend erwähnt, wären Crams Geschichten wahrscheinlich für immer vergessen. Lovecraft schrieb: »Ralph Adams Cram, dem bedeutenden Architekten und Kenner des Mittelalters, gelingt in ›The Dead Valley‹ durch die subtile Atmosphäre und Beschreibung eine eindrucksvolle Schilderung des Schreckens und Entsetzens.«

Das Haus in der Rue M. le Prince

Als ich im Mai 1886 endlich in Paris ankam, beschloss ich natürlich, mich in die Obhut meines alten Kameraden Eugène Marie d'Ardeche zu begeben, der vor über einem Jahr Boston verlassen hatte, als ihn die Kunde vom Tod einer Tante erreichte, die ihm ihr ganzes Vermögen vermacht hatte. Dieser unverhoffte Glücksfall überraschte ihn wohl nicht wenig, denn die Beziehungen zwischen Tante und Neffe waren nie herzlich gewesen, wenn man Eugènes Bemerkungen über die alte Dame bedenkt, die, wie es scheint, eine mehr oder weniger boshafte alte Hexe mit einem Hang zur schwarzen Magie gewesen war, so jedenfalls sprach man über sie.

Warum sie ihr ganzes Vermögen d'Ardeche hinterließ, konnte keiner erklären, wenn es nicht an ihrer Hoffnung lag, dass seine eher unbeholfenen Neigungen zu Buddhismus und Okkultismus ihn eines Tages vielleicht dieselben Wege wie ihre eigene fragwürdige und unheilige Erleuchtung führen würden. Ganz gewiss schmähte d'Ardeche sie als eine schlechte alte Frau, wo er doch selbst in einem Zustande begeisterter Verzückung war, die manchmal die kindische Freude am Okkultismus begleitet. Doch trotz seiner kühlen und abweisenden Haltung ihr gegenüber hatte Mlle. Blaye de Tartas ihn zum einzigen Erben gemacht, zum gewaltigen Zorn eines fragwürdigen alten Gefährten, der unter dem Namen Sâr Torrevieja, der »König der Magier«, berüchtigt war. Dieser böswillige alte Zauberer, dessen farbloses und gerissenes Gesicht man zu Lebzeiten der Mlle. de Tartas häufig in der Rue M. le Prince sehen konnte, hatte, so scheint es, keinen Zweifel daran gehegt, nach ihrem Tod in den Genuss ihres kleinen Vermögens zu kommen, und als herauskam, dass sie ihm nur den Inhalt des finsteren alten Hauses im Quartier Latin überlassen hatte, während das Haus selbst und all ihr restlicher Besitz an ihren Neffen in Amerika gingen, ließ der Sâr alles aus dem Haus entfernen und ging daran, den Ort nach allen Regeln der Kunst zu verfluchen, zusammen mit all denen, die je darin wohnen sollten.

Daraufhin verschwand er.

Diese finale Episode war das Letzte, was ich von Eugène gehört hatte, doch ich kannte seine Anschrift, 252, Rue M. Le Prince. Also überquerte ich nach einer zweitägigen und flüchtigen Erkundung von Paris die Seine, um Eugène zu finden und dann dazu zu nötigen, der Stadt Ehre zu machen.

Jeder, der das Quartier Latin kennt, weiß, dass die Rue M. le Prince über den Hügel in Richtung Jardin du Luxembourg verläuft. Diese Straße ist voller sonderbarer Häuser und merkwürdiger Ecken – zumindest war sie das im Jahre '86 –, und ganz gewiss machte das Haus Nr. 252 da keine Ausnahme. Es bestand nur aus einer Pforte, einem schwarzem Bogen aus altem Gestein zwischen zwei neuen Häusern, die gelb bemalt waren. Die Erscheinung dieses Überbleibsels der Baukunst des siebzehnten Jahrhunderts mit den schmutzigen alten Türflügeln und der rostigen und beschädigten Laterne, die dunkel über dem schmalen Gehsteig hing, umrahmt von frischem Verputz, war entschieden finster.

Ich fragte mich, ob ich mich wohl in der Tür geirrt hatte; es war offensichtlich, dass hinter diesen Spinnweben niemand leben konnte. Ich betrat eines der neuen Mietshäuser und befragte den Pförtner.

Nein, M. d'Ardeche wohne nicht hier, obwohl ihm das Haus gehöre; er residiere in Meudon, im Landhaus der verstorbenen Mlle. de Tartas. Ob Monsieur wohl die Anschrift möchten?

Monsieur wollte sie ohne Frage, also nahm ich die Karte, die der Pförtner für mich schrieb, und machte mich sogleich auf zum Fluss, um ein Dampfboot nach Meudon zu nehmen. Dank eines jener Zufälle, die unerklärlich sind und so häufig eintreten, ging ich keine zwanzig Schritte, bevor ich Eugène d'Ardeche geradewegs in die Arme lief. Drei Minuten später saßen wir im sonderbaren kleinen Garten des *Chien Bleu,* tranken Wermut und Absinth und besprachen alles.

»Und du lebst nicht im Haus deiner Tante?«, fragte ich ihn endlich.

»Nein, doch wenn es so weitergeht, wird mir nichts anderes übrig bleiben. Mir gefällt Meudon weitaus besser, und das Haus ist vollkommen, wundervoll möbliert, und kein Stück darin ist jünger als hundert Jahre. Du musst heute Abend mit mir gehen und es dir ansehen. Ich habe sogar einen famosen Raum für meinen Buddha. Doch mit diesem Haus hier stimmt etwas nicht. Ich kann keinen Mieter halten – nicht länger als vier Tage. Innerhalb von sechs Monaten haben drei darin gewohnt, aber die Geschichten haben sich herumgesprochen, und man würde wohl eher den Cour des Comptes als Wohnstatt mieten als Nr. 252. Es ist berüchtigt. Und tatsächlich wird es von einem Spuk der übelsten Sorte heimgesucht.«

Ich lachte und bestellte mehr Wermut.

»Das stimmt schon. Es spukt dort, und deshalb steht es leer, und das Lustige daran ist, dass niemand weiß, *was* für ein Spuk das sein soll. Nichts wurde je gesehen, nichts gehört. Soweit ich weiß, erleiden die Menschen dort Angstzustände, so schlimme, dass sie in ärztliche Behandlung müssen. Ein ehemaliger Mieter befindet sich sogar in der Irrenanstalt von Bicêtre. Und so steht das Haus leer, und da es beträchtlichen Boden in Anspruch nimmt und massenweise Steuern verschlingt, weiß ich nicht, was ich damit tun soll. Ich denke, ich werde es entweder diesem Sünder Torrevieja schenken oder selbst darin leben. Das Gespenst schreckt mich nicht.«

»Hast du je dort übernachtet?«

»Nein, ich habe es aber seit langer Zeit vor, und tatsächlich bin ich heute hier, um zwei unerschrockene Haudegen aufzusuchen, Fargeau und Duchesne, Ärzte in dem Hospital dort drüben am Parc Mont Souris. Sie haben versprochen, mit mir eine Nacht im Hause meiner Tante zu verbringen – das in dieser Gegend, wie du wissen musst, ›la Bouche d'Enfer‹ genannt wird –, und ich dachte, diese Woche wäre passend, wenn ihre Pflichten es erlauben. Komm doch einfach mit, dann gehen wir ans andere Flussufer ins *Véfours* zum Mittagessen. Dann holen wir im *Chatham* deine Sachen und fahren raus nach Meudon, wo du selbstverständlich die Nacht verbringen wirst.«

Das passte mir natürlich vorzüglich, und so gingen wir ins Hospital, fanden Fargeau, der erklärte, dass er und Duchesne zu jeder Schandtat bereit seien: je eher im *Bouche d'Enfer,* desto besser. Kommenden Donnerstag hätten sie keinen Nachtdienst, und an diesem Tage wollten sie den Versuch unternehmen, den Teufel zu übertrumpfen und das Rätsel von Nr. 252 zu lösen.

»Werden *Monsieur l'Américain* uns begleiten?«, fragte Fargeau.

»Nun, selbstverständlich«, erwiderte ich, »das ist meine Absicht, und du darfst es mir nicht verwehren, d'Ardeche; ich werde kein Verbot hinnehmen. Hier hast du die Möglichkeit, deiner Stadt auf makellose Weise zur Ehre zu gereichen. Zeige mir ein wahres Gespenst, und ich werde Paris den Verlust des Jardin Mabille vergeben.«

Und so war es beschlossen.

Später fuhren wir nach Meudon und nahmen das Abendessen auf

der Terrasse der Villa ein, die genauso war, wie d'Ardeche sie geschildert hatte, und mehr noch, so vollkommen war hier die Atmosphäre des siebzehnten Jahrhunderts. Beim Essen erzählte Eugène mir mehr von seiner verstorbenen Tante und den merkwürdigen Vorgängen in dem alten Haus.

Mlle. Blaye hatte, wie es schien, alleine gelebt, mit Ausnahme einer Zofe ihres Alters, einem ernsten, schweigsamen Geschöpf mit eindeutig bretonischen Zügen und einer bretonischen Zunge, die sie nicht sehr häufig gebrauchte. Niemand trat je über die Schwelle von Nr. 252 außer der Zofe Jeanne und dem Sâr Torrevieja, wobei man von Letzterem nie wusste, wo er herkam, und der stets nur eintrat, das Haus aber *nie verließ*. Tatsächlich gelobten die Nachbarn, die elf Jahre lang beobachtet hatten, wie der alte Hexer fast täglich wie eine Krabbe an den Türklopfer gekrochen war, er sei niemals dabei gesehen worden, das Haus zu verlassen. Als sie sich einmal entschlossen hatten, aufmerksam zu wachen, war es kein anderer als der Meister Garceau vom *Chien Bleu,* der von zehn Uhr morgens bis zur Ankunft des Sâr um vier Uhr nachmittags den Blick nicht von der Tür nahm, die während dieser Zeit nicht geöffnet worden war (er wusste das, denn er hatte eine Briefmarke an einer Stelle befestigt, wo sie beim Öffnen sicherlich zerrissen wäre). Er fiel fast in Ohnmacht, als die finstere Gestalt Torreviejas mit einem trockenen »Pardon, Monsieur!« an ihm vorbeiglitt und wieder durch die schwarze Tür verschwand.

Das war sonderbar, denn Nr. 252 war vollständig von Häusern umgeben, und die einzigen Fenster wiesen auf einen Hof, in den kein Bewohner der Häuser in der Rue M. le Prince und der Rue de l'Ecole Einblick hatte. Dieses Rätsel war einer der bevorzugten Gesprächsstoffe im Quartier Latin.

Einmal im Jahr wurde die Einsamkeit des Ortes durchbrochen, und die Bewohner des gesamten Viertels standen mit offenem Mund da und sahen zu, wie Kutschen vor Nr. 252 hielten, von denen viele privat waren und nicht wenige ein Wappen an der Tür aufwiesen. Aus diesen Kutschen stiegen verschleierte Frauen und Männer mit hochgeschlagenen Kragen. Aus dem Innern des Hauses drang seltsame Musik, und jene, deren Häuser an Nr. 252 grenzten, wurden für den Augenblick sehr beliebt, denn wenn man das Ohr an die Wand legte, konnte man die sonderbaren Klänge gut hören, ebenso einen monotonen Gesang dann und wann. Im Morgengrauen verabschiedeten sich die letzten Gäste, und dann war das Haus der Mlle. de Tartas für ein weiteres Jahr in wunderliche Stille gehüllt.

Eugène erklärte, dass es wohl die Feier der Walpurgisnacht war, und der Sachverhalt sprach natürlich dafür.

»Was sonderbar an der Sache ist«, sagte er, »jeder, der hier wohnt, schwört, dass man vor ungefähr einem Monat, als ich in Concarneau auf Besuch war, die Musik und die Stimmen wieder hören konnte, als wäre meine verehrte Tante wieder auferstanden. Ich sage dir, das Haus war völlig leer, also ist es gut möglich, dass diese guten Leute einer Halluzination aufgesessen sind.«

Ich muss gestehen, dass jene Geschichten mir nicht gerade anheimelnd erschienen, und tatsächlich fing ich an, je näher der Donnerstag rückte, meine Entscheidung, die Nacht in dem Haus zu verbringen, etwas zu bereuen. Jedoch war ich zu eitel, um einen Rückzieher zu machen, und die völlige Gelassenheit der beiden Ärzte, die dienstags nach Meudon kamen, um einige Arrangements zu treffen, ließ mich schwören, eher vor Furcht zu sterben, als den Schwanz einzuziehen. Ich glaubte wohl mehr oder weniger an Gespenster, und nun, da ich älter bin, glaube ich gewiss an sie, und es gibt tatsächlich nur wenig, das ich *nicht* glauben kann. Zwei oder drei unerklärliche Dinge waren mir bereits zugestoßen, und obwohl sich dies vor meinem Abenteuer mit Rendel in Pæstum zutrug, hatte ich die starke Neigung, an Dinge zu glauben, die ich nicht erklären konnte, wodurch ich der Auffassung meiner Epoche widersprach.

Nun, um zu jener denkwürdigen Nacht des zwölften Juni zu kommen: Wir hatten unsere Vorbereitungen getroffen, und nachdem wir eine große Tasche im Haus Nr. 252 verstaut hatten, gingen wir rüber ins *Chien Bleu*, wo Fargeau und Duchesne prompt auftauchten, und wir setzten uns an das beste Abendessen, das Vater Garceau je gezaubert hatte.

Ich weiß noch, dass ich unsere Unterhaltung nicht für sehr geschmackvoll hielt. Sie fing an mit diversen Geschichten von indischen Fakiren und orientalischen Taschenspielertricks, Dinge, in denen Eugène merkwürdig gut belesen war, und schweifte dann ab zu den Schrecken der großen Sepoy-Meuterei und zu Anekdoten aus dem Sezierraum. Zu diesem Zeitpunkt waren wir mehr oder weniger betrunken, und Duchesne gab einen ausführlichen Bericht nach Art Zolas zum Besten, wie er das einzige Mal in seinem Leben (so sagte er) in Panik geriet, als er eines Nachts vor vielen Jahren zufällig in dem Sezierraum des Loucine-Hospitals eingeschlossen wurde, zusammen mit mehreren Kadavern der eher unangenehmen Sorte. Ich machte einen Versuch, milde gegen die Gesprächsthemen zu protestieren, doch das Ergebnis waren nur weitere Paraden des Schreckens. Und als wir unsere letzte *crème de cacao* getrunken hatten und uns auf den Weg zu *la Bouche d'Enfer* machten, waren meine Nerven nicht mehr im besten Zustand.

Gerade schlug es zehn Uhr, als wir die Straße betraten. Ein heißer, toter Wind fegte in heftigen Böen durch die Stadt, und zerrissene Wolken aus Dampf bedeckten den violetten Himmel. Eine insgesamt unangenehme Nacht von jener Art, in der man eine hoffnungslose Mattigkeit verspürt und daheim nichts anderes tun mag als Eistee trinken und Zigaretten rauchen.

Eugène öffnete die knarrende Tür und versuchte, eine der Lampen zu entzünden, doch der stürmische Wind blies jedes Streichholz aus, und schließlich mussten wir die Tür hinter uns schließen, um Licht zu machen. Dann hatten wir alle Lampen hell, und ich begann, mich neugierig umzuschauen. Wir befanden uns in einem langen überwölbten Gang, eine Mischung aus Fahrbahn und Fußweg, und der Boden war völlig nackt – mit Ausnahme des Straßenmülls, den die wirbelnden Winde hineingeweht hatten. Dahinter lag der Hof, ein sonderbarer Ort, der durch das unstete Licht des Mondes und das Flackern unserer vier Laternen noch merkwürdiger erschien. Dies war offensichtlich früher einmal ein äußerst edler Palast gewesen. Uns gegenüber erhob sich der älteste Flügel, ein dreistöckiges Gebäude aus der Zeit von Franz I., das zur Hälfte von Efeu bedeckt war. Die Flügel zu beiden Seiten stammten aus dem siebzehnten Jahrhundert und waren hässlich, während zur Straße nur eine flache und ebene Wand wies.

Der große offene Hof war äußerst merkwürdig und unheimlich. Papierfetzen, die der Wind hineingeweht hatte, bedeckten den Boden, Bruchstücke von Kisten und Stroh lagen herum, während darüber niedrig die Wolken zogen, die ab und an die Sterne enthüllten. Alles ruhte in völliger Stille, nicht einmal der Lärm der Straßen drang zu diesem Ort, der einem Gefängnis glich. Ich muss bekennen, dass ich da bereits die kommenden Schrecken erahnte, doch dank der merkwürdigen Inkonsequenz, die so häufig jene befällt, deren Furcht immer weiter wächst, konnte ich an nichts Tröstlicheres als an diese köstlichen Verse von Lewis Carroll denken:

*Der Ort für eine Mücke nur! Ich hab's zweimal gesagt,
Das allein sollte schon zum Mut genügen.
Der Ort für eine Mücke nur! Ich hab's dreimal gesagt,
Nach dem dritten Mal müsst ihr euch der Wahrheit fügen.*

Mit fieberhafter Beharrlichkeit wiederholte ich im Kopf wieder und wieder diese Worte.

Selbst die Studenten der Medizin hatten keinen Sinn mehr für Witzchen und betrachteten feierlich ihre Umgebung.

»Nur eines ist sicher«, sagte Fargeau, »hier könnte *alles Mögliche* geschehen sein, ohne jemals entdeckt zu werden. Gab es je einen vollkommeneren Ort des Verbrechens?«

»Und *alles Mögliche* könnte auch jetzt geschehen und ebenso straflos bleiben«, fuhr Duchesne fort, der seine Pfeife anzündete. Das Geräusch des Zündholzes ließ uns alle zusammenzucken. »D'Ardeche, deine beklagenswerte Anverwandte war sicherlich gut gerüstet, hier steht alles zur Verfügung für traditionelle Forschungen in Dämonologie.«

»Ich will verflucht sein, wenn jene Traditionen nicht mehr oder weniger auf Tatsachen beruhen«, sagte Eugène. »Nie zuvor habe ich den Hof unter solchen Bedingungen gesehen, doch jetzt könnte ich alles glauben. – Was war das?!«

»Nur eine zuschlagende Tür«, sagte Duchesne laut.

»Nun, mir wäre wohler, wenn Türen in einem Haus, das seit elf Monaten leer steht, nicht zuschlagen würden.«

»Das ist irritierend«, sagte Duchesne und hing sich bei mir ein, »doch wir müssen die Dinge nehmen, wie sie kommen. Wir müssen daran denken, dass wir es hier nicht nur mit dem gespenstischen Plunder deiner scharlachroten Tante zu tun haben, sondern auch mit dem überschwänglichen Fluch dieses Hexers Torrevieja. Auf, lasst uns eintreten, bevor die Stunde schlägt, da die weiß gewandeten Toten in diesen einsamen Hallen schlurfen und stöhnen. Zündet eure Pfeifen an, denn Tabak ist ein sicherer Schutz gegen ›eure verfluchten Toten‹; macht Licht und geht.«

Wir öffneten die Tür und betraten ein hohes steinernes Vestibül voller Staub und Spinnweben.

»In diesem Stockwerk«, sagte Eugène, »sind nur die Unterkünfte der Dienerschaft, und ich glaube kaum, dass mit denen etwas nicht stimmt. Jedenfalls habe ich davon nie gehört. Gehen wir nach oben.«

So weit wir sehen konnten, war das Innere des Hauses völlig uninteressant, alles stammte aus dem neunzehnten Jahrhundert, nur die Fassade des Hauptflügels und das Vestibül waren aus der Zeit von Franz I.

»Das Haus brannte nieder während der Revolution«, sagte Eugène, »denn mein Großonkel, von dem Mlle. de Tartas es erbte, war ein guter und treuer Anhänger des Königs; nach der Revolution ging er nach Spanien und kehrte erst nach der Thronbesteigung Karls X. zurück. Er ließ das Haus restaurieren und starb dann in sehr hohem Alter. Das erklärt, warum hier alles so neu ist.«

Der alte spanische Magier, dem Mlle. des Tartas ihr persönliches Eigentum hinterließ, hatte ganze Arbeit geleistet. Das Haus war völlig leer, selbst die Kleiderschränke und Bücherregale waren fortgeschleppt worden. Wir durchsuchten alle Zimmer und fanden jedes ausgeräumt, nur Fenster und Türen in ihren Rahmen, die Parkettböden und der mit Blumenmustern verzierte Renaissancekamin waren verblieben.

»Ich fühle mich besser«, bemerkte Fargeau. »Dies mag ein Spukhaus sein, doch es sieht gewiss nicht so aus; es ist der respektabelste Ort, den man sich vorstellen kann.«

»Wart's nur ab«, entgegnete Eugène. »Dies sind nur die repräsentativen Räume, die meine Tante selten nutzte, außer vielleicht bei ihrer alljährlichen Walpurgisnachtfeier. Kommt mit nach oben, und ich werde euch ein besseres Szenario zeigen.«

In jenem Stockwerk waren die Räume, die auf den Hof wiesen, die Schlafzimmer, ziemlich klein (»trotzdem sind es böse Räume«, sagte Eugène), und es gab vier davon, die alle ebenso gewöhnlich wie die in den unteren Stockwerken erschienen. Ein Korridor verlief hinter ihnen und führte um die Ecke, wo sich eine Tür befand, die den anderen nicht glich, da sie mit einem grünen mottenzerfressenen Fries bedeckt war. Eugène suchte einen Schlüssel von seinem Bund aus, schloss die Tür auf und brachte sie mit einiger Anstrengung dazu, nach innen aufzuschwingen; sie war so schwer wie die Tür eines Geldschranks.

»Wir befinden uns hier«, sagte er, »an der Schwelle der Hölle selbst. Die Räume dahinter waren das blasphemische Heiligtum meiner Tante. Ich vermiete sie nie mit dem Rest des Hauses, sondern betrachte sie als eine Kuriosität. Ich wünschte nur, Torrevieja wäre fortgeblieben, denn er hat auch sie geplündert wie das restliche

17

Haus, und nichts ist übrig außer den Wänden, der Decke und dem Boden. Die sind jedoch sehenswert und können einen Eindruck vermitteln, wie es hier früher ausgesehen haben muss. Erbebt und tretet ein.«

Der erste Raum war eine Art Vorzimmer, ein Kubus von vielleicht sechs Metern auf jeder Seite, ohne Fenster und mit nur zwei Türen: jene, durch die wir eingetreten waren, und eine weitere zur rechten Hand. Wände, Boden und Decke waren schwarz lackiert und glänzend poliert, sodass das Licht unserer Laternen in tausend Reflexionen flackerte. Es war wie das Innere eines gewaltigen japanischen Lackkästchens, und ebenso leer. Von dort gingen wir in einen weiteren Raum, und hier ließen wir fast unsere Laternen fallen.

Der Raum war kreisförmig, ungefähr neun Meter im Durchmesser, und überwölbt von einer hemisphärischen Kuppel. Wände und Decke waren dunkelblau, gefleckt mit Goldsternen, und über die gesamte Kuppel erstreckte sich eine kolossale Gestalt, eine rot gemalte nackte Frau auf Knien, deren Kopf den Türsturz berührte, durch den wir eingetreten waren, und deren Arme die Seiten bildeten. Das Erstaunlichste, Unförmigste und Erschreckendste, was ich je sah. Vom Nabel herab hing ein großes, weißes Etwas, wie das traditionelle Ei des Roch aus *Tausendundeiner Nacht*. Der Boden war rot gestrichen, und darin eingelegt war ein Pentagramm aus langen Messingstreifen in der Größe des Raumes. In der Mitte dieses Pentagramms befand sich eine Scheibe aus schwarzem Stein, einem Teller nicht unähnlich, mit einer kleinen Aussparung in der Mitte.

Die Wirkung dieses Raumes war einfach erschütternd: diese gigantische rote Gestalt, die sich über alles beugte, deren starrende Augen einen immer verfolgten, wo man sich auch befand. Niemand von uns sprach, so bedrückend war all das.

Der dritte Raum glich in seinen Ausmaßen dem ersten, doch war er nicht schwarz, sondern völlig mit Platten aus Messing bedeckt, Wände, Decke und Boden. Die Platten waren schon grün angelaufen, glänzten im Licht der Laternen aber noch immer. In der Mitte stand ein rechteckiger Altar aus Porphyr, dessen längere Abmessungen auf der Achse der Zimmerfolge lagen, und am anderen Ende, gegenüber der Abfolge von Türen, ein Sockel aus schwarzem Basalt.

Das war alles. Trotz ihrer Leere konnte man sich schwerlich merkwürdigere Räume als diese drei vorstellen. In Ägypten oder Indien wären sie vielleicht nicht völlig fehl am Platze gewesen, doch hier in Paris, in einem ganz gewöhnlichen Privathaus in der Rue M. le Prince, waren sie unglaublich.

Wir zogen uns zurück. Eugène schloss die eiserne Tür mit dem grünen Fries, und wir gingen in eines der vorderen Zimmer. Dort setzten wir uns hin und sahen uns an.

»Eine nette Dame, deine Tante«, sagte Fargeau. »Eine nette alte Dame mit bewunderungswürdigem Geschmack. Ich bin nur froh, dass wir die Nacht nicht in *jenen* Räumen verbringen werden.«

»Was, glaubst du, hat sie dort getan?«, fragte Duchesne. »Ich kenne mich in den Schwarzen Künsten mehr oder weniger aus, aber diese Räume sind zu viel für mich.«

»Mein Eindruck ist der«, sagte d'Ardeche, »dass der metallene Raum eine Art Heiligtum war, wo sich auf dem Basaltsockel ein Abbild oder so etwas befand, während der Stein davor wirklich einen Altar darstellte – wobei ich allerdings keinen Schimmer von der Art der Opfergaben habe. Der runde Raum wurde vielleicht für Beschwörungen und Anrufungen verwendet. Das Pentagramm sieht danach aus. Jedenfalls ist das alles sehr merkwürdig und ganz im Geiste dieses *Fin de Siècle*. Schaut, es ist fast schon Mitternacht. Fassen wir uns, damit wir dieses Rätsel lösen.«

Die vier Kammern dieses Stockwerks des alten Hauses waren jene, in denen es angeblich spukte, da die anderen Flügel des Gebäudes und die übrigen Stockwerke ziemlich unschuldig erschienen. Es wurde abgemacht, dass jeder von uns ein Zimmer erhielt, die Tür offen ließ und das Licht nicht löschte, sodass wir beim kleinsten Rufen oder Klopfen alle in die betreffende Kammer stürmen könnten. Es gab offensichtlich keine Verbindung zwischen den Räumen, doch da die Türen sich alle auf den Korridor öffneten, war jedes Geräusch deutlich vernehmbar.

Der letzte Raum ging an mich, und ich untersuchte ihn vorsichtig.

Alles schien unschuldig zu sein, ein ganz gewöhnliches viereckiges, ziemlich nobles Pariser Schlafzimmer, mit weiß bemaltem Holz getäfelt, einem kleinen Kamin aus Marmor, einem staubigen Boden mit Intarsien aus Ahorn- und Kirschholz, Wänden mit gewöhnlichen französischen Tapeten, die offenbar ziemlich neu waren, und zwei mit Messing verzierten Fenstern, die auf den Hof wiesen.

Mit einiger Mühe öffnete ich das Schiebefenster und setzte mich auf die Fensterbank mit meiner Laterne an der Seite, deren Licht auf die einzige Tür gerichtet war, die auf den Korridor ging.

Der Wind hatte nachgelassen, und ohne ihn war es sehr still – still und heiß. Die Massen finsterer Wolken sammelten sich über uns, da sie nicht mehr von den stürmischen Böen vorangetrieben wurden. Die Efeuranken, die hie und da späte violette Blüten trugen, hingen wie tot in der trägen Luft über dem Fenster. Über die Dächer hinweg konnte ich den Lärm einer einsamen Kutsche in den Straßen dort unten hören. Ich stopfte wieder meine Pfeife und wartete.

Für einige Zeit waren die Stimmen der Männer in den anderen Räumen meine Gefährten, und zuerst rief ich ihnen öfter etwas zu, doch hatte meine Stimme einen eher unangenehmen Nachhall in den langen Gängen und wurde durch den linken Flügel auf so gespenstische Weise zurückgeworfen, dass sie wie die laute Stimme eines anderen Mannes durch ein zerbrochenes Fenster schallte. Ich gab also bald meine Versuche der Unterhaltung auf und widmete mich der Aufgabe, wach zu bleiben.

Das war nicht einfach. Warum nur hatte ich den Kopfsalat von Vater Garceau gegessen? Ich hätte es ahnen müssen. Er machte mich unwiderstehlich schläfrig, und Wachsamkeit war doch so zwingend notwendig. Es war natürlich beruhigend zu wissen, dass ich hier schlafen *könnte,* dass mein Mut dazu reichte, aber im Interesse der Wissenschaft musste ich wach bleiben. Doch nie zuvor war der Schlaf so verlockend erschienen. An die fünfzig Mal war ich für einen Augenblick eingenickt, um dann wieder aufzuschrecken und meine Pfeife anzuzünden. Diese Anstrengung half auch nicht viel. Mechanisch entzündete ich das Streichholz, und beim ersten Wölkchen Rauch war ich wieder weg. Es war überaus ärgerlich. Ich stand auf und ging im Zimmer umher. Dank meiner verkrampften Stellung waren beide Beine fast eingeschlafen. Ich konnte kaum stehen. Ich fühlte mich starr wie vor Kälte. Kein Geräusch drang mehr aus den anderen Zimmern oder von draußen. Ich versank in meinem Sitz am Fenster. Wie dunkel es doch wurde! Ich drehte die Laterne auf. Diese Pfeife, mit welcher Hartnäckigkeit sie doch immer wieder ausging! Und ich hatte mein letztes Zündholz verbraucht. Ging die Laterne etwa ebenfalls aus? Ich hob meine Hand, um das Licht wieder aufzudrehen, doch die Hand war schwer wie Blei und fiel zurück.

Dann erwachte ich – mit einem Schlag und vollständig. Ich erinnerte mich an diverse Spukgeschichten. *Dies* war der Schrecken. Ich versuchte aufzustehen, zu schreien. Mein Körper war bleiern, meine Zunge betäubt. Ich konnte kaum meine Augen bewegen. Und das Licht ging aus, das stand außer Frage. Immer dunkler und dunkler; mehr und mehr wurde das Muster der Tapete von der vordringenden Nacht verschlungen. Eine prickelnde Taubheit umgab meine Nerven, mein rechter Arm glitt fühllos von meinem Schoß herab, und ich konnte ihn nicht heben – er hing hilflos da. Ein schwaches, eifriges Summen begann in meinem Kopf, wie das Zirpen von Grillen auf einem Hügel im September. Die Finsternis kam rasch.

Ja, das war es. Etwas unterwarf mich, meinen Körper und meinen Geist, einer langsamen Betäubung. Leiblich war ich schon tot. Wenn ich nur meinen Geist, mein Bewusstsein, halten konnte, wäre ich vielleicht gerettet, doch konnte ich das? Konnte ich dem wahnsinnigen Schrecken dieser Stille widerstehen, der dräuenden Dunkelheit, der kriechenden Betäubung? Ich wusste, dass wie bei einem Mann in einer Spukgeschichte meine einzige Sicherheit darin lag.

Endlich war es eingetreten. Mein Körper war tot. Ich konnte meine Augen nicht mehr bewegen. Sie waren auf die Stelle gerichtet, wo die Tür gewesen war und sich jetzt nur tiefstes Dunkel befand.

Finsterste Nacht: Das letzte Flackern der Laterne war verlöscht. Ich saß da und wartete. Mein Geist war noch rege, nur wie lange noch? Selbst die Macht der größten Furcht hat ihre Grenzen.

Dann kam das Ende. In der samtigen Schwärze tauchten zwei weiße Augen auf, milchig, strahlend, klein und weit entfernt – schreckliche Augen wie in einem toten Traum. Ich kann die Schönheit nicht beschreiben, in der die flackernden weißen Flammen sich vom äußeren Rand nach innen bewegten und in der Mitte verschwanden wie ein nie versiegender Strom von Opalwasser in einem runden Tunnel. Ich hätte meine Augen auch nicht bewegen können, wenn ich die Möglichkeit dazu besessen hätte: Sie verschlangen den Anblick des schrecklichen, wunderschönen Dings, das langsam immer größer wurde und auf mich gerichtet war. Es näherte sich, wurde immer schöner, und das weiße flackernde Licht wehte rascher in die lodernden Abgründe. Die fürchterliche Faszination verstärkte ihre wahnsinnige Intensität, als die weißen pulsierenden Augen größer wurden, näher kamen.

Wie ein grausiger und unerbittlicher Motor des Todes erweiterten sich die Augen des unbekannten Schreckens, bis sie nahe vor mir waren, von schrecklicher Größe. Ich fühlte einen kalten und feuchten Atem, der langsam und in mechanischer Regelmäßigkeit auf mein

Gesicht wehte und mich in stinkenden Nebel und Leichenhausstarre hüllte.

Mit gewöhnlicher Furcht geht immer ein körperlicher Schrecken einher, doch ich kannte in der Gegenwart dieses unaussprechlichen Dings einzig den grauenhaftesten Schrecken des Geistes, die wahnsinnige Furcht eines endlosen und gespenstischen Albtraumes. Wieder und wieder versuchte ich zu schreien, ein Geräusch zu erzeugen, doch körperlich war ich vollkommen tot. Ich konnte nur spüren, wie der schreckliche Wahnsinn des Todes mich überkam. Die Augen waren ganz nah – ihre Bewegungen so rasch, als wären sie nur lodernde Flammen, und der tote Atem umgab mich wie die Tiefen eines endlosen Meeres.

Plötzlich fiel ein nasser, eisiger Mund wie der eines toten Tintenfisches, formlos wie Gallert, auf meinen. Langsam begann der Schrecken, mein Leben aus mir zu saugen, doch während gewaltige und zitternde Schichten von zuckendem Gallert mich umschlangen, kehrte mein Wille zurück, mein Körper wurde von der Todesangst erweckt, und ich rang mit dem namenlosen Tod, der mich umfing.

Gegen was kämpfte ich da? Meine Arme versanken in der nachgiebigen Masse, die mich in Eis verwandelte. Jeden Augenblick umfingen mich neue Schichten kalter Masse und zerschmetterten mich mit titanischer Wucht. Ich versuchte, meinen Mund von diesem fürchterlichen Ding, das ihn versiegelte, zu befreien, doch wenn es mir kurzzeitig gelang und ich einen einzigen Atemzug schöpfen konnte, schloss sich die nasse schröpfende Masse wieder über meinem Gesicht, bevor ich schreien konnte. Ich glaube, ich kämpfte stundenlang verzweifelt und wie wahnsinnig in einer Stille, die grässlicher war als jedes Geräusch – kämpfte, bis ich endlich den Tod spürte, bis alle meine Erinnerungen mich wie eine Flut überströmten, bis ich keine Kraft mehr hatte, mein Gesicht diesem höllischen Sukkubus zu entwinden, bis ich mit letzter Anstrengung zu Boden fiel und mich dem Tod hingab.

Dann hörte ich eine Stimme sagen: »Wenn er tot ist, werde ich mir das nie vergeben können. Es ist meine Schuld.«

Ein anderer erwiderte: »Er ist nicht tot. Ich weiß, wir können ihn retten, wenn wir nur rechtzeitig das Hospital erreichen. Fahren Sie wie der Teufel, Kutscher! Zwanzig Francs gehören Ihnen, wenn wir in drei Minuten dort sind.«

Dann umgab mich wieder Nacht und das Nichts, bis ich plötzlich erwachte und mich umsah. Ich lag im Krankenhaus, in einem sehr weißen und sonnigen Raum. Gelbe Lilien standen neben meinem Lager, und eine hochgewachsene Nonne saß an meiner Seite.

Um es kurz zu machen: Ich befand mich im Hôtel Dieu, wohin mich die Männer nach jener schreckenserfüllten Nacht des zwölften Juni gebracht hatten. Ich fragte nach Fargeau oder Duchesne, und etwas später kam Letzterer an mein Bett, um mir alles zu erzählen, was ich noch nicht wusste.

Es scheint, dass sie alle stundenlang in ihren Zimmern gesessen hatten, nichts hörten, sich sehr langweilten und enttäuscht waren. Kurz nach zwei Uhr rief Fargeau, der mein Nachbar war, nach mir, ob ich wach sei. Ich gab keine Antwort, und nachdem er ein- oder zweimal gerufen hatte, nahm er seine Laterne und sah nach. Die Tür war von innen verschlossen! Sofort rief er d'Ardeche und Duchesne, und gemeinsam versuchten sie, die Tür aufzubrechen, die jedoch widerstand. Im Innern konnten sie unregelmäßige Schritte und schweren Atem hören. Obwohl sie vor Angst erstarrten, versuchten sie die Tür einzuschlagen, was ihnen schließlich auch mit einem großen Marmorblock, der den Sims des Kamins in Fargeaus Zimmer gebildet hatte, gelang. Als die Tür nachgab, wurden sie plötzlich wie von der Wucht einer Explosion gegen die Wände des Korridors zurückgestoßen. Die Lampen waren gelöscht, und sie befanden sich in völliger Stille und Finsternis.

Sobald sie sich von dem Schock erholt hatten, sprangen sie in das Zimmer und stolperten mitten auf dem Boden über meinen Leib. Sie entzündeten eine der Laternen und sahen den merkwürdigsten Anblick, den man sich vorstellen kann. Der Boden und die Wände bis zu einer Höhe von fast zwei Metern waren mit etwas bedeckt, das an Brackwasser gemahnte, dick, klebrig und widerlich. Auch ich war mit der verfluchten Flüssigkeit besudelt. Der Moschusgeruch war ekelerregend. Sie schleppten mich weg, entfernten meine Kleidung, hüllten mich in ihre Mäntel und eilten zum Hospital, wobei sie mich schon fast für tot hielten. Bald nach Sonnenaufgang verließ d'Ardeche das Krankenhaus, nachdem man ihm versichert hatte, dass ich mich auf dem Wege der Besserung befand, und machte sich gemeinsam mit Fargeau auf, um im Lichte des Tages die Spuren des Abenteuers zu untersuchen, das sich fast als tödlich herausgestellt hatte. Sie kamen zu spät. Feuerwagen eilten an ihnen vorbei, als sie die Académie passierten. Ein Nachbar stürzte auf sie zu: »O Monsieur! Welch ein Unglück, und welch ein Glück! Es stimmt, *la Bouche d'Enfer* – ich bitte um Verzeihung, der Wohnsitz der beklagenswerten Mlle. de Tartas – ist abgebrannt, aber nicht völlig, nur der alte Teil. Die Seitenflügel wurden gerettet, und das verdanken wir den mutigen Feuerwehrmännern. Monsieur werden sie gewiss entlohnen.«

Es stimmte. Ob es an einer vergessenen Laterne lag, die man in der Aufregung umgeworfen hatte, oder ob der Ursprung des Feuers übernatürlicher Natur war, es war nur eines gewiss: ›der Mund der Hölle‹ war nicht mehr. Eine letzte Feuerspritze arbeitete noch, als d'Ardeche ankam; ein halbes Dutzend schlaffer und ein aufgeblähter Schlauch erstreckten sich durch den Torweg, und im Innern war nur die Fassade aus der Zeit von Franz I. verblieben, noch immer mit schwarzen Efeuranken bedeckt. Dahinter war einzig Leere, aus der langsam dünne Säulen von Rauch aufstiegen. Jedes Stockwerk war verschwunden, und auch die merkwürdigen Säle der Mlle. Blaye de Tartas waren nur mehr Erinnerung.

Gemeinsam mit d'Ardeche besuchte ich letztes Jahr den Ort, aber statt der altertümlichen Mauern fand sich nur ein neues und gewöhnliches Gebäude, modern und respektabel. Doch die wundervollen Geschichten über *la Bouche d'Enfer* hielten sich hartnäckig im Viertel, und man wird sie sich zweifellos bis zum Jüngsten Tag erzählen.

ROBERT ERVIN HOWARD

Der 1906 in Peaster, Texas geborene Robert Ervin Howard ist berühmt für seine Heldengeschichten muskelbepackter Schwertkämpfer aus vorgeschichtlicher Zeit oder Fantasywelten; King Kull und Conan, der Barbar, wurden durch Verfilmungen und Comicadaptionen sehr bekannt. Conans erstes Abenteuer erschien 1932 in dem Horrormagazin *Weird Tales*. Howard schrieb auch viele unheimliche Erzählungen. ›Das Ding auf dem Dach‹ ist eine seiner besten Arbeiten.

Der Autor verübte 1936 Selbstmord, als er erfuhr, dass seine Mutter im Sterben lag.

Das Ding auf dem Dach

Ich war überrascht, als Tussmann mich besuchte. Wir waren nie enge Freunde gewesen, denn seine Gewinnsucht stieß mich ab. Und seit unserem heftigen Streit vor drei Jahren, als er versuchte, mein Buch *Zeugnisse der Nahua-Kultur in Yucatan* in Misskredit zu bringen, das das Ergebnis von jahrelangen sorgfältigen Forschungsarbeiten war, waren unsere Beziehungen alles andere als herzlich. Dennoch empfing ich ihn und fand sein Benehmen etwas eilfertig und kurz angebunden, aber eher sachlich, als hätte etwas von ihm Besitz ergriffen, das seine Abneigung mir gegenüber unterdrückte.

Ich erfuhr bald sein Begehren. Er benötigte meine Hilfe bei der Beschaffung eines Exemplares der ersten Ausgabe von von Junzts Buch *Die namenlosen Kulte,* das man auch das *Schwarze Buch* nannte, was nicht auf seine Farbe, sondern auf den Inhalt anspielte. Genauso gut hätte er mich nach der ursprünglichen griechischen Übersetzung des *Necronomicon* fragen können. Obwohl ich seit meiner Rückkehr aus Yucatan praktisch meine ganze Freizeit mit dem Sammeln von Büchern verbrachte, hatte ich keinen Hinweis darauf gefunden, dass das Buch in der Düsseldorfer Ausgabe überhaupt noch existierte.

Über dieses seltene Werk sind einige Worte angebracht. Aufgrund seiner stellenweise ausgeprägten Vieldeutigkeit und Vagheit und natürlich des Themas wurde es lange als das Werk eines Wahnsinnigen angesehen. Aber es ist Tatsache, dass viele seiner Behauptungen unwidersprochen blieben und dass von Junzt alle fünfundvierzig Jahre seines Lebens damit verbracht hatte, geheimnisvolle Orte zu untersuchen und Mysterien ans Licht des Tages zu bringen. Von der ersten Auflage wurden nicht viele Exemplare gedruckt, und die meisten davon wurden von ihren verängstigten Besitzern verbrannt, als man im Jahre 1840 von Junzt drei Monate nach seiner Rückkehr von einer geheimnisvollen Reise in die Mongolei in seinem von innen verriegelten Zimmer erwürgt aufgefunden hatte.

Fünf Jahre später gab ein Londoner namens Bridewall eine billige Übersetzung heraus. Es war eine reine Spekulation, voll von grotesken Holzschnitten, Druckfehlern, falsch übersetzten Stellen und den üblichen Fehlern einer unwissenschaftlichen und laienhaften Ausgabe. Dies brachte das Original noch mehr in Verruf, und die Verleger und die Öffentlichkeit vergaßen das Werk, bis im Jahre 1909 Golden Goblin Press in New York eine Neuausgabe herausbrachte. Deren Produkt war so sorgfältig redigiert, dass man ein Viertel der ursprünglichen Fassung wegließ. Der Band war hübsch gebunden und mit den dekorativen und fantastischen Illustrationen von Diego Vascuez versehen. Eigentlich hätte es eine populäre Ausgabe werden sollen, doch wurden die Kosten des Buches so hoch, dass man einen viel zu hohen Preis festsetzen musste.

Ich erklärte Tussmann all dies, doch er unterbrach mich brüsk und meinte, er wäre ja nicht völlig unwissend auf dem Gebiet. Ein Exemplar der amerikanischen Ausgabe befand sich auch in seiner Bibliothek, und darin hatte er eine Stelle gefunden, die ihn interessierte. Wenn ich ihm ein Exemplar der Auflage von 1839 verschaffte, so sollte es mein Schaden nicht sein. Er wusste, es war sinnlos, mir Geld anzubieten, und stattdessen würde er seine früheren Vorwürfe und Einwände gegen meine Forschungsergebnisse in Yucatan öffentlich zurücknehmen und in *The Scientific News* einen Artikel veröffentlichen, in dem er sich bei mir entschuldigte.

Ich gebe zu, dass ich darüber sehr erstaunt war, und erkannte, dass ihm die Sache wirklich sehr am Herzen lag, nachdem er sich zu einem solch radikalen Schritt entschloss. Ich antwortete ihm, dass ich seinen Einwendungen in der Öffentlichkeit ausreichend begegnet sei und nicht den Wunsch hegte, ihn einer solch demütigenden Lage auszusetzen. Dennoch würde ich mein Bestes tun, um ihm zu verschaffen, was er so sehnlich begehrte.

Er dankte mir kurz und meinte beim Abschied, er hoffte in der ersten Auflage etwas zu finden, was später offenbar nur verkürzt wiedergegeben worden war.

Ich machte mich an die Arbeit und schrieb Briefe an Freunde, Kollegen und Buchhändler auf der ganzen Welt. Bald stellte ich fest, dass ich mir keine leichte Aufgabe gestellt hatte. Drei Monate vergingen, ehe meine Anstrengungen Erfolg zeitigten, aber zuletzt erwarb ich das Gewünschte mithilfe von Professor James Clement aus Richmond in Virginia.

Ich benachrichtigte Tussmann, und er kam mit dem nächsten Zug nach London. Seine Augen brannten gierig, als er den dicken, staubigen, ledergebundenen Band mit den verrosteten Eisenscharnieren sah, und seine Hände zitterten vor Erregung, als er in den vergilbten Seiten blätterte.

Und als er einen Schrei ausstieß und mit der Faust auf den Tisch hieb, wusste ich, dass er das Gesuchte gefunden hatte.

»Hören Sie zu!«, befahl er, und er las mir eine Stelle vor, in der von einem uralten Tempel im honduranischen Dschungel die Rede war, wo von einem Stamm, der bereits vor dem Kommen der Spanier ausgestorben war, eine seltsame Gottheit verehrt wurde. Und Tussmann las laut von der Mumie vor, die zu Lebzeiten der Hohepriester des verschwundenen Volkes gewesen war und nun in einer Kammer lag, die in den Felsen gehauen war, vor dem sich der Tempel befand. Um den Hals der Mumie lag eine kupferne Kette, an der ein großes rotes Juwel in Form einer Kröte hing. Dieses Juwel war ein Schlüssel, behauptete von Junzt, der Schlüssel zum Schatz des Tempels, der tief unter dem Altar in einer unterirdischen Gruft verborgen lag. Tussmanns Augen glänzten. »Ich habe diesen Tempel gesehen! Ich habe vor dem Altar gestanden. Ich habe den versiegelten Eingang zu der Kammer gesehen, in der die Mumie des Priesters liegt, wie die Eingeborenen sagen. Es ist ein äußerst merkwürdiger Tempel und er gleicht den Ruinen der prähistorischen indianischen Bauten ebenso wenig wie den heutigen Gebäuden. Die dort lebenden Indianer behaupten, die Tempelbauer hätten einer ganz anderen Rasse angehört und bereits dort gelebt, als ihre eigenen Vorfahren in das Land einwanderten. Ich halte ihn für das Überbleibsel einer seit Langem verschwundenen Zivilisation, die Tausende von Jahren vor der spanischen Eroberung unterging.

Ich wäre gern in die versiegelte Kammer eingedrungen, doch hatte ich weder die Zeit noch die Ausrüstung dafür. Ich befand mich auf dem Weg zur Küste, nachdem ich durch einen Zufall eine Schusswunde im Bein erlitten hatte, und stieß ganz zufällig auf den Tempel.

Ich hatte vorgehabt, ihn mir anzusehen, doch haben mich die Umstände immer wieder davon abgehalten. Jetzt kommt mir nichts mehr dazwischen! Zufällig las ich in der amerikanischen Auflage des Buches über den Tempel. Aber darin stand nicht viel, und die Mumie wurde nur flüchtig erwähnt. Mein Interesse war geweckt, und ich kaufte die Übersetzung von Bridewall, die jedoch eine große Enttäuschung darstellte. Der Übersetzer hat sogar die Lage des Krötentempels, wie von Junzt ihn nennt, verwechselt und gibt an, dass er sich in Guatemala anstatt in Honduras befindet. Auch die allgemeine Beschreibung ist fehlerhaft. Er erwähnt das Juwel, und dass es sich um einen »Schlüssel« handelt. Aber ein Schlüssel wozu, das steht nicht in Bridewalls Buch. Da hatte ich das Gefühl, einer richtigen Entdeckung auf der Spur zu sein, es sei denn, von Junzt war tatsächlich ein Verrückter, wie viele behaupteten.

Aber dass er sich tatsächlich einmal in Honduras aufgehalten hatte, ist bewiesen, und keiner kann den Tempel so ausführlich beschreiben, wie er es in dem *Schwarzen Buch* tut, außer er hat ihn selbst gesehen. Wie er von dem Juwel erfahren hat, kann ich nicht sagen. Die Indianer, die mir von der Mumie berichteten, erwähnten kein Juwel. Ich kann nur annehmen, dass von Junzt irgendwie in die versiegelte Kammer gelangte. Der Mann besaß eine seltsame Gabe, verborgene Dinge aufzuspüren.

Soviel ich weiß, hat außer von Junzt und mir nur noch ein Weißer den Krötentempel gesehen: der spanische Reisende Juan Gonzalles, der das Land im Jahre 1793 teilweise erforschte. Er erwähnt kurz ein seltsames Gebäude, das sich von den meisten anderen Ruinen unterschied, und eine Legende der Eingeborenen, gemäß der unter dem Tempel etwas Ungewöhnliches verborgen sei. Ich bin sicher, dass sein Bericht sich auf den Krötentempel bezieht.

Morgen reise ich nach Mittelamerika ab. Behalten Sie das Buch; ich brauche es nicht mehr. Diesmal bereite ich mich sorgfältig vor und setze alles daran, das zu finden, was im Tempel verborgen ist, und wenn ich ihn niederreißen muss. Es kann sich nur um einen Goldhort handeln. Als die Spanier kamen, entging er ihnen irgendwie. Der Krötentempel war verlassen, und sie suchten nach lebenden Indianern, um von ihnen durch Folter Gold zu erpressen, und nicht nach den Mumien ausgestorbener Völker. Aber ich muss den Schatz haben.«

Damit verabschiedete sich Tussmann. Ich setzte mich und schlug das Buch an der Stelle auf, die Tussmann vorgelesen hatte. Bis Mitternacht saß ich und war ganz von den ungewöhnlichen und fantastischen Berichten und Erklärungen von Junzts gefangen. Und im Zusammenhang mit dem Krötentempel fand ich Dinge, die mich so beunruhigten, dass ich am nächsten Tag versuchte, Tussmann zu erreichen. Er war jedoch bereits abgereist.

Es vergingen mehrere Monate, und dann erhielt ich einen Brief von Tussmann, in dem er mich einige Tage auf seinen Besitz in Sussex einlud. Er ersuchte mich auch, das *Schwarze Buch* mitzubringen.

Kurz nach Einbruch der Finsternis erreichte ich Tussmanns ziemlich abgelegenes Anwesen. Das fast feudal zu nennende Haus war mit Efeu überwachsen und von einem ausgedehnten Rasen umgeben, um den sich eine hohe Steinmauer erstreckte. Als ich den von Hecken gesäumten Weg vom Tor zum Haus entlangging, bemerkte ich, dass der Besitz in der Abwesenheit Tussmanns nicht besonders gepflegt worden war. Zwischen den Bäumen wuchs Unkraut, sodass man kaum den Rasen sah. Von den ungepflegten Büschen an der Außenmauer her hörte ich ein Pferd oder einen Ochsen stampfen. Ich vernahm deutlich, wie ein Huf gegen einen Stein stieß.

Ein Diener, der mich misstrauisch musterte, ließ mich ein. In seinem Arbeitszimmer ging Tussmann wie ein eingesperrter Löwe auf und ab. Seitdem ich ihn das letzte Mal gesehen hatte, war er magerer geworden, und die tropische Sonne hatte sein Gesicht gebräunt. In seinem Gesicht waren neue Falten, und seine Augen glühten stärker als je zuvor. Sein Gehabe verriet irgendwie unterdrückten Ärger oder Zorn.

»Nun, Tussmann«, begrüßte ich ihn, »haben Sie Glück gehabt? Haben Sie das Gold gefunden?«

»Nicht eine Unze«, grollte er. »Das Ganze war ein Schwindel ... Nun, nicht alles. Ich drang in die versiegelte Kammer ein und fand die Mumie ...«

»Und das Juwel?«, rief ich.

Er nahm etwas aus seiner Tasche und reichte es mir.

Neugierig betrachtete ich den Gegenstand in meiner Hand. Es war ein großes kristallklares Juwel in Form einer Kröte, so wie von Junzt es beschrieben hatte. Mir lief ein Schauder über den Rücken, denn die Figur sah äußerst abstoßend aus. Ich richtete meine Aufmerksamkeit auf die schwere Kupferkette von seltsamer Machart, an der sie hing.

»Was bedeuten die in die Kette eingravierten Zeichen?«, fragte ich neugierig.

»Ich weiß es nicht«, antwortete Tussmann. »Ich hatte gehofft, dass Sie es wissen. Ich finde, sie sehen entfernt den Schriftzeichen ähnlich, die der Schwarze Stein, ein Monolith in den Bergen Ungarns, aufweist. Ich war nicht imstande, sie zu entziffern.«

»Erzählen Sie mir von Ihrer Reise«, forderte ich ihn auf, und das tat er auch, während wir unsere Whisky-Soda tranken.

»Ohne große Schwierigkeiten fand ich den Tempel wieder, obwohl er in einer abgelegenen und wenig besuchten Gegend steht. Er ist an eine steile Felswand in einem Tal angebaut, das auf keiner Karte eingezeichnet ist. Sein Alter ist schwer zu schätzen, doch besteht er aus einer ungewöhnlich harten Basaltsorte, wie ich sie sonst nirgends gesehen habe, und da er ziemlich verwittert ist, muss er unglaublich alt sein.

Die meisten Säulen an der Vorderseite sind verfallen, und die noch stehenden Reste wirken wie die verfaulten und abgebrochenen Zähne einer grinsenden Vettel. Die Außenwände stehen vor dem Zusammenbrechen, aber die Innenwände und die Säulen, die das zentrale Dach tragen, sehen aus, als würden sie noch tausend Jahre halten.

Die Hauptkammer ist rund, und der Boden besteht aus großen quadratischen Steinblöcken. In der Mitte befindet sich der Altar, ein großer kreisrunder Block aus demselben Material. Direkt hinter dem Altar erhebt sich die natürliche Felswand, die also den Altarraum nach hinten abschließt, und in diese ist die Kammer eingehauen, in der die Mumie des letzten Priesters des Tempels lag.

Ohne größere Schwierigkeiten drang ich in die Kammer ein und fand auch die Mumie, so wie sie im *Schwarzen Buch* beschrieben ist. Obgleich sie sich in einwandfreiem Zustand befand, konnte ich sie nicht klassifizieren. Die etwas verwitterten Gesichtszüge und die Schädelform wiesen auf gewisse Mischvölker Unterägyptens hin, und ich bin mir fast sicher, dass der Priester eher Angehöriger der kaukasischen als der indianischen Rasse war. Darüber hinaus kann ich nichts sagen. Um den Hals hing jedenfalls die Kette mit dem Juwel.«

Von da an wurde Tussmanns Erzählung so unklar, dass ich Mühe hatte, seinen Worten zu folgen, und mich fragte, ob vielleicht die Tropensonne seinen Verstand verwirrt hatte. Mithilfe des Juwels hatte er irgendwie eine verborgene Tür im Altar geöffnet. Wie das genau vor sich gegangen sein soll, sagte er nicht, und ich erkannte, dass er die Wirkungsweise des Schlüssel-Juwels selbst nicht verstand.

Als die Geheimtür sich auf mysteriöse Weise öffnete, nachdem das Juwel mit dem Altar in Berührung kam, weigerten sich die angeheuerten Begleiter Tussmanns entschieden, ihm in das gähnende schwarze Loch zu folgen. Mit Pistole und Taschenlampe ausgestattet, drang er allein ein und stieß auf eine schmale Steintreppe, die sich in den Schoß der Erde hinabwand. Er folgte ihr und gelangte in einen breiten Gang, in dem das winzige Licht seiner Taschenlampe fast verschwand. Die ganze Zeit, während er sich unter der Erdoberfläche befand, hüpfte eine Kröte gerade außerhalb des Lichtkegels vor ihm her. Durch feuchte Tunnel und über finstere Treppen kam er zuletzt an eine mit fantastischen Schnitzereien verzierte schwere Tür, hinter der er die Kammer mit dem Gold der Gläubigen vermutete. Er drückte das Krötenjuwel gegen verschiedene Stellen, und endlich öffnete sich die Tür weit.

»Und der Schatz?«, unterbrach ich heftig. Er lachte bitter.

»Es gab kein Gold darin, keine kostbaren Steine, nichts« – er zögerte – »nichts, was ich mitnehmen konnte.«

Wieder wurde sein Bericht unzusammenhängend und schwer verständlich. Ich entnahm, dass er den Tempel ziemlich eilig verlassen hatte, ohne weiter nach irgendwelchen Schätzen zu suchen. Er hatte beabsichtigt, die Mumie mitzubringen, sagte er, um sie einem Museum anzubieten, aber als er wieder an die Oberfläche kam, konnte er sie nicht finden. Er glaubte, dass die Männer sie aus abergläubischer Angst und aus Abneigung gegen einen solchen Begleiter auf der Reise zur Küste in einen Brunnen oder eine Felsspalte geworfen hatten.

»Und so befinde ich mich wieder in England«, schloss er, »und bin nicht reicher als vor meiner Abreise.«

»Sie haben ja das Juwel«, erinnerte ich ihn. »Es besitzt sicher einigen Wert.«

Er betrachtete es ohne Begeisterung, aber mit einer besessenen Gier.

»Würden Sie es für einen Rubin halten?«, fragte er.

Ich schüttelte den Kopf. »Ich kann es nicht klassifizieren.«

»Ich auch nicht. Aber reichen Sie mir doch das Buch.«

Langsam wendete er die schweren Seiten und bewegte die Lippen beim Lesen. Manchmal schüttelte er verwirrt den Kopf, und ich bemerkte, dass er an einer bestimmten Stelle lange verweilte.

»Der Mann vertiefte sich allzu sehr in verbotene Dinge«, sagte er. »Kein Wunder, dass er ein solch mysteriöses Ende fand. Er muss eine Vorahnung gehabt haben, denn hier warnt er davor, schlafende Geheimnisse zu wecken.«

Einige Augenblicke lang schien Tussmann in Gedanken verloren.

»Ja, schlafende Geheimnisse«, murmelte er, »Dinge, die tot zu sein scheinen, aber nur darauf warten, dass ein blinder Narr daherkommt und sie weckt. Ich hätte in dem *Schwarzen Buch* weiterlesen und die Tür schließen sollen, als ich die Gruft verließ ...

Aber ich habe den Schlüssel, und ich werde ihn allem zum Trotz behalten.«

Er beendete sein Selbstgespräch und wollte gerade etwas zu mir sagen, als er erstarrte. Irgendwo von oben her war ein merkwürdiges Geräusch erklungen.

»Was war das?« Er starrte mich mit aufgerissenen Augen an. Ich schüttelte den Kopf, und er rannte an die Tür und rief nach einem Diener. Der Mann kam nach wenigen Augenblicken, und er war ziemlich bleich.

»Warst du im Obergeschoss?«, fragte Tussmann.

»Ja, Sir.«

»Hast du etwas gehört?«, fragte Tussmann rau und fast anklagend und drohend.

»Ja, Sir«, antwortete der Mann mit verwirrtem Gesichtsausdruck.

»Was hast du gehört?«, wollte Tussmann wissen.

»Nun, Sir ...« Der Mann lachte entschuldigend. »Sie werden sagen, dass ich nicht ganz normal bin, fürchte ich; aber um die Wahrheit zu sagen, Sir, klang es so, als stampfte auf dem Dach ein Pferd!«

Tussmanns Augen glänzten wie die eines Wahnsinnigen.

»Du Narr!«, schrie er. »Hinaus mit dir!« Der Mann wich verwundert zurück, und Tussmann riss das krötenförmige Juwel an sich.

»Ich war ein Narr!«, rief er. »Ich habe nicht weit genug gelesen ... und ich hätte die Tür schließen sollen ... Aber bei Gott ... der Schlüssel gehört mir, und ich behalte ihn allen Menschen und Teufeln zum Trotz.«

Mit diesen merkwürdigen Worten wandte er sich um und rannte in das Obergeschoss. Einen Augenblick später fiel krachend seine Tür zu, und als ein Diener vorsichtig anklopfte, erhielt er bloß den gebrüllten Befehl, sich zurückzuziehen, in Verbindung mit der Drohung, er würde jeden erschießen, der in das Zimmer einzudringen versuchte.

Wäre es nicht so spät gewesen, hätte ich das Haus verlassen, denn ich war überzeugt davon, dass Tussmann völlig übergeschnappt war. So zog ich mich auf ein Zimmer zurück, das mir ein verschreckter Diener anwies, aber ich ging nicht zu Bett. Stattdessen öffnete ich das *Schwarze Buch* an der Stelle, wo Tussmann gelesen hatte.

Wenn der Mann nicht gänzlich unzurechnungsfähig war, konnte man als sicher annehmen, dass er im Krötentempel unerwartet auf etwas gestoßen war. Etwas Übernatürliches hatte seine Männer beim Öffnen der Altartür erschreckt, und in der unterirdischen Gruft hatte Tussmann etwas gefunden, was er nicht erwartet hatte. Und ich glaubte, dass ihm jemand aus Mittelamerika gefolgt war und dass der Anlass dafür das Juwel war, das er den *Schlüssel* nannte.

Ich hoffte, in von Junzts Buch einen Hinweis zu finden, und las darin wieder vom Krötentempel, von dem geheimnisvollen präindianischen Volk und dem riesigen mit Fangarmen und Hufen ausgestatteten Monstrum, das es verehrte.

Tussmann hatte gesagt, dass er nicht weit genug gelesen hatte, als er zum ersten Mal in dem Buch blätterte. Als ich darüber nachdachte, was er gemeint haben könnte, stieß ich auf die Stelle, die er so lange studiert hatte, dass der Abdruck seines Daumennagels zu sehen war. Zuerst erschien sie mir bloß wie eine der vielen unklaren Andeutungen des Verfassers, denn sie besagte nur, dass der Gott des Tempels des Tempels Schatz war. Dann dämmerte mir die Bedeutung des Hinweises, und kalter Schweiß trat auf meine Stirn.

Der *Schlüssel zum Schatz!* Und der Schatz des Tempels war der Gott des Tempels! Und schlafende Wesenheiten mochten durch das Öffnen ihrer Gefängnistür erwachen! Ich sprang entsetzt auf, und in diesem Augenblick erklang ein Krachen und gleich darauf der Todesschrei eines Menschen.

Augenblicklich rannte ich aus dem Zimmer, und als ich die Treppe hinaufhetzte, vernahm ich Geräusche, die mich seither an meinem Verstand zweifeln lassen. Bei Tussmanns Tür hielt ich an und versuchte sie mit zitternden Händen zu öffnen. Sie war verschlossen, und als ich zögerte, hörte ich drinnen ein grauenerregendes Zwitschern und dann ein abstoßend schmatzendes Geräusch, als würde ein großes gallertiges Objekt durch die Fensteröffnung gepresst. Das Geräusch verklang, und ich hätte schwören können, dass ich leisen Flügelschlag vernahm wie von gigantischen Schwingen. Dann herrschte Stille.

Ich nahm allen Mut zusammen und rannte die Tür ein. Eine gelbe stinkende Wolke quoll heraus. Brechreiz unterdrückend und hustend trat ich ein. Das Zimmer sah aus wie ein Schlachtfeld, doch fehlte nichts außer dem roten Juwel in Krötenform, das Tussmann Schlüssel genannt hatte; es wurde nie gefunden. Das Fensterbrett war mit stinkendem Schleim beschmiert, und in der Mitte des Raumes lag Tussmann mit zerschmettertem Schädel. In seinem blutigen Gesicht war deutlich der Abdruck eines riesigen Hufes zu erkennen.

GUSTAV MEYRINK

Gustav Meyer, der später seinen Namen in Meyrink abänderte, wurde 1868 in Wien geboren. Er arbeitete zuerst als Bankier und Journalist, bis er ein Leben als freier Schriftsteller führen konnte.

Nachdem er erste Erfolge mit skurril-fantastischen Erzählungen errang, die 1913 gesammelt als *Des Deutschen Spießers Wunderhorn* erschienen, erfolgte 1915 im legendären Leipziger Kurt Wolff Verlag die Veröffentlichung des Romans *Der Golem*, der sein größter Erfolg werden sollte. In diesem Klassiker zeichnete sich bereits Meyrinks immer stärker werdendes Interesse für die Magie und das Übernatürliche ab – der Autor war überzeugt, dass es Kräfte jenseits unserer Vorstellung gibt, und widmete sich ihrer Erforschung.

Bis zu seinem Tod 1932 in seinem Haus am Starnberger See schrieb er eine Reihe weitere, sehr erfolgreiche, Romane, etwa *Das grüne Gesicht, Der weiße Dominikaner, Walpurgisnacht, Der Engel vom westlichen Fester.*

Die Pflanzen des Dr. Cinderella

Siehst du, dort die kleine schwarze Bronze zwischen den Leuchtern ist die Ursache aller meiner sonderbaren Erlebnisse in den letzten Jahren.

Wie Kettenglieder hängen diese gespenstischen Beunruhigungen, die mir die Lebenskraft aussaugen, zusammen, und verfolge ich die Kette zurück in die Vergangenheit, immer ist der Ausgangspunkt derselbe: die Bronze. Lüge ich mir auch andere Ursachen vor – immer wieder taucht sie auf wie der Meilenstein am Wege.

Und wohin dieser Weg führen mag, ob zum Licht der Erkenntnis, ob weiter zu immer wachsendem Entsetzen, ich will es nicht wissen und mich nur an die kurzen Rasttage klammern, die mir mein Verhängnis frei lässt bis zur nächsten Erschütterung.

In Theben habe ich sie aus dem Wüstensande gegraben, die Statuette, so ganz zufällig mit dem Stock, und von dem ersten Augenblick an, wo ich sie genauer betrachtete, war ich von der krankhaften Neugier befallen, zu ergründen, was sie denn eigentlich bedeute. – Ich bin doch sonst nie so wissensdurstig gewesen!

Anfangs fragte ich alle möglichen Forscher, aber ohne Erfolg.

Nur ein alter arabischer Sammler schien zu ahnen, um was es sich handle.

»Die Nachbildung einer ägyptischen Hieroglyphe«, meinte er; und die sonderbare Armstellung der Figur müsse irgendeinen unbekannten ekstatischen Zustand bedeuten.

Ich nahm die Bronze mit nach Europa, und fast kein Abend verging, an dem ich mich nicht sinnend über ihre geheimnisvolle Bedeutung in die seltsamsten Gedankengänge verloren hätte.

Ein unheimliches Gefühl überkam mich oft dabei: Ich grüble da an etwas Giftigem, Bösartigem, das sich mit hämischem Behagen von mir aus dem Banne der Leblosigkeit losschälen lasse, um sich später wie eine unheilbare Krankheit an mir festzusaugen und der dunkle Tyrann meines Lebens zu bleiben. Und eines Tages, bei einer ganz nebensächlichen Handlung, schoss mir der Gedanke, der mir das Rätsel löste, mit solcher Wucht und so unerwartet durch den Kopf, dass ich zusammenfuhr.

Solch blitzartige Einfälle sind wie Meteorsteine in unserem Innenleben. Wir kennen nicht ihr Woher, wir sehen nur ihr Weißglühen und ihren Fall.

Fast ist es wie ein Furchtgefühl ... dann ... ein leises ... so ... so, als sei jemand Fremder ... Was wollte ich doch nur sagen?! – Verzeih, ich werde manchmal so seltsam geistesabwesend, seitdem ich mein linkes Bein gelähmt nachziehen muss – ja, also die Antwort auf mein Grübeln lag plötzlich nackt vor mir: *Nachahmen!*

Und als hätte dieses Wort eine Wand eingedrückt, so schossen die Sturzwellen der Erkenntnis in mir auf, dass *das* allein der Schlüssel ist zu allen Rätseln unseres Daseins.

Ein heimliches automatisches Nachahmen, ein unbewusstes, rastloses – der verborgene Lenker aller Wesen!

Ein allmächtiger geheimnisvoller Lenker, ein Lotse mit einer Maske vor dem Gesicht, der schweigend bei Morgengrauen das Schiff des Lebens betritt. Der aus jenen Abgründen stammt, dahin unsere Seele wandern mag, wenn der Tiefschlaf die Tore des Tages verschlossen! Und vielleicht steht tief dort unten in den Schluchten des körperlosen Seins das Erzbild eines Dämons errichtet, der da will, dass wir ihm gleich seien und sein Ebenbild werden ... Und dieses Wort »Nachahmen!«, dieser kurze Zuruf von »irgendwoher« wurde mir ein Weg, den ich augenblicklich betrat. Ich stellte mich hin, hob beide Arme über den Kopf, so wie die Statue, und senkte die Finger, bis ich mit den Nägeln meinen Scheitel berührte.

Doch nichts geschah.

Keine Veränderung innen und außen. Um keinen Fehler in der Stellung zu machen, sah ich die Figur genauer an und bemerkte, dass ihre Augen geschlossen und wie schlafend waren.

Da wusste ich genug, brach die Übung ab und wartete, bis es Nacht wurde. Stellte dann die tickenden Uhren ab und legte mich nieder, die Arm- und Handstellungen wiederholend.

Einige Minuten verstrichen so, aber ich kann nicht glauben, dass ich eingeschlafen wäre.

Plötzlich war mir, als käme ein hallendes Geräusch aus meinem Inneren empor, wie wenn ein großer Stein in die Tiefe rollt.

Und als ob mein Bewusstsein ihm nach eine ungeheure Treppe hinabfiele – zwei, vier, acht, immer mehr und mehr Stufen überspringend –, so verfiel ruckweise meine Erinnerung an das Leben, und das Gespenst des Scheintodes legte sich über mich.

Was dann eintrat, das werde ich nicht sagen, das sagt keiner.

Wohl lacht man darüber, dass die Ägypter und Chaldäer ein magisches Geheimnis gehabt haben sollen, behütet von Uräusschlangen, das unter Tausenden Eingeweihter auch nicht ein einziger je verraten hätte.

Es gibt keine Eide, meinen wir, die so fest binden!

Auch ich dachte einst so, in jenem Augenblick aber begriff ich alles.

Es ist kein Vorkommnis aus menschlicher Erfahrung, in dem die Wahrnehmungen *hintereinander* liegen, und kein Eid bindet die Zunge, nur der bloße Gedanke einer Andeutung dieser Dinge hier – hier im Diesseits –, und schon zielen die Vipern des Lebens nach deinem Herzen.

Darum wird das große Geheimnis verschwiegen, weil es sich selbst verschweigt, und wird ein Geheimnis bleiben, solange die Welt steht.

Aber all das hängt nur nebensächlich zusammen mit dem versengenden Schlag, von dem ich nie mehr gesunden kann. Auch das äußere Schicksal eines Menschen gerät in andere Bahnen, durchbricht sein Bewusstsein nur einen Augenblick die Schranken irdischer Erkenntnis. Eine Tatsache, für die ich ein lebendes Beispiel bin. Seit jener Nacht, in der ich aus meinem Körper trat, ich kann es kaum anders nennen, hat sich die Flugbahn meines Lebens geändert, und mein früher so gemächliches Dasein kreist jetzt von einem rätselhaften, grauenerregenden Erlebnis zum andern – irgendeinem dunklen, unbekannten Ziele zu.

Es ist, als ob eine teuflische Hand mir in immer kürzer werdenden Pausen immer weniger Erholung zumisst und Schreckbilder in den Lebensweg schiebt, die von Fall zu Fall an Furchtbarkeit wachsen. Wie um eine neue, unbekannte Art Wahnsinn in mir zu erzeugen – langsam und mit äußerster Vorsicht –, eine Wahnsinnsform, die kein Außenstehender merken und ahnen kann und deren sich nur ein von ihr Befallener in namenloser Qual bewusst ist.

In den nächsten Tagen schon nach jenem Versuch mit der Hieroglyphe traten Wahrnehmungen bei mir auf, die ich anfangs für Sinnestäuschungen hielt. Seltsam sausende oder schrillende Nebentöne hörte ich den Lärm des Alltags durchqueren, sah schimmernde Farben, die ich nie gekannt. Rätselhafte Wesen tauchten vor mir auf, angehört und angefühlt von den Menschen, und vollführten in schemenhaftem Dämmer unbegreifliche und planlose Handlungen.

So konnten sie ihre Form ändern und plötzlich wie tot daliegen; glitschten dann wieder wie lange Schleimseile an den Regenrinnen herab oder hockten wie ermattet in blödsinniger Stumpfheit in dunklen Hausfluren.

Dieser Zustand von Überwachsein bei mir hält nicht an – er wächst und schwindet wie der Mond.

Der stetige Verfall jedoch des Interesses an der Menschheit, deren Wünschen und Hoffen nur noch wie aus weiter Ferne zu mir dringt, sagt mir, dass meine Seele beständig auf einer dunklen Reise ist – fort, weit fort vom Menschentum. Anfangs ließ ich mich von den flüsternden Ahnungen *leiten,* die mich erfüllten, jetzt bin ich wie ein angeschirrtes Pferd und *muss* die Wege gehen, auf die es mich zwingt. Und siehst du, eines Nachts, da riss es mich wieder auf und trieb mich, planlos durch die stillen Gassen der Kleinstadt zu gehen um des fantastischen Eindruckes willen, den die altertümlichen Häuser erzeugen.

Es ist unheimlich in diesem Stadtviertel wie nirgends auf der Welt.

Nie ist Helle und nie ganz Nacht.

Irgendein matter, trüber Schein kommt von irgendwo, wie phosphoreszierender Dunst sickert er vom Hradschin auf die Dächer herab.

Man biegt in eine Gasse und sieht nur totes Dunkel, da sticht aus einer Fensterritze ein gespenstischer Lichtstrahl plötzlich wie eine lange boshafte Nadel einem in die Pupillen.

Aus dem Nebel taucht ein Haus – mit abgebrochenen Schultern und zurückweichender Stirn – und glotzt besinnungslos aus leeren Dachluken zum Nachthimmel auf wie ein verendetes Tier.

Daneben eines reckt sich, gierig mit glimmernden Fenstern auf den Grund des Brunnens da unten zu schielen, ob das Kind des Goldschmiedes noch drinnen, das vor hundert Jahren ertrank. Und geht man weiter über die buckligen Pflastersteine und sieht sich plötzlich um, da möchte man wetten, es habe einem ein schwammiges, fahles Gesicht aus der Ecke nachgestarrt – nicht in Schulterhöhe, nein, ganz tief unten, wo nur große Hunde die Köpfe haben könnten.

Kein Mensch ging auf den Straßen.

Totenstille.

Die uralten Haustore bissen schweigend ihre Lippen zusammen.

Ich bog in die Thunsche Gasse, wo das Palais der Gräfin Morzin steht.

Da kauerte im Dunst ein schmales Haus, nur zwei Fenster breit, ein hektisches, bösartiges Gemäuer; dort hielt es mich fest, und ich fühlte den gewissen überwachen Zustand kommen.

In solchen Fällen handle ich blitzschnell wie unter fremdem Willen und weiß kaum, was mir die nächste Sekunde befiehlt.

So drückte ich hier gegen die nur angelehnte Türe und schritt durch einen Gang eine Treppe in den Keller hinab, als ob ich in das Haus gehöre.

Unten ließ der unsichtbare Zügel, der mich führte wie ein unfreies Tier, wieder nach, und ich stand da in der Finsternis mit dem quälenden Bewusstsein einer Handlung, vollbracht ohne Zweck.

Warum war ich hinuntergegangen, warum hatte ich nicht einmal den Gedanken gefasst, solch sinnlosen Einfällen Halt zu gebieten?! Ich war krank, offenbar krank, und ich freute mich, dass nichts anderes, nicht die unheimliche rätselhafte Hand im Spiele war.

Doch im nächsten Moment wurde mir klar, dass ich die Türe geöffnet, das Haus betreten hatte, die Treppe hinabgestiegen war, ohne nur ein einziges Mal anzustoßen, ganz wie jemand, der Schritt und Tritt genau kennt, und meine Hoffnung war schnell zu Ende.

Allmählich gewöhnte sich mein Auge an die Finsternis, und ich blickte umher.

Dort auf einer Stufe der Kellertreppe saß jemand. – Dass ich ihn nicht gestreift hatte im Vorbeigehen!

Ich sah die zusammengekrümmte Gestalt ganz verschwommen im Dunkel.

Einen schwarzen Bart über einer entblößten Brust.

Auch die Arme waren nackt.

Nur die Beine schienen in Hosen oder einem Tuch zu stecken.

Die Hände hatten etwas Schreckhaftes in ihrer Lage – sie waren so merkwürdig abgebogen, fast rechtwinklig zu den Gelenken.

Lange starrte ich den Mann an.

Er war so leichenhaft unbeweglich, dass mir war, als hätten sich seine Umrisse in den dunklen Hintergrund eingefressen und als müssten sie so bleiben bis zum Verfall des Hauses.

Mir wurde kalt vor Grauen, und ich schlich den Gang weiter, seiner Krümmung entlang.

Einmal fasste ich nach der Mauer und griff dabei in ein splittriges Holzgitter, wie man es verwendet, um Schlingpflanzen zu ziehen.

Es schienen auch solche in großer Menge daran zu wachsen, denn ich blieb fast hängen in einem Netz stängelartigen Geranks.

Das Unbegreifliche war nur, dass sich diese Pflanzen, oder was es sonst sein mochte, blutwarm und strotzend anfühlten und überhaupt einen ganz animalischen Eindruck auf den Tastsinn machten.

Ich griff noch einmal hin, um erschreckt zurückzufahren: Ich hatte diesmal einen kugeligen nussgroßen Gegenstand berührt, der sich kalt anfühlte und sofort wegschnellte.

War es ein Käfer?

In diesem Moment flackerte ein Licht irgendwo auf und erhellte eine Sekunde lang die Wand vor mir.

Was ich je an Furcht und Grauen empfunden, war nichts gegen diesen Augenblick.

Jede Fiber meines Körpers brüllte auf in unbeschreiblichem Entsetzen.

Ein stummer Schrei bei gelähmten Stimmbändern, der durch den ganzen Menschen fährt wie Eiseskälte.

Mit einem Rankennetz blutroter Adern, aus dem wie Beeren Hunderte von glotzenden Augen hervorquollen, war die Mauer bis zur Decke überzogen. Das eine, in das ich soeben gegriffen, schnellte noch in zuckender Bewegung hin und her und schielte mich bösartig an.

Ich fühlte, dass ich zusammenbrechen werde, und stürzte zwei, drei Schritte in die Finsternis hinein; eine Wolke von Gerüchen, die etwas Feistes, Humusartiges wie von Schwämmen und Ailanthus hatten, drang mir entgegen.

Meine Knie wankten, und ich schlug wild um mich. Da glomm es vor mir auf wie ein kleiner glühender Ring: der erlöschende Docht einer Öllampe, die im nächsten Augenblick noch einmal aufblakte.

Ich sprang darauf zu und schraubte den Docht mit bebenden Fingern hoch, sodass ich ein kleines rußendes Flämmchen noch retten konnte.

Dann, mit einem Ruck, drehte ich mich um, wie zum Schutz die Lampe vorstreckend.

Der Raum war leer.

Auf dem Tisch, auf dem die Lampe gestanden, lag ein länglicher blitzender Gegenstand.

Meine Hand griff danach wie nach einer Waffe.
Doch war es bloß ein leichtes raues Ding, das ich fasste.
Nichts rührte sich, und ich stöhnte erleichtert auf. Vorsichtig, die Flamme nicht zu verlöschen, leuchtete ich die Mauern entlang. Überall dieselben Holzspaliere und, wie ich jetzt deutlich sah, durchrankt von offenbar zusammengestückelten Adern, in denen Blut pulsierte.

Grausig glitzerten dazwischen zahllose Augäpfel, die in Abwechslung mit scheußlichen brombeerartigen Knollen hervorsprossten und mir langsam mit den Blicken folgten, wie ich vorbeiging. Augen aller Größen und Farben. Von der klar schimmernden Iris bis zum hellblauen toten Pferdeauge, das unbeweglich aufwärtssteht.

Manche, runzelig und schwarz geworden, glichen verdorbenen Tollkirschen.

Die Hauptstämme der Adern rankten sich aus blutgefüllten Phiolen empor, aus ihnen kraft eines unbekannten Prozesses ihren Saft ziehend.

Ich stieß auf Schalen – gefüllt mit weißlichen Fettbrocken, aus denen Fliegenpilze, mit einer glasigen Haut überzogen, emporwuchsen. Pilze aus rotem Fleisch, die bei jeder Berührung zusammenzuckten.

Und alles schienen Teile, die aus lebenden Körpern entnommen, mit unbegreiflicher Kunst zusammengefügt, ihrer menschlichen Beseelung beraubt und auf rein vegetatives Wachstum heruntergedrückt.

Dass Leben in ihnen war, erkannte ich deutlich, wenn ich die Augen näher beleuchtete und sah, wie sich sofort die Pupillen zusammenzogen.

Wer mochte der teuflische Gärtner sein, der diese grauenhafte Zucht angelegt!

Ich erinnerte mich des Menschen auf der Kellerstiege.

Instinktiv griff ich in die Tasche nach irgendeiner Waffe, da fühlte ich den rissigen Gegenstand, den ich vorhin eingesteckt. Er glitzerte trüb und schuppig – ein Tannenzapfen aus rosigen Menschennägeln!

Schaudernd ließ ich ihn fallen und biss die Zähne zusammen: nur hinaus, hinaus, und wenn der Mensch auf der Treppe aufwachen und über mich herfallen sollte!

Und schon war ich bei ihm und wollte mich auf ihn stürzen, da sah ich, dass er tot war – wachsgelb.

Aus den verrenkten Händen – die Nägel ausgerissen. Kleine

Messerschnitte an Brust und Schläfen zeigten, dass er seziert worden war.

Ich wollte an ihm vorbei und habe ihn, glaube ich, mit der Hand gestreift. Im selben Augenblick schien er zwei Stufen herunter auf mich zuzurutschen, stand plötzlich aufrecht da, die Arme nach oben gebogen, die Hände zum Scheitel.

Wie die ägyptische Hieroglyphe, dieselbe Stellung – dieselbe Stellung!

Ich weiß nur noch, dass die Lampe zerschellte, dass ich die Haustür aufwarf und fühlte, wie der Dämon des Starrkrampfes mein zuckendes Herz zwischen seine kalten Finger nahm.

Dann machte ich mir halb wach irgendetwas klar – der Mann müsse mit den Ellenbogen an Stricken aufgehängt gewesen sein, nur durch Herabrutschen von den Stufen hatte sein Körper in die aufrechte Stellung geraten können ... und dann ... dann rüttelte mich jemand: »Sie sollen zum Herrn Kommissär.«

Und ich kam in eine schlecht beleuchtete Stube, Tabakspfeifen lehnten an der Wand, ein Beamtenmantel hing an einem Ständer. Es war ein Polizeizimmer.

Ein Schutzmann stützte mich.

Der Kommissär saß vor einem Tisch und sah immer von mir weg – er murmelte: »Haben Sie seine Personalien aufgeschrieben?«

»Er hatte Visitenkarten bei sich, wir haben sie ihm abgenommen«, hörte ich den Schutzmann antworten.

»Was wollten Sie in der Thunschen Gasse – vor einem offenen Haustor?«

Lange Pause.

»Sie!«, mahnte der Schutzmann und stieß mich an.

Ich lallte etwas von einem Mord im Keller in der Thunschen Gasse.

Darauf ging der Wachmann hinaus.

Der Kommissär sah immer von mir weg und sprach einen langen Satz.

Ich hörte nur: »Was denken Sie denn, der Dr. Cinderella ist ein großer Gelehrter – Ägyptologe –, und er zieht viel neuartige fleischfressende Pflanzen – Nepenthen, Droserien oder so, glaube ich, ich weiß nicht ... Sie sollten nachts zu Hause bleiben.«

Da ging eine Tür hinter mir, ich drehte mich um, und dort stand ein langer Mensch mit einem Reiherschnabel – ein ägyptischer Thot.

Mir wurde schwarz vor den Augen, und der Thot machte eine Verbeugung vor dem Kommissär, ging zu ihm hin und flüsterte mir zu: »Dr. Cinderella.«

Dr. Cinderella!

Und da fiel mir etwas Wichtiges aus der Vergangenheit ein – das ich sogleich wieder vergaß.

Wie ich den Thot abermals ansah, war er ein Schreiber geworden und hatte nur einen Vogeltypus und gab mir meine eigenen Visitenkarten, darauf stand: Dr. Cinderella.

Der Kommissär sah mich plötzlich an, und ich hörte, wie er sagte: »Sie sind es ja selbst. Sie sollten nachts zu Hause bleiben.«

Und der Schreiber führte mich hinaus, und im Vorbeigehen streifte ich den Beamtenmantel an der Wand. Der fiel langsam herunter und blieb mit den Ärmeln hängen.

Sein Schatten an der kalkweißen Mauer hob die Arme nach oben über den Kopf, und ich sah, wie er unbeholfen die Stellung der ägyptischen Statuette nachahmen wollte.

Siehst du, das war mein letztes Erlebnis vor drei Wochen. Ich aber bin seitdem gelähmt: habe zwei verschiedene Gesichtshälften jetzt und schleppe das linke Bein nach.

Das schmale hektische Haus habe ich vergeblich gesucht, und auf dem Kommissariat weiß niemand etwas von jener Nacht.

OSKAR PANIZZA

Oskar Panizza, 1853 geboren, muss man als einen Vorboten der literarischen Fantastikbewegung Anfang des 20. Jahrhunderts ansehen. Bis heute ist Panizza weitestgehend bekannt geblieben für sein Skandalstück *Das Liebeskonzil,* das ihm eine einjährige Gefängnisstrafe wegen »Gotteslästerung« einbrachte. Neben satirischen Erzählungen schrieb er sonderbare, zum Teil fantastische Erzählungen, die auf die nachfolgende Autorengeneration nicht ohne Einfluss blieben, wie etwa auf Hanns Heinz Ewers, der die fantastischen Erzählungen Panizzas 1914 in der von ihm herausgegebenen ›Galerie der Phantasten‹ unter dem Titel *Visionen der Dämmerung* sammelte und veröffentlichte.

Seltsamer und schrecklicher als alle seine Erzählungen war das Leben Oskar Panizzas. Er war das gestörte Kind einer omnipotenten Mutter und wurde Irrenarzt; er versuchte aber sein Leben lang, sich als Schriftsteller zu etablieren, doch mit wenig Erfolg. Verfolgt wegen seiner antireligiösen und politischen Schmähschriften (u. a. *Deutsche Thesen gegen den Papst und seine Dunkelmänner*), nach Gefängnisaufenthalten und Fluchten ins Ausland, wurde er 1904 selbst in eine Nervenheilanstalt eingesperrt – und sprach bis zu seinem Tode 1921 kein Wort mehr ...

Die Kirche von Zinsblech

Sind angenehm in Leibkleidern als nackend, doch tödliche Farbe,
gehen zerteilt an beiden Orten den Platz hinauf,
lassen sich bloß sehen, als ob sie erscheinen,
ungeredet und gehen alsdann wieder hinab in das Grab.
Luzerner Osterspiel, Totenauferstehung

Auf einer meiner einsamen Wanderungen durch Tirol hatte ich mich eines Abends vergangen. Infolge eines schief stehenden Wegweisers fand ich mich bei längst eingetretener Dunkelheit noch mitten im Walde, während ich bei untergehender Sonne längst am Orte meines Ziels hätte eintreffen sollen. Ich kam zwar endlich in ein Dorf, welches ich aber weder in dieser Gegend vermutete, noch, soviel ich mich erinnerte, auf einer meiner Karten verzeichnet fand. Es mochte jetzt gegen elf Uhr nachts sein. Alle Haustüren waren verschlossen; die Fensterscheiben schwarz. Aus Besorgnis um ein Nachtquartier klopfte ich an eine Scheibe, deren bleiern-scheppern-des Geräusch die Worte »Zinsblech! Zinsblech!« vernehmen ließ. Dies war aber nur der Laut auf den kleinen runden Scheiben mit Bleieinfassung; die größeren Scheiben, an die ich klopfte, um Einlass zu erhalten, tönten »Pinzgau! Pinzgau!«. Nirgends die Antwort einer menschlichen Stimme. Nach wenigen Schritten stieß ich auf die Ortstafel, neben welcher das einzige Licht im Dorf zu brennen schien, bei dessen Schein es mir gelang zu lesen: »Gemeinde Zinsblech; Landgericht Pinzgau«. Es folgten noch einige Bemerkungen bezüglich Aushebungsbezirk, Steuereinziehung usw., und am Schlusse hieß es: »Das Ortsgeschenk wird in Haus Nummer sechshundertsechsundsechzig gereicht.« – Nachdem ich mit meinem Geklopfe »Zinsblech! – Pinzgau!« mehrere gänzlich menschenleere Straßen durchwandert hatte, wobei mir das Unglück passierte, eine Scheibe einzuschlagen, die auf diesen Mord ihres Ichs mit dem gläsernen Sterbeseufzer »Grinzsau!« antwortete, kam ich an die Kirche. Ein großes, hoch aufsteigendes Gebäude im nüchtern-romanischen Stil mit wuchtigen Formen; außen roh bemörtelt; das Dach von Schiefer; am Ende ein hoher Turm mit in Zacken aufsitzendem Turmhelm, dessen sich verjüngende Spitze ein goldenes Kreuz und auf dem Kreuz einen Hahn trug. Merkwürdigerweise stand die Kirchentür, die mit Schweinfurter Grün angestrichen war, sperrangelweit offen. Ich trat ein und ging, nachdem ich unglücklicherweise an den kupfernen Weihkessel angestoßen war, der mit dem schilpend abgewetzten Laut »Pinzfrech!« antwortete, vorsichtig durch die Kirchenstühle auf den Altar zu. Vor dem Altar lag eine dicke, wollige Plüschdecke. Alles war mäuschenstill. Ich war so ermüdet, dass ich mich versuchsweise hinlegte. Obwohl es beim Eintritt ganz dunkel war, konnte ich doch schon nach kurzer Zeit allgemeine Umrisse, Nischen und Vorsprünge unterscheiden. Die Altäre waren geschmückt mit den in Landkirchen üblichen eingerahmten Tabletten, auf denen lateinische Sprüche waren, mit versilberten Leuchtern, Klingelspiel, alles in einfachster, wenig kostspieliger Form; auf Sockeln an der blanken weiß getünchten Wand herum standen einige Apostel, Märtyrer und Ortsheilige mit ihren gewöhnlichen Werkzeugen und Symbolen. Gesichter, Haltung und Gewandung waren in jener übertrieben brünstigen und pathetischen Darstellungsweise, wie sie das Spätrokoko um die Mitte dieses Jahrhunderts bis in die letzte Dorfkirche brachte. Rechts von dem langen Fenster, auf das mein Blick unwillkürlich vor dem Einschlafen gerichtet war, stand ein Petrus mit einem scharf zur Seite gewandten, vollbärtigen Kopfe, in dessen eigentümlich grinsenden Zügen sich Stolz und Verschmitztheit ausdrückten; halb, schien es, blickte er auf den auf der anderen Fensterseite stehenden Jeremias, der traurig und verlegen seine Papierrolle gesenkt hielt, halb zum Fenster hinaus, seinen großen schwarzen Schlüssel krampfhaft in das Mondlicht haltend, das scharf am Rand des Kirchendaches herabgleitend, langsam durch das linke Seitenschiff der Kirche strich. – Mit diesem Bild schlief ich ein.

Wie lange ich geschlafen, kann ich nicht sagen; ich erhielt plötzlich einen Stoß in die Seite, wie von einem harten Gegenstand. Erwachend bemerkte ich vor mir einen Mann in einem langen roten Gewand. Unter dem Arm trug er ein großes schiefes Holzkreuz; dieses Holzkreuz war an mich angestoßen. Der Mann kümmerte sich um mich gar nicht, sondern schritt ernst und gemessen dem Altare zu. Und nun erkannte ich, dass er nur einer unter vielen war, die in einer langen Reihe geordnet aus den Kirchenstühlen herauskamen in der Richtung zum Altar. Die ganze Kirche war taghell und prächtig erleuchtet. Auf allen Altären brannten Kerzen. Vom Chor herab tönte ein langsam-einschläferndes Gesumse der Orgel. Weihrauch und Kerzendampf lagerten sich in festen bleigrauen Schwaden zwischen den weiß getünchten Pfeilern und der Wölbung. In dem Zug der geheimnisvoll dahinschleichenden Menschen bemerkte ich eine Menge seltsamer Gestalten. Da ging an der Spitze eine junge, prächtige Frau in einem blauen, sternbesäten Kleid, die Brüste wippend, die linke halb entblößt. Durch Brust und Kleid hindurch ging ein Schwert, so zwar, dass das Kleid gerade noch getroffen war, als sollte es dadurch emporgehalten werden. Sie blickte fortwährend mit einem verzückten Lächeln an die weiße, kalkige Decke empor und hielt die Arme in brünstiger Gebärde über die Brust gekreuzt, sodass man den Eindruck gewann, als jubiliere sie innerlich über irgendeinen Gedanken. Wobei ich nochmals bemerke, dass das Schwert links, bei der linken Armbeuge, bis zum Heft fest in der Brust stak.

Dies war die vorderste Person. Aus der hinter ihr folgenden Reihe fielen manche durch ihre wunderliche Tracht auf. Die meisten hatten bestimmte Werkzeuge in der Hand. Der eine eine Säge, der andere ein Kreuz, der dritte einen Schlüssel, der vierte ein Buch, einer gar einen Adler, und ein anderer trug ein Lamm auf dem Arme mit herum. Niemand wunderte sich über den anderen, keiner sprach mit dem anderen. Aus dem Schiff der Kirche führten drei Stufen zu der erhöhten Estrade, wo der Altar stand. Jeder wartete mit seinem in bestimmter Haltung getragenen Werkzeug, bis der vordere die drei Stufen droben war, um nicht mit ihm zusammenzustoßen. Was mich am meisten wunderte: Niemand kümmerte sich um mich. Ich blieb völlig unbemerkt. Und selbst der Mann, der mit seinem schiefbalkigen Kreuz an mich angestoßen war, schien davon nichts bemerkt zu haben. Eine zweite weibliche Person fiel nur durch ihre pathetische Haltung im Zuge auf: eine blonde Frau, nicht mehr jung, mit hübschen, aber abgewitterten, abgelebten Zügen. Sie trug ein ganz weißes Kleid, ohne Falbe oder Borde, in der Mitte mit einem Strick gebunden. Dieser Strick war aber vergoldet, die Brüste vollständig entblößt. Doch schaute niemand auf diese üppig quellenden Brüste hin. Reiche blonde Flechten, vollständig aufgelöst, wallten den ganzen Rücken hinab. Sie trug den Kopf tief auf die Brust gesenkt und schaute verzweifelt auf ihre nicht wie gewöhnlich gefalteten, sondern nach auswärts umgeknickten Hände – die Geste, die auf dem Theater Verzweiflung darstellt. Tränen perlten fortwährend von ihren Wimpern, fielen von da auf ihre Brüste, dann auf das Kleid und auch noch auf die manchmal unter dem Kleid hervorkommenden Füße. – Es wäre unmöglich, alle die aufzuzählen, die hier so still und selbstverständlich, wie zu einer regelmäßigen Übung, hinaufwanderten; aber der Mensch mit der verkniffenen Fratze, der anfangs seinen Schlüssel so energisch in das Mondlicht hielt und den ich vor dem Einschlafen unwillkürlich noch auf dem Postament betrachtet hatte, war auch dabei.

Trotz des eintönigen Orgelspiels war mir seit dem Erwachen ein zischelndes Geräusch hinter meinem Rücken am Altar nicht entgangen. Ich blickte mich jetzt um und bemerkte dort einen hoch aufgeschossenen ganz weiß gekleideten Menschen, der fortwährend in den an ihm vorbeiwandernden, teilweise vor ihm haltmachenden Zug hineinflüsterte: »Nehmet hin und esset! Nehmet hin und esset!« Es war eine unsäglich feine Figur: schlank, grazile Glieder, geistvolles Profil, griechische Nase. Dunkle glatt gescheitelte Lockenwellen fielen über Schläfe, Ohr und Nacken; ein durchsichtiger jünglinghafter Flaum bedeckte Kinn und Lippen. Doch bemerkte ich an seinen Händen Blut. Er stand am äußersten linken Ende des Altars und schob den je zu zweit vor ihm stillstehenden und auf einem roten Schemel knienden Menschen des Zuges ein rundes weiß angestrichenes Stück in den Mund, während diese unter brünstigem Augenaufschlag an die Decke blickten. Er flüsterte immerzu: »Nehmet hin und esset! Nehmet hin und esset!« Und »Nähmet hin und ässet!« prallte es von den halbkugelförmigen Hohlwänden hinter dem Altar zurück. Soweit war alles gut. Auffallend war mir zwar, woher dieser Mensch die weißen runden Stücke hernahm. Er langte wohl fortwährend in den Brustlatz seines Gewandes hinein, dort konnte aber ein Vorrat von den weißen Münzen unmöglich sein; einmal, weil dieses Austeilen ewig fortging und kein Ende nahm, ferner auch ein Unterkleid, wie man deutlich sehen konnte, nicht da war, und weil schließlich die Dünnbrüstigkeit dieses abgehärmten Menschen eine so exzessive war, dass, was sich im Profil darbot, notwendig dem Körper selbst angehören musste. Auch bewegte er die feine, höchst schlank gebaute Hand so tief nach innen, dass für mich, soweit meine allerdings der Täuschung fähigen Sinne in Betracht kamen, kein Zweifel bestand, dass er die kreidigen Zwölfkreuzerstücke aus seinem Körper selbst nahm.

Ich sagte, soweit war alles gut: Die Leute, die Frau mit dem Schwert in der Brust voraus, marschierten hinter dem Altar herum, um auf der rechten Seite wieder zu ihren Plätzen in den Kirchenbänken zurückzukehren. Aber was war denn auf dieser rechten Seite? – Dort stand ein ähnlicher Mensch – mehr ein mythologischer Zwitter als ein Mensch – in einem schwarzen protestantischen Predigertalar, vorn am Hals die viereckigen weißen Tabletten oder Bäffchen, hinter denen ein schwarz behaarter Hals zum Vorschein kam. Hinten am Gesäß teilte sich das Predigerkleid, und ein schwarzer, affenartiger Wickelschwanz rollte sich dort heraus, von so respektabler Länge, dass er, die Breite des Altars überspannend, mit dem Rücken des auf der linken Seite amtierenden weißen Menschen in stete Berührung kam. Unten guckten zwei hufartige Füße heraus, und oben auf dem Predigerhals saß ein Kopf, dessen wilder Haarwuchs, verbunden mit einem gelben Kolorit, eingefurchten, denkfaltigen Zügen und einer stumpfigen Nase, einem deutschen Professorengesicht an Hässlichkeit wenig nachgab. Eine goldene Brille komplettierte diese aus Ärger, Bitterkeit und Ekel zusammengesetzte Physiognomie. – Eigentümlich war es, dass er fast pendelartig dieselben Bewegungen und Gesten machte wie sein weißes Gegenüber auf der anderen Altarseite. – Er hielt einen schwarzen Becher in der Hand, aus dem er seiner ähnlich wie drüben vorbeiparadierenden Gesellschaft zu trinken gab. Dabei rief er in einem heiseren, grölenden Ton der jedes Mal vor ihm knienden Person zu: »Nehmet hin und trinket!« Und jedes Mal führte er den Becher hinter sich herum, am Gesäß vorbei, um ihn dann der nächsten Person an die Lippen zu setzen. Was war nun aber das für eine Gesellschaft auf dieser rechten Seite! Eine merkwürdige und ganz anders geartete als drüben! Da war ganz vorne ein Mensch mit einer langen Nase und zurückweichendem Kinn, einen Dreimaster auf dem Kopfe, den ausgemergelten Körper in eine französische Uniform à la Louis XV. gesteckt, mit zurückgeschlagenen roten Rockflügeln, einen Degen zur Seite, in der rechten Hand einen Krückstock und zu allem Überfluss noch unterm linken Arm eine Flöte. Er hielt den Kopf immer schief, sah sehr ausdrucksvoll drein, und schien genau zu wissen, was er tat. – Da war ferner ein feiner, eleganter Kerl in spanischem Kostüm, Trikots bis fast an die Lende, Pluderhosen, gestepptes, panzerartiges Wams, darüber einen goldbordierten kurzen Mantel à la Philipp II., Schnallenschuhe, Samthut mit Straußenfeder. Das Gesicht war gealtert, aber noch leichtfertig aufgelegt. Einen gezückten, blanken Degen in der Rechten, tänzelte er, die Champagnerarie von Mozart trällernd, die drei Stufen zum Altar hinauf, mit Wohlwollen auf die Zeremonien des schwarz geschwänzten Predigers sich vorbereitend. Unter den Frauenzimmern bemerkte ich eine in einem weißen griechischen Gewand mit goldener Falbel, die Arme nackt und nur mit goldenen Spangen geschmückt, die Brüste verführerisch halb entblößt; auf dem blonden, fein geschnittenen Haupt ein Königsdiadem und unter dem Arm eine Lyra. Mit ihren fröhlichen, fast ausgelassenen Manieren bildete sie einen wirksamen Gegensatz zu der blonden schluchzenden Frau auf der anderen Seite. – Es waren noch manche wunderbare, wie es schien, aus allen Gegenden und Zeiten zusammengewürfelte Gesellen da. Da war einer in einem langen, dunkeln, schleppenden Magistergewand, ein Barett über dem ernsten Gesicht, eine düstere, grübelnde Scholastenmiene, unter dem Arm ein geheimnisvolles Buch mit ägyptischen Lettern, der mit zu Boden gewandtem Blick schweigend in der Reihe einherging. Gleich hinter ihm ging ein junges Mädchen mit mildem, weichem Gesichtsausdruck, das einen abgehauenen bärtigen Kopf auf einer Schüssel trug. Der Kopf schien der eines Denkers zu sein; das Mädchen lächelte und schien mit heiteren Gedanken beschäftigt zu sein. Aber weitaus die hervorragendste Figur in dem ganzen Zug war ein untersetzter, starkknochiger Mann mit rundem glattrasierten Gesicht und Stiernacken im schwarzen Predigergewand, der mit emporgeworfenem Kopf und selbstbewusster Miene einherging, unter dem linken Arm eine Bibel, unter dem rechten eine Nonne; dies war überhaupt das einzige Paar im ganzen Zug.

Schon oben sagte ich: Soweit war die Sache ganz gut. Und die Sache wäre auch weiterhin ganz gut gewesen: Der linke Zug ging rechts um den Altar herum, der rechte links herum, um auf diese Weise in ihre Kirchenstühle zurückzukehren. Wie aber, wenn diese zwei Züge von so entgegengesetztem Charakter sich hinter dem Altar begegneten? Und das mussten sie! – Ich versäumte leider dieses Zusammentreffen. Fortwährend beschäftigt mit dem Durchmustern besonders des rechten Zuges, hörte ich plötzlich eine grelle, heisere Lache aufschlagen. Ich wandte mich um und sah den schwarz geschwänzten Menschen, der auf der rechten Seite den Kelch mit dem verdächtigen Inhalt kredenzte, sich mit einer höhnischen

Fratze nach der anderen Seite umsehen, wo der weiße sanfte Mann bleich und starr wie ein Toter stand. Hinter dem Altar sah ich die Spitzen beider Züge sich mit verdächtigen Mienen gegenseitig messen. In diesem Moment verlöschten sämtliche Kerzen. Ein dicker schwefliger Dampf verbreitete sich im ganzen gewölbten Haus; das einschläfernde Summen der Orgel wurde von einem keifenden, gilfenden Aufschrei wie von einem blechernen Akkord unterbrochen, als hätte man eine der Orgelpfeifen mit einem Beil verwundet. Es entstand ein fürchterlicher Tumult; ich hörte harte Körper stürzen, Werkzeuge aufschlagen, Leuchter und Schüsseln zu Boden fallen, vernahm weibliches Wehklagen, männliche Kernflüche, Lachen und Schreien. Dazwischen rief eine mokante kropfige Stimme, die, glaube ich, dem Schwarzen angehörte, mit einem eigentümlichen jodelnden Jargon: »Ja, ja! – Nähmet hin und ässet! – Ja, ja! – Nähmet hin und trinket!« – Halb aus Furcht, erschlagen zu werden, halb aus Unmöglichkeit, in der stickigen Luft weiterzuatmen, tappte ich im Finstern dem Ausgang zu, der, wie ich wusste, zur Rechten lag. Im Vorübergehen streifte ich am Weihkessel an, der mit einem »Spring, Sau!« mir den Abschied gab, und gelangte glücklich ins Freie.

Es war noch immer Nacht; doch sah man im Osten die Dämmerung heraufkommen. Ich eilte so rasch wie möglich diejenigen Gassen entlang, von denen ich glaubte, dass sie mich am schnellsten ins Freie brächten. Ich kam an einem erleuchteten Fenster vorbei, Bäcker schoben dort gerade auf langen Brettern das neue Brot in die Röhren; ich war nur froh, mich wieder in irdischer Gesellschaft zu finden. Doch eilte ich, aus dem Dorf zu kommen, holte, auf der Landstraße angekommen, tüchtig aus und gelangte nach mehrstündigem Marsch gegen Morgen in eine kleine Ortschaft von harmlosem Aussehen, mit freundlichen Leuten, überall offenen Türen und einer wenig hervorstechenden Kirche, dagegen mit einem vortrefflichen Wirtshaus, wo ich nicht säumte, mich zu erfrischen.

Acht Tage später las ich – inzwischen in die Kreisstadt gelangt – im Amtsblatt folgende Bekanntmachung: »In vergangener Nacht wurden in der hiesigen Ortskirche grauenhafte Zerstörungen angerichtet. Die Bildsäulen der Heiligen und Kirchenväter wurden von ihren Sockeln gestürzt, die Embleme ihnen aus der Hand gebrochen, Arme und Beine abgeschlagen. – Da die ziemlich leicht zugängliche

Armenbüchse unberührt war, auch sonst Wertvolles nicht entwendet wurde, stellt sich das Ganze als ein Akt rohen Mutwillens und moralischer Verderbtheit dar. Verdacht richtet sich gegen einen Handwerksburschen, der spät nachts ins Dorf kam und es gegen Morgen in der Richtung nach –* verließ. Es wird gebeten, auf diesen zu vigilieren. Derselbe, von dem jede nähere Beschreibung fehlt, ist im Betretungsfalle festzunehmen und anher einzuliefern.

Gemeinde Zinsblech. Landgericht Pinzgau.
Der Bürgermeister ** (Datum).«

Leslie Poles Hartley

Der Engländer Leslie Poles Hartley (1895–1972) hat neben erfolgreichen psychologischen Romanen wie *The Go-Between* oder *Simonetta Perkins* einige herausragende unheimliche Geschichten geschrieben, die längst den Status von Klassikern des Genres erlangt haben. So auch die nachfolgende Erzählung, die zum ersten Mal auf Deutsch erscheint.

DER AUSTRALISCHE GAST

And who will you send to fetch him away?
– Und wen schickt ihr, ihn zu holen?

Der Märztag hatte eigentlich recht vielversprechend begonnen, endete aber doch noch in einem verregneten Abend. Es war schwer zu sagen, ob Regen oder Nebel überwogen. Der geschwätzige Busfahrer begrüßte diejenigen, die drinnen Platz fanden, mit »Neblig heute Abend!« und diejenigen, die draußen auf dem Oberdeck mitfahren mussten, mit »Regnerisch heute Abend!«. Doch im Bus und auch darauf herrschte gute Laune, denn die Fahrgäste waren solche Unannehmlichkeiten gewohnt und nahmen das raue Klima gelassen. Dennoch war das Wetter bemerkenswert: Selbst der gewandteste Unterhalter konnte sich getrost darüber auslassen, ohne sich dabei zu ertappen, in Banalitäten abzugleiten. Entsprechend viel plauderte der Fahrer, der, wie die meisten seines Berufsstandes, mit einem großen Mitteilungsbedürfnis gesegnet war.

Der Bus drehte seine letzte Tour durch die Innenstadt von London, bevor er über Nacht eingestellt wurde. Drinnen war nur die Hälfte der Plätze besetzt. Sein siebter Sinn verriet dem Busfahrer allerdings, dass draußen noch ein Passagier sein musste, der entweder zu abgehärtet oder zu faul war, um ins Trockene zu gehen. Und als der Bus jetzt zügig *The Strand* entlangknatterte, konnte man die Schritte dieser Person auf den eisenbeschlagenen Stufen schlurfen und quietschen hören.

»Jemand oben?«, fragte der Fahrer und wandte sich an eine wandelnde Schirmspitze und den Saum eines Regenmantels.

»Ich habe niemand gesehen«, antwortete der Mann.

»Nicht dass ich Ihnen nicht traue«, entgegnete der Fahrer, während er das Fahrgeld kassierte, »aber ich gehe wohl besser nach oben und sehe nach.«

Solche Augenblicke, in denen er an der Unfehlbarkeit seiner Beobachtungsgabe zweifelte, überkamen ihn von Zeit zu Zeit. Die Zweifel kamen am Ende eines anstrengenden Arbeitstages, und wenn irgend möglich widerstand er ihnen. Er hielt sie für Zeichen von Schwäche und hätte sich Vorwürfe gemacht, wenn er ihnen nachgegeben hätte. »Du wirst bekloppt, so ist das!«, sagte er zu sich selbst und kassierte drinnen beiläufig das Fahrgeld, damit seine Gedanken nicht weiter draußen bei den leeren Plätzen hängen blieben. Aber seine sinnlose Unruhe widerstand dieser Ablenkung, und so stieg er doch missmutig die Stufen hinauf.

Zu seiner Überraschung stellte er fest, dass seine Vorahnung berechtigt gewesen war. Oben angekommen, sah er vorne rechts einen Fahrgast sitzen; und dieser Mann hatte ihn offenbar trotz des in die Stirn gezogenen Hutes, trotz des hochgeschlagenen Kragens und des zerknitterten weißen Schals, der zwischen beidem hervorschaute, kommen gehört; denn obwohl der Mann geradeaus schaute, klemmte in der ausgestreckten linken Hand, zwischen Zeigefinger und Mittelfinger, eine Münze.

»Netter Abend, finden Sie nicht?«, fragte der Busfahrer, nur um etwas zu sagen.

Der Passagier antwortete nicht, aber der Penny – es war nämlich ein Penny – rutsche den Bruchteil eines Zentimeters tiefer in den Spalt zwischen den beiden blassen, sommersprossigen Fingern.

»Ich habe gesagt, es ist ein verdammt regnerischer Abend!«, beharrte der Fahrer gereizt und ärgerte sich über die Reserviertheit des Mannes. Wieder keine Antwort.

»Wohin soll's denn gehen?«, fragte der Fahrer in einem Tonfall der suggerierte, dass es sich auf jeden Fall um eine miserable Gegend handeln müsse.

»Carrick Street.«

»Wohin?« Er hatte sehr wohl verstanden, aber aufgrund einer leichten Eigenart in der Aussprache des Fahrgastes hielt er es für plausibel, und möglicherweise beschämend für den Mann, dass er es nicht verstanden haben könnte.

»Carrick Street.«

»Warum sagen Sie dann nicht Carrick Street?«, murrte der Busfahrer und lochte die Fahrkarte.

Einen Moment war Ruhe, dann wiederholte der Passagier: »Carrick Street.«

»Ja, ich weiß, ich weiß! Das müssen Sie mir jetzt nicht noch mal sagen!«, tobte der Fahrer und fummelte an dem Penny herum. Von oben bekam er ihn nicht zu fassen, er war zu tief runtergerutscht, deshalb hielt er seine Hand unter die des anderen und zog die Münze zwischen den Fingern hervor.

Sie war kalt, sogar dort, wo er sie festgehalten hatte.
»Sie wissen?«, fragte der Fremde unvermittelt. »Was wissen Sie schon?«
Der Busfahrer versuchte die Aufmerksamkeit des Passagiers auf die Fahrkarte zu lenken, aber der schaute unbeirrt geradeaus. »Also angenommen, ich weiß, dass Sie ein schlauer Bursche sind. Dann schauen Sie jetzt mal her. Wohin soll ich die Fahrkarte denn stecken? In Ihr Knopfloch vielleicht?«
»Hierhin«, antwortete der Passagier.
»Wohin?«, fragte der Fahrer. »Sie sind doch verflixt noch mal kein Zeitungsständer!«
»Wo der Penny war«, erwiderte der Passagier. »Zwischen meine Finger.«
Aus irgendeinem Grund widerstrebte es dem Fahrer, ihm diesen Gefallen zu tun. Die Starrheit der Hand beunruhigte ihn: Er nahm an, dass sie steif oder vielleicht gelähmt war. Und da er hier oben gestanden hatte, waren seine eigenen Hände auch nicht gerade warm. Die Fahrkarte knickte und knitterte bei seinen wiederholten Versuchen, sie in den Spalt zu schieben. Da er ein gutmütiger Kerl war, bückte er sich und schob das Ticket mit beiden Händen – eine oben, eine unten – in den knöchernen Schlitz.
»Bitte schön, Eure Majestät, Kaiser Wilhelm!«
Vielleicht nahm ihm der Passagier diese scherzhafte Anspielung auf sein körperliches Gebrechen übel; vielleicht wollte er auch einfach nicht sprechen. Er entgegnete lediglich: »Hören Sie auf, mit mir zu reden!«
»Mit Ihnen zu reden!«, schrie der Fahrer völlig außer sich. »Ich rede doch nicht mit einer ausgestopften Puppe!«
Grummelnd zog er sich in die Tiefen des Busses zurück.

An der Ecke Carrick Street stiegen ziemlich viele Leute zu. Alle wollten zuerst rein, aber den Gipfel der Dreistigkeit bildeten drei Damen, die sich alle gleichzeitig durch die Tür zwängten. Durch den Lärm drang die Stimme des Fahrers: »Langsam, langsam, passen Sie doch auf, wo Sie hinschubsen! Wir sind ja hier nicht beim Schlussverkauf! Vorsicht *bitte,* die Dame, er ist doch nur ein armer alter Mann!«
Nach kurzer Zeit lichtete sich das Durcheinander, und als er bereits die Hand auf den Hebel gelegt hatte, um die Türen zu

schließen, erinnerte sich der Fahrer an den Passagier auf dem Dach, dessen Fahrziel Carrick Street war. Der Mann hatte wohl das Aussteigen vergessen. Auch wenn er weiteren Gesprächen mit seinem unkommunikativen Fahrgast höchst abgeneigt war, gab er seinem gutmütigen Wesen nach, stieg die Stufen hinauf, legte die Hand an den Mund und rief: »Carrick Street! Carrick Street!« Zu mehr konnte er sich nicht überwinden.

Aber seine Ermahnung verhallte, seine Rufe blieben unerwidert; niemand kam. »Also, wenn er da oben bleiben möchte, soll er das eben tun«, murrte der Fahrer verärgert. »Ich hole ihn da nicht runter, Krüppel hin oder her.«

Der Bus fuhr weiter. ›Er ist vielleicht an mir vorbeigehuscht, als die Massen vom Pokalspiel eingestiegen sind‹, dachte der Fahrer.

Am selben Abend, etwa fünf Stunden früher, bog ein Taxi in die Carrick Street ein und hielt vor dem Eingang eines kleinen Hotels. Die Straße war menschenleer. Sie sah aus wie eine Sackgasse, aber das täuschte, sie führte wie ein schmales Band nach Soho.

»War das der Letzte, Sir?«, fragte der Taxifahrer, nachdem er mehrmals zwischen Taxi und Hotel hin- und hergelaufen war.

»Wie viele sind es?«

»Insgesamt neun Koffer, Sir.«

»Könnten Sie all Ihr Hab und Gut in neun Koffer packen, Fahrer?«

»Das könnte ich; sogar in zwei.«

»Nun ja, schauen Sie bitte mal drinnen nach, ob ich auch nichts vergessen habe.«

Der Taxifahrer tastete zwischen den Sitzen herum. »Ich kann nichts finden, Sir.«

»Was machen Sie mit Sachen, die Sie finden?«

»Ich bring sie zu New Scotland Yard, Sir«, antwortete der Fahrer prompt.

»Scotland Yard?«, wunderte sich der Fremde. »Zünden Sie bitte ein Streichholz an und lassen Sie mich nachsehen.«

Aber auch er fand nichts und folgte beruhigt seinem Gepäck ins Hotel.

Ein Konzert aus Willkommensrufen und Glückwünschen empfing ihn. Der Hoteldirektor, dessen Frau, die Minister ohne Geschäftsbereich, von denen es in allen Hotels wimmelt, die Hoteldiener, der Liftboy, alle scharten sich um ihn.

»Ach, Mister Rumbold, nach all den Jahren! Wir dachten schon, Sie hätten uns vergessen! Und ist das nicht seltsam, gerade an dem Abend, als Ihr Telegramm aus Australien eintraf, haben wir von Ihnen gesprochen! Mein Mann sagte noch ›Mach dir keine Sorgen um Mister Rumbold, der fällt wieder auf die Füße und steht eines Tages als reicher Mann vor der Tür.‹ Nicht dass Sie nicht immer gut situiert gewesen wären, aber mein Mann meinte als Millionär.«

»Er hatte ganz recht«, erwiderte Mister Rumbold langsam und kostete seine Worte genüsslich aus. »Das bin ich.«

»Da siehst du es, was habe ich gesagt?«, rief der Direktor, als sei es nicht genug, einmal von seiner Prophezeiung zu erzählen. »Aber ich frage mich, weshalb Sie trotzdem noch in Rossalls Hotel absteigen.«

»Ich weiß nicht, wo ich sonst hinsollte«, erklärte der Millionär knapp. »Und wenn ich es wüsste, würde ich es nicht tun. Hier fühle ich mich zu Hause!«

Sein Blick wurde sanft, als er die vertraute Umgebung in Augenschein nahm. Seine Augen waren hellgrau, sehr blass, und in dem sonnengebräunten Gesicht wirkten sie noch blasser. Die Wangen waren etwas eingefallen und sehr runzlig; die gerade Nase endete in einer stumpfen Nasenspitze. Er trug einen dünnen, abstehenden Schnurrbart, strohblond, durch den sein Alter schwer zu schätzen war. Vielleicht war er um die fünfzig, so schlaff war die Haut an seinem Hals, aber seine Bewegungen waren erstaunlich flink und sicher und passten eher zu einem jüngeren Mann.

»Ich gehe jetzt nicht auf mein Zimmer«, antwortete er auf eine Frage der Frau Direktor. »Bitten Sie Clutsam – er arbeitet doch noch bei Ihnen? – gut –, meine Sachen auszupacken. Alles, was ich für die Nacht brauche, findet er in dem grünen Koffer. Meine Aktentasche nehme ich mit. Und bringen Sie mir einen Sherry-and-Bitters in die Lounge.«

Eigentlich war es nicht weit bis in die Lounge, doch durch die verwinkelten, schlecht beleuchteten Korridore, die sich teilten und hinter finster gähnenden Eingängen über steile Küchentreppen hinabführten, durch diese Katakomben, die Stammgästen von Rossalls Hotel lieb und teuer waren, war der Weg beachtlich weit. Niemandem, der im Schatten der Alkoven oder am Ende der Kellertreppe gestanden hätte, wäre die vollkommene Zufriedenheit entgangen, mit der Mister Rumbold gemächlich voranschritt: Die hängenden

Schultern hatten sich der Müdigkeit ergeben; die eingedrehten Hände schlenkerten ein wenig, als habe ihr Besitzer sie vergessen; die markante Stirn war jetzt so weit vorgeschoben, dass er entspannt und hilflos aussah, kein bisschen kühn. Ein heimlicher Beobachter hätte Mister Rumbold um sein ungetrübtes Einverständnis mit dem Heute und Morgen beneidet und ihm vielleicht sogar sein Urlaubsaussehen missgönnt.

Ein Kellner, an den er sich nicht erinnern konnte, brachte seinen Aperitif, den er langsam austrank und dabei die Füße ein wenig unkonventionell auf den Kaminsims legte; eine durchaus verzeihliche Laxheit, denn er war allein im Raum.

Man stelle sich daher seine Überraschung vor, als er in seiner vom prasselnden Feuer getragenen Schläfrigkeit plötzlich eine Stimme hörte, die aus der Wand über seinem Kopf zu kommen schien. Eine vornehme Stimme, vielleicht zu vornehm, ein bisschen heiser und trotzdem sorgfältig und präzise in der Ausdrucksweise. Selbst als er sich umschaute, ob jemand gekommen war, hörte er alles, was die Stimme sagte. Sie schien zu ihm zu sprechen, obwohl die ziemlich orakelhaften Worte eher auf eine größere Zuhörerzahl hindeuteten. Es waren die Worte eines Mannes, der wusste, dass Sprechen für ihn selbst zwar eine Pflicht war, dass Mister Rumbold aus dem Zuhören aber sowohl Freude als auch Nutzen ziehen würde.

»... eine Kinderparty«, begann die Stimme in einem gleichmäßigen, unbeteiligten Tonfall, der sich die Waage hielt zwischen Wohlwollen und Abscheu, zwischen Begeisterung und Langeweile. »Sechs kleine Mädchen und sechs kleine« (Die Stimme hob sich ein wenig, ein Ausdruck des Erstaunens.) »Jungs. Die Rundfunkgesellschaft hat sie zum Tee geladen, und sie wollen unbedingt, dass Sie an ihrem Vergnügen teilhaben.« (Beim letzten Wort wurde die Stimme beinahe positiv farblos.) »Ich soll Ihnen ausrichten, dass sie Tee getrunken haben und viel Spaß hatten, nicht wahr, Kinder?« (Ein schüchternes und gedämpftes »Ja« folgte dieser einleitenden Frage.) »Schade, dass Sie unser Tischgespräch nicht hören konnten, aber es wurde sowieso wenig gesprochen, wir waren zu sehr mit dem Essen beschäftigt.« Einen Moment lang identifizierte sich die Stimme mit den Kindern. »Aber wir können Ihnen sagen, was es zu essen gab. Los, Percy, erzähl mal, was du alles gegessen hast.«

Eine leise piepsige Stimme zählte eine lange Liste an Speisen auf. Wie die Kinder im Sirupbrunnen, dachte Rumbold, Percy wird es sehr übel geworden sein oder jedenfalls demnächst werden. Ein paar andere zählten ebenfalls die Bestandteile ihrer Mahlzeit auf.

»Sie sehen also«, sagte die Stimme, »wir haben es uns gut gehen lassen. Und jetzt werden wir noch Kekse essen und danach ...« (Die Stimme zögerte und schien sich von dem Ausdruck zu distanzieren.) »... Kinderspiele spielen.«

Es folgte ein eindrückliches Schweigen, das schließlich von der gemurmelten Ermahnung eines kleinen Mädchens gebrochen wurde: »Nicht weinen, Philip, es tut nicht weh.«

Flüchtiges Knistern war zu hören; nicht wie das Geräusch zerbrechender Kekse, sondern eher wie ein Feuer, das geschürt wird, dachte Rumbold.

Stimmmengewirr durchbrach das Prasseln. »Was hast du da, Alec, *was* hast du da?«

»Ich habe eine Pistole.«

»Gib sie her.«

»Nein.«

»Dann leih sie mir.«

»Wofür willst du sie haben?«

»Ich will Jimmy erschießen.«

Mister Rumbold fuhr zusammen. Irgendetwas musste ihn erschreckt haben. War es nur Einbildung, oder hatte er in dem ganzen Durcheinander von Geräuschen tatsächlich ein leises Klicken gehört?

Wieder ergriff die Stimme das Wort. »Und nun lasst uns spielen.« Als wolle sie die Gleichgültigkeit von eben wettmachen, verlieh jetzt ein kleiner Schuss Vorfreude der Stimme etwas Farbe. »Wir fangen mit dem allseits beliebten *Ringel-Ringel-Reihe* an.«[1]

Die Kinder waren ziemlich schüchtern, und jeder überließ dem anderen das Singen. Eine oder zwei Zeilen sangen sie mit, dann verließ sie der Mut. Aber mit Unterstützung der kräftigen, wenn auch gedämpften Baritonstimme des Sprechers fassten sie sich ein Herz und sangen bald ohne Begleitung und Anleitung. Ihre hellen, flatternden Stimmen klangen bezaubernd. Mister Rumbold hatte Tränen in den Augen.

Als Nächstes erklang *Orangen und Zitronen.*[2] Das war schon schwieriger, denn es kamen mehrere ungeprobte Effekte darin vor, bevor das Spiel schließlich in Fahrt geriet. Man konnte förmlich sehen, wie die Kinder an ihre Plätze gestellt wurden, beinahe wie zu einer Quadrillen-Figur. Einige hätten sicherlich lieber etwas anderes gespielt; Kinder sind widerspenstig, und obwohl der dramatische Aspekt von *Orangen und Zitronen* den meisten gefällt, jagt er manchem Kind Angst ein. Der Widerwille brachte die Kinder mehrmals zum Stocken, und das störte Mister Rumbold, weil er dieses Spiel als Kind immer besonders geliebt hatte.

Als der dröhnende Gesang zum Stampfen und Trampeln vieler kleiner Füße einsetzte, lehnte er sich in seinem Stuhl zurück und schloss verzückt die Augen. Er wartete aufmerksam auf das letzte Anschwellen vor der Katastrophe. Der Prolog plätscherte immer noch vor sich hin, als wollten die Kinder die Phase der Sicherheit, den fröhlichen, sorgenfreien Spaziergang ausdehnen, den die große Glocke von St. Sepulchre mit ihrer rücksichtslosen Demonstration von Unwissen so grob beenden sollte. Die Glocken von Old Bailey bedrückten die Forderungen ihrer Wucherer; die Glocken von Shoreditch antworteten darauf entsprechend frech; die Glocken von Stephney fragten ironisch nach, als ganz plötzlich, noch bevor die große Glocke von St. Sepulchre Zeit fand, ein Wort zu äußern, Mister Rumbolds Gefühle eine eigenartige Wandlung erfuhren. Warum konnte das Spiel nicht so weitergehen, nichts als Anmut und Sonnenschein? Warum sollte man das unheilvolle Ereignis heraufbeschwören? Erlasst die Schulden; lasst die Glocken weiter klingen und niemals die letzte Stunde schlagen. Aber ungeachtet von Mister Rumbolds Zimperlichkeit nahm das Spiel seinen Lauf. Nach dem Essen wird abgerechnet.

»Hier ist eine Kerze, die dir den Weg zu Bett erhellt
Und hier ist ein Beil, durch das dein Kopf gleich fällt!
Hack, hack, hack ...«

Ein Kind schrie, dann herrschte Stille.
Mister Rumbold war ziemlich durcheinander und sehr erleichtert, als die Stimme nach einigen weiteren halbherzigen Runden *Orangen und Zitronen* verkündete: »... und jetzt singen wir: *Here we come gathering nuts and may*.[3]« Wenigstens hatte dieses Lied nichts Düsteres: eine prächtige Waldszene, die in einer herrlichen botanischen Ungenauigkeit alle Reize von Frühling, Herbst und Winter vereint. Welche Überlegenheit über den Dingen lag in der Verknüpfung von Nüssen mit dem Monat Mai!

In der Zwischenzeit dirigierte seine eigene Hand die Melodie und sein Fuß klopfte den Takt. Sein Puls beschleunigte sich vor Freude, die Kinder sangen mit mehr Begeisterung, und das Spiel war in vollem Gange; Überschwang und Rhythmus füllten den kleinen Raum, in dem Mister Rumbold saß. In dichten Schwaden ergossen sich die Klangwellen, so durchdringend, dass sie die Sinne verzückten, so süß, dass sie sie vergifteten, so leicht, dass sie die Sinne zu einem Feuer anfachten. Mister Rumbold wurde hinweggetragen. Sein Gehör war durch das Ausblenden der anderen Sinne geschärft und nahm plötzlich ganz neue Töne wahr; zum Beispiel die Namen der Spieler, die auf der einen Seite als ›Nuss‹ gesammelt werden sollten, und die der Helden, die sie auf ihre Seite hinüberziehen sollten.

Für weitere Zuhörer blieb der Ausgang der Kämpfe unklar. Schaffte es Nancy Price, Percy Kingham dazu zu bringen, die Seiten zu wechseln? Wahrscheinlich.

Würde sich Alec Wharton gegen Maisie Drew durchsetzen? Für einen von beiden war es offenbar ein leichter Kampf: Er dauerte nur einen Augenblick und wurde von mäßigem Lachen begleitet.

Hatte sich Violet Kingham gut gegen Horace Gold geschlagen? Dieses Aufeinandertreffen war grässlich, ein tiefes, unregelmäßiges Keuchen war zu hören. Vor seinem inneren Auge konnte Mister Rumbold sehen, wie sich die beiden Champions gegenseitig über das am Boden liegende weiße Taschentuch schoben, vorwärts und wieder zurück, mit hochroten Köpfen und vor Anstrengung verzerrten Gesichtern. Violet oder Horace – nur einer konnte gewinnen. Violet war zwar größer als Horace, aber der war schließlich ein Junge. Sie waren sich ebenbürtig: Ihre Ehre stand auf dem Spiel. Der Moment, wenn der Wille bricht und der Körper in der Kapitulation erschlafft, würde vernichtend sein. Ja, sogar dieses Spiel hatte eine starre, unbehagliche Seite. Violet oder Horace, einer musste jetzt leiden, vielleicht weinen, die Schmach der Niederlage ertragen.

Das Spiel begann von vorne. Dieses Mal hatten die Kinderstimmen einen erwartungsvollen Klang. Zwei erprobte Kontrahenten sollten aufeinandertreffen: Es sollte ein Kampf der Giganten werden. Der Gesang schlug in Kriegsgebrüll um.

»Wer soll eure Nuss im Mai sein,
Nuss im Mai sein, Nuss im Mai sein?

Wer soll eure Nuss im Mai sein,
an einem eisigkalten Morgen?«

Victor Rumbold sollte die Nuss im Mai sein, Victor Rumbold, Victor Rumbold; und die Rachsucht in ihren Stimmen verlangte auch nach seinem Blut.

»Und wen schickt ihr, ihn zu holen,
ihn zu holen, ihn zu holen?
Wen schickt ihr, ihn zu holen,
an einem eisig kalten Morgen?«

Die Antwort kam wie ein Fanfarenstoß, wie ein Schrei der Herausforderung.

»Jimmy Hagberd soll ihn holen,
soll ihn holen, soll ihn holen;
Jimmy Hagberd soll ihn holen
an einem regnerischen und nebligen Abend.«

Man könnte meinen, dass diese Variation den Übergang von der Täuschung in die Welt der Realität vorantreiben sollte. Aber Mister Rumbold hatte vermutlich nicht gehört, dass seine Entführung soeben vordatiert worden war. Er war ganz grün angelaufen, und sein Kopf war nach hinten gegen die Stuhllehne gekippt.

»Darf ich Ihnen einen Wein bringen, Sir?«
»Ja, Clutsam, eine Flasche Champagner bitte.«
»Sehr gerne, Sir.«
Mister Rumbold leerte das erste Glas in einem Zug.
»Erwarten Sie außer mir noch Gäste zum Dinner, Clutsam?«, fragte er sogleich.
»Jetzt nicht mehr, es ist bereits neun Uhr«, antwortete der Kellner mit einem vorwurfsvollen Unterton in der Stimme.
»Tut mir leid, Clutsam, mir war nicht gut, deshalb habe ich mich vor dem Essen noch ein wenig hingelegt.«
Der Kellner war besänftigt.
»Ich dachte mir schon, Sie sehen gar nicht gut aus, Sir. Hoffentlich keine schlechten Nachrichten?«

»Nein, nichts dergleichen. Einfach nur ein bisschen erschöpft von der Reise.«

»Und wie war es in Australien, Sir?«

»Das Wetter war besser als hier«, antwortete Mister Rumbold, leerte sein zweites Glas und beäugte den Rest in der Flasche.

Ununterbrochen prasselte der Regen auf das Glasdach des Salons.

»Aber gutes Wetter ist auch nicht alles; man fühlt sich zum Beispiel nicht zu Hause«, bemerkte der Kellner.

»Das stimmt.«

»Viele Gegenden auf der Welt würden viel für einen Tag Regen geben«, versicherte der Kellner.

»Zweifellos«, sagte Mister Rumbold, der die Unterhaltung beruhigend fand.

»Waren Sie im Ausland oft Angeln, Sir?«, fuhr der Kellner fort.

»Manchmal.«

»Sehen Sie, dafür braucht man Regen«, erklärte der Kellner, als hätte er damit einen Punkt für sich verbucht.

»Angeln ist in Australien nicht dasselbe wie hier, nicht wahr?«

»Nein.«

»Dann gibt es auch keine Wilderei«, folgerte der Kellner gedankenvoll. »Jeder ist auf sich gestellt.«

»Ja, so ist das die Regel in Australien.«

»Das ist ja keine großartige Regel, oder?« Der Kellner ließ nicht locker. »Ich meine, nicht wie ein Gesetz.«

»Das hängt davon ab, was man unter Gesetz versteht.«

»Ach, Mister Rumbold, Sir, Sie wissen doch genau, was ich meine. Ich meine die Polizei. Wenn Sie also da draußen in Australien einen Mann abgemurkst haben – einen umgebracht, meine ich –, dann würden die Sie aufhängen, wenn Sie geschnappt werden, oder?«

Mister Rumbold quirlte den Champagner mit dem hinteren Ende seiner Gabel und nahm wieder einen Schluck.

»Wahrscheinlich würden sie das tun, außer in besonderen Fällen.«

»Unter bestimmten Umständen würden Sie also davonkommen?«

»Das wäre möglich.«

»Das meine ich mit Gesetz«, verkündete der Kellner. »Sie kennen das Gesetz: Wenn Sie dagegen verstoßen, werden Sie bestraft. Natürlich meine ich nicht Sie, Sir! Ich sage nur ›Sie‹, um mich klarer auszudrücken.«

»Ganz recht.«

»Wenn es allerdings nur eine sogenannte Regel gibt«, fuhr er fort und räumte zügig die Reste von Mister Rumbolds Hühnchen weg, »dann könnte Sie jeder verhaften: jeder, auch ich zum Beispiel.«
»Warum sollten Sie oder die anderen mich verhaften wollen? Ich habe Ihnen gar nichts getan und den anderen auch nicht.«
»Oh, aber wir müssten das tun, Sir.«
»Warum?«
»Wir könnten doch nicht ruhig schlafen, solange Sie auf freiem Fuß sind. Sie könnten es ja noch einmal tun. Das muss doch jemand verhindern.«
»Aber was wäre, wenn es niemanden gäbe?«
»Sir?«
»Angenommen, der Ermordete hatte keine Angehörigen oder Freunde; angenommen, er ist einfach verschwunden, und niemand weiß, dass er tot ist?«
»Nun ja, Sir«, sagte der Kellner und zwinkerte Unheil verkündend, »in diesem Fall müsste er Ihnen wohl selbst auf die Schliche kommen. Er würde keine Ruhe finden, Sir, nein, nicht er, und er wüsste, was zu tun wäre.«
»Clutsam«, sagte Mister Rumbold, »bringen Sie mir noch eine Flasche Wein und machen Sie sich nicht die Mühe, sie zu kühlen.«
Der Kellner nahm die Flasche vom Tisch und hielt sie gegen das Licht. »Ja, die ist tot, Sir.«
»Tot?«
»Ja, Sir, leer – völlig ... tot.«
»Sie haben recht«, stimmte Mister Rumbold zu. »Völlig tot.«

Es war kurz vor elf, und Mister Rumbold hatte die Lounge wieder für sich. Clutsam servierte gerade den Kaffee. Zu dumm, dass das Schicksal ihn mit diesen beiläufigen Erinnerungen verfolgte; zu dumm, und das an seinem ersten Tag zu Hause. »Wirklich zu dumm«, murmelte er, während das Kaminfeuer seine Schuhsohlen wärmte. Aber der Champagner war ausgezeichnet und würde ihm nicht schaden. Der Brandy, den Clutsam ihm brachte, würde ihm dagegen den Rest geben. Clutsam war ein anständiger Mann, ein guter altmodischer Diener ... ein gutes altmodisches Haus ... Der Wein wärmte von innen, und die Gedanken begannen, ihm zu entgleiten.
»Ihr Kaffee, Sir«, sagte eine Stimme bei seinem Ellbogen.

»Danke Clutsam, ich bin Ihnen sehr zu Dank verpflichtet«, erwiderte Mister Rumbold mit der übertriebenen Höflichkeit des Alkoholrausches. »Sie sind ein feiner Kerl, ich wünschte, es gäbe mehr von Ihrer Sorte.«

»Das hoffe ich auch, ich bin sogar sicher«, sagte Clutsam und versuchte leicht verwirrt, mit diesen Beobachtungen umzugehen.

»Scheinen nicht viele Leute da zu sein«, bemerkte Mister Rumbold. »Hotel ausgebucht?«

»Oh ja, Sir, alle Suiten sind belegt und die anderen Zimmer auch. Wir müssen jeden Tag Gäste abweisen. Auch heute Abend hat ein Herr angerufen. Sagte, er würde später vorbeikommen, auf gut Glück. Aber ich fürchte, die Vögel werden alle ausgeflogen sein.«

»Vögel?«, wiederholte Mister Rumbold.

»Ich will sagen, es gibt keine Zimmer mehr, für kein Geld der Welt.«

»Ach, das tut mir aber leid für ihn«, bedauerte Mister Rumbold mit schwerer Zunge. »Ich habe Mitleid mit jedem, Freund oder Feind, der an einem solchen Abend durch London streifen muss. Wenn ich noch ein zweites Bett auf meinem Zimmer hätte, würde ich es ihm zur Verfügung stellen.«

»Sie haben eines, Sir«, bemerkte der Kellner.

»Wie, natürlich, ich habe ja eins. Wie dumm von mir! Jaja, der arme Kerl tut mir leid. Alle Heimatlosen auf Gottes Erde tun mir leid, Clutsam.«

»Amen«, sagte der Kellner andächtig.

»Und Ärzte und so, die mitten in der Nacht aus dem Bett geholt werden. Das ist ein anstrengendes Leben. Haben Sie schon mal über das Leben eines Arztes nachgedacht, Clutsam?«

»Nicht dass ich wüsste, Sir.«

»Na ja, jedenfalls ist es anstrengend; das können Sie mir ruhig glauben.«

»Wann soll ich Sie morgen wecken, Sir?«, fragte der Kellner, für den die Unterhaltung kein Ende nehmen wollte.

»Clutsam, ist gar nicht nötig.« Mister Rumbold leierte die Worte so in einem Stück herunter, dass man meinen konnte, er hielte Clutsam selbst für vollkommen überflüssig. »Ich stehe einfach auf, sobald ich wach bin. Und das könnte spät werden.« Bei diesen Worten schnalzte er mit der Zunge. »Es geht doch nichts über Ausschlafen, was, Clutsam?«

»Stimmt, Sir. Schlafen Sie ruhig aus«, ermunterte ihn der Kellner. »Sie werden nicht gestört.«

»Gute Nacht, Clutsam, Sie sind ein feiner Kerl, und es ist mir ganz egal, wer mich das sagen hört.«

»Gute Nacht, Sir.«

Mister Rumbold ging wieder zu seinem Sessel. Der war gemütlich, bequem, er fühlte sich eins mit dem Sessel. Eins mit dem Feuer, der Uhr, den Tischen, mit allen Möbeln. Ihre Nützlichkeit, ihre Tugend kam der seinen entgegen, sie trafen sich, trafen sich und wurden Freunde. Wer konnte ihre süße Verbindung untergraben oder sie daran hindern, ihre dienstbaren Funktionen auszuüben? Niemand – und ganz sicher kein Schatten der Vergangenheit. Der Raum war vollkommen ruhig. Straßengeräusche waren nur als fortwährendes leises Brummen zu hören, unendlich beruhigend. Mister Rumbold schlief ein.

Er träumte, dass er wieder ein kleiner Junge sei und in seiner Heimat auf dem Land lebte. Im Traum war er von einem unsagbaren Verlangen besessen; er musste Feuerholz sammeln, wann und wo immer er welches entdeckte. Eines Herbsttages fand er sich in der Holzhütte wieder; so begann der Traum. Die Tür war nur angelehnt und ließ ein bisschen Licht hinein, aber er konnte sich nicht erinnern, wie er hineingekommen war. Der Boden des Schuppens war mit Rindenstückchen und kleinen Zweigen übersät, abgesehen vom Hackklotz, der nicht zu gebrauchen war, gab es aber keinen Holzscheit, der groß genug für ein Feuer gewesen wäre. Obwohl er sich alleine im Holzschuppen nicht wohlfühlte, blieb er lang genug, um alles gründlich zu durchsuchen. Aber er fand nichts.

Ein wohlbekannter Zwang stieg in ihm hoch, er verließ das Holzhaus und ging in den Garten. Der Weg führte ihn zu einem hohen Baum, der ein Stück abseits des Hauses im hohen Gestrüpp stand. Der Baum war gekappt worden. Bis auf halbe Höhe gab es keine Äste mehr, nur Laubbüschel in unregelmäßigen Abständen. Als er nach oben ins dunkle Blattwerk schaute, wusste er bereits, was er dort sehen würde. Und da war er, ein langer toter Ast, an einigen Stellen war die Rinde abgesplittert, und in der Mitte war er geknickt wie ein Ellbogen.

Er begann zu klettern. Der Aufstieg war leichter als erwartet, sein Körper schien federleicht. Aber eine schreckliche Beklemmung plagte ihn immer mehr, je höher er kam. Der Ast wollte ihn nicht; er schleuderte seine Feindseligkeit den Stamm hinab. Und jede Sekunde brachte ihn näher zu einer Stelle, die er schon immer gefürchtet hatte: eine sogenannte Verwachsung. Sie stach wie eine kreisrunde Wucherung aus dem Stamm hervor und war dicht mit Zweigen bewachsen. Victor wäre lieber gestorben, als sich den Kopf daran zu stoßen.

Als er den Ast endlich erreichte, war es Nacht geworden. Er wusste, was zu tun war. Da kein anderer Ast in der Nähe war, von wo aus er diesen hätte erreichen können, musste er sich rittlings darauf setzen und mit den Händen drücken, bis er brach. Mit den Beinen suchte er Halt, den Rücken an den Stamm gepresst, und drückte mit aller Kraft. Dabei musste er abwärtsschauen und sah tief unten auf dem Boden ein weißes Tuch ausgebreitet, wie um ihn aufzufangen; und plötzlich wusste er, dass es ein Leichentuch war.

Außer sich rüttelte er an dem steifen brüchigen Ast. Ein unsagbares Verlangen, ihn abzubrechen, ergriff ihn. Der Länge nach ausgestreckt, packte er den Ast am Ellbogengelenk und drückte ihn von sich weg. Als er endlich brach, kippte er vornüber, und das Leichentuch raste auf ihn zu ...

Mister Rumbold erwachte schweißgebadet und stellte fest, dass er die gebogene Armlehne des Sessels umklammerte, auf die der Kellner seinen Brandy gestellt hatte. Das Glas war umgefallen, und der Alkohol bildete eine kleine Pfütze auf dem Lederbezug.

»Ich kann das so nicht verkommen lassen«, dachte er. »Ich muss noch einen Schluck bestellen.«

Er ging zur Rezeption. Auf sein Klingeln trat ein Mann aus einem Hinterzimmer, den er nicht kannte.

»Kellner, bringen Sie mir einen Brandy Soda auf mein Zimmer. In einer Viertelstunde. Auf den Namen Rumbold.«

Er folgte dem Kellner nach draußen. Der Gang war stockdunkel bis auf eine kleine blaue Gaslampe, neben der einige Kerzenleuchter standen. Er erinnerte sich, dass es in diesem Hotel die alte Gepflogenheit gab, sich der Dunkelheit zu fügen.

Als er den Docht an die Gaslampe hielt, hörte er sich selbst murmeln: »Hier ist eine Kerze, die dir den Weg zu Bett erhellt.« Aber er erinnerte sich an das bedrohliche Ende des Verses und, verwirrt wie er war, ließ es unausgesprochen.

Kurz nachdem Mister Rumbold zu Bett gegangen war, klingelte es an der Hoteltür. Dreimal kurz, ohne Pausen dazwischen.
»Da hat's aber einer eilig hereinzukommen«, sagte der Nachtportier mürrisch zu Clutsam, der bis Mitternacht Dienst hatte. »Nehme an, er hat den Schlüssel vergessen.«
Der Nachtportier hatte keine Eile, die Tür zu öffnen, es würde dem vergesslichen Kerl ganz gut tun, ein bisschen zu warten, nur so würde er es lernen, in Zukunft pünktlich zu sein. Er ging so langsam, dass es schon wieder klingelte, als er endlich an der Tür ankam. Aus Ärger über eine derartige Aufdringlichkeit drehte er sich bewusst um und rückte noch einen Stapel Zeitungen zurecht, bevor er dem ungeduldigen Störenfried öffnete.

Um seiner Gleichgültigkeit zusätzlich Ausdruck zu verleihen, blieb er beim Öffnen sogar hinter der Tür stehen, daher war der erste Blick, den er von dem Gast erhaschen konnte, der auf dessen Rücken, was allerdings genügte, um festzustellen, dass es sich nicht um einen Hotelgast, sondern um einen Fremden handelte.

Das schwarze Cape fiel an der einen Seite fast gerade herab, die andere Seite war ausgebeult, als hielt der Mann einen Korb unter dem Arm. Er sah aus wie eine Krähe mit einem gebrochenen Flügel. Eine glatzköpfige Krähe, dachte der Portier, denn da war ein Stückchen bloße Haut zwischen dem weißen Leinending und dem Hut zu sehen.

»Guten Abend, Sir, was kann ich für Sie tun?«

Der Fremde antwortete nicht, glitt aber zu einem Beistelltisch und fing an, mit der rechten Hand einige Briefe durchzublättern.

»Erwarten Sie eine Nachricht?«, fragte der Portier weiter.

»Nein«, antwortete der Fremde. »Ich möchte ein Zimmer für heute Nacht.«

»Sind Sie der Herr, der vorhin angerufen hat?«

»Ja.«

»In diesem Fall muss ich Ihnen sagen, dass wir leider kein Zimmer für Sie haben. Wir sind ausgebucht.«

»Sind Sie sicher?«, fragte der Unbekannte. »Denken Sie lieber noch einmal genau nach.«

»Das sind meine Anweisungen, Sir. Denken tut mir nicht gut.« In diesem Augenblick hatte der Portier das merkwürdige Gefühl, als habe sich ein wichtiger Teil von ihm, womöglich sein Leben, in seinem Inneren gelöst und drehte sich nun unablässig im Kreis. Das Gefühl hörte wieder auf, als er zu sprechen begann.

»Ich werde den Kellner rufen, Sir«, sagte er.

Doch noch bevor er ihn rufen konnte, war er bereits da, gerade im Begriff, einen Botengang zu erledigen.

»Sag mal, Bill«, begann er, »welche Zimmernummer hat Mister Rumbold? Er hat einen Drink bestellt, und ich habe vergessen nachzufragen.«

»Dreiunddreißig«, stammelte der Portier. »Das Doppelzimmer.«

»Was ist denn los, Bill?«, fragte der Kellner. »Du siehst ja aus, als hättest du ein Gespenst gesehen.«

Beide Männer starrten in den Raum und dann wieder einander an. Der Raum war leer.

»Großer Gott«, sagte der Portier. »Ich muss übergeschnappt sein, aber er war gerade noch hier. Schau dir das an.«

Auf den Steinfliesen lag ein Eiszapfen, fünf bis zehn Zentimeter lang, um den sich schnell eine kleine Wasserlache bildete.

»Was, Bill, wo kommt der denn her? Es friert doch gar nicht draußen!«, schrie der Kellner.

»Den muss *er* mitgebracht haben«, sagte der Portier.

Beide schauten sich erst bestürzt an, dann entsetzt, als ein erneutes Klingeln zu hören war. Diesmal kam das Klingeln aus den Tiefen des Hotels.

»Clutsam ist schon schlafen gegangen, wir müssen rangehen, egal, wer es ist«, flüsterte der Portier.

Clutsam hatte gerade seine Krawatte ausgezogen und machte sich fertig fürs Bett, als er das Klingeln hörte. Was in aller Welt konnte jemand um diese Uhrzeit noch in der Lounge wollen? Er zog seinen Mantel über und ging wieder nach oben.

Neben dem Kamin sah er dieselbe Gestalt, deren Erscheinen und Verschwinden eben den Portier so erschreckt hatte.

»Ja bitte, Sir?«

»Ich möchte, dass Sie zu Mister Rumbold gehen und fragen, ob er das zweite Bett in seinem Zimmer einem Freund überlassen würde.«

Wenige Augenblicke später kam Clutsam wieder. »Mister Rumbold lässt grüßen und fragt, wer Sie sind.«

Der Fremde ging zu einem Tisch in der Mitte des Raumes. Darauf lag eine australische Zeitung, die Clutsam noch nie gesehen hatte. Der Mann blätterte darin mit seinen Fingern, die selbst von

Clutsams Standort an der Tür außergewöhnlich spitz aussahen, riss ein rechteckiges Stückchen von der Größe einer Visitenkarte ab, trat einige Schritte zurück und signalisierte dem Kellner, es zu nehmen.

Im Licht der Gaslampe im Korridor las Clutsam den Ausschnitt. Es war eine Meldung über den Fund einer Leiche. Aber weshalb sollte es für Mister Rumbold von Interesse sein, dass die Umstände, unter denen der Leichnam von Mister James Hagberd gefunden worden war, auf einen gewaltsamen Tod schließen ließen?

Nach einer etwas längeren Zeit tauchte Clutsam wieder auf und sah verwirrt und verängstigt aus.

»Mister Rumbold dankt, aber er kennt niemanden, der so heißt.«

»Dann sagen Sie ihm Folgendes«, ordnete der Fremde an. »Fragen Sie ihn, ob ich lieber zu ihm hinaufkommen soll oder ob er zu mir herunterkommen möchte.«

Zum dritten Mal überbrachte Clutsam die Nachricht des Fremden.

Bei seiner Rückkehr öffnete er die Tür zum Raucherzimmer nicht, sondern rief durch die geschlossene Tür: »Mister Rumbold sagt, Sie sollen zur Hölle fahren, wo Sie hingehören, und er sagt, Sie sollen nur raufkommen, falls Sie es wagen!«

Clutsam machte sich aus dem Staub. Etwa eine Minute später hörte er von seinem Zufluchtsort in einem tiefen Kohlenkeller einen Schuss.

Irgendein verborgener Instinkt erwachte in ihm, die Liebe zur Gefahr oder aber Todesmut, jedenfalls rannte er die Treppe so schnell hinauf wie noch nie in seinem Leben. Im Flur stolperte er über Mister Rumbolds Stiefel. Die Tür stand halb offen. Geduckt stürmte er hinein. Das hell erleuchtete Zimmer war leer. Aber fast alle beweglichen Gegenstände waren umgeworfen, und das Bett war ein einziges grauenvolles Durcheinander.

Auf dem Kissen mit dem fünffach genadelten Saum entdeckte Clutsam dann die ersten Blutspuren. Danach sah er sie beinahe überall. Was ihm aber wirklich Übelkeit verursachte und ihn so lange davon abhielt, runterzugehen und die anderen zu wecken, war der Anblick eines Eiszapfens auf der Fensterbank, eine dünne Kralle aus Eis, gekrümmt wie ein Enterhaken, mit einem Fetzen Fleisch daran.

Das war alles, was von Mister Rumbold übrig war. Aber ein Polizist, der in der Carrick Street patrouillierte, bemerkte einen Mann in einem langen schwarzen Cape, der aussah, als würde er etwas Schweres unter dem Arm tragen. Er rief den Mann an und rannte hinter ihm her, doch obwohl es nicht aussah, als ob er sehr schnell lief, vermochte der Polizist ihn nicht einzuholen.

[1] Die ursprüngliche englische Version *Ring-a-ring-of-Roses* geht auf die Zeit der großen Pestepidemien zurück. Der *Ring of Roses* steht dabei für die ersten äußeren Anzeichen der Krankheit, *A Pocket full of Posies* bezieht sich auf Blumen und Kräuter, die oft in der Tasche getragen wurden, um sich zu schützen oder um den Pestgestank zu überdecken. *We all fall down* steht dementsprechend für den schnellen Tod. Die Kinder tanzen wie im deutschen Ringelreihen im Kreis und gehen zum letzten Vers in die Hocke. Später wurden weitere, harmlose Strophen hinzugefügt.

Ring-a-ring-of-Roses

Ring a Ring o' Roses,
A pocket ful of Posies,
Atishoo! Atishoo!
We all fall down!

[2] Bereits 1665 gab es einen Tanz mit dem Titel *Oranges and Lemons*. Das vorliegende Kinderlied evoziert das Glockengeläut mehrerer Londoner Kirchen. Die Kinder spielen dazu ein Spiel, das darin gipfelt, dass ein Kind zwischen den gefassten Armen zweier anderer Kinder gefangen wird und diese so tun, als würden sie ihm den Kopf abschlagen. Der düstere letzte Vers geht auf die Abwicklung der Hinrichtungen im ausgehenden 18. Jahrhundert zurück, als in der Nacht vor der Hinrichtung eine Kerze vor der Zellentür der Verurteilten aufgestellt wurde (*a candle to light you to bed*). Die *great bell of Bow* bezieht sich auf die Tenorglocke von St. Sepulchre, die die Hinrichtung an der Tyburn Gate ankündigte (meist montags, neun Uhr), bevor das Gefängnis 1783 an die weiter entfernte Newgate (die heutige Sehenswürdigkeit *Old Bailey*) verlegt wurde. Das Gefängnis erhielt damals eigene Glocken.

Oranges and Lemons

Gay go up and gay go down,
To ring the bells of London town.

Oranges and lemons,
Say the bells of St. Clements.

Bull's eyes and targets,
Say the bells of St. Marg'ret's.

Brickbats and tiles,
Say the bells of St. Giles'.

Halfpence and farthings,
Say the bells of St. Martin's.

Pancakes and fritters,
Say the bells of St. Peter's.

Two sticks and an apple,
Say the bells of Whitechapel.

Pokers and tongs,
Say the bells of St. John's.

Kettles and pans,
Say the bells of St. Ann's.

Old Father Baldpate,
Say the slow bells of Aldgate.

You owe me ten shillings,
Say the bells of St. Helen's

When will you pay me?
Say the bells of Old Bailey.

When I grow rich,
Say the bells of Shoreditch.

Pray when will that be?
Say the bells of Stepney.

I do not know,
Says the great bell of Bow.

Here comes a candle to light you to bed,
Here comes a chopper to chop off your head.

---

[3] *Nuts and May* oder *Nuts in May* wird in zwei Mannschaften gespielt, wobei sich die Spieler in zwei Reihen gegenüberstehen und wechselseitig die Strophen des Liedes singen. Eine Mannschaft bestimmt einen Mitspieler der gegnerischen Mannschaft als *nut in may*, die andere Mannschaft fragt daraufhin, wen die Gegner zu schicken gedenken, *to fetch him/her away*. Sobald der »Räuber« festgelegt wurde, müssen die Gegner versuchen, sich gegenseitig

über die Markierung eines am Boden liegenden Taschentuchs zu schieben. Der Verlierer stößt zur Siegermannschaft, und das Spiel beginnt von vorne.

Nuts and May

Here we come gathering nuts an' may,
Nuts an' may, nuts an' may;
Here we come gathering nuts an' may,
On a fine and frosty morning.

Who will you gather for nuts an' may,
Nuts an' may, nuts an' may;
Who will you gather for nuts an' may,
On a fine and frosty morning?

We'll gather Elsie for nuts an' may,
Nuts an' may, nuts an' may;
We'll gather Elsie for nuts an' may,
On a fine and frosty morning.

Who will you send to take her away,
Take her away, take her away;
Who will you send to take her away,
On a fine and frosty morning?

We will send Willie to take her away,
Take her away, take her away;
We will send Willie to take her away,
On a fine and frosty morning.

RALPH ADAMS CRAM

Gefangen auf Schloss Kropfsberg

Von Innsbruck nach München bieten sich dem Blick des Reisenden im lieblichen Tal des silbernen Inn viele Burgen dar, eine nach der anderen, und jede ragt auf einem Hügel empor. Sie erscheinen und verschwinden, verschmelzen mit den dunklen Tannen, die so zahlreich zu allen Seiten wachsen. Laneck, Lichtwer, Ratholtz, Tratzberg, Matzen und Kropfsberg scharen sich um den Eingang des dunklen und wundervollen Zillertals.

Doch für uns – Tom Rendel und mich – gab es nur zwei Burgen: weder das prächtige und fürstliche Ambras noch das edle und alte Tratzberg mit seinen vielen Schätzen aus dem feierlichen und glänzenden Mittelalter, sondern das kleine Matzen, wo eifrige Gastfreundschaft dem Geist eines nie gestorbenen Rittertums entspricht, und Kropfsberg, verfallen, wankend, vom Feuer zerstört und von dunklen Zeiten heimgesucht, tot und voll seltsamer Legenden, beredt von Geheimnis und Tragödie.

Wir besuchten die von C...s auf Matzen und kamen erstmals in den Genuss der höfischen Herzlichkeit der Schlossbewohner in Tirol, der edlen Gastfreundschaft adliger Österreicher. Brixleg war nur noch ein Fleck auf der Landkarte und zu einem Ort der Ruhe und Erholung geworden, einem Heim für heimatlose Wanderer im Herzen Europas, während Schloss Matzen für alles stand, was anmutig, schön und lebhaft war. Die goldenen Tage dort verstrichen in einer Abfolge von Ritten, Ausfahrten und Jagden: hinunter nach Landl für die Gemsen, über den Fluss ins zauberische Achensee, das Zillertal hinauf und übers Schmerner Joch, sogar zum Bahnhof von Steinach. Und abends nach dem Essen gab es Geschichten in den oberen Sälen, wo die erschöpften Jagdhunde sich gegen unsere Stühle lehnten und uns mit demütigem Blick ansahen, abends, wenn das Feuer langsam im Kamin der Bibliothek erstarb. Geschichten, Legenden und Märchen, während die starren Porträts im Flackern des Feuers beständig ihren Ausdruck wandelten und der Klang des dahinfließenden Inn sanft über die Weiden zu uns drang.

Wenn ich je die Geschichte von Schloss Matzen erzähle, werde ich ein gerechtes Bild dieser wundervollen Oase in einer Wüste aus Touristen und Hotels malen. Doch augenblicklich ist das stille

Kropfsberg von größerer Bedeutung, denn in Matzen wurde uns dessen Geschichte von Fräulein E..., Frau von C...s Nichte mit dem goldenen Haar, an einem heißen Juliabend erzählt, als wir nach einem langen Ausritt im Stallental am großen Westfenster des Salons saßen. Alle Fenster waren geöffnet, um den schwachen Wind hineinzulassen, und wir hatten lange Zeit beobachtet, wie über dem fernen Innsbruck die Ötztaler Alpen die Farbe von Rosen annahmen, um sich alsdann tiefviolett zu färben, als die Sonne unterging und langsam die weißen Nebel stiegen, bis Lichtwer, Laneck und Kropfsberg wie Inseln aus einem Silbermeer ragten.

Und dies ist die Geschichte, die Fräulein E... uns erzählte – die Geschichte des Bergfrieds von Kropfsberg.

Vor vielen, vielen Jahren, als ich noch ein kleines Mädchen war, starb mein Großvater, und Matzen ging an uns. Ich war so jung, dass ich mich an nichts erinnere, außer der Tatsache, dass etwas Schreckliches mich fürchterlich geängstigt hat.

Zwei junge Männer, mit denen mein Großvater die Malerei studiert hatte, kamen von München nach Brixleg, um zu malen und sich zu amüsieren – sie nannten das ›Geisterjagd‹, denn sie waren verständige junge Menschen und stolz darauf, über alle Arten des ›Aberglaubens‹ zu lachen, besonders über den Glauben an Gespenster und die Furcht vor dem Übernatürlichen. Sie hatten nie einen wirklichen Geist gesehen und gehörten zu einer gewissen Gruppe von Menschen, die stets nur daran glauben, was sie sehen – was mir schon immer sehr eitel erschien. Nun, es war ihnen bekannt, dass es hier im unteren Tal viele schöne Schlösser gibt, und sie vermuteten ganz richtig, dass jedes Schloss zumindest eine eigene Geistergeschichte ihr Eigen nannte. Also wählten sie diese Gegend als ihren Jagdgrund, nur dass sie nicht hinter Gemsen, sondern Geistern her waren. Sie hatten vor, jeden Ort zu besuchen, an dem es spuken sollte, und jeden vermeintlichen Geist zu treffen, um den Beweis zu führen, dass es gar keine Geister gibt.

Damals befand sich im Dorfe eine kleine Gaststätte, die ein alter Mann namens Peter Roßkopf betrieb, und dort bezogen die beiden jungen Männer ihr Quartier. Schon am ersten Abend entlockten sie dem Gastwirt alle Legenden und Geschichten, die er über Brixleg und seine Schlösser kannte, und da er ein sehr schwatzhafter alter Herr war, erfreute er sie mit wilden Geschichten über die Geister der Schlösser im Zillertal. Natürlich glaubte der alte Mann jedes seiner Worte, und man kann sich seine Bestürzung vorstellen, als nach seiner besonders schauerlichen Geschichte von Kropfsberg und seinem Bergfried der ältere der beiden Jünglinge, dessen Nachnamen ich vergessen habe, dessen Vorname aber Rupert war, seelenruhig sprach: »Ihre Geschichte ist höchst anregend. Wir werden morgen Nacht im Bergfried von Kropfsberg übernachten, und Sie müssen uns einige Dinge bereitstellen, die wir dort zu unserer Bequemlichkeit benötigen.«

Der alte Mann fiel fast ins Feuer. »Welch ein Dummkopf Ihr seid!«, schrie er mit aufgerissenen Augen. »In diesem Bergfried geht doch der Geist von Graf Albert um!«

»Das ist der Grund, warum wir dort morgen Abend hinmöchten; wir wünschen des Grafen Bekanntschaft zu machen.«

»Aber als einmal ein Mann dort blieb, war er am nächsten Morgen tot.«

»Pech für ihn. Wir sind zu zweit, und wir haben Revolver.«

»Aber das ist doch ein *Geist!*«, schrie der Gastwirt fast. »Glaubt Ihr, ein Geist fürchtet sich vor Schusswaffen?«

»Das ist mir gleich. *Wir* fürchten uns jedenfalls nicht vor *Geistern.*«

Da meldete sich auch der Jüngere zu Wort. Sein Name war Otto von Kleist. Ich erinnere mich daran, weil ein Musiklehrer von mir ebenfalls so hieß. Er spottete fürchterlich über den armen Alten und sagte ihm, sie würden trotz Graf Albert und trotz Peter Roßkopf die Nacht auf Kropfsberg verbringen, und der Gastwirt solle doch bitte das Beste daraus machen und sein Geld freundlicher verdienen.

Kurz, sie brachen den Widerstand des Alten, und als der Morgen kam, traf er die Vorbereitungen für ihren Selbstmord, wie er es nannte, wobei es nicht ohne Seufzer und Murmeln und Kopfschütteln vonstattenging.

Sie kennen den derzeitigen Zustand des Schlosses – nichts als verbrannte Wände und zerfallendes Mauerwerk. Nun, zu der Zeit, als diese Geschichte sich ereignete, war der Bergfried noch zum Teil erhalten. Erst vor wenigen Jahren wurde er von einigen Lausejungen niedergebrannt, die aus Jenbach gekommen waren, um sich einen Spaß zu machen. Doch zu Zeiten der Geisterjäger waren nur die beiden Untergeschosse eingebrochen, der dritte Stock war erhalten. Die Bauern sagten, dass er bis zum Jüngsten Tag nicht einbrechen würde, weil in dem Raum darüber der boshafte Graf Albert zugesehen hatte, wie die Flammen sein Schloss und seine festgehaltenen Gäste vernichteten, und wo er sich schließlich in einer Rüstung, die einem mittelalterlichen Vorfahr, dem ersten Graf Kropfsberg, gehört hatte, erhängte.

Niemand wagte es, die Leiche zu berühren, und so hing sie da zwölf Jahre lang. Während dieser Zeit stahlen sich verwegene Knaben und kühne Männer die Turmtreppen hinauf, um durch die Spalten in der Tür jene gespenstische Masse aus Stahl zu betrachten, die in sich den Leib eines Mörders und Selbstmörders barg, der langsam wieder zu dem Staub zurückkehrte, aus dem er einst geschaffen ward. Schließlich verschwand die Leiche, niemand wusste, wohin, und ein weiteres Dutzend Jahre stand der Raum mit Ausnahme der alten Möbel und der verrottenden Wandteppiche leer.

Als nun die beiden Männer die Treppe zu dem besagten Raum hochstiegen, fanden sie einen gänzlich anderen Zustand als heute vor. Der Raum war noch genauso wie in der Nacht, als Graf Albert das Schloss abbrannte, nur dass von der hängenden Rüstung und ihrem scheußlichen Inhalt keine Spur zu finden war.

Niemand hatte es je gewagt, über die Schwelle zu treten, und ich vermute, dass seit vierzig Jahren kein lebendes Wesen mehr diesen fürchterlichen Raum betreten hat.

Auf einer Seite stand ein großes überdachtes Bett, und die Damastvorhänge waren bedeckt mit Moder und Schimmel. Das Bettzeug war in sehr gutem Zustand, und darauf lag ein offenes Buch mit den Seiten nach unten. An sonstigem Mobiliar fanden sich in diesem Raum nur einige Stühle, eine Truhe aus geschnitztem Eichenholz und ein großer Tisch mit Intarsien, bedeckt mit Büchern und Papieren, und in einer Ecke zwei oder drei Flaschen mit dunklen und festen Ablagerungen am Boden, ebenso ein Glas, das auch dunkel war vom Bodensatz eines Weines, den man vor fast einem halben Jahrhundert getrunken hatte. Die Tapeten an den Wänden waren grün vor Schimmel, aber kaum abgerissen oder sonstwie beschädigt, denn wenn auf diesem Raum auch der Staub von vierzig Jahren lag, so war er doch vor weiteren Schäden bewahrt worden. Keine Spinnweben waren zu sehen, keine Spur von Mäusen, nicht einmal eine tote Motte oder Fliege auf dem Sims des Fensters mit den rautenförmigen Scheiben. Das Leben schien diesen Raum in letzter Konsequenz verlassen zu haben.

Die Männer sahen sich neugierig im Zimmer um, und das, so bin ich mir sicher, mit einem Gefühl der Ehrfurcht und nicht eingestandener Angst. Doch was sie auch immer verspürten, sie sagten nichts und machten sich eilends daran, den Raum einigermaßen bewohnbar zu machen. Sie beschlossen, nichts anzurühren, was nicht unbedingt umgestellt werden musste, und deshalb bauten sie ihr Nachtlager mit einer Matratze und Decken aus dem Wirtshaus in einer der Ecken. In dem großen Kamin häuften sie Brennholz auf die Asche eines Feuers, das seit vierzig Jahren tot gewesen war, machten aus der alten Truhe einen Tisch und legten darauf das Zubehör ihrer abendlichen Vergnügungen: Speisen, zwei oder drei Flaschen Wein, Pfeifen und Tabak und das Schachbrett, das ihr ständiger Begleiter auf Reisen war.

All das taten sie selbst; den Gastwirt hätten sie nicht einmal in den äußeren Hof des Schlosses gebracht. Er beharrte darauf, seine Hände in Unschuld zu waschen; sollten die Dummköpfe doch in ihren Tod laufen, er würde sie dabei nicht unterstützen. Einer der Stallburschen brachte den Korb mit Speisen, dazu auch Brennholz und eine Matratze die steinerne Spiraltreppe hinauf, doch weder Geld noch Bitten noch Drohungen konnten ihn dazu bringen, den verfluchten Ort zu betreten, und er starrte furchtsam die spatzenhirnigen Jünglinge an, die sich in dem toten alten Raum auf die Nacht vorbereiteten, die so rasch hereinbrach.

Nach einer Weile war alles fertig, und nach einem letzten Abstecher ins Wirtshaus zum Abendessen machten Rupert und Otto sich im Sonnenuntergang zum Bergfried auf. Das halbe Dorf begleitete sie, denn Peter Roßkopf hatte die ganze Geschichte einer staunenden Menge von Männern und Frauen erzählt, und der verblüffte Haufen folgte den beiden Jünglingen wie zu einer Hinrichtung, um zu sehen, ob sie ihr Vorhaben auch in die Tat umsetzten. Doch keiner ging weiter als bis zum Anfang der Treppe, denn es wurde bereits dunkel. In völliger Stille sahen sie zu, wie die beiden tollkühnen Jünglinge lebensmüde den schrecklichen Bergfried betraten, der sich stattlich inmitten des Steinhaufens erhob, der einstmals Mauern dargestellt hatte, die den Turm mit dem restlichen Schloss verbunden hatten. Als sich einen Augenblick später ein Licht im Fenster über ihnen zeigte, seufzten sie resignierend und gingen ihrer Wege, um gleichmütig des Morgens zu harren, der die Wahrheit ihrer Ängste und Warnungen beweisen würde.

In der Zwischenzeit hatten die Geisterjäger ein großes Feuer gemacht, viele Kerzen entzündet und sich hingesetzt, um den Lauf der Dinge abzuwarten. Rupert erzählte später meinem Onkel, dass sie wirklich keine Furcht verspürten, nur eine verächtliche Neugier, und sie nahmen ihr Essen mit gutem Appetit und ungewöhnlichem Genuss ein.

Es wurde ein langer Abend. Sie spielten viele Partien Schach und warteten auf die Mitternacht. Die Stunden verstrichen, und nichts geschah, das die Eintönigkeit des Abends unterbrochen hätte. Die zehnte Stunde kam und ging, dann die elfte – fast war es Mitternacht. Sie häuften mehr Holz im Kamin, zündeten neue Kerzen an, sahen nach ihren Pistolen – und warteten.

Die Uhren im Dorf schlugen zwölf; der Klang kam gedämpft durch das hohe, dicke Fensterglas. Nichts geschah, nichts störte die schwere Stille, und mit einem Gefühl enttäuschter Erleichterung sahen sie sich an und bestätigten sich, dass sie wieder einer Finte aufgesessen waren.

Schließlich beschlossen sie, dass es zwecklos sei, herumzusitzen und sich zu langweilen; besser wäre es zu ruhen. Also ließ Otto sich auf die Matratze fallen und schlief sofort ein. Rupert saß noch ein Weilchen da, rauchte und beobachtete die Sterne hinter dem zerbrochenen Glas und den verbogenen Stäben der Fenster, sah zu, wie das Feuer in sich zusammenfiel und sonderbare Schatten geheimnisvoll über die verschimmelten Wände krochen.

Der eiserne Haken in dem Dachbalken aus Eichenholz, der die Decke in der Mitte teilte, flößte ihm keine Furcht, sondern morbide Faszination ein. Von jenem Haken also hatte zwölf Jahre, zwölf lange Sommer und Winter, der Leib des Grafen Albert, Mörder und Selbstmörder, in seiner seltsamen Hülle aus mittelalterlichem Stahl gehangen, sich einst sanft bewegt und gedreht, während das Feuer erstarb. Und als die Ruinen des Schlosses erkalteten, hatten die entsetzten Bauern nach den Leichen der frohgemuten, leichtsinnigen und sündhaften Gäste gesucht, die Graf Albert in Kropfsberg für eine letzte Ausschweifung vor ihrem schrecklichen und frühzeitigen Tode um sich geschart hatte. Was für ein seltsamer und teuflischer Gedanke das doch war, wie dieser junge und stattliche Edelmann, der sich und seine Familie in der Gesellschaft von prächtigen Wüstlingen ruiniert hatte, sie alle zu sich rief, diese Männer und Frauen, die nur Liebe und Lust kannten, sie zu einer glänzenden und schrecklichen Orgie geladen hatte und dann, als sie alle im großen

Ballsaal tanzten, die Türen verschließen und das Schloss um sie in Brand setzen ließ. Und er saß im großen Bergfried und lauschte den Schreien ihrer Furcht, sah zu, wie das Feuer von Flügel zu Flügel leckte, bis der gesamte Bau nur noch ein gewaltiger Scheiterhaufen war. Dann kleidete er sich in die Rüstung seines Urahns und hing sich auf in den Ruinen des Schlosses, das einstmals so stolz und edel gewesen war. So endete eine große Familie, ein großes Haus.

Doch das war vierzig Jahre her.

Rupert wurde langsam schläfrig. Das Licht flackerte und flammte auf. Eine Kerze nach der anderen verlosch, die Schatten eroberten immer mehr den Raum. Warum hob sich dieser große Eisenhaken so deutlich ab? Warum tanzte dieser dunkle Schatten dahinter so spöttisch? Warum ... Doch er hörte auf, sich über irgendetwas zu wundern ... und schlief ein.

Ihm schien es, als erwache er mit einem Schlag. Das Feuer brannte noch niedrig und unstet im Kamin. Otto schlief und atmete ruhig und regelmäßig. Um ihn hatten sich die Schatten gesammelt, groß und dunkel. Mit jedem Moment, der verstrich, erstarb das Licht im Kamin, und Rupert fühlte sich steif vor Kälte. In der völligen Stille hörte er die Uhr im Dorf zwei schlagen. Plötzlich und unvermittelt erschauerte er vor Furcht, und abrupt wandte er sich um und sah nach dem Haken an der Decke.

Ja, er war da. Rupert hatte es gewusst. Es schien ihm ganz natürlich, er wäre enttäuscht gewesen, hätte er nichts gesehen. Doch nun wusste er, dass die Geschichte der Wahrheit entsprach, wusste, dass er sich getäuscht hatte und dass die Toten manchmal wirklich zurückkehren; denn dort hing die schwarze Masse aus Schmiedeeisen, bewegte sich dann und wann in den immer tiefer werdenden Schatten etwas, und auf dem rostigen Metall flackerte das Licht.

Rupert sah stumm zu und verspürte kaum Furcht; eher war es ein Gefühl von Trauer und Verhängnis, das ihn erfüllte, finstere Vorboten von etwas Unbekanntem und Unvorstellbarem. Er saß da und sah zu, wie das Ding in der Dunkelheit verschwand, und seine Hand legte sich auf die Pistole auf der großen Truhe neben ihm. Nichts war zu hören außer dem gleichmäßigen Atem des schlafenden Jungen auf der Matratze.

Es war völlig dunkel geworden, und eine Fledermaus flatterte gegen das zersprungene Glas des Fensters. Rupert stellte sich die Frage, ob er wahnsinnig werde, denn – er zögerte, sich das einzugestehen – er hörte Musik. Sonderbare Musik von weit her, ein seltsamer und üppiger Tanz, sehr schwach, sehr vage, doch unverkennbar.

Wie ein Blitz schoss ein Feuerstrahl die nackte Wand ihm gegenüber hinab, ein bleibender Strahl, der größer wurde, ein bleiches, kaltes Licht in den Raum warf und ihm alle Einzelheiten offenbarte: den leeren Kamin, wo dünner Rauch in Spiralen aus dem verkohlten Holz aufstieg, das wuchtige Bett und, ganz in der Mitte sich schwarz von der merkwürdigen Helle abhebend, den Mann oder Geist oder Teufel in seiner Rüstung. Er hing nicht von dem rostigen Haken, er stand darunter. Und mit dem Zerbersten der Wand wurde die Musik deutlicher, wenn sie auch noch immer weit entfernt klang.

Graf Albert erhob seine gepanzerte Hand und winkte den jungen Mann zu sich, dann wandte er sich um und stand in der gespaltenen Mauer.

Wortlos erhob sich Rupert und folgte ihm mit der Pistole in der Hand. Graf Albert ging an den mächtigen Mauern vorbei und verschwand in dem unirdischen Licht. Rupert folgte mechanisch. Er spürte den berstenden Mörtel unter seinen Füßen, die rauen Kanten der gespaltenen Wand, wo er sich mit der Hand abstützte.

Der Bergfried erhob sich völlig einsam inmitten von Ruinen, doch als er durch den Spalt in der Mauer geschritten war, fand Rupert sich in einem langen, unebenen Korridor, dessen Boden verzerrt war und durchhing, während die eine Wand mit großen verblassten Porträts minderer Güte bedeckt war, wie man sie in dem Gang findet, der den Palazzo Pitti mit den Uffizien in Florenz verbindet. Vor ihm bewegte sich die Gestalt des Grafen Albert – ein schwarzer Umriss in dem stetig heller werdenden Licht. Und auch die Musik wurde immer lauter und merkwürdiger, ein wahnsinniger, böser und verführerischer Tanz, der gleichsam anwiderte wie verzauberte.

In einem letzten Aufflackern des lebhaften und unerträglichen Lichtes, in einem Ausbruch höllischer Musik, die aus einem Irrenhaus hätte stammen mögen, schritt Rupert aus dem Korridor in einen gewaltigen und sonderbaren Raum, wo er zuerst gar nichts sah, nur einen wahnsinnigen, brodelnden Wirbel von Gestalten ausmachte, weiß, in einem weißen Raum und unter weißem Licht. Graf Albert stand vor ihm, und er war das einzig Dunkle, was hier zu sehen war. Als seine Augen sich an die schreckliche Helle gewöhnt hatten, wusste Rupert, dass er auf einen Tanz blickte, wie ihn wohl die Verdammten in der Hölle, vor ihm aber noch nie ein Lebender gesehen hatten.

In dem langen, schmalen Saal, unter dem fürchterlichen Licht, das von nirgendwo kam, aber allgegenwärtig war, ergoss sich ein Strom unbeschreiblicher Schrecken, der irrsinnig tanzte, lachte und schnatterte: die Toten von vor vierzig Jahren. Weiße, blanke Skelette, bar jeden Fleisches und jeder Kleidung, Skelette, gehüllt in die schrecklichen Fetzen vertrockneter Sehnen, die hinter sich verschlissene Totenhemden herschleppten. Dies waren die schon lange Verstorbenen. Danach die frischeren Toten, die nur hie und da ihre gelben Knochen zeigten, deren langes und brüchiges Haar auf ihren grauenhaften Köpfen bebte. Dann grüne und graue Schrecken, aufgebläht und formlos, beschmutzt von Erde oder triefend von Wasser. Und da und dort weiße wunderschöne Gestalten, wie Statuen aus Elfenbein, die Toten von gestern, gefangen in den mumifizierten Armen rasselnder Skelette.

In dem ganzen verfluchten Raum ein brodelnder und wirbelnder Mahlstrom des Todes. Die Luft war schwer von fauligen Ausdünstungen, der Boden bedeckt mit Fetzen von Leichentüchern, gelbem Pergament, klappernden Knochen und Büscheln verfilzten Haars.

Und inmitten dieses Rings des Todes ein Anblick, der mit Worten nicht zu beschreiben ist, ein Anblick, der dem Mann, der ihn einmal nur bezeugt, auf ewig den Verstand raubt: der rasche und zuckende Tanz der Opfer des Grafen Albert. Schöne Frauen und sorglose Männer, die in ihren schrecklichen Tod hineintanzten, während das Schloss um sie niederbrannte, nun verkohlt und unförmig, ein lebendes Leichenhaus der namenlosen Schrecken.

Graf Albert, der dem Tanz der Verdammten stumm und finster zugeschaut hatte, wandte sich an Rupert und sprach zum ersten Mal: »Wir sind nun bereit für dich. Tanze!«

Ein wirbelnder Schrecken, vielleicht seit einigen Dutzend Jahren tot, löste sich aus dem strömenden Fluss der Leichen und gaffte Rupert mit augenlosem Schädel an.

»Tanze!«

Rupert stand wie erstarrt und reglos da.

»Tanze!«

Seine harten Lippen bewegten sich. »Nicht einmal, wenn der Teufel persönlich mich dazu zwingen würde.«

Graf Albert schwang mit beiden Händen sein gewaltiges Schwert in der fauligen Luft, während die Flut der Verwesung in ihrem Lauf innehielt und grinsend auf Rupert losstürzte.

Der Raum, die heulenden Toten und der schwarze Hexenmeister vor ihm drehten sich, als er mit letzter Anstrengung seines schwindenden Bewusstseins die Pistole zog und dem Grafen Albert genau ins Gesicht feuerte.

Völlige Stille, völlige Finsternis. Kein Atemzug, kein Geräusch: das tödliche Schweigen eines lange versiegelten Grabes. Rupert lag verwirrt und hilflos auf dem Rücken, die verkrampfte Hand um die Pistole geballt. Die schwarze Luft roch nach Pulver.

Wo war er? Tot? In der Hölle? Vorsichtig streckte er die Hand aus; sie berührte staubige Bretter. Draußen, in weiter Ferne, schlug eine Uhr drei. Hatte er geträumt? Natürlich, doch welch grausigen Traum!

Mit klappernden Zähnen rief er sanft: »Otto!«

Es kam keine Antwort, sooft er den Ruf auch wiederholte. Er stand taumelnd auf und tastete nach Zündhölzern und Kerzen. Eisige Panik überkam ihn: Die Zündhölzer waren fort!

Er wandte sich um zum Kamin: Ein einsames Stückchen Kohle glühte in der weißen Asche. Er fegte einen Haufen Papier und staubige Bücher vom Tisch und schürte mit zitternden Händen die glühende Asche, bis es ihm gelang, den trockenen Zunder zum Brennen zu bringen. Dann warf er die alten Bücher in die Flammen und sah sich ängstlich um.

Nein, es war fort – dafür sei Gott Dank; der Haken war leer.

Doch warum schlief Otto so fest, warum erwachte er nicht?

Im flackernden Licht der brennenden Bücher durchmaß Rupert mit unsicheren Schritten den Raum und kniete sich neben die Matratze.

Und so fanden sie ihn am Morgen, denn als niemand vom Bergfried von Kropfsberg zurück zu der Gaststätte kam, organisierte der zitternde Peter Roßkopf eilends einen Suchtrupp. Sie fanden Rupert kniend neben der Matratze, auf der Otto lag, mit einer Kugel in der Kehle und mausetot.

Edgar Allan Poe

Geboren am 19. Januar 1809 in Boston, Massachusetts, USA, verlebte Edgar Allan Poe ein kurzes, erbärmliches Leben. Seinen kargen Lebensunterhalt bestritt er als Literaturkritiker und Zeitschriftenredakteur. Gelegentlich erschienen Gedichte und Erzählungen aus seiner Feder.

Als er am 7. Oktober 1849 – nachdem er in hilflosem und verwahrlostem Zustand in der Gosse von Baltimore aufgefunden worden war – in einem Hospital starb, hätte niemand geglaubt, dass Edgar Allan Poe einer der wichtigsten Schriftsteller der Welt war, doch Poe hat die Form der Kurzgeschichte entwickelt, das Genre der Kriminalliteratur, das Genre der Science Fiction und der psychologischen Horrorstory begründet. Seine Poesie (u. a. ›Der Rabe‹) bildete den Ursprung des Symbolismus und damit der modernen Dichtung.

William Wilson

Was sagt von ihm das grimme Gewissen,
Jenes Gespenst in meinem Weg?
W. Chamberlaynes Pharonnia

Erlaubt, dass ich mich William Wilson nenne. Das reine, schöne Blatt hier vor mir soll nicht mit meinem wahren Namen befleckt werden, der meine Familie mit Abscheu und Entsetzen, ja, mit Ekel erfüllt. Haben nicht die empörten Winde seine Schmach bis in die entlegensten Länder der Erde getragen? Verworfenster aller verlassenen Verworfenen, bist du für die Welt nicht auf immer tot? Tot für ihre Ehren, ihre Blumen, ihre goldenen Hoffnungen? Und hängt sie nicht ewig zwischen deinem Hoffen und dem Himmel – die dichte schwere grenzenlose graue Wolke?

Selbst wenn ich es könnte, würde ich es doch vermeiden, von dem unaussprechlichen Elend und der unverzeihlichen Verdorbenheit meiner letzten Jahre hier zu reden. Von dieser Zeit – von diesen letzten Jahren, die meine Seele so mit Schändlichkeit belastet, will ich nur insofern reden, als ich versuchen will, hier niederzulegen, was mich so in die Tiefen des Bösen hineingetrieben. Gewöhnlich sinkt der Mensch nur nach und nach. Von mir fiel alle Tugend in einem Augenblicke ab, gleich einem Mantel. Aus verhältnismäßig geringer Schlechtigkeit wuchs ich mit Riesenkraft zu den Ungeheuerlichkeiten eines Heliogabalus auf. Welcher Zufall – welches eine Ereignis – dies veranlasste, will ich euch jetzt berichten.

Mir naht der Tod, und der Schatten, der ihm vorhergeht, hat meinen Geist sanftmütig gemacht. Da ich nun das düstere Tal durchschreiten muss, verlangt mich nach dem Mitgefühl, fast hätte ich gesagt nach dem Mitleid meiner Menschenbrüder. Ich möchte sie gerne davon überzeugen, dass ich in gewissem Grade der Sklave von Umständen gewesen bin, die außerhalb menschlicher Berechnung liegen. Ich möchte, dass sie inmitten der Einzelheiten, die ich hier wiedergeben will, in all der Wüste von Fehl und Verirrung, hie und da wie eine Oase die unerbittliche Schicksalsfügung fänden. Ich möchte, dass sie eingeständen, dass – wie sehr auch wir Menschen von Anbeginn der

Welt versucht worden – nicht einer so verflucht wurde wie ich und gewisslich nicht einer so unterlag. Lebte ich nicht vielleicht in einem Traum und sterbe als ein Opfer geheimer und schrecklicher äußerer Kräfte, die in uns wirken?

Ich bin der Abkömmling eines Geschlechtes, das sich von jeher durch eine starke Einbildungskraft und ein leicht erregbares Temperament auszeichnete; und schon in frühester Kindheit bewies ich, dass ich ein echter Erbe dieser Familienveranlagung sei. Je mehr ich heranwuchs, desto mehr entwickelten sich jene Eigenschaften, die aus vielen Gründen meinen Freunden zu einer Quelle der Besorgnis und mir selbst zum Kummer wurden. Ich wurde eigensinnig, ein Sklave all meiner wunderlichen Leidenschaften. Meine willensschwachen Eltern, die im Grunde an denselben Fehlern litten wie ich, konnten wenig tun, meine bösen Neigungen zu unterdrücken. Einige schwache und unrichtig angefangene Versuche endeten für sie in völligem Misslingen und infolgedessen für mich in hohem Triumph. Von nun ab war mein Wort Gesetz im Hause, und in einem Alter, in dem andere Kinder fast noch am Gängelbande hängen, war ich im Tun und Lassen mein eigner Herr.

Meine ersten Erinnerungen an einen regelrechten Unterricht sind mit einem großen, weitläufigen Hause in einem düsteren Städtchen Englands verknüpft, wo es eine große Menge riesiger, knorriger Bäume gab und alle Häuser uralt waren. Ja, wirklich, es war ein Städtchen wie in einem stillen Traum; alles dort wirkte ehrwürdig und beruhigend. Jetzt, da ich das schreibe, fühle ich wieder im Geiste die erfrischende Kühle seiner tiefschattigen Alleen, atme den Duft seiner tausend Büsche und Hecken und erschauere von Neuem unter dem tiefdunklen Ton seiner Kirchenglocken, die Stunde für Stunde mit plötzlichem Dröhnen die Sonnennebel durchbrachen, in die der verwitterte Kirchturm schlummernd eingebettet lag.

Das Verweilen bei diesen Einzelheiten der Schule und ihrer Umgebung bereitet mir vielleicht die einzige Freude, derer ich jetzt noch fähig bin. Mir, der ich so tief im Elend stecke, der ich die Wirklichkeit so dunkel lastend empfinde, wird man verzeihen, dass ich geringe und zeitweilige Erholung suche im Verweilen bei solchen Einzelheiten, die überdies, so unbedeutend und vielleicht sogar lächerlich sie scheinen mögen, in meiner Erinnerung von großer Wichtigkeit sind, da sie zu einer Zeit und einem Orte in Beziehung stehen, in denen mir die erste unklare Kunde wurde von dem dunklen Geschick, das mich später so ganz umschattete. Erlaubt mir also diese Rückerinnerungen.

Das Haus, ich sagte es schon, war alt und von weitläufiger, unregelmäßiger Bauart. Das Grundstück war sehr umfangreich und von einer hohen, festen Backsteinmauer umschlossen, die oben mit Mörtel bestrichen war, in dem Glassplitter steckten. Dieser Festungswall, diese Gefängnismauer bildete die Grenze unseres Reiches, das wir nur dreimal in der Woche verlassen durften: einmal Samstagnachmittag, wenn wir, von zwei Unterlehrern begleitet, gemeinsam einen kurzen Spaziergang in die angrenzenden Felder machen durften, und zweimal des Sonntags, wenn man uns in Reih und Glied zum Morgen- und Abendgottesdienst in die Stadtkirche führte. Der Pfarrer dieser Kirche war unser Schulvorsteher. Mit welch tiefer Verwunderung, ja, Ratlosigkeit pflegte ich ihn von unserem entlegenen Platz auf dem Chor aus zu betrachten, wenn er mit feierlich abgemessenen Schritten zur Kanzel emporstieg! Dieser heilige Mann, mit der so gottergebenen Miene, im strahlenden Priestergewande, mit sorgsam gepuderter, steifer und umfangreicher Perücke – konnte das derselbe sein, der mit saurer Miene und tabakbeschmutzter Kleidung, den Stock in der Hand, drakonische Gesetze ausübte? O ungeheurer Widerspruch, o ewig unbegreifliches Rätsel!

In einem Winkel der gewaltigen Mauer drohte ein noch gewaltigeres Tor. Es war mit Eisenstangen verriegelt und von Eisenspießen überragt. Welch tiefe Furcht flößte es ein! Es öffnete sich nie, abgesehen für die drei regelmäßig wiederkehrenden wöchentlichen Ausgänge; dann aber fanden wir in jedem Kreischen seiner mächtigen Angeln eine Fülle des Geheimnisvollen, eine Welt von Stoff für ernstes Gespräch oder stumme Betrachtung.

Das weite Grundstück war von unregelmäßiger Form und hatte manche umfangreiche Plätze. Drei oder vier der größten bildeten den Spielhof. Er war eben und mit feinem harten Kies bedeckt; weder Bäume noch Bänke standen dort. Natürlich lag er in der Nähe des Hauses. Vor dem Hause lag ein schmaler Rasenplatz, mit Buchsbaum und anderem Strauchwerk eingefasst; diesen geheiligten Teil überschritten wir jedoch nur selten, etwa bei Ankunft in der Schule oder bei der endgültigen Abreise oder wenn ein Verwandter oder Freund uns eingeladen, die Weihnachts- oder Sommerferien bei ihm zu verleben.

Aber das Haus! – Was war es für ein komischer alter Bau! Für mich ein wahres Zauberschloss! Seine Winkel und Gänge, seine unbegreiflichen Ein- und Anbauten nahmen kein Ende. Es war jederzeit schwierig anzugeben, in welchem seiner beiden Stockwerke man sich gerade befand. Man konnte sicher sein, von einem Zimmer zum anderen immer ein paar Stufen hinauf oder hinunter zu müssen. Dann gab es zahllose Seitengänge, die sich trennten und wieder vereinigten oder sich wie ein Ring in sich selbst schlossen, sodass der klarste Begriff, den wir vom ganzen Hause hatten, beinahe der Vorstellung gleichkam, die wir uns von der Unendlichkeit machten. Während der fünf Jahre, die ich hier verlebte, konnte ich nie mit Sicherheit feststellen, in welchem entlegenen Teile der kleine Schlafsaal lag, der mir und etlichen, achtzehn oder zwanzig, anderen Schülern zugewiesen war.

Das Schulzimmer schien mir der größte Raum im Hause – ja, in der ganzen Welt! Es war sehr lang, schmal und auffallend niedrig, mit spitzen gotischen Fenstern und einer Decke aus Eichenholz. In einem entlegenen, Schrecken einflößenden Winkel befand sich ein viereckiger Verschlag von acht oder zehn Fuß Durchmesser, der stets während der Unterrichtsstunden das *sanctum* unseres Schulvorstehers, des Reverend Dr. Bransby, bildete. Der Verschlag war durch eine mächtige Türe wohlverwahrt, und wir wären lieber unter Martern gestorben, als dass wir gewagt hätten, in Abwesenheit des Dominus die Türe zu öffnen. In anderen Winkeln standen zwei ähnliche Kästen, vor denen wir zwar weniger Ehrfurcht, aber immerhin Furcht hatten. Einer derselben war das Katheder des Lehrers für klassische Sprachen, der andere das für den Lehrer des Englischen, der gleichzeitig Mathematiklehrer war. Verstreut im Saal, kreuz und quer in wüster Unregelmäßigkeit, standen zahlreiche Bänke und Pulte, schwarz, alt und abgenutzt, mit Stapeln abgegriffener Bücher bedeckt und so mit Initialen, ganzen Namen, komischen Figuren und anderen künstlerischen Schnitzversuchen bedeckt, dass sie ganz ihre ursprüngliche Form, die sie in längst vergangenen Tagen besessen haben mussten, eingebüßt hatten. Am einen Ende des Saales stand ein riesiger Eimer mit Wasser, am anderen eine Uhr von verblüffenden Dimensionen.

Eingeschlossen von den gewaltigen Mauern dieser ehrwürdigen Anstalt, verbrachte ich das dritte Lustrum meines Lebens – doch weder in Langeweile noch Unbehagen. Die überschäumende Gestaltungskraft des kindlichen Geistes verlangt keine Welt der Ereignisse, um Beschäftigungen oder Unterhaltung zu finden, und die anscheinend düstere Einförmigkeit der Schule brachte mir stärkere Erregungen, als meine reifere Jugend aus dem Wohlleben oder meine volle Manneskraft aus dem Verbrechen schöpften. Ich muss allerdings annehmen, dass meine geistige Entwicklung eine ungewöhnliche, ja, fast krankhafte gewesen ist. Die meisten Menschen haben in reifen Jahren selten noch eine frische Erinnerung an die großen Ereignisse aus ihrer frühen Kindheit. Alles ist schattenhaft grau – wird schwach und unklar empfunden – ein unbestimmtes Zusammensuchen matter Freuden und eingebildeter Leiden. Mit mir war es anders. Ich muss schon als Kind mit der Empfindungskraft eines Erwachsenen alles das erlebt haben, was noch jetzt mit klaren, tiefen und unverwischbaren Schriftzügen, wie die Inschriften auf den karthagischen Münzen, in meinem Gedächtnis eingegraben steht.

Und doch, wie wenig – wenig vom Standpunkt der Menge aus – gab es, was der Erinnerung wert gewesen wäre! Das morgendliche Erwachen, der abendliche Befehl zum Schlafengehen, der Unterricht; die jeweiligen schulfreien Nachmittage mit ihren Streifzügen; der Spielplatz mit seiner Kurzweil, seinem Streit, seinen kleinen Intrigen – all dieses, was meinem Geist wie durch einen Zauber lange Zeit ganz entrückt gewesen, war dazu angetan, eine Fülle von Empfindungen, eine Welt reichen Geschehens, eine Unendlichkeit vielfältiger Eindrücke und Leidenschaften zu erwecken. *O le bon temps, que ce siècle de fer!*

Es ist Tatsache: Mein feuriges, begeistertes, überlegenes Wesen zeichnete mich vor meinen Schulkameraden aus und hob mich nach und nach über alle empor, die nicht etwa bedeutend älter waren als ich selbst – über alle, mit einer Ausnahme! Diese Ausnahme war ein Schüler, der, obwohl er kein Verwandter von mir war, doch den gleichen Vor- und Zunamen trug wie ich – ein an sich unbedeutender Umstand. Denn ungeachtet meiner edlen Abkunft trug ich einen Namen, der in unvordenklichen Zeiten durch das Recht der Verjährung jedermann freigegeben worden sein mochte. Ich habe mich also hier in meiner Erzählung William Wilson genannt – ein Name, der von dem wirklichen Namen nicht allzu sehr abweicht. Von allen Kameraden nun, die bei unsern Spielen meine »Bande« bildeten, wagte es mein Namensvetter allein, sowohl im Unterricht als auch in Sport und Spiel mit mir zu wetteifern, meinen Behauptungen keinen Glauben zu schenken, sich meinem Willen nicht unterzuordnen – kurz, sich in allem gegen meine ehrgeizige Oberherrschaft aufzulehnen. Wenn es aber auf Erden einen überlegenen und unbeschränkten Despotismus gibt, so ist es der, den der Herrschergeist eines Knaben auf seine weniger willensstarken Gefährten ausübt.

Wilsons Widersetzlichkeit war für mich eine Quelle der Verwirrung, umso mehr, als ich, trotz der prahlerischen Großtuerei, mit der ich ihn und seine Anmaßungen vor den anderen behandelte, ihn im Geheimen fürchtete und annehmen musste, dass nur wahre Überlegenheit ihn befähige, sich mit mir zu messen; mich aber kostete es beständige Anstrengung, nicht von ihm überflügelt zu werden. Doch wurde seine Ebenbürtigkeit in Wahrheit nur von mir selbst bemerkt; unsere Kameraden schienen in unerklärlicher Blindheit diese Möglichkeit nicht einmal zu ahnen. Auch äußerten sich seine Nebenbuhlerschaft und sein hartnäckiger Widerspruch weniger laut und aufdringlich als insgeheim. Es hatte den Anschein, als mangele ihm sowohl der Ehrgeiz, zu herrschen, als auch die leidenschaftliche Willenskraft, sich durchzusetzen. Man konnte glauben, dass nur das launische Vergnügen, mein Erstaunen zu erwecken oder mich zu ärgern, seine Nebenbuhlerschaft veranlasse; trotzdem gab es Zeiten, wo ich voll Verwunderung, Beschämung und Trotz wahrnehmen musste, dass er neben seinen Angriffen, Beleidigungen und Widerreden eine gewisse unangebrachte und mir durchaus unerwünschte Liebenswürdigkeit, ja, Zuneigung verriet. Ich konnte mir sein Betragen nur als die Folge ungeheuren Dünkels erklären, der es ja immer liebt, sich in überlegenes Wohlwollen zu kleiden.

Vielleicht war es dieser letztere Zug in Wilsons Benehmen, verbunden mit der Übereinstimmung unserer Namen und dem bloßen Zufall, dass wir beide am nämlichen Tage in die Schule eingetreten waren, was bei den oberen Klassen die Meinung verbreitet hatte, wir seien Brüder; doch pflegten sich die älteren Schüler mit den Angelegenheiten der jüngeren wenig zu befassen. Ich habe schon vorher gesagt, dass Wilson nicht im Entferntesten mit meiner Familie verwandt war. Doch wären wir Brüder gewesen, so hätten wir Zwillinge sein müssen; denn nachdem ich die Anstalt Dr. Bransbys verlassen, erfuhr ich durch Zufall, dass mein Namensvetter am neunzehnten Januar 1813 geboren war – und dieser Umstand ist einigermaßen bemerkenswert, denn es ist genau das Datum meiner eigenen Geburt.

Es mag seltsam erscheinen, dass ich, trotz der fortgesetzten Angst, in die mich die Rivalität Wilsons versetzte, und trotz seines unerträglichen Widerspruchsgeistes, mich nicht dahin bringen konnte, ihn wirklich zu hassen. Gewiss, wir hatten fast täglich Streit miteinander, und wenn er mir dann auch öffentlich die Siegespalme überließ, so gelang es ihm doch, mich irgendwie fühlen zu lassen, dass eigentlich er es war, der sie verdiente; aber ein gewisser Stolz meinerseits und eine echte Würde seinerseits hielten uns davon ab, ernstlich miteinander zu zanken. In unseren Charakteren jedoch gab es viel Verwandtes, und nur unser seltsamer Wetteifer war schuld daran, dass meine Gefühle für ihn nicht zu wahrer Freundschaft reiften. Es ist tatsächlich schwer, das Empfinden, das ich für ihn hatte, zu bestimmen oder zu erklären. Es war ein buntes und widersprüchliches Gemisch: etwas eigensinnige Feindseligkeit, die dennoch nicht Hass war, etwas Achtung, mehr Bewunderung, viel Furcht und eine Welt rastloser Neugier. Für Seelenkenner wird es unnötig scheinen, hinzuzufügen, dass Wilson und ich die unzertrennlichsten Gefährten waren.

Sicherlich lag es an diesen ganz außergewöhnlichen Beziehungen, dass ich meine Angriffe auf ihn – und es gab deren genug, sowohl offene als versteckte – in Form einer bösen Neckerei oder eines Schabernacks ausführte, als scheinbaren Spaß, der dennoch Schmerz bereitete; eine derartige Handlungsweise lag meiner Stimmung für ihn näher als etwa ausgesprochene Feindseligkeit. Doch meine Unternehmungen gegen ihn waren keineswegs immer erfolgreich, mochte ich meine Pläne auch noch so pfiffig ausgeheckt haben; denn mein Namensvetter hatte in seinem Wesen so viel vornehme Zurückhaltung, dass er keine Achillesferse bot; wohl spottete er gerne selbst, ihn aber lächerlich zu machen war beinahe unmöglich. Ich konnte tatsächlich nur einen wunden Punkt an ihm entdecken; es war eine persönliche Eigenheit, die vielleicht einem körperlichen Übel entsprang und wohl von jedem anderen Gegner, der nicht wie ich am Ende seiner Weisheit angelangt gewesen, geschont worden wäre. Mein Rivale hatte eine Schwäche der Sprechorgane, die ihn hinderte, seine Stimme über ein sehr leises Flüstern zu erheben. Ich verfehlte nicht, aus diesem Übel meinen armseligen Vorteil zu ziehen.

Wilson dankte mir das auf mannigfache Weise, und besonders eine Form der Rache hatte er, die mich unbeschreiblich ärgerte. Woher er die Schlauheit genommen, herauszufinden, dass solche scheinbare Kleinigkeit mich kränken könne, ist eine Frage, die ich nie zu lösen vermochte; als er die Sache aber einmal entdeckt hatte, nutzte er sie weidlich aus. Ich hatte stets einen Widerwillen vor meinem unfeinen Familiennamen und meinem so gewöhnlichen, ja, geradezu plebejischen Vornamen empfunden. Sein Klang war meinen Ohren abstoßend, und als ich am Tage meines Schulantritts erfuhr, dass gleichzeitig ein zweiter William Wilson eintrete, war ich auf diesen zornig, weil er den verhassten Namen trug, und dem Namen doppelt feind, weil auch noch ein Fremder ihn führte, der nun schuld war, dass ich ihn doppelt so oft hören musste – ein Fremder, den ich beständig um mich haben sollte und dessen Angelegenheiten, so wie der Lauf der Dinge in der Schule nun einmal war, infolge der verwünschten Namensgleichheit unvermeidlicherweise mit den meinigen verknüpft und verwechselt werden mussten.

Mein durch diese Umstände hervorgerufener Verdruss nahm bei jeder Gelegenheit zu, bei der eine geistige oder leibliche Ähnlichkeit zwischen meinem Nebenbuhler und mir zutage trat. Ich hatte damals die bemerkenswerte Tatsache, dass wir ganz gleichaltrig waren, noch nicht entdeckt; aber ich sah, dass wir von gleicher Größe waren und sogar im allgemeinen Körperumriss und in den Gesichtszügen einander glichen. Auch ärgerte mich das in den oberen Klassen umlaufende Gerücht, dass wir miteinander verwandt seien. Mit einem Wort, nichts konnte mich so ernstlich verletzen, ja, geradezu beunruhigen (obgleich ich diese Unruhe sorgfältig zu verbergen wusste), wie irgendein Wort darüber, dass wir einander an Geist oder Körper oder Betragen ähnlich seien. Doch hatte ich eigentlich, mit Ausnahme des Gerüchtes von unserer Verwandtschaft, keinen Grund zu der Annahme, dass unsere Ähnlichkeiten jemals zur Sprache gebracht oder überhaupt von unseren Mitschülern wahrgenommen würden. Nur Wilson selbst bemerkte sie offenbar ebenso klar wie ich; dass er darin aber ein so fruchtbares Feld für seine Quälereien fand, kann, wie ich schon einmal sagte, nur seinem ungewöhnlichen Scharfsinn zugeschrieben werden.

Die Rolle, die er spielte, bestand in einer bis ins Kleinste vollendeten Nachahmung meines Ichs in Wort und Tun, und er spielte sie zum Bewundern gut. Meine Kleidung nachzuahmen war ein Leichtes; meinen Gang und meine Haltung eignete er sich ohne Schwierigkeit an; abgesehen von dem Hemmnis, das ihm sein

Sprachfehler in den Weg legte, entging nicht einmal meine Stimme seiner Nachahmungskunst. Wirklich laute Töne konnte er selbstredend nicht wiederholen, aber sein Tonfall war ganz der meine, und sein eigenartiges Flüstern wurde zum vollkommenen Echo meiner eigenen Stimme.

Wie sehr dies vortreffliche Porträt mich quälte – denn eine Karikatur kann man es nicht einmal nennen –, will ich nicht zu beschreiben versuchen. Ich hatte nur einen Trost: die Tatsache, dass diese Imitation offenbar nur von mir selbst wahrgenommen wurde und dass ich als einziger Mitwisser nur meinen spöttisch lächelnden Namensvetter hatte. Befriedigt in seinem Herzen, den gewünschten Erfolg erzielt zu haben, schien er innerlich über den mir glücklich beigebrachten Stich zu kichern und war bezeichnenderweise gleichgültig gegen den allgemeinen Beifall, den der Erfolg seiner schlauen Bemühungen leicht hätte einheimsen können. Dass die Schüler tatsächlich seine Absicht nicht fühlten, seine Meisterschaft nicht wahrnahmen und sich an meiner Verspottung nicht beteiligten, war mir monatelang ein unlösbares Rätsel. Vielleicht war es das allmähliche Heranreifen seiner Kopierkunst, was diese so unauffällig machte, oder noch wahrscheinlicher verdankte ich meine Sicherheit vor den anderen dem weisen Maßhalten des Kopisten, der die groben Äußerlichkeiten verachtete (also alles das, was bei einem Bilde oberflächlichen Beschauern auffallen könnte) und vor allem den ganzen Geist seines Originals wiederzugeben suchte – für meine Augen und zu meinem Kummer.

Ich habe bereits mehr als einmal davon gesprochen, welch abscheuliche Beschützermiene er mir gegenüber aufsetzte und wie vorwitzig er gegen meine Anordnungen Einspruch erhob. Seine Einmischungen geschahen oft in Gestalt von Ratschlägen – nicht offen gebotenen, aber heimlich angedeuteten. Ich nahm sie mit einem Widerwillen entgegen, der mit den Jahren immer heftiger wurde. Doch heute, nach so langer Zeit, muss ich ihm jedenfalls die Gerechtigkeit widerfahren lassen, dass ich mich keiner Gelegenheit erinnere, wo die Einflüsterungen, ja, man kann sagen die beabsichtigten Suggestionen, meines Rivalen eine üble oder leichtfertige Richtung genommen hätten, wie sie von seinem unreifen Alter, seiner scheinbaren Unerfahrenheit wohl zu erwarten gewesen wäre. Ich muss ferner gestehen, dass zumindest sein sittliches Fühlen, wenn auch nicht seine allgemeine Begabung, weit stärker war als das meine und dass ich heute wohl ein besserer und darum glücklicherer Mensch sein könnte, hätte ich die Ratschläge, die sein bedeutsames Flüstern andeutete, weniger oft zurückgewiesen; aber ich hasste und verachtete jedes Wort, das aus seinem Munde kam.

Mehr und mehr sträubte ich mich gegen seine widerwärtige Bevormundung und wehrte mich von Tag zu Tag offener gegen das, was ich für unerträgliche Anmaßung hielt. Ich sagte schon, dass in den ersten Jahren unserer Schulkameradschaft meine Gefühle für ihn leicht hätten in Freundschaft ausreifen können; in den letzten Monaten meines Aufenthalts in der Schule aber, in denen übrigens seine Zudringlichkeit mehr und mehr nachgelassen hatte, verwandelte sich mein Empfinden in fast demselben Verhältnis in wirklichen Hass. Ich glaube, er bemerkte das bei irgendeiner Gelegenheit und mied mich von da an – oder tat doch so.

Es war etwa um diese Zeit, wenn ich mich recht erinnere, dass er in einem heftigen Wortwechsel, den wir miteinander hatten, seine Zurückhaltung mehr als gewöhnlich aufgab und mit einer seiner Natur eigentlich fremden Offenheit auftrat. Und bei dieser Gelegenheit entdeckte ich in seinem Tonfall, seiner Miene und seiner ganzen Erscheinung ein Etwas, das mich zuerst verblüffte und dann tief fesselte. Erinnerungen, Vorstellungen aus meiner frühesten Kindheit – seltsame, verwirrte und einander überstürzende Vorstellungen aus einer Zeit, in der mein Gedächtnis noch nicht geboren war, überfielen meinen Geist. Ich kann das sonderbare Gefühl, das mich erfasste, wohl am besten wiedergeben, wenn ich sage, dass es mir schwer wurde, den Glauben abzuschütteln, diesem Wesen, das da vor mir stand, vor langer Zeit einmal, ja, vielleicht in unendlich ferner Vergangenheit, verwandt gewesen zu sein. Die Täuschung verschwand jedoch so schnell, wie sie gekommen, und ich erwähne sie nur, weil sie mir am Tage der letzten Unterredung mit meinem eigentümlichen Namensvetter kam.

Das riesige alte Haus mit seinen zahllosen Räumen hatte mehrere sehr große Zimmer, die miteinander in Verbindung standen und in denen die Mehrzahl der Schüler ihr Nachtlager hatte. Doch gab es auch, wie das bei einem so ungünstig gebauten Hause selbstverständlich war, viele kleine Kammern und Schlupfwinkel; und diese hatte der haushälterische Geist Dr. Bransbys ebenfalls zu Schlafräumen hergerichtet, wenn auch ein jeder so eng nur war, dass er nur einen einzigen Menschen beherbergen konnte. In einer dieser kleinen Kammern schlief Wilson.

Eines Nachts, gegen Ende meines fünften Schuljahres und kurz nach dem vorhin erwähnten Wortwechsel, erhob ich mich, als alles schlief, und schlich, mit einer kleinen Lampe in der Hand, durch ein Labyrinth von Gängen nach der Schlafkammer meines Rivalen. Da mir meine Rachepläne so oft misslungen waren, hatte ich mir nun einen neuen Schabernack ausgedacht, der ihn die ganze Bosheit fühlen lassen sollte, deren ich fähig war. Als ich sein Kämmerchen erreicht hatte, trat ich geräuschlos ein, nachdem ich die abgeblendete Lampe draußen zurückgelassen. Ich trat einen Schritt vor und hörte ihn ruhig atmen. Als ich mich davon überzeugt hatte, dass er schlief, ging ich zurück, holte die Lampe und trat ans Bett. Es war von Vorhängen umschlossen, die ich langsam und leise beiseiteschob, da sie mich an der Ausführung meines Vorhabens hinderten. Das helle Licht der Lampe traf den Schläfer, als meine Blicke auf sein Antlitz fielen. Ich blickte – und Betäubung, eisige Erstarrung befiel mich. Meine Knie wankten, ich rang nach Atem, meine Seele erfüllte ein unerklärliches, unerträgliches Entsetzen. Und atemlos brachte ich die Lampe seinem Gesicht noch näher. – Dieses waren die Züge William Wilsons? Ich sah es, dass es die seinen waren, aber ich schauerte wie in einem Fieberanfall bei der Vorstellung, sie wären es nicht. Was war an ihnen, das mich so verwirrte? Ich spähte, während tausend unzusammenhängende Gedanken mein Hirn durchkreuzten. Nicht so erschien er – sicherlich nicht so in seinem lebhaft wachen Stunden. Derselbe Name, dieselbe Gestalt, derselbe Antrittstag in der Schule! Und dann sein beharrliches und sinnloses Nachahmen meines Ganges, meiner Stimme, meiner Kleidung und meines Gebarens! Lag es denn wirklich im Bereich des Möglichen – konnte das, was ich jetzt sah, lediglich das Resultat seiner spöttischen Gewohnheit, mich nachzuahmen, sein? Angsterfüllt und mit wachsendem Schauder löschte ich das Licht, ging leise aus dem Zimmer und verließ sogleich die Hallen jenes alten Schulhauses, um sie nie wieder zu betreten.

Nach Verlauf einiger Monate, die ich daheim in Nichtstun verbrachte, kam ich als Student nach Eton. Die kurze Zeit hatte genügt, um die Erinnerung an die Ereignisse im Hause Dr. Bransbys abzuschwächen, oder doch, um einen großen Wechsel in der Natur meiner Gefühle herbeizuführen. Das Drama hatte seine Tragik verloren. Ich fand jetzt Zeit, den Wahrnehmungen meiner Sinne zu misstrauen, und dachte selten daran zurück ohne eine gewisse Verwunderung über die autosuggestive Kraft im Menschen und ein Lächeln über die starke Einbildungskraft, mit der ich erblich belastet war. Dieser Skeptizismus konnte auch durch das Leben, das ich in Eton führte, nicht vermindert werden. Der Strudel gedankenloser Tollheit, in den ich dort sogleich und gründlich hinabtauchte, wusch von meinem vergangenen Leben alles bis auf den Schaum ab, verschluckte sofort jeden großen ernsten Eindruck und ließ in meinem Gedächtnis nur ganz belanglose Äußerlichkeiten haften.

Ich beabsichtige aber nicht, hier näher auf meine Verworfenheit einzugehen – die ruchlosen Ausschweifungen zu schildern, mit denen ich die Gesetze verachtete und der Wachsamkeit meiner Lehrmeister spottete. Drei tolle Jahre waren ohne geistigen Gewinn verprasst und hatten mir nichts gebracht als lasterhafte Gewohnheiten, die meiner körperlichen Entwicklung allerdings sonderbarerweise vorteilhaft gewesen waren. Nach solch einer Woche gehaltloser Zerstreuungen lud ich einmal eine Anzahl der lockersten Vögel, Mitstudenten, zu einem geheimen Zechgelage auf mein Zimmer. Wir versammelten uns zu später Nachtstunde, denn die Völlerei sollte bis zum Morgen ausgedehnt werden. Der Wein floss in Strömen, und es fehlte nicht an anderen und vielleicht gefährlicheren Verführungen; es dämmerte schon schwach im Osten, als unsere tolle Ausgelassenheit ihren Höhepunkt erreicht hatte. Aufgeregt vom Wein und Kartenspiel bestand ich darauf, einen ungewöhnlich ruchlosen Trinkspruch auszubringen, als meine Aufmerksamkeit plötzlich auf das heftige Öffnen einer Tür und die dringliche Stimme eines Dieners hingelenkt wurde. Der Mann sagte, es wolle mich jemand, der es anscheinend sehr eilig habe, draußen im Vorzimmer sprechen.

In meiner fröhlichen Weinstimmung fühlte ich mich von der unerwarteten Störung weniger überrascht als entzückt. Ich schwankte sofort hinaus und stand nach wenigen Schritten draußen in der Vorhalle. In dem niedrigen und schmalen Raum hing keine Laterne, und er war gegenwärtig überhaupt nicht erleuchtet – abgesehen von dem sehr schwachen Morgengrauen, das durch das halbrunde Fenster drang. Als ich den Fuß über die Schwelle setzte, gewahrte ich die Gestalt eines jungen Mannes von etwa meiner Größe, der, ganz meiner momentanen Kleidung entsprechend, einen nach neuestem Schnitt gearbeiteten Hausrock aus weißem Kaschmir trug. So viel enthüllte mir das matte Tageslicht, seine Gesichtszüge konnte ich nicht erkennen. Bei meinem Eintritt kam er eilig auf mich zu, ergriff mich mit heftiger Ungeduld am Arm und flüsterte mir die Worte »William Wilson« ins Ohr. Ich wurde sofort vollkommen nüchtern.

Da war etwas im Wesen dieses Fremden, im Zittern seines warnend erhobenen Fingers, der im Zwielicht vor meinen Augen schwankte – da war etwas, was mich mit unbegrenztem Staunen erfüllte. Aber nicht das war es, was mich so heftig erregen konnte; es war der inhaltsschwere feierliche Verweis, der in der eigenartigen, leise gezischten Äußerung lag, und vor allem der besondere Tonfall, in dem diese zwei wohlbekannten Worte geflüstert wurden und der mit tausend Erinnerungen vergangener Tage auf mich einstürmte und meine Seele traf wie mit einem elektrischen Schlag. Bevor ich wieder Herr meiner Sinne wurde, war die Gestalt verschwunden.

Obgleich der Eindruck, den dies Erlebnis auf meine zügellose Fantasie machte, ein eher tiefer war, blieb er doch nicht von langer Dauer. Einige Wochen allerdings plagte ich mich mit ernsten Fragen und war von krankhaften Vorstellungen umdüstert. Ich versuchte nicht, an der Identität dieses seltsamen Wesens mit jenem, das sich früher schon so hartnäckig in meine Angelegenheiten mischte und mich mit seinem aufdringlichen Rat quälte, zu zweifeln. Doch wer und was war dieser Wilson? Und woher kam er? Und was waren seine Absichten? Auf keine dieser Fragen fand ich eine befriedigende Antwort – nur das eine stellte ich fest, dass ein plötzlich eingetretenes Familienereignis sein Ausscheiden aus Dr. Bransbys Lehranstalt am Nachmittag desselben Tages zur Folge gehabt hatte, an dem ich von dort entflohen war. Nach kurzer Zeit aber ließen meine Gedanken von dieser Sache ab, da meine beabsichtigte Übersiedelung nach Oxford mich vollauf in Anspruch nahm. Bald darauf führte ich diese aus, und die Freigebigkeit meiner Eltern verschaffte mir eine Ausstattung und einen jährlichen Wechsel, der· es mir ermöglichte, in all dem mir schon so unentbehrlich gewordenen Luxus zu schwelgen und in der Verschwendungssucht mit den hochfahrenden Erben der reichsten Grafschaften Großbritanniens zu wetteifern.

Durch meine reichen Mittel zum Laster angespornt, brach mein ursprüngliches Temperament mit verdoppeltem Feuer hervor und widersetzte sich sogar der so selbstverständlichen Zügelung, die Sitte und Anstand jedem gebildeten Menschen auferlegen. Doch es wäre unsinnig, wenn ich mich bei den Einzelheiten meines lasterhaften Lebens aufhalten wollte. Mag das Bekenntnis genügen, dass ich als Verschwender selbst den Herodes in den Schatten stellte und dass ich der langen Liste der Laster, die damals an der ausschweifendsten Universität Europas üblich waren, durch Erfindung einer Fülle von neuen Schandtaten einen umfangreichen Anhang hinzufügte.

Und doch ist es wohl schwer zu glauben, dass ich sogar so weit gekommen war, mir die gemeinsten Schliche der Gewohnheitsspieler anzueignen und meine Erfahrung in ihrer verächtlichen Wissenschaft dazu zu benutzen, auf Kosten meiner harmlosen Mitstudenten meine ohnedies ungeheuren Einnahmen zu vergrößern. Aber es war so; und dieses unerhörte Hohnsprechen auf alle Ehre und Manneswürde war zweifellos der Hauptgrund, ja, wohl der einzige Grund, dass ich straflos ausging. Wer unter meinen verwegendsten Kameraden würde nicht eher die Klarheit seiner Sinne anzweifeln, als den heiteren, freimütigen, verschwenderischen William Wilson – den vornehmsten und gebildetsten Studenten von Oxford – solcher Gemeinheiten für fähig gehalten haben – ihn, dessen Tollheiten (so sagten die Parasiten) nur Tollheiten seiner überschäumenden Jugend und ungezügelten Fantasie, dessen Fehler nur seltsame Launen, dessen dunkelste Laster nur sorglose, sprudelnde Torheiten waren?

Schon zwei Jahre lang war ich in dieser Weise erfolgreich tätig gewesen, als ein junger, erst jüngst geadelter Emporkömmling namens Glendinning die Universität bezog. Man sagte, er sei reich wie Herodes Atticus und sei auch so leicht wie dieser zu seinen Reichtümern gelangt. Ich entdeckte bald, dass er kein großer Schlaukopf war, und hielt ihn für ein passendes Objekt für die Anwendung meiner einträglichen Kunst. Ich forderte ihn des Öfteren zum Spiel auf, und mit der üblichen List des Falschspielers ließ ich ihn zunächst beträchtliche Summen gewinnen, um ihn später desto sicherer einzufangen. Als mein Plan ausgereift war, traf ich ihn in der Wohnung eines Herrn Preston, eines Mitstudenten, in der bestimmten Absicht, dass diese Begegnung die letzte und entscheidende sein sollte. Preston war mit jedem von uns befreundet, hatte aber natürlich nicht die leiseste Ahnung von meinem Vorhaben. Um der Sache einen harmlosen Anstrich zu geben, hatte ich mich bemüht, eine Gesellschaft von acht oder zehn jungen Leuten dort zu haben, und war peinlich darum besorgt, dass man nur wie zufällig nach den Karten griff und dass mein Opfer selbst danach verlangen sollte. Um mich kurz zu fassen: Ich hatte keinen der niedrigen Kunstgriffe verschmäht, die bei solchen Gelegenheiten so regelmäßig angewendet werden, dass es geradezu ein Wunder ist, wenn es noch immer Dumme gibt, die diese Ränke nicht durchschauen, sondern ihnen zum Opfer fallen.

Unser Beisammensein hatte sich schon bis tief in die Nacht ausgedehnt, als es mir endlich gelang, Glendinning als einzigen Partner zu bekommen. Wir waren bei meinem Lieblingsspiel, dem Ecarté. Die anderen nahmen so lebhaften Anteil an unserem Spiel, dass sie selbst die Karten beiseitegelegt hatten und uns als Zuschauer umringten. Der Emporkömmling, den ich anfänglich zu reichlichem Trinken veranlasst hatte, mischte, gab und spielte mit einer Nervosität, für die seine Trunkenheit nur zum Teil die Ursache sein konnte. In sehr kurzer Zeit schuldete er mir bereits beträchtliche Summen. Nun aber tat er einen tiefen Zug aus seinem Portweinglas und schlug mir vor – was meine kühle Berechnung nicht anders erwartet hatte – unseren bereits übertrieben hohen Einsatz zu verdoppeln. Mit gut gespieltem Widerstreben und nicht, ehe meine wiederholte Weigerung ihn zu ein paar ärgerlichen Worten veranlasst hatte, die mein Nachgeben gewissermaßen herausforderten, willigte ich schließlich ein. Der Erfolg bewies selbstverständlich nur, wie rettungslos der Partner mir ins Garn gegangen: In kaum einer Stunde hatte er seine Schuld vervierfacht. Seit einer Weile schon hatte sein Gesicht den rosigen Anhauch verloren, den ihm der Wein verlieh, jetzt aber sah ich zu meinem Erstaunen, dass es grauenhaft bleich geworden war. Ich sage, zu meinem Erstaunen, denn man hatte mir Glendinning bei meinen eifrigen Nachforschungen als unermesslich reich hingestellt, und wenn seine Verluste auch sehr hoch waren, so konnten sie ihn doch, wie ich annahm, nicht ernstlich schädigen, wie viel weniger so tief erschüttern. Der nächstliegende Gedanke war natürlich, seinen Zustand als eine Folge des übertriebenen Weingenusses anzusehen; aber als ich, mehr zu dem Zweck, mich vor den Kameraden in ein gutes Licht zu setzen, als aus irgendeinem anderen Grunde, gerade die feste Absicht kundtun wollte, das Spiel abzubrechen, machten mir ein paar Äußerungen der hinter mir Stehenden und ein Ruf der Verzweiflung seitens Glendinnings klar, dass ich seinen vollständigen Ruin herbeigeführt hatte, und das unter Umständen, die ihn zum Gegenstand des allgemeinen Mitleids machten und ihn wohl selbst vor den Bosheiten eines Teufels hätten bewahren müssen.

Wie ich mich nun weiter verhalten haben würde, ist schwer zu sagen. Der bedauernswerte Zustand meines Gimpels hatte uns alle in eine gewisse Verlegenheit versetzt; es herrschte minutenlanges Schweigen, und ich fühlte, wie meine Wangen unter den vielen zornigen und vorwurfsvollen Blicken brannten. Ich muss sogar zugeben, dass mir durch die nun plötzlich eintretende unerwartete Unterbrechung für einen kurzen Augenblick eine schwere Last, ein unerträgliches Gefühl der Beklemmung vom Herzen genommen wurde. Die großen schweren Flügeltüren wurden auf einmal mit heftigem Ungestüm aufgeworfen, sodass wie mit einem Zauberschlag alle Lichter im Raum erloschen. In ihrem Hinflackern sahen wir noch, dass ein Fremder eingetreten war; er hatte ungefähr meine Größe und war eng in einen Mantel gehüllt. Schnell aber war es vollständig dunkel geworden, und wir konnten nur fühlen, dass er in unserer Mitte stand. Ehe einer von uns sich von dem Staunen erholt hatte, in das dies ungehörige Gebaren uns alle versetzte, vernahmen wir die Stimme des Eindringlings.

»Meine Herren«, sagte er in einem leisen, deutlichen und wohlbekannten Flüsterton, der mir bis ins Mark drang, »meine Herren, ich versuche nicht, mein Auftreten zu entschuldigen, denn ich komme, um meine Pflicht zu erfüllen. Sie sind zweifellos über den wahren Charakter des Herrn, der heute Nacht beim Ecarté dem Lord Glendinning eine große Summe abgewann, nicht unterrichtet. Ich will Ihnen daher mitteilen, wie Sie sich rasch und sicher die nötigen Aufklärungen verschaffen können. Bitte, untersuchen Sie nur gründlich das Futter seines linken Ärmelaufschlags und die verschiedenen kleinen Päckchen, die sich in den reichlich großen Taschen seines bestickten Hausrocks finden werden.«

Während er sprach, herrschte eine so tiefe Stille, dass man das Niederfallen einer Stecknadel hätte hören können. Als er geendet, verließ er das Zimmer ebenso plötzlich, wie er es betreten. Kann ich – soll ich – meine Gefühle schildern? Muss ich sagen, dass ich alle Schrecken der Verdammten durchlebte? Ich hatte wenig Zeit zum Nachdenken. Viele Hände packten mich rau, und es wurde sofort wieder Licht gemacht. Die Suche begann. Im Futter meines Ärmels fand man alle zum Ecarté gehörigen hohen Karten und in den Taschen meines Hausrocks eine Anzahl Kartenspiele, die den bei unseren Sitzungen gebräuchlichen vollkommen glichen, nur gehörten meine zu denen, die man mit dem Fachausdruck als die »abgerundeten« bezeichnet: Die hohen Karten waren oben und unten, die niederen an den Seiten leicht konvex. Wenn nun der Gimpel beim Abnehmen die Karten, wie es üblich ist, seitwärts abhebt, so wird er jedes Mal seinem Partner eine hohe Karte zuteilen; während der Falschspieler an der Schmalseite abhebt und folglich seinem Opfer keine Karte gibt, die im Spiel von irgendwelchem Wert ist.

Wäre man nach dieser Entdeckung in Entrüstung ausgebrochen – ich hätte es leichter ertragen können als die schweigende Verachtung und hohnvolle Gelassenheit, mit der man die Sache aufnahm. »Herr Wilson«, sagte unser Gastgeber, während er sich bückte und einen kostbaren Pelzmantel aufhob, »Herr Wilson, der Mantel gehört wohl Ihnen.« (Es war kaltes Wetter, und als ich meine Wohnung verließ, hatte ich daher, da ich nur im Hausrock war, einen Mantel übergeworfen, den ich dann hier im Hause abgelegt.) »Ich denke, es ist überflüssig, auch hier noch nach weiteren Beweisen Ihrer Hinterlist zu suchen.« (Er betrachtete den Mantel mit bitterem Lächeln.) »Wir haben schon genug davon. Sie sehen wohl selbst die Notwendigkeit ein, Oxford zu verlassen – jedenfalls aber, sofort meine Wohnung zu räumen.«

Verhöhnt und gedemütigt, wie ich durch diese Rede war, hätte ich mich wahrscheinlich sofort durch eine tätliche Beleidigung gerächt, wäre nicht im selben Augenblick meine ganze Aufmerksamkeit durch eine höchst sonderbare Tatsache gefesselt worden. Der Mantel, den ich bei meinem Herkommen getragen, war aus sehr seltenem Pelzwerk; wie selten, wie außerordentlich kostbar es war, wage ich gar nicht zu sagen. Auch entstammte seine Machart meinem eigenen Erfindergeist, denn ich war, was meine Kleidung anlangte, geradezu geckenhaft eitel. Als mir daher Herr Preston jenen Mantel reichte, den er in der Nähe der Flügeltür vom Boden aufgehoben, gewahrte ich mit Staunen und Entsetzen, dass ich den meinigen bereits auf dem Arm trug (ich hatte ihn anscheinend ganz unwillkürlich schon ergriffen) und dass der mir dargebotene in jedem, selbst dem kleinsten Teilchen sein vollkommenes Gegenstück war. Das merkwürdige Wesen, das mich so schrecklich bloßgestellt, war, wie ich mich erinnere, in einen Mantel gehüllt gewesen, und keiner aus unserer Gesellschaft außer mir hatte einen solchen umgehabt. Mit einiger Geistesgegenwart nahm ich den Mantel, den Preston mir reichte, legte ihn unbemerkt über den anderen auf meinen Arm und verließ mit finsteren, trotzigen Blicken das Zimmer. Am anderen Morgen trat ich vor Tagesanbruch eine Reise nach dem Kontinent an, gehetzt von Scham und Entsetzen.

Ich floh vergebens! Mein böses Geschick verfolgte mich frohlockend und zeigte, dass seine geheimnisvolle Macht eigentlich jetzt erst beginne. Kaum hatte ich meine Schritte nach Paris gelenkt, als ich neue Beweise von der Anteilnahme erhielt, die dieser fürchterliche Wilson für meine Angelegenheiten zeigte. Jahre vergingen – ich fand keine Erlösung. Der Schurke! – Mit welch ungelegener, welch gespenstischer Geschäftigkeit trat er in Rom zwischen mich und meine ehrgeizigen Pläne! Und in Wien ebenso – in Berlin – in Moskau! Wo, ja, wo ward mir nicht bittere Ursache, ihn aus tiefstem Herzen zu verwünschen? Schließlich floh ich vor seiner rätselhaften Tyrannei wie ein halb Wahnsinniger – und bis an das Ende der Welt floh ich vergebens.

Und wieder und wieder fragte meine Seele sich in geheimer Zwiesprache mit sich selbst: »Wer ist er? – Woher kam er? Und was sind seine Absichten?« Doch war keine Antwort zu finden. Und nun forschte ich mit peinlichster Genauigkeit der Art, dem Vorgehen, den herrschenden Zügen seiner unverschämten Überwachung nach. Aber selbst hier gab es nur wenig, worauf sich eine Vermutung gründen ließ. Es war allerdings auffallend, dass es ihm bei jedem der zahlreichen Fälle, in denen er seit Kurzem meinen Weg kreuzte, lediglich darauf ankam, solche Pläne zu vereiteln oder solche Handlungen zunichtezumachen, die, wenn sie zur vollen Ausführung gelangt wären, schlimmes Elend gezeigt hätten. Welch eine armselige Rechtfertigung für eine so gewalttätige Bevormundung – für ein so hartnäckiges, so freches Eingreifen in meine natürlichen Rechte der Selbstbestimmung!

Ich hatte ferner festgestellt, dass mein Peiniger, der mit wundersamer Geschicklichkeit meine Erscheinung bis ins Kleinste nachahmte, es bei seinen jedesmaligen Einmischungen so einzurichten gewusst hatte, dass ich seine Gesichtszüge nicht zu sehen bekam. Mochte Wilson sein, wer er wollte, das jedenfalls war die abgeschmackteste Ziererei und Albernheit. Konnte er nur einen Augenblick annehmen, dass ich in dem Warner aus Eton – in dem Zerstörer meiner Ehre in Oxford – in ihm, der in Rom meine hochfliegenden Pläne, in Paris meine Rachegelüste, in Neapel meine leidenschaftliche Liebe vereitelte und in Ägypten ein Vorhaben störte, das er fälschlicherweise meiner Habgier zuschrieb – dass ich in diesem meinem Erbfeind und bösen Geist den William Wilson meiner Schuljahre nicht wiedererkennen würde – den Namensvetter, den Kameraden, den Rivalen – den verhassten und gefürchteten Rivalen im Hause Dr. Bransbys? Unmöglich! – Doch lasst mich zu der letzten ereignisreichen Szene des Dramas kommen.

Bis jetzt hatte ich mich seiner Herrschaft blindlings unterworfen. Die tiefe Ehrfurcht, mit der ich gewohnt war, den überlegenen Charakter, die göttliche Weisheit, die scheinbare Allgegenwart und Allmacht Wilsons anzusehen, hatte, gemischt mit dem Entsetzen, mit dem gewisse andere Züge seines Wesens mich erfüllten, mich von meiner eigenen Schwäche und Hilflosigkeit überzeugt und eine vollständige, wenn auch widerstrebende Unterwerfung unter seinen despotischen Willen herbeigeführt. In letzter Zeit aber hatte ich mich ganz dem Wein ergeben, und sein aufreizender Einfluss auf mein ererbtes Temperament machte mir dies Überwachtsein immer unerträglicher. Ich begann zu murren – zu überlegen – zu widerstreben. Und war es nur Einbildung, was mich glauben ließ, dass mit meiner zunehmenden Festigkeit diejenige meines Peinigers im entsprechenden Verhältnis abnahm? Sei dem, wie ihm wolle, ich begann jetzt zu fühlen, dass brennende Hoffnung in mir erwachte, und nährte schließlich in meinen geheimsten Gedanken den festen und verzweifelten Entschluss, meine sklavische Unterwerfung abzuschütteln.

Es war in Rom, als ich im Karneval des Jahres 18.. einem Maskenfest im Palazzo des napolitanischen Herzogs di Broglio beiwohnte. Ich hatte noch reichlicher als sonst dem Weine zugesprochen, und jetzt quälte mich die erstickende Luft der überfüllten Räume unerträglich. Auch die Schwierigkeit, mit der ich mir durch das Gewühl der Gäste meinen Weg bahnen musste, trug nicht wenig dazu bei, meine Stimmung reizbar zu machen; denn ich suchte (lasst mich verschweigen, aus welch unwürdigem Grunde), suchte eifrig die junge und fröhliche und wunderschöne Frau des alten kindischen Narren di Broglio. In ihrem sorglosen Vertrauen hatte sie mir verraten, welches Maskengewand sie tragen werde, und nun hatte ich sie erspäht und eilte, in ihre Nähe zu gelangen. In diesem Augenblick fühlte ich eine leichte Hand auf meiner Schulter und in meinem Ohr das unvergessliche verwünschte Flüstern.

In einem wahren Wutanfall wandte ich mich dem Störer zu und ergriff ihn heftig beim Kragen. Er war, wie ich es erwartet, in genau das gleiche Gewand gekleidet wie ich selbst; so trug also auch er einen karminroten Gürtel, in dem ein Rapier steckte. Eine schwarze Seidenmaske bedeckte sein Gesicht.

»Schurke!«, sagte ich mit vor Wut heiserer Stimme, während jede Silbe, die ich sprach, meinen Zorn mit neuen Gluten schürte. »Schurke! Betrüger! Verfluchter Schuft! Du sollst mich nicht ... Du wirst mich nicht zu Tode hetzen! Folge mir, oder ich steche dich hier auf der Stelle nieder!« – Und ich bahnte mir aus dem Ballsaal den Weg in das angrenzende kleine Vorzimmer und zog ihn mit Gewalt mit mir.

Als ich dort eintrat, schleuderte ich ihn wütend von mir fort. Er schwankte gegen die Wand, ich schloss fluchend die Tür und gebot ihm, den Degen zu ziehen. Er zögerte nur einen Augenblick; dann seufzte er leise, zog den Degen und stellte sich in Bereitschaft.

Der Zweikampf war kurz genug. Ich war in rasender Aufregung und blinder Wut und fühlte in meinem Arm die Kraft von Hunderten. In wenigen Sekunden drängte ich ihn gegen die Wand zurück, und da ich ihn nun ganz in meiner Gewalt hatte, stach ich ihm die Waffe in viehischer Gier wieder und wieder durchs Herz.

Da versuchte jemand, die Tür zu öffnen. Ich eilte hin, um eine Störung fernzuhalten, kehrte aber sofort zu meinem sterbenden Gegner zurück. Doch welche menschliche Sprache kann das Erstaunen – das Entsetzen wiedergeben, das mich bei dem Schauspiel erfasste, das sich nun meinen Blicken bot. Der kurze Augenblick, für den ich die Augen abgewendet, hatte genügt, um drüben am anderen Ende des Zimmers eine Veränderung zu schaffen. Ein großer Spiegel – so schien es mir zuerst in meiner Verwirrung – stand jetzt da, wo vorher keiner gewesen war; und als ich im höchsten Entsetzen zu ihm hinschritt, näherten sich mir aus seiner Fläche meine eigenen Züge – bleich und blutbesudelt – meine eigene Gestalt, ermatteten Schrittes.

So schien es, sage ich, doch war es nicht so. Es war mein Gegner – es war Wilson, der da im Todeskampfe vor mir stand. Seine Maske und sein Mantel lagen auf dem Boden, da, wo er sie hingeworfen. Kein Faden an seinem Anzug – keine Linie in den ausgeprägten und eigenartigen Zügen seines Antlitzes, die nicht bis zur vollkommenen Identität mein Eigen gewesen wären!

Es war Wilson; aber seine Sprache war kein Flüstern mehr, und ich hätte mir einbilden können, ich selber sei es, der da sagte: »*Du hast gesiegt, und ich unterliege. Dennoch, von nun an bist auch du tot – tot für die Welt, den Himmel und die Hoffnung! In mir lebtest du – und nun, da ich sterbe, sieh hier im Bilde, das dein eigenes ist, wie du dich selbst ermordet hast.*«

Ralph Adams Cram

Die weisse Villa

Als Tom und ich in Neapel den Zug um 8.10 Uhr in Richtung Pæstum nahmen, hatten wir die feste Absicht, mit dem Zug um 14.46 Uhr zurückzukehren. Nicht weil uns die zwei Stunden Aufenthalt genug schienen, um die Sehenswürdigkeiten jener unsterblichen Ruinen einer toten Zivilisation erschöpfend zu erkunden, sondern einfach weil, wie der *Indicatore* uns belehrte, es sonst keinen Zug gab. Es fuhr nur noch einer um 18.11 Uhr, mit dem wir jedoch zu spät in Neapel für das Abendessen bei den Turners und das *San Carlo* danach ankommen würden. Nicht, dass ich mir im Geringsten etwas aus dem Essen oder dem Theater machte, doch offensichtlich hatte ich bei Miss Turner keinen so guten Stand wie Tom Rendel, und das war ein guter Grund.

Und schließlich hatten wir es versprochen, und so war die Diskussion beendet.

Das war im Frühling 1888, und zu jener Zeit erreichte die Eisenbahn, die sich immer weiter nach Reggio vorarbeitete, um dem Reisenden die Qualen einer Nacht auf dem wankelmütigen Mittelmeer zu ersparen, nur Agropoli, das etwa zwanzig Meilen hinter Pæstum lag. Waren die wenigen Züge auch langsam, wir jedenfalls waren dankbar für die halb fertige Trasse, denn sie führte mitten durch das frühere Nest der Räuberbanden der Campagna, und so konnten wir die unvergleichlichen Tempel in Sicherheit betrachten, während es vor einigen Jahren für den Besucher noch vonnöten gewesen war, bei der Regierung eine militärische Eskorte anzufordern, und Militäreskorten sind nichts für junge Architekten.

Und so machten wir uns an jenem weißen Morgen im Mai zufrieden auf den Weg, entschlossen, das Beste aus den wenigen Stunden zu machen. Nie hätten wir gedacht, dass wir, bevor wir Neapel wiedersahen, Zeugen von Dingen werden würden, die vielleicht kein Amerikaner vor uns je gesehen hatte.

Als wir in »Pesto« aus dem Zug stiegen und den blumengesäumten Pfad zu den Tempeln entlanggingen, waren wir einen Augenblick lang versucht, die Eisenbahn mit einem Fluch zu belegen. In unserer Unbedarftheit hatten wir wirklich geglaubt, allein ein Abteil zu haben, weil sonst niemand die Strapazen einer mehrstündigen

Zugfahrt auf sich nehmen würde, nur um zwei Stunden in den Ruinen dieser Tempel zu verbringen. Doch die Wirklichkeit bewies unser Unwissen. Wir waren *nicht* allein. Eine kompakte kleine Gruppe ganz gewöhnlicher Touristen begleitete uns. Die unvermeidliche englische Familie mit drei Töchtern, deren Zähne vorstanden und deren Haare wehten; zwei blonde und unordentliche Deutsche; ein französisches Paar, das der *Vie Parisienne* entsprungen schien; und unser ›alter Mann des Meeres‹, ein weißbärtiger Presbyterprediger aus Pennsylvania, der uns in Rom anlässlich des päpstlichen Jubiläums das Leben zur Hölle gemacht hatte. Glücklicherweise hatte sich dieser schreckliche alte Mann an eine Gruppe amerikanischer Schullehrer gehängt, sodass wir für den Moment sicher waren. Aber unsere Vision von zwei Stunden träumerischer Einsamkeit verblich jämmerlich.

Doch wie schön es hier war! Jene goldenen Weiden, die in der Ferne von violetten Bergen begrenzt wurden, träge unter der Maisonne, und mitten aus dem Gewirr von Narzissen und Bärenklau erhoben sich in der Ebene drei gewaltige Tempel – der eine silbergrau, der andere goldgrau, der letzte unfassbar rosa. Und rundumher nichts als samtene Wiesen, die sich von den finsteren Bergen dort drüben bis zum Meer erstreckten, von dem nur ein silberner Streif am Rande der stillen Gräser zeugte.

Der Schwall der Touristen bewegte sich lautstark durch die Basilika und den Tempel des Poseidon in Richtung des Tempels der Ceres, und Tom und ich waren allein, um endlich vom süßen Wein unserer Träume zu trinken. Wir verbrachten nur wenig Zeit damit, die von den Touristen verlassenen Tempel zu erforschen, sondern lagen bald im Gras auf der Ostseite des Poseidontempels und blickten in Richtung Meer, das man nur hören, aber nicht sehen konnte – ein vages und pulsierendes Murmeln, das sich mit dem Gesumme der Bienen über uns vereinte.

Ein kleiner Hirtenjunge mit einem struppigen Hund machte schüchterne Versuche, Freundschaft mit uns zu schließen, und bald hatten wir ihn dazu gebracht, Blumen für uns zu sammeln: Narzissen und Orchideen, Anemonen und die kleine grüne Iris, die so zerbrechlich und elfenhaft ist. Das Gemurmel der Touristen verschmolz mit dem Stöhnen der See, und es war sehr still.

Unerwartet vernahm ich die Worte, auf die ich gewartet hatte – den Vorschlag, den ich selbst nicht machen wollte, weil ich Thomas kannte: »Sollen wir den Zug um Viertel vor drei zum Teufel schicken, altes Haus?«

Ich lachte vor mich hin. »Doch was ist mit den Turners?«

»Zur Hölle mit ihnen, wir können ja behaupten, wir hätten den Zug verpasst.«

»Genau das sollten wir tun«, sagte ich und sah auf meine Uhr, »wenn wir nicht sofort zum Bahnhof rennen wollen.«

Doch Tom legte ein Blatt vom Bärenklau über sein Gesicht und machte keinerlei Anstalten, sich zu bewegen. Also stopfte ich noch einmal meine Pfeife, und wir verpassten den Zug.

Als die Sonne sich auf das Meer senkte und dessen Silber zu Gold wandelte, rissen wir uns zusammen und fertigten für ungefähr eine Stunde munter Zeichnungen an, doch wir waren dafür nicht recht in Stimmung. Es war »zu schön hier, um die Zeit mit Arbeit zu verschwenden«, wie Tom sagte. Also machten wir uns auf, die einzige Straße des armseligen Städtchens Pesto, das innerhalb der Mauern des toten Poseidoneia verloren war, zu erforschen. Es war kein hübsches Dorf – wenn man einen holprigen Weg und ein Dutzend Häuser ein Dorf nennen kann –, und die Erscheinung der Bewohner war auch nicht sonderlich anheimelnd. Es gab anscheinend keine Kirche – nichts als schmutzige Hütten, und mittendrin ein zweistöckiges Haus, das sich *Albergo del Sole* schimpfte, in dessen Erdgeschoss sich eine schwarze, höhlenartige Schmiede befand, wo dunkelhäutige Schurken, die wie Banditen aussahen, verdrießlich saßen und rauchten.

»Hier könnten wir die Nacht verbringen«, sagte Tom und grinste schief angesichts dieser guten Gesellschaft, doch sein Vorschlag wurde nicht sehr begeistert aufgenommen.

Dort, wo der Pfad zum Bahnhof mit der Hauptstraße zusammenlief, befand sich das einzige Anzeichen moderner Zivilisation – ein großer viereckiger Bau, halb Villa, halb Festung, mit runden Türmchen an den vier Ecken und einer vier Meter hohen Mauer, die ihn umgab. Im Erdgeschoss gab es keine Fenster, wie wir erkennen konnten. Offensichtlich war dies früher einmal der befestigte Landsitz eines campanischen Edelmannes gewesen. Nun jedoch, da die Räuberbanden ausgelöscht und die Räume der Villa nicht mehr bewohnt waren, hatte das Gebäude an Schrecken verloren: Die Türflügel in der hohen Mauer hingen lose in ihren Angeln und waren mit Brombeeren überwachsen, und viele der Fenster im oberen Geschoss waren zerbrochen und schwarz. Es war ein merkwürdiger Ort, unheimlich und geheimnisvoll, und wir betrachteten ihn neugierig.

»Es gibt gewiss üble Geschichten über dieses Haus«, sagte Tom mit Überzeugung.

Es wurde schon spät: Die Sonne berührte fast den Rand des Meeres, als wir die efeuumrankten Mauern der verschwundenen Stadt zum letzten Mal abliefen, und als wir uns umdrehten, ergoss sich von Westen eine rote Flut, die den dorischen Tempeln die Farbe blasser Rosen verlieh und die Apenninen in schwindenden Scharlach hüllte. Von den Wiesen stieg bereits dünner Nebel auf, und die Tempel stachen rosig aus dem Grau hervor.

Es war eine Schande, diesen wunderschönen Anblick zu verlassen, doch wir konnten es nicht riskieren, den letzten Zug zu verpassen, also gingen wir langsam wieder zu den Tempeln zurück.

»Warum winkt uns dieser Kerl zu?«, fragte Tom plötzlich.

»Wie soll ich das wissen? Wir gehen doch nicht auf seinem Land, und die Mauern können ihm egal sein.«

Gleichzeitig nahmen wir unsere Taschenuhren heraus.

»Wieviel Uhr hast du?«, fragte ich.

»Sechs Minuten vor sechs.«

»Ich habe sieben Minuten vor sechs. So lange dauert doch der Weg zum Bahnhof gar nicht.«

»Bist du dir sicher, dass der Zug um elf Minuten nach sechs abfährt?«

»Todsicher«, antwortete ich und zeigte ihm den *indicatore*.

Da schrien eine Frau und zwei Kinder uns hysterisch entgegen, doch ich habe keine Ahnung, was sie sagten, denn ihr Italienisch war mir fremd und klang fürchterlich.

»Sieh da«, sagte ich, »lass uns laufen; vielleicht gehen unsere Uhren beide nach.«

»Oder vielleicht hat sich der Fahrplan geändert.«

Dann rannten wir, und die Einwohner feuerten uns begeistert an. Unser würdevoller Lauf wurde zu einer panischen Flucht, denn als wir den Pfad erreichten, stieg jenseits der Böschung, die die Trasse verbarg, Rauch auf. Eine Glocke ertönte, und wir waren so nah, dass wir das fragende *Pronte?*, das ungeduldige *Partenza!* und das endgültige *Andiamo!* hören konnten. Doch der Zug war schon fast fünfhundert Meter entfernt und dampfte in Richtung Neapel, als wir am Bahnhof ankamen. Die Uhr schlug sechs, und wir riefen nach dem Bahnhofsvorsteher.

Er kam, und wir ergingen uns in Klagen und Gegenklagen. Als wir die Lage etwas ruhiger betrachten konnten, fanden wir heraus, dass der Fahrplan tatsächlich vor zwei Tagen geändert worden war: Der Zug um elf Minuten nach sechs fuhr nun bereits zwei Minuten vor sechs ab. Ein *facchino* kam dazu, und zu viert setzten wir uns hin und überdachten die Lage sorgfältig.

»Gibt es noch einen anderen Zug?«

»Nein.«

»Könnten wir in der *Albergo del Sole* übernachten?«

Der *Capo Stazione* fuhr mit seinem Zeigefinger über seine Kehle und machte dabei ein vielsagendes Geräusch. Damit war diese Frage beantwortet.

»Dann müssen wir hier bei Ihnen am Bahnhof bleiben.«

»Aber Signori, ich bin nicht verheiratet. Ich lebe hier nur mit den *facchini*. Ich habe nur ein Schlafzimmer. Es ist unmöglich!«

»Doch wir müssen irgendwo schlafen und auch etwas essen. Was können wir nur tun?«

Und wir bürdeten die Verantwortung auf die Schultern des armen alten Mannes, der sich noch mehr aufregte. Eine Minute lang lief er nervös den Bahnsteig auf und ab, dann rief er den *facchino* zu sich.

»Giuseppe, lauf zur Villa und frage, ob zwei *forestieri*, die den letzten Zug verpasst haben, dort übernachten können!«

Widerstand war zwecklos. Der *facchino* lief fort, und wir warteten bang auf seine Rückkehr. Es schien, als käme er nie mehr zurück. Es war schon dunkel, und der Mond stieg über die Berge. Endlich tauchte er wieder auf.

»Die Signori mögen dort übernachten, sie sind willkommen, doch es gibt kein Nachtmahl, weil kein Essen mehr im Hause ist!«

Das war nicht sehr beruhigend, und wieder fing der alte Bahnhofsvorsteher an nachzudenken. Das Ergebnis war bewundernswert, denn in kürzester Zeit wurde der Tisch im Warteraum in eine Tafel verwandelt, und Tom und ich verschlangen gierig ein großes Omelett, Brot und Käse, und dazu tranken wir einen unglaublich sauren Wein, der an Château Yquem gemahnte. Der *facchino* wartete uns mit linkischer Bereitwilligkeit auf, und als wir unseren nervösen alten Gastgeber dazu gebracht hatten, sich zu uns zu setzen und an seinem eigenen Mahl teilzuhaben, gelang uns doch noch ein einigermaßen fröhliches Abendessen, und über dem sauren Wein und unseren Zigaretten vergaßen wir die vor uns liegenden Nachtstunden, die in einem zweifelhaften Nebel lagen.

Mit einer wachsenden Besorgnis, die wir umsonst mit Scherzen zu vertreiben suchten, machten wir uns auf den Weg zu der geheimnisvollen Villa, zu welcher der *facchino* Giuseppe uns führte. Der Mond stand schon hoch hinter uns, als wir den taubedeckten Pfad, weiß im Mondlicht, entlanggingen, zwischen den tintenschwarzen Hecken zu beiden Seiten. Wie still es war! Kein Lüftchen wehte, kein Geräusch von Leben, nur die fürchterliche Stille, die seit zweitausend Jahren fast ungebrochen über diesem gewaltigen Friedhof einer toten Welt lag.

Als wir das zerstörte Tor passierten und uns im Mondlicht einen Weg durch einen Irrgarten von knorrigen Obstbäumen, vermoderndem Gartengerät und Gerümpel bahnten, um zu der kleinen Tür zu gelangen, die den einzigen Zutritt zu dieser verlassenen Festung darstellte, wurde die kalte Stille von lautem Hundegebell, weit entfernt zu rechter Hand, durchbrochen. Aus der Villa kam weder Licht noch Lärm.

Giuseppe klopfte an die verwitterte Tür, was im Innern einen höhlenartigen Nachhall hatte, doch sonst gab es keine Erwiderung. Er klopfte wieder und wieder, und endlich hörten wir das Knarren der Riegel, und die Tür öffnete sich ein wenig.

Ein sehr alter Mann wurde sichtbar, vom Alter gebeugt und ausgezehrt von Malaria. Über seinem Kopf hielt er eine römische Lampe mit drei Dochten, die seltsame Schatten auf sein Gesicht warf – ein Gesicht, das in seiner Greisenhaftigkeit harmlos, aber unerträglich traurig erschien.

Der Mann erwiderte unseren schüchternen Gruß nicht, sondern wies uns an, einzutreten. Wir folgten ihm, nachdem wir Giuseppe eine gute Nacht gewünscht hatten, und gingen bis zur Hälfte der Steintreppe, die direkt von der Tür ausging, während der alte Mann gelangweilt der Tür einige Riegel vorschob.

Dann folgten wir ihm im Zwielicht die Treppe hinauf in den Raum, der einstmals die große Halle der Villa gewesen war. Ein Feuer brannte in dem hohen Kamin, dessen Ausführung so schön war, dass Tom und ich uns voller Interesse ansahen. In dem unsteten Licht konnten wir erkennen, dass wir uns in einem gewaltigen kreisförmigen Saal befanden, der von einer flachen Decke abgeschlossen wurde – ein Raum, der einstmals herrlich und prachtvoll gewesen sein musste, doch jetzt nur noch eine jämmerliche Ruine war. Die Fresken an der Decke waren befleckt und mit Schimmel überzogen, und hie und da war der Verputz ganz abgebröckelt; die geschmückten Türstürze hatten die Hälfte des Goldes verloren, mit dem sie einst bedeckt gewesen waren, und der Ziegelboden wies verräterische Tiefen auf. Roh gezimmerte Truhen, Stapel alter Zeitungen, Fragmente von Rüstungen, Gartengerät, ein Haufen rostiger Karabiner und Jagdmesser – namenloser Müll jeder Art – verwandelte den Raum in eine Wildnis, die im Licht des Feuers noch pittoresker erschien, als sie es ohnehin schon war. Und auf diese unmöglich zu beschreibende Wirrnis von Gerümpel schauten die blassen Gestalten der Nymphen aus dem siebzehnten Jahrhundert, bestürzend in ihrer vom Wetter verheerten Blöße, mit einem leeren Lächeln herab.

Einige Augenblicke lang wärmten wir uns am Feuer, und dann führte uns der Mann in der gleichen bedrückenden Stille zu einer der vielen Türen, gab uns eine Messinglampe und wandte uns mit einer steifen Verbeugung den Rücken zu.

Als wir allein in unserem Zimmer waren, sahen Tom und ich uns mit Gesichtern an, welche die widersprüchlichsten Gefühle ausdrückten.

»Nun, von allen merkwürdigen Geschichten, die ich bislang erlebt habe«, sagte Tom, »ist dies die merkwürdigste!«

»Ganz recht, und wie du richtig bemerkt hast, sind wir mittendrin. Hilf mir, diese Tür zu verschließen, und dann werden wir uns hier umsehen und unsere Chancen ausrechnen.«

Doch die Tür wollte sich nicht schließen lassen; sie knirschte auf dem Ziegelboden und hing fest in ihrem verzerrten Gehäuse. Es brauchte unsere vereinte Kraft, um die zwei Zoll Eichenholz einrasten zu lassen und den gewaltigen alten Schlüssel in dem rostigen Schloss zu drehen.

»Besser, viel besser, und jetzt wollen wir mal sehen, wo wir sind«, sagte Tom.

Der Raum war ziemlich hoch und maß etwa acht Quadratmeter. Offenkundig war dies früher ein Staatsgemach gewesen, denn die Wände waren mit geschnitzten Paneelen getäfelt, die einst weiß und golden gewesen waren, und Spiegel überall. Das Holz war nun mit Flecken in jeder vorstellbaren Farbe bedeckt, die Spiegel zerbrochen und blind vom Moder. Ein großes Feuer war im Kamin entfacht worden, die Fensterläden geschlossen, und wenngleich das Mobiliar einzig aus zwei massiven Betten und einem Stuhl mit einem kürzeren Bein bestand, schien der Raum fast gemütlich.

Ich öffnete einen der Fensterläden. Das große Fenster reichte fast vom Boden bis zur Decke, und um ein Haar fiel ich durch das zerbrochene Glas auf den bodenlosen Balkon.

»Tom, komm rasch her«, schrie ich, und für einige Minuten dachte keiner von uns an unsere zweifelhafte Umgebung, denn wir sahen Pæstum im Mondlicht.

Ein weißer Nebel wie Wasser hing niedrig über der ganzen Wiese, und mittendrin hoben sich die drei gespenstischen Tempel vor dem blauschwarzen Himmel ab, schwarz und silbern. Sie schienen sich im lebhaften Mondlicht und dem Nebel fast zu bewegen. Hinter ihnen, so sah ich durch die bleichen Säulen, erstreckte sich der silberne Meeresstreif.

Vollkommene Stille – die Stille eines unerbittlichen Todes.

Wir sahen zu, wie der Nebel in weißen Wellen um die Tempel aufstieg, bis wir halb erfroren waren und sofort zu Bett gingen. Es gab nur eine Tür in dem Raum, und die war gut verschlossen; die großen Fenster befanden sich sechs Meter über dem Erdboden, und so fühlten wir uns vor allen möglichen Angriffen sicher.

Innerhalb weniger Minuten war Tom eingeschlafen und atmete laut und gleichmäßig, doch da ich von nervöserer Konstitution bin, lag ich für einige Zeit wach und dachte über unser merkwürdiges Abenteuer und seine möglichen Folgen nach.

Schließlich schlief ich ein – ich weiß nicht, für wie lange, doch ich erwachte mit dem Gefühl, dass jemand den Griff der Tür betätigt hatte. Das Feuer war zu einem Kohlenhaufen verfallen, der im Raum ein rotes Glühen verbreitete, in dem ich schwach die Umrisse von Toms Bett, den kaputten Stuhl vor dem Kamin und die reich verzierte Tür neben dem Schornstein unmittelbar vor meinem Bett erkennen konnte.

Ich setzte mich auf, erschreckt durch mein plötzliches Erwachen unter diesen merkwürdigen Umständen, und starrte zur Tür. Die Klinke klapperte, und widerstandslos schwang die Tür nach innen auf. Eisige Kälte überkam mich. Die Tür war doch verschlossen gewesen; Tom und ich hatten all unsere Kraft aufgewandt, um sie zu schließen und abzusperren. Wir *hatten* sie verschlossen, doch nun öffnete sie sich lautlos. Eine Minute später schloss sie sich ebenso stumm.

Dann hörte ich einen Schritt – ich schwöre, dass ich Schritte *im Raum* hörte, und das Rascheln von Röcken. Ich hielt den Atem an, und meine Zähne klapperten beim Geräusch der sanften Schritte und dem weiblichen Rascheln, das sich auf den Kamin zu bewegte. Meine Augen sahen nichts, doch es war genug Licht im Raum, um das Muster der Schnitzereien auf der Tür zu erkennen. Die Schritte hielten beim Feuer, und ich sah, wie der kaputte Stuhl sich nach links neigte. Ein kurzes Knarren erklang, als das kürzere Bein den Boden berührte.

Stumm und reglos saß ich da und starrte in die Leere, die für mich mit solchem Schrecken erfüllt war. Und noch während ich hinsah, knirschte der Sitz des Stuhles, und er kehrte in seine aufrechte Haltung zurück.

Und dann durchquerten die Schritte sanft den Raum, hin zum Fenster. Kurz hielten sie inne, dann schwangen die großen Fensterläden zurück, und das weiße Mondlicht strömte in den Raum. Sein Strahlen wurde von keinem Schatten gebrochen, von keiner Spur eines körperlichen Wesens.

Ich versuchte zu schreien, irgendein Geräusch zu machen, um Tom aufzuwecken. Dieses Gefühl völliger Einsamkeit in der Gegenwart des Unerklärlichen trieb mich in den Wahnsinn. Ich weiß nicht, ob meine Lippen meinem Willen folgten oder nicht; jedenfalls lag Tom reglos da, sein taubes Ohr mir zugewandt.

Die Fensterläden schlossen sich so still, wie sie sich geöffnet hatten; das Mondlicht war verschwunden, ebenso das Feuer.

Ich wartete in völliger Dunkelheit. Könnte ich doch nur *sehen!* Wäre etwas sichtbar gewesen, hätte ich das nicht so schrecklich gefunden wie das Hören von jedem Laut, jedem Rascheln einer Robe, jedem Atemzug. Doch nichts zu sehen war zu viel für mich. Ich glaube, dass ich in meiner grenzenlosen Furcht betete, sehen zu dürfen, doch die Dunkelheit war ungebrochen.

Dann begannen die Schritte unstet zu schwanken, und ich hörte das Rascheln von Kleidung, die zu Boden fällt, das Klappern von kleinen Schuhen, das Klirren von Knöpfen und von Metall auf Holz.

Starre überkam mich, und mein ganzer Leib zitterte, als ich auf mein Kissen zurücksank. Jeder Nerv war angespannt, und ich lauschte wie nie zuvor im Leben.

Neben mir wurde die Bettdecke zurückgeschlagen, und im nächsten Moment sank das Bett etwas ab, als etwas deutlich seufzte und zwischen die Laken glitt.

Ich rief jedes mir verbleibende Quentchen Kraft zu Hilfe und stürzte kopfüber aus dem Bett und zu Boden, mit einem Schrei, der sich meinen klappernden Zähnen entwunden hatte.

Ich muss da wohl für einige Zeit ohnmächtig gelegen haben, denn als ich wieder zu mir kam, war es kalt im Raum. Im Kamin glühten keine Kohlen mehr, und ich war steif vor Kälte.

Es überkam mich wie die Heimsuchung eines Traumes. Ich lachte etwas über die trübe Erinnerung und dachte: »Ich muss mich an alle Einzelheiten erinnern; Tom wird die Geschichte mögen.« Ungelenk stand ich auf, um wieder zu Bett zu gehen, als – da war es wieder, und mein Herz blieb stehen: die Hand an der Tür.

Ich hielt inne und lauschte. Die Tür öffnete sich mit einem gedämpften Quietschen, wurde dann wieder geschlossen, und ich hörte das rostige Drehen des Schlüssels. Eher wäre ich gestorben, als wieder in dieses Bett zu gehen, doch auch außerhalb davon lauerte der Schrecken. Also stand ich zitternd da und lauschte – lauschte den schweren, steten Schritten, die zur anderen Seite des Bettes schlurften. Ich verkrampfte meine Hand in die Decke und starrte in die Finsternis.

Ein Luftzug streifte mein Gesicht, ich hörte einen klatschenden Schlag und gleichzeitig einen Schrei, so grauenhaft, so verzweifelt, so durchbohrend, dass ich spürte, wie meine Sinne mich wieder verließen und ich vor dem Bett zu Boden ging.

Und dann begann der schreckliche Zweikampf, der Zweikampf von unsichtbaren und hörbaren Gestalten, von kreischenden und wütenden Dingen. Dünne weibliche Schreie mischten sich mit tiefen erstickten Flüchen und unverständlichen Worten. Im ganzen Raum jagten Schritte hinter Schritten her, nun in der Nähe von Toms Bett, nun rasch durch den großen Raum stürmend, bis ich das Streicheln von Tüchern auf meinen zusammengepressten Lippen spürte. Rund umher ging es wie im Karussell, bis mein Hirn vor wahnsinnigen Schreien wirbelte.

Sie kamen näher. Ich spürte das Scharren ihrer Füße auf dem Boden neben mir. Über meinem Kopf vernahm ich ein kehliges Stöhnen, und dann stürzte die Last eines zusammenbrechenden Leibes auf mich nieder. Langes Haar ergoss sich über mein Gesicht und stach in meine starren Augen, und als grausige Stille auf den weniger grausigen Tumult folgte, fiel ich in das unermessliche Nichts.

Die graue Dämmerung drang durch die Spalten der Fensterläden, als ich meine Augen wieder öffnete. Ich lag wie betäubt am Boden und starrte die schimmligen Fresken an der Decke an. Ich versuchte, meine verstreuten Sinne wieder zu so etwas wie einem Bewusstsein zu vereinen. Doch als ich nach und nach wieder zu mir kam, dachte ich nicht mehr an einen Traum. Eins nach dem andern kamen die schrecklichen Vorfälle dieser unbeschreiblichen Nacht zurück, und ich lag da, unfähig zur Bewegung, und versuchte, die mich umwirbelnden Teile der Erinnerung zusammenzufügen.

Es wurde immer heller im Raum. Ich sah, wie die bleichen Strahlen sich durch die Fensterläden hinter mir drängten und auf dem verheerten und staubigen Boden stärker wurden. Die trüben Spiegel reflektierten schmutzig das Licht des neuen Tages. Weit entfernt schloss sich eine Tür, und ich hörte das Krähen eines Hahns und das Pfeifen eines vorbeifahrenden Zuges.

Jahre schienen vergangen zu sein, seit ich diesen grauenhaften Raum das erste Mal betreten hatte. Ich beherrschte meine Zunge nicht mehr, meine Stimme folgte nicht meinem panischen Verlangen, aufzuschreien. Ein- oder zweimal versuchte ich umsonst, ein artikuliertes Geräusch über meine starren Lippen zu bringen, und als endlich ein gebrochenes Flüstern meine fieberhafte Mühe entlohnte, überkam mich ein starkes Triumphgefühl. Wie fest Tom doch schlief! Es war so schon keine leichte Aufgabe, ihn zu wecken, und gegen diese Störung zur frühen Stunde wehrte er sich standhaft. Mir schien, ich hatte Ewigkeiten nach ihm gerufen, bis ich ihn verschlafen murren und sich im Bett umdrehen hörte.

»Tom«, rief ich schwach, »Tom, komm und hilf mir!«

»Was willst du? Was ist los mit dir?«

»Frag nicht, komm und hilf mir!«

»Wohl aus dem Bett gefallen.« Er lachte müde.

Mein grenzenloser Schrecken, er könnte sich umdrehen und wieder einschlafen, verlieh mir neue Kraft. War es die körperliche Betäubung einer Todesangst, die mich niederdrückte? Ich hätte meinen Kopf nicht vom Boden erheben können, und wenn es um mein Leben gegangen wäre; ich konnte nur in tödlicher Furcht nach Tom rufen.

»Warum stehst du nicht auf und legst dich wieder hin?«, fragte er, und als ich ihn anflehte, zu mir zu kommen: »Du hast einen Albtraum, wach auf!«

Doch etwas in meiner Stimme brachte ihn endlich dazu aufzustehen, und er durchquerte kichernd den Raum, um zwei der Fensterläden zu öffnen und weißes Licht in den Raum strömen zu lassen. Er kletterte über mein Bett und blickte spöttisch über den Rand. Nach dem ersten Blick erstarb sein Lachen, und er glitt von dem Bett und beugte sich über mich.

»Mein Gott, Mann, was ist los mit dir? Du bist verletzt!«

»Ich weiß nicht, was los ist; heb mich auf, bring mich weg von hier, und ich werde dir alles sagen, was ich weiß.«

»Aber, alter Freund, du musst fürchterlich verwundet sein; der Boden ist voller Blut!«

Er hob meinen Kopf und hielt mich in seinen kräftigen Armen. Ich schaute herunter: Ein riesiger roter Fleck besudelte den Boden zu meiner Seite.

Doch außer der schwarzen Quetschung auf meinem Kopf gab es kein Anzeichen einer Wunde an meinem Leib und auch keine Blutflecken an meinen Lippen. In so wenigen Worten als möglich erzählte ich ihm die ganze Geschichte.

»Lass uns von hier verschwinden«, sagte er, als ich fertig war, »dies ist kein Ort für uns. Mit Räubern kann ich umgehen, aber ...«

Er half mir beim Ankleiden, und so schnell wie möglich zogen wir die schwere Tür auf, die Tür, die sich vor wenigen Stunden noch so sanft geöffnet hatte. Wir traten in den runden Saal, der im Zwielicht der Dämmerung nicht minder sonderbar und geheimnisvoll wirkte als im Schein des Feuers.

Der Raum war leer, denn es musste sehr früh sein, obschon bereits ein Feuer im Kamin loderte. Wir setzten uns einige Momente ans Feuer und sahen niemanden. Dann vernahmen wir langsame Schritte auf der Treppe, und der alte Mann trat ein, so stumm wie in der Nacht zuvor. Er nickte uns höflich zu, zeigte aber keine Überraschung darüber, dass wir bereits so früh aufgestanden waren. In völliger Stille bewegte er sich durch das Zimmer und bereitete Kaffee für uns. Als das karge Frühstück bereit war, setzten wir uns an die runde Tafel, kauten das zähe Brot und nippten an dem schwarzen Kaffee. Auf unsere Nachfragen antwortete er nur einsilbig.

Jeder Versuch, ihm Einzelheiten aus der Geschichte der Villa zu entlocken, wurde mit einer eisigen Zurückweisung erwidert, die uns verblüffte. Und so mussten wir *addio* sagen, ohne dass unser Verlangen nach einer Erklärung für die Ereignisse der Nacht gestillt gewesen wäre.

Doch wir sahen die Tempel im Sonnenaufgang, als der Nebel an den Sockeln der hohen Säulen leckte, die im Morgenlicht lachsfarben waren. Es war eine Rhapsodie der bleichen und unirdischen Farben von Puvis de Chavannes, die belebt wurden vom prachtvollen Licht der Sonne und dem Aufsteigen des Nebels – ein nie zuvor geschauter Anblick, den man niemals vergisst. Es war so schön, dass die Erinnerung an meine grausige Nacht verblich, und es war Tom, der den Bahnhofsvorsteher mit Fragen bestürmte, während wir auf den Zug aus Agropoli warteten.

Dank des Geldes, das wir ihm aufzwangen, war er mehr als gesprächig, und dies ist in wenigen Worten die Geschichte, die er uns erzählte, während wir rauchend am Bahnsteig saßen und die ziehenden Nebel bestaunten, die nach Osten trieben und die lavendelfarbenen Apenninen ver- und enthüllten.

»Gibt es eine Geschichte über *La Villa Bianca?*«

»Ach, Signori, gewiss, und eine sehr sonderbare und erschreckende obendrein. Es war vor langer Zeit, vor hundert oder zweihundert Jahren, ich weiß es nicht. Nun, der Duca di San Damiano vermählte sich mit einer so wunderschönen und anmutigen Dame, dass man sie *La Luna di Pesto* nannte. Doch sie kam aus dem Volk – mehr noch, sie stammte von den Räubern ab. Ihr Vater kam aus Kalabrien, und er war der Schrecken der Campagna.

Aber der Herzog war noch jung und er heiratete sie, und für sie erbaute er die Weiße Villa, die man das Wunder der Campagna nannte – haben Sie's gesehen? Selbst als Ruine ist sie noch prachtvoll. Nun, weniger als ein Jahr war seit ihrem Einzug in die Villa vergangen, da wurde der Herzog eifersüchtig – eifersüchtig auf den neuen Kapitän der Räuberbande, der den Platz des Vaters von *La Luna* einnahm, welcher in einer großen Schlacht in den Bergen gestorben war.

Gab es Ursachen für diese Eifersucht? Wer weiß? Doch im Volk gingen Geschichten über schreckliche Dinge in der Villa um, und *La Luna* wurde so gut wie nie außerhalb der Mauern gesehen. Der Herzog ging oft für viele Tage nach Neapel, kam nur dann und wann in die Villa, die sich in eine Festung verwandelt hatte, so viele Männer bewachten die stets verschlossenen Tore.

Und einmal – es war im Frühjahr – kam der Herzog aus Neapel zurück, und dort hinten, bei den drei Pappeln da im Norden, lauerten bewaffnete Männer seiner Kutsche auf und ermordeten ihn fast. Doch er hatte viele Leibwächter bei sich, und nach einem furchtbaren Kampf wurden die Räuber in die Flucht geschlagen. Vor ihm aber lag verwundet der Kapitän – der Mann, den er fürchtete und hasste. Er sah ihn im Schein der Fackeln an, und in seiner Hand erkannte er *sein eigenes Schwert*. Er wurde zum rasenden Dämon: mit eben diesem Schwert durchbohrte er den Räuber, sprang auf die Kutsche, fuhr zur Villa, schlich dort in die Kammer von *La Luna* und tötete sie mit dem gleichen Schwert, das sie ihrem Liebhaber gegeben hatte.

Dies ist die ganze Geschichte der Weißen Villa. Der Herzog kam nie wieder nach Pesto. Er kehrte zurück zum König nach Neapel, und viele Jahre lang war er die Geißel der Räuberbanden der Campagna. Denn der König machte ihn zum General, und San Damiano wurde zu einem Namen, den die Gesetzlosen fürchteten und die Friedliebenden schätzten, bis er in einem Kampf bei Mormanno getötet wurde.

Und *La Luna?* Manche sagen, sie kehrt einmal im Jahr zur Villa zurück, wenn der Mond voll ist, im Monat ihrer Ermordung. Denn es heißt, der Herzog begrub sie mit eigenen Händen unter den Fenstern ihrer Kammer, ohne den Segen der Kirche. Deshalb kann sie nicht in Frieden ruhen – *non è vero?*

Ich weiß nicht, ob diese Geschichte wahr ist, doch damit endet sie, Signori, und da kommt auch schon der Zug nach Neapel. *Ah, grazie! Signori, grazie tanto! A rivederci! Signori, a rivederci!«*

Leonhard Stein

Wer Leonhard Stein war, weiß vermutlich niemand mehr. Es ist sogar unklar, ob der Name nicht eventuell ein Pseudonym ist. Robert N. Bloch, der große Kenner der Fantastik, insbesondere der deutschsprachigen, bemüht sich sehr um Informationen über diesen Autor, aber bisher ist ihm kein Glück beschieden. In seinem Beitrag über Leonhard Stein für das *Lexikon der utopisch-phantastischen Literatur* im Corian Verlag schreibt Bloch: »1918 erschienen drei Bücher eines jungen Wiener Verfassers namens Leonhard Stein, die zum Formvollendetsten gehören, das die deutschsprachige Fantastik hervorgebracht hat.«

Die Bücher waren *Der Flötenbläser* (eine Novelle), *Das Ballett des Todes* (Kurzgeschichten) und *Die Feuerlilie* (eine Novelle). Außerdem hat Leonhard Stein noch vier Erzählungen in Magazinen und Anthologien veröffentlicht – das ist alles, was Robert N. Bloch aufspüren konnte.

Der Flötenbläser

Eine Reiseerzählung

1. Kapitel

Ariadne von Wenckheim wuchs auf in hellen, schimmernden Gemächern, von deren Wänden kühl getönte Bilder auf sie niederleuchteten, spielte auf weiten, sorgfältig gepflegten Rasenflächen oder auf der kiesbestreuten Terrasse eines Berghotels. Später sah sie sich an ihrem Schreibtisch regelmäßig einigen älteren und jüngeren Herren gegenüber, deren Vorträge über Musik, Kunstgeschichte und Nationalökonomie gleichmäßig bis zum Stundenschlage an ihr vorüberflossen, dann brachte die Zofe das Kleid und ordnete ihr das Haar; Ariadne ritt auf einer zahmen Stute aus oder ging auf einen der eintönig gedämpften Familienbälle. In ihrem zwanzigsten Lebensjahre besuchte sie nach der Rückkehr von einer Herbstreise nach Dänemark mit ihrem Vater das archäologische Museum der Stadt, auf der Treppe wurden sie von einem jungen Assistenten empfangen, der sie auf Geheiß des Direktors, der Ariadnens Vater als dem Leiter einer für den Außenhandel des Staates wichtigen Industrie mit dieser Ehrenbezeigung entgegenkam, erklärend durch die Säle geleiten sollte. Wenckheim und Ariadne folgten eine halbe Stunde den Ausführungen des jungen Archäologen über Champollion und die Funde von Luxor, bis Ariadne von der offenen Tür des Kraftwagens dem Cicerone flüchtig die Hand zum Kusse überließ und zu einer Ausstellung weitereilte. Doch erhielten der Direktor und zwei Wochen später auch sein Assistent eine Einladung in das wenckheimsche Haus, in dem der junge Dr. Arch. Erich Grotefang seither häufig verkehrte. Eines Nachmittags, als der Tennisplatz schon von dem fallenden Laub der herbstlichen Linden überweht rastete, bog Erich Ariadnen den Schläger aus der Hand, und die beiden Blondhaarigen neigten sich einander zu; am Abend wurde im engsten Kreis die Verlobung verkündet: eine Überraschung für die nähere und fernere Gesellschaft, da Erich Grotefang einer wohl tadellosen, aber verarmten Patrizierfamilie entstammte und man Wenckheim andere Pläne für sein einziges Kind zugemutet hatte. Doch achtete Wenckheim den

Willen seiner Tochter durchaus und entwarf sogleich in liebevoller Umsicht die Pläne für ihre und Erichs Zukunft. Das Paar sollte für die Hochzeitsreise Erichs vorübergehende Arbeitsstätte Ägypten wählen, wo der junge Archäologe, gestützt auf seines Direktors und Wenckheims Empfehlungen, einiges in Ausgrabungen versuchen sollte, um durch ein wissenschaftliches Werk zunächst die Dozentur zu erlangen, die ihm auch bei Wenckheims Verbindungen dann mühelos in den Schoß fallen würde. So schritt Ariadne früher als sie geglaubt zur Hochzeit, und in der Röte des folgenden Tages flog von der weißen Stirn der Alpen schon der zweiflügelige Gott des Südens dem Paar mit der kupfernen Schwinge zu.

Ariadne hatte früher ihren Vater öfter auf seinen Reisen durch die nordischen Städte begleitet und die Sommer- oder Winteraufenthalte in der dünnen, silbernen Luft der Schweizer Berge verbracht, die ihr Haar mit der leuchtenden Durchsichtigkeit, ihren Körper mit der schmiegsamen Kühle der Nordländerinnen angehaucht. Umso verwirrender, erschütternder ging für sie der Tag im südlichen Hafen auf. Das Meer wehte bis zu ihren Knien, eine einzige machtvoll erstarrte Woge, die aus sich selbst immer neuen Glanz warf, der in flimmernden Luftsäulen in den tiefblauen, wolkenlosen Himmel stieg, der sich klar und ewig über der Bucht wölbte. Fern an dem Molo lagen die Schiffe: große Dampfer wie tote Meerwesen dumpf nebeneinander vertäut, Riesensegler mit schmalem hornartigen Bug gleich Delfinen durch die kräuselnde Flut jagend, kleine Barkassen wie hurtige Seepferde und große Lastkähne, die sich gleich Riesenmuscheln träg sonnten in dem Gestirn, das gelbrot trotz der frühen Morgenstunde über der Reede brannte. Zwischen den Schiffen und der Stadt trieb der Kreislauf des Hafens in einer einzigen pulsenden Ader; unaufhörlich strebten Männer und Frauen in roten oder gelben offen stehenden Hemden, daraus die Brust kupfern stach, mit Karren oder Säcken den Schiffen zu. Ariadne wunderte es am meisten, dass sie trotz der angestrengten Bewegung doch endlos sangen, rauchten oder schrien, für jeden Vorübergehenden einen Zuruf übrig hatten. Der Zug war unendlich: Menschen und Tiere, ab und zu Kraftwagen eilten farbig beleuchtet an ihnen vorüber. Ariadne lehnte sich Halt suchend in dem Wirbel an Erich, der ihr eine Hand überließ, mit der anderen die Bewegungen der Gepäckträger lenkte. Sie kamen an den Bajonetten der Strandwache vorüber zum Schiff, das jetzt groß und dunkel vor ihnen das Meer erfüllte; das

Fallreep schleuderte ein wenig unter ihrem Emporsteigen unter jedem Wellenzuge. Sie betraten das Oberdeck, von dessen Höhe sich die Hafenstadt mit den Kaien und Häusern schon kleiner zeichnete; dann ging Erich das Gepäck und die Kabine versorgen, Ariadne glitt angenehm ermüdet in einen Liegestuhl, spürend, wie die Sonne zwischen dem Tafelwerk durch die geschlossenen Lider brennend in sie niederstieg, bis eine gleichmäßige Erschütterung sie zu wiegen begann. Sie öffnete die Augen. Der weiße Riesenmolo drehte sich träg und leuchtend mit dem Hafen an ihr vorüber und versank, die Deckmusik warf hell einen Marsch in den weichen, seidigen Glanz des Tags. »Wirklich«, dachte Ariadne, »wir fahren schon«, und schloss die Augen wieder.

Nach einer halben Stunde kam Erich in weißem Bordanzug, ließ seinen Liegestuhl neben ihren stellen. Das Schiff hatte schon volle Fahrt aufgenommen, die Küste lag undeutlich verschwommen hinter ihnen, vor sich hatten sie nur das unendliche blaue Meerauge, das in einer kaum wahrnehmbaren, rastlosen Bewegung trieb. Eine Woge spreitete singend mit seidigem Schaum vor dem Kiel des Dampfers. Ariadne hatte ihre Hand in die Erichs gelegt, sie sprachen von den Eltern, dann kam der Steward mit Tee und Brötchen, schließlich bildete sich eine kleine Versammlung von Mitreisenden, die anhand einer Karte die augenblickliche Lage des Schiffes feststellten und sich in den üblichen Gesprächen über Geschwindigkeit, Verpflegung und die Kabinen ergingen. Dann stieg man auf einer prahlerisch breiten Wandeltreppe in den Speisesaal erster Klasse hinab. Erich hatte abseits der großen, lang gestreckten Tafel einen kleinen Einzeltisch an einem geschlossenen Fenster bestellt, das ab und zu immer von einer Woge klatschend verhüllt wurde. Die Tafel füllte sich schnell, natürlich trat schon nach der zweiten Platte plötzlich ein etwas heftigerer Seegang ein, immer leuchtendere schaumgrüne Wogen rollten klirrend an die Fenster, bei der größten konnte man deutlich spüren, wie der ganze Saal sich lautlos um einige Meter senkte und wuchtig wie von Riesenarmen wieder emporgehoben wurde. Einige Damen und Kinder standen bestürzt auf und waren erst durch die Zusprache eines alten deutschen Servierkellners, dass dies noch nicht schlimm wäre und erst hinter Kreta die eigentlichen Winterstürme begännen, zum Verbleiben zu bewegen. Erich und Ariadne beendeten ruhig ihre Mahlzeit, dann zogen sie sich auf die Kabine zurück. Diese, eine der schönsten des

Schiffes, war nicht umsonst bemüht, in dem schwimmenden Hotel des Dampfers den Eindruck eines fest gefügten, auf seinen vier Pfosten ruhenden Raumes auf dem Kontinent hervorzubringen: Ein mattfarbener Teppich verhüllte den Schiffsboden, während ein breit geschliffenes Fenster die Verbindung mit der Außenwelt des Promenadendecks und das Telefon ein Gleiches mit Arzt, Friseur und Funkstation herstellte und ein summender Ventilator um frische Luft besorgt war. Nur der leise Geruch der geteerten Wände und das Pochen der Maschine nahmen stetig mahnend wieder etwas von der Täuschung weg. Ariadne schmiegte sich halb auf das großgeblumte Sofa, nach einem Buch greifend, dann spürte sie Erichs Mund an ihrer Wange, und es kam ihr zu Bewusstsein, dass ihre erste Nacht mit ihm nahe. Sie wehrte ihn leise lächelnd mit einem Wink auf das unverhüllte Deckfenster ab, worauf Erich in unverhohlener Schüchternheit einige Bücher über Ägypten aus dem Koffer zog, aus denen er ihr vorlas. Dann saßen sie ruhig nebeneinander und gingen um die vierte Nachmittagsstunde wieder in den Speisesaal zum Tee. Das gesellschaftliche Bild war das gleiche wie zu Mittag. Obwohl Erich und Ariadne jedem Anschluss aus dem Weg zu gehen suchten, wurden sie jetzt doch einigen Herren und Damen vorgestellt, die Ariadnens Vater persönlich oder dem Namen nach kannten und denen das junge Paar Rechenschaft über seine Reise und ihr Ziel ablegen musste, bis sie von der ganzen Gesellschaft in die Mitte genommen und auf das Promenadendeck geleitet wurden, wo dann alles plötzlich beim Anblick der nachmittägigen Meeresstille verstummte. Der Ozean warf sich jetzt wie ein tiefgrün rauschendes Tuch, darauf das Gestirn einen toten blutigen Glanz webte, am Rande verhüllte ein leiser blaugrauer Dunst den Übergang in die Himmel, die träg in bleierner Erstarrung in die Tiefe des Meeres niedersanken, mit leichten rötlichen Federwölkchen betupft. Hinter der Schraube des Schiffes schlang sich weiß ein gischtendes Band. Doch währten Spannung und Ausrufe des Erstaunens nur einen Augenblick, wurden schnell wieder von gewöhnlichen Gesprächen abgelöst, bis das allgemeine Zerstreuungsbedürfnis in ein Spiel mündete. Die Gesellschaft teilte sich in zwei Parteien, um mit mehr Hingabe als Geschicklichkeit sich dem sogenannten Taubenschießen zu widmen. Das heißt, es wurde mit flachen Holzscheiben nach Pflöcken gezielt, und der verlierende Teil hatte die Niederlage am Abend mit der Spende einiger Flaschen Wein zu bekennen.

Doch brachte ein neu hinzutretender Mitreisender bald Abwechslung, indem er mit der Hand bedeutungsvoll gegen das Vorderdeck wies, den Nahestehenden geheimnisvoll etwas zuflüsterte, bald die ganze Gesellschaft aus dem Spiel riss, die ihm in Gruppen folgte. Erich und Ariadne schlossen sich, bald allein übrig geblieben, dem Zug an, der sich gegen das von der ärmsten Schicht benützte Vorderdeck bewegte, dort auseinandertretend einen merkwürdigen Anblick enthüllte. Die Passagiere des Vorderdecks bestanden hauptsächlich aus Mohammedanern, die träge in ihren bunten Burnussen auf ihrer geringen Habe, die meist nur aus einem Bündel bestand, kauerten. Nur ein Mann unter ihnen stand aufrecht in der Mitte. Dem Typus nach schien er ein Araber zu sein. Sein Mantel, der im Seewind flatterte, verhüllte kaum den kräftigen, ebenmäßigen Bau des Körpers, von dem braunen, jetzt beschatteten Profil des Kinns konnte man deutlich die Stricke der Sehnen zu dem außergewöhnlich breit gespannten Brustkorb hinabsteigen sehen. Der Turban bleckte rot über der kupfernen Stirn. In der Hand hielt er eine Flöte mit mehreren schmalen Pfeifen, die er nun unbekümmert um die Zuhörerschaft wieder an die Lippen führte. Dann spielte er. Es war kein Lied oder eine Tonfolge in unserem Sinn, sondern die Klänge stiegen verworren und scheinbar unharmonisch aus den Pfeifen, bis das immer wiederholte Grundmotiv sich bezwingend einprägte: eine fremde, heiße Klage. Diese wiederholte der Flötenbläser immer wieder aufs Neue in stolz zurückgebogener Trauer, aber sonst regungslos, während seine mit gekreuzten Füßen hockenden Gefährten die Oberkörper nach dem Rhythmus zu wiegen begannen. Die ganze Gruppe machte besonders auf die Reisenden, die dergleichen noch nicht gesehen, einen überaus fremden, starren, geschlossenen Eindruck, ausgehend von dem Flötenbläser, der, noch immer regungslos wie eine Naturgewalt in der Mitte stehend, sie mit seinem Spiel entseelte. Schließlich brach er ab, sofort stürzte sich die Gesellschaft mit Fragen und Trinkgeld auf ihn. Erich und Ariadne waren, vielleicht um diesem ernüchternden Eindruck zu entgehen, unbewusst etwas abseitsgetreten.»Nun hast du noch vor unserer Ankunft in Ägypten einen echten Araber gesehen«, lächelte Erich, »auch sein Instrument ist sehr eigenartig, es ist die echte alte koptische Hirtenflöte, die schon Herodot gehört und auf der noch heute von den Einheimischen gespielt wird.« Jetzt trat ein Herr aus der Gesellschaft, die sich langsam von dem Araber wieder löste, hinzu und berichtete, dass der Flötenspieler ein armer Teufel sei, Achmet heiße und jetzt ohne Ersparnisse von Europa nach Ägypten zurückkehre. Jedenfalls hatte die Vorführung eine gute Einnahme für ihn bedeutet. Indessen war auch das Interesse der übrigen Gesellschaft bald wieder verflüchtigt, umso mehr als der Seegang gegen Abend wieder höher wurde, das Meer strömte wie ein Becken von tiefschwarzer zu purpurgrüner Farbe und rollte unterirdisch in tiefer Zerrissenheit, so begrüßten alle dankbar den Gong, der zum Abendessen rief. Der Speisesaal war schon minder stark besucht, da das Schiff heftig schwankte, es wurde hastig und ohne rechte Zustimmung abgegessen, dann flüchtete die Mehrzahl der Damen in die Kabinen. Erich und Ariadne suchten das Musikzimmer auf, das bei der verschwenderischen Beleuchtung doppelt öd und verlassen mit seinen in Rot und Mattgold gehaltenen Wänden prangte. Erich schlug das Klavier auf und spielte ein Andante von Mozart, das silbern über das dumpf dröhnende Fagott des Sturmes flog, zwischendurch glaubte Ariadne, die Flöte des Arabers zu hören. Dann gingen sie in die Kabine, die ziemlich heftig mit dem ganzen Schiff im Sturm rollte. Der Ventilator war wegen des Seegangs ausgesetzt worden, die Luft schlug feucht und heiß. Ariadne drehte das Licht an. Erich zog sie befangen an sich und verlöschte es wieder. Dann spürte sie seinen Hauch mit einer fremden Wärme. Der Sturm hastete weiter durch sie, und eine Welt entflammte und verlöschte alle Lichter, bis sie erschöpft in den Schlaf floh. Einige Stunden später erwachte sie. Das Schiff glitt jetzt ruhiger, doch musste sich der Vorhang des Deckfensters bei dem früheren Seegang gelöst haben, Ariadne konnte deutlich das im grünen Licht des Scheinwerfers traumhaft starrende Deck erkennen, darauf der Araber des Nachmittags stand, ein Schattenriss, die Flöte in den Händen. Jetzt quoll die Klage, das Lied. Das Lied einer fremden Welt, die stumpf, ohne Sehnsucht, doch mit dem heißen Blutstrom ewiger Begierde unwiderstehlich näher rückte. Fremd und drohend wie ihr Bote im Scheinwerfer, der wie ein seelenloser Gott diese Erde dumpf in seinem Feuer verdorren ließ. Willenlos atmete Ariadne das Bild. Dann wollte sie Erich fragen, wieso der Araber aufs Deck gekommen. Doch Erich lag in ruhigen, tiefen Zügen neben ihr, und bald schritt Ariadne an seiner Seite weiter in den Traum.

2. Kapitel

Am Morgen des dritten Tages liefen sie in Alexandria ein. Das Promenadendeck des Dampfers bildete eine zusammenhängende Mauer von fotografischen Apparaten, die rastlos knatternd den Anblick einfingen. An der Seeseite türmte sich das Gepäck zu Bergen. Der neue Erdteil verkündete sich zuerst als ein leuchtender gelber Strich am Horizont, dann floss der Rote-Sand-Leuchtturm majestätisch flimmernd im Licht vorüber. Die Bai entrollte sich. An der äußersten Landzunge hielten Kriegsschiffe, blauen Rauch des Saluts vor den Rohren. Das Schiff schwamm lautlos nur noch mit der Kraft der Eigenbewegung durch das perlende Geflecht. Jetzt schossen ihm kühn kleine Boote mit bunten Wimpeln entgegen, auf jedem Kiel stand, die Hände um den Mund gerundet, der braune Dragoman eines Kairoer Hotels, den Namen seines Herrn brüllend. Die Reede entfaltete sich fächerartig, am Molo erkannte man die Kawassen der europäischen Konsulate mit Krummsäbeln und bestickten Uniformen, dahinter eine heulende, eng verschlungene Rotte von schwarzen Lastträgern, die auf das Schiff zu lauern schienen. Am Kai rauchte schon, gelb und klein wie ein Kinderspielzeug, der Zug. Dieses schreiende, farbenflirrende Durcheinander hätte fast den Eindruck eines ungeordneten Balletts gemacht, das sich zur Vorstellung sammelt, wenn es nicht der Himmel beleuchtet hätte, dieser ungeheure türkisblaue Himmel, in dem das Gestirn übergroß wie eine Feuerschale schwang, bereit, jeden Augenblick seinen ewigen Brand in den irdischen zu verschütten. Noch wehte Seeluft, salzig und erfrischend, aber in der Sekunde, da das Schiff nun anlegend mit einem heftigen Stoß der Maschine sich zum Stillstand brachte, schlug Ariadnen wie aus unsichtbaren Mündern ein Hauch trockener, heißer parfümierter Luft entgegen, die aufreizend und betäubend zugleich sie für Minuten an einen Schiffsposten bog. Sie stand blass und traumhaft lächelnd, dann fasste sie Erich an der Hand, sie gingen über das schon niedergegangene Fallreep etwas willenlos in die neue gelbrot lodernde Flut des Landes, die sofort in einem Orkan von Lastträgern, Apfelsinenverkäufern, Fremdenführern, Dragomanen, Bettlern und Geldwechslern über ihnen zusammenbrach. Es schien fast unmöglich, sie abzuwehren; mit rauen Kehllauten heulten sie in den Brocken aller Nationen den Reisenden ihr Amt in die Ohren, der Geruch ihrer kupfernen Haut zog beklemmende Ringe um die

Überfallenen, wild schrie das Rot ihres Gewandes in der Sonne. Endlich befreite ein Polizist mit gelbem Tropenhelm und Knüppel, von dem er rücksichtslosen Gebrauch machte, Erich und Ariadne von ihren Bedrängern, führte sie in das Zollgebäude und zum Zug. Ariadne fiel etwas betäubt in die Kissen, kaum dass sie es wusste, fuhren sie schon. Erich verstaute das Handgepäck und zog dann triumphierend die ersten erstandenen Apfelsinen und Granatäpfel hervor, die beide schlürften, dann presste Ariadne, ganz den Gesichten hingegeben, die Stirn an die Scheibe. Der Zug durchquerte mit großer Geschwindigkeit eine unendlich sumpfige Ebene, darin das Schilf schwer in der Sonne sang. Jetzt schwankte die erste Palme, schlank und gebogen wie ein Schirm mit allzu dünnem Griff, vorüber. Um ihren Stamm waren erdbraun einige Lehmhütten mit niedrigem, lochartigem Eingang geballt, zwei Frauen ritten auf Mauleseln mit bauschigen, schwarzen Gewändern, aber unverhülltem Gesicht darauf zu. Das ganze Bild hatte etwas unsäglich Einfaches, machtvoll Biblisches, Ariadne hätte es nicht gewundert, unter der nächsten der niedrig hängenden Bachweiden die ägyptische Maria auf ihrer Flucht rasten zu sehen. Eine Stadt trat an den Rand der Ebene, tot und verfallen im Sonnenbrand lodernd: Damanhour. Zerfallene Sassanidenpaläste thronten geierartig über armseligem Gerümpel, zwischen den Trümmern wucherten üppig die Palmen. Die Luft raste in gelben Staubschleiern heiß und wimmernd über der ewigen Zeugung und Zerstörung. Langsam fuhr der Zug ein. Ariadne erschrak über die Araberhaufen, die Apfelsinen schlürfend, rauchend, singend in schwarzen und braunen Burnussen fast affenartig auf den Dächern der Perrons hockten, durch die Fenster des Zuges ihre Waren gellend anboten. Wieder kam von den Menschen, den Häusern jener stickige parfümierte Hauch, der alles Eigene, alle Seele langsam, aber unwiderstehlich betäubte, abtötete und die Körper als bunt schillernde Blüten in den Garten der Verwesung warf. Erschöpft schloss Ariadne die Augen bis Kairo. Lärm erweckte sie. Der Zug hielt in einer ganz europäisch anmutenden Bahnhofshalle, die ein Spinnennetz von Eisengerüsten mit einem Glasdach überwölbte. Auch die Träger, das unauffällig gekleidete Personal, die Wachleute, die bereitwillig in jeder Sprache Auskunft gaben, alles konnte die Ankunft in irgendeiner nordischen Großstadt vortäuschen. Aber als sie durch eine Seitentür den Bahnhof verlassen, auf einem weiten, von hohen Mauerzinnen fast gefängnisartig umfriedeten Platz getreten waren, schlug ihnen eine Wolke heißen, stickigen Staubes entgegen. Es war schon Abend, die Sonne verblutete sich an dem Pfeil eines Minaretts, das schwarz in die glühende Röte stach, hinter den Mauerzinnen, hinter dem offen stehenden Gittertor schwang Kairo, schwang in Musik, schrillen Farben und Klängen, raste ein ewiges dumpfes Bacchanal unter dem Firnis flüchtig zusammengeborgter Gesittungen. Sie traten ans Tor. Das Gestirn war schon mit der den Tropen eigentümlichen Schnelligkeit verschwunden, der halbe Himmel hatte sich mit dem unergründlich tiefen Segel der Nacht gegürtet, auf dem gespenstisch lodernden Aufriss der Zitadelle stand der Mond, ein flacher maurischer Becher auf dem Gebetpolster der Moschee. Der nächste nun vor Ariadne liegende Platz bleichte traurig und rauschend im grellen Licht einer Bogenlampe. Er war bekränzt von Kaffeehäusern, die zum Erbrechen voll mit offenen Fenstern und bis über die Gasse hinausgerückten Tischen, Lärm und Lampions prahlten. Über den Platz zog schräg gerade eine Musikbande: sechs Braune mit Sandalen und halb entblößten Schenkeln, die mit Zimbeln, Trommeln und Becken ein verworrenes Motiv immer wieder anstimmten. In einer Staubwolke folgte ihnen eine Schar ebenso gekleideten Volkes. Jetzt wurde der Anblick unterbrochen, einige Kutscher hatten Erich und Ariadne bemerkt, sprengten, auf die Pferde einhauend, näher und unterboten sich in schrillen Wechselreden im Fahrpreis zum Hotel. Erich wählte den Ruhigsten, und nachdem noch die Entscheidung über das Trinkgeld des Gepäckträgers mithilfe eines Polizisten gefällt worden, setzte sich das Gefährt in Bewegung und überquerte im gleichmäßigen Wiegen Straßen, Plätze und Alleen, die wie ein farbig gesprenkeltes Band abrollten, die einen waren tot, die andern rauschend, über allem hing das gezückte Krummschwert des Mondes und die Luft, die heiß und träge wie aus einem Treibhaus bunter, toller Gewürzpflanzen strömte. Wieder erkannte Ariadne, dass diese Luft schwer einzuatmen war gleich dem Duft alter unverrauchter Weine, dass sie aber, sowie sie die Gewebe des Körpers ergriff, sich nicht in ihnen auflöste, sondern darin weiterbrannte, stets neue Funken ihres Feuers in das Blut warf, das nun beschwert und traurig durch den Körper floss, ihn so lange ermüdend, bis er ihm untertan war. Ariadne spürte das Fremde, Aufgezwungene dieser Vorstellung, versuchte sie mit ruhiger Betrachtung der Umgebung und einigen Tropfen Kölnischwassers abzuschütteln: vergebens. Sie begann sich einzusaugen, von ihr Besitz zu ergreifen, blieb; blieb in dem weiten, im falschen pompejanischen Stil prunkenden Speisesaal des Hotels, wo ihnen von weiß gekleideten Schwarzen kupferne Schalen zum Eintauchen der Finger gereicht wurden, blieb auf dem Zimmer, dessen Altan zwecklos in die purpurschwarz bestirnte Nacht mündete, weil die Wärme draußen genauso schwül wie in den Räumen trieb. Ariadne legte Hut und Schleier ab und bat Erich, noch auf einige Zeit in den Lesesaal hinabzugehen. Dann ließ sie die Vorhänge nieder, entkleidete sich und ging schlaff und ratlos unter dem Einfluss des Mediums, das weich und gierig von der Erde an ihr höherstieg, im Zimmer auf und ab, schließlich trat sie an den Spiegel, in willenloser Erklärung ihrer Haut entgegenlächelnd, die pfirsichfarben aus dem matten Glase blühte. Später, als sie schon im Halbschlaf lag, kam Erich heiter, eine Zigarette im Mund. Sie spürte seinen Kuss und zugleich die Ahnung, dass der leichte Rausch der letzten Stunden nicht ganz durch ihn erregt worden und sie daraus erst wieder zu ihm erwachen müsse. So wehrte sie ihn leicht, wie schlafend, ab. Bald hörte sie seine ruhigen Züge. Sie selbst lag schlaflos bis Mitternacht. Der Lärm von der Straße dämpfte sich zu einem ruhigen tiefen Summen, das schon aus der Nacht kommen konnte. Der Mond hing schwer und blutig in den Honigbäumen des Hotelgartens und befruchtete die Blüten, die eine Wolke süßlichen Staubes lösten, die bis zu Ariadne wehte. Die Welle tauchte bis in ihr Blut und zog dann weiter. Sie lag mit gesenktem Haupt und geweiteten Adern, eine Gefangene unter dem Nesseltuch des Moskitoschleiers, in dessen Maschen der Bann kreiste, sich vervielfältigte und die Gefesselte bezwang.

Sie erwachte mit schmerzlich dumpfen Knien. Das Gestirn stand schon über dem Altan, unbarmherzig lodernd. Aus den Kissen sich aufrichtend, erkannte sie Erich, der schon ziemlich bekleidet vor dem Rasierspiegel stand, sie mit scherzhaftem Zuruf begrüßte. In halber Scham über das geträumte Erlebnis der Nacht zog sie sich hastig und ungelenk an, führte Erich mit kindlicher Gebärde auf den Altan, wo die Sonne die erschöpfte Nacht verbrannte und den Körper zu neuen Feuern sich entzünden ließ. Doch war die Luft jetzt klar und zitternd, bewegt von einem freudig spendenden Hauch. Wiederbelebt entspannte sich Ariadne zu einem heiteren Gefühl, sie küsste Erich, ihn wie nach kurzer Reise wiedersehend, freudig auf Mund und Stirne, dann gingen sie zum Frühstück. Erich bestellte beim Kellner den Wagen, der sie zum Direktor des altägyptischen Museums bringen sollte, und sie fuhren durch den Vormittag des winterlichen Kairo, das wie eine überreife, offene Orchidee trieb, vor dem Museum vor. Ein kostbar in alte maurische Tracht gekleideter Diener riss den Wagenschlag auf, geleitete sie in das erste Stockwerk, darin der Direktor amtierte, dem die Verteilung der Plätze für die Ausgrabungen oblag, die er, wie Erich schon in Europa gehört, mit ebenso viel Takt wie Protektion unter den Forschern der verschiedenen Nationen durchführte. Seinen Namen kannte er aus wissenschaftlichen Zeitschriften: Belotti. Jetzt kam der Diener, geräuschlos auftretend, augenscheinlich aus dem Allerheiligsten und bat Erich um seinen Pass und die Beglaubigungsschreiben. Nachdem so in halbstündigem Warten die schriftliche Förmlichkeit der Vorstellung überwunden, wurden sie zur mündlichen zugelassen, betraten einen hohen in braunem Sandstein gehaltenen Raum, darin Belotti auf einem erhöhten Schreibtisch thronte. Klein und nicht ganz fremd von einer beginnenden Verfettung bot er den Eindruck des Levantiners. Sein fahles, gefurchtes Gesicht glich einer reifen Quitte, Haar und Bart waren sorgfältig gepflegt und blendend schwarz nachgefärbt. Sowie Erich und Ariadne in der Tür erschienen, erhob sich Belotti vom Schreibtisch, schritt unbeholfen tänzelnd auf sie zu, versuchte bei Erich einen Händedruck und schnob mit der hängenden Unterlippe an Ariadnens Hand entlang. Dann entschuldigte er sich lange und eingehend wegen der vorgeschriebenen, argwöhnischen Förmlichkeiten des Empfangs. »Man muss vorsichtig und misstrauisch werden in diesem Land, verehrter Herr Kollege, gnädige Frau! Ägypten ist bekanntlich die Hochschule des Gaunertums, Sie haben keine Ahnung, junger Freund, von welchem Gesindel und unter welchen Vorwänden wir überlaufen werden.« Dann nötigte er eindringlich zum Sitzen, klatschte nach orientalischer Art in die Hände, ein Diener brachte den Kaffee. Erich suchte über die einleitenden allgemeinen Wendungen hinweg schnell zu dem Zweck seines Besuches zu gelangen, zog eine Karte des Ausgrabungsgebietes hervor und bat Belotti förmlich um Zuweisung eines Platzes. Doch schon bei der Auswahl geriet er auf Widerstände. Erich wollte den südlichen, noch undurchforschten Teil des Gräberfeldes beziehen, während Belotti hartnäckig auf dem nördlichen, schon reichlich durchpflügten bestand. »Immer die Jugend, die feurige Jugend«, klagte er, »die am liebsten mit verhängtem Zügel durchgeht! Welch schöner, zweckloser Eifer, Herr Kollege. Die Technik der Ausgrabungen stellt sich in der Praxis ganz anders dar als in den Bibliotheken europäischer Lehrsäle, Sie müssen hier erst wieder an Ort und Stelle Ihr Semester absolvieren, junger Freund. Und dann, wenn ich freier sprechen darf: Wir arbeiten hier unter den Augen und leider auch unter der gegenseitigen Eifersucht aller europäischen Nationen. Sie machen sich keinen Begriff, auf welche mitunter recht unwissenschaftlichen Einflüsse ich hier Rücksicht nehmen, sie glätten, beschönigen muss. Finde ich ja kaum für meine eigene Arbeit noch Zeit.« Dieser seufzenden, unnahbaren Art der Verhandlungen gegenüber konnte Erich nicht aufkommen, er einigte sich schließlich etwas unbefriedigt mit Belotti über einen Platz, der mehr gegen Norden zu lag. Jetzt war dem Direktor deutlich die Erleichterung anzusehen, mit überstürzter Freundlichkeit warf er sich auf Ariadne. »Und die schöne, junge Frau werden Sie, junger Freund und Kollege, doch ein wenig unserer Obhut überlassen, während Sie in der glühenden Sakkara die Grundfesten unserer Wissenschaft erschüttern?« Ariadne verneinte, da sie zumindest als Zuschauerin an Erichs Ausgrabungen teilnehmen wollte. Belotti strahlte. »Alle Hochachtung, das ist immer wieder die fast Symbol gewordene Erscheinung der deutschen Frau, die dem Mann als Psyche auf seinem Forscherweg voranschreitet. Doch es wäre grausam von dem Herrn Gemahl, Sie während Ihres Aufenthaltes in Ägypten nur den roten Schotter der Sakkara sehen zu lassen. Gestatten Sie darum, dass ich mich Ihnen, für einen Abend wenigstens, als langjähriger Kenner Kairos zum Führer durch die Mysterien dieser rätselhaften Stadt – Mysterien im altgriechischen Sinne, Herr Kollege – anbiete, die für die junge Frau anfangs vielleicht etwas merkwürdig, aber sicher interessant sein werden.« Diese freundschaftlich aufgedrängte Einladung war allerdings nicht gut zu umgehen, Erich und Ariadne nahmen dankend an. Der Abschied war breit und getragen wie der Empfang. Während der Rückfahrt über die schon in glühender Hitze schwimmende Straße und des Mittagessens scherzten Erich und Ariadne über Belottis schauspielerhafte Art, dann ruhten sie zwei Stunden neben Eiskübeln. Nachmittags fuhren sie durch eine heulende, in allen Farbentönen verworrene Menge zwischen hohen gelb glühenden Häuserkäfigen auf den beherrschenden Hügel der Zitadelle, sahen auf dem Boden der riesigen Moschee Omars Blut und an ihren Wänden die Kugeln von Napoleons Geschützen, neigten sich schaudernd über den Brunnen, darin Jakob geschmachtet. Dann warf der Abend eine gleißende Seidenfahne über den Himmel. Sie kehrten ins Hotel zurück. Pünktlich um acht Uhr fuhr Belotti steif in einer Prachtkarosse vor, nach allen Seiten Begrüßungen verteilend, nahm das Paar huldvoll an sich. Sie stiegen ein, Ariadne saß in der Mitte zwischen Erich und dem Direktor. Belotti schien sich gar nicht um sie zu kümmern, er war ganz Fachmann, der Erich einen langen, wohlaufgebauten Vortrag über die Topografie der Gräberfelder hielt. »Ich habe auch schon nach Sakkara geschickt, junger Freund«, endete er, »um das dortige Wohngebäude einigermaßen instand zu setzen. Auch habe ich meinen Diener beauftragt, einen Araber für Sie aufzutreiben, der die gröbste Arbeit beim Graben verrichtet, der Mann wird nach der Taxe des Museums entlohnt, was Ihnen sicherlich Scherereien erspart. Sie werden ihn nach Ihrer Rückkehr im Hotel vorfinden. Im Übrigen wünsche ich Ihren Arbeiten vollen Erfolg.«

Der Wagen hatte jetzt eine im Abend blau glühende Allee von Mandelbäumen durchquert und hielt vor einer Mauer, hinter der hohe und niedrige Häuser verworren und drohend durcheinanderragten. Belotti sprang behänd aus dem Wagen, bot Ariadne die Hand. Dann erklärte er: »Wir befinden uns vor einem der Tore des Fischmarktes, das ist, mit einem etwas allgemeinen Namen bezeichnet, das Vergnügungsviertel von Kairo, das in seiner orientalischen Art wohl seinesgleichen auf der Erde sucht. Bitte folgen Sie mir.« Damit erhob er die Faust zu drei Schlägen gegen das Tor, das sich öffnete, und alle drei wanderten schweigend durch schmale Gässchen, die wie Schächte zwischen ungeheuere, öde, fast fensterlose Gebäude eingelassen schienen. Oben schwang wie ein dunkles Tuch ein Streifen Himmel mit großen Sternen. Die Luft sickerte gefangen in trägen, lauen Wellen. Das Geräusch in der Ferne klang wie ein dumpfer Gong, der immer näher hallte, plötzlich an einer Ecke war er da. Sie gerieten in ein Rudel von braunen und schwarzen Körpern, die halb nackt nebeneinander trieben, wurden mitgerissen, eine ganze funkelnde Gasse entlang. Es girrte, wimmerte, klang. Der heiße Atem tierischer Lungen flog alles an.

Menschen strömten unaufhörlich in die fensterlosen offenen Häuser aus und ein. In einem Tor konnte Ariadne flüchtig eine nackte Frau in einem Kreise brauner Zuschauer tanzen sehen. Endlich warf sie der Strom an eine Mauer, ließ sie in der Brandung liegen. Ariadne spürte Belottis Arm. »Müde?«, lächelte er. »Daran müssen Sie sich gewöhnen.« Dann schleifte er sie einige Schritte weiter zu einer Tür, in die sie einbogen. »Nun ein echtes arabisches Kabarett«, erklärte er. Sie betraten einen mäßig großen Raum, der bis an die Wände gefüllt brütete. Doch Belotti winkte einem Kellner, rief ihm einige arabische Worte zu, und sofort saßen sie wie alle anderen auf einem kleinen Teppich, vor sich die Wasserpfeifen. Belotti hatte einen Fes hervorgezogen und ließ sich nun türkisch mit unterschlagenen Füßen nieder, Erich versuchte das Gleiche, Ariadne zog es vor, halb kniend zu verharren. Jetzt ging ein Raunen durch den Raum. Dann Stille. Irgendwo teilte sich ein Vorhang. Auf der primitiv hölzernen Bühne hockten vier Araber, die auf Flöten ein schrill wehmütiges Motiv anhoben. Eine Pauke begleitete dumpf. Dann sangen sie rau mit gespannten Stimmbändern, zuweilen lief ein Schrei mit wie ein Tier durch die Nacht. Ihr Gesang war vielstimmig und doch nur ein Lied: der qualvolle Lockruf der ewigen Begierde. Nun entblößte der Vorhang eine Schulter: Die Beute kam in Gestalt der Tänzerin. Sie schritt langsam mit entblößten Lenden dem Lustschrei nach, mit der gespannten kupferbraunen Haut nach ihm tastend. Die erste Flöte stieg auf, schläfernd, betäubend. Doch die zweite jagte wild empor. Die Tänzerin wand sich leise wimmernd zwischen beiden, dann kniete sie nieder, den Lustgott um Erlösung flehend. Die Erlösung kam, die Flöten vereinigten sich zu einem wilden Lied, das wie die Zunge eines Raubtieres ihr zwischen die Brüste schlug, dann stand ihr Körper einsam und triumphierend in dem rasenden Meer mit den heimlichen, zuchtlosen, schönen Zuckungen seines Wogenganges. Mit der ewigen Gebärde des Weibes, das in Gnade und Fluch sein Empörerblut hinabschüttelt über die Wiese des Paradieses. »Fabelhaft macht sie das«, bestätigte Belotti. »Gnädige Frau sind entsetzt, nicht wahr?« Ariadne war es nicht oder in einem anderen Sinn, sie konnte Belotti nichts erwidern, sondern neigte sich nur, grauenhaft erkennend, der Offenbarung der braunen Schwester zu, fiel müde in Erichs Arme, der sie mit Belotti aus der Vorstellung ins Freie führte. Sie sank in den Wagen, fuhr endlos, die Luft fächelte sie warm und spielend als Mitwisserin des hüllenlosen Geheimnisses. Sie kamen vor das Hotel, verabschiedeten Belotti, gingen aufs Zimmer. Vor der Tür stand ein Araber reglos, wie erwartend. Erich fragte ihn, ob er vom ägyptischen Museum für die Ausgrabungsarbeiten geschickt worden sei, der

Araber bejahte. Ariadne glaubte dunkel, in ihm den Flötenbläser vom Dampfer wiederzuerkennen und ließ ihn durch Erich nach seinem Namen fragen. »Achmet«, sprach der Araber.

3. Kapitel

Westlich von Kairo, zwischen dem Nil und den Pyramiden, liegt das Gräberfeld der alten Könige. Ein Durchschnitt durch die Erdoberfläche würde an dieser Stelle das grauenhafte Übereinanderleben einer toten und einer lebenden Welt oder, wenn man will, umgekehrt zeigen. Nur einige Meter dünnen, wandernden Flusssands trennen das oberirdische, im Feuer des Gestirns lodernde Reich von der ewigen unterirdischen Totenstadt der Könige. Ihre Bewohner sind seltsam: Sphinxe, Fabeltiere, Skarabäen und Mumien, alle diese Körper aus Stein oder Fleisch, in denen einstmals ein toter oder beseelter Wille zuckte, sind nun gleich und verschwistert, irren mit dem Zirpen der Heuschrecken blind durch die Gänge des Labyrinths oder nagen mit den zahnlosen Lippen an ihren Särgen. Erst ans Licht gezogen, erstarren sie vollends und werden nun wirkliche Mumien, deren vertrockneter Fluch in den europäischen Museen bleicht. Nur ab und zu sollten sie auch an der Oberfläche allerhand Schabernack treiben, so soll es zum Beispiel in Luxor geschehen sein, dass sich bei einer eben aus dem Sarg gezogenen Mumie die Armsehne straffte und so der Unterarm ein wenig hob. Die arabischen Arbeiter meinten nichts anderes, als dass der alte Herr wieder aufzustehen gedenke, und stoben heulend auseinander, noch ein halbes Jahr war in Luxor kein Fremdenführer aufzutreiben.

Erich und Ariadne fuhren in einem Sandwagen zur Gräberstätte, der neu aufgenommene Araber Achmet schritt, die Maulesel treibend, voran. Sie schlugen zuerst die große Pyramidenstraße ein, diesen ältesten Fahrweg der Welt mit dem größten Ziel. Die Pyramiden stiegen noch ferne wie regelmäßige Erdauswüchse aus dem welligen gelb flimmernden Sand, dann wurden sie zusehends größer, stießen mit der strahlenden Spitze im Morgenbrand den Himmel ein. Ariadne hätte sie gerne bestiegen, aber Erich drängte es zunächst nach seiner Arbeitsstätte, er lächelte über Ariadnens Begeisterung, der der Anblick der Kolosse mehr als das mühsame Wühlen in den Gräberstätten zusagte, und begriff sie. Der Sandwagen schwankte von der

Straße ab und holperte über rotes Gestein einer beleuchteten Fläche zu, in der regelmäßige schwarze Trichter und Vierecke die Gräberstellen bezeichneten. Sie kamen an. Der künftige Wohnort lag in einer Mulde, ein Steinbau, einstöckig mit wenigen kahlen, heißen Räumen. Erich ließ die Koffer ausladen und bestimmte oberflächlich die Einteilung der Zimmer, augenscheinlich brannte er darauf, mit der Arbeit zu beginnen. Ariadne fand es verständlich und entließ ihn, dann musterte sie die etwas dürftige Einrichtung und entdeckte dankbar überrascht ein Feldtelefon, mittels dessen man das Fehlende und die Mahlzeiten zumindest rechtzeitig aus dem bei den Pyramiden gelegenen *Mena House* bestellen konnte. Sie wollte auch noch die Wäsche in die Kästen schichten, aber plötzlich beim Öffnen des Gepäcks überkam sie eine Schlaffheit, die sie willenlos aufs Lager zwang, nachher beim Besprengen der heißen Schläfen glaubte sie noch die Musik der Araber des gestrigen Abends zu hören, in der gelben Sonne flirrte die Haut der Tänzerin. So verschloss sie die unausgepackten Koffer wieder, eilte aus dem Haus, zu Erich flüchtend.

 Sie fand ihn auf einem Sandhügel stehend, ohne Rock mit aufgestreiften Ärmeln, Pläne und Zeichnungen in der Hand. Neben ihm schwang Achmets größeres Profil, mit dem Spaten ausholend, in der Luft. Erich hatte in Erwartung ihres Kommens einen Liegestuhl aufstellen lassen, in den Ariadne glitt, Erich breitete ihr zum Schutz vor den Stechfliegen einen Schleier über das Gesicht. Sie lag einsam im Feuer des Gestirns. Deutlich hob sich Erichs Stimme ab, der Achmet in arabischer Sprache Anweisungen gab, die vom hellen Aufklingen des Spatens gefolgt wurden. Sand sprühte. Achmet arbeitete ruhig und gleichmäßig mit gespannten Muskeln des rechten entblößten Oberarms, der wie ein starker brauner Ast in der Sonne auf und nieder glitt. Erich umwanderte unruhig die aufgeworfene Grube, lauschte vorgeneigt dem Klang des Spatens, klopfte selbst das Gestein auf seine Dicke ab. Gegen Mittag rasteten sie. Achmet musste aus dem Wohnhaus kaltes Fleisch, Früchte und ziemlich kühle Limonade holen, er selbst lagerte sich, ohne Schutz vor der Sonne zu suchen, fremd und gleichgültig in den Sand, aus einer Falte des Mantels eine Kugel schwarzen arabischen Brotes hervorziehend, davon er nur die Hälfte genoss, die andere wieder verwahrte. Dann griff er stumpf zum Spaten, ihn wieder in die ungefüge Erde splitternd. »Wie genügsam ist doch dieses Volk«, meinte

Erich, »ein Dattelbrot ohne Mittagspause und gleich wieder an die Arbeit. Dieser Menschenschlag könnte das eherne Lohngesetz zerbrechen.« Er selbst schlief, sichtlich angestrengt, eine Stunde unter Ariadnens Schal, dann sprang er auf, die freigelegte Erdrinde prüfend. Der Spaten klang jetzt dumpf und hohl, Erich mahnte Achmet zur Vorsicht und beobachtete gespannt das Erdreich, das immer fester, körniger wurde, als er plötzlich verwundert in einen kleinen Riss starrte, in den der Sand flüsternd hinabrieselte. »Heureka, Ariadne!«, rief der Forscher. »Komm, vielleicht haben wir unseren Gott gefunden.« Ariadne lief hinzu an den Rand des Trichters, dessen Mündung Erich und Achmet mit Händen und Schaufel erweiterten, bis sie einen Kreis von Mannesumfang gehöhlt hatten. Jetzt rollte ein Stein dumpf aufschlagend hinab. »Hoffentlich erweckt er die alten Pharaonen nur, ohne sie zu beschädigen!«, befürchtete Erich. Er ließ Achmet in die Grube steigen, stellte befriedigt fest, dass der Araber bis zu den Schultern daraus hervorragte und schwang sich dann selbst über den Rand ins Dunkel. Ariadne stand erwartend. Erich erschien wieder über dem Rand der Gruft, Staub im Haar, mit beschmutztem Anzug, stumm vor Glück. Er zog eine lehmgelbe ziemlich mächtige Masse an den Händen nach, dann tauchte auch Achmets Burnus auf, der sie von unten stützte. Keuchend gelangten beide mit dem Fund bis an den Rand der Grube, stellten ihn in den Sand. Erich bekämpfte mühsam seine Erregung, auf den beschmutzten Anzug weisend: »Achmet und ich sehen wohl auch etwas altägyptisch aus, nicht, Ariadne? Aber unser neuer unbekannter Freund scheint jahrhundertelang im feuchten Grundwasser gestanden zu sein und hat sich darum einen Lehmmantel bestellt, den er nun ablegen wird.« Damit sprang er auf, ergriff eine Spachtel, mit der er die Lehmhülle des Fundes vorsichtig abzukratzen begann. Die Sonne stand schon über der kleineren Pyramide und beleuchtete rot lodernd das Bild, wie eine Männergestalt langsam wie in der Urzeugung unter Erichs Händen aus dem Lehm der Erde stieg. Jetzt stand sie frei, den mächtig geschwungenen Körper leicht nach vorwärts geneigt, die bronzenen entblößten Glieder funkelnd im Abend. In den Lippen, in den Händen hielt sie eine dreiteilige Flöte. Jetzt trat Achmet an die Figur, sie mit dumpfer Neugier betrachtend. Ariadne erschrak, es war, wie wenn sich zwei Brüder, einstmals Zwillinge, an der gewaltigen seelenlosen Brust der Natur mit stumpfem, unbewusstem Neigen des Hauptes grüßten. Oder waren

Achmet und der Gott nur Wandlungen der gleichen Idee, die ihr gewaltiges Sinnbild in die tote und lebende Erscheinung pflanzte? Einerlei, ihr Bann war und wirkte. Jetzt trat Erich von der Statue abseits, sie auf einige Entfernung prüfend. »Leider nur Bronze«, klagte er, »also bei Weitem nichts ganz Altes, höchstwahrscheinlich griechischer Einfluss, hellenistische Ära. Dafür allerdings ein ausgeglichenes Kunstwerk. Ich werde die Abmessungen gleich nachher an Belotti telefonieren. Fass an, Achmet!« Die beiden hoben den Flötenbläser und trugen ihn, gebeugt unter seiner Last, in das Wohnhaus. Das Gestirn war hinter die kleinere Pyramide getreten und breitete daraus selbst unsichtbar einen glühenden Fächer über die Gräberfelder, den Vorgang tragisch beleuchtend. Ariadne schritt den beiden zum Wohnhaus nach, das schon beleuchtet war. Erich ließ den Fund, um ihn auch nachts in seiner Nähe zu haben, in das Schlafzimmer schaffen. Dann hockte sich Achmet auf die Treppe, Erich und Ariadne nahmen das kalte Nachtmahl, von dem sich Erich mehrmals erhob, um nach dem Flötenbläser zu sehen. Sein Forscherstolz löste sich bald in helle, unbefangene Fröhlichkeit, Ariadne musste zwei Flaschen Wein entkorken, die auf den Fund und die Dozentur geleert wurden. Dann führte sie Erich mit etwas unsicherem Gang zur Ruhe. Beim Eintritt in das Schlafzimmer erschrak Ariadne, stand da nicht Achmet im Raum? Nein, nur der Flötenbläser, der in nächtlicher Täuschung sein unhörbares Lied rauschte. Aber die Vorstellung blieb unendlich qualvoll und beschämend, und als Erich sich über die Entkleidete neigte, winkte sie ihm mit stummer angstvoller Gebärde, den Zeugen zu verhüllen. Vergebens, während Erichs Haar über ihr flog, weinte ihr Blut in dem Traum, dass sich der Schatten des Flötenbläsers wild und höhnisch über sie neige. Von seiner Stirn durchbrannte sie wie ein Blitz die Ahnung des Gesichts am Dampfer, Belottis, der Tänzerin, Achmets. Zuckend ergriff sie die Zusammenhänge, den roten Gürtel, den ihr die Gewalt um die Lenden schloss. Den Erich nicht lösen konnte, weil er ihn nie sehen durfte, nie erkennen würde. Mit der ersten heißen Trauer ihres Lebens empfing sie die Erkenntnis und streichelte zitternd das Haar des Brennenden, der sie nicht kühlen konnte. Dann lag sie stundenlang schluchzend da. Der Flötenbläser neigte sich wie am Schiff zu den Lagern. Sie verbrannte vor Scham, die sie in die flackernde Öde stieß. Im Fenster wob flimmernd die nachthelle Wüste. Von der Treppe klang Achmets Lied.

4. Kapitel

Am folgenden Vormittag fuhr Ariadne nach Kairo, die dringendsten Besorgungen zu erledigen. Erich hatte ihr den Sandwagen mit Achmet als Lenker angeboten, sie lehnte ab, ging zu Fuß durch das spitze Geröll der Wüste zu den Pyramiden, von dort die Tram in die Stadt benützend. Der frühe Wintermorgen zitterte noch, eine frühe, flaumige Pfirsichblüte, doch bald warf sich das zarte Orange des Himmels in das unergründlich tiefe Blau, man konnte fast wahrnehmen, wie die einzelnen Luftschichten erwärmt in flimmernde Luftsäulen zerbarsten, die ruhig von der zerrissenen Erde in die Unendlichkeit flossen. Unerreicht klar war die Fernsicht, über die Plattform der Tram geneigt, konnte Ariadne noch die kleinste Palme am Horizont als beleuchtet und wirklich empfinden. Sie erinnerte sich, wie zwiefach und vieldeutig alles im nördlichen Europa durch Nebel und Wasserdampf schauerte, hier lag es klar und brennend mit dem einfachen, eindeutigen Ziel der Erfüllung, der es sich bereit anbot. Die Tram fuhr über die Nilbrücke, ein Reiherzug jagte silbern über dem gelben Strom. Auf dem Opernplatz stieg Ariadne aus, nahm einen Schwarzen, der die Pakete tragen sollte, und erledigte mit einer ihr selbst qualvollen Gleichgültigkeit die notwendigsten Besorgungen. Dann ließ sie sich eine europäische Konditorei weisen und saß vor einem Glase Granatapfelsaft, müde in die flimmernde Helle starrend. An einem der Nebentische entstand Bewegung, sie erkannte Belotti, der sich aus einer Wolke auffällig geschminkter Damen löste, stark parfümiert, mit einer Orchidee im Knopfloch auf sie zutrat. »Allein, junge Frau? Die Gräberfelder sind großartig und etwas langweilig, nicht wahr?« Seine plumpe Sicherheit widerte Ariadne an, sie bat ihn förmlich, falls er nicht gestört sei, Platz zu nehmen, und begann eifrig und eingehend von dem Fund des Flötenbläsers zu berichten. Belotti hörte wortlos lächelnd und gespannt zu, versprach, am folgenden Vormittag selbst hinauszukommen, um persönlich die Statue und den Fundort zu besichtigen. Dann neigte er sich wieder teilnehmend Ariadne zu, fast an ihrem Ohr flüsternd. »Nebenbei, Gnädigste, ich begreife vollkommen, dass Sie sich aus dieser glühenden Gräberwüste ein wenig in die Stadt geflüchtet haben. Es ist ein Inferno, besonders für Frauen. Und Sie sehen tatsächlich etwas angegriffen aus, schöne Frau. Durchaus zu Ihrem

Vorteil, Sie haben die tiefen Augen und die leuchtende Schwere der Haut erworben, wie man sie auf den orientalischen Gemälden des Delacroix findet. Daran ist sicher nur unser Klima schuld, oh, es ist gefährlich, unser Klima in mehr als einer Hinsicht!« Er flüsterte weiter, fast an sie gelehnt, mehr als seine Worte hatten die rastlosen flachen Lippen etwas widerlich Anstößiges. Endlich schüttelte ihn Ariadne ab, Belotti versäumte nicht, ihre Hand mit einem langen Kusse zu bedecken und seinen Besuch für den nächsten Vormittag zuzusagen. Ariadne ging weiter, erschöpft, mit gelösten Knien, gefolgt von dem Schwarzen mit den Paketen. Belottis Worte über das Klima klangen irgendwie dumpf in ihr nach, ohne dass sie sich Rechenschaft darüber ablegen konnte. Doch als das Büro einer Reisegesellschaft auftauchte, ging sie mit einer krampfhaften letzten Anstrengung steif hinein, erkundigte sich, wann das nächste Schiff nach Europa ginge. »Übermorgen«, sagte der Beamte. Damit war die Anspannung gebrochen, sie dachte zwar noch über allerhand Vorwände, unter denen sie allein oder mit Erich abreisen könnte, aber die Gedanken flossen träg über einen Sumpf dumpf schillernden Hinbrütens und versanken. Bei der Tram nahm sie dem Schwarzen die Pakete ab, entlohnte ihn und fuhr allein zu den Königsgräbern zurück. Erich schien im Wohnhaus zu sein. Als sie die Tür zu seinem Zimmer öffnete, erbleichte sie im Grauen vor dem Anblick der Erfüllung, die sich bot.

An der Wand des Zimmers stand noch immer die Statue des Flötenbläsers, neben ihr Achmet in gleicher kupferner Pose und Entblößung. Erich kniete mit Zirkel und Messstab zwischen beiden, die gespannten Muskeln und Einbuchtungen der Oberfläche beider Gebilde vergleichend. Achmet bot regungslos seine Hüften dem Messstab dar, nur über Erichs Nacken hob und senkte sich sein Brustkorb in gleichmäßig mächtiger Spannung. Auch bei Ariadnens Eintritt verharrte er in dieser Regungslosigkeit, ein schöner gelassener Tiergott, der in träger Neugierde sich den Beschauern zeigt. Die geierartig gekrümmte Nase, der grausam und begehrlich geformte Mund verrieten etwas Faunisches, aber Brust und Flanken wehten in der Einsamkeit des Gottes, der ergeben Brand und Opfer dieser Welt entgegennimmt. Mantel und Kopftuch lagen herabgesunken vor der Verwandlung zu seinen Füßen. Der Körper stand in der Sonne. Ariadne ging ihm ruhig entgegen, Erich hob den zu Boden gefallenen Zirkel auf, erblickte sie und begann den Versuch laut erklärend fortzusetzen. »Hier kannst du erkennen, Ariadne, wie schöpferisch der Hellenismus war. Er begnügte sich nicht damit, das griechische Ideal der restlos erfüllten Form um die Erde zu tragen, sondern passte es auch den Völkern an, auf die er traf. So ist hier einem hellenischen oder zumindest unter hellenischem Einfluss stehenden Künstler ein Beduine Modell gestanden, an Achmet kannst du sehen, wie hier der Bildhauer eine seltene Vermählung attischen und afrikanischen Typus vollzog. Es fehlt unserem Flötenbläser beispielsweise der bei den diskuswerfenden Griechen so ausgebildete flache Muskel an der Flanke, während der Brustkorb, den die Hellenen harmonisch den übrigen Formen angegliedert, bei unserm Fund mächtig die ganze Gestalt beherrscht.« Ariadne war ans Fenster getreten, starrte in das Gestirn, das sein gelbes feuriges Rad in ihr weiterflocht, Erich brach seine Erläuterung, in der plötzlichen Ahnung, dass sie wohl eher für engere Fachgenossen bestimmt sei, ab und hieß Achmet sich bedecken. Der Araber legte ruhig Unterkleid und Mantel wieder an und trat gleichfalls ans Fenster, das ihm Ariadne freigab, und sprach mit dem gestreckten Oberarm nach einem Zug deutend, der sich mit Mauleseln und Kamelen durch die Gräberfelder bewegte, mit etwas tieferer, erregterer Stimme als gewöhnlich: »Fantaseia!« Ariadne fragte, was das bedeute. »Fantaseia!«, wiederholte Achmet mit mächtiger Betonung. »Ein arabisches Fest in der Wüste«, fiel Erich ein, »zwischen Belustigung und Ekstase schwankend. Wahrscheinlich will sich Achmet Urlaub erbitten, um daran teilzunehmen.« Er gab Achmet auf Arabisch die Erlaubnis, der beglückt lächelte. »Wir können auch hingehen, Ariadne, wenn es dir Vergnügen macht.«

Der Nachmittag verging mit fotografischen Aufnahmen des Fundorts und der Gräberfelder, am Abend fuhren sie zur Fantaseia. Erich und Ariadne lenkten selbst abwechselnd den Sandwagen, da Achmet nach allerlei Zurüstungen schon früher aufgebrochen war. Die Pyramiden starrten zuerst rostrot, dann schwarz, schließlich hingen sie wie dreieckige Riesensegel im Mond. Die nachthelle Wüste warf sich wie ein bleiches unwirkliches Schneefeld. Stellenweise war sie wieder eine Mondlandschaft mit ungeheuren Kratern, an deren fahlen Trichtern der Sandwagen vorüberschlürfte. Manchmal schrie ein Tier durch die Nacht, urweltlich lang gezogen heulend, oder eine Schlange zuckte unter den Rädern. Die grelle tödliche Hitze des Tages war einem weichen trockenen Hauch gewichen, der wie aus dem Mund einer Betäubten in langsamen Wellen über die Wüste strich. Jetzt wehten von einer Kuppe grell fantastisch Zeltwände, viereckig zwischen Pfosten gespannt. Sie hielten darauf zu. Allmählich kamen sie in mehr Gefährte und Fußgänger hinein, die alle durch das Helldunkel der neu erstandenen Zeltstadt zustrebten. Erich sprang vom Wagen und band die Pferde an einem Palmenstumpf an, das letzte Stück legten sie, oft knietief im Sand watend, zu Fuß zurück. Die Zeltstadt klang rauschend näher. An einem Brunnen standen Kamele gekoppelt, von denen jedes an den Höckern zwei riesige Kisten schaukelte, denen Weiber mit Kindern an den Brüsten entstiegen, die Männer schritten zu Fuß nebenher. Jetzt kam der Kreis der Belustigungen, ein abenteuerlicher nächtlicher Jahrmarkt mit Buden und großen Schaukelrädern, in denen die Menge schrie. Erich und die wenigen anwesenden Europäer strebten den beleuchteten Zelten zu. Bei allen fehlte die Vorderwand, ihr Inneres lag frei, manchmal hob ein Windstoß fächelnd die Linnen. Die Gesellschaft des ersten Zeltes trug das Gepräge einer freundschaftlichen Zusammenkunft. Ein roter hufeisenförmiger Teppich lief über den Boden, längs dessen etwa zwanzig Araber mit unterschlagenen Beinen hockten. Jeder hatte eine Schale Kaffee vor sich und den Koran. Jetzt setzten sie die Schalen zu Boden, hielten den Koran vor sich und lasen einstimmig im Takt sich wiegend die Suren, nach jedem Abschnitt trat eine Pause ein, in der die Tassen nachgefüllt wurden. Erich und Ariadne verließen bald diese Brüderschaft, schritten auf das größte, äußerste Zelt zu. Es war schwarz zum Unterschied von den andern und floss gespenstisch im Winde. Etwa dreißig Männer standen nackt bis an die Hüften darin, Erich entdeckte Achmet unter ihnen. Die dreißig standen in starrer, regungsloser Erwartung. Jetzt trat ein Beduine, ganz in einem wehenden schwarzen Tuch, das ihm von den Schultern floss, vor sie. In der Linken hielt er einen Stab, in der Rechten den Koran. Mit mächtig auf und ab flutender Stimme las er die Suren. Sein Hauch ging von ihm auf die Gestalten der dreißig, die langsam aus der Erstarrung sich zu regen begannen. Es war wie eine Verkündigung unter den Hirten. Jetzt wurde die Stimme des Vorbeters schriller, klagender, schwoll zum Gesang, der wie ein Meer auf und nieder rollte. Die Worte schwankten darin gleich Schiffen in der Brandung. Die dreißig empfingen den Rhythmus, der ihre Körper zuerst wirr in die Höhe schnellen ließ, schließlich in eine gewaltige, einförmig kreisende

Bewegung löste. Sie standen keuchend in die Angeln der Hüften geneigt, darin der Rücken flog. Immer schneller. Die Stimme des Vorbeters erhob sich zu einer wilden, gierigen Klage, endlich zerbarst sie zu einem Schrei, mit dem er unter sie sprang, die Säumigen mit seinem Stab spornend. Man hörte nur noch das schnappende Atemholen des Drehenden, ab und zu den dumpfen Aufschlag eines Erschöpften, der zusammenfiel. Sie rissen ihn weg, ein anderer sprang an seine Stelle. Allen kroch der Schaum weiß über die Lippen. Achmet kam erschöpft und blutend aus dem Wirbel getaumelt. Erich bettete ihn auf die Erde. Das Fest ging weiter. Ein Pilger, der die Wanderschaft nach Mekka antreten wollte, sprang in den Kreis. Sie hoben ihn auf die Schultern, der Vorbeter zog ein Krummschwert, ihm mit der flachen Klinge einen Streich über die Brust ziehend. Alle schrien beim Anblick der Wunde. Damit war er zum Derwisch geweiht. Erich sah auf Ariadne, die bleich und mit zwei Strichen fliegender Röte unter den Lidern an ihm lehnte, dann auf die Araber, die nun Dolche mit Bleiklümpchen an den Spitzen hervorzogen zur Durchbohrung der Wangen. Er beschloss, Ariadnen von Achmet mit dem Sandwagen heimfahren zu lassen, um allein diesen Ausbruch des Flagellantismus studienhalber bis an sein Ende zu verfolgen. So winkte er Achmet, der sich zusammenraffte und mit Ariadne zum Wagen ging.

Beide schritten tief atmend unter dem Blut, das sie beschwerte, durch den Sand. Sie kamen zum Wagen, Achmet band die Pferde los. Beim Anschirren sahen sie ihre Gesichter, das Achmets, das erregt von der Fantaseia gleich einer Sandsturmwolke verheerend über die Erde brannte, und das Ariadnens, das tief, grauenhaft bleich und verstoßen aus den Kreisen sich wieder über die schillernde Flut der Urströme neigte. Sie bestiegen den Sandwagen, der knarrend heimwärts schwankte. Die Wüste lag in ungeheurer Öde, durchzogen von einem nächtlichen Flackern, das nicht vom Mond, sondern aus jeder Gesteinsfalte gleichmäßig zu dringen schien. Der Orion stand gerade über der Pyramide mit gelbem schlafwandlerischen Licht, an seiner Spange hing die Milchstraße, von ungeborenen Welten schwer. Schlangen wanden sich durcheinandergeringelt im heißen Sand. Am Rand der Wüste dehnte sich schwarz und silbern das Gestade des Nils, von Palmen und Reiherzügen überfächelt, ab und zu schrien die Affen gemeinsam gell und einförmig auf. Eine Natter bäumte sich getroffen vom Hufschlag des Pferdes an seinen Weichen empor, das

Pferd schlug aus, wieherte angstvoll, das Reptil schüttelte sich aufgerichtet mit grünen Augen und züngelnd aus aufgerissenem Rachen auf seinem Rücken. Achmet lauschte ihm ruhig; als es zum Biss niederschoss, krallte er blitzartig die Finger um seine Kehle. Die Schlange zischte hörbar gewürgt auf, durchpeitschte rasend die Luft, sich von der erstickenden Klammer zu befreien. Achmet verfolgte aufgerichtet mit hungrigen Augen ihre Zuckungen, es war der Entscheidungskampf zweier Tiere, der nur mit dem Tod des einen enden konnte. Doch jetzt ging der Natter in einem langsamen, traurigen Pfeifen die Luft aus, bis ihr Körper in der letzten Zuckung flach an Achmets Faust hing, der sie triumphierend Ariadnen wies, den Kadaver in weitem Schwung von sich weg in den Sand warf, wo sich gleich die anderen Reptilien gierig auf ihn stürzten. Ariadne erkannte das Geheimnis dieser dunklen Verschlingung, wie der ewige Gärtner Eros die gepflückten toten Früchte achtlos neben die noch blühenden in die gleiche Erde warf, damit sie, noch halb verwest, schon wieder neue Lust und Nahrung trieben; traurig und dienend ergriff sie den tödlichen Gott, der sich starr aus der Verhüllung über die Sklavin neigte und wieder hoch aufgerichtet den Mantel wegwarf, in feuriger Verklärung hinabstieg in den Traum. Sie lagen im Sandwagen, den die Wüste umbrandete, ein ödes, flackerndes Meer, darauf ihre suchenden Gestalten große, unruhige Schatten warfen. Sie fanden und umfingen sich mit dem Durst der Erde nach dem Meer. Über ihnen brannten groß und hell die Sterne. Zwei Welten neigten sich aus verschiedenen Himmeln zu, die gekreuzten Klingen in ihr Blut senkend, und lösten sich wieder. Der Mond trat hinter die Pyramide, das Licht erlosch. Von der Flussniederung kroch ein gieriger Hauch über die Steppe. Ariadne lag bloß auf der ausgekühlten, toten Erde. Ein letztes Mitleid schüttelte sie. Sie kniete, las ihr Gewand zusammen. Dann floh sie heimwärts, auf der Schulter den Bann.

5. Kapitel

Am Morgen erweckten sie Stimmen aus dem Nebenraum. Sie warf ein Oberkleid über, trat zur Tür. In der schmalen Öffnung erkannte sie Erich, Achmet und Belotti, die um den Flötenbläser standen, der nachts anscheinend in diesen Raum geschafft worden war. Erich schien lebhafter als gewöhnlich gesprochen zu haben und schwieg jetzt, mit der Hand auf die Statue deutend, Achmet stand stumpf und teilnahmslos wie immer im braunen Burnus im Hintergrund. Belotti war von freundlicher, katzenartiger Beweglichkeit. Er umschritt mehrmals tänzelnd, sich die Hände reibend den Raum. »Das ist alles so weit recht schön, junger Freund. Auch verkenne ich durchaus nicht den künstlerischen Wert des Fundes. Nur über das Alter gehen unsere Ansichten noch ein wenig auseinander. Denn während Sie, junger Freund, das Werk aus der hellenistischen Ära ableiten, halte ich es seiner Entstehung nach für bedeutend jünger und möchte es auf höchstens zehn Jahre einschätzen.« Er schwieg, die Wirkung seiner Worte auf Erich auskostend, der etwas verblüfft und willenlos fragte: »Also eine Fälschung, Herr Direktor!« – »Sicherlich«, bestätigte Belotti, »falls Sie nicht das wohlwollende Wort ›Nachahmung‹ vorziehen, als welche die Statue immerhin einigen erzieherischen Wert besitzt. Doch dies soll Ihren Ehrgeiz nicht allzu hart treffen, junger Freund! Es ist ein tatsächlich ziemlich raffiniertes Produkt, wie es in Europa in ganzen eigens zu diesem Zweck erbauten Fabriken zur Befriedigung junger Forscher und Dilettanten hergestellt und nach den vermeintlichen Fundorten versendet wird. Trösten Sie sich, wir alle haben mit solchen kleinen Verirrungen angefangen, und das gebrannte Kind fürchtet beim zweiten Mal schon das Feuer.« »Aber irgendwie muss doch die Statue erst wieder unter die Erde gekommen sein«, meinte Erich ungläubig. Belotti lachte wie über einen Witz. »Da müssen Sie Ihren Araber fragen, Herr Kollege, der zweifellos die Hand dabei im Spiele hat. Denn als ich vor zwei Wochen durch einen Schacht in die von Ihnen oberirdisch geöffnete Gruft trat, war die Statue noch nicht da. Ich wette, dass sie der Bursche erst ziemlich knapp vor Ihrer Ankunft an ihren Fundort gestellt und Sie dann geradewegs hingeführt hat, um das Trinkgeld des glücklichen Finders einzustreichen. Ich sagte Ihnen ja, junger Freund, Ägypten ist die Hochschule der Gauner, und Ihr brauner Cicerone hat da einen schönen Beweis seiner Befähigung abgelegt.« Erich war jetzt auch in steigender Erregung an den Flötenbläser getreten, rief Achmet einige Worte drohend auf Arabisch zu, die jener erstaunt und teilnahmslos beantwortete. »Schade um jede Silbe«, lächelte Belotti, »dem Burschen sind wir beide nicht gewachsen.« »Dann lasse ich ihn auf Ihre Angaben einsperren!«, rief Erich. »Das wird ihm und der Polizei nur ein Vergnügen sein«, wandte Belotti ein, »da Sie nach arabischem Recht, bevor Sie nicht einen sicheren

Beweis erbracht haben, für seine Verpflegung aufkommen müssen. Sofortige Entlassung ohne Trinkgeld ist das Klügste, was Sie tun können.« Erich musste widerstrebend den wohlgemeinten Rat annehmen, zog ein paar Geldstücke, die er Achmet vor die Füße warf. Dieser las sie gleichmütig zusammen, verließ den Raum. »Die Krise wäre überstanden«, deklamierte Belotti, »wenden wir uns Erfreulicherem zu.« Er trat zur Tür, in der er schon früher Ariadne bemerkt hatte, glitt mit feuchten Augen an ihrem leichten Morgengewand herab. »Unsere schöne Lauscherin ist Zeugin einer kleinen südlichen Komödie geworden. Ein fast neapolitanisches Puppenspiel, geradlinig und einfach, nicht, Gnädigste? Der braune Gaukler, entlarvt durch Belottis Dazwischentreten, ist entwichen, und die siegende Gerechtigkeit verneigt sich vor dem Publikum.« Er ergriff Ariadnens Hand, sie gierig an die Lippen pressend. »Und nun helfen Sie mir, schöne Frau, Ihren von seinem ersten orientalischen Abenteuer etwas erschütterten Gemahl wieder aufzurichten.« Er ergriff wieder ihren Arm, Ariadnen mit zärtlichem Betasten der Gelenke zu Erich führend, ihre Hände feierlich vereinigend. »Mut, junger Freund, auch die Wissenschaft ist nach Nietzsches Ausspruch ein Weib, möge Sie das dunkle Feuer der einen gegen die Tücken der anderen stählen!« Erich nahm in stummer Erbitterung die salbungsvollen Trostsprüche an, Belotti schlug einen Morgenspaziergang über die Gräberfelder vor. Er schritt leicht tänzelnd mit jugendlicher Leichtigkeit unbedeckt über den spitzen roten Sand voran, unaufhörlich bei jedem Grab, jeder Hügelkuppe sich umdrehend, sprechend, erklärend. Erst als er sah, dass seine Saat bei beiden auf harten Boden fiel, wurde er einsilbiger, ließ sich erschöpft auf einem der wirr verstreuten Steinquader nieder. Erich setzte sich zu seinen Füßen, Ariadne lagerte sich in einiger Entfernung in den Sand. Das Gestirn stand tödlich zugleich in der Unendlichkeit und auf ihrem Nacken. Sie neigte sich stumpf, traumlos über ihre leicht verhüllte Brust, deren Haut in wenigen Tagen einen schweren dunklen Glanz angenommen hatte. Vor ihren Augen fiel jetzt das Gräberfeld in mächtigen flammenden Terrassen zur Nilniederung ab, darin der Strom dünn und bläulich leuchtete. Am anderen Ufer stand Kairo mit der Zitadelle, ihrer riesigen bunten Moschee mit den weißen Nadeln der Minaretts, ein Sinnbild, dumpf und zerstörend. Jenseits der Stadt schwankten die braunen Hügel des Mokattam wieder mit flachen Wellenzügen dem Himmel zu. So einfach und mächtig entrollte sich die Landschaft, die gebettet lag zu ihren Füßen gleich dem Mantel des Weltgeistes, der von der Stufe der Pyramiden erbarmungslos zu ihr herabgestiegen war, sie im Wehen des gelben lichtgetränkten Sandes von einer Wandlung in die andere schüttelnd. Sie stand schweigend in dem Gesetz. Dann sah sie Belotti auf sich zuschreiten, der sich mit einem Schwall von Worten verabschiedete, langsam durch die Wüste entfernte, von Erich begleitet. Ihre Bewegungen zitterten in der gelblich getönten Luft nach. Sie lag wieder starr in der Sonne. Gegen Mittag kam Erich zurück mit einem Schwarzen, den er im *Mena House* aufgenommen, Ariadne folgte ihm ins Wohnhaus. Nach einer Weile sah sie Erich mit dem neuen Diener den Flötenbläser aus dem Gebäude tragen. Sie schleppten ihn keuchend die nächsten Sandhügel empor, warfen ihn in eine Mulde, darin seine Gestalt dunkel verschwand. Eine Staubwolke flog düster nach. Dann kam Erich zurück, in Schweiß gebadet, aber sichtlich erleichtert. »Etwas Kölnischwasser, Ariadne«, lächelte er, »und danke Belotti, dass er uns von diesem Gott befreit! Ich habe mir wenigstens die kleine Gehässigkeit geleistet, ihn nicht zu zerstören, möge mein glücklicher Nachfolger auch etwas von seiner Schönheit betört werden.« Ariadne besprengte ihn schweigend. Das ganze Satyrspiel, von Belottis vormittägigem Auftritt angefangen, floss noch einmal klar und unwirklich um ihre Knie, ohne sie erreichen zu können. Sie konnte keine Erleichterung darüber empfinden, dass Achmet als Betrüger entlassen, der falsche Gott wieder in seine Sandgrube verbannt worden war, nur in ihren Schläfen rastete dumpf ein ferner Zusammenbruch, auf dessen Trümmern sich Erich und Belotti etwas steif, ungelenk und durchsichtig in der brennenden Sonne bewegten. Sie selbst schritt noch immer zurückgeneigten Hauptes in einem schweren süßen Taumel über einen Abgrund, dessen anderen Rand sie schon erreicht hatte, aber noch nicht betreten konnte, da er schon im Garten des Todes lag. So neigte sie sich noch immer sehnend zur Tiefe zurück, deren zackiger Rand mit starken bläulichen Adern in den dunkel rastenden Kelch wies. Sie saß schweigend Erich beim Mittagessen gegenüber, der um die fünfte Nachmittagsstunde selbst mit Schaufel und Spaten und dem schwarzen Diener nach einer neuen Arbeitsstätte aufbrach. Etwas später folgte sie ihm. Das Gestirn jagte schon schräg, in eine gelbe flackernde Wolke gehüllt, über die Gräberfelder, denen ein dünner schwärzlicher Staub entstieg, die Mulden warfen breite geflügelte

Schatten über die leuchtende Trauer. Ariadne ging schlaff unter dem schweren Himmel, der lastend über ihr zusammenzubrechen drohte, mit vorgeneigtem Haupt nach dem Klang von Erichs Spaten lauschend. Einige Male glaubte sie ihn zu hören, aber aus den ungeheuren Fluchten der Wüste stieg jetzt der Wind, den Schall verwirrend. Sie schritt suchend weiter über die Hügel, die in gelben Staubkronen brannten. Eine Gestalt wandelte ihr regungslos im rostroten Abend entgegen. Der Flötenbläser. Er stand aufrecht an die steile Böschung einer Hügelmulde gelehnt, in die ihn Erich nach der Enthüllung gestürzt hatte. In gleicher Haltung und Gebärde winkte der falsche Gott. Ariadne trat ruhig an ihn heran. Sein Bann war noch der gleiche wie in der Betörung, nur das Antlitz schien im Abend sich dunkler, höhnischer verfärbt zu haben. An den Lippen rastete noch immer bereit die dreiteilige Flöte. Ariadne schlang die Arme um sein Haupt, das noch immer heiß von der Sonne brannte, ihn zu zertrümmern, den falschen Führer auf dem göttlich dunklen Weg. Doch der Flötenbläser rastete starr und ehern auf ihr, ein verstoßener Halbgott, mit dumpfer Gewalt lähmend ihren Hass. Seine Arme bogen sich noch immer unbeweglich um die Flöte in gestrafftem Schwung, Ariadnen lockend und wehrend von der dunkel getönten Brust, die sie entzündet hatte in der irdischen Wandlung. Nur der Körper neigte sich grausam und erhellt der Besiegten zu, zwang sie aus dem Hass in die Hingabe leichter Umschreitung. Ariadne schritt, ihre Glieder stiegen aus dem Gewand der Seele, es achtlos von sich werfend in den dumpferen Bann. Sie erlösten sich trauernd in einer leisen verlangenden Bewegung, die der Flötenbläser mit dem stummen Lied begleitete. Sie tanzte fast. Ihr Blut strömte aus dem Abend der Welt in einer Woge der Empörung wieder zu ihren Adern zurück, entspannte den Körper zu dem letzten Gang des Reigens, den der Flötenbläser führte, tiefer ewiger Lockung voll. Sie folgte ihm schweigend im Tanz. Schon hing ihr Haar geknotet im Nacken, lösten sich ihre Arme von den Brüsten, die gespannt standen zum tödlichen Sieg. Der Halbgott schwieg kalt, überwunden. Sie wandte sich ab von dem Stummen, schritt lächelnd und gebäumt seinem braunen Boten entgegen, der von dem Rand der Mulde herabspringend seine Beute erraffte, in den Abend hob, enteilte: Achmet.

6. Kapitel

Er lief schnell, gleichmäßig wie ein Tier mit ruhigem, tiefem Atem. Mit der Rechten hielt er Ariadne an sich, die Linke schlang verhüllend den Mantel, aus den Falten floss ihr Haar. Ihr zurückgeneigtes Haupt sah über seine Schulter die Sonne untergehen, dann versank sie an seiner Brust, die dumpf hämmerte vom Pulsschlag einer Welt, deren Blut sie überströmte. Achmet schlug einen weiten Bogen um die tot flackernden und verlöschenden Gräberfelder ein, wandte sich zum Nil. Das Schilf schlug schwirrend über ihnen zusammen. Achmet löste einen Kahn von einer Palme, der sie über die dunkelrote Strömung trieb. Vor dem jenseitigen Ufer warf er wieder den Mantel über sie. Dann spürte sich Ariadne neu gehoben und getragen in der Verhüllung durch ein Meer von Menschen, Straßen und Geräuschen, deren Hauch ihr an die entseelten Schläfen schlug, eine letzte Scham schloss ihr die Augen. Dann glitt sie aus dem Arm des Führers auf einen weichen teppichbelegten Boden nieder, eine Hand hob ihr den Mantel von der Stirne. Sie stand in einem niedrigen von schweren Teppichen und Tüchern verhangenen Raum, der von einer Ampel und einem glühenden Kohlenbecken matt erleuchtet, in einem dumpfen süßlichen Geruch schwang. Allmählich unterschied sie mehrere halb entblößte Gestalten, die auf niedrigen Ottomanen unruhig oder starr lagen, das lang gestielte Rohr der Wasserpfeife im Mund, von den Lippen blühte ein Singen im Traum. Ariadne sank auf den Teppich des Bodens, ungerufen erschien sogleich ein Knabe, eine Wasserpfeife, Wein und Früchte vor sie stellend. Dann sah sie Achmet auf einen alten, ehrwürdig aussehenden Araber zutreten, beide wechselten einige unverständliche Worte, worauf der Alte Achmet Geld aus einem gestickten Beutel zuwarf. Dieser fing es auf, und zugleich brach aus einem Nebenraum klagend und schrill das Lied auf, nach Ariadnen suchend. Sie lauschte vorgeneigt den kurzen, abgerissenen Tönen, die wie Hände durch das Halbdunkel nach ihr tasteten, dann erhob sie sich lässig, zaudernd und schritt Achmet durch die Klänge nach. Ein Teppich fiel. Durch Rauch und Stimmen schwang ihr ein zweiter, größerer Raum entgegen, darin eine braune hockende Menge gepresst nach ihr starrte. Die Klänge schlugen jetzt ganz schrill und dicht an ihr Ohr, verstummten vor Achmet, der, aufrecht an einem Pfosten der Bühne stehend, seine Flöte von der entblößten Brust löste. Mit einem leichten Neigen des Oberkörpers ließ er die Töne durch das Rohr streichen, zwang sie zum Tanz. Sie tanzte starr mit geschlossenen Augen, eine fliegende Röte unter den Lidern. Ihr Haupt lag bleich und mit gelöstem Haar in den Nacken zurückgebogen, der unendlich herrisch in der Hingabe langsam die Bühne umschritt. Jetzt stand sie still, die anderen Instrumente fielen lärmend in Achmets Flöte ein. Ihre Haut erschauerte und hob sich flimmernd und schwer unter dem Gang der Welle, die an ihren Knien strich. Ihre Adern liefen starr und bläulich über die Brust, die langsam aus der Verhüllung stieg, zwischen den Hügeln brannte tief und sichtbar ein Blutfleck wie ein Rubin. Jetzt umstellten die Flöten wild und klagend ihren Körper, der einsam und leuchtend unter ihnen wie die Oriflamme in die Höhe schoss, bunt und traurig wieder zusammenfiel, sich erschöpft entfaltete in müder zuchtloser Gebärde. Die Flöten stürzten sich über ihn, mit gestreckten Händen wehrte sie die Gierigen ab, schritt weiter in den Taumel. Ihre Haut brannte stumpf vom Rauch des kleinen Raums, ohne Glanz, nur mit tödlich reifen Adern bog sie sich Achmet zu, der abwehrend mit der Flöte sie mit neuen Fiebern überjagte. Sie lächelte. Einen Augenblick glaubte sie unter den Zuschauern Belottis Gesicht zu erkennen, das auftauchend sich mit bestürztem Ausdruck wieder entfernte, dann tanzte sie weiter. Ihre Augen standen jetzt tief unter den traumlosen Lidern, ihr Körper erlöste sich in der Zerstörung. Mit den Haaren schüttelte sie diese Welt von sich ab, sie mit den Füßen zertretend, während eine neue, zeitlos werbende schon auf ihren Brüsten schimmerte, auf die ihr Haupt in ewiger Sehnsucht fiel. Jetzt wurde die Tür des Zuschauerraumes heftig von der Gasse her aufgerissen, deren Lärm und Menschen in ihren Traum quollen, die Flöten setzten schrill ab, durch den Rauch sah sie Belotti mit einigen Europäern vordringen, von den arabischen Zuschauern abgewehrt. Ein kleines Gemenge entstand, flutete langsam bis zu ihr näher. Die Musikanten sprangen Partei ergreifend von der Bühne. Achmet lehnte noch immer scheinbar teilnahmslos im Vordergrund, die Flöte an den Lippen. Jetzt warf er sie weg, ergriff Ariadne, sie durch eine Tür ins Freie schleifend. Sie hörte noch immer den Lärm, der mit einem Haufen Verfolgender und Wehrender aus dem Hause schlug, ihnen in breiter Woge auf die Gasse folgte. Achmet hatte Ariadne an sich gehoben und lief schon wieder, schneller und erschöpfter als zuvor. Er schoss keuchend durch enges Winkelwerk der Gassen, deren zwischen die Häuser gespannte Tücher wie blutige Fahnen im brandigen Mond wehten. Die Luft hing flackernd und erstickend. Sie flogen weiter über öde, halb helle palmenüberspannte Plätze der Anhöhe der Zitadelle zu. Achmets Brust keuchte in tiefen Tönen zum Zersprengen, er rastete. Vor ihnen lag Kairo, ein Leichnam, funkelnd im Trauertuch der Nacht. Über den Platz quollen mit Lärm und Fackeln die Verfolger, neu die Jagd hetzend. Von einem Turm wurde ein Gong angeschlagen. Achmet schnellte wieder mit der Beute empor, sich dem Nil zuwendend. Jetzt hing ihnen der Schrei der Jäger dicht an den Fersen, bei einer Biegung glaubte Ariadne, Erichs Gesicht in einer Fackel zu erkennen. Achmet schnellte vorwärts in weiten unregelmäßigen Sprüngen mit blutenden Füßen. Der Silbergürtel des Nils wob langsam und breit empor. Bekassinen und Reiher stoben aufgescheucht und schwarz flatternd auf. Achmet taumelte, fiel, raffte sich auf, schritt schwankend ins Wasser, dessen matter silberner Spiegel unter ihnen aufging. Sie trieben in der Strömung. Jetzt waren die Schatten am Ufer, lösten Boote, sprangen hinein. Die Ruder schlugen hohl über die Flut, tauchten näher. Ariadne hing starr in Achmets gelösten Armen, denen sie beschwert entglitt. Lächelnd und leise durch die matt schimmernde Fläche von ihm scheidend, erkannte sie versinkend das Haupt des ewigen zweiflügeligen Gottes, der nun, von der Last befreit, mit schnellen Stößen das andere Ufer gewann und hohnlachend den Verfolgern in die Wüste entwich.

Bram Stoker

Als 1897 der Roman *Dracula – The Undead* veröffentlicht wurde, erhielt er sehr gemischte Besprechungen, und niemand ahnte, dass dieses Werk den Autor Abraham Stoker ebenso unsterblich wie seinen untoten »Helden« machen sollte.
Bram Stoker wurde am 8. November 1847 in der Nähe von Dublin, Irland geboren. Er arbeitete als Sekretär für diverse Auftraggeber, unter anderem für Henry Irving, der in London ein Theater führte und Stoker zum Geschäftsführer bestellte. Stoker soll Mitglied im okkulten Orden »Of the Golden Dawn« gewesen sein. Er starb am 20. April 1912 – zwei Jahre später erschien eine Sammlung seiner herausragenden fantastischen Kurzgeschichten, *Draculas Guest,* die bis heute immer wieder nachgedruckt wird.

Im Haus des Richters

Als sein Examen immer näher rückte, entschloss Malcolm Malcolmson sich dazu, irgendwohin zu fahren, wo er ungestört lernen konnte. Er mied die Verlockungen der Seebäder ebenso wie die völlige Abgeschiedenheit des Landlebens, denn von früheren Besuchen kannte er bereits dessen ›Reize‹. Schließlich entschloss er sich, ein anspruchsloses kleines Städtchen zu finden, wo nichts ihn ablenken würde. Seine Freunde bat er nicht um Rat, da er sich dachte, dass sie ihm sicherlich nur solche Orte vorschlagen würden, die sie schon kannten und wo sie selbst Bekannte hatten. Da Malcolmson aber jedwede Gesellschaft zu meiden trachtete, wollte er nicht die Aufmerksamkeit der Bekannten seiner Freunde auf sich ziehen, also suchte er auf eigene Faust nach einem passenden Ort. Er packte einige Kleidungsstücke und alle Bücher, die er benötigte, in seine Reisetasche und kaufte sich eine Fahrkarte zum erstbesten Städtchen, das auf dem Fahrplan stand und dessen Namen ihm unbekannt war.

Als er nach dreistündiger Reise in Benchurch ausstieg, hatte er seine Spuren so sehr verwischt, dass er wirklich sicher sein konnte, in aller Ruhe seinen Studien nachgehen zu können. Er steuerte ohne Umweg die einzige Gaststätte dieses verschlafenen Städtchens an und mietete ein Zimmer für die Nacht.

Benchurch war eine Marktstadt und platzte alle drei Wochen aus den Nähten, doch an den 21 Tagen dazwischen war sie so ausgestorben wie eine Wüste. Am Tage nach seiner Ankunft sah Malcolmson sich um, ob er nicht eine Unterkunft zu finden vermochte, die noch isolierter war als die ohnehin schon ruhige Gaststätte mit dem Namen *The Good Traveller*. Es gab nur einen Platz, der ihm zusagte und der selbst seinen kühnsten Forderungen nach Ruhe entgegenzukommen schien. Allerdings war ›Ruhe‹ nicht ganz das rechte Wort – völlige Verlassenheit umschrieb es wesentlich treffender. Es handelte sich um ein altes verschachteltes Haus in der klobigen Bauart aus der Zeit Jakobs des Ersten, mit gedrungenen Giebeln und ungewöhnlich schmalen Fenstern, die höher eingesetzt waren als sonst üblich in solchen Häusern. Eine hohe, massive Ziegelmauer umschloss das Gebäude. Bei näherer Betrachtung sah es eher aus wie eine Festung denn wie ein gewöhnliches Wohnhaus, doch all das gefiel Malcolmson sehr. »Dies«, so dachte er, »ist genau das, wonach ich gesucht habe. Wenn ich hier unterkommen kann, wird mir nichts mehr zu meinem Glück fehlen.« Seine Freude wurde noch dadurch gesteigert, dass das Haus derzeit ohne jeden Zweifel unbewohnt war.

Auf dem Postamt brachte er den Namen des Hausverwalters in Erfahrung, und dieser zeigte sich sehr überrascht, dass jemand einen Teil des alten Hauses mieten wollte. Mr Carnford, der Hausverwalter und Rechtsanwalt des Ortes, war ein freundlicher alter Herr, der offen sein Entzücken darüber ausdrückte, jemanden in diesem Haus zu wissen.

»Um Ihnen die Wahrheit zu sagen«, sagte er, »würde ich – auch im Sinne der Eigentümer – nur zu gern jemanden sogar umsonst in dem Haus wohnen lassen, nur um den Menschen hier zu zeigen, dass es bewohnt werden kann. Es steht schon so lange leer, dass absurde abergläubische Gerüchte im Umlauf sind, und die bringt man am besten zum Schweigen, indem jemand in das Haus einzieht – zum Beispiel ein Student wie Sie«, fügte er mit einem prüfenden Blick auf Malcolmson hinzu, »der eine Zeit lang seine Ruhe haben möchte.«

Malcolmson hielt es für unnötig, den Verwalter über die »abergläubischen Gerüchte« zu befragen. Er schätzte, er würde von den Leuten hier jederzeit mehr Auskünfte über dieses Thema erhalten, sollte er es denn wünschen. Er bezahlte die Miete für drei Monate, erhielt einen Beleg und den Namen einer alten Frau, die ihm das Zimmer bereiten würde, und ging mit den Hausschlüsseln in der Tasche davon. Er wandte sich an die Wirtin der Gaststätte, eine fröhliche und überaus gütige Person, und erkundigte sich bei ihr, wo er die nötigen Vorräte erstehen könnte. Als er ihr mitteilte, wo er sich einzuquartieren gedachte, warf sie vor Entsetzen die Hände in die Höhe.

»Doch nicht etwa im Haus des Richters!«, rief sie und wurde bei diesen Worten blass. Daraufhin erklärte er ihr den genauen Standort des Hauses, da er dessen Namen nicht kannte.

»Doch, ganz sicher – das ist es, das Haus vom Richter!«

Malcolmson bat sie, ihm von dem Haus zu erzählen – warum es diesen Namen trug und was sie dagegen habe. Sie erzählte ihm, es trage diesen Namen, weil es vor vielen Jahren der Wohnsitz eines

161

Richters gewesen war – vor wie vielen Jahren, das wusste sie nicht, da sie aus einer anderen Gegend stamme, glaubte aber, es müsse sich wohl um hundert oder mehr Jahre handeln. Den Richter habe man in der ganzen Grafschaft wegen seiner strengen Urteile und seiner Grausamkeit gegenüber den Angeklagten gefürchtet. Was indes gegen das Haus selbst einzuwenden sei, konnte sie nicht sagen. Sie habe zwar häufig die Leute danach gefragt, doch Genaueres habe ihr niemand mitgeteilt. Es war nur allgemein das Gefühl im Schwange, dass dort *irgendetwas* nicht geheuer sei, und sie für ihren Teil würde um keinen Lohn der Welt auch nur eine Stunde in diesem Haus allein verbringen.

Doch plötzlich entschuldigte sie sich bei Malcolmson für ihr merkwürdiges Gerede: »Ich bin wirklich unmöglich, Sir, Ihnen so etwas zu erzählen, wo Sie dort nun alleine leben möchten. Aber wenn Sie mein Junge wären – entschuldigen Sie, Sir, aber Sie sind ja noch ein so junger Herr –, würd ich Sie keine Nacht dort schlafen lassen, und wenn ich selbst hingehen und die große Alarmglocke auf dem Dach läuten müsste!«

Der guten Frau war es ganz eindeutig ernst mit ihrer Fürsorge, und obgleich Malcolmson sich über die Sache amüsierte, rührte ihn doch ihre Güte. Er teilte ihr freundlich mit, wie sehr er ihre Sorge um ihn zu schätzen wisse, und fügte hinzu: »Aber, meine liebe Mrs Witham, Sie müssen sich wirklich nicht um mich sorgen! Ein Mann, der für das Mathematik-Examen lernt, hat zu viel anderes im Kopf, um sich von einem geheimnisvollen ›Irgendetwas‹ beunruhigen zu lassen. Meine Arbeit ist viel zu exakt und prosaisch, da bleibt in meinem Verstand kein Schlupfwinkel für Geister. Harmonische Reihen, Permutationen, Kombinationen und elliptische Funktionen geben mir schon genug Rätsel auf!«

Mrs Witham erklärte sich freundlicherweise dazu bereit, sich um seine Vorräte zu kümmern, und er selbst ging auf die Suche nach der alten Dame, die ihm als Haushälterin empfohlen worden war. Als er wenige Stunden später mit ihr am Haus des Richters ankam, wartete dort bereits Mrs Witham mit mehreren Männern, die Pakete mit Vorräten trugen. Auch ein Polsterer mit einem Bett auf einem Karren war da, denn Mrs Witham meinte, wenn die Tische und Stühle im Haus auch in Ordnung sein mochten, so war doch ein Bett, das seit wohl fünfzig Jahren nicht mehr gelüftet worden war, keine angemessene Ruhestätte für seine jungen Knochen. Sie war offenkundig darauf erpicht, einen Blick ins Innere des Hauses zu werfen, und obwohl sie vor dem ›Irgendetwas‹ derartige Furcht hatte, dass sie beim geringsten Geräusch den Arm von Malcolmson umklammerte und ihm keine Sekunde von der Seite wich, so nahm sie doch das ganze Gebäude in Augenschein.

Nach dieser Besichtigung entschied Malcolmson, sein Lager in dem großen Esszimmer aufzuschlagen, das für seine Bedürfnisse ausreichend Platz bot, und Mrs Witham ging mithilfe der Reinemachfrau Mrs Dempster daran, das Zimmer bezugsfertig zu machen. Als die Körbe hereingebracht und ausgepackt wurden, sah Malcolmson, dass sie in gütiger Voraussicht aus ihrer eigenen Küche ausreichend Proviant für die nächsten Tage mitgebracht hatte.

Bevor Mrs Witham ging, überschüttete sie ihn noch mit guten Wünschen, und an der Tür wandte sie sich zum letzten Mal um und sagte: »Ach, Sir, Ihr Zimmer ist so groß und zugig, da wäre es vielleicht gut, des Nachts einen Wandschirm um Ihr Bett aufzustellen – obwohl, um die Wahrheit zu sagen, ich würde vor Angst sterben, wäre ich derart mit allen möglichen ... allen möglichen ›Dingen‹ eingesperrt, die da den Kopf um die Ecken stecken oder darüber, um mich anzustarren!« Das von ihr selbst heraufbeschworene Bild war zu viel für ihre Nerven, und sie trat rasch die Flucht an.

Mrs Dempster rümpfte verächtlich die Nase über das Verschwinden der Gastwirtin und merkte an, dass sie für ihren Teil vor keinem Schreckgespenst des Landes Angst hätte.

»Ich sage Ihnen was, Sir«, meinte sie, »Schreckgespenster sind alles Mögliche – nur keine Gespenster! Ratten und Mäuse und Schaben, knarrende Türen und lose Dachziegel, zerbrochene Fensterscheiben und Schubladen, die klemmen, wenn man sie aufmacht – und dann mitten in der Nacht runterfallen. Sehen Sie sich doch nur die Wandvertäfelung in diesem Zimmer an! Sie ist alt – mehrere Hundert Jahre! Glauben Sie etwa, da drin gäbe es keine Ratten und kein Ungeziefer? Und meinen Sie, Sir, dass Sie von denen nichts hören werden? Ratten sind Schreckgespenster, das sage ich Ihnen, und Schreckgespenster sind Ratten; lassen Sie sich bloß nichts anderes einreden!«

»Mrs Dempster«, erwiderte Malcolmson feierlich und verbeugte sich höflich vor ihr, »Sie wissen ja mehr als ein Cambridge-Absolvent! Und als Zeichen meiner Wertschätzung Ihrer unzweifelhaften Vernunft und Herzensbildung möchte ich Sie die letzten zwei Monate meines Mietverhältnisses gerne hier wohnen lassen, da ich nur vier Wochen für meine Arbeit benötigen werde.«

»Verbindlichsten Dank, mein Herr«, antwortete sie, »aber ich kann keine einzige Nacht von zu Hause fernbleiben. Ich lebe in Greenhows Armenheim, und wenn ich eine Nacht außer Hauses verbrächte, würde ich alles verlieren, was ich habe. Die Vorschriften sind da sehr streng, und zu viele haben es auf ein freies Zimmer abgesehen, als dass ich dieses Wagnis eingehen könnte. Ansonsten komme ich gern hierhin, Sir, um mich während Ihres Aufenthaltes ganz um Ihren Haushalt zu kümmern.«

»Gute Frau«, sagte Malcolmson rasch, »ich bin hierhergekommen, um Einsamkeit zu finden. Glauben Sie mir, ich bin dem seligen Greenhow dankbar, dass er seine bewundernswerte Armenheime so eingerichtet hat, dass ich dieser Versuchung zu erliegen mir nicht gestatten kann! Der heilige Antonius selbst könnte in diesem Punkt nicht strenger sein!«

Die alte Frau lachte rau. »Ach, ihr jungen Herren«, sagte sie, »ihr fürchtet euch wohl vor gar nichts. Na, Sie werden Ihre Einsamkeit hier schon finden.« Sie machte sich ans Reinemachen, und als Malcolmson gegen Abend von seinem Spaziergang zurückkehrte, eines seiner Lehrbücher unterm Arm, war das Zimmer gefegt und abgestaubt, im alten Kamin brannte ein Feuer, die Lampe war angezündet, und der Tisch war mit Mrs Withams ausgezeichneten Speisen gedeckt. »So lässt sich's leben«, sagte er zu sich und rieb sich die Hände.

Nachdem er zu Abend gegessen hatte, legte er frisches Holz in den Kamin, kümmerte sich um die Lampe und widmete sich wieder seinen Büchern, um konzentriert zu arbeiten. Bis elf Uhr lernte er ohne Unterbrechung, dann kümmerte er sich wieder um Feuer und Lampe und bereitete sich eine Tasse Tee zu. Er war schon immer ein begeisterter Teetrinker – während seiner Studentenzeit hatte er stets bis spät abends gearbeitet und dabei Tee zu sich genommen. Er genoss seine Pause mit köstlichem Behagen. Das geschürte Feuer flackerte und knisterte und warf vieldeutige Schatten an die Wände des großen Raumes, und während er an seinem heißen Tee nippte, ergötzte er sich an seiner Einsamkeit. Erst jetzt fiel ihm zum ersten Mal auf, welchen Lärm die Ratten machten.

»Sie können doch wohl kaum die ganze Zeit über so lebhaft gewesen sein«, dachte er. »Das hätte ich bemerken müssen!« Als die

Geräusche kurz darauf lauter wurden, war er davon überzeugt, dass die Tiere eben erst mit dem Lärm angefangen hatten. Offensichtlich hatten die Anwesenheit eines Fremden, das Licht der Lampe und das Feuer die Ratten eingangs verängstigt; doch jetzt hatten sie ihren Mut wiedergewonnen und gingen nun nach Lust und Laune ihrer Beschäftigung nach.

Wie eifrig sie waren! Und wie sonderbar die Geräusche, die sie machten! Auf und ab, hin und her rasten sie, hinter der alten Wandvertäfelung, über die Decke und unterm Fußboden, huschten und nagten und kratzten sie! Malcolmson musste lächeln, als er sich Mrs Dempsters Worten entsann: »Schreckgespenster sind Ratten, und Ratten sind Schreckgespenster!«

Der Tee regte seine Nerven und seinen Geist wieder an, er freute sich, dass er vor Verstreichen der Nacht noch eine Menge Arbeit würde leisten können, und in der Sicherheit dieses Gefühls gestattete er sich, sich einmal genauer im Zimmer umzusehen. Er nahm die Lampe in die Hand, ging umher und wunderte sich, dass ein so romantisches und schönes altes Haus seit langer Zeit unbewohnt war. Die Schnitzereien der Wandvertäfelung aus Eichenholz waren prachtvoll, und um die Fenster und Türen herum zeigten sie wunderschöne und seltene Kunstfertigkeit. An den Wänden hingen einige alte Gemälde, doch Schmutz und Staub bedeckten sie so dick, dass er keine Details erkennen konnte, auch wenn er die Lampe so nahe wie möglich an die Bilder hielt. Bei seinem Rundgang sah er hie und da in einer Ritze oder einem Loch das Gesicht einer Ratte, deren Augen im Lampenschein hell glitzerten, doch eine Sekunde später war sie wieder verschwunden, und er hörte ein Quieken und Scharren. Was ihm aber am stärksten beeindruckte, war das Seil der großen Alarmglocke auf dem Dach, das in einer Ecke zur rechten Seite des Kamins von der Decke herabhing.

Er schob einen Stuhl aus geschnitztem Eichenholz mit hoher Lehne an den Kamin und ließ sich nieder, um seine letzte Tasse Tee zu trinken. Als er damit fertig war, schürte er das Feuer und ging wieder an die Arbeit. Er saß an der Ecke des Tischs, den Kamin zu seiner Linken. Eine Zeit lang störte ihn das immerwährende Getrappel der Ratten, doch gewöhnte er sich an die Geräusche, wie man sich an das Ticken einer Uhr oder an das Rauschen des Meeres gewöhnt. Er versenkte sich so tief in seine Studien, dass er alles um sich herum vergaß – außer der Aufgabe, die er zu lösen versuchte.

Doch plötzlich blickte er auf, obwohl er die Lösung der Aufgabe noch nicht gefunden hatte. In der Luft lag die eigenartige Stimmung jener letzten Stunde vor Sonnenaufgang, die von allen zweifelhaften Kreaturen so gefürchtet wird. Das Lärmen der Ratten war verstummt. Es musste gerade erst aufgehört haben, und diese plötzliche Stille war es wohl, die ihn aufgeschreckt hatte. Das Feuer war in sich zusammengesunken, strahlte aber noch immer in tiefroter Glut. Als er in Richtung des Kamins blickte, zuckte er trotz seiner Unerschrockenheit gehörig zusammen.

Auf dem großen Eichenstuhl mit der hohen Lehne zur rechten Seite des Kamins saß eine riesige Ratte, die ihn mit bösartigen Augen unverwandt anstarrte. Er machte eine Bewegung, um sie zu verjagen, doch sie regte sich nicht. Dann tat er so, als werfe er etwas. Sie regte sich noch immer nicht, bleckte dafür aber die Zähne und ließ die grausamen Augen im Lampenschein noch wütender funkeln.

Malcolmson war erstaunt, griff nach dem Schürhaken vom Kamin und lief auf das Tier zu, um es zu erschlagen. Bevor er jedoch ausholen konnte, sprang die Ratte mit einem Schrei, in dem sich purer Hass zu bündeln schien, auf den Boden und raste das Seil der Alarmglocke hinauf. Sie verschwand oben in der Finsternis. Sonderbar, dass im selben Augenblick das laute Umhertrippeln der Ratten in der Wandvertäfelung wieder einsetzte.

Malcolmsons Verstand war nun ganz und gar nicht mehr mit seiner mathematischen Aufgabe befasst, und als der schrille Hahnenschrei draußen den Anbruch des Tages verkündete, ging er zu Bett und schlief.

Sein Schlaf war so tief, dass er nicht einmal erwachte, als Mrs Dempster in sein Zimmer trat, um es zu richten. Erst als sie mit dem Reinemachen fertig war, sein Frühstück zubereitet hatte und mit dem Finger gegen den sein Bett umgebenden Wandschirm tippte, erwachte er. Nach der schweren Arbeit der Nacht war er noch ein wenig erschöpft, doch eine Tasse starken Tees erfrischte ihn bald. Er nahm auf seinen Spaziergang ein Buch und ein paar belegte Brote mit, für den Fall, dass er nicht pünktlich zur Essenszeit wieder zu Hause sein sollte. Etwas außerhalb der Stadt entdeckte er einen ruhigen Flanierweg, der zwischen hohe Ulmen hindurchführte, und verbrachte dort den größten Teil des Tages und studierte sein Buch.

Bei seiner Rückkehr sah er bei Mrs Witham vorbei, um ihr

nochmals für ihre Freundlichkeiten zu danken. Als sie ihn durch das rautenförmige Erkerfenster ihres Hauses kommen sah, lief sie vor die Tür und bat ihn herein. Sie betrachtete ihn eingehend und sagte kopfschüttelnd: »Sie dürfen sich nicht überanstrengen, mein Herr. Sie sind heute noch blasser als sonst. Zu späte Nachtruhe und zu viel Nachdenken tun niemandem gut! Aber sagen Sie doch, Sir, wie haben Sie die Nacht verbracht? Gut, hoffe ich doch? Mein armes Herz, was war ich doch froh, als Mrs Dempster mir heute Morgen berichtete, dass Sie friedlich und fest geschlafen haben, als sie kam.«

»Ach, mir geht es gut«, erwiderte er mit einem Lächeln, »das ›Irgendetwas‹ hat mich noch nicht beunruhigt. Nur die Ratten, die haben ein Theater gemacht, das kann ich Ihnen sagen, im ganzen Raum. Ein besonders übler alter Teufel hat sogar auf meinem Stuhl am Kamin Platz genommen, und das Biest ließ sich erst verjagen, als ich mit dem Schürhaken drauflosging. Da ist es das Seil der Alarmglocke hinaufgerannt und irgendwo oben an der Wand oder in der Decke verschwunden – ich konnte nicht sehen, wo, es war zu dunkel.«

»Gott steh uns bei«, sagte Mrs Witham, »ein alter Teufel auf dem Stuhl am Kamin! Nehmen Sie sich in Acht, mein Herr, nehmen Sie sich in Acht! Oft wird ein wahres Wort im Scherz gesprochen.«

»Wie meinen Sie das? Ich verstehe nicht.«

»Ein alter Teufel! Vielleicht war es ja der Teufel selbst.«

Malcolmson brach in herzhaftes Gelächter aus.

»Darüber brauchen Sie nicht zu lachen, Sir. Ihr jungen Leute lacht so leicht über Dinge, die uns Ältere erschaudern lassen. Doch ganz gleich, Sir, ich bete zu Gott, dass Sie immer so lachen mögen. Das wünsche ich Ihnen von ganzem Herzen!« Und die gute Frau lächelte nun selbst über sein Lachen, und einen Moment lang waren ihre Ängste verschwunden.

»Bitte, vergeben Sie mir!«, sagte Malcolmson rasch. »Glauben Sie nicht, ich sei unhöflich, aber diese Vorstellung war einfach zu lustig – dass der Teufel letzte Nacht selbst auf dem Stuhl saß!« Bei diesen Worten begann er wieder zu grinsen. Dann ging er nach Hause, um sein Abendessen einzunehmen.

An diesem Abend setzte das Scharren der Ratten früher ein. Begonnen hatten sie damit schon vor seiner Ankunft und hatten nur so lange innegehalten, bis sie sich wieder an seine Gegenwart gewöhnt hatten. Nach dem Abendbrot wärmte sich Malcolmson eine Zeit lang an dem Kamin und rauchte, räumte den Tisch ab und kehrte zu seiner Arbeit zurück.

Heute Abend störten die Ratten ihn mehr als in der vergangenen Nacht. Wie sie hin und her und auf und nieder trippelten! Wie sie quiekten und kratzten und nagten! Und sie wurden immer kühner, steckten immer öfter die Köpfe aus ihren Löchern und aus den Ritzen und Spalten der Vertäfelung, dass ihre Augen im Licht des Kaminfeuers wie winzige Lampen aufglühten. Doch er hatte sich zweifellos bereits an sie gewöhnt, selbst ihre Augen erschienen ihm nicht mehr boshaft. Allerdings fiel ihm ihre Ausgelassenheit auf – die Mutigsten von ihnen wagten sich zuweilen auf Streifzüge über den Fußboden oder die Leisten der Wandvertäfelung. Wenn sie ihn zu sehr störten, verscheuchte er sie, indem er etwa mit der Hand auf den Tisch schlug oder ein lautes »Schsch, schsch« von sich gab, sodass sie flugs in ihre Löcher flüchteten.

So verstrich der erste Teil der Nacht, und trotz des Lärms versenkte sich Malcolmson immer tiefer in seinen Studien.

Mit einem Schlag schreckte er auf, da ihm – wie in der vorigen Nacht – die plötzliche Stille auffiel. Kein noch so leises Nagen, Kratzen oder Quieken war noch zu hören. Es war still wie in einem Grab. Er erinnerte sich des sonderbaren Vorfalls in der gestrigen Nacht und blickte instinktiv zum Stuhl am Kamin – und wurde von einer sehr merkwürdigen Empfindung gepackt.

Dort auf dem großen Eichenstuhl mit der hohen Lehne am Feuer saß wieder die riesige Ratte und starrte ihn mit bösartigen Augen unverwandt an.

Ohne nachzudenken ergriff er den nächstbesten Gegenstand, ein Logarithmenbuch, und schleuderte es nach dem Tier. Er hatte schlecht gezielt, das Buch flog weit daneben, doch die Ratte rührte sich nicht von der Stelle. Der Auftritt mit dem Schürhaken wiederholte sich nun, und wieder floh die Ratte vor diesem Angriff über das Glockenseil. Und wieder folgte dem Verschwinden der Ratte das seltsame Wiedereinsetzen des Lärms der gesamten Rattengemeinde. Wie in der Nacht zuvor vermochte Malcolmson nicht zu erkennen, wohin die Ratte entschwunden war – der grüne Schirm der Lampe ließ den oberen Teil des Zimmers im Dunkeln, und das Feuer war bereits herabgebrannt.

Malcolmson sah auf seine Taschenuhr: Es war kurz vor Mitternacht.

Er war über die Ablenkung nicht unerfreut, schürte das Feuer und setzte sich das Wasser für seine allnächtliche Kanne Tee auf. Da er mit seinen Studien gut vorangekommen war, fand er, dass er sich eine Zigarette verdient hätte. Also setzte er sich auf den großen Eichenstuhl vors Feuer und rauchte. Wohin die Ratte wohl verschwunden sein mochte? Er überlegte, ob es nicht sinnvoll sei, eine Rattenfalle aufzustellen, und zwar gleich am nächsten Tag. Er zündete eine zweite Lampe an und platzierte sie so, dass sie ihren Lichtschein in die Ecke zur rechten Seite des Kamins warf. Dann stellte er alle seine Bücher griffbereit auf, um sie nach dem Störenfried werfen zu können. Schließlich nahm er das Seil der Alarmglocke, legte dessen Ende auf den Tisch und stellte die schwere Lampe darauf. Dabei fiel ihm auf, wie geschmeidig es war. Merkwürdig bei einem so dicken, alten Seil, das so lange nicht mehr benutzt wurde. »Damit könnte man ja einen Menschen erhängen«, durchfuhr es ihn.

Nachdem er seine Vorkehrungen getroffen hatte, sah er sich um und sagte selbstzufrieden: »Nun, mein Freund, ich glaube, dieses Mal werde ich dich etwas besser kennenlernen!«

Er ging wieder an seine Arbeit, und obwohl ihn wie zuvor der Lärm der Ratten anfangs störte, war er bald in seinen Lehrsätzen und Aufgaben versunken.

Wieder wurde er jäh in seine nächste Umgebung zurückgerissen. Dieses Mal war es nicht allein die plötzliche Stille, die seine Aufmerksamkeit fesselte, denn das Seil zitterte leicht, und die Lampe bewegte sich. Kühl sah er nach seinem Bücherstapel, der in Reichweite war, und folgte mit seinem Blick dem Seil. Er sah, wie die große Ratte vom Seil herab auf den Lehnstuhl aus Eichenholz sprang, sich dort hinsetzte und ihn anstarrte.

Er nahm ein Buch in die rechte Hand, zielte sorgfältig und warf es nach der Ratte. Diese duckte sich rasch und entging so dem Wurfgeschoss. Da nahm er ein zweites und ein drittes Buch und schleuderte sie der Reihe nach auf die Ratte, doch stets ohne Erfolg. Als er jedoch mit einem weiteren Buch in der Hand dastand und es gerade werfen wollte, quiekte die Ratte auf und schien plötzlich Angst davor zu haben. Das machte Malcolmson noch hitziger, und er warf das Buch, das die Ratte mit einem schallenden Schlag traf. Das Tier schrie entsetzt und richtete einen Blick voller Bösartigkeit auf seinen Angreifer, lief dann die Stuhllehne hinauf und erreichte mit einem weiten Sprung das Glockenseil, das es schnell wie der Blitz hinaufsauste. Wegen der plötzlichen Bewegung schaukelte die Lampe, doch da sie einen schweren gusseisernen Fuß hatte, fiel sie nicht um.

Malcolmson behielt die Ratte im Auge und sah dank des Lichts der zweiten Lampe, wie das Tier auf einen Vorsprung in der Wandvertäfelung sprang und durch ein Loch in einem der großen Gemälde an der Wand verschwand, das durch die dicke Schicht von Schmutz und Staub unkenntlich war.

»Ich werde mir den Unterschlupf meines Freundes morgen früh mal genauer ansehen«, sagte der Student, als er seine Bücher wieder einsammelte. »Vom Kamin aus das dritte Bild, das werde ich mir merken.«

Er hob ein Buch nach dem andern auf und kommentierte sie dabei. »Die *Kegelschnitte* haben ihr nichts anhaben können, auch nicht die *Zykloiden Oszillationen*, die *Grundregeln*, die *Vierergruppen* oder die *Thermodynamik*. Ah, da ist das Buch, das ihr den Rest gegeben hat!«

Malcolmson nahm es und warf einen Blick darauf – und schreckte zusammen. Mit einem Mal wurde er blass. Er sah sich unbehaglich um und zitterte ein wenig, als er vor sich hinmurmelte: »Die Bibel, die meine Mutter mir mitgegeben hat! Welch ein merkwürdiger Zufall.«

Er setzte sich wieder an die Arbeit, und die Ratten in der Wandvertäfelung nahmen ihre Tollereien wieder auf. Das störte ihn jedoch nicht; auf irgendeine Weise schienen sie ihm Gesellschaft zu leisten. Doch er konnte sich nicht mehr auf seine Studien konzentrieren, und nachdem er verzweifelt versucht hatte, eine Aufgabe zu lösen, gab er auf und ging zu Bett. Durch das östlich gelegene Fenster drang bereits der erste Bote des Morgengrauens.

Er schlief tief, aber unruhig, und er träumte viel. Als Mrs Dempster ihn am späten Morgen weckte, ging es ihm nicht gut, und in den ersten Minuten wusste er nicht genau, wo er sich befand.

Seine erste Bitte kam für die Haushaltshilfe recht überraschend. »Mrs Dempster, würden Sie mir einen Gefallen tun? Wenn ich ausgegangen bin, nehmen Sie sich die Leiter und waschen oder stauben Sie diese Gemälde ab – besonders das dritte vom Kamin. Ich möchte gern sehen, was sie darstellen.«

Bis zum späten Nachmittag ging Malcolmson spazieren und studierte dabei seine Bücher. Im Laufe des Tages kehrte sogar seine gute Laune zurück, denn er kam gut voran mit seiner Arbeit. Er konnte alle Aufgaben, die ihn bislang vor Rätsel gestellt hatten, zu einer zufriedenstellenden Lösung führen. Als er Mrs Witham im *Good Traveller* einen Besuch abstattete, frohlockte er nahezu.

Im gemütlichen Wohnzimmer der Gastwirtin saß ein Fremder, der ihm als Dr. Thornhill vorgestellt wurde. Die Wirtin schien sich nicht recht wohlzufühlen, und dies zusammen mit dem Schwall von Fragen, den der Doktor sogleich über ihn ergoss, brachte Malcolmson zu der Überzeugung, dass Thornhill nicht aus Zufall hier war. Ohne Umschweife sagte er: »Dr. Thornhill, ich werde jede Ihrer Fragen gerne beantworten, wenn Sie mir zuerst eine einzige beantworten.«

Der Doktor schien überrascht, doch er lächelte und antwortete unverzüglich: »Gern! Was möchten Sie wissen?«

»Hat Mrs Witham Sie darum gebeten, herzukommen und mich zu untersuchen?«

Dr. Thornhill war einen Augenblick lang verblüfft, und Mrs Witham lief feuerrot an und wandte sich ab. Der Doktor war jedoch ein offener und ehrlicher Mann und antwortete sogleich: »Das hat sie; doch sie wollte nicht, dass Sie es wissen. Vermutlich habe ich Sie mit meiner tölpelhaften Hast auf Ihren Verdacht gebracht. Sie sagte mir, ihr gefiele die Vorstellung nicht, dass Sie ganz alleine in diesem Haus leben. Und sie glaubt, dass Sie zu viel starken Tee trinken. Sie bat mich darum, Ihnen den Ratschlag zu geben, nach Möglichkeit auf den Tee zu verzichten und etwas früher zu Bett zu gehen. Ich war zu meiner Zeit auch ein eifriger Student, daher darf ich mir wohl die Freiheit nehmen und Ihnen diesen Rat als Akademiker und nicht als völlig Fremder geben.«

Malcolmson hielt ihm mit breitem Lächeln die Hand hin. »Ich muss Ihnen und auch Mrs Witham für Ihre Güte danken, und diese Güte verlangt nach einem Entgegenkommen meinerseits. Ich gelobe, keinen starken Tee mehr zu trinken – überhaupt keinen Tee mehr, wenn Sie darauf bestehen –, und ich werde heute spätestens um ein Uhr zu Bett gehen. Genügt das?«

»Vollauf«, erwiderte der Doktor. »Und nun erzählen Sie uns doch bitte alles, was Ihnen in dem alten Haus aufgefallen ist.«

Und so berichtete Malcolmson ihnen in allen Einzelheiten davon, was ihm in den letzten beiden Nächten widerfahren war. In regelmäßigen Abständen wurde er durch ein Keuchen von Mrs Witham unterbrochen, und als er die Episode mit der Bibel erzählte, musste die Gastwirtin ihren aufgestauten Gefühlen mit einem langen Schrei Luft machen. Erst als man ihr ein Glas Branntwein mit Wasser verabreichte, gewann sie langsam ihre Fassung wieder.

Dr. Thornhill hatte Malcolmson mit wachsendem Ernst zugehört, und als er seinen Bericht beendet und Mrs Witham sich wieder beruhigt hatte, fragte der Arzt: »Und die Ratte stieg jedes Mal das Seil der Alarmglocke hinauf?«

»Jedes Mal.«

»Sie wissen doch sicher«, fragte der Doktor nach einer Pause, »was für ein Seil das ist?«

»Nein.«

»Es ist«, sagte der Doktor langsam, »das Seil, mit dem der Henker an den Unglücklichen das Urteil des hasserfüllten Richters vollstreckte!«

Er wurde von einem neuerlichen Schrei Mrs Withams unterbrochen und musste sich wieder um sie kümmern.

Malcolmson sah auf die Uhr. Da es an der Zeit war, sein Abendessen einzunehmen, ging er nach Hause, noch ehe sich Mrs Witham völlig erholt hatte.

Als Mrs Witham wieder die Alte war, bestürmte sie den Doktor mit entrüsteten Fragen, was er sich bloß dabei gedacht habe, dem armen jungen Mann solch entsetzliche Dinge zu erzählen. »Dort gibt es doch wirklich schon genug, um ihn zu erschrecken«, fügte sie hinzu.

Dr. Thornhill entgegnete ihr: »Meine liebe Mrs Witham, ich habe ein bestimmtes Ziel damit verfolgt! Ich wollte seine Aufmerksamkeit auf das Glockenseil lenken. Möglicherweise befindet er sich in einem Zustand höchster Überlastung, weil er zu viel gearbeitet hat, aber mir scheint er doch ein völlig vernünftiger und gesunder junger Mann zu sein, sowohl körperlich wie geistig. Aber die Sache mit den Ratten – und dann dieses Gerede vom Teufel ...« Der Doktor schüttelte den Kopf und fuhr fort. »Ich hätte ihm ja angeboten, diese Nacht bei ihm im Hause zu verbringen, doch hätte er mir das gewiss übel genommen. Vielleicht wird er heute Nacht von einer merkwürdigen Angst oder einer Sinnestäuschung heimgesucht, und wenn dem so ist, so soll er an jenem Seil ziehen. Da er ganz alleine ist, wird er uns ein Warnsignal geben, und wir werden zeitig genug dort sein, um ihm beizustehen. Ich werde heute Nacht lange aufbleiben und die Ohren offen halten. Wundern Sie sich nicht, wenn es vor Anbruch des Tages einige Aufregung in Benchurch geben wird.«

»Oh, Herr Doktor, was meinen Sie damit? Was soll das heißen?«

»Damit meine ich nur, dass wir heute Nacht womöglich – nein, sogar wahrscheinlich – die große Alarmglocke auf dem Dach des Richterhauses hören werden.« Und damit verabschiedete der Doktor sich auf die effektvollste Weise, die man sich vorstellen kann.

Malcolmson kam ein wenig später als am Vortag nach Hause. Mrs Dempster war bereits gegangen – die Vorschriften von Greenhows Armenheim durften schließlich nicht verletzt werden. Er freute sich darüber, wie ordentlich und hell das Zimmer war; das Kaminfeuer brannte lustig, und die Lampe war zurechtgetrimmt. Es war heute Abend kälter als im April üblich, und draußen blies ein rauer Wind, dessen stetig zunehmende Stärke einen nächtlichen Sturm anzukündigen schien.

Nach seinem Eintreten hatten die Ratten für wenige Minuten mit ihrem Gelärme aufgehört, doch sobald sie sich an seine Anwesenheit gewöhnt hatten, fingen sie wieder damit an. Er war froh darüber, schienen sie ihm mit ihrem Getrippel doch Gesellschaft zu leisten, und er erinnerte sich an die sonderbare Tatsache, dass sie mit ihrem Treiben nur aufhörten, wenn jenes andere Tier, die große Ratte mit dem bösartigen Blick, in Erscheinung trat. Nur die Leselampe war angezündet, deren grüner Schirm den oberen Teil des Raumes und die Decke im Dunkeln ließ, und das Licht des Kaminfeuers breitete sich warm und behaglich über den Boden und das weiße Tischtuch aus.

Malcolmson setzte sich zu Tisch und aß mit großem Appetit und heiterer Laune. Nach dem Abendessen und einer Zigarette machte er sich entschlossen an die Arbeit, von der er sich durch nichts würde ablenken lassen – er erinnerte sich an das Versprechen, das er dem Doktor gegeben hatte, und war entschlossen, das Beste aus der verbleibenden Zeit zu machen.

Ungefähr eine Stunde lang arbeitete er konzentriert, dann schweiften seine Gedanken immer wieder von den Büchern ab. Seine Umgebung, die ständig nach seiner Aufmerksamkeit zu rufen schien, und seine nervöse Anspannung ließen sich nicht mehr ignorieren. Inzwischen war aus dem Wind eine steife Brise geworden und aus der steifen Brise ein Sturm. Zwar war das alte Haus solide gebaut, dennoch schien es bis zu den Grundmauern zu wanken. Der Sturm brüllte und wütete in den vielen Kaminschächten und den sonderbaren alten Giebeln und erzeugte fremdartige, unirdische Töne in den leeren Zimmern und Gängen. Sogar die große Alarmglocke auf dem Dach bekam die Macht des Windes zu spüren: Das Seil wurde zuweilen ein wenig hochgehoben, als würde die Glocke leicht hin und her bewegt, und fiel dann mit einem harten, hohlen Schlag wieder zurück auf den Eichenboden.

Malcolmson fielen unwillkürlich die Worte des Doktors wieder ein: »Es ist das Seil, mit dem der Henker an den Unglücklichen das Urteil des hasserfüllten Richters vollstreckte!«

Er ging in die Ecke neben dem Kamin, nahm das Seil in die Hand und betrachtete es stumm. Es schien ein morbides Interesse in ihm zu wecken, denn er versank einen Moment lang in Überlegungen, wer wohl die Opfer gewesen sein mochten und aus welchem Grunde der Richter dieses scheußliche Relikt stets vor Augen hatte haben wollen.

Während Malcolmson so dastand, hob das Schwanken der Glocke auf dem Dach das Seil ab und zu an, doch bald wurde es von etwas anderem abgelöst – das Seil begann zu zittern, als bewege sich etwas daran entlang.

Malcolmson richtete instinktiv den Blick nach oben und sah die große Ratte, die langsam auf ihn zukam und ihn dabei unverwandt anstarrte. Er zuckte mit einem Fluch zurück und ließ das Seil fallen, und die Ratte wandte sich um, lief das Seil wieder hoch und verschwand. Im selben Augenblick wurde Malcolmson bewusst, dass das Lärmen der Ratten eine Weile ausgesetzt hatte und nun wieder begann.

All das brachte ihn ins Grübeln, und ihm fiel ein, dass er trotz seines Vorsatzes nicht nach dem Nest der Ratte gesucht und auch die Bilder nicht näher betrachtet hatte. Er zündete die Lampe ohne Lampenschirm an und trat mit ihr zu dem dritten Gemälde zur rechten Seite des Kamins, wo er die Ratte in der vorigen Nacht hatte verschwinden sehen.

Als er den ersten Blick darauf warf, schreckte er so abrupt zurück, dass er beinahe die Lampe fallen ließ. Alles Blut wich ihm aus dem Gesicht. Seine Beine drohten nachzugeben, Schweißperlen traten ihm auf die Stirn, und er schlotterte wie Espenlaub. Doch er war jung und mutig und hatte sich bald wieder im Griff. Nach einigen Sekunden schritt er wieder vor, hob die Lampe und betrachtete das Bild, das abgestaubt und gereinigt worden und nun gut zu erkennen war.

Es war das Porträt eines Richters in scharlachroter und hermelinbesetzter Robe. Das Gesicht war energisch und unbarmherzig, böse, verschlagen und rachsüchtig, mit einem sinnlichen Mund und einer Hakennase von rötlicher Farbe, geformt wie der Schnabel eines Raubvogels. Ansonsten war das Gesicht von einer leichenhaften Blässe. In den Augen lag ein fürchterlich boshafter Ausdruck, sie strahlten eigenartig.

Als Malcolmson sie anblickte, lief es ihm kalt den Rücken hinunter, denn er erkannte in ihnen die genaue Entsprechung der Augen der großen Ratte. Fast ließ er die Lampe fallen – er sah die Ratte mit ihrem bösartigen Blick jetzt durch ein Loch in der Ecke des Gemäldes herausspähen, und er bemerkte, dass die anderen Ratten mit ihrem Lärm aufgehört hatten.

Er riss sich zusammen und setzte seine Untersuchung des Gemäldes fort. Der Richter saß auf einem großen Lehnstuhl aus geschnitztem Eichenholz zur rechten Seite eines großen Steinkamins. In der Ecke neben dem Kamin hing ein Seil von der Decke herab, dessen Ende sich auf dem Boden zusammenrollte. Mit Grauen erkannte Malcolmson das Zimmer, in dem er sich befand. Er wandte sich ängstlich um, als erwarte er eine böse Erscheinung hinter sich. Dann blickte er in die Ecke neben dem Kamin – und mit einem lauten Schrei fiel ihm die Lampe aus der Hand.

Dort, auf dem Lehnstuhl des Richters, hinter dem das Henkersseil hing, saß die Ratte. Sie starrte ihn mit dem boshaften Blick des Richters voll teuflischem Hass an. Mit Ausnahme des heulenden Sturms draußen war es im Haus jetzt unnatürlich still.

Die hingefallene Lampe brachte Malcolmson wieder zur Besinnung. Glücklicherweise bestand sie aus Metall, sodass das Brennöl nicht auslief. Dennoch musste er sich um sie kümmern, und das riss ihn sogleich aus seiner nervlichen Erstarrung.

Nachdem er die Lampe gelöscht hatte, war die Ratte verschwunden. Er wischte sich über die Stirn und dachte einen Moment nach. »So geht es nicht weiter«, sagte er zu sich selbst, »sonst werde ich ja noch wahnsinnig. Das muss aufhören! Ich habe dem Doktor versprochen, keinen Tee mehr zu trinken. Mein Gott, er hatte ganz recht! Meine Nerven müssen ja in einem schrecklichen Zustand sein. Seltsam, dass ich nichts bemerkt habe. Ich habe mich so gut wie noch nie im Leben gefühlt. Nun habe ich mich wieder fest im Griff, und ich werde mich nicht mehr wie ein Tölpel aufführen.«

Er nahm ein Glas Branntwein mit Wasser zu sich und setzte sich entschlossen an seine Arbeit.

Es verging fast eine Stunde, bis er, von der plötzlichen Stille aufgeschreckt, von seinem Buch aufblickte. Draußen heulte und raste der Wind lauter denn je, und der strömende Regen prasselte wie Hagel gegen die Fensterscheiben. Im Zimmer selbst war nichts zu hören außer dem Echo des Windes im großen Kamin und dem vereinzelten Zischen einiger weniger Regentropfen, die in den Kamin gefallen waren. Das Feuer war bereits heruntergebrannt und flammte nicht mehr, auch wenn es noch rot glühte.

Malcolmson horchte angestrengt, denn er vernahm ein sehr schwaches, dünnes knirschendes Geräusch. Es kam aus der Zimmerecke, wo das Seil sich befand, und er glaubte erst, das Seil erzeuge dieses Geräusch auf dem Boden, da es vom Schwanken der Glocke hin und her bewegt wurde.

Als er jedoch genauer hinsah, erkannte er im trüben Licht die große Ratte, die sich an dem Seil festhielt und daran nagte. Das Seil war beinahe durchgenagt – er konnte die hellere Farbe der Stellen sehen, wo die Stränge freigelegt waren. Noch während er hinsah, wurde das Werk vollbracht, und das abgetrennte Seilende fiel mit einen lautem Klatschen auf den Holzboden. Die große Ratte blieb einen Augenblick lang wie ein Knopf oder eine Tresse am dem schwankenden Seil hängen.

Für einen kurzen Moment verspürte Malcolmson wieder große Angst, da er nun die Möglichkeit, die Außenwelt zu Hilfe zu rufen, verloren glaubte, doch dann wurde die Angst von heftigem Zorn abgelöst. Er ergriff das Buch, in dem er gerade gelesen hatte, und schleuderte es nach der Ratte. Er hatte zwar gut gezielt, doch die Ratte ließ sich fallen, ehe das Geschoss sie treffen konnte. Sie landete mit sanftem Aufschlag auf den Boden. Malcolmson eilte unverzüglich in ihre Richtung, doch schnell wie der Blitz rannte sie weg und verschwand in den dunklen Schatten des Zimmers.

Dem Studenten war klar, dass seine Arbeit für die heutige Nacht endgültig vorbei war, und er entschied, sich mit einer Rattenjagd abzulenken. Er nahm den grünen Schirm von der Tischlampe, um eine größere Verteilung des Lichtes zu gewährleisten. Dabei erreichte das Licht auch den oberen Teil des Raumes, und in der vergleichsweise großen Helligkeit fielen ihm die Gemälde an der Wand ins Auge. Malcolmson stand dem dritten Bild zur rechten Seite des Kamins genau gegenüber. Er rieb sich verwundert die Augen, und dann begann eine große Angst von ihm Besitz zu ergreifen.

Inmitten des Bildes befand sich ein großer unregelmäßiger Fleck brauner Leinwand, so frisch, als sei sie eben erst auf den Rahmen gespannt worden. Der Hintergrund war unverändert, Stuhl, Kamin und Seil waren noch da, doch die Gestalt des Richters war verschwunden.

Von kaltem Grauen gepackt, drehte Malcolmson sich langsam um. Er begann zu zittern wie ein Mann mit Schüttelfrost. Seine ganze Kraft schien ihn verlassen zu haben, und er konnte nichts tun, sich nicht bewegen – kaum, dass er noch einen Gedanken fassen konnte. Er vermochte nur noch zu sehen und zu hören.

Dort, auf dem großen Lehnstuhl aus geschnitztem Eichenholz, saß der Richter in seiner scharlachroten und hermelinbesetzten Robe. Die boshaften Augen funkelten voller Rachsucht, und ein siegesgewisses Lächeln zeichnete sich auf dem entschlossenen, grausamen Mund ab. In den Händen hielt er eine *schwarze Kappe*.

Malcolmson blieb das Herz vor Anspannung fast stehen. In seinen Ohren sang das Blut. Draußen hörte er das Brüllen und Heulen des Sturms, und durch den Sturm klangen die großen Glocken vom Marktplatz herüber – sie schlugen Mitternacht. Eine Zeitspanne, die ihm endlos erschien, stand er reglos wie ein Standbild da, mit weit aufgerissenen, vom Entsetzen gebannten Augen, atemlos. Mit jedem Glockenschlag verstärkte sich das siegesgewisse Lächeln im Gesicht des Richters, und beim letzten Schlag setzte er sich die schwarze Kappe auf das Haupt.

Langsam und bedächtig erhob sich der Richter vom Stuhl und hob das Stück des Glockenseils auf, das auf dem Boden lag. Er ließ es durch seine Hände gleiten, als sei ihm die Berührung angenehm, verknotete dann das eine Ende und bildete eine Schlinge. Diese Schlinge straffte er und erprobte sie mit dem Fuß, zog fest daran, bis er damit zufrieden war. Dann machte er eine Laufschlinge daraus und hielt sie hoch. Dann schritt er auf der anderen Seite des Tisches an Malcolmson vorbei, wobei er ihn nicht aus den Augen ließ, und stand plötzlich mit einer raschen Bewegung in der offenen Tür.

Malcolmson wurde klar, dass er nun gefangen war. Was konnte er nun tun? Die Augen des Richters, die ihn ständig fixierten, hielten ihn in ihrem Bann. Der Student war gezwungen, seinen Blick zu erwidern. Der Richter näherte sich ihm – er versperrte ihm immer noch den Weg zur Tür –, hielt die Schlinge hoch und warf sie, als wolle er ihn damit einfangen. Mit großer Willensanstrengung sprang Malcolmson rasch zur Seite, und das Henkersseil fiel neben ihm mit lautem Schlag zu Boden.

Der Richter hob die Schlinge auf und versuchte erneut, ihn einzufangen. Keine Sekunde lang wandte er die boshaften Augen von ihm ab. Jedes Mal gelang es dem Studenten mit gewaltiger Mühe, der Schlinge zu entgehen. Das setzte sich viele Male fort, und den Richter schien sein Versagen keineswegs zu entmutigen oder aus der Fassung zu bringen, er spielte mit Malcolmson wie die Katze mit der Maus.

Auf dem Gipfelpunkt seiner Verzweiflung sah sich Malcolmson rasch im Zimmer um. Die Lampe schien heller als zuvor zu brennen und gab ausreichend Licht von sich. In den vielen Rattenlöchern und den Spalten und Rissen in der Wandvertäfelung sah er die Augen der Ratten – dieser Anblick verlieh ihm einen Funken Hoffnung. Er blickte sich um und sah, dass das Seil der großen Alarmglocke voller Ratten war, jeder Zentimeter davon, und immer mehr strömten aus dem kleinen Loch in der Decke, aus dem es herabhing. Dank des Gewichtes der Ratten begann die Glocke sich zu bewegen.

Da! Der Klöppel hatte die Glockenwand bereits berührt! Es war nur ein winziger Laut, doch fing die Glocke ja erst zu schwingen an, und es würde immer stärker werden.

Bei diesem Geräusch blickte der Richter, der seine Augen bislang ausschließlich auf Malcolmson geheftet hatte, zur Zimmerdecke. Teuflischer Zorn verzerrte sein Gesicht. Seine Augen glichen glühenden Kohlen, und er stampfte so heftig mit dem Fuß auf, dass die Mauern erbebten.

Ein fürchterlicher Donnerschlag ertönte in der Nacht, als der Richter wieder die Schlinge hob, und die Ratten kletterten am Seil auf und ab, als kämpften sie gegen die Zeit an. Dieses Mal warf der Richter seine Schlinge nicht, sondern näherte sich seinem Opfer und hielt dabei die Schlinge auf. Seine bloße Gegenwart schien Malcolmson zu betäuben, er stand nur steif und reglos da. Er spürte die eisig kalten Finger des Richters an seiner Kehle, als der die Schlinge anpasste, sie immer enger und enger zog. Dann hob der Richter die steife Gestalt des Studenten hoch, trug ihn durch den Raum und hob ihn auf den Eichenstuhl.

Nun stellte er sich neben ihn auf den Stuhl und ergriff das Ende des hin und her schwankenden Glockenseils. Beim Anblick seiner Hände flohen die Ratten quiekend und verschwanden durch das Loch in der Decke. Der Richter verknotete das Glockenseil mit dem Ende der Schlinge um Malcolmsons Hals, stieg herab und zog den Stuhl fort.

Beim Erschallen der Alarmglocke auf dem Haus des Richters versammelte sich eine Gruppe von Menschen. Man zündete Laternen und Fackeln an und eilte schweigsam zum Haus. Niemand öffnete, als sie laut an die Tür klopften. Da stießen sie die Tür ein und strömten in das große Esszimmer, allen voran der Doktor.

Am Seil der großen Alarmglocke baumelte die Leiche des Studenten, und auf dem Gemälde zeigte das Gesicht des Richters ein böses Lächeln.

WILLY SEIDEL

Einen großen literarischen Erfolg wie seine Schwester Ina erlebte Willy Seidel (1887–1934) leider nicht. Dabei ist er einer der bedeutendsten Fantasten deutscher Sprache, aber leider völlig verkannt. Einzig seine Erzählung ›Das älteste Ding der Welt‹ erlebte in zwei Fantastik-Anthologien einen Nachdruck, was damit zusammenhängt, dass ihr Sujet etwas an die Werke H. P. Lovecrafts erinnert (deshalb soll sie demnächst sogar in einer amerikanischen Sammlung mit Storys zu Lovecrafts ›Cthulhu-Mythos‹ nachgedruckt werden).

Aber Willy Seidel hat weitere meisterliche Geschichten hinterlassen. ›Lemuren‹ ist nur eine davon. Von ihr könnte man übrigens sagen, sie erinnere etwas an die Mars-Geschichte ›The Dweller in the Gulf‹ von Clark Ashton Smith, aber diese Vergleiche führen zu nichts als Verwirrung. Klar ist, dass Willy Seidel eine der originellsten und wichtigsten Stimmen in der Geschichte der deutschsprachigen Fantastik war.

LEMUREN

Die folgenden ungewöhnlichen Aufzeichnungen (in eine lecke Konservenbüchse eingeschlossen) wurden, wie ich in Erfahrung bringen konnte, unweit von Trollhätta von Fischern aus dem Wenersee gehoben. Zweifellos handelt es sich um die Äußerung eines Geisteskranken. Sie besitzen jedoch eine gewisse Glätte des Vortrags und eine derart plastische Formgebung der Halluzination, dass sie der Mitteilung wert erscheinen.

Ob sie von einem gewissen Dr. Wijkander stammen, der nach einem Eifersuchtsmord an der Studentin Dagny P. zeitweilig dem Irrsinn verfiel und, aus der Anstalt entlassen, plötzlich spurlos verschwunden war, ist eine Vermutung, die Beachtung verdient. Ich habe noch keine Gelegenheit gefunden, die halb verwaschene Kritzelschrift des Manuskriptes mit etwa hinterlassenen Dokumenten jenes vor fast zwanzig Jahren Verunglückten zu vergleichen. –

1. Juni: – So habe ich mir's für meine »Flucht« gewünscht: leere, urweltliche Gegend. Kolossale Kalksteinklötze, von krüppeligen, zähen Bergkiefern umklettert, türmen sich in den Moränen auf. Glitzerndes Eis, Gletschereis, schiebt seine tödlichen Fangarme bis in die wärmere Zone herab, wo der schleichende Starrkrampf der Kälte von einer holden Sonne gelöscht wird. Dort beginnt die Tannenvorhut; dort öffnet sich Fernsicht, warm, gut und grün.

2. Juni: – Warum ich hier in der Hütte bleibe? Ich weiß es nicht. – Doch wenn ich mich besinne, kann ich Rede stehen: Es ist etwas in der Luft, das mich festhält. – Irgendwoher dringt ein Getöse wie ferne Windsbraut. Es schwebt seltsam ernst und bedeutsam über all dem sommerlichen Geräusch. Es muss der Götafall sein ... Dunkle Sagen dämmern auf.

3. Juni: – Das Fenster ist offen; ich habe mein Manuskript vorgenommen, es ist schon hoher Tag. Der Himmel ist klar, von Strahlen feierlich durchwallt. Zögernd beginne ich zu schreiben. Da! Ein Brausen ... der Götafall. Er lockt und lockt.

5. Juni: – Zuweilen wird es mir unerträglich, dies bald starke, bald vom Wind abgewehte Brausen; es überfällt mich plötzlich und pocht wie mein eigenes Blut. Und doch ... es ist etwas darin, das mich angenehm erregt; ich muss zusehen, was es sein kann.

10. Juni: – Tagelang bei geschlossenem Fenster ... Nun ist es Zeit, die Hand ruhen zu lassen und wieder einen tiefen Zug aus der Bergluft zu tun. Ich öffne die kleinen bleigefassten Scheiben. – Da singt er wieder, der Götafall, fast lauter als früher; abgemessen, ernst schickt er schwere Wellen von Orgeltönen herüber. Die Tannenwipfel zittern, der Wind steht still. Es hilft nichts; ich muss ihn sehen.

11. Juni abends: – Heute war ich bei ihm. Halb betäubt noch, sinke ich in die Kissen, mit leerem Herzen und fiebernd. Alles ist aus meiner Brust verjagt, auch das *eine,* Schreckliche ... Ich denke des Götafalles, bei dem ich heute stand, und alles ist gut.

Aus den Rissen der steinernen Kuppel quellend, zu reißend schäumender Flucht zusammenschließend, schickt er seine flaschengrünen Säulen in den Fjord. Einmal, in der Mitte der Wand, gibt es einen Vorsprung wie eine Galerie; die stemmt sich ihm entgegen und lässt seine Kräfte zerschellen. Wolken von Schaum rauchen auf, und ein Regenbogen webt darin. Dann finden sich die Wasser wieder; taumelnd fallen sie ineinander, zu gläsernen Pfeilern vermählt, und tief, tief unten ruhen ihre schneeig schimmernden Sockel im Blau des Fjords.

Doch dies ist's nicht allein, was mich gefangen hält, sondern der furchtbare, zu Boden drückende Donner, dessen Wucht betäubend auf allen Sinnen lastet; dieses höllisch klappernde, hämmernde, peitschende Geräusch, der fiebernde Aufruhr des Elements ... Es ist, als zögerten die Wogen, angstvoll stöhnend, vor dem Übermaß der dämmernden Tiefe, um sich dann klagend oder trotzig schreiend hinabzustürzen ... Ich habe viele Stimmen gehört und bebe noch. Welch große, knirschende Vergewaltigung!

20. Juni nachts: – Während einer Woche, oft stundenlang, habe ich am Fall geweilt; eine wohlige, süße, leere Betäubung ergriff Besitz von mir. Das Denken peinigt mich nicht mehr, gräbt nicht mehr mit spitzem Griffel seine harten Schlüsse in mein Hirn, sondern lässt

schwach dämmernde bunte Bilder entstehen, die sanft brennen wie das Gedächtnis an Kindertage, an die Wiege der Sinne, wo Leid und Lust wie Pflegeschwestern um die schlummernde Seele huschen. Mein Kopf ist wie eine Muschel; es rauscht darin und summt ...

Juli: – Von jetzt an verwirren sich mir die Daten; die Zeit steht für mich still. Während Nacht und Tag wechseln, will ich Bruchstücke von Erinnerungen an die seltsame Zeit zusammentragen; will alles, alles Frühere von hinnen weisen, will untergehen, untertauchen in dem großen urweltlichen Getöse, denn ich spüre: Hier ist das Heil. Ich will essen und schlafen; sonst nur lauschen; denn ich brauche Betäubung. Und diese ist zugleich die wunschloseste Ruhe; sie ist gut nach dem Schrecklichen, das ich erlitt ... Ich weiß nicht, wie ich auf den Gedanken komme, doch auf einmal wird es mir klar; ich will auf die steinerne Galerie *hinter* das Wasser gelangen. Es muss möglich sein; der Fels ist zerklüftet; wenn man ihn ganz von der Seite nimmt, kann man sich an der Wassermauer vorbeidrücken ... Ein tolles Wagnis! – Ich unternehme es, wie unter dem Zwang einer Hypnose. Ein Schwindel kommt nicht; ich starre unentwegt auf die von einem dünneren Schleier verhängte Kluft und lege mich, um nicht herabgespült zu werden, quer über den Eingang. Das Wasser bricht sich, an seiner schwächsten Stelle selbst noch kräftig genug, um einen Mann niederzuwerfen, auf meinem Rücken und greift wie eine pressende Klammer um meine Brust, bis es mir gelingt, mich ganz hineinzuschieben. Ich befinde mich in einer schwach erhellten geräumigen Grotte, in der sich der Schall zu einem einheitlich dumpfen Sausen verstärkt. Auf der gegenüberliegenden Seite gähnt ewige Nacht; ein weit klaffender Abgrund.

   Die Plattform, auf der ich stehe, ist breit genug, um mir freie Bewegung zu gestatten. Ich lege mich nieder und blicke nach dem Eingang zurück. Dort hängt die hellgrüne Wassermauer, an zwei Fuß dick, und lässt ein Licht herein, wie ein altes Kirchenfenster. Ein guter Aufenthalt. Es ist leidlich trocken; irgendwo gibt es einen schwachen Luftzug, wo das Wasser einen Wind erzeugt. Der Abgrund ist unsagbar tief. Nichts hindert mich, mir vorzustellen, dass er in das Herz der Erde münde. Dort, um den Mittelpunkt, würden die schwersten Steine, die ich hinabwürfe, wie Flaumfedern tanzen. – Ich beschließe, dem Zauber des Ortes nachzugeben und ganz hierher überzusiedeln. Das Licht der Sonne blendet mich und schmerzt; alle Alltagsgeräusche ärgern mich. Mit seltsamem Entzücken denke ich an meine Zuflucht hinter der Wassermauer ... Kein Mensch wird mich finden können. Es gelingt mir, einige Decken, in die ich Konserven, Schreibzeug und Tabak wickle, leidlich trocken hineinzuschieben. So habe ich mich einquartiert und weiß mich mit Freuden geborgen.

An fünfzehn Tage müssen verronnen sein ...

Heute – seltsam! – spürte ich einen plötzlichen Schauder ... Um Gottes willen, ich bin doch allein? ... Unsinn! Wer sollte denn schon hier hineinkönnen!

Ich muss lachen ... Kein Mensch hat Zutritt; kein Tier. – Ich verbaue den Eingang mit einem Stein ...

Zuweilen schrecke ich auf; was ist, was ist dies nur, dass sich mir so urplötzlich, so ohne Grund die Haare sträuben? ... Ich muss mir um jeden Preis Gewissheit verschaffen ...

Eine Zeit lang ist wieder alles ruhig; dann ergreift mich die Angst wieder ... Und doch, ich kann mich nicht losreißen, nicht entfernen! Ich liege wie in Fesseln ...

Da, ein Schreck, wie ein Krampf!! Meine Schulter wurde berührt!! ... Ich fahre herum. Es ist sicher nur ein Tropfen von der Decke. Meine fiebernden Augen starren in das Halbdunkel, und mein Herz stockt: Ich bin nicht allein!

Auf der Plattform hinter mir sitzt, in hockender Stellung, eine Gestalt. Und wie ich schärfer spähe, werden ihrer mehr; nickende Häupter, zusammengedrängte Schultern treten deutlich hervor. Eine lautlose Gruppe ... dann ist das Bild wie weggepeitscht ...

Ich erwache aus einer Ohnmacht. Ich glaube nicht daran. Es war eine Halluzination ... Ich will hinaus, hinaus ... Ich finde die Kraft nicht ... Das Brausen wirft mich zurück wie ein übermächtiger drängender Stoß.

Ich lache. Mein Gelächter findet kein Echo. Es bleibt eine Folge einsamer alberner Töne. Dann weine ich und denke nach ... Mein Leben tut sich noch einmal vor mir auf wie ein Garten ... Und dann sehe ich ein totes Antlitz, eine weiße Stirn unter weißblondem Haar, und schreie auf. Mein Schrei wandert die Kluft entlang wie ein wesenloser Hauch. Es ist lächerlich zu schreien; das große Geräusch verschlingt jeden Schrei ...

Wer, wer sind die Menschen?! – Ich sehe sie wieder, wenige Meter vor mir.

Sie sitzen, zu einem Halbkreis geordnet, um einen Einzelnen, der sie alle überragt; doch alle halten sie die Gesichter wie suchend auf mich gewandt ... Das Rätselhafte, Schreckhafte ihres plötzlichen Erscheinens hat keine Wirkung mehr auf mich.

Sie sind nackt und glatt. Ihre Haut hat einen grünlichen Schimmer, der wohl nur der Reflex des Wassers ist. Ihre Gesichter sind unendlich erschöpft; ihre Bewegungen langsam, tastend und zuweilen zurückschreckend. Die Enden ihrer Finger sind verdickt, sie heben und senken sie in ermüdendem Takt. Sie bewegen die Lippen, sie sprechen. Wohl von mir ... doch ich höre nichts; das Donnern, das die Höhle füllt, verschlingt jeden Laut.

Sie kommen näher, langsam näher, mit den schlängelnden, trägen Bewegungen jener Lurche, die unterirdische Wasserläufe bevölkern. Ich bemerke, dass sie blinzeln; dass ihre Augen infolge der Gewöhnung an das Dämmerlicht gelitten haben. Sie blinzeln ... ihre wimpernlosen weißen Lider zittern. Ihre Augäpfel, mühsam hervortretend, haben den stumpfen Schimmer einer Sehkraft, die zu erlöschen droht: – gallertartig, milchig. Ihre Nüstern vibrieren. Unter ihren Kinnen bläht sich zuweilen die Haut: Sie atmen selten und stoßweise. Ihre Stirnen sind gefaltet; ihre Köpfe, grünlich schillernd, vorgestreckt.

Und als ich ihre tastenden, schier liebkosenden Hände fühle, überkommt mich eine herzbeklemmende Angst vor der ratlosen Qual dieser suchenden Augen, die die Finsternis nicht mehr zu durchdringen vermögen. Die Angst wandelt sich in ein großes Mitleid. Ich sitze stumm: Die Kehle ist mir wie zugeschnürt, und Tränen zittern mir die Wangen hinab wie kalter Tau. Ich dränge die tastenden, feuchten, kraftlosen Hände weg; sie zucken zurück, und die Bewegung ihrer Lippen stockt. Sie sinken zusammen; stumpf und teilnahmslos.

Der große Donner füllt die Höhle.

Ich fahre auf. Irgendetwas hat mich der Agonie entrissen. Die Gestalten sind verschwunden. Ich habe geträumt; mit unerhörter Deutlichkeit geträumt! – Fort! Fort!!

Ich habe die Kraft nicht, den Stein zu entfernen; Geröll ist nachgestürzt. Ich winde mich auf dem Boden in tödlicher Angst. Dann esse ich wiederum etwas und rauche ... Das Angstgefühl ist verschwunden. Mögen sie wiederkommen! Tag und Nacht, Tag und Nacht ... Sie kommen wieder. Sie sind zutraulicher; sie scheinen einen Gefährten in mir zu wittern. Zu allem, was ich sage oder schreie, nicken sie mit den Köpfen. Ihr »Führer« kam heute näher zu mir heran; er ist der Einzige, mit dem sich ein Gespräch verlohnt. – Und wir flüstern vieles miteinander; ich lerne von seinen Lippen zu lesen. Seine Seele ist noch nicht so blind wie die anderen. Zuweilen dämmert eine Erinnerung in ihm auf.

»Wir haben alle einst stark gelitten«, höre ich. »Wir haben uns hierher geflüchtet. Wir leben wie die Pflanzen, trauern nicht, lachen nicht und haben schier das Atmen verlernt.«

»Seid ihr glücklich so?«

»Glücklich? – Was ist das?«, kam seine klanglose Zischelstimme zurück. »Die anderen sind taub und blind. Noch führe ich sie. So leben sie, doch alles Erinnern ist in ihnen getilgt ... Bald bin auch ich wie sie, dann ist die Reihe an *dir,* uns zu leiten.«

»An mir?!«, schrie ich entsetzt auf.

Etwas wie ein mattes Grinsen verzerrte seine verschwimmenden Züge. »Warum bist du hier?«

»Warum? – Nun ... ich habe den Tod erlebt, ohne zu sterben.«

»Draußen, ja, wirst du das wieder erleben ...«, beharrte er. »Geh nicht hinaus. Bleibe hier. Draußen ist Pein die Fülle; nutzlose Pein ... Besser hier linde und gedankenlos ins Nichts zu sinken als mit zuckendem Herzen und wider Willen.«

Die Worte treffen mich; ich versinke in Brüten. Da kommt eine große Trauer über mich und eine große Unlust zu leben. Die Augen des andern, in gläserner, hoffnungsloser Starrheit, belauern mich. – Allmählich zieht er sich zurück, und alle tauchen wieder unter im Hintergrund. –

August: – Mein Gott! – Die Zeit verrinnt, und ich sitze hinter der grünen Wassermauer und starre auf irgendeinen Punkt; fühle mich getragen von dem hohlen Donner, der meine Seele hin und her wirft wie einen Korken; matter wird mein Widerstand, blinder mein Blick, tauber mein Ohr ... Schon gleiche ich einer Pflanze, vollkommen ihr ähnlich, wäre mein Herz nicht von Zeit zu Zeit von schreckhafter Pein überrieselt ... Der du im Feuer bist und im Wasser und im Abgrund: – Hilf mir!!

Jetzt wird es Abend; jetzt kriechen sie wieder herzu, die blutlosen Geschöpfe; Stufe nach Stufe zwingen sie mich herab, alle Gedanken saugen sie aus mir, ihrer Beute sicher: Vampir-Molche!

Schon regt es sich hier und dort: grünbleicher Schimmer; schon tasten sie sich heran. Bald bin ich gleich ihnen; bald ist der letzte Rest meiner Seele dahin; und die bloßen Instinkte walten ... Der Bleistift, der dies kritzelt, zittert ... Gnade, Gnade! – –

Nach vier Tagen.

Meine Nahrung ist bald zu Ende. Noch habe ich einen Rest von Kraft. Ich will mich in den Abgrund fallen lassen, aus dem jene Schemen steigen, wie aus der Moderluft eines unausdenkbaren Massengrabes. Den Steinen nach will ich mich gleiten lassen in nie messbare Tiefe. – Ist dort Stille? ... Was ist Stille? ... Gibt es das? –

Ich versuche mich vorwärtszuschieben. Mein Leib schmerzt; mein Hirn fiebert und empfindet jeden Ruck meiner Knie als Keulenschlag. Da – o Erlösung! – klafft mir das Schwarz, das große, samtene, überwältigende Schwarz entgegen. Es wird mich verschlucken. Welch ein Gedanke! – Es wird mich auslöschen; ich bin nie gewesen. Nach drei, vier Sekunden sausenden Falles wird mein Herz befreit sein. Keine Angst; nur wohliges Gefühl: Rückkehr in den Mutterschoß! –

Da!! – Was ist das?

Ein goldener Fleck, hell brennend, hängt unterhalb der Kante des Felsens. Er schimmert und tanzt: wo kommt er her? ...

Sieh doch, sieh! – Es ist ein Sonnenstrahl; ein einziger Sonnenstrahl! Er schlüpfte durch die Wasserwand, und nun sitzt er hier wie ein goldener Schmetterling!

Es ist schön, dich zu betrachten, goldener Falter. Doch kreise nicht so dicht über dem Abgrund; er wird dich verschlucken. Oder bist du gefangen, und ist es ratlose Angst, die dich unaufhörlich umherjagt? – Wenn ich dich haschen könnte, ich würde dich noch eine Zeit lang behüten ...

Ha, nun habe ich dich! Du wolltest mich narren, was? Blendwerk des Satans! Verlogenes Irrlicht von draußen!! ...

Siehst du: Ich sperre dich in diese Büchse!!

Hinaus mit dir!! ...

Der Rest ist unleserlich. –

Ralph Adams Cram

Notre Dame des Eaux

Westlich von St. Pol de Leon, auf den Meeresklippen von Finisterre, erhebt sich die uralte Kirche Notre Dame des Eaux. Fünfhundert Jahre lang haben peitschender Wind und strömender Regen ihre Winkel geglättet, bis alle Reliefs und Skulpturen den rauen Klippen glichen und selbst ein bretonischer Fischer, der auf seinem Weg in den Hafen von Morlaix liebevoll aus seinem Boot aufsieht, kaum mehr sagen kann, wo der Fels endet und die Kirche beginnt. Die Zähne des Meereswindes haben nach und nach die feinen Skulpturen des Eingangs und die dünnen Spitzen der Fensterrahmen verzehrt, und graues Moos kriecht liebevoll über die verhärmten Mauern, um ihnen vermeintlichen Schutz zu bieten. Sanftes Efeu, kraus vom steten Stürmen des Windes, umwindet die zerfallenden Strebepfeiler, klettert über das absinkende Dach, reicht sogar durch die Öffnungen des Glockenturmes und schützt das kleine Heiligtum in verzweifelter Umarmung gegen den wilden Kriegszug von Meer und Himmel.

Viele Male mag man dem Felsweg von St. Pol durch den letzten Winkel Frankreichs bis nach Brest folgen und dabei doch nie Notre Dame des Eaux erblicken. Die Kirche steht auf einem Fels, der niedriger als die Straße liegt, und dazwischen wächst ein verkümmertes Dickicht schroffer Bäume, die ihre knochenweißen verzerrten Äste aus dem harten dunklen Laubwerk erheben, das darunter noch wächst, wo der Anstieg des Landes unter der Straße etwas Schutz bietet. Man muss den Wald bei den zwei gelben Steinhütten ungefähr dreißig Kilometer hinter St. Pol verlassen und nach rechts unten abbiegen, wo die alten Steinbrüche sind. Wenn man dann den kleinen Felsweg nach links geht, wird man bald das spitze Dach des Turms von Notre Dame erblicken, bevor man zwischen den Kreuzen des öden kleinen Friedhofs am Seitenportal ankommt.

Man wird für diesen Weg entschädigt, denn obwohl die Kirche äußerlich wenig außer der pittoresken Melancholie für das Künstlerauge zu bieten hat, ist sie im Innern ein Traum der Pracht. Ein normannisches Kirchenschiff aus runden roten Steinpfeilern und Bögen, ein zarter Chor in den prächtigsten Farben sowie ein Hochaltar aus der Zeit Franz I. bilden nur den sanften Hintergrund für reliefgeschmückte Gräber und dunkle alte Gemälde, Hängelampen aus Eisen und Messing und schwarze reich mit Schnitzereien verzierte Chorstühle aus der Renaissance.

So blieb die kleine Kirche viele Hundert Jahre unbemerkt, denn die Schrecken und Narrheiten der Französischen Revolution haben hier nie gewütet, und die kühnen und frommen Menschen von Finisterre haben Gott und die Jungfrau zu sehr gefürchtet und geliebt, um ihrer Kirche Schaden zuzufügen. Viele Jahre lang war dies die Kirche der Grafen von Jarleuc gewesen. Ihre Gräber sind es, die sanft im warmen Licht der bemalten Glasfenster ruhen. Gestiftet wurde sie vor langer Zeit von Graf Robert de Jarleuc, als er, der Erbe von Poullaouen, sicher im Hafen von Morlaix ankam, nachdem er von der Isle of Wight entkommen war, wo man ihn nach der schrecklichen Niederlage der Flotte von Karl von Valois bei Sluys gefangen gehalten hatte. Und nun liegt der Erbe von Poullaouen in einem Steingrab und hat die Welt vergessen, in der er einstmals so nobel kämpfte. Die Dynastie, die er zu gründen suchte, ist nur noch Erinnerung, die Familie, der er Ruhm brachte, nur noch ein Name, und das Château Poullaouen nur noch bröckelndes Mauerwerk auf den Feldern von Monsieur de Bois, dem Bürgermeister von Morlaix.

Es war Julien, Comte de Bergerac, der Notre Dame des Eaux wiederentdeckte und mit seinem Gemälde des traumhaften Inneren im Salon des Jahres 1886 diesen vergessenen Winkel der Welt erneut ins Licht der Aufmerksamkeit brachte. Im nächsten Jahr siedelte sich eine Gruppe von Malern in der Nähe an und schlug sich durch, so gut es ging. Im folgenden Jahr erstanden Julien, Mme. de Bergerac und ihre Tochter Héloïse den alten Hof von Pontivy an der Straße über Notre Dame und verwandelten ihn in eine Sommerresidenz, die sie fast für den Verlust ihres Châteaus in der Dordogne entschädigte, das man ihnen, den überzeugten Königstreuen, nach dem Sieg der Republikaner im Jahre 1794 gestohlen hatte.

Nach und nach versammelte sich eine sommerliche Malerkolonie um Pontivy, und erst im Frühjahr des Jahres 1890 wurde der Frieden dort gebrochen. Es war eine furchtbare Tragödie. Jean d'Yriex, der jüngste und fröhlichste Teufel dieser lustigen Kumpanei, wurde plötzlich launig und mürrisch. Zuerst schrieb man dies seiner unverhüllten Verehrung von Mlle. Héloïse zu und betrachtete es als eine Schrulle seiner jugendlichen Leidenschaft. Doch als er eines Tages mit M. de Bergerac ausritt, ergriff er plötzlich die Zügel von Juliens Pferd, riss sie ihm aus der Hand und ließ die beiden verschreckten Tiere auf den Rand der Klippen zugaloppieren. Er wurde in seinem wahnsinnigen Vorhaben erst durch Julien aufgehalten, der ihn rasch zu Boden schlug und die panischen Tiere kaum einen Meter vor den Klippen wieder in seine Gewalt brachte. Als dies geschehen war und keine Erklärung folgte, nur eine tagelange trotzige Stille, wurde es klar, dass mit dem Kopf des armen Jean etwas nicht stimmen musste. Héloïse nahm sich seiner mit unendlicher Geduld an – obwohl sie keine besondere Zuneigung zu ihm empfand, nur Mitleid –, und während sie bei ihm war, schien er vernünftig und ruhig. Doch des Nachts ergriff eine sonderbare Manie von ihm Besitz. Wenn er tagsüber an seinem Gemälde für den Prix de Rôme gearbeitet hatte, während Héloïse bei ihm saß, ihm vorlas oder etwas sang, war das Bild, wie gelungen es auch war, am nächsten Morgen verschwunden, und er fing von Neuem an, nur um seine Arbeit des Nachts wieder zunichtezumachen.

Schließlich erreichte sein wachsender Wahnsinn seinen Höhepunkt. Als sie eines Tages in Notre Dame waren, hatte er besser gemalt als üblich, doch plötzlich hielt er inne, ergriff ein Messer und schnitt die große Leinwand in Stücke. Héloïse sprang auf, um ihn davon abzuhalten, und in rasendem Zorn wandte er sich ihr zu und stach mit dem Messer nach ihrer Kehle. Die dünne Klinge brach ab und hinterließ nur einen scharlachroten Kratzer auf ihrem weißen Hals. Héloïse, die weniger zu Panik und Hysterie neigte als die meisten Frauen, ergriff die dünnen Handgelenke des Wahnsinnigen, der, obwohl er sich ihr leicht hätte entziehen können, auf die Knie sank und in Tränen ausbrach. Er schloss sich in seinem Zimmer auf Pontivy ein, ließ niemanden zu sich, ging stundenlang auf und ab und kämpfte gegen seinen zunehmenden Wahn. Bald kam Dr. Charpentier auf Bitte der Mme. de Bergerac aus Paris, und nach einem kurzen erzwungenen Gespräch reiste er sofort wieder ab und nahm M. d'Yriex mit.

Wenige Tage später erreichte Mme. de Bergerac ein Brief, in dem Dr. Charpentier gestand, dass Jean verschwunden sei, weil er ihm wegen seiner scheinbaren Vernunft zu viele Freiheiten zugestanden habe und er ihm so beim Aufenthalt am Bahnhof von Le Mans entkommen und spurlos verschwunden sei.

Während des Sommers fand sich noch immer keine Spur des

Unglücklichen, und schließlich sah die Kolonie von Pontivy ein, dass der einstmals fröhliche Junge tot sein müsste. Wäre er noch am Leben, hätte man ihn finden müssen, denn die Bemühungen der Polizei waren erschöpfend. Doch nicht der kleinste Hinweis fand sich, und man nahm seinen Tod hin. Nicht nur Mme. de Bergerac und Jeans Familie, die weit entfernt in den warmen Hügeln von Lozère den Tod ihres Erstgeborenen beklagte, sondern auch Dr. Charpentier.

So verging der Sommer, der Herbst kam, und schließlich trieb der kalte Novemberregen – die Vorhut der nahenden Streitmacht des Winters – die Kolonie zurück nach Paris.

Es war der letzte Tag auf Pontivy, und Mlle. Héloïse war zu Notre Dame gekommen, um einen letzten Blick in das wunderschöne Heiligtum zu werfen und ein letztes Gebet für die gemarterte Seele des armen Jean d'Yriex zu sprechen. Der Regen hatte für einen Moment innegehalten, und eine warme Stille lag über den Klippen und der rauschenden See, welche die felsige Küste umspülte. Héloïse kniete sehr lange vor dem Altar Unserer Lieben Frau vom Meer, und als sie sich schließlich erhob, fiel es ihr schwer, diesen Ort der traurigen Schönheit bereits zu verlassen, der warm und golden im letzten Licht der untergehenden Sonne lag. Sie sah zu, wie der alte Kirchendiener Pierre Poulou um das dunkler werdende Gebäude stapfte, und sprach ihn einmal an, um ihn nach der Uhrzeit zu fragen. Doch er war sehr taub und dazu fast blind, weshalb er keine Antwort gab.

Also saß sie in der Ecke des Seitenganges beim Altar Unserer Lieben Frau vom Meer und sah zu, wie das gebrochene Licht in den dräuenden Schatten verschwand, und hing traurigen Tagträumen über den toten Sommer nach, bis die Tagträume zu solchen der Nacht wurden und sie einschlief.

Dann erstarb das letzte Licht der frühen Abenddämmerung im Westfenster. Pierre Poulou stolperte unsicher durch die finstren Schatten, verschloss die Türen des verfallenden Südportals und machte sich durch die schiefen Grabkreuze auf den Weg zu seiner kleinen Hütte, die zwei Kilometer entfernt war – das nächste Haus bei der einsamen Kirche von Notre Dame des Eaux.

Mit dem Sonnenuntergang erhoben sich große Wolken rasch überm Meer. Der Wind wurde frischer, und die hageren Zweige der verwitterten Bäume auf dem Kirchhof peitschten sich selbst flehentlich vor dem kommenden Sturm. Die Gezeiten änderten sich, und das Wasser am Fuß der Felsen strömte bedrohlich über den schmalen Strand und zerstob an den müden Klippen. Das Rauschen schwoll an zu einem Unheil kündenden und ernsten Tosen. Totes Laub wirbelte über den Kirchhof und peitschte gegen die Fenster. Der Winter und die Nacht kamen gemeinsam.

Héloïse erwachte erstaunt und verwirrt. Einen Augenblick später erkannte sie ihre Lage ohne Angst oder Unbehagen. In Notre Dame gab es des Nachts nichts zu fürchten. Die Geister, wenn es welche gab, würden sie nicht belästigen, und alle Türen waren sicher verschlossen. Es war dumm von ihr gewesen, einzuschlafen, denn ihre Mutter würde sich große Sorgen machen, wenn sie bemerkte, dass Héloïse nicht nach Pontivy zurückgekehrt war. Andererseits war es ihre Gewohnheit, noch lange nach dem Abendessen spazieren zu gehen und erst spät wieder nach Hause zu kommen, also war es gut möglich, dass sie wieder zurück wäre, bevor Madame von ihrer Abwesenheit erfuhr. Poulou kam stets um sechs Uhr, um die Kirche für die Morgenandacht zu öffnen. Sie erhob sich aus ihrer verkrampften Stellung im Seitenschiff und ging langsam zum Chor, betrat die Kanzel und tastete sich zu einem der Chorstühle auf der Südseite, wo es Kissen und eine Lehne gab.

Es war wunderschön nachts in Notre Dame. Sie hätte nie gedacht, wie sonderbar und feierlich die kleine Kirche im Mondlicht sein konnte, das unstet durch die Südfenster einfiel, erst hell und klar, dann verdeckt von vorbeiziehenden Wolken. Das Kirchenschiff war durchsetzt von den langen Schatten schwerer Säulen, und wenn der Mond herauskam, konnte sie fast bis ins westliche Ende sehen. Wie still es war! Nur draußen hörte sie das sanfte Murmeln der rastlosen Bäume und der kriechenden See.

Es klang sehr beruhigend, fast wie ein Lied. Héloïse fühlte den Schlaf zurückkehren, als die Wolken den Mond verdeckten und die Kirche schwarz wurde.

Sie trieb im letzten köstlichen Moment des schwindenden Bewusstseins, als sie plötzlich wieder hellwach wurde mit einem Schrecken, der jeden Nerv erschütterte. Inmitten der fernen und schwachen Geräusche der stürmischen Nacht hatte sie einen Schritt gehört! Doch die Kirche war völlig verlassen, dessen war sie sich gewiss. Da wieder! Schleifend und unsicher, verstohlen und vorsichtig, doch unfehlbar ein Schritt, hinten in den tiefsten Schatten im anderen Ende der Kirche.

Sie setzte sich auf und erstarrte vor der Furcht, die in der Nacht kommt und einen überwältigt. Ihre Hände schlossen sich verkrampft um die groben Schnitzereien auf den Armlehnen des Stuhls, und sie starrte hinab in die Finsternis.

Wieder ein Schritt, und wieder – langsam, bedächtig, einer nach dem andern mit einer Unterbrechung von vielleicht einer halben Minute. Jeder Schritt wurde ein wenig lauter, kam ein wenig näher.

Würde die Dunkelheit nie zerreißen? Würden die Wolken nie aufbrechen? Minuten verstrichen wie öde Stunden, und noch immer verbarg sich der Mond, noch immer klapperten die toten Zweige an den hohen Fenstern. Sie bewegte sich unbewusst, wie unter einem Bann, zum Geländer des Chores und strengte ihre Augen an, um die tiefe Finsternis zu durchmessen. Und der Schritt, er war so nah! Ach, endlich der Mond! Ein weißer Strahl fiel durch das westlichste Fenster und malte einen Lichtstreif auf den Steinboden. Dann einen zweiten Streifen, einen dritten und vierten, und für einen Augenblick hätte Héloïse vor Erleichterung weinen können, denn nichts brach die Streifen aus Licht – keine Gestalt, kein Schatten. Im nächsten Moment hörte sie wieder einen Schritt, und aus dem Schatten der letzten Säule erschien im blassen Mondlicht die Gestalt eines Mannes. Das Mädchen starrte ihn atemlos an, während das Mondlicht auf sie fiel und sie sich steif gegen die niedrige Brüstung lehnte. Noch ein, zwei Schritte, dann sah sie vor sich – war es ein Geist oder ein Lebender? – ein weißes wahnsinniges Gesicht, das sie aus verfilztem Haar und Bart anstarrte. Eine große, schlanke Gestalt in zerschlissener Kleidung, die mit wunden Füßen auf sie zuhumpelte. Aus dem toten Gesicht blickten wahnsinnige Augen, leuchtend wie die einer Katze und mit verrückter Beharrlichkeit auf die ihren gerichtet. Sie war von seinem Blick gebannt wie ein Vogel von dem einer Katze.

Noch ein Schritt – sie waren jetzt ganz nah vor ihr, jene schrecklich leuchtenden Augen, die sich auf fürchterliche Art weiteten und verengten. Und der Mond wurde wieder von den Wolken verdeckt, die Schatten krochen nach und nach durch die Fenster. Sie warf einen letzten Blick auf das Gesicht im Mondlicht. Heilige Mutter Gottes, es war – –. Die Schatten verschluckten sie, und es blieben nur die funkelnden Augen und der Umriss einer Gestalt, die sich vor ihr katzengleich duckte, um zu einem Sprung anzusetzen, der dem Opfer den Garaus machen würde.

Gleich würde der Wahnsinnige springen, doch gerade als ein

Beben durch den geduckten Leib ging, nahm Héloïse ihren ganzen Mut zusammen.

»Jean, nein!«

Das Ding vor ihr hielt inne und murmelte leise vor sich hin. Dann sprach es mit trockener Stimme und der Anstrengung eines Kleinkindes ein einziges Wort: *»Chantez!«*

Ohne darüber nachzudenken, fing Héloïse zu singen an. Das Erste, was ihr in den Sinn kam, war ein altes provenzialisches Lied, das d'Yriex stets geliebt hatte. Während sie sang, kauerte das arme wahnsinnige Geschöpf zu ihren Füßen. Nur die Brüstung des Chores trennte sie von ihm, und seine bewegten Augen ließen nie ab von ihr. Als das Lied zu Ende war, kam wieder jenes fürchterliche Beben, das den kommenden Todessprung ankündigte, und sie sang weiter – dieses Mal das alte *Pange Lingua*. Das klangvolle Latein hallte durch die verlassene Kirche wie die Stimme toter Jahrhunderte.

Und so sang sie weiter und weiter, Stunde um Stunde – Hymnen und Chansons, Volkslieder und Stücke aus komischen Opern. Boulevardlieder wechselten sich mit dem *Tantum ergo* und dem *O Filii et Filiæ* ab. Es zählte wenig, was sie sang. Schließlich zählte es nicht einmal mehr, ob sie sang oder nicht, denn ihr Hirn wurde umhergewirbelt wie in einem Mahlstrom, und nur noch ihre eiskalten Hände, die das harte Geländer umschlossen, trugen ihren Leib. Sie konnte keinen Ton ihrer Lieder hören. Ihr Körper war taub, ihr Mund ausgetrocknet, ihre Lippen aufgesprungen und blutig; sie spürte, wie das Blut von ihrem Kinn tropfte. Doch sie sang weiter, und die gelben zitternden Augen hielten sie fester als ein Schraubstock. Wenn sie nur bis zur Dämmerung singen könnte! Der Morgen musste doch bald kommen! Die Fenster wurden bereits grau, draußen prasselte der Regen. Sie konnte die Züge des Schreckens vor ihr erkennen, doch die Nacht des Todes näherte sich mit dem kommenden Tag. Schwärze umfing sie. Sie konnte nicht mehr singen, und mit letzter Anstrengung formten ihre gequälten Lippen die Worte: »Mutter Gottes, errette mich!« Dann brachen Nacht und Tod wie Wellen über sie ein.

Doch ihr Gebet war erhört worden. Der Morgen war da, und Poulou öffnete das Portal noch zeitig genug, dass Vater Augustin den letzten Schmerzensschrei hören konnte. Der Wahnsinnige, der gerade auf sein Opfer springen wollte, wandte sich den beiden Männern zu, die bass erstaunt stehen blieben. Der arme, alte Pierre ging sofort zu Boden, doch Vater Augustin war jung und furchtlos und kämpfte mit aller Macht und Willenskraft gegen das wilde Tier. Es hätte auch mit ihm ein böses Ende genommen – denn niemand kann sich gegen den unbändigen Zorn eines Mannes behaupten, in dem die Vernunft tot ist –, hätte nicht ein plötzlicher Impuls den Wahnsinnigen dazu getrieben, den Priester beiseitezuschleudern und mit einem Sprung durchs Portal für immer zu verschwinden.

Stürzte er sich an jenem kalten, nassen Morgen von den Klippen oder wanderte er weiterhin als wildes Tier umher, bis er eingefangen wurde und sinnlos den Kopf gegen die Wände eines unbekannten Irrenhauses schlug? Niemand erfuhr es je.

Diese furchtbare Tragödie löschte die Kolonie von Pontivy aus, und Notre Dame des Eaux versank einmal mehr in Stille und Einsamkeit. Einmal im Jahr las Vater Augustin eine Messe für die Seele des Jean d'Yriex, doch sonst blieb keine Erinnerung an den Schrecken, der das Leben eines unschuldigen Mädchens und einer grauhaarigen Mutter vergiftet hatte, die um ihren toten Jungen im weit entfernten Lozère trauerte.

Max Brod

Max Brod wurde 1884 in Prag geboren. Über zwanzig Jahre war er ein enger Freund von Franz Kafka; nach Kafkas Tod vernichtete er dessen literarischen Nachlass nicht, wie dieser in seinem Testament verfügt hatte, sondern erhielt ihn der Nachwelt. Max Brod emigrierte 1939 nach Israel und lebte in Tel Aviv als freier Schriftsteller, wo er am 20. 12. 1968 starb.

Das literarische Schaffen Max Brods hat eine ungewöhnliche Spannweite und reicht von Essays, Biografien (auch über Franz Kafka), philosophischen Essays bis zu Romanen und Lyrik. Nachfolgende Erzählung zeigt ihn sogar als Autor einer hervorragenden fantastischen Erzählung, die leider nicht sehr bekannt geworden ist.

Wenn man des Nachts sein Spiegelbild anspricht

Vor einem Jahre im Sommer habe ich sie kennengelernt und habe sie restlos, hintaumelnd, ohne Vorbehalt geliebt. Sie hieß Yseult. Gott allein weiß, wie viele sehnsüchtige Stunden ich ihretwegen gehabt habe. Als der Sommer vorüber war, ist sie in ihre Stadt zurückgekehrt und ich in die meine.

So musste es wohl sein. Wir gaben es zu, ohne viel darüber nachzudenken, wir nahmen Abschied, wir weinten, wir beschlossen, dass alles nun vorbei sein sollte. Das tiefe geheimnisvolle Wesen dessen ging uns auf, was man »Zeit« nennt.

Nicht in ein fernes Land, in unzugängliche abgesperrte Gegenden, hinter Hecken und Mauern wie Märchenprinzessinnen, verschwinden die Tage, die verflossen sind. Nein, viel grausamer, viel unfassbarer! Diese Tage sind überhaupt nicht mehr da; nicht allein der Zugang zu ihnen ist uns abgeschnitten, sie sind im wahren Sinne vernichtet, zerstört, unwirklich, aus dem Raum gefallen, es ist, als wären sie nie da gewesen. O Gott, es ist, als wären sie nie, nie da gewesen. Wie viele sehnsüchtige Stunden habe ich deswegen gehabt!

Und beim Abschied, was sagten wir in dieser letzten süß-schmerzlichen Zeitspanne? Ich sagte: »Wir werden uns wiedersehn.«

»O nein«, erwiderte Yseult unsäglich traurig. »Wir werden uns niemals wiedersehn. Was vorbei ist, ist vorbei. Wie wir jetzt beieinandersitzen, so werden wir in späteren Tagen nie, nie mehr zusammenkommen. Es wird vielleicht den Anschein haben, als kämen wir zusammen. Aber es werden nur die trügerischen irren Schatten des Gewesenen und unsere Spiegelbilder sein. Adieu.«

»Adieu, Yseult!«

Und heute, mehr als ein Jahr nach diesem Sommer und Sonnenlicht, habe ich ein Brieflein erhalten. Darin steht: »Kommen Sie zum großen Maskenfest im Winterpalais. Ich tanze ... Yseult.«

Ich eile auf den Bahnhof. Ich fahre drei Tage und zwei Nächte lang. Zu Beginn der dritten Nacht stehe ich in einer fernen fremden Stadt, im Winterpalais.

Von allen vier hohen Wänden, von dem herrlichen kassettierten Plafond, von dem schimmernden Parkett strahlt starkes Licht aus.

Die Menschen im Saale, alle freudig und laut, sehn wie Verdichtungen dieses Lichtes zu Körpern aus, lebendig gewordenes Leuchten. Ein betäubender Schall schwingt durch den Saal, der übermütige Ruf der Lust, und fremdartig aufregende Düfte legen sich wie dicke erwärmte Blumenketten um die Schläfen der Eintretenden. Verlockende Frauen drehen sich vorbei, in üppigen Kleidern, überhitzt und luxuriös, bei jedem ihrer Schritte rauscht es wie ein Schnitt durch Seide.

Aber wo ist Yseult?

Ich suche sie. Durch das Gewühle der Kleider und Leiber schwimme ich, in brutalem Eifer reiße ich Türen auf, sprenge in Gruppen plaudernder Gäste mitten hinein, ich werde ungebührlich ...

Mit einem Mal steht Yseult vor mir. Sie ist maskiert.

»Du bist gekommen.«

»Ja, ich bin gekommen, Yseult.«

»Ich habe nicht gedacht, dass du kommen wirst.«

»Freut es dich?«

»Ich bin glücklich darüber ... Aber ist es nicht seltsam!?«

»Seltsam? Warum sollte es das sein?«

»Ich meine, fühlst du gar keine Beklemmung in dir?«

Ich biete ihr den Arm.

»Ich muss dich jetzt verlassen«, sagt Yseult zu mir. »Man könnte uns beobachten. Aber in einer Stunde bin ich wieder bei dir, und dann werden wir ganz allein und ungestört beisammen sein wie vor einem Jahr. Wir werden eine neue schöne Stunde den gemeinsam verlebten hinzufügen ... Bestelle dir nur das zehnte Kabinett im ersten Stockwerk. Dorthin komme ich ganz gewiss in einer Stunde. Mein Mann mit seinen Freunden hat nämlich das neunte Kabinett, genau neben dem deinen, gemietet. Um Mitternacht verlassen sie es, um die Theatervorstellung zu sehn. Und dann komme ich durch die Tapetentüre zu dir ...«

Schon hat sie mich verlassen. Schon jage ich aus dem Saale, in den dunklen Korridor hinein wie in einen Schlauch. Dabei denke ich immer: O, ich habe Yseult wiedergesehn. Und o, sie ist vermählt ... Ich bin glücklich. Ich bin in Verzweiflung.

Das zehnte Kabinett ist noch frei, ich erwerbe es, es gehört mir, hier bin ich jetzt ganz allein Herr. Ein großes Vorzimmer, dann der eigentliche Salon; darüber kann ich nun schalten und walten, wie es mir beliebt. Ich riegle gleich zu und sinke in ein riesiges Fauteuil.

Und mit einem Mal, nach den unbeschreiblichen Verwirrungen und Jagden der Seele, die ich heute durchgefühlt habe, breitet sich eine überirdische Ruhe über meinen Geist aus, während ich da im Vorzimmer meines Kabinettes sitze und meine Blicke über all dies schweifen lasse. Das Vorzimmer ist dunkel. Aber im Salon steht eine Lampe und leuchtet durch einen roten Schirm hindurch, der wie ein schöner Jupon Falten wirft. Ich lasse mich beleuchten und bin ruhig, ruhig, ruhig, ruhig ...

Diese Ruhe, die sich meiner bemächtigt, ist aber keine gewöhnliche Ruhe, keine glatte, ebene Fläche im Tiefland unten. Sie ist gleichsam eine höhere Stufe meiner Aufregung, eine Befestigung meiner Spannung, Fixierung meiner Gereiztheit, eine Hochebene auf dem erreichten höchsten Gipfel seelischer Sensation.

Die ganze Rätselhaftigkeit unseres Daseins, die fragwürdige Natur der Welt wird mir aus tiefen Quellen plötzlich gegenwärtig, ich bin seltsam gerührt, ich muss aus innerstem Herzen schluchzen und weinen.

Eine Uhr tickt mit Silberklang. Sonst ist alles ruhig ... Ich bin ruhig in meinem großen Fauteuil.

Und mein Blick fällt durch das herabsickernde Netz von Tränen auf einen großen Spiegel an der Wand des Vorzimmers, mir gerade gegenüber. In dem Spiegel zeigt sich das dunkle Vorzimmer, die helle Tür zum Salon, ganz tief drinnen der Salon mit der rot leuchtenden Lampe im Schirm, der wie ein seidener Jupon elegante Falten wirft. An der Türe im weiten Fauteuil sitzt mein Spiegelbild.

Er sieht heute seltsam plastisch aus, dieser Kerl, mein Spiegelbild. Und es erscheint mir, als wäre er heute förmlich selbstständiger und eigenwilliger als sonst. Nur ungern ahmt er meine Bewegungen nach. Ich stehe absichtlich auf und bin fast neugierig, ob der Kerl im Spiegel auch aufstehn wird. Er scheint eine Weile zu zögern, er überlegt sich's vielleicht, er schneidet ein Gesicht, das sehe ich ganz deutlich. Dann steht er auf.

»Du verdammter Kerl!«, sage ich ganz laut und rede ihn an, »Was ist das eigentlich? Was ist denn eigentlich mit dir los?« In meiner augenblicklichen Entrüstung fallen mir keine besseren Worte ein. Ich gerate wirklich in Wut. Ich mache zitternd die paar Schritte bis zur Spiegelfläche, dort erhebe ich drohend meine beiden Fäuste gegen das Spiegelbild.

Da ereignet sich etwas. Etwas klirrt wie brechendes Glas, ganz zart klingt und knistert es ... und plötzlich strecken sich zwei leibhaftige körperliche Hände langsam aus dem Spiegel heraus. Es sind wirkliche, lebende Menschenhände, die da im Lichte der roten Lampe aus der Glaswand auf mich zukommen, ich kann gar nicht mehr daran zweifeln, ich sehe ja, wie sich die Finger bewegen und ununterbrochen kribbeln, ich bemerke ganz deutlich, dass diese entsetzlichen Hände einen Schatten auf den glänzenden Spiegel werfen ... Ja, jetzt weiß ich es, dieser Kerl, der mein Spiegelbild ist, hat seine Hände nach mir aus dem Spiegel in das Zimmer gereckt, in den wahrhaftigen Raum des Zimmers. Und jetzt fühle ich den Griff dieser Hände an meinen Armen, sie fassen wie Eisenzangen. Und jetzt ... was ist denn das? Was wollen sie denn eigentlich? Sie ziehn mich vorwärts, sie bekommen meinen Rücken zu packen, hinter mir schließen sie sich zu einer kalten Umklammerung zusammen, sie ziehn mich immer näher an das Spiegelglas, in den Spiegel hinein ... Was ist denn das? Ich höre das Glas um meine Ohren krachen und schwirren, ich falle, ich falle, plötzlich habe ich einen Augenblick lang das Gefühl, in ein Meer von flüssigem Glas einzutauchen, ich tauche tief ein, bis zum Grund, über mir glättet sich die klare Oberfläche wieder ... dann verlässt mich das Bewusstsein.

Wie lange das dauert, weiß ich nicht. Wie ich dann halbwegs aufwache, sitze ich in einem weiten Fauteuil wie vorher, an einer hell beleuchteten Tür, vor mir die Wand eines Spiegels, in dem man allerlei sieht ... Aber ich sitze jetzt nicht mehr in dem wirklichen Zimmer, *ich sitze im Spiegel drin!*

Ja, ja, so ist es. Die Rollen sind getauscht. Im wirklichen Zimmer sitzt jetzt mein Spiegelbild, das sich in so rätselhafter Art befreit hat. Und ich, ich sitze im Spiegel drin, meine Realität hat aufgehört, ich bin jetzt nichts anderes als ein Spiegelbild. Das fühle ich ganz genau.

Mein Kopf schmerzt mich. Eine seltsame warme Beklemmung liegt mir in allen Gliedern.

»Lächerlich, lächerlich! Das Ganze ist doch ein Unsinn«, denke ich. »Hat man je so etwas gehört, dass ein Mensch mit seinem Spiegelbild die Rolle wechselt, wie etwa Harun al Raschid mit dem Bettler! Das Ganze wird nichts weiter sein als eine Einbildung. Ich bin übermüdet, ich bin übermüdet. Es ist nichts mehr als eine Einbildung ... Hahahaha ...«

»So so, eine Einbildung?« – in diesem Augenblick beginnt mein Spiegelbild zu reden – »Du willst dir also einbilden, dass dies alles nur eine Einbildung ist. Da bin ich wirklich neugierig, ob dir das gelingen wird. Bewege dich doch einmal. Versuche doch einmal zum Beispiel mit deinem rechten Fuß zu schlenkern.«

Das wollte ich nun natürlich nicht tun. Es war doch jedenfalls unter meiner Würde, mich von meinem Spiegelbild in Bezug auf Realität zweifeln zu lassen. Ich beschloss daher, absichtlich ruhig zu sitzen und mich nicht ein bisschen zu bewegen ... Aber lange hielt ich das nicht aus. Ich sah gar nicht ein, warum ich mich auch nur im Mindesten von den anmaßenden Worten eines Spiegelbildes beeinflussen lassen sollte. Und gerade um ihn nur ja recht zu ärgern, diesen Kerl, der mir da gegenübersaß, wollte ich nun tatsächlich mit dem Bein schlenkern. Aber wie erschrak ich da ... Mein Bein war wie festgeleimt, es bewegte sich nicht ein bisschen.

»Bravo, bravo, und jetzt versuche einmal ein anderes deiner Glieder zu drehn!«

Ich wollte die Hand ausstrecken, ich wollte den Nacken drehn, ich wollte den Rumpf beugen. Alles war versteinert, nicht die entfernteste Ahnung ehemaliger Beweglichkeit durchzitterte meinen armen Leib. Eine wahnsinnige Aufregung erfüllte mich da, ich kam mir schon bedauernswerter vor als irgendjemand auf der ganzen Welt! Ein Spiegelbild zu sein! Nein, wirklich, ein Spiegelbild zu sein, vollständig unfrei und gefesselt an allen Gliedern! Wie jammervoll, o Gott, wie jammervoll!

Und mit einem Mal tauchte vor meinen Augen ein Bild auf, das ich in frühester Kindheit einmal irgendwo gesehn hatte, eine Reklame für eine Zwirnfabrik. Da lag ein riesig großer Mann, vielleicht Gulliver oder Herkules, da lag er auf einer Wiese, und winzige Zwerge hatten ihn durch lauter unendlich feine und harmlose Zwirnfäden vollständig gefesselt, jedes Fingerglied, jedes Haar war an dem Wiesenboden, an eingeschlagenen Pflöcken, festgebunden. Schon damals, in jener Kindlichkeit, hatte ich im Namen des Riesen eine unbändige Wut gegen diese tückische Gesellschaft von Kobolden und ihre verfluchten Prima-Qualität-Zwirne geschnaubt ... und jetzt, da ich durch unsichtbare, gefährlichere Fäden in eine ähnliche Lage geraten bin, wie rase ich da! Wie kocht meine Galle!

Und plötzlich überwältigt mich die Wut, ich neige mich in meinem Lehnsessel vor, ganz vor, weit vor, um diesem Patron eins ins Gesicht zu spucken ... Ich neige mich vor. Doch vorgeneigt erstarre ich vor Schreck. Ich bemerke nämlich, dass mein ehemaliges Spiegelbild sich zugleich mit mir vorgebeugt hat und jetzt voll Interesse neugierig mir ins Gesicht gafft. O ich Unseliger! Ich habe nichts anderes getan, als notgedrungen seine Bewegung nachgeäfft, *abgespiegelt!*

Ich habe also kein Gran von Freiheit mehr in mir! Ich werde nie mehr im Leben selbstständige Bewegungen machen können! Ich werde von nun an ein Sklave bleiben, und dieser mein übermütiger Tyrann!

Ich sehe in unsagbarem Grauen zu ihm hinüber, ich will in seinen Mienen mein künftiges Schicksal lesen ... O Freude! Da blickt er ja gar nicht so schrecklich und übermütig, er schaut mich mit gütiger Ruhe, teilnahmsvoll, mild und wohlwollend an, und mir ist, als zuckte ein stilles Weinen schmerzlich um seine Lippen. O Himmel, er bedauert mich also, ja, bei Gott, er ist mir gut, dieser Kamerad!

Und langsam dem Spiegel zuschreitend ... auch ich muss mich nähern ... beginnt er ein nachdenkliches, tiefes Gespräch mit mir. Nur in meinem Interesse, aus Liebe zu mir habe er heute Abend Körpergestalt angenommen und mich in die Rolle eines nichtigen Spiegelbildes gewaltsam gedrängt. Nur aus Liebe zu mir und zu Yseult.

Und gleich darauf ... ein Klopfen an der Wand ... eine Portière gerät in Unruhe ... eine geheime Türe zeigt sich in der Wand ...

Yseult, Yseult ... jetzt sofort wird sie eintreten, jetzt wird sie bei mir sein. Ich denke nichts mehr, ich tue nichts mehr, ich versinke in klingenden, farbigen Wirbeln ...

Sie steht in der Tür ... Yseult, ohne Maske, ganz sie, mit rosigen Wangen, blaues Feuer in den Blicken, eine blonde glänzende Locke ist ihr ins Antlitz gerollt und hängt nun von der Schläfe leicht abwärts wie eine Miniatur-Wendeltreppe aus Gold. Yseult zittert vor Liebe, ja, nun ist sie das begehrliche Weib, nun zittert sie nach mir. Ganz anders erscheint sie jetzt als vor einer Stunde, beim Wiedersehn. Da war sie befremdet, verstört, in Beklemmung, wie sie selbst sagte. Jetzt aber hat nun auch sie den Gipfel der Leidenschaft, wie ich schon längst, erreicht. Und nun streckt sie die Arme aus, meine Sinne streben ihrem Entgegenstreben entgegen, ich eile, ich eile ...

Ich kann sie nicht umarmen. Ein Zauber, ein Zauber hält mich. Ich bin ja nur das Spiegelbild, ich darf nur nachahmen, was mein Herr tut. Und mein Herr steht der schönen Frau kalt gegenüber, nur die Hand reicht er ihr. Also muss auch ich ihr nur die Hand reichen.

Aber ich tue es zerrissen, widerstrebend, wahnwitzig vor Wut.

Das also soll das Ende sein, so soll das Wiedersehn kläglich misslingen, kläglich, kläglich. Und ich will anders handeln, ich will meinem Herrn trotzen, sie an meine Brust ziehn und in einem endlosen Kusse ihren duftenden Atem aussaugen ... Es gelingt mir nicht. Wie man im Traume manchmal seinen sehnlichsten Wünschen entgegen den Traum gestaltet, den man doch selbst gestaltet; wie man Treppen steigt und nichts sehnlicher wünscht, als auf die Plattform oben zu gelangen, und doch durch die Kraft der eigenen Fantasie die Treppe bei jedem Schritt weiterbaut, verlängert; so fühle ich mich in den magischen Banden eines Willens, der mein Wille ist und doch wiederum meinem Willen entgegengesetzt ...

Ich erscheine mir bedauernswerter als jener Tristan, der seine Isolde sterbend wiedersieht. Ach, ich sehe die Meine lebend wieder, aber lebend als ein anderer, als mein eigenes Widerspiel!

Und mein Widerspiel, mein lebendiges Spiegelbild, spricht indessen immer ruhig und gütig: »Sehn Sie, gnädige Frau, es war wohl Ihre tiefste Weisheit in den Worten, mit denen Sie mich heute begrüßt haben: Sie redeten gleich anfangs von Ihrer Verwunderung, von Ihrer Beklemmung. Hätte ich selbst so viel Feinheit und Lebensgefühl von vornherein gezeigt wie Sie, als Sie diese Worte sprachen, so wäre diese ganze unglückliche Reise ungeschehn geblieben.«

Sie sieht ihn fragend an.

»Sie sehn mich fragend an, liebe gnädige Frau«, fährt er fort, »Sie verstehn es vielleicht nicht ganz. Sie sehn vielleicht nicht ein, dass wir eben am Werke sind, die Schatulle unserer Erinnerungen zu öffnen und schlechte Kristalle, Halbedelsteine, Fälschungen neben die Kleinodien, die da ruhn, einzuordnen. Aber ist es stattdessen nicht besser, wenn diese Schatulle für ewig verschlossen bleibt?! Da wir nun einmal nicht imstande sind, diese sorglose, gleichsam in der Luft schwebende Laune des Vorjahres wiederanzuknüpfen, da sich die ablaufende Zeit mit ihren Geschehnissen zwischen uns, wie wir damals waren, und uns, wie wir jetzt sind, gestellt hat: Sollen wir diesen Abschluss nicht lieber billigen und, ehe unästhetische und heftige Fortsetzungen vorfallen, durch einen Abschied für immer in Harmonie bekräftigen?«

Sie weint. Ihre Glut erlischt in sanften Tränen.

»Erinnern Sie sich nur an jenen Abschied vor einem Jahr, im Sommer und Sonnenlicht. Was haben Sie da selbst gesagt ... Was vorbei ist, ist vorbei. Und wie wir jetzt beieinandersitzen, so werden wir in späteren Tagen nie mehr zusammenkommen. Es wird vielleicht den Anschein haben, als kämen wir zusammen. Aber es werden nur die trügerischen irren Schatten des Gewesenen und unsere Spiegelbilder sein ... So haben Sie es selbst gesagt, liebe gnädige Frau, und so ist es wirklich eingetroffen. O wie glücklich sind wir, dass wir einander so tief verstehn. Ist es nicht so, wie ich es sage?«

Beide erheben sich nun und reichen einander die Hand.

Sie sind in tiefem seligen Einverständnis, ihre Seelen liegen einander klar und freundlich gegenüber wie zwei große grüne besonnte Berghänge ... Keine Tränen, keine Klagen, keine Worte. Es ist ein milder, reicher, gütiger Abschied. Und an diesem heißen atemlosen wahnsinnigen Abend tritt zum ersten Mal angenehme Beruhigung, liebliche Stille ein. Während sie einander gefasst die Hände reichen, sind sie beide an diesem Abend zum ersten Mal glücklich und in reiner Stimmung.

Am nächsten Morgen verließ ich die fremde Stadt. Nach drei Tagen und zwei Nächten war ich wieder in meiner Heimat.

Meine Eltern fragen mich: »Nun, wie ist es dir ergangen? Wie ist die Reise ausgefallen?«

»Es war sehr schön«, sage ich und lächelnd nicke ich dabei ganz unmerklich meinem Spiegelbilde zu, das sich jetzt wieder wohlgemut und sittsam, ganz nach der Ordnung, in unserem kleinen Wandspiegel zeigt. »Es war eine große schmerzhafte Genesung!«

Ralph Adams Cram

Das Tote Tal

Ich habe einen Freund – Olof Ehrensvärd, ein Schwede von Geburt –, der sich wegen eines seltsamen und traurigen Unglücks in seiner frühen Jugend auf Gedeih und Verderb mit der Neuen Welt verbunden hat. Es ist eine merkwürdige Geschichte von einem eigensinnigen Jungen und einer stolzen und unbarmherzigen Familie. Die Einzelheiten interessieren hier nicht, doch sie genügen, um ein romantisches Netz um den hochgewachsenen, gelbbärtigen Mann mit den traurigen Augen zu weben, dessen Stimme kurze wehleidige schwedische Lieder von sich geben kann, an die er sich aus der Kindheit erinnert. An Winterabenden spielen wir Schach zusammen, er und ich, und nachdem ein heftiger, hitziger Kampf sein Ende genommen hat – üblicherweise mit meiner Niederlage –, stopfen wir wieder unsere Pfeifen, und Ehrensvärd erzählt mir Geschichten aus den weit entfernten, halb erinnerten Tagen in seiner Heimat, bevor er zur See gegangen war: Geschichten, die umso seltsamer und unglaublicher werden, je tiefer die Nacht wird und je mehr das Feuer in sich zusammenfällt, aber dennoch Geschichten, die ich vollkommen glaube.

Eine von ihnen hat einen starken Eindruck in mir hinterlassen, sodass ich sie hier aufschreibe. Ich bedaure nur, dass ich nicht das wundersam perfekte Englisch und den feinen Akzent wiedergeben kann, der für mich die Faszination der Geschichte noch erhöhte. Dennoch, so gut wie ich mich daran erinnern kann: Hier ist sie.

»Ich habe dir nie erzählt, wie Nils und ich über die Berge nach Hallsberg gegangen sind, oder? Nun, das war so. Ich muss damals etwa zwölf Jahre alt gewesen sein, und Nils Sjöberg, dessen Vaters Grundbesitz an den unseren grenzte, war wenige Monate jünger. Gerade zu jener Zeit waren wir unzertrennlich, und was wir auch taten, taten wir zusammen.

Einmal in der Woche war Markttag in Engelholm, und Nils und ich gingen regelmäßig dorthin, um all die seltsamen Dinge zu sehen, die der Markt aus dem umliegenden Land in sich vereinigte. Eines Tages verloren wir unsere Herzen, denn ein alter Mann von jenseits des Elfborg hatte einen kleinen Hund zum Verkauf mitgebracht, der uns der schönste Hund auf der ganzen Welt zu sein schien. Er war ein runder, wollener Welpe und so drollig, dass Nils und ich uns auf den Boden setzten und über ihn lachten, bis er kam und mit uns in einer so lustigen Weise spielte, dass wir meinten, es gäbe nur noch ein einziges wünschenswertes Ding in unserem Leben, und das war der kleine Hund des Mannes von jenseits der Berge. Doch oje!, wir hatten nicht einmal halb so viel Geld dabei, wie nötig gewesen wäre, um den Hund zu kaufen, und so bettelten wir bei dem alten Mann darum, dass er den Hund nicht vor dem nächsten Markttag verkaufe; wir versprachen, ihm dann das Geld zu geben. Er gab uns sein Wort, und wir rannten sehr schnell heim und flehten unsere Mütter an, uns Geld für den kleinen Hund zu geben.

Wir erhielten das Geld, aber wir konnten nicht bis zum nächsten Markttag warten. Man stelle sich vor, der Welpe wäre schon verkauft! Dieser Gedanke ängstigte uns so sehr, dass wir baten und bettelten, man möge uns erlauben, über die Berge nach Hallsberg zu gehen, wo der alte Mann lebte, und den Hund selbst zu holen. Schließlich erhielten wir die Erlaubnis. Wenn wir früh am Morgen losgingen, konnten wir Hallsberg gegen drei Uhr erreichen, und es war vereinbart worden, dass wir die Nacht bei Nils' Tante verbringen sollten, und wenn wir sie am Mittag des nächsten Tages wieder verließen, konnten wir beim Einsetzen der Dämmerung zu Hause sein.

Bald nach Sonnenaufgang waren wir unterwegs, nachdem wir genaue Anweisungen erhalten hatten, was wir in allen möglichen und unmöglichen Situationen tun sollten, und nachdem uns wiederholt und ausdrücklich befohlen worden war, dass wir am nächsten Tag zur gleichen Stunde den Heimweg anzutreten hatten, sodass wir sicher vor dem Einbruch der Nacht zurück wären.

Für uns war es ein großartiges Vergnügen, und wir gingen mit unseren Gewehren los, voll des Bewusstseins unserer sehr großen Wichtigkeit. Dennoch, die Reise war einfach genug: Wir folgten einer guten Straße durch die großen Berge, die wir genau kannten, denn Nils und ich waren schon mindestens durch das halbe Gebiet diesseits des trennenden Gebirgskamms des Elfborg gestreunt. Hinter Engelholm lag ein langes Tal, von dem aus sich die niedrigen Berge erhoben; dieses hatten wir zu durchqueren, und danach folgte die Straße drei oder vier Meilen lang den Bergflanken, bevor ein schmaler Pfad zur Linken abzweigte und über den Pass führte.

Nichts von Bedeutung geschah während unseres Weges, und wir

erreichten Hallsberg rechtzeitig, fanden zu unserer unaussprechlichen Freude den kleinen Hund noch unverkauft, sicherten ihn uns und gingen so zum Haus von Nils' Tante, um dort die Nacht zu verbringen.

Ich kann mich nicht mehr daran erinnern, warum wir sie nicht früh am nächsten Morgen verließen; jedenfalls weiß ich noch, dass wir an einem Schießstand kurz außerhalb des Städtchens anhielten, an dem höchst anziehende Pappschweine langsam durch gemaltes Dickicht glitten und so als wunderbare Ziele herhielten. Das Ergebnis war, dass wir uns erst am Nachmittag auf den Heimweg machten, und als wir schließlich den Berg hochstiegen und die Sonne schon gefährlich dicht über seiner Spitze stand, hatten wir doch ein wenig Angst vor der Aussicht eines Verhörs und einer möglichen Bestrafung, die uns erwarten würde, wenn wir erst um Mitternacht nach Hause kämen.

Deshalb liefen wir so schnell wie möglich die Bergflanke hoch, während die blaue Dämmerung über uns hereinbrach und das Licht in dem purpurnen Himmel erstarb. Zuerst hatten wir uns noch ausgelassen unterhalten, und der kleine Hund war mit größter Freude vor uns hergesprungen. Später dann überfiel uns eine seltsame Bedrückung. Wir sprachen nicht, ja, pfiffen nicht einmal mehr, während der Hund hinter uns zurückfiel und uns mit einem Zögern in jedem Muskel folgte.

Wir hatten die Ausläufer des Gebirges und die niedrigen Vorsprünge der Berge passiert und befanden uns beinahe schon auf der Spitze der Hauptkette, als das Leben aus allem um uns herum zu weichen und die Welt tot zurückzulassen schien, so plötzlich wurde der Wald still, so abgestanden wurde die Luft. Instinktiv hielten wir an und lauschten.

Vollkommene Stille – die überwältigende Stille tiefer Wälder in der Nacht – und noch mehr, denn sogar in den unzugänglichsten Schlupfwinkeln der bewaldeten Gebirge gibt es das vielzählige Murmeln kleiner Lebewesen, das von der Dunkelheit geweckt und von der Stille der Luft und der großen Dunkelheit verstärkt und intensiviert wird. Doch hier und jetzt schien die Stille ungebrochen sogar von dem Herabfallen eines Blattes, von der Bewegung eines Zweiges, von dem Klang eines Nachtvogels oder nur eines Insekts. Ich konnte das Blut durch meine Adern pochen hören, und als wir mit zögernden Schritten weitergingen, klang sogar das Knicken des Grases unter unseren Füßen wie das Fallen von Bäumen.

Und die Luft war abgestanden – tot. Die Atmosphäre schien auf dem Körper zu liegen wie das Gewicht des Meeres auf dem Taucher, der sich zu weit in die schrecklichen Tiefen gewagt hat. Was wir üblicherweise als Stille bezeichnen, erscheint nur so im Vergleich zum Getöse der normalen Geschehnisse. Das hier war die absolute Stille, und sie zerschmetterte das Denken, wohingegen sie die Sinne schärfte und das furchtbare Gewicht unauslöschlicher Angst herabsenkte.

Ich weiß noch, wie Nils und ich einander in höchstem Entsetzen anstarrten und unserem schnellen, schweren Atmen lauschten, das sich für unser geschärftes Gehör wie das unregelmäßige Rauschen von Wasser anhörte. Und der arme kleine Hund, den wir führten, rechtfertigte unser Entsetzen. Die schwarze Beklemmung schien ihn genauso wie uns selbst niederzudrücken. Er lag flach am Boden, jammerte schwach und zog sich qualvoll und langsam näher an Nils' Füße heran. Ich glaube, diese Zurschaustellung äußerster tierischer Angst war der Zündfunke, der unsere Vernunft unweigerlich versengen musste – meine zumindest; doch als wir gerade zitternd an den Grenzen des Wahnsinns standen, ertönte ein Laut, so furchtbar, so grauslich, so schreckenerregend, dass er uns von dem tödlichen Bann befreite, der auf uns gelegen hatte.

In der Tiefe der Stille erscholl ein Ruf, der als tiefes, leidvolles Jammern begann, sich zu einem bebenden Kreischen erhob und in einem Schrei gipfelte, der die Nacht auseinanderzureißen und die Welt wie ein Erdbeben zu spalten schien. So furchtbar war er, dass ich nicht glauben konnte, dass er wirklich existierte; er überstieg all meine Erfahrung, alle Kräfte des Glaubens, und für einen Augenblick dachte ich, er sei das Ergebnis meines eigenen animalischen Schreckens, eine Halluzination, geboren aus der zusammenbrechenden Vernunft.

Ein kurzer Blick auf Nils vertrieb diesen Gedanken blitzschnell. Im bleichen Licht der hohen Sterne sah er aus wie die Verkörperung aller vorstellbaren menschlichen Angst; er bebte wie im Fieber, seine Kinnlade war nach unten gefallen, seine Zunge hing heraus, seine Augen quollen hervor wie die eines Gehängten. Wortlos flohen wir; die Panik der Angst gab uns Kraft. Nils hielt den kleinen Hund fest in seinen Armen, und zusammen rannten wir den Abhang der verfluchten Berge hinunter – irgendwohin; das Ziel war egal: Wir hatten nur einen Antrieb – fortzukommen von jenem Ort.

So sprangen wir unter den schwarzen Bäumen und den weit entfernten weißen Sternen, die durch die reglosen Blätter blitzten, die Bergflanke herab und achteten weder auf einen Pfad noch auf Orientierungszeichen; wir brachen geradewegs durch das verfilzte Unterholz, durchquerten Bergbäche, liefen durch Moore und durch Gestrüpp, irgendwohin; die Hauptsache war, dass es abwärtsging.

Ich habe keine Vorstellung davon, wie lange wir so dahinrannten, doch nach und nach blieb der Wald zurück, und wir fanden uns an den Ausläufern der Berge wieder und fielen erschöpft in das kurze, trockene Gras. Wir japsten wie müde Hunde.

Es war heller hier im offenen Gelände, und unverzüglich schauten wir uns um, um zu sehen, wo wir waren und welchen Weg wir uns bahnen mussten, um den Pfad wiederzufinden, der uns heimwärts führen würde. Umsonst suchten wir nach einem vertrauten Zeichen. Hinter uns erhob sich die große Mauer des schwarzen Waldes an der Flanke des Berges, vor uns die wellenförmigen, von keinem Baum oder Fels unterbrochenen Erhebungen niedriger Hügelausläufer, und dahinter war nur der schwarze sich herabsenkende Himmel, erhellt von unzähligen Sternen, die seine samtene Tiefe in leuchtendes Grau verwandelten.

Soweit ich mich erinnere, haben wir kein einziges Mal miteinander gesprochen, das Grauen lag zu schwer auf uns, doch wir erhoben uns langsam und gleichzeitig und machten uns auf den Weg durch die Hügel.

Noch immer die gleiche Stille, die gleiche tote, reglose Luft – Luft, die zugleich schwül und frostig war: Eine schwere Hitze, von einer eisigen Kälte durchschossen, die sich beinahe wie das Brennen gefrorenen Stahls anfühlte. Nils hielt immer noch den hilflosen Hund und drängte voran, und ich folgte dicht hinter ihm. Schließlich erhob sich vor uns ein Hang aus Moor, der die weißen Sterne zu berühren schien. Wir erkletterten ihn müde, erreichten die Spitze und starrten herunter in ein großes sanftes Tal, das halb bis zum Rand gefüllt war mit – mit was?

So weit das Auge blicken konnte, erstreckte sich eine glatte Fläche aus gewaschenem Weiß; sie phosphoreszierte schwach: Ein See samtenen Nebels, der dalag wie bewegungsloses Wasser, oder eher wie ein Boden aus Alabaster, so dicht erschien er, so scheinbar fähig, ein Gewicht zu tragen. Wenn es denn möglich war, denke ich, dass dieser See aus totem weißen Dunst sogar einen größeren Schrecken in meine Seele senkte als die schwere Stille oder der todverkündende Schrei – so unheilvoll, so vollkommen unwirklich, so geisterhaft, so unmöglich war er, wie er da wie ein gestorbener Ozean unter den unveränderlichen Sternen lag.

Doch durch diesen Nebel *mussten wir gehen!* Es schien, dass es keinen anderen Weg nach Hause gab, und zerschmettert von höchster Furcht, verrückt von dem einen Verlangen, zurückzukehren, begannen wir den Abhang bis zu der Stelle herunterzugehen, wo der See aus milchigem Dunst scharf und deutlich zwischen den rauen Grashalmen endete.

Ich tauchte einen Fuß in den geisterhaften Nebel. Eine Kälte wie die des Todes durchfuhr mich, ließ mein Herz aussetzen, und ich warf mich zurück auf den Abhang. In jenem Augenblick ertönte wieder der Schrei, nahe, so nahe, in unseren Ohren, in uns selbst, und weit draußen in diesem abscheulichen See sah ich, wie der Nebel sich zu einer Art von Wasserhose erhob und sich in windenden Zuckungen gegen den Himmel hochwarf. Die Sterne begannen zu verschwimmen, als der dicke Dunst über sie hinwegfegte, und in der wachsenden Dunkelheit sah ich einen großen wässerigen Mond sich langsam über den erzitternden See erheben; er war riesig und undeutlich in dem zusammenströmenden Nebel.

Das war genug für uns. Wir drehten um und flohen am Rand des weißen Sees entlang, der nun in unregelmäßigen Bewegungen unter uns zu pulsieren begann und stieg und stieg, langsam und stetig, und uns höher und höher auf die Flanke des Berges trieb.

Es war ein Rennen um unser Leben, das wussten wir. Wie wir es schafften, kann ich noch immer nicht begreifen, aber wir schafften es, und schließlich sahen wir den See hinter uns zurückbleiben, als wir das Ende des Tals hochstolperten und dahinter in eine Region hinabhasteten, die wir kannten, und so kamen wir zu dem alten Pfad zurück. Das Letzte, an das ich mich erinnere, ist, dass ich eine seltsame Stimme hörte. Es war jene von Nils, doch sie war schrecklich verändert, und sie stammelte: ›Der Hund ist tot!‹ Dann drehte sich die ganze Welt zweimal langsam und unwiderstehlich um mich herum, und mit einem Schlag verließ mich das Bewusstsein.

Es war etwa drei Wochen später, soweit ich mich entsinne, dass ich in meinem eigenen Zimmer erwachte und meine Mutter neben meinem Bett sitzen sah. Zuerst konnte ich nicht klar denken, doch als ich langsam wieder stärker wurde, erlebte ich undeutliche Erinnerungsblitze, und nach und nach kam die ganze Folge der Ereignisse jener schrecklichen Nacht in dem Toten Tal zurück. Von dem, was mir berichtet wurde, konnte ich lediglich schließen, dass man mich vor drei Wochen in meinem eigenen Bett gefunden hatte, rasend krank, und dass sich meine Krankheit zu einem Gehirnfieber auswuchs. Ich versuchte, über die furchtbaren Dinge zu sprechen, die mit mir geschehen waren, aber ich bemerkte sofort, dass niemand sie als etwas anderes als die Heimsuchungen eines absterbenden Wahnsinns ansah, und so schloss ich meinen Mund und behielt meine Meinungen für mich.

Trotzdem musste ich Nils sehen, und so fragte ich nach ihm. Meine Mutter erzählte mir, dass auch er an einem seltsamen Fieber erkrankt gewesen war, doch es gehe ihm nun wieder ziemlich gut. Unverzüglich brachten sie ihn herein, und als wir allein waren, fing ich an, über die Nacht auf dem Berg zu reden. Ich werde nie den Schock vergessen, der mich auf mein Kissen zurückwarf, als der Junge alles leugnete: Er leugnete, mit mir gegangen zu sein, jemals den Schrei gehört oder das Tal gesehen oder die tödliche Kälte des geisterhaften Nebels gespürt zu haben. Nichts konnte seine entschlossene Unwissenheit erschüttern, und trotz meiner gegenteiligen Überzeugung wurde ich dazu gezwungen, zuzugeben, dass seine Leugnungen von keiner Politik der Geheimhaltung, sondern von reinem Vergessen herrührten.

Mein geschwächtes Hirn befand sich in Aufruhr. Waren das alles nichts als schwebende Trugbilder des Deliriums? Oder hatte das Grauen der Wirklichkeit Nils' Erinnerungen ausgelöscht, soweit sie die Ereignisse der Nacht im Toten Tal betrafen? Die letztere Erklärung schien mir die einzig mögliche, denn wie war sonst die plötzliche Krankheit zu erklären, die uns beide in derselben Nacht niedergestreckt hatte? Ich sagte nichts weiter, weder zu Nils noch zu meiner Familie, sondern wartete meine Genesung in der wachsenden Entschlossenheit ab, das Tal zu finden, wenn es denn wirklich existierte.

Es dauerte einige Wochen, bis es mir gut genug ging, um mich auf den Weg machen zu können, doch schließlich wählte ich im späten September einen klaren, warmen, ruhigen Tag, der wie das letzte Lächeln des sterbenden Sommers war, und lief früh am Morgen die Straße entlang, die nach Hallsberg führte. Ich war mir sicher, zu wissen, wo der Pfad zur Rechten abzweigte, den wir von dem Tal des toten Wassers heruntergekommen waren, denn an dem Weg nach Hallsberg wuchs ein großer Baum an der Stelle, wo wir mit dem

Gefühl der Errettung die heimwärts führende Straße gefunden hatten. Bald sah ich ihn an der rechten Seite in geringer Entfernung vor mir. Ich vermute, dass das helle Sonnenlicht und die klare Luft in mir wie ein Stärkungsmittel wirkten, denn als ich am Stamm der großen Kiefer angekommen war, hatte ich den Glauben an die Wirklichkeit der Vision, die mich heimgesucht hatte, beinahe verloren und meinte, dass sie tatsächlich nichts anderes als der Nachtmahr des Wahnsinns gewesen war. Dennoch bog ich an dem Baum scharf rechts ab in einen engen Pfad, der durch ein dichtes Dickicht führte. Dabei stolperte ich über etwas. Ein Fliegenschwarm erhob sich um mich herum in die Luft, und als ich niederschaute, sah ich das verfilzte Fell und die kleinen Knochen des armen Hundes, den wir in Hallsberg gekauft hatten.

Mein Mut verflog mit einem Schlag, und ich wusste, dass alles der Wahrheit entsprach, und nun hatte ich Angst. Stolz und das Verlangen nach einem Abenteuer trieben mich jedoch weiter, und ich drückte mich in das enge Dickicht, das meinen Weg hemmte. Der Pfad war kaum sichtbar; er war nicht mehr als die häufig benutzte Laufstraße einiger kleiner Tiere, denn obwohl er sich deutlich in dem frischen Gras zeigte, wuchsen doch die Büsche dicht über ihm zusammen und waren kaum durchdringlich. Das Land hob sich langsam, dann immer deutlicher, bis ich schließlich an einen großen Berghang kam, der weder von Bäumen noch von Sträuchern durchbrochen wurde und stark meiner Erinnerung an jenes ansteigende Land entsprach, das wir erklommen hatten, bevor wir zu dem Toten Tal und dem eisigen Nebel gelangt waren. Ich sah nach der Sonne; sie war hell und klar, und überall um mich herum summten Insekten in der Herbstluft, und Vögel schossen hierhin und dorthin. Sicherlich gab es hier keine Gefahr, zumindest nicht vor dem Einbruch der Nacht, und so begann ich zu pfeifen und erstieg rasch den letzten Kamm des braunen Hügels. Dort lag das Tote Tal! Ein großes ovales Becken, beinahe so sanft und regelmäßig, als ob es von Menschenhand geschaffen sei. An allen Seiten kroch das Gras über den Rand der umgebenden Berge; es war staubig grün auf den Kämmen und verblasste zu einem aschenen Braun und schließlich zu einem todverkündenden Weiß. Diese letzte Farbe bildete einen Ring, der in einer langen Linie um den Abhang lief. Und darunter? Nichts. Nackte, braune, harte Erde, die vor alkalischen Körnern erglitzerte, aber ansonsten tot und unfruchtbar war. Nicht ein einziges

Grasbüschel, nicht ein einziger Reisigstecken, nicht einmal ein Stein, sondern nur die weite Fläche festgeklopften Lehms.

In der Mitte des Beckens, vielleicht anderthalb Meilen entfernt, wurde die Ebene von einem großen abgestorbenen Baum unterbrochen, der sich blattlos und hager in den Himmel reckte. Ohne einen Augenblick zu zögern, stieg ich in das Tal hinab und lief diesem Ziel entgegen. Jede Spur von Angst schien von mir gewichen, und sogar das Tal selbst sah nicht mehr so furchtbar aus. Jedenfalls wurde ich von einer überwältigenden Neugier getrieben, und es schien nur noch das eine auf der Welt zu geben – zu jenem Baum zu kommen! Als ich mühsam über die harte Erde wanderte, bemerkte ich, dass die Fülle der Vogel- und Insektenstimmen erstorben war. Weder eine Biene noch ein Schmetterling schwebten durch die Luft, keine Insekten hüpften oder krochen über die leblose Erde. Die Luft selbst war abgestanden.

Als ich dem Baumskelett entgegenging, bemerkte ich einen Schimmer von Sonnenlicht auf einer Art von weißem Hügel um seine Wurzeln, und neugierig fragte ich mich, was das sein mochte. Erst als ich noch näher herangekommen war, erkannte ich seine Beschaffenheit.

Überall um die Wurzeln und den rindenlosen Stamm war ein Gewirr von kleinen Knochen aufgeschichtet. Winzige Schädel von Nagetieren und Vögeln, Tausende von ihnen, erhoben sich um den abgestorbenen Baum und ergossen sich einige Meter weit in alle Richtungen, bis der schreckliche Haufen in vereinzelten Schädeln und verstreuten Skeletten auslief. Hier und da erschien ein größerer Knochen – der Schenkel eines Schafes, die Hufe eines Pferdes und an einer Seite der breit grinsende Schädel eines Menschen.

Ich stand reglos da, starrte mit der ganzen Kraft meiner Augen, als plötzlich die dichte Stille durch einen schwachen, verlorenen Schrei hoch über meinem Kopf durchbrochen wurde. Ich schaute auf und sah einen großen Falken, der über dem Baum seine Runden drehte und nun hinuntersegelte. Nach einem weiteren Augenblick fiel er bewegungslos auf die bleichenden Knochen.

Entsetzen packte mich, und ich rannte in die Richtung meines Zuhauses; meine Gedanken wirbelten, und eine seltsame Taubheit wuchs in mir. Ich rannte weiter und weiter. Schließlich warf ich einen kurzen Blick nach vorn. Wo war der Berghang? Ich schaute mich wild um. Dicht vor mir erhob sich der abgestorbene Baum mit seinen Knochenhaufen. Ich war lediglich um ihn herumgelaufen, und das Ende des Tales war noch immer anderthalb Meilen entfernt. Ich stand verwirrt und wie erfroren da. Die Sonne sank rot und matt gegen den Kamm der Berge. Im Osten wuchs die Dunkelheit schnell. War da noch Zeit genug? *Zeit!* Es war nicht *das*, was ich wollte, es war *Willenskraft!* Meine Füße schienen gelähmt wie in einem Albtraum. Ich konnte sie kaum über die kahle Erde ziehen. Und dann fühlte ich, wie eine tiefe Kälte durch mich kroch. Ich schaute hinunter. Aus der Erde stieg ein dünner Nebel auf, sammelte sich in kleinen Pfützen, die immer ausgedehnter wurden, bis sie sich hier und da miteinander verbanden; ihre Strömungen flossen langsam wie dünner blauer Rauch. Die westlichen Berge halbierten die kupferne Sonne. Wenn es dunkel sein würde, würde ich den Schrei wieder hören, und dann musste ich sterben. Das wusste ich, und mit jedem verbleibenden Willensatom taumelte ich dem roten Westen durch den sich windenden Nebel entgegen, der klamm um meine Knöchel kroch und meine Schritte verlangsamte.

Und als ich mich von dem Baum loskämpfte, wuchs der Schrecken in mir, bis ich schließlich dachte, ich müsse sterben. Das Schweigen verfolgte mich wie ein stummes Gespenst, die stille Luft nahm mir den Atem, der höllische Nebel packte meine Füße wie kalte Hände.

Aber ich habe gewonnen! Jedoch keinen Augenblick zu früh. Als ich mich auf Händen und Füßen den braunen Abhang hochschleppte, hörte ich von fern und hoch in der Luft den Schrei, der mich beinahe meines Verstandes beraubte. Er war schwach und undeutlich, doch unmissverständlich in seiner schrecklichen Intensität. Ich warf einen Blick zurück. Der Nebel war dicht und bleich und warf sich wellenartig den braunen Abhang hoch. Der Himmel war pures Gold unter der sinkenden Sonne, doch darunter war das aschene Grau des Todes. Einen Augenblick lang stand ich am Rande dieses Höllensees, und dann sprang ich auf der anderen Seite den Hang hinunter. Der Sonnenuntergang öffnete sich vor mir, die Nacht rückte von hinten heran, und als ich mich schwach und müde heimschleppte, schloss sich die Finsternis über dem Toten Tal.«

OREST M. SOMOW

Orest Michailowitsch Somow wurde 1793 als Sohn einer adligen Familie in der Ukraine geboren. Er machte sich als Schriftsteller und Literaturkritiker einen Namen. Besonders bekannt wurde seine Arbeit *Über die romantische Poesie* (1823), in der er die nationale Selbstständigkeit der russischen Literatur betonte und die Aufnahme der Volkssprache in die schöne Literatur forderte. Somow starb 1833 in Petersburg. Seine verstiegenen Werke zeigen ihn als Vorläufer des großen Fantasten Nikolaj Gogol.

Eine eigenartige Abendgesellschaft

Ich hatte einst einen Freund ... Er lebt noch heute, ist aber von hier weggereist, wird nicht bald wiederkommen, deshalb ist es unnötig, seinen Namen zu nennen, damit man bei ihm Auskunft einholen könne ...

Mein Freund war ein junger Mann, zuweilen zerstreut, zuweilen versonnen, aber so oder so ein Träumer. Häufig, besonders in hellen Frühlingsnächten, liebte er es, ziellos in der Stadt herumzustreichen, es seinen Füßen zu überlassen, wohin sie ihn trugen, und seiner Fantasie, wohin sie fliegen wollte. Auf einem dieser mitternächtlichen Spaziergänge (es war Ende April) geriet er, sinnend und träumend, auf eine Straße, an die er sich jetzt nicht recht erinnern kann. Es war schon sehr spät: In den Straßen herrschte tiefe Stille, und nur der entfernte Lärm der Droschken und Kutschen hallte, zu einem einzigen lang gezogenen Ton verschmolzen, in den Ohren meines Freundes wider. Plötzlich, als er geistesabwesend die Augen hob, fiel ihm die grelle Beleuchtung auf dem höchsten Stockwerk eines riesigen prunkvollen Gebäudes auf. Die Türe des Balkons war sperrangelweit geöffnet, und aus dem Raum dahinter ertönten leichte, süß schmeichelnde Klänge einer wunderschönen Melodie. Mein Freund blieb gedankenverloren mitten auf der Straße stehen und beobachtete aufmerksam den Balkon. Durch das Blumengestell hindurch, das von verschiedenen üppigen Blumen überquoll, sah er elegant frisierte Köpfe von Damen im Zimmer vorbeihuschen und eine Menge junger Herren hin und her gehen, anscheinend in einer Pause zwischen zwei Tänzen.

Unser nächtlicher Wanderer verspürte Neid. Er dachte sich: ›Warum bin ich nicht dort? Warum bin ich nicht bei dieser glänzenden Gesellschaft, wo die Musik so einschmeichelnd in die Seele dringt, die Gastgeber zweifellos sehr gastfreundlich, die jungen Männer lustig und höflich und die Damen schön und liebenswürdig sind?‹

In diesem Augenblick traten einige Herren auf den Balkon. Mein Freund wollte sich entfernen, um nicht ihre Aufmerksamkeit zu erwecken. Doch es war schon zu spät: Unter den Herren entdeckte er einen Bekannten, und dieser Bekannte hatte auch ihn bemerkt, grüßte ihn und winkte ihm zu hinaufzukommen. Mein Freund erwiderte den Gruß, gab aber seinem Bekannten mit einer Geste zu verstehen, dass er die Einladung dankend ablehne, und wollte seinen Weg fortsetzen. Kaum aber war er etwa zwanzig Schritte gegangen, da lief aus dem hell erleuchteten Haus ein Diener in einer reichen Livree auf die Straße, holte ihn ein und bat im Namen des Hausherrn, diesem die Ehre zu erweisen und an einer angenehmen Abendgesellschaft teilzunehmen. Vergebens versuchte mein Freund sich herauszureden, schon kam nach dem ersten Diener ein zweiter gelaufen – diesmal mit einer Einladung von der Dame des Hauses und allen anderen Damen. So viel Aufmerksamkeit schmeichelte dem Ehrgeiz unseres Freundes. Er war nicht unangemessen gekleidet und entschied sich, nachdem er sich einige passende Entschuldigungen ausgedacht hatte, den Abend in dieser angenehmen Gesellschaft zu verbringen. Er ging die mit einem weichen englischen Teppich bedeckte Treppe hinauf; von den Wänden warfen Lampen grelles Licht auf die Treppe, zu beiden Seiten standen Orangen- und Zitronenbäume in voller Blüte. In der Halle empfing eine geschäftige Ansammlung von Lakaien in bunten Livreen unseren Freund mit ironisch-boshaften Blicken. Das brachte ihn ein wenig aus der Fassung. Er erkannte, dass alles auf einen prunkvollen Empfang schließen ließ, für den sein Anzug doch nicht das Richtige war. Bekümmert sah er auf seine verstaubten Stiefel und auf seine ganze Kleidung hinab, aber die Lakaien rings um ihn, offensichtlich mit schneller Auffassungsgabe und Flinkheit ausgestattet, verstanden sogleich seine Gedanken: Sofort hatten sie Bürsten in den Händen, und nach einigen Augenblicken konnte unser Freund ohne alle Bedenken den Ballsaal betreten.

In der Türe erwartete ihn der vermeintliche Gastgeber, der ihn mit allen möglichen Höflichkeitsfloskeln begrüßte und ihn seiner Gemahlin vorstellte, die in einem Kreis schöner und eleganter Damen auf einem Sofa saß. Nachdem mein Freund alle begrüßt und sich bei ihnen entschuldigt hatte, entfernte er sich um einige Schritte und begann, innerlich über dieses merkwürdige Abenteuer verwundert, sich im Saal umzublicken.

Es war in der Tat ein riesengroßer Saal. Hunderte Kerzen in großen Leuchtern, die in den Ecken und an den Wänden zwischen Türen und Fenstern standen, große Kronleuchter, die an Bronzeketten von der Decke hingen, verbreiteten im ganzen Saal ein grelles, für die Augen fast unerträgliches Licht. In einer Nische des Saales stützten ganze Säulenreihen die Galerie, auf der ein voll besetztes Orchester herrlich spielte. Durch eine offene Tür war der Speisesaal zu sehen, ebenfalls hell beleuchtet; dort stand ein reich beladener, prächtig gedeckter Tisch mit riesigen Porzellanvasen voller verschiedener frischer Blumen, mit Bergen von seltenem Obst und erlesensten Süßigkeiten.

Mein Freund war über all das erstaunt und konnte nicht verstehen, wer denn eigentlich dieser verschwenderische Reiche war, der seine Gäste so prunkvoll bewirtete. Er suchte seinen Bekannten, den er auf dem Balkon gesehen hatte, konnte ihn aber nicht finden. Er besah sich auch die ihn umringenden Personen, konnte aber niemand entdecken, der ihm bekannt war, ja, er vermochte sich nicht einmal zu erinnern, jemals, sei es auch nur flüchtig, einen dieser Herren oder eine dieser Damen gesehen zu haben. Sie alle, die Herren wie auch die Damen, benahmen sich etwas zu frei, ja, sogar dreist; ab und zu warfen sie ihm, wie ihm schien, Blicke zu, die ihm nicht gerade wohlwollend anmuteten. Ein weiterer Umstand, der ihm auffiel, kam ihm sonderbar vor: Alle Gäste waren schwarzhaarig und von dunklem Teint; keine einzige blonde Dame, kein einziger Mann mit hellem Haar.

Mein Freund begann sich zu fragen, ob er nicht in das Haus eines steinreichen Großkaufmanns aus dem Süden Europas geraten war; dies umso mehr, als er bisher in diesem Haus nur französisch sprechen hörte. Immer stärker ergriff den jungen Mann, der auf Abenteuer aus war, Neugierde. Er begann sich abermals nach seinem Bekannten umzusehen, aber so erfolglos wie schon zuvor. In der Annahme, dass dieser Bekannte sich noch immer auf dem Balkon befand, ging er dorthin, fand ihn aber noch immer nicht; stattdessen traf er auf dem großen Balkon einige hübsche Damen und einige gewandte junge Herren, die sich mit Pfänderspiel unterhielten.

»Wir sind übereingekommen«, unterrichtete ihn freundlich eine reizende Brünette, »heute Abend nicht zu tanzen. Im Saal ist es so schwül! Und um uns die Zeit bis zum Abendessen zu vertreiben, haben wir beschlossen, hierzubleiben und Pfänder zu spielen. Wie ich sehe«, fügte sie mit einem spöttischen Lächeln hinzu, nachdem sie einen Blick auf seine Stiefel geworfen hatte, »haben auch Sie sich nicht zum Tanzen vorbereitet. Wollen Sie nicht an unserem Spiel teilnehmen?«

Mein Freund hatte dieses Spiel sehr gern: Man konnte dabei freier seinen Scharfsinn zeigen, sich mit bislang unbekannten schönen Frauen anfreunden und sogar, nach dem eigenwilligen Urteil des Loses, von einer schönen Hand oder von freundlichen Lippen Zeichen spontaner Geneigtheit empfangen, von denen man bei einer anderen Gelegenheit nicht einmal zu träumen gewagt hätte. Ist es nicht müßig hinzuzufügen, dass der feurige junge Mann die Einladung der schwarzäugigen Unbekannten mit freudigem Herzen annahm?

Das Spiel begann mit neuem Elan; Lärm, Herumlaufen, lautes Lachen, gewisse Freiheiten, die sich nicht ganz an die strengen Grenzen gesellschaftlichen Anstands hielten – all dies erregte die Teilnehmer und verdrehte meinem Freund vollends den Kopf. Der Dame, die ihn eingeladen hatte, fiel es zu, »den Korb zu verkaufen«. Nachdem sie bei einigen Damen und Herren vorgesprochen hatte, trat sie an unseren Träumer heran und stellte ihm die übliche Frage: »Je vous vends mon corbillon: qu'y met-on?«

War es Zerstreutheit oder ein zufälliges Vergessen – jedenfalls fügte es sich so, dass meinem Freund kein einziger passender Reim einfiel und ihn gleichzeitig jegliche gesunde Vernunft und jegliches Anstandsgefühl verlassen hatten. Mit leidenschaftlicher Stimme und einem unzweideutigen Seufzer antwortete er: »Un baiser.«

Schallendes, fast unheimliches Lachen ertönte auf dem Balkon, meinem Freund schien es, dass der ganze Saal mit einem ebensolchen Gelächter antwortete – an seine Ohren schlug ein betäubendes Getöse von Händeklatschen. Er war verlegen, aber die Dame zeigte sich gar nicht beleidigt, sie machte ihn bloß darauf aufmerksam, dass er einen Fehler gemacht hatte, und verlangte ein Pfand von ihm. Und zugleich, ob sie nun Mitleid mit ihm verspürte oder ihn noch mehr verwirren wollte, beugte sie sich zu ihm und küsste ihn so heiß, dass seine Lippen sich wie verbrannt anfühlten und eine jähe, durchdringende Flamme durch seine Adern schoss. Wieder schallendes Gelächter, wieder ohrenbetäubender Applaus an allen Ecken und Enden des Balkons und des Saals.

Mein Freund zog eilig einen Ring von seinem Finger und reichte ihn der Dame mit den Worten: »Hier ist mein Pfand.« Zufällig war ihm ein Ring in die Hand geraten, in den statt eines Edelsteins ein Eisenplättchen mit dem eingravierten Bild eines Totenkopfs eingesetzt war. Im gleichen Augenblick riss einer der Gäste den Ring der Dame aus der Hand, warf einen Blick darauf und murmelte, wobei sein Gesicht einen geheimnisvollen, bösartigen Ausdruck annahm: »Ein gutes Omen.«

Niemand schien ihn zu beachten, der Ring wurde zu den anderen Pfändern in eine kleine Urne aus schwarzem Marmor geworfen, aus der die Pfänder, eines nach dem anderen, von einem jungen Mädchen mit hübschen, regelmäßigen Gesichtszügen, aber mit einem zigeunerhaften, verräterischen Lächeln herausgezogen wurden. Das Spiel ging weiter wie vorhin: Lärm, Lustigkeit, Ausgelassenheit, ja, sogar ein verführerisches Ungestüm beseelte die ganze Gesellschaft. Mein Freund blieb nicht hinter den anderen zurück, obwohl es Momente gab, in denen er insgeheim über all das, was er rings um sich sah und hörte, erstaunt war.

Endlich wurde auch sein Pfand herausgenommen. Nach dem Los sollte das Urteil über ihn gerade jener Herr fällen, der vorher so heftig den Ring meines Freundes der Dame entrissen hatte. Das Urteil besagte, dass der Eigentümer des soeben herausgezogenen Pfandes vom Blumengestell auf dem Balkon hinunterspringen sollte. Mein Freund freute sich im innersten Herzen, dass er so billig und so schnell davongekommen war. Er begann, die Blumentöpfe von ihrem Gestell herabzunehmen, um sich einen Platz auf dem obersten Brett freizumachen; die Dame, die ihn geküsst hatte, spornte ihn zu Kühnheit an und riet ihm, diesen Salto mortale, wie sie es im Scherz nannte, furchtlos zu vollführen.

Nachdem er die Blumentöpfe beiseitegeschoben hatte, bestieg mein Freund das höchste Brett des Gestells, von wo er die ganze Gesellschaft überblicken konnte. Selbst aus dem Saal drängten sich, wie unabsichtlich, alle auf den Balkon und zu den Türen, um diese Tat meines Freundes zu sehen – und es entging ihm nicht, dass auf allen Gesichtern ein zweideutiges Lächeln lag. Er hegte den Verdacht, dass sie sich über ihn lustig machen wollten und bezweifelten, ob er geschickt und erfahren genug sei, diesen Sprung zu wagen. Er beschloss, das Ganze mit einem Scherz abzutun, doch während er sich zum Sprung vorbereitete, bekreuzigte er sich. Und auf einmal wurde alles im Saal dunkel, die Musik brach mit einem lauten, schrillen Misston ab, als wären alle Instrumente in Unordnung geraten, Hunderte Stimmen begleiteten diesen Misston mit Geschrei, Geheul und Gekreische – und plötzlich trat vollkommene Stille ein, und alles verschwand ...

Mein Freund blickte sich um. Was, glauben Sie, sah er nun? Er sah

sich in einem nicht zu Ende gebauten, leeren Gebäude, am Rande eines nicht fertiggestellten Balkons, unter dem, auf dem Straßenpflaster, große, scharfkantige Granitblöcke lagen. Ein Fuß unseres Geistersehers schwebte schon knapp über dem Rand des Balkons – noch ein Schritt, und er wäre unten, auf den Spitzen der Granitblöcke, zerschmettert worden ...
Die Haare standen ihm zu Berge. Erschrocken verließ er den Balkon und tastete sich über eine dunkle mit Brettern und Fliesen bedeckte Treppe hinunter ... Als er, sich bekreuzigend und im Stillen betend, die Treppe hinunterging, stoben einige Katzen fauchend auseinander. Nachdem er dunkle, verworrene Korridore hinter sich gelassen hatte, rannte er Hals über Kopf auf die Straße, kaum die eigenen Füße spürend.

Er kam erst zu sich, als er seine Wohnung erreichte, wo er, vor Müdigkeit, seelischer Erregung und Angst, sich auf das Bett warf und nicht so sehr in Schlaf, als vielmehr in eine Art Vergessen fiel, in dem ihn in einem fort, bis zum Morgenanbruch, Albträume quälten.

Am nächsten Tag, als er aus seiner lethargischen Erstarrung aufwachte, stand er auf und blickte unwillkürlich in den Spiegel.

Wieder ein Wunder! Seine Lippen waren verbrannt und schwärzlich, als hätte jemand mit dem Höllenstein *(lapis infernalis)* über sie gestrichen, er spürte sogar den Schmerz der Brandwunde. Er schaute auf den Finger – der Ring war nicht da ...

Musste er nicht glauben, dass sein gestriges Abenteuer sich wirklich zugetragen hatte?

Ignaz Franz Castelli

Der Dichter und Dramatiker Vinzenz Ignaz Franz Castelli (1781–1862) wurde nach seinem Studium der Rechtswissenschaften Beamter in Wien. Diese Anstellung hielt er bis zu seiner Pensionierung 1843.

Mit seinem patriotischen *Kriegslied für die österreichische Armee,* von Erzherzog Karl in vielen Tausend Exemplaren unter die Truppen verteilt, wurde Castelli einer der ersten Dichter der Napoleonischen Befreiungskriege. Die Regierung musste Castelli nach Ungarn entsenden, um ihn vor den Nachstellungen der Franzosen zu schützen.

Von 1811 bis 1814 war Castelli Hoftheaterdichter am Wiener Kärntnertortheater, zudem Herausgeber der Zeitschriften *Der Sammler* (ab 1808) und der *Wiener Modezeitung* (1815–48). ›Tobias Guarnerius‹ ist wahrscheinlich seine einzige unheimliche Erzählung und wurde durch eine alte Volkssage angeregt.

Tobias Guarnerius

An einem nebligen Winterabende ging mein Urgroßvater, welcher sich geschäftehalber zu Bremen befand, in einem abgelegenen Gässchen hinter der Kirche spazieren. Was er dort suchte, werdet Ihr begreifen, wenn ich Euch sage, dass er damals zwanzig Jahre alt war und dass es wenige Städte in Deutschland gibt, welche so hübsche Mädchen aufzuweisen haben wie Bremen. Seit zwanzig Minuten hatte die Turmuhr schon die Stunde des Stelldichein geschlagen, ohne dass diejenige, welche sie bestimmt hatte, erschienen wäre, und mein Urgroßvater wartete.

Während er so in der Straße hin und her ging, bemerkte er an der Ecke derselben einen Laden, worin die an den beiden Seitenbalken schlecht aufgemalten Geigen das Handwerk anzeigten, welches darin betrieben oder vielmehr nicht betrieben wurde; denn wenn im Laden selbst an der Wand nicht ein altes Violoncello gehangen, in der Ecke ein Kontrabass ohne Saiten gestanden und einige Geigenbogen herumgelegen wären, so würde die Boutique eher einer Wachstube als einem Instrumentenmagazin geglichen haben. Eine schlechte Talgkerze auf einem ungeheuren hölzernen Leuchter verbreitete nur ein spärliches Licht und beleuchtete nur matt den Mann, der darin arbeitete. Er schien überhaupt nicht sehr fleißig bei seiner Arbeit zu sein; denn fast alle drei bis vier Minuten stand er auf, legte die Arbeit nieder und ging mit großen Schritten, starren Blicken und leidenschaftlichen Gebärden umher wie ein Mann, den eine tiefe Idee beschäftigt.

Teils aus Neugierde, teils auch um dem Schnee zu entgehen, der in dichten Flocken fiel, trat mein Urgroßvater in den Laden, und obschon er in seinem Leben keine Note gelernt hatte, ersuchte er doch ihm einige zum Verkaufe bestimmte Geigen zu zeigen.

»Geigen?«, antwortete barsch der Instrumentenmacher. »Sie sehen wohl, dass ich keine zu verkaufen habe, wenn Sie aber den alten Kontrabass dort haben wollen, den ich als Bezahlung für ausgebesserte Instrumente annehmen musste, den lass ich Ihnen für zehn Taler – für acht ohne zu handeln.«

Mein Urgroßvater bedankte sich höflich, allein er bekam Antworten, welche ihn glauben machten, dass der Instrumentenmacher im

Kopf nicht ganz richtig sei, und er erhielt volle Überzeugung hievon, als eine alte Frau, welche aus dem Nebenzimmer kam, ihm durch Zeichen zu verstehen gab, dass der arme Mann nicht bei gesundem Verstande sei.

Mein Urgroßvater verließ dann den Laden und am andern Morgen Bremen, ohne sich weiter um den Mann zu bekümmern.

Drei Jahre nachher, als er Bremen wieder besuchte, fand er die Boutique geschlossen und auf den zugemachten Fensterladen große rote Kreuze aufgezeichnet. Dieser Umstand erregte seine Aufmerksamkeit, und des Abends sprach er mit seinem Gastwirte darüber. Dieser, der zugleich eine Magistratsperson war, erzählte ihm folgende Geschichte:

»Dieser Mann, den Sie vor drei Jahren kennengelernt haben«, sprach er, »nannte sich Tobias Guarnerius, und erhielt durch seine Arbeit nur mit Mühe sich und jene alte Frau, welche Sie bei ihm gesehen haben. Es war seine Mutter, welche seit dem Tode seines Weibes bei ihm lebte. Da er in der Stadt der einzige Instrumentenmacher war und da es hier viel Musikkünstler und Liebhaber gibt, welche ihm immer Arbeit gaben, so würde er wohl besser haben leben können. Allein zehn Jahre vor jener Zeit, von welcher wir sprechen, ward er zum Raube einer fixen Idee, welche er stets verfolgte, so viele Opfer er ihr auch bringen musste.

Sein Weib, welches aus Gram darüber starb, dass sie sehen musste, wie er die Frucht seiner Arbeit so unnütz verschwendete, versuchte öfters ihm Vorwürfe zu machen und beschwor ihn, sich und sie nicht in das Elend zu stürzen; aber alles vergebens. Sein Erspartes, dann einige entlehnte Summen Geldes, endlich seine Möbel und seine Kleider, alles verschlang seine fixe Idee, ohne dass er fand, was er suchte. Auch selbst dann, als ihm die Mittel ganz fehlten, seine Arbeit fortzusetzen, verlor er dessen ungeachtet die Hoffnung nicht, entweder früher oder später zum höchsten Ruhme zu gelangen und den Lohn für alle seine Opfer zu ernten.

Er besaß eine Violine von Stradivarius, wofür ihm Kenner ungeheure Preise boten; da kam ihm der Gedanke, das Verfahren dieses großen Meisters nachzuahmen. Er meinte, wenn er ein gleiches Holz verwende, die Gestalt und Dimensionen mit der strengsten mathematischen Genauigkeit wiedergäbe, auch selbst die nämliche Farbe und den nämlichen Firnis anwenden würde, auch die musikalische Wirkung dieselbe werden müsste. Allein ungeachtet aller

Sorgfalt, welche er bei seiner Nachahmung anwandte, entdeckte sich doch immer eine Verschiedenheit zwischen der Kopie und dem Original. Dieses blieb immer das bei Weitem vortrefflichere.

Endlich gelang es ihm, ein Instrument zu verfertigen, welches seinem Vorbilde so ganz gleich war, dass man keinen Unterschied zwischen beiden entdecken konnte, allein siehe da! Ebendieses war dem Tone nach gerade das Schlechteste von allen. Da sprach er betrübt zu sich selbst: Wer weiß, ob das, was ich suche, nicht außerhalb des Materiellen liegt. Worte stellen Begriffe dar, ich glaube daher nicht zu irren, wenn ich den Ton die Seele des Instrumentes nenne.

Ein Musiker, welcher ihm einen Geigenbogen zu behaaren gebracht hatte, ließ eines Tages ein Buch bei ihm liegen, welches er längere Zeit nicht zurückforderte; Tobias las darin. Es war eines jener Monumente der deutschen Gelehrsamkeit und Geduld, worin der Autor alles Wissenswerte zusammenkaufte. Neben einem Kapitel ›über die beste Regierungsform‹ fand sich ein anderes ›Gurken in Essig einzumachen‹; einer ›Anleitung Cyperwein zu machen‹ folgte eine ›Dissertation über die 11.000 Jungfrauen‹ und eine ›Lobrede über die Kahlköpfigkeit‹. Es herrschte in dem Buche ein Ton von Gutherzigkeit, welcher unsern Tobias außerordentlich anzog.

Plötzlich, beim Umwenden eines Blattes, stieß er auf ein Kapitel, betitelt: ›Über die Seelenwanderung‹. Beim Anblicke dieses Titels fuhr er mit einem Rundsprunge empor, rief seine Mutter, welche er bat, im Laden zu bleiben, und wenn jemand um ihn frage, zu sagen, er sei ausgegangen, dann schloss er sich in seine Kammer ein, um das Kapitel ungestört lesen zu können.

Allein es war nur eine elende Rhapsodie aus hundert und einem Buche zusammengetragen. Nach langen Umschweifen schloss endlich der Autor mit der funkelneuen Entdeckung, dass die Seele des Menschen unsterblich sei. Allein Tobias hielt sich fest an den Titel, und er fing an, sich die Seele als eine bewegliche Substanz vorzustellen, welche mit ihrer belebenden Kraft von einem Orte zum andern übertragen werden könne. Von diesem Augenblicke an war dies seine fixe Idee, mit deren Hilfe er nun seinen Zweck zu erreichen hoffte.

Drei Monate nachher bei Nacht, wo die ganze Stadt Bremen schon im tiefen Schlummer lag, war die Arbeitsstube des Tobias Guarnerius sorgfältig geschlossen, und aus Furcht, ein Vorübergehender könnte durch die Ritzen der Fensterladen noch Licht erblicken, war vor der

Glastür, welche von dieser Stube in das Magazin führte, ein doppelter Vorhang vorgezogen.

Diese Vorsicht war wirklich nicht überflüssig; denn es war eine sonderbare Arbeit, womit sich Tobias beschäftigte.

Auf einem alten Bette von rotem Damast, auf welchem ihn seine alte Mutter vor vierzig Jahren zur Welt gebracht hatte, lag diese sterbend. Tobias aber stand über ihre Brust gebeugt, aus welcher dumpfes Röcheln ertönte, ohne ein Zeichen des Mitleides und der Teilnahme, ohne eine Träne im Auge, welches starr auf der Sterbenden haftete. Er schien von der Ahnung eines feierlichen Augenblickes ergriffen, ein sonderbarer Apparat schien das Bett mit dem Tische, welcher daneben stand und auf welchem eine unvollendete Geige lag, in Verbindung zu bringen. Eine Röhre aus Vermischung mehrerer Metalle geformt und am Ende trichterförmig auslaufend stand vor dem Munde der alten Frau und nahm ihren Atem auf, welcher bei jedem Atemholen mit dumpfem Tone darein sich verlor. Am andern Ende war die Röhre in einen hölzernen Stimmstock eingefügt, gleich demjenigen, der sich bei allen Saiteninstrumenten zwischen dem Boden und dem Bauche befindet, nur hatte dieser einen größeren Durchmesser, und statt von Holz zu sein, war er hohl und mittelst eines Schraubendeckels hermetisch zu verschließen, wenn die Mündung der Röhre davon getrennt wird. Genau über dem Punkte der Vereinigung des Holzes mit dem Metalle, und um das Evaporieren im Augenblicke ihrer Trennung zu verhindern, war eine Art Büchse von Tannenholz angebracht.

Um 1 Uhr 52 Minuten und einige Sekunden hatte das Atemholen der Kranken gestockt, ihr Puls und ihr Herz hatten aufgehört zu schlagen, plötzlich vernahm man in der Röhre, welche wie durch eine galvanische Kraft bewegt wurde, einen langen Seufzer, und ein Zittern verbreitete sich durch das ganze Metall, bis es endlich in der angehängten Büchse aufhörte. Bei diesem Geräusche stieß Tobias mit stieren Augen und schnaubender Brust die leitende Röhre zurück, und mit toller Heftigkeit schraubte er ungeachtet eines außerordentlichen Widerstandes, den er fühlte, den Deckel ab. Auf diese Art schloss Tobias Guarnerius die Seele seiner Mutter in den hohlen Stimmstock ein.

Als dieses alles geschehen war, fiel Tobias erschöpft und bewusstlos zur Erde und blieb daselbst ohne Besinnung liegen, bis es schon Tag geworden war. Als er erwachte, fühlte er sich bis zum Tode ermattet und hatte große Mühe seine Ideen zu sammeln und sich Rechenschaft über das Vollbrachte abzulegen. Er näherte sich dem Bette, auf welchem der Leichnam seiner Mutter noch bleich und kalt lag. Er drückte ihr die noch offenen Augenlider zu, damit ihr starrer Blick dem seinigen nicht begegne, dann bedeckte er den Leichnam ganz; denn es ergriffen ihn Furcht und Grauen.

Bei der Beerdigung der irdischen Überreste von Tobias' Mutter sollen sich wunderbare Dinge begeben haben, wie Augenzeugen erzählen; jedes Mal, wenn der Priester in seinem Gebete von der Seele der Verstorbenen sprach, erloschen die Lichter, welche um den Sarg brannten, von selbst. Zeuge dieses Wunders und von Gewissensbissen gequält, hatte Tobias noch nicht gewagt, sein nun vollendetes Instrument zu versuchen, und doch waren wunderbare Töne darin verborgen; denn wenn auch nur die Luft darüberstreifte, so hauchte es Seufzer von unglaublicher Lieblichkeit aus.

Indessen hatte sich in der Stadt schon das Gerücht verbreitet, Tobias Guarnerius habe endlich das Geheimnis, welches er so lange suchte, gefunden, und täglich besuchten seine Werkstätte eine Menge von Musikern und Liebhabern, um die wunderbare Violine zu sehen. Sie mussten aber alle unbefriedigt sich wieder entfernen; denn Tobias gab vor, sein Werk sei noch nicht vollendet.

Bald nachher geschah es, dass der Thronerbe eines kleinen Fürstentums Bremen besuchte. Die Vorsicht hatte ihm auch das Talent eines großen Violinspielers verliehen, in ganz Deutschland war dies bekannt. Der Bürgermeister von Bremen beeilte sich, dem hohen Gaste eine musikalische Abendunterhaltung zu veranstalten, und ließ den Tobias benachrichtigen, dass es ihm angenehm sein würde, bei dieser Gelegenheit sein Instrument auf die Probe gestellt zu sehen.

Dieser Auftrag verscheuchte alle Zweifel des Tobias, und er schickte an dem bestimmten Tage das Instrument in einem Futterale, wozu er den Schlüssel bei sich behielt, und hoffte, den berühmten Stradivarius und alle Meister seiner Kunst verdunkelt zu haben.

Zur bestimmten Stunde, in welcher sich die Gäste versammelten, wurde auch Tobias in den Salon des Bürgermeisters eingeführt. Er machte in seiner fast vorsintflutlichen Tracht und mit seinen linkischen Manieren eine seltsame und lächerliche Figur; wenn man ihn dann in einer Ecke sitzen sah mit bleichem Gesichte, das Auge ängstlich auf den Virtuosen geheftet, welcher seiner Schöpfung Töne geben sollte, da sah er wohl eher bedauernswürdig als lächerlich aus.

Es ist unmöglich, den Eindruck zu beschreiben, welcher die ganze große Versammlung bei den ersten Bogenstrichen ergriff; die gefangene Seele klagte so erbarmungswürdig, dass einige versicherten, es war ihnen zumute, als ob sie von der Erde emporgehoben wären, für andere waren die Töne so eindringlich, dass ihre Nerven zu zittern anfingen. Das Außerordentlichste aber war das sympathetische Gefühl, das alle Seelen der Anwesenden bei den Trauertönen dieser Seele ergriff und sie zu Tränen rührte. Nicht der Schmerz einer Mutter über den Tod ihres einzigen Kindes, nicht jener einer verlassenen Geliebten, nicht der Schmerz eines Künstlers, wenn er sein Werk zugrunde gehen sieht, können einen Begriff von den bittern Klagen dieser Seele geben, welche über die Zeit ihrer Bestimmung von der ewigen Ruhe zurückgehalten wurde. Niemand, selbst nicht jener Mann, welcher den Bogen führte, konnte sich auch nur einer Note von jener Melodie erinnern, welche die Geige des Tobias gespielt hatte. Niemand wusste, ob das, was er gehört hatte, wirklich ein Tonstück oder vielmehr eine Geschichte, erzählt von einem sublimen Poeten, sei, worin mit bewunderungswürdiger Kunst alle Qualen, alle Ängstlichkeit, alle Traurigkeit des menschlichen Lebens ausgemalt waren, darin waren aber alle einstimmig, dass sie nie und nirgends eine Harmonie hörten, welche so tief auf sie wirkte.

Als das Musikstück zu Ende war und die Zuhörer zu sich selbst gekommen waren, wendeten sich alle Blicke auf Tobias Guarnerius. Für diesen waren die Töne nicht Klagen, sondern Vorwürfe; dennoch überwiegte das Entzücken, sein Problem endlich gelöst zu sehen, alle übrigen Gefühle, er warf sich auf seine Knie, hob die Hände gegen Himmel, und Freudentränen rollten über seine Wangen. Erst nach einigen Minuten sammelte er sich und bemerkte, dass ihn der fremde Prinz beim Arm fasste und ihn fragte, ob er ihm seine Violine für tausend Taler überlassen wolle. ›Meine Violine! Für tausend Taler?‹, antwortete er mit einem Lächeln. ›Sie bieten also einen Preis für etwas, das nie existierte und nie mehr existieren wird? Sie wollen die Schöpfung kaufen? Wie viel würden Sie wohl für die Sonne zahlen, wenn sie auf dem Markte zu haben wäre? Meine Violine ist nicht zu kaufen, und mein Ruhm wird unsterblich sein, dieses genügt mir.‹

Der Prinz war nicht der Mann, sich durch Hindernisse besiegen zu lassen. Er zog aus seiner Brieftasche 1200 Taler in Banknoten, breitete sie auf den Tisch aus, legte noch eine volle Börse mit Gold dazu und sprach: ›Nehmt alles dieses für Eure Violine, Meister!‹

Bei dem Anblicke dieser Schätze verschwand der Stolz des armen Tobias, der in seinem Leben noch nicht so viel Geld beisammen gesehen hatte, seine kindliche Liebe, seine Künstleransprüche, alles verschwand, gierig übersah er die Summe und sprach: ›Weil Sie durchaus so wollen, wohlan, so sei der Kauf geschlossen, und ich gebe Ihnen sogar das Futteral und den Schlüssel noch mit in den Kauf, nur sage ich Ihnen, dass ich für meine Ware in der Zukunft nicht bürge, und wenn Sie nicht genau darauf achthaben und etwas daran verdorben würde, ich sie keiner Ausbesserung und Wiederherstellung unterziehe.‹

Der Prinz nahm alles an, ließ die Violine in das Futteral schließen und befahl seinem Kammerdiener, sie in seine Wohnung zu tragen, und brachte dann den Rest der Nacht fröhlich bei dem Gelage zu, welches der Bürgermeister glänzend servieren ließ.

Tobias begab sich nach Hause und wiegte sich einen Teil der Nacht in seiner Hoffnung auf unsterblichen Ruhm. Den andern Teil fand er sich selig in dem Gedanken, jetzt ein reicher Mann zu sein; 15.000 Taler, genau gezählt, waren nun sein Eigentum. Er zählte die Goldstücke wohl zehnmal, und nachdem er die Lampe ausgelöscht hatte, ließ er sie noch zwischen seinen Fingern hin und her rollen; so tat er bis drei Uhr morgens, bis dass er endlich entschlief.

Am andern Morgen erwachte er früh, und es war ihm wie einem Menschen, der bei Wein und Schmaus betäubt eingeschlafen ist; er fühlte seinen Kopf schwer, den Geist ermüdet und das Herz unbefriedigt. Ein Gedanke beherrschte ihn vor allen andern: Er hatte die Seele seiner armen Mutter nicht nur zurückgehalten und eingesperrt, sondern sogar verkauft. Der Käufer konnte nun zu jeder Stunde, wo es ihm gefiel, sie zwingen zu singen, er konnte sie an einen andern verkaufen, sie überall mit sich führen und, wie der Psalm sagt, seinen Fußschemel daraus machen. In diesen quälenden Gedanken war Tobias versunken, als ein Diener des Bürgermeisters bei ihm eintrat. Tobias kannte ihn recht gut, er war in seiner Jugend der Geliebte seiner Mutter, und er würde sie auch geheiratet haben, wäre er nicht zum Soldaten genommen worden. Als er nach seiner Kapitulationszeit zurückkam und Brigitten verheiratet fand, wandelte seine Liebe sich in innige Freundschaft um, und Brigittens Gatte, welcher seiner

Frau volles Vertrauen schenkte, sah es gerne, wenn er sie oft besuchte, es schloss sich ein festes Freundschaftsbündnis zwischen den dreien, und der Mann hatte den jungen Tobias oft auf seinen Knien geschaukelt. Am Abende des Konzertes hatte auch er die Violine gehört, aus welcher Brigittens Seele seufzte, und ihre Stimme erkannt; denn die wahre Liebe vergisst nicht, und eben so hatte Brigitte geklagt, als er sie einst verlassen musste. Er kam also, um Tobias zu fragen, wie sich denn dies Wunderbare ereignen konnte. Tobias war verlegen, stotterte einige unzusammenhängende Worte und versuchte endlich die ganze Sache zum Scherze zu drehen, aber der Greis ging achselzuckend von dannen und vermutete ein schreckliches Geheimnis dahinter.

Tobias wurde dadurch in noch größere Angst versetzt; denn er fürchtete, dass sich auch die weltliche Gerechtigkeit in die Sache mischen könnte. Er nahm am Ende sein Geld und ging zu dem Prinzen, um den Kauf rückgängig zu machen. Sein fester Entschluss war, die Geige, sobald sie wieder in seiner Gewalt wäre, zu zerbrechen und die arme Seele in Freiheit zu setzen. Allein der Prinz war schon abgereist. Tobias, der das Gewicht jener Schuld nicht länger tragen konnte, nahm sich einen Platz auf dem Postwagen, um sich nach der Residenz des Prinzen zu begeben. Er langte dort an, aber zwei Tage vergingen, bevor er zur Audienz gelassen wurde, und dann erfuhr er, dass die Violine bereits in andern Händen sei. Der Prinz hatte nicht darauf spielen können, ohne dass sein Nervensystem in die fürchterlichste Zerrüttung kam. Sein Arzt hatte erklärt, dass der durchdringende Ton des Instrumentes daran Schuld trage, und der Prinz habe sie daher an einen italienischen Virtuosen verkauft, der damit nach Paris gezogen sei, um daselbst Konzerte zu geben.

Alsogleich machte sich Tobias auf den Weg dahin, und als er dort ankam, lockte ihn keine Merkwürdigkeit der Hauptstadt, er suchte nur so schnell als möglich die Wohnung des Signore Ballondini zu erforschen. Er erfuhr sie bald; denn Dank sei es seiner Geige, der Virtuose hatte sich durch sein Konzert schon einen außerordentlichen Ruf gegründet, und alle öffentlichen Blätter sprachen nur von seinem Talente und dem wundersamen Tone seines Instrumentes. Alsogleich eilte Tobias nach dem bezeichneten Hause und traf dort eben eine Viertelstunde später ein, als Ballondini nach Italien abgereist war. Tobias folgte ihm auch dahin.

Man würde kein Ende finden, wollte man alle Hände und alle Orte nennen, in welche die verhängnisvolle Violine kam. Auch diejenigen, welche die stärksten Nerven besaßen, konnten sie nicht über einen Monat behalten, und doch fand sich immer ein Käufer dafür, ohne dass ihr Preis sich verminderte. Durch ganze zwei Jahre folgte ihr Tobias durch alle Länder und kam endlich nach vielen Beschwerden nach Leipzig. Diesmal kam er nicht zu spät, und das Instrument befand sich wirklich in den Händen desjenigen, den man ihm als Besitzer nannte. Allein, obwohl er während seiner langen Reise so sparsam war als möglich, seine Börse war doch erschöpft, und er besaß nur mehr wenige Louisdors. Eine Handlung zieht gewöhnlich eine zweite nach sich, und er wusste sich nicht anders zu helfen, als mit dem Gelde, welches ihm übrig blieb, den Diener des Besitzers der Geige zu bestechen. Dieser führte ihn bei Nacht in das Zimmer seines Herrn, wo er das Instrument entwenden wollte.

Auch dieses gelang ihm nicht, der Diener hatte das Geld zwar angenommen, aber alles seinem Herrn entdeckt. Tobias ward auf der Tat ertappt, arretiert und in das Gefängnis geworfen. Sowohl die Vergangenheit als auch das Entsetzen vor der Zukunft wirkten so mächtig auf ihn, dass er krank wurde und in das Hospital gebracht werden musste.

Er fühlte seinen Tod nahen, und auch der Arzt machte ihm kein Geheimnis daraus. Dies konnte ihm wohl die Hoffnung geben, der menschlichen Gerechtigkeit zu entgehen, aber es führte ihn auch in die Hände der göttlichen Gerechtigkeit, welcher er, das fühlte er wohl, noch eine größere Rechenschaft werde abzulegen haben.

Eines Tages, es war ein schöner Herbstmorgen, fiel ein Sonnenstrahl auf sein Bett und gab allem um ihn her ein freundliches und feierliches Ansehen, frischer Wind schüttelte die Bäume unter seinem Fenster, und die Vögel sangen fröhlich auf den Zweigen. Es war so schön, so ruhig, so heiter, dass man fast hätte schwören mögen, an einem solchen Tage könne niemand sterben. Der Anblick dieses herrlichen Tages hatte seinen Geist zu dem Schöpfer erhoben, und in sein Herz fiel ein Hoffnungsstrahl auf die ewige Barmherzigkeit. In diesem Augenblicke fühlte er den Mut, einem Priester sein Geheimnis zu offenbaren, und der Geistliche des Hospitals kam, sein Bekenntnis zu empfangen. Tobias brauchte lange und fiel dann in eine völlige Bewusstlosigkeit. Der Priester sprach ihm Worte des Trostes zu.

Da ertönte die schlechte Geige eines herumziehenden Musikanten vom Spitalshofe herauf, der Priester ließ sich dadurch in seinen Gebeten nicht beirren, aber Tobias setzte sich im Bette auf, seine Haare sträubten sich empor, er horchte in der fürchterlichsten Angst, fasste den Arm des Priesters und rief ihn heftig drückend: ›Hören Sie, ehrwürdiger Herr, hören Sie die Seele meiner Mutter, die mich anklagt!‹ Hierauf fiel er in fürchterliche Konvulsionen und gab dann seinen Geist auf.

In dem Augenblicke, als Tobias Guarnerius starb, hörte der Besitzer jener wunderbaren Geige im Innern des Futterals Töne, als ob jemand über die Saiten führe, er öffnete dieses, und ein Luftzug fuhr ihm am Gesichte vorüber, alle Saiten waren abgesprungen, der Stimmstock, welchen die Geigenmacher die Seele der Violine nennen, war umgefallen, und man hörte ihn im Innern des Instrumentes herumrollen. Ein Geigenmacher ward mit der Reparatur des Instrumentes beauftragt, allein als die Violine aus seinen Händen kam, hatte sie ihre Vorzüglichkeit und vor allem ihren wunderbaren Ton verloren; dennoch blieb sie noch immer ein bemerkenswertes Instrument.

Einige Monate nachher erfuhr man den Tod des Tobias Guarnerius in seiner Vaterstadt Bremen; der Diener des Bürgermeisters, welcher bisher geschwiegen hatte, ließ nun seinen Verdacht laut werden, und der Pöbel glaubte ihm, versammelte sich in Haufen vor dem seit drei Jahren verschlossenen Laden, brach denselben auf und drang in das Innere. Mehrere verdächtige Objekte, unter anderem die Maschinerie, welche er bei der Geige angewandt hatte, und einige Bücher, mit fremden Charakteren geschrieben, fanden sich vor und bestätigten den Pöbel noch in seinem Wahn. Man machte Kreuze auf die Fensterbalken, und niemand hat seit dieser Zeit mehr Tobias' Wohnung betreten; denn man sagt, dass man öfter des Nachts ein heftiges Gepolter darin vernehme.«

So erzählte der Magistratsbeamte meinem Urgroßvater und setzte nur noch dazu: »Ich meines Teils halte das Ganze nur für eine Erfindung des Aberglaubens.«

ALEXANDER VON UNGERN-STERNBERG

Alexander Freiherrn von Ungern-Sternberg wurde am 22. 04. 1806 auf Schloss Noistfer bei Reval (Estland) geboren. Als Adeliger kannte er sich im schönen Leben aus, doch als er verarmte, entwickelte er sich zum Zyniker. Er starb an einem Schlaganfall am 24. 08. 1868 in Dannenwalde bei Stargard (Mecklenburg).

Ungern-Sternberg interessierte sich sehr für Märchen und fantastische Geschichten und begann früh zu schreiben: Mit vierzehn Jahren hatte er bereits sechs Trauerspiele verfasst, die jedoch unveröffentlicht blieben. 1828 wurde seine erste Erzählung publiziert. Er brachte es auf 35 Romane und etwa 200 Erzählungen, die heute nahezu vergessen sind, obwohl sie durch einen lebendigen Stil und ungewöhnliche Ideen geprägt sind, sogar teilweise durch eine für die damalige Zeit freizügige Darstellung von Sexualität.

Die nachfolgende in Russland angesiedelte Geistergeschichte ist ein gutes Beispiel der Erzählkunst Ungern-Sternbergs. Es ist mehr als bedauerlich, dass seine Werke nur schwer zugänglich waren bzw. sind, denn dadurch wurde seine literarische Bedeutung nicht erkannt – Robert N. Bloch, der Kenner der deutschsprachigen Fantastik, wies schon 1995 darauf hin, das Ungern-Sternberg das Bindeglied zwischen E. T. A. Hoffmann und der Moderne war.

Das gespenstische Gasthaus

Wenn man mich an einem Herbstabende, wo »unendlicher« Regen an die Fenster schlägt und die Winde auf eine melancholische Weise im Kamin brausen, um eine Gespenstergeschichte bäte, so würde ich folgende erzählen:

Die Reisenden, die nach Russland gehen, wissen, dass früher der Weg über Memel führte und dass man gezwungen war, jene höchst einsame und manchmal sogar gefährliche Niederung zu befahren, die man die Kurische Nehrung nennt. Auf einem dünnen Sandstreifen erblickte da das Auge des Reisenden, so weit es schaute, nichts als die graue Fläche des Meeres, in den Schleier der nordischen Nebel gehüllt.

Man fuhr viele Stunden lang, und man verzweifelte, jemals anzulangen. Diese Einöde machte einen Eindruck von Verstimmung und Melancholie aufs Gemüt, der sich schwer beschreiben lässt. Die ehrgeizigen Pläne, die sich im Gehirn schaukelten, die süßen oder bitteren Erinnerungen, die das Herz bewahrte, die Leidenschaften, die im Blute sprudelten, alles das verschwand und wich dem Nebel und dem Meere. Unsere Freunde, unsere Liebe, unser Hass, unser Gedächtnis blieben zurück, und die Einöde zog in uns ein, um gänzlich von allen unsern Fähigkeiten Besitz zu nehmen.

Das Kreischen der Möwen, das Anprallen und Anplätschern der Wellen, der Seewind, der kalt daherweht, werden nun Gegenstände, die unsere Aufmerksamkeit einzig fesseln, um die sich unsere Existenz dreht. Wir lauschen einer Welle entgegen, die auf dem hellen Sandboden herangeschlichen kommt, ihren Vorrat von Mollusken und Seespinnen ablegt und dann an unserm Wagenrad zerschellt; es schaudert uns, wenn einige jener glatten, durchsichtigen Linsen, die Tiere enthalten, welche wir nicht zu nennen wissen, sowenig wir ihre eigentliche Gestalt unterscheiden können, von dem Rade zerquetscht werden, und wir denken nicht dran, dass unsere eigene Existenz gefährdet ist; denn der Wagen schneidet in den trügerischen Boden so tief ein, dass er am Ende gar versinken könnte.

Wer hört uns, wer sieht uns in dieser Einsamkeit? Schon mancher Reisewagen soll hier vor Zeiten ins Bodenlose gesunken sein, so erzählt uns der Postillon, und wir glauben ihm. Wenn man den Naturgewalten völlig überlassen ist, so wird man gläubig. Das albernste Märchen verwandelt sich in eine Tatsache, wenn wir im Rauschen eines uralten Waldes allein sind oder allein auf dem endlosen Meere oder allein ... auf dem Wege, wo wir eben sind.

In alten Zeiten, das heißt vor siebzig Jahren, soll in dieser Gegend ein Haus gestanden haben, welches Reisende aufnahm, ihnen Obdach und nicht selten Rettung aus lebensgefährlichen Unfällen gewährte. Als die geregelte Poststraße gebaut wurde, brauchte man das Haus nicht mehr, der Eigentümer gab es auf, und es fiel in Trümmer. Noch am Anfang dieses Jahrhunderts soll es als Ruine gestanden haben; jetzt ist nichts mehr davon zu sehen als wenige Mauerreste und ein paar verkohlte Balken, die aus dem Sande herausragen und vom Meere bespült werden.

Ich sah um diese Stätte die Möwen kreisen, und ein prächtiger kohlschwarzer Rabe saß gerade in der vollen Majestät seiner ihm von Lafontaine verliehenen Berühmtheit auf einem der vermorschten Stümpfe und sah das keuchende Gespann meiner Brischke mit pedantischer Gravität vorbeiziehen.

Der Postillon hatte es so eingerichtet, dass wir noch am Tage hier vorbeikamen: »Denn«, sagte er, »bei Nacht ist hier nicht gut fahren, weil es auf dieser Stelle spukt.«

Ich betrachtete die Stelle, und sie hatte wirklich ein sehr bedenkliches Ansehen. Die Einöde schien hier noch mehr in ihrem Rechte zu sein als auf den anderen Punkten dieses endlosen Weges.

Der Schwall der Wogen nahm eine Melodie an ganz eigener Art. Es rauschte und flüsterte und kam von weiter Ferne und ging wieder zurück und kam wieder, und dann zogen Nebel und dann Windstöße an mir vorüber, und alles das klang so, als ob Türen zugeschlagen würden und Fenster sich öffneten. Ich sah die Balken forschend an, allein sie bauten sich zu keinem Hause zusammen; es blieb öde und stille. Es zischelte und rollte und grollte fort und fort. Dann wurde es dunkler, und der Postillon schwang seine Peitsche und trieb die Gäule an, sodass der Platz mir endlich aus dem Gesichte verschwand.

Im Posthause angelangt, fühlte ich mich in der großen leeren Passagierstube unbehaglich, und meine üble Laune wuchs, als ich sah, dass der Mond aufstieg und ich mir dachte, dass es angenehm sein möchte, am Meeresstrande hin und her zu wandeln. Aber ich hatte mir einen »russischen« Tee brauen lassen, und den abzuwarten war eine Pflicht, die ich, dem Kultus des Teetrinkens eifrig ergeben, nicht versäumen durfte.

Endlich kam die dampfende Messingvase, und mit der ersten Tasse, die eingeschlürft wurde, nahm sich die große leere Stube schon um einiges wohnlicher aus. Wenn man in jenen Gegenden den Tee trinkt, so ist man nie allein. Die Russen lieben es (diesmal jedoch eine russifizierte deutsche Familie), beim Tee Gesellschaft zu haben und Gesellschaft zu leisten. Es quoll also mit der dampfenden Maschine zugleich ein Haufen zerlumpter Kinder herein, die einen alten Mann mit sich führten. Dies war der Großvater der Familie. Der ganze Trupp blieb in der Ecke des Saales stehen, gewärtig eines Winks, entweder hinausgetrieben oder herangerufen zu werden.

Das Letztere geschah. Der alte Mann hatte ein ehrliches Gesicht, und hinter seinen Augen lauerten, wie hinter den Stäben eines Käfigs fremde Vögel, so hier allerlei Geschichten. Ich hatte mich nicht getäuscht, der Mann war ein Erzähler. Ein Glas Tee, denn er trank den Tee nur aus Gläsern, versetzt mit einer Quantität Rum, die genügend war, den Alten zum Gegenstand der Aufmerksamkeit eines Mäßigkeitsvereins zu machen, war die Wünschelrute, die den Schatz seiner Geschichten hob.

Wir kamen von der großen Chinesischen Mauer auf die große Aloe im Garten zu Petersburg, von dem Zwerge Peters des Großen auf die letzte Reise der Taglioni. Der Mann wusste sehr viel, allein: Alles wusste er nicht; auch ich konnte ihm manches Neue sagen, und wir taten gegeneinander mit unseren Geschichten groß.

Zuletzt fragte ich ihn: »Aber sage mir, Vater, weißt du nichts von einem Gasthause, das hier am Strande gestanden haben soll und dessen Trümmer man mir gezeigt hat?«

Ich sah an der Miene des Großvaters, dass ich an eine seiner besten Geschichten getippt hatte. »Ob ich nichts weiß?«, sagte er. »Oh, ich weiß viel von diesem Hause zu erzählen. Niemand weiß etwas davon, außer ich, und ich möchte niemandem raten, von dem verschwundenen Gasthause zu sprechen; ich will ihm sogleich beweisen, dass er nichts weiß. Ich allein weiß alles.«

»So erzähle.«

Ich kannte meinen Alten schlecht, wenn ich meinte, dass er gleich so schlechtweg die Sache vortragen sollte. Da gab es Präambeln, die kein Ende nahmen. Unterdessen wurden zwei Gläser Tee geleert und das dritte eingegossen. Der Mond stand dem Fenster gegenüber und beschien einige trübselige Ställe und Hütten, aus denen graues Gewürme, das Menschen vorstellte, hervorkroch. Es trieb mich ins Freie, an den Meeresstrand, und ich zögerte keinen Augenblick, den Alten und seine Geschichte mitzunehmen.

Wir wandelten auf dem Sande hin, das weite, dunkle, murmelnde Meer uns zur Seite, und es dauerte nicht lange, so erreichten wir jene Stelle, wo die Mauerreste und vermorschten Balken hervorsahen. Der Alte kroch in lauten Schauern zusammen. Seine Erinnerungen fielen ihn an wie nächtliche Banditen und schüttelten die alten Gebeine durcheinander wie der Sturmwind im Forst die nackten Stämme. Es ist etwas Eigenes um die Lebendigkeit im Volk! Wie frisch, wie kräftig das alles! Mein Großvater wurde mir jetzt ganz interessant, und ich hörte, was ich bisher noch nicht getan, auf seine Geschichte.

Er war eben daran, sich mir als siebzehnjähriger junger Bursche zu präsentieren. »Damals stand hier«, sagte er, »das Haus des Dimitri Slommitsch, eines gottlosen Mannes, und ich ... ich trat in seine Dienste.« – Jetzt eine lange Abhandlung über Dienstpflichten, über die Strafen für ungetreue Dienstboten.

Ich hörte wieder nicht hin, sondern sah auf das Meer. »Aber, Andre«, sagte ich endlich, »du sollst nicht erzählen, was ich anzuhören kein Verlangen getragen. Wer heißt dich vom Gleise deiner Geschichte abbiegen?«

»Nun, wie du willst, mein Sohn«, antwortete er sehr gütig. »Ich dachte nur, du könntest glauben, ich hätte zu dem verruchten Menschen, dem Dimitri Slommitsch, im Verhältnis eines besoldeten Dieners gestanden, was keineswegs der Fall war. Er nahm mich auf, damit ich die Gäste, die bei ihm eintraten, bedienen sollte; aber das war eben die Sache, dass keine Gäste mehr bei ihm einsprachen; seit dem Verschwinden des alten Bojaren keine.«

»Seit dem Verschwinden? Und warum verschwand er?«

Andre rückte näher an mich heran. Wir standen gerade an dem Pfeiler, wo vorhin der Rabe gesessen. »Seht«, sagte der Erzähler, indem er mit seiner knochigen Hand auf den Boden zeigte, »hier an dieser Stelle floss Blut, und das können die Geister nicht verzeihen. Und am Allerseelentage, wenn der Bischof von Ermeland die Glocken läuten lässt, steigt um Mitternacht das alte Gasthaus hier in die Höhe, und viele Reisende haben schon die erhellten Fenster leuchten sehen. Wenn sie näher kamen, verschwand's. Ich aber habe noch das alte Haus, die festen Balken, das feste Dach prangen sehen, und in jener Nacht, als der Starost verschwand, lehnte sich in Dunkel und Sturm ein Mann halb ohnmächtig an jenen Pfosten, und dieser Mann war ich.«

»So erzähle denn.«

»Dimitri Slommitsch war ein wilder Mensch, von dem man in der Gegend eigentlich nicht wusste, wo er herstammte. Als der Türkenkrieg zu Ende war, lief allerlei Gesindel im Lande umher, und mit diesen verwilderten Rotten kam auch Dimitri Slommitsch an den Strand. Man sagt, dass er den ehemaligen Eigentümer des Hauses, einen verarmten Kaufmann aus Danzig, totgeschlagen habe, allein davon hat kein ehrlicher Mann Zeugnis. Wir wollen den Teufel nicht schwärzer machen als er ist.«

»Und du sollst deine Erzählung nicht länger machen, als es gerade nötig!«, sagte ich.

»Du befiehlst, mein Sohn, und ich gehorche. Es wäre so hübsch, wenn du mir erlaubtest, dir zu sagen, was ich für Hoffnungen damals mit mir herumtrug, wie ich drauf und dran war, mit meinem reichen Oheim, der einen kleinen Handel mit Fellen in Odessa trieb, nach Konstantinopel zu gehen, um meine Dienste dem Sultan anzubieten, weil man mir sagte, alle Türken seien im Kriege umgekommen, und jeder, der Türke werden wolle, bekomme so viel Gold und so viel Weiber, als er nur verlange.

Doch, auf Dimitri Slommitsch zu kommen, so war er ein Mann von etwa fünfzig Jahren, überaus mager; das rechte Auge saß ihm etwas höher als das linke, und an der einen Hand fehlte ihm der Daumen; ich glaube, es war die rechte, gewiss weiß ich's aber nicht. Er führte den abgeschlagenen Daumen in einem kleinen Kästchen immer bei sich. ›Denn‹, sagte er, ›wenn am Tage aller Tage ich auferstehe, will ich alle meine Gliedmaßen beisammenhaben, es darf keines fehlen.‹

Es ist sonderbar, dass ein Mann so gewissenhaft über das Eigentum seines Leibes dachte, ein Mann, der anderen die Gurgel durchschnitt und sich solche sonderlichen Bedenken machte. Aber dabei fällt mir ein, es wird die linke Hand gewesen sein, denn wenn ihm der Daumen an der Rechten gefehlt hätte, so hätte er beim alten Starosten die Kehle nicht so zusammendrücken können.

Es war am Tage, als man auf dem Acker des Herrn Rolandsen, des

Sämereihändlers da drüben, das reife Korn zu schneiden anfing. Die Nacht war wie diese, nur viel dunkler; vom Monde sah man nichts, nur übers Meer glitt es manchmal, wie wenn man mit Tischtüchern darüberführe. Die Wellen klatschten und warfen leichten Schaum auf.

Herr Slommitsch und ich waren die einzigen lebenden Kreaturen im ganzen Hause. Doch dass ich nicht lüge, ein dreibeiniger schwarzer Pudel, dem die Fischerbuben das vierte Bein lahm geschmissen, lag unterm Ofen. Herr Slommitsch tat, wie er oft zu tun pflegte: Er schloss einen großen eisernen Kasten auf und zählte sein Geld; dabei brannte die Lampe dürftig genug, denn es fehlte an Öl. Ich musste hinaus; der Alte litt mich nicht in der Stube. Was sollte ich tun? Gäste hatten wir nicht, und in dieser Nacht kamen auch wohl keine; so saß ich denn am Meeresstrand und guckte ins Weite.

Horch! Da brummt etwas, es flucht, es keucht, es schrillt im Sande, wie ein Wagen, der sich mühsam durcharbeitet und von einem Postillon kutschiert wird, der den Teufel im Munde führt, aber die Klugheit nicht im Kopfe. Ich renne hin, und richtig, da bewegt sich etwas großes Schwarzes im Dunkeln; ein herrlicher Reisewagen, groß wie ein kleines Zimmer, sitzt tief im Sande. ›Herr!‹, ruf ich. ›Ein Dutzend Schritte weiter, und Ihr kommt in den Treibsand, wo Euch nicht mehr zu helfen ist!‹

Kaum wurde meine Stimme gehört, als auch sogleich drei Stimmen darauf antworteten. Es waren der Herr, der Bediente und der Postillon. Ich stürzte nun hin, schwang mich auf den Kutschbock, riss die Pferde vom bösen Fleck weg, und – es kostete Arbeit genug – der große Reisekasten schwankte glücklich auf den festen Boden hinauf. Als wir da waren, schenkte mir der Starost eine goldene Dose; ja, wahrhaftig eine goldene Dose, zwar sehr klein, ich konnte mit dem Finger nicht hineingreifen, aber es war ein kostbares Dingelchen, und etwas grüner Staub lag noch drinnen, der mir in die Nase fuhr, als ich öffnete.«

»Andre«, sagte ich, »ich will nicht wissen, was die Vornehmen haben und was sie nicht haben.«

»Der gute Starost«, fuhr der Erzähler fort, »er ahnte nicht und ich ebenso wenig, dass ich ihn in ein Haus führte, wo sein letztes Stündlein über ihn kommen sollte. Es war ein kleiner Herr mit einem Orden auf der Brust und einer schlohweißen Perücke. Er war hinter Prag zu Hause, wo er seine Güter hatte, und jetzt kam er aus

Paris, um nach St. Petersburg zu gehen. Wir brachten ihn hinauf in unser bestes Zimmer. Es gefiel mir gleich nicht, dass Herr Slommitsch so stark nach der Geldkiste schielte, dass er sie mir aus der Hand nahm, sie in seinen Fäusten wiegte und sie dann hinstellte auf den Tisch unter dem kleinen Spiegel und dicht vor den beiden Lichtern.

Es war Mitternacht, als Dimitri Slommitsch plötzlich vor meinem Bette stand, unter seinem Arm die Kiste des Starosten.

›Was ist das, Herr?‹, sagte ich.

›Du Narr, das sollst du gleich erfahren‹, antwortete er. ›Komm nur herauf! Dem fremden Herrn ist unwohl geworden.‹

Ich ging die Treppe hinauf. Ja, unwohl! – Das nannte Herr Slommitsch unwohl! Du lieber Gott! Der gute Starost lag da, den Kopf über die Lehne hängend und just mit der Miene, die Leute annehmen, denen man den Garaus gemacht hat.

Es war auch richtig so. ›Gott verdamme Euch!‹, rief ich, an allen Gliedern zitternd. ›Das ist Euer Werk!‹

›Meinst du?‹, fragte Herr Slommitsch und trat ganz nahe und sah mich mit seinem einen höher stehenden Auge an. ›Meinst du?‹

Ich konnte nicht antworten, ich starrte immer auf den Bojaren; und wie ich so starrte, glaubte ich, seine Kinnlade sich noch bewegen zu sehen. Flink war ich da und rückte ihm den Kopf zurecht; aber der wollte nicht mehr stehen und fiel auf die Brust. Er war wirklich tot.

›Nun‹, sagte Herr Slommitsch, ›lass uns reines Haus machen. Der Herr hat bezahlt, nun kann er weiterreisen.‹

›Tote reisen nicht‹, sagte ich.

›Doch‹, erwiderte er, ›fasse ihn an den Beinen, ich nehme ihn am Kopfe, und so wollen wir ihn in den Treibsand bringen. Da geht er sanft unter, und wenn er unten auf dem Grunde etwas nötig haben sollte, so findet er da schon seinen Bedienten.‹

›Wie habt Ihr den hineingebracht?‹, fragte ich, und dabei dachte ich daran, dass der Diener ein baumstarker Mann war, sodass Herr Slommitsch unmöglich ohne Hilfe und ohne Lärm mit ihm hätte fertig werden können.

›Ich habe ihn und den Postillon zur bewussten Stelle gelockt‹, erwiderte der gottlose Mann lachend. ›Vor meinen Augen sind sie eingesunken. Der Postillon suchte seine verlorene Peitsche, der Diener eine silberne Kette, die er im Hute verwahrt hatte und die samt dem Hute zur Erde gefallen war. Jetzt wird er's gefunden haben.‹

Ich kann nicht sagen, wie mir das alles ins Herz schnitt. Ich war frommer Leute Kind, ich liebte Gottes Wort, ich kannte und grüßte den Pfarrer – und jetzt plötzlich stand ich im Hause des Mords, vor mir ein lang hingestreckter kalter Mensch. Es ging mir wirr im Kopfe herum und wirbelte mir bis in die Fußsohlen hinunter. Ich machte Zeichen in die Luft und sprach mit mir selber.

Endlich fassten wir beide an, und hinaus ging es mit dem Herrn in die schwarze Nacht. Wir näherten uns vorsichtig dem Strande, schwenkten den Toten ein paarmal tüchtig und – schwupp! – war er auf die weiße trügerisch glatte Sandfläche hingeschleudert. Wie er da allmählich sank! Anfangs immer noch das Gesicht zu uns gekehrt, als wollte er sagen: Nun gebt einmal acht; jetzt geh ich, aber am Jüngsten Tage, wenn das Meer seine Toten wiedergibt, dann komme ich wieder hinauf!

Und so ging er unter. Die weiße Fläche schloss sich, und kein schwarzes Pünktchen war mehr zu sehen. Die Wellen kamen und rollten und zischten, und keine sprach ein Wort, obgleich sie sich wie neugierig aus weiter Ferne hinzudrängten.

Als wir wieder ins Haus zurückgingen, kam uns der lahme Pudel entgegen und wedelte vergnügt mit dem Schweife.

Nun blieb uns noch der Reisewagen, den wir durchsuchten und ausplünderten bis aufs letzte Stück. Was der alte Herr für schöne Sachen hatte! Selbst Frauenputzstücke fanden wir, und vier ganz neue Perücken. Dimitri Slommitsch brachte diese sauberen Stücke alle in Sicherheit. Bei ihm galt der Grundsatz, nichts verloren gehen zu lassen; allein seine Seele ließ er verloren gehen; das war so seine Weise.

Nachdem alles zu Gelde gemacht worden und dieses Geld wieder in Herrn Slommitschs Kiste gewandert war, die davon ordentlich aufschwoll wie ein Mann, der ausschweifend lebt und zu viel schlemmt und der irdischen Dinge nicht genug haben kann, so lebten wir wieder so hin. Der Gasthof wurde besucht, aber nicht stark. Ich war entschlossen wegzugehen, konnte aber nicht den Mut dazu finden. Herr Slommitsch bewachte mich und hatte mir mit fürchterlichen Drohungen Stillschweigen anbefohlen. So blieb ich denn, allein kein Gedeihen war an meinem Leibe noch an meinem Hab und Gut.

Der Jahrestag der Mordtat kam heran, und ich konnte merken,

dass der schlimme Gastwirt eine Unruhe in allen Gliedern hatte, die ihn keine Minute auf demselben Platze litt. Das Haus war ganz leer. Aber was geschah? Mitternacht ist kaum hereingekommen, so höre ich oben auf dem Gange die Klingel ziehen, einmal, zweimal, dreimal, und zwar mit ungeduldiger, heftiger Hand. ›Das ist der Starost!‹, sagte ich, und das Blut gefror mir in den Adern.

Wie ich hinaustrete, seh ich den Dimitri, wie er schlotternd wie ein Mensch, der nicht weiß, was er beginnen soll, hin und her geht. Da klingelt es zum vierten Male, und zwar so schrill, dass das ganze Haus wiedertönt. Wir sehen uns beide an.

›Geh hinauf, Bursche!‹, sagte er.

›Geht selber‹, entgegnete ich dreist, ›Ihr wisst wohl, wer da ruft.‹

Er hob seinen Stock auf, um mich zu schlagen, aber sein Arm zitterte dergestalt, dass der Stock zu Boden fiel und der Arm matt herabsank. Aber plötzlich kam es über ihn. ›Es werden Diebe und Gesindel sein!‹, schrie er, und mit raschen Sätzen eilte er die Treppe hinauf. Ich hörte oben die Tür zuschlagen, und dann war es stille.

Der Sturm brauste, es war eine Nacht, wie ich wenige erlebt. Das Meer war angeschwollen und trieb seine Wellen bis an das Fundament des Hauses. In dem kleinen Garten, den ich damals angepflanzt, sahen nur die Köpfe der Blumen aus dem Wasser und gebärdeten sich wie Ertrinkende. Oben im Dachwerke krachte es, und die Ziegel flogen plätschernd in die Flut. Ich sah es kommen, dass das Wasser die Treppen unseres Gasthauses bestieg als ein unwillkommener, aber gebieterischer Gast, der nicht bezahlt und sich doch ungestraft breitmachen darf.

In einer solchen Nacht einen Spuk im Hause zu haben ist doppelt entsetzlich. Ich warte eine Weile, zitternd und mich kläglich gebärdend; es bleibt oben still; endlich wird die Tür aufgemacht, und leise, ohne dass mein Ohr einen Laut vernimmt, gehen drei Gestalten an mir vorüber. Es waren bleiche Gesichter – ich erkannte sie aber wohl: Es waren der Starost, sein Diener und der Postillon. Sie gingen an mir vorüber, und der letzte der Schatten zeigte rückwärts an den Ort, von wo sie kamen. Ich bückte mich zur Erde, und als ich wieder aufblickte, waren sie in der Nacht verschwunden. Wen fand ich oben? Dimitri Slommitsch mit dem Gesicht auf der Erde liegend und tot! In Ewigkeit tot!«

Andre schwieg mit nachsinnender Miene. Wir standen nebeneinander, vor uns warfen die Trümmer des Hauses einen leichten

Schatten auf den Sandboden. Der Alte fuhr mit der Hand aus, als wolle er den Boden glätten.

»Es ist alles nun hin und vorüber«, sagte er. »Von dem ungerechten Gut des Gottlosen hat die Behörde drüben ein Schulhaus bauen lassen, wo den Knaben die Lehre von der Liebe und dem Erbarmen ins Herz gepflanzt wird. Sie sollen ungerechtes Gut nicht begehren, und sie sollen der Obrigkeit gehorchen. Zwei schöne Lehren, die aus diesem unfruchtbaren Sandboden gekeimt sind, besser als meine Blumen damals.

Ich aber wanderte aus und kam erst wieder, als die Geschichte vergessen und selbst das Haus vom Erdboden vertilgt war. Bald nach meiner Flucht hatte es ein reicher Jude gekauft. Der Mann steckte viel Geld hinein, er ließ die Zimmer neu tapezieren, die Treppen und Gänge blank scheuern; allein nichts verschlug. Die Gäste mieden das Haus, und wer nicht gerade von offener Gefahr bedrängt wurde, ließ sich lieber in tiefer Nacht weiterschleppen, nur um nicht in dem verrufenen Gasthause zu übernachten.

Man erzählt sich eine Menge Spukgeschichten, und besonders diese, dass zu einer gewissen Stunde in der Nacht alle Schellenzüge zugleich angezogen wurden, von unsichtbaren Händen; dann wieder rasselten schwere Reisewagen vor, und wenn der Wirt mit seinen Kellnern hinausrannte, die Ankommenden zu empfangen, so war nichts zu hören und zu sehen, und der Wind pfiff über die Fläche dahin. Ein andermal sah man wieder alle Fenster erhellt, als stecke das Haus voller Gäste, und dann gerade war niemand da. Gegen die Morgenstunde hörte man Klagetöne hoch oben in den Lüften und dann wieder aus dem Meere herauf.«

»Genug, Andre!«, fiel ich ihm ins Wort. »Deine Geschichte ist gut und für Liebhaber von Wert. Ich werde nie diese Gegend wiedersehen, ohne an das Gasthaus zu denken. Ich habe in manchem gewohnt, in dem ich Geister fand, die für mich weit widriger und schrecklicher sind als dein Starost und seine Dienerschaft; es waren die Geister der Unreinlichkeit, der Prellerei und einer schlechten Küche.«

Jean-Marie Villiers de l'Isle-Adam

Jean Marie Mathias Philippe Auguste Graf von Villiers de l'Isle-Adam wurde am 7. November 1838 in Saint-Brieuc in der Bretagne als Sprössling eines uralten, aber verarmten französischen Adelsgeschlechts geboren. Er lebte in Paris unter kümmerlichen Bedingungen und fristete sein Dasein durch den bescheidenen Erfolg seiner *Grausamen Geschichten (Contes Gruels)* und durch journalistische Arbeiten.

Villiers de l'Isle-Adam war mit Charles Baudelaire, Joris-Karl Huysmans und Stéphane Mallarmé befreundet. Mit seinen dunklen und melancholischen Werken gilt er als einer der Begründer des französischen Symbolismus; sie erinnern an die seines großen Vorbildes Edgar Allan Poe. Mit *Die Eva der Zukunft (L'Eve future)* schrieb er 1886 einen frühen Roman der Science Fiction.

Villiers de l'Isle-Adam starb in der Nacht vom 18. zum 19. April 1889 bettelarm in einem Pariser Krankenhaus an Krebs.

Das zweite Gesicht

An einem Winterabend, als wir, vor einem starken Kaminfeuer sitzend, bei einem unserer Freunde Tee tranken, kam die Unterhaltung auf einen der dunkelsten Gegenstände: das Wesen jener außerordentlichen, verblüffenden, geheimnisvollen Vorahnungen, die in das Leben mancher Menschen eingreifen.

»Folgende Geschichte«, sagte mein Freund, der Baron Xavier de la V..., ein blasser junger Mann, der durch lange militärische Strapazen in Afrika zerrüttete Nerven und eine ungewöhnliche Menschenscheu bekommen hatte, »folgende Geschichte will ich ohne jeden Kommentar erzählen. Sie ist wahr.«

Wir zündeten uns Zigaretten an und lauschten seinem Bericht.

»Es war im Jahre 1876, eines Abends um acht Uhr, bei der Heimkehr von einer sehr interessanten spiritistischen Sitzung, als mich wieder einmal jene angeborene Schwermut befiel, gegen die ich mich mit aller Kraft meines Geistes umsonst wehrte. Vergebens hatte ich auf ärztliche Anordnung Eisen in allen Formen eingenommen, alle Vergnügungen mit Füßen getreten und das Quecksilber meiner Passionen zur Temperatur der Samojeden herabgedrückt. Nichts half. Ich bin, scheint es, nun einmal ein schweigsamer und grämlicher Geselle. An jenem Abend also, als ich heimgekehrt war und mir vor dem Spiegel eine Zigarre ansteckte, merkte ich, dass ich totenbleich war. Ich ließ mich in ein weites Fauteuil nieder, ein altes Möbel, worin mir der Flug der Stunden bei meinen langen Träumereien minder drückend erscheint. Der Schwermutsanfall steigerte sich trotzdem bis zu tiefem Missbehagen, ja, bis zur völligen Mutlosigkeit. Keine weltliche Zerstreuung schien mir imstande, diese Schatten zu verscheuchen, besonders in dem schauderhaften Getriebe von Paris nicht, und so entschloss ich mich denn, die Hauptstadt versuchsweise zu verlassen und etwas Natur zu genießen, ein paar herzhafte Jagdpartien zu machen und dergleichen körperliche Anstrengungen mehr, um mich abzulenken.

Kaum hatte ich diesen Gedanken gefasst, als mir im nämlichen Augenblick der Name eines seit Jahren vergessenen alten Freundes durch den Geist fuhr. Der Abbé Maucombe, sagte ich halblaut.

Das letzte Mal, als ich ihn gesehen, war im Augenblick seiner

Abreise zu einer langen Pilgerfahrt nach Palästina. Auch hatte ich von seiner Rückkehr vernommen. Er hauste in der schlichten Priesterwohnung eines Dörfchens in der unteren Bretagne.

Er musste irgendein Zimmer, einen Unterschlupf zur Verfügung haben. Gewiss hatte er während seiner Reisen ein paar Raritäten gesammelt, alte Bücher, Gegenstände vom Libanon. Die Seen in der Nachbarschaft der alten Schlösser hatten gewiss wilde Enten. – Was kam mir gelegener? Und wollte ich die letzten Oktoberwochen vor dem Winterfrost noch in jenen roten Felsschluchten verbringen und die langen Herbstabende über den bewaldeten Höhen glänzen sehen, so musste ich mich sputen.

Die Stutzuhr schlug neun. Ich stand auf. Als Mann des Entschlusses griff ich zum Hut, zog Reisemantel und Handschuhe an, nahm Flinte und Handkoffer, blies die Lichter aus und schloss das Geheimschloss meiner Tür – in einem Stolz – mit boshafter Freude dreimal um.

Drei Viertelstunden später saß ich im Zuge nach der Bretagne; auf der Bahn hatte ich noch Zeit gefunden, meinem Vater ein paar Zeilen in Bleistift zu senden, dass ich abreise.

Am nächsten Morgen war ich in R..., von wo man nur noch zwei Stunden bis Saint-Maur, dem Dorfe des Abbé Maucombe, hat. Den Tag über machte ich Besuche in der Stadt bei mehreren alten Schulfreunden, und um fünf Uhr nachmittags ließ ich in der *Goldenen Sonne*, wo ich abgestiegen war, satteln. Gegen Sonnenuntergang erreichte ich das Dorf. Die Leute, die mir den Weg zu der Priesterwohnung zeigten, schienen sehr an ihrem Abbé zu hängen. Endlich langte ich an.

Der ländliche Anblick des Häuschens, die grünen Fensterkreuze und Läden, die drei Sandsteinstufen, das Efeu- und Klematisgerank und die Teerosen, die bis zum Dache hinaufkletterten, der rauchende Schlot mit der Wetterfahne – alles verkündet mir Ruhe, Gesundheit und tiefen Frieden. Über den Gartenzaun hingen die rostroten Blätter eines anstoßenden Obstgartens. Die beiden Fenster des oberen Stockwerkes leuchteten in der Glut der Abendröte, dazwischen befand sich eine Nische mit dem Heilandsbilde. Ich saß still ab, band das Pferd an den Fensterladen und erhob den Klopfer, während ich mich noch einmal nach dem Horizont umdrehte.

Der Himmel glühte hinter den fernen Eichen- und Fichtenwäldern, über denen die letzten Vögel schwebten; das Abendrot spiegelte sich feierlich in einem schilfbedeckten Teich. Die Natur war so schön, die Lüfte so ruhig, und auf die verlassenen Felder senkte sich das Schweigen herab. Ich blieb stumm stehen, den Klopfer in der Hand.

Oh du, sagte ich zu mir, du hast kein Asyl deiner Träume. Dir erscheint kein gelobtes Land mit Palmen und frischen Wassern im Morgenschein, wenn du lange unter den kalten Sternen gepilgert bist. Du warst fröhlich beim Aufbruch, aber jetzt bist du düster, Herz, das für andre Einsamkeiten gemacht ist als die, deren Bitternis du mit schlechten Genossen teilst! Doch schau: Hier kann man niedersitzen auf dem Stein der Schwermut! Hier stehen die toten Träume wieder auf und greifen dem Tode vor! Wenn du den wahren Wunsch zum Tode hegst – tritt näher! Hier verzückt dich der Anblick des Himmels bis zum Selbstvergessen!

Ich war in jenen Zustand der Abspannung geraten, wo die gereizten Nerven bei den geringsten Eindrücken mitschwingen. Ein Blatt fiel neben mir zu Boden; ein leiser Fall ließ mich aufschaudern. Und der magische Horizont erfüllte meine Augen. Ich setzte mich einsam auf die Schwelle nieder.

Ein paar Augenblicke später, da es kälter wurde, wachte ich zur Wirklichkeit auf. Ich erhob mich schnell und griff wieder zum Klopfer, indem ich das lachende Häuschen ansah.

Doch kaum hatte ich ihm den zerstreuten Blick zugekehrt, als ich stutzte. Ich fragte mich, ob ich nicht zum Opfer eines Trugbildes geworden. War das das Häuschen, das ich eben gesehen hatte?

Und wie kam es, dass ich jetzt erst die langen Risse zwischen den vergilbten Blättern gewahrte? Dies Haus sah seltsam aus. Die Fensterscheiben loderten in den letzten Strahlen der untergehenden Sonne; die gastliche Tür lud mich mit ihren drei Stufen ein, aber als ich näher zusah, waren sie geglättet, und verwischte Schriftspuren waren darin, als kämen sie von dem nahen Kirchhof, dessen Kreuze ich jetzt seitwärts auf hundert Schritt erblickte. Und das Haus schien mir jetzt so verändert, dass es einem grauen konnte, und als ich in meiner Bestürzung den schweren Klopfer fallen ließ, hallte der Schlag unheimlich im Innern wie Totengeläut.

Derartige Gesichte, die mehr geistig als körperlich sind, verschwinden rasch. Ja, ich war ganz ohne Zweifel das Opfer einer geistigen Abspannung geworden. Es drängte mich, ein menschliches Antlitz zu sehen, das mir diese Erinnerung verscheuchen half, und ich schob den Riegel auf, ohne weiter zu warten.

Ich trat ein. Die Tür, die mit einem Uhrgewicht beschwert war, schloss sich geräuschlos hinter mir. Ich befand mich in einem langen Gang, an dessen Ende Nanon, die alte Haushälterin, die Treppe herabkam, mit einem Licht in der Hand.

›Herr Xavier!‹, rief sie freudig aus, als sie mich erkannte.

›Guten Abend, meine gute Nanon!‹, antwortete ich, indem ich ihr hastig Flinte und Handtasche anvertraute. Meinen Reisemantel hatte ich in der *Goldenen Sonne* vergessen.

Ich stieg die Treppe hinauf. Eine Minute später umarmte ich meinen alten Freund. Die Bewegung der ersten Worte und die Wehmut der Vergangenheit bedrückten uns beide eine Weile. Nanon brachte die Lampe und meldete, dass angerichtet sei.

›Mein lieber Maucombe‹, sagte ich zu ihm, als wir Arm in Arm die Treppe hinuntergingen, ›die Geistesfreundschaft ist doch ein ewiges Ding, und ich sehe, wir teilen beide dies Gefühl.‹

›Es gibt christliche Geister von sehr naher himmlischer Verwandtschaft‹, antwortete er mir. ›Ja, die Welt hat manch anderen minder vernünftigen Glauben, für den sich Anhänger finden und mit Glück, Blut und Pflichtgefühl eintreten. Das sind Fanatiker‹, schloss er lächelnd.

Wir traten ins Esszimmer. Während der Mahlzeit machte er mir zarte Vorwürfe, dass ich ihn so lange vergessen hätte, und erzählte mir, wie es in seinem Dorfe jetzt zuginge. Nach dem Kaffee drehte ich mir eine Zigarette und blickte meinen Wirt aufmerksam an.

Er mochte fünfundvierzig Jahre zählen. Lange graue Haare umrahmten sein kräftiges, mageres Antlitz. Seine Augen leuchteten von mystischem Verstande. Die Züge waren streng und regelmäßig, die Gestalt, hoch und schlank, schien den Jahren zu trotzen. Seine Worte waren klug und sanft und der Klang seiner Stimme voll; sie musste aus kräftigen Lungen kommen. Kurz, er schien mir von fester Gesundheit.

Nach der Mahlzeit gingen wir in sein kleines Arbeitszimmer hinauf.

Der Mangel an Schlaf auf der Reise machte frostig. Der Abend war empfindlich kalt, fast wie im Winter, und so fühlte ich mich erst behaglich, als ein Armvoll Rebenholz vor meinen Knien prasselte. Die Füße auf die Feuerböcke gestemmt und die Ellenbogen auf die Armlehnen der gebräunten Ledersessel gestützt, unterhielten wir uns, natürlich von Gott. Ich war müde und hörte stumm zu. Er schloss seine Worte mit einem Zitat von Josef de Maistre: ›Zwischen den Menschen und Gott steht nur der Hochmut.‹

Wir nahmen unsere Lichter zur Hand und gingen zu Bette. Ein langer Korridor, ganz wie im unteren Stock, trennte mein Zimmer von dem meines Wirts. Er wollte mich durchaus zur Ruhe geleiten, sah nach, ob mir nichts fehlte, und als wir uns die Hände gaben und Gute Nacht sagten, fiel der helle Schein meines Lichtes auf sein Antlitz. Ich erbebte.

Stand da ein Sterbender vor meinem Bett? Das Gesicht, das ich sah, war nicht das gleiche wie beim Abendessen, nein, es konnte nicht sein! Oder doch, wenn ich es unbestimmt wiedererkannte, so dünkte es mich, als ob ich es erst in diesem Augenblick wirklich sähe. Der Abbé machte mir jetzt den gleichen Eindruck, den mir durch eine dunkle Vision sein Häuschen gemacht hatte.

Der Kopf, den ich sah, war ernst und bleich, totenbleich, und die Lider geschlossen. Hatte er mich vergessen? Betete er? Was tat er nur so? Seine Erscheinung war plötzlich so feierlich geworden, dass ich die Augen schloss. Als ich sie nach einem Augenblick wieder aufschlug, stand der gute Abbé immer noch da, aber nun erkannte ich ihn wieder! Gottlob, sein freundliches Lächeln verscheuchte alle Unruhe in mir. Der Abbé war fort, ehe ich Zeit zu einer Frage hatte. Es war ein plötzlicher Traumzustand gewesen, eine Halluzination ...

Maucombe wünschte mir zum zweiten Mal Gute Nacht und ging. Ein guter Schlaf, dachte ich, das ist alles, was mir nottut.

Unvermittelt dachte ich an den Tod. Ich erhob meine Seele zu Gott und legte mich zur Ruhe. Bei Übermüdung schläft man nicht gleich ein; alle Jäger wissen das. Trotzdem hoffte ich, schnell einzuschlafen. Nach zehn Minuten wurde ich gewahr, dass die nervöse Spannung nicht nachließ. Ich hörte das Holz und die Wände knacken. Ich vernahm leises Ticken. Jedenfalls von Totenwürmern. Jedes kaum merkliche Nachtgeräusch durchfuhr mich wie ein elektrischer Schlag.

Draußen im Garten stießen die schwarzen Äste im Wind aneinander. Alle Augenblicke klopfte ein Efeuzweig an mein Fenster. Mein Gehörsinn war überreizt wie bei Verhungernden.

Ich habe zwei Tassen Kaffee getrunken, sagte ich mir, daran liegt es.

Ich stützte mich auf das Kopfkissen und starrte beharrlich in das Licht neben meinem Bett, mit jener gespannten Aufmerksamkeit, die der Blick beim völligen Fehlen jedes Gedankens hat.

Ein kleines Weihwasserbecken von buntem Porzellan mit einem Buchsbaumzweige darin hing neben dem Kopfende des Bettes. Ich netzte meine Lider mit dem geweihten Wasser, um sie zu kühlen; dann löschte ich das Licht aus und schlief ein. Das Fieber ließ nach, und der Schlaf stellte sich ein.

Plötzlich klopfte es dreimal kurz und gebieterisch an die Tür.

›Ja!‹, rief ich emporfahrend.

Jetzt erst merkte ich, dass ich schon geschlafen hatte. Ich wusste nicht, wo ich war. Ich wähnte mich in Paris. Darüber vergaß ich auch den Hauptgrund meines Erwachens; ich dehnte mich behaglich im Bette und dachte an nichts.

Doch halt, sagte ich mir plötzlich. Hat es nicht geklopft? Wer kann mich wohl jetzt noch besuchen?...

Jetzt erst ward ich mir dunkel bewusst, dass ich nicht in Paris, sondern in der Priesterwohnung des Abbé Maucombe in der Bretagne war.

Im Nu war ich aus dem Bett und mitten im Zimmer.

Mein erster Eindruck war – neben der Kälte an den Füßen – der einer großen Helligkeit. Der Vollmond stand dem Fenster gegenüber über der Kirche und warf durch die weißen Vorhänge ein bleiches Dreieck auf den Fußboden.

Es musste Mitternacht sein.

Meine Gedanken waren wirr. Was war denn nur? Der Schatten war so seltsam.

Als ich mich der Tür näherte, fiel ein feuriger Fleck durch das Schlüsselloch und tanzte über meine Hand und meinen Ärmel. Es war jemand hinter der Tür: Es hatte also wirklich geklopft.

Etwas machte mich stutzig, sodass ich dicht vor der Tür stehen blieb. Der Lichtfleck auf meiner Hand war eisig, blutig und leuchtete nicht. Dabei sah ich im Türspalt kein Licht auf dem Korridor. Es war wie der phosphoreszierende Blick einer Eule durch das Schlüsselloch.

In diesem Moment schlug draußen die Kirchuhr im Nachtwind.

›Wer ist da?‹, frage ich leise.

Der Schimmer erlosch; ich wollte näher treten ... Da ging die Tür langsam und lautlos auf, ganz weit ...

Vor mir stand auf dem Gange eine hohe schwarze Gestalt, ein Priester, den Dreispitz auf dem Haupte. Der Mond beschien ihn ganz, außer dem Antlitz. Ich sah nur das Leuchten seiner beiden Augen, die mich feierlich und starr anblickten.

Der Hauch des Jenseits umgab diesen Besucher und legte sich schwer auf meine Seele. Der Schrecken lähmte mich und steigerte sich im Nu bis zum Angstdelirium; ich blickte die furchtbare Erscheinung sprachlos an.

Plötzlich erhob der Priester langsam den Arm und bot mir einen schweren unbestimmten Gegenstand an. Es war ein Mantel. Ein großer schwarzer Regenmantel. Er hielt ihn mir hin, als wollte er ihn mir umhängen!

Ich schloss die Augen, um das nicht zu sehen. Aber ein Nachtvogel flog mit furchtbarem Schrei zwischen uns vorbei und der Wind seiner Flügel berührte meine Lider. Ich schlug die Augen auf und fühlte, dass er durchs Zimmer schwirrte.

Vor Angst röchelnd, denn ich hatte nicht mehr die Kraft zu schreien, streckte ich die beiden geballten Fäuste vor, stieß die Tür zu und drehte den Schlüssel wild um. Die Haare standen mir zu Berge.

Seltsam: Das alles schien kein Geräusch zu machen. Es war mehr, als der Mensch ertragen kann.

Ich erwachte. Ich fand mich im Bett sitzend, die Hände ausgestreckt, eiskalt, die Stirn schweißgebadet, während das Herz mit dumpfen Schlägen gegen den Brustkasten hämmerte.

Oh, welch furchtbarer Traum, sagte ich zu mir.

Trotzdem wollte die grauenhafte Beklemmung nicht weichen. Es dauerte über eine Minute, bis ich es wagte, nach Streichhölzern zu greifen. Ich fürchtete, im Dunkeln einer kalten Hand zu begegnen, die die meine freundschaftlich drückte. Selbst das Knistern der Hölzchen in dem eisernen Leuchter ließ mich zusammenzucken. Ich zündete das Licht wieder an – und sofort fühlte ich mich wohler.

Ich beschloss, ein Glas kaltes Wasser zu trinken, um mich ganz zu beruhigen, und stand zu diesem Zweck auf. Als ich am Fenster vorbeikam, bemerkte ich, dass der Mond genauso stand wie in meinem Traume, trotzdem hatte ich ihn vor dem Einschlafen nicht gesehen. Und als ich mit dem Licht in der Hand das Türschloss untersuchte, fand es sich, dass es von innen zugeschlossen war; auch dies hatte ich vor dem Zubettgehen nicht getan.

Bei diesen Entdeckungen warf ich einen Blick um mich. Ich begann die Sache recht ungewöhnlich zu finden. Ich legte mich wieder hin, stützte den Arm aufs Kissen, suchte mir Vernunft einzureden, mir zu beweisen, dass dies alles nur ein Anfall von besonders hellsichtigem

Somnambulismus sei. Aber statt ruhiger ward ich dadurch nur aufgeregter. Schließlich übermannte mich die Müdigkeit und wiegte meine schwarzen Gedanken in tiefen Schlaf.

Als ich erwachte, schien die helle Sonne in mein Zimmer.

Es war ein schöner Tag. Meine Uhr, die am Kopfende hing, stand auf zehn. Ich stand hastig auf und dachte gar nicht mehr an den schlechten Anfang der Nacht. Das frische Wasser belebte mich vollends, und ich ging hinunter.

Der Abbé war im Esszimmer; er saß vor seinem Frühstücksteller und wartete auf mich, während er die Zeitung las. Wir drückten uns die Hand.

›Gut geschlafen, lieber Xavier?‹, fragte er mich.

›Ausgezeichnet‹, erwiderte ich zerstreut nach alter Gewohnheit.

Nanon kam und brachte uns das Frühstück.

Während der Mahlzeit führten wir eine gesetzte und doch fröhliche Unterhaltung. Wer heilig lebt, der allein kennt die Freude und weiß sie mitzuteilen.

Plötzlich fiel mir mein Traum wieder ein.

›Übrigens‹, rief ich aus, ›mein lieber Abbé, fällt mir ein, dass ich diese Nacht einen sonderbaren Traum hatte ... wie soll ich sagen ... aufregend, erstaunlich, schrecklich? Urteilen Sie selbst.‹

Und während ich einen Apfel schälte, begann ich die finstere Halluzination meines ersten Schlummers mit allen Einzelheiten zu erzählen. In dem Augenblick, wo ich von der Gebärde des Priesters sprechen wollte, wie er mir den Mantel anbot, ging die Tür auf, noch ehe ich den Satz begonnen. Es war Nanon, die mit der Vertraulichkeit einer echten Pfarrersköchin mitten in die Unterhaltung hereinplatzte und mir einen Brief hinhielt.

›Hier ist ein Eilbrief‹, sagte sie, mich unterbrechend. ›Der Bote hat ihn eben gebracht.‹

›Ein Brief, schon!‹, rief ich aus, meine Geschichte vergessend. ›Von meinem Vater. Was gibt es denn? Verzeihen Sie mir, lieber Abbé, wenn ich lese.‹

›Gewiss, gewiss‹, begütigte dieser, die Geschichte gleichfalls vergessend und an dem Briefe unwillkürlich Anteil nehmend.

Ich erbrach ihn.

›Das ist aber recht ärgerlich, verehrter Wirt‹, sagte ich. ›Kaum angekommen, muss ich Sie wieder verlassen‹

›Wie?‹, fragte der Abbé, seine Tasse absetzend.

›Man schreibt mir, ich solle gleich zurückkommen. Es handelt sich um einen Prozess von größter Wichtigkeit. Ich dachte, es würde erst im Dezember zur Verhandlung kommen – und nun erfahre ich, dass der Termin in diesen vierzehn Tagen stattfindet, und da ich allein die letzten Schritte tun kann, durch die wir obsiegen, muss ich fort! ... Das ist recht verdrießlich.‹

›Wirklich, es ist ärgerlich!‹, bestätigte der Abbé. ›Aber wenigstens versprechen Sie mir, sobald die Geschichte fertig ist ... Die Hauptsache ist das Heil der Seele, ich hoffte, etwas für die Ihre tun zu können – und nun entfliehen Sie! Ich dachte schon, Gott hätte Sie hergesandt ...‹

›Mein lieber Abbé‹, rief ich aus, ›ich lasse Ihnen meine Flinte hier. In drei Wochen spätestens bin ich wieder bei Ihnen, und dann für einige Wochen, wenn es Ihnen recht ist.‹

›So gehen Sie in Frieden‹, sagte Maucombe.

Den ganzen Tag über zeigte mir der Abbé wohlgefällig seinen bescheidenen ländlichen Besitz. Während er sein Brevier las, streifte ich einsam in der Umgegend umher und atmete die frische Luft mit Wohlgefallen ein. Nachher erzählte er mir von seiner Reise nach Palästina. So kam der Abend heran. Nach einer frugalen Mahlzeit sagte ich zum Abbé: ›Mein Freund, der Schnellzug geht um neun Uhr. Von hier bis R... sind eineinhalb Stunden Wegs. Eine halbe Stunde geht darauf, das Pferd in der Herberge abzugeben und die Rechnung zu begleichen. Es ist sieben. Ich muss Sie jetzt verlassen.‹

›Ich werde Sie ein Stückchen begleiten‹, sagte der Priester. ›Dieser Spaziergang wird mir guttun.‹

›Übrigens ist hier die Adresse meines Vaters‹, sagte ich zerstreut, ›für den Fall, dass Sie mir schreiben wollen.‹ Nanon nahm die Karte und steckte sie hinter den Spiegel.

Drei Minuten danach verließen wir, der Abbé und ich, die Priesterwohnung und schlugen die Landstraße ein. Ich führte mein Pferd am Zügel. Kaum waren wir fort, so begann ein feiner, kalter Regen, von einem abscheulichen Winde begleitet, uns auf Gesicht und Hände zu schlagen. Ich blieb stehen.

›Nein, alter Freund‹, sagte ich, ›das werde ich ganz gewiss nicht dulden. Ihr Leben ist kostbar und diese eisige Dusche ist sehr ungesund. Kehren Sie um. Dieser Regen könnte Sie gefährlich durchnässen. Nochmals, ich bitte Sie, kehren Sie um.‹

Nach kurzem Zögern gab der Abbé, in Gedanken an seine Gemeinde, meinen Gründen nach.

›Ich nehme ein Versprechen mit, mein Freund?‹, sagte er.

Und als ich ihm die Hand reichte: ›Einen Augenblick! Ich denke, Sie haben einen weiten Weg vor sich – und dieser feine Regen dringt wirklich durch.‹

Er schauderte zusammen. In diesem Augenblick erhob sich der Mond über den Fichtenhöhen und umflutete uns mit seinem trüben, bleichen Schein. Unsere und des Pferdes Schattenbilder malten sich gigantisch auf dem Wege. Und von den alten Steinkreuzen her, die drunten in der Bretagne unter hohen Bäumen ragen, hörte ich in der Ferne einen schrillen Schrei: Es war der raue und beunruhigende Fistelton des Käuzchens. Eine Eule mit phosphorglänzenden Augen, deren Schein auf dem großen Ast einer Steineiche zuckte, schwirrte zwischen uns vorbei und setzte diesen Schrei fort. –

›Vorwärts‹, beharrte der Abbé, ›ich bin in einer Minute wieder zu Hause. Also nehmen Sie, nehmen Sie diesen Mantel. Ich hänge sehr daran!‹, setzte er mit einem Tone hinzu, den ich nie vergessen werde. ›Sie können ihn mir mit dem Herbergsdiener zurückschicken; er kommt alle Tage ins Dorf ... Ich bitte Sie darum.‹

Während der Abbé so sprach, hielt er mir den Mantel hin. Sein Gesicht konnte ich nicht erkennen, sein breiter Dreispitz verschattete es ganz; aber ich sah seine Augen, die mich feierlich und starr ansahen.

Er warf mir den Mantel um die Schultern und befestigte ihn besorgt und zärtlich, während ich, aller Kraft beraubt, die Augen schloss. Und mein Schweigen benutzend, kehrte er rasch heim. Ich sah ihn an der Straßenbiegung verschwinden.

Mechanisch saß ich auf. Dann blieb ich regungslos sitzen. Jetzt war ich allein auf der Landstraße. Ich hörte die tausend Geräusche der Nacht. Als ich aufblickte, sah ich am fahlen Himmel riesige trübe Wolken ziehen und den Mond bedecken. Ich hielt mich aufrecht, obwohl ich weiß wie ein Tischtuch sein musste.

Nur Ruhe, sagte ich zu mir. Ich fiebere, und ich bin somnambul. Das ist alles.

Eine geheime Last drückte mir auf die Schultern; umsonst suchte ich sie zu erheben. Und siehe, aus der Tiefe des Horizonts, vom Kirchhof her, strich ein Schwarm Seeadler mit lautem Flügelrauschen und furchtbaren unbekannten Lauten über meinem Kopf weg. Sie ließen sich in der Ferne auf dem Kirchturm und dem Dache der Priesterwohnung nieder, und der Wind wehte mir ihr schrilles Geschrei zu. Meiner Treu, ich hatte Angst. Warum? Wer wird das jemals ergründen. Ich habe im Feuer gestanden und Degen mit Degen gekreuzt, meine Nerven sind vielleicht fester als die der blutärmsten Phlegmatiker. Trotzdem gestehe ich ganz einfach ein, ich hatte damals Angst. Ich habe es mir sogar zur Ehre angerechnet. Möge jeder, der es kann, bei solchen Dingen furchtlos bleiben.

Ich bearbeitete also schweigend die Flanken meines armen Pferdes, schloss die Augen, krampfte die Faust in die Mähnenhaare und gab dem Tier die Zügel hin. Mein Mantel stand senkrecht hinter mir ab; ich fühlte, dass mein Pferd wild dahingaloppierte. Von Zeit zu Zeit muss mein dumpfes Gemurmel ihm den abergläubischen Schauder mitgeteilt haben, der mich wider Willen schüttelte. So kamen wir in weniger als einer halben Stunde nach R... Als der Hufschlag auf dem Vorstadtpflaster schallte, hob ich den Kopf und atmete auf. Endlich sah ich Häuser. Erleuchtete Läden. Menschliche Gestalten hinter den Scheiben. Ich sah Menschen vorbeigehen. Das Land der Alpträume lag hinter mir! – –

In der Herberge setzte ich mich ans Feuer. Die Unterhaltung mit den Fuhrknechten setzte mich in Ekstase. Ich war wie von den Toten auferstanden. Ich goss ein Glas Rum hinunter und kam schließlich wieder in Besitz meiner Geisteskräfte. Ich fühlte mich dem Leben zurückgegeben. Etwas schämte ich mich sogar meiner Panik.

Wie ruhig fühlte ich mich nun, als ich den Auftrag des Abbé Maucombe ausrichtete. Mit welchem weltmännischen Lächeln betrachtete ich den schwarzen Mantel, als ich ihn dem Hotelwirt aushändigte! Die Halluzinationen waren zerstoben. Der Mantel schien nichts Besonderes an sich zu haben, als dass er sehr alt und mit einer Art bizarrer Zärtlichkeit ausgeflickt war. Gewiss gab der Abbé das Geld für einen neuen Mantel lieber zu Almosen hin – so wenigstens erklärte ich mir die Sache.

›Das trifft sich gut‹, sagte der Wirt. ›Der Hausknecht muss gerade nach dem Dorfe hin; er wird den Mantel noch vor zehn Uhr beim Abbé Maucombe abgeben.‹

Eine Stunde später saß ich im Zuge, die Füße auf der Wärmflasche, in meinen wiedererlangten Reisemantel gehüllt, und zündete mir eine gute Zigarre an. Ich bedauerte ein wenig, dass ich versprochen hatte wiederzukommen.

Ich musste mich einige Tage in Chartres aufhalten, um die Schriftstücke zusammenzubringen, durch die wir den Prozess später gewannen. Ganz voll von dem Gedanken an Akten und Schikanen, kehrte ich am siebenten Tage nach meiner Abreise von Saint-Maur nach Paris zurück.

Ich ging sofort nach Hause, es war gegen neun Uhr. Ich fand meinen Vater im Wohnzimmer. Er saß bei einer Lampe und hielt einen offenen Brief in der Hand.

›Gewiss‹, sagte er nach einigen Worten, ›weißt du nicht, welche Nachricht mir dieser Brief bringt! Der gute alte Abbé Maucombe ist seit deiner Abreise gestorben.‹

Ich schrak bei diesen Worten zusammen. ›Was?‹, stieß ich hervor.

›Jawohl, gestorben, vorgestern um Mitternacht. Er hatte sich auf der Landstraße erkältet. Der Brief ist von der alten Nanon. Die Ärmste scheint gänzlich den Kopf verloren zu haben. Sie wiederholt zweimal eine seltsame Nachricht ... über einen Mantel ... Hier lies es selbst ...‹

Damit reichte er mir die Todesnachricht hin, und ich las die einfachen Worte: ›Er wäre glücklich, sagte er noch zuletzt, dass er in diesem Mantel stürbe und begraben würde, den er von seiner Pilgerfahrt nach Palästina heimgebracht und der das GRAB gestreift hätte.‹«

Guy de Maupassant

Henry René Albert Guy de Maupassant erblickte am 5. August 1850 auf Schloss Miromesnil in der Normandie das Licht der Welt. Er war Journalist und Schriftsteller.
Seine ersten Erzählungen verfasste er 1875 unter Anleitung Gustave Flauberts, der ihm ein väterlicher Freund war. Danach schrieb Maupassant mit wachsendem Erfolg etwa 270 Erzählungen und sechs Romane. Bis 1891 arbeitete Maupassant trotz zunehmender Gesundheitsprobleme wie besessen, dann brach die Syphilis offen aus. Anfang 1892 versuchte er sich selbst zu töten und galt als geistesgestört. Ein Jahr später starb er, knapp 43-jährig, in einer Pariser Klinik.
Unter Maupassants meisterhaften Erzählungen finden sich etwa drei Dutzend, die dunkel-unheimlich oder fantastisch sind, etwa das berühmte ›Der Horla‹ um ein durchsichtiges vampirhaftes Wesen, das sich in einem Haus einnistet. Einige Literaturwissenschaftler sehen in dieser Seite seines Schaffens die Spiegelung seines Wahnsinns.

Eine Erscheinung

Man unterhielt sich jüngst anlässlich eines Prozesses über gerichtliche Beschlagnahmung, und zwar gegen Ende einer kleinen Gesellschaft in einem alten vornehmen Haus in der Rue de Grenelle. Jeder wusste eine Geschichte, und jeder behauptete, dass sie wahr sei.

Da erhob sich der zweiundachtzigjährige Marquis de la Tour-Samuel, lehnte sich gegen den Kamin und sagte mit etwas zittriger Stimme: »Ich habe auch einmal etwas Seltsames erlebt, etwas so Seltsames, dass es zur dauernden Heimsuchung meines Lebens geworden ist. Vor nunmehr sechsundfünfzig Jahren ist mir das Abenteuer begegnet; aber kein Monat vergeht, ohne dass ich es im Traum noch einmal erlebte. Seit jenem Tag ist eine Art Grauen in mir. Begreifen Sie das? Wirklich, ich habe zehn Minuten lang ein so fürchterliches Entsetzen aushalten müssen, dass ich seit jener Stunde von einer ständigen Schreckhaftigkeit befallen bin. Unerwartete Geräusche lassen mich bis ins Mark hinein erbeben; Gegenstände, die ich im Schatten der Nacht nur undeutlich sehen kann, flößen mir solche Furcht ein, dass ich davonlaufen möchte. Kurz, ich habe Angst vor der Nacht.

Jetzt, wo ich so hoch bei Jahren bin, kann ich es ja eingestehen, kann ich alles sagen. Einem Zweiundachtzigjährigen ist es erlaubt, feige zu sein gegenüber eingebildeten Gefahren. Wirklichen Gefahren, meine Damen, bin ich nie aus dem Wege gegangen. Jenes Erlebnis hat mein Innerstes so schwer erschüttert und mich in eine so geheimnisvoll furchtbare Verwirrung gestürzt, dass ich nie davon gesprochen habe. Ich verbarg es in der tiefsten Tiefe meiner Seele, dort, wo wir schamhaft unsere peinlichen Geheimnisse und alle uneingestandenen Schwächen unseres Lebens verstecken. Ich will Ihnen das Abenteuer erzählen und nicht versuchen, es zu erklären. Nur wenn ich damals verrückt war, könnte es ja unerklärlich sein, aber glauben Sie mir, ich war bei Sinnen und kann es beweisen. Sie mögen von mir denken, was Sie wollen. Hören Sie die nackten Tatsachen an:

Es war im Juli 1827. Ich stand in Rouen in Garnison. Als ich eines Tages am Fluss spazieren ging, begegnete mir ein Mann, der mir bekannt vorkam. Ich machte eine instinktive Bewegung, stehen zu bleiben. Der Fremde sah diese Bewegung; er musterte mich und warf sich mir in die Arme.

Es war ein Jugendfreund von mir, den ich sehr geliebt hatte. Seit fünf Jahren hatte ich ihn nicht gesehen, aber er schien mir um fünfzig Jahre gealtert. Sein Haar war völlig weiß; er ging gebeugt, gleichsam erschöpft. Da er mein Erstaunen bemerkte, erzählte er mir sein Leben. Ein furchtbares Unglück hatte ihn gebrochen.

Er hatte sich leidenschaftlich in ein junges Mädchen verliebt und sie in seinem Glückstaumel geheiratet. Nach einem Jahr übermenschlicher Glückseligkeit und nie gesättigter Leidenschaft war sie plötzlich an einem Herzschlag gestorben. Ohne Zweifel hatte sie die Liebe getötet.

Am Tage ihrer Beerdigung verließ er sein Schloss und bezog eine Stadtvilla in Rouen. Dort lebte er nun einsam, verzweifelt, von Schmerzen zerrissen und so elend, dass er dauernd an Selbstmord dachte.

›Da ich dich hier treffe‹, sagt er, ›möchte ich dich bitten, mir einen großen Dienst zu erweisen und mir aus dem Schreibtisch meines, unseres Zimmers in meinem Schloss einige Papiere zu holen, die ich dringend brauche. Kein Diener und kein Fremder kann mir diesen Dienst leisten, da höchste Diskretion und restloses Schweigen durchaus nötig sind. Ich selbst aber betrete um keinen Preis der Welt das Haus wieder.

Ich will dir den Schlüssel zu dem Zimmer geben, das ich damals selbst hinter mir verschlossen habe, und auch den Schlüssel zu meinem Schreibtisch. Du musst auch meinem Gärtner, der dir aufmachen wird, etwas von mir ausrichten. Komm doch morgen zum Frühstück zu mir; wir besprechen dann alles Weitere.‹

Ich versprach, ihm diesen leichten Dienst zu erweisen. Es war für mich ja nur ein Spazierritt; denn sein Gut lag nur fünf Meilen von Rouen entfernt. Zu Pferde konnte ich in einer Stunde draußen sein.

Am nächsten Tage war ich um zehn Uhr früh bei ihm. Wir frühstückten miteinander, aber er sprach keine zwanzig Worte. Er bat mich, ihm das nicht übel zu nehmen; der Gedanke, dass ich das Zimmer, in dem sein Glück gestorben war, aufsuchen würde, überwältige ihn. Er schien mir wirklich ganz sonderbar erregt und verstört zu sein, als ob sich in seiner Seele ein geheimnisvoller Kampf abspielte.

Schließlich erklärte er mir genau, was ich zu tun hätte. Es war sehr einfach. Ich sollte zwei Bündel Briefe und einen Stoß Papiere aus der obersten rechten Schublade des Schreibtisches, zu dem ich den Schlüssel bekam, herausnehmen.

›Ich brauche dich wohl nicht zu bitten, keinen Blick in die Papiere zu tun‹, fügte er hinzu.

Ich fühlte mich durch diese Worte fast verletzt und sagte ihm das etwas heftig.

Er stammelte nur: ›Verzeih mir, bitte, aber ich leide zu sehr.‹ Dann brach er in Tränen aus.

Ich verließ ihn gegen ein Uhr, um meinen Auftrag auszuführen.

Das Wetter war strahlend schön; ich ritt im Trab durch die Wiesen, hörte die Lerchen trillern und die taktmäßigen Schläge meines Säbels gegen den Stiefelschaft.

Ich kam in den Wald und ließ mein Pferd in Schritt fallen. Die Baumzweige liebkosten mein Gesicht; zuweilen riss ich ein Blatt mit den Zähnen herab und zerkaute es in einem Anfall gieriger Lebenslust, wie sie uns, ohne zu wissen, warum, zuweilen plötzlich mit stürmischer, nicht zu fassender Seligkeit, mit einem tollen Kraftgefühl überkommt.

Als ich das Schloss erblickte, suchte ich in meiner Tasche nach dem Brief, den ich dem Gärtner geben sollte, und bemerkte mit Verwunderung, dass er versiegelt war. Ich war darüber so ärgerlich überrascht, dass ich drauf und dran war, unverrichteter Sache umzukehren. Dann aber bedachte ich, dass ich damit nur eine geschmacklose Empfindlichkeit zeigen würde. Mein Freund hatte in seiner schmerzlichen Aufregung den Brief vielleicht nur aus Versehen versiegelt.

Das Schloss sah aus, als wäre es seit zwanzig Jahren verlassen. Die Tür des verrosteten Gitters stand offen und hing lose in den Angeln. Gras überwucherte die Allee; die Form der Rasenplätze war nicht mehr zu erkennen.

Ich stieß mit dem Fuß klopfend an einen der geschlossenen Fensterläden. Ein alter Mann trat aus einer Seitentür und schien sehr erstaunt, mich zu sehen. Ich sprang vom Pferd und gab ihm den Brief. Er las ihn durch, las ihn noch einmal, wandte ihn um und um, sah mich scheu von der Seite an, steckte das Blatt in die Tasche und sagte: ›Sie wünschen?‹

Ich antwortete ärgerlich: ›Sie müssen es doch wissen! Sie haben doch eben durch den Brief die Befehle Ihres Herrn empfangen. Ich will ins Schloss.‹

Er schien vor Staunen zu erstarren. ›Sie wollen in ... in das Zimmer?‹, fragte er.

Meine Geduld riss. ›Zum Kuckuck! Es macht Ihnen wohl Vergnügen, mich auszufragen?‹

Er stammelte: ›Nein ... gnädiger Herr ... aber ... es ist nur ... es ist seit ... seit ihrem Tode nicht geöffnet worden. Wenn Sie fünf Minuten hier warten wollen, werde ich nachsehen ... nachsehen, ob ...‹

Ich schnitt ihm zornig das Wort ab: ›Ach was! Wollen Sie mich zum Besten halten? Sie können ja gar nicht hinein; ich habe doch den Schlüssel.‹

Er wusste nicht, was er noch sagen sollte.

›Ich will Ihnen den Weg zeigen, gnädiger Herr.‹

›Zeigen Sie mir die Treppe und lassen Sie mich allein. Ich werde das Zimmer ohne Sie finden.‹

›Aber ... gnädiger Herr ... es ...‹

Jetzt hatte ich genug. ›Halten Sie endlich den Mund! Oder Sie bekommen es mit mir zu tun!‹

Ich schob ihn ärgerlich beiseite und trat in das Haus.

Erst ging ich durch die Küche, blickte durch zwei kleine Zimmer, die der Gärtner mit seiner Frau bewohnte, kam dann in eine große Vorhalle, stieg die Treppe hinauf und erkannte sofort die Tür, die mir mein Freund beschrieben hatte.

Ich öffnete sie mühelos und trat ein.

Die Stube war so dunkel, dass ich zuerst nichts unterscheiden konnte. Ich blieb stehen, von dem süßlichen Modergruch gebannt, den so unbewohnte verschlossene Räume, solche toten Zimmer nun einmal haben. Allmählich gewöhnten sich meine Augen an die Dunkelheit, und ich sah ziemlich deutlich einen großen Raum in voller Unordnung mit einem Bett ohne Laken, das jedoch seine Kissen behalten hatte. Das eine wies einen tiefen Eindruck eines Kopfes oder eines Ellenbogens auf, als hätte noch eben erst jemand darauf gelegen.

Die Stühle schienen zerschlagen zu sein. Ich bemerkte, dass eine Tür, die wohl zu einem Schrank gehörte, offen stand.

Ich ging zuerst ans Fenster, um es zu öffnen und Licht hereinzulassen, aber die eisernen Beschläge der äußeren Fensterläden waren so verrostet, dass es mir nicht gelang.

Ich versuchte, sie mit meinem Säbel aufzubrechen, aber umsonst. Da diese vergeblichen Bemühungen mich verdrossen und meine Augen sich schließlich an das Dämmerlicht gewöhnt hatten, gab ich die Hoffnung auf, mehr Licht zu bekommen, und trat an den Schreibtisch.

Ich setzte mich in den Lehnstuhl, schlug die Platte herunter und öffnete die bezeichnete Schublade. Sie war bis zum Rand gefüllt. Ich benötigte nur die drei Bündel, die mir genau beschrieben worden waren, und fing an, sie zu suchen.

Ich musste die Augen förmlich aufreißen, um die Überschriften zu entziffern. Da glaubte ich hinter mir ein Rascheln zu hören oder vielmehr zu empfinden. Ich beachtete es nicht, denn ich meinte, ein Luftzug habe irgendeinen Stoff bewegt. Aber nach einer Minute lief mir bei einem neuen fast unhörbaren Rascheln ein sonderbar leiser, unangenehmer Schauer über den Rücken. Es erschien mir so dumm, auch nur ein bisschen erregt zu sein, dass ich mich aus Scham vor mir selbst nicht umdrehen wollte. Ich entdeckte das zweite der gesuchten Briefbündel und endlich das dritte, als ein schwerer, tiefer Seufzer, der dicht neben meiner Schulter ausgestoßen wurde, mich wie im Wahnsinn aufspringen ließ. Dabei hatte ich mich umgedreht, die Hand am Griff meines Säbels; hätte ich ihn nicht an meiner Seite gefühlt, ich wäre davongerannt wie ein Feigling.

Eine große weiß gekleidete Frau stand hinter dem Lehnstuhl, auf dem ich gesessen hatte.

Ein solcher Stoß fuhr mir durch alle Glieder, dass ich fast hintenübergefallen wäre. Ich sage Ihnen: Ein Mensch, der solch furchtbares, starres Grausen nicht durchgemacht hat, kann es nicht verstehen. Die Seele zerschmilzt gleichsam; man fühlt sein Herz nicht mehr; der ganze Körper wird weich wie ein Schwamm; es ist, als stürze unser ganzes Innere in sich zusammen.

Ich glaube nicht an Gespenster, durchaus nicht; aber ich erlag der schmählichen Furcht vor den Toten. Während dieser wenigen Sekunden habe ich in meiner unbesieglichen Angst vor übernatürlichen Schrecknissen mehr gelitten als mein ganzes übriges Leben lang. Hätte sie nicht zu sprechen begonnen, dann wäre ich vielleicht gestorben!

Aber sie sprach, sprach mit einer sanften, traurigen Stimme, die alle meine Nerven zittern ließ. Ich wage nicht zu behaupten, dass ich wieder Herr über mich geworden wäre und meine Vernunft wiedererlangt hätte. Nein. Ich wusste nicht mehr, was ich tat. So außer mir war ich. Aber ein gewisser innerer Stolz, möglicherweise etwas von meinem Berufsstolz, ließ mich trotz allem Anstand und Fassung bewahren. Ich posierte vor mir selbst und natürlich auch vor ihr, was sie auch sein mochte, Weib oder Gespenst. Natürlich gab ich mir erst später von alledem Rechenschaft, denn in dem Augenblick, als ich die Erscheinung sah, dachte ich überhaupt nichts. Ich fürchtete mich nur.

Sie sagte: ›Mein Herr, Sie können mir einen großen Dienst erweisen!‹

Ich wollte antworten, brachte aber kein Wort hervor. Nur ein schwaches Geräusch kam aus meiner Kehle.

Sie sprach weiter: ›Wollen Sie? Sie können mich retten, mich heilen. Ich leide entsetzlich. Ich leide; ach, wie ich leide!‹

Sie ließ sich leise in den Lehnstuhl sinken und blickte zu mir auf. ›Wollen Sie?‹

Ich nickte ein ›Ja!‹, denn meine Stimme war noch immer wie gelähmt.

Da reichte sie mir einen Schildpattkamm und bat leise: ›Kämmen Sie mich! Ach, kämmen Sie mich; das wird mich gesund machen; ich muss gekämmt werden. Sehen Sie doch meinen Kopf an ... Wie ich leide! Meine Haare tun mir so furchtbar weh!‹

Ihr aufgelöstes Haar hing sehr lang, sehr schwarz über die Lehne des Sessels bis auf den Fußboden.

Warum habe ich's nur getan! Warum habe ich zitternd den Kamm ergriffen, und warum habe ich ihre langen Haare, die unheimlich kalt waren, wie Schlangen kalt, und die meine Haut erschauern ließen, mit Händen berührt? – Ich weiß es nicht.

Das Gefühl dieser Kälte habe ich noch heute in den Fingern; und wenn ich an jene Stunde zurückdenke, überkommt mich ein Zittern.

Ich kämmte sie. Ich frisierte sie; ich weiß selbst nicht, wie ich ihr eisiges Haar zu bearbeiten verstand. Ich löste es auf und flocht es wieder ein, wie die Mähne eines Pferdes. Sie seufzte, senkte den Kopf und schien glücklich darüber zu sein.

Plötzlich sagte sie: ›Danke!‹, entriss mir den Kamm und entfloh durch die offene Tür, die ich gleich anfangs bemerkt hatte.

Ich war wieder allein und eine Minute lang verwirrt, wie beim Erwachen nach einem schweren Albdruck. Dann wurden meine Sinne klar. Ich lief an das Fenster und brach mit einem gewaltigen Stoß die Laden auf.

Eine Flut von Licht strömte herein. Ich eilte zur Tür, durch die das Wesen verschwunden war. Sie war geschlossen und nicht zu öffnen.

Da packte mich der fieberhafte Wunsch zu fliehen, genauso wie das bekannte Fieber der Angst in der Schlacht. Ich griff rasch nach den drei Briefbündeln auf dem geöffneten Schreibtisch, lief durch das Zimmer, sprang die Treppe hinunter, nahm immer vier Stufen auf einmal und war, ich weiß nicht wie rasch, draußen. Zehn Schritte vor mir stand mein Gaul, ich schwang mich mit einem Satz hinauf und galoppierte davon.

Erst vor meinem Haus in Rouen machte ich halt. Ich warf die Zügel meinem Burschen zu und floh in mein Zimmer. Dort schloss ich mich ein, um erst einigermaßen zur Besinnung zu kommen.

Eine Stunde lang fragte ich mich angstvoll, ob mich nicht eine Halluzination genarrt habe. Lieber hätte ich eine jener unverständlichen Nervenerschütterungen erlebt, eine jener Gehirnbetäubungen, die stets das Wunder gebären, denen das Übernatürliche seine Macht verdankt.

Ich war schon bereit, an eine Sinnestäuschung zu glauben, als meine Blicke zufällig auf meine Brust fielen. Mein Husarendolman war voll von langen Frauenhaaren, die sich um die Knöpfe gewunden hatten!

Ich trat ans Fenster, ergriff eins nach dem anderen und ließ sie mit zitternden Fingern hinausfliegen.

Dann rief ich meinen Burschen. Ich fühlte mich zu erregt, zu verwirrt, um meinen Freund noch an demselben Tag aufzusuchen. Auch wollte ich mir erst reiflich überlegen, was ich ihm sagen sollte.

Ich schickte ihm die Briefe zu, und er sandte mir durch den Burschen eine Empfangsbestätigung. Er hatte ihn eingehend nach mir ausgefragt. Der Soldat hatte ihm gesagt, ich sei leidend; ich hätte mir wohl einen Sonnenstich geholt oder etwas Ähnliches. Es soll ihn sehr besorgt gemacht haben.

Am nächsten Morgen ging ich schon ganz früh zu ihm, fest entschlossen, ihm die Wahrheit zu sagen. Doch er war am Abend vorher ausgegangen und nicht wiedergekommen.

Ich ging im Laufe des Tages noch einmal hin: Er war noch nicht zurück. Ich wartete eine Woche. Er blieb verschwunden. Da meldete ich es der Polizei.

Er wurde überall gesucht, aber nirgends gefunden.

Das verlassene Schloss wurde peinlichst durchstöbert, aber man entdeckte nichts Verdächtiges.

Keine Spur davon, dass sich dort eine Frau verbarg.

Endlich wurden alle Nachforschungen abgebrochen.

Seit fünfzig Jahren habe ich nichts weiter in der Sache erfahren. Sie blieb unaufgeklärt.«

Paul Leppin

Noch einer dieser traurigen Literaten, die zu Lebzeiten nahezu unbekannt waren und inzwischen fast vergessen sind, obwohl sie beachtliche Werke schrieben.

Paul Leppin wurde am 27. November 1878 in Prag geboren und wuchs in sehr ärmlichen Familienverhältnissen auf. Leppin war der ungekrönte König der Prager Boheme der Jahrhundertwende. Ansehen erwarb er sich besonders durch seinen Roman *Daniel Jesus,* der 1905 erschien, und durch einige Essays, die den Tabubereich des Sexuellen zum Inhalt hatten und 1920 unter dem Titel *Venus auf Abwegen* gesammelt wurden.

Leppin war ein unpolitischer Mensch – selbst die beiden Romane, die zur Zeit des Ersten Weltkriegs publiziert wurden (*Severins Gang in die Finsternis* [1914] und *Hüter der Freude* [1918]), blieben völlig unberührt vom Zeitgeschehen. Dennoch, im März 1939, direkt nach der »Befreiung« Prags durch die Nationalsozialisten, wurde er ohne Angabe von Gründen inhaftiert. Nach seiner Entlassung erlitt er einen schweren Schlaganfall und war an den Rollstuhl gefesselt. Der kurze autobiografische Roman *Monika. 13 Kapitel Liebe aus der Hölle,* den er Ende 1944 abschloss, blieb sein letztes Werk. Paul Leppin starb am 10. April 1945.

Severins Gang in die Finsternis

Erstes Buch
Ein Jahr aus dem Leben Severins

1. In diesem Herbste war Severin dreiundzwanzig Jahre alt geworden. Wenn er des Nachmittags, von quälender Büroarbeit zerrüttet, nach Hause kam, warf er sich auf das schwarzlederne Sofa in seiner Kammer und schlief bis zum Abend. Erst wenn draußen die Laternen angezündet wurden, ging er auf die Gasse. Nur im Sommer, wenn die Tage lang und glühend waren, fand er noch die Sonne auf seinen Wegen durch die Stadt. Oder auch an den Sonntagen, wo der ganze Tag ihm gehörte und er auf seinen Wanderungen seiner kurzen Studentenzeit gedachte.

Severin hatte nach zwei oder drei Semestern seine Studien aufgegeben und eine Stellung angenommen. Nun saß er während der Vormittage in dem hässlichen Büro und hielt sein kränkliches und bartloses Bubengesicht über die Zahlenreihen gebeugt. Ein ungesunder und nervöser Missmut kroch mit der Zimmerkälte durch seinen Körper, und dann wurde auch die Unruhe in ihm wach. Das einförmige Gleichmaß machte seine Hände zittern. Eine lästige Müdigkeit bohrte in seinen Schläfen, und er drückte mit den Fingern die Augäpfel in den Kopf, bis sie schmerzten.

Eine verregnete Oktoberwoche lang hatte er Zdenka nicht mehr gesehen. Ihre Briefe, die ihn täglich zu kommen baten, schob er verärgert beiseite und beantwortete sie nicht. In dem halblauten Takt seines Blutes begannen sich Wünsche zu regen, die Zdenka ihm nicht erfüllen konnte. Und es war immer eine gespannte Erwartung, eine krause und absonderliche Neugier, die ihn befiel, wenn er am Abend, vom Schlafe betäubt, auf die Straße trat. Mit weit geöffneten Augen sah er in die Stadt hinein, in der die Menschen sich wie Schattenbilder bewegten. Der Lärm der Wagen, das Gerassel der Straßenbahn mischte sich mit den Stimmen der Leute zu einem harmonischen Brausen, in dem ab und zu ein vereinzelter Ruf oder ein Schrei aufklang, dem er mit einem aufmerksamen Empfinden nachlauschte, als ob ihm eben etwas Besonderes entgangen sei. Am liebsten waren ihm die Straßen, die abseits von dem großen Getriebe lagen. Wenn er die Augen zusammenkniff und durch die halb geschlossenen Lider schaute, bekamen die Häuser ein fantastisches Aussehn. Dann ging er an den Mauern der großen Gärten vorbei, die sich an die Krankenhäuser und Institute schlossen. Der Geruch des faulenden Laubs und der feuchten Erde schlug ihm entgegen. Irgendwo in der Nähe wusste er eine Kirche. Hier war es schon am frühen Abend leer, und nur einige Fußgänger kamen. Severin stand im Schatten der Häuservorsprünge und dachte darüber nach, warum sein Herz klopfe.

Lag es an dieser Stadt mit ihren dunklen Fassaden, ihrem Schweigen über großen Plätzen, ihrer abgestorbenen Leidenschaftlichkeit? Es war ihm immer, als ob ihn unsichtbare Hände streiften. Er erinnerte sich, dass er auch oft bei Tage in längst bekannten und vertrauten Teilen wie in einer neuen Umgebung gegangen war. Am Sonntagmorgen war er manchmal am Siechenhaus und der Karlshofer Kirche vorbei in die Sluper Gründe hinuntergestiegen. In ihm war ein Staunen, dass er hier schon seit seiner Kindheit wohnte. Wenn die Sonne schien und auf den abgebröckelten Stufen schimmerte, musste er an die Winterabende denken, wenn hier der Schnee in den Gassen trieb und die Lampen in den Kotpfützen funkelten. Es kam ihm vor, dass ein Bann ihn drückte. Ein böses Verlangen wuchs in ihm auf, den Bann zu lösen und ihn zu wandeln.

Oft glaubte er, an der eigenen Kargheit verzweifeln zu müssen. Es war eine Bitterkeit in ihm, die sich in ohnmächtige Flüche verrannte; und eine Mattigkeit, die nach unseligen Stunden verlangte. Zdenka wusste nichts von dem allen. Unmutig, mit zusammengepressten Lippen und aufgeschlagenem Rockkragen ging er heute durch die Stadt, auf Umwegen der Moldau zu, wo sie ihn erwartete.

Die lange geschäftige Straße, durch die er schritt, war er jahrelang zur Schule gegangen. Hier hatte er auf dem Heimwege die ersten Zigaretten geraucht, und hier wurden auch die großen Schlachten beraten, die auf den Weinberger Schanzen mit den tschechischen Jungen geschlagen wurden. Als Führer und Held hatte er sich niemals dabei hervorgetan, aber er hatte auch seine Feigheit niemals verraten. Es war für ihn ein wollüstiger und geheimnisreicher Reiz, den Steinwürfen der Feinde die Stirne zu bieten. Die Rittergeschichten und Matrosenstreiche, die er zu Hause las, wurden ihm hier zu einer kleinen, aber wahrhaftigen Wirklichkeit, die ihm Wangen und Hände heiß machte und in stummer Erregung den Atem beklemmte. Seit jener Zeit hatte es eigentlich kein gleichwertiges Erlebnis mehr in seiner Jugend gegeben. Aber der blinde Drang, der ihn damals nach der Schule auf die verlassenen Schanzen zu den Schlägereien trieb, war mit den Jahren ins Ungemessene gewachsen und presste ihm die Kehle zu. Manchmal befiel ihn eine unsinnige Furcht und ein Entsetzen, dass sein Leben so im Sande verlaufen würde. Seit er erwachsen war und sein Brot verdiente, wuchsen nüchterne und kahle Mauern rings um ihn auf, die ihm die Aussicht versperrten. Wohin er auch blickte, überall war die alltägliche und stumpfe Gewohnheit um ihn. Früh ging er zur Kanzlei und ging am Mittag nach Hause; den übrigen Tag verschlief er. Er kam sich vor wie einer, der mit der Schaufel in einer Grube steht. Er gräbt und schaufelt, aber der feine, bewegliche Sand rinnt immer wieder nach und verschüttet die Grube.

Als Kind hatte er einmal ein Buch besessen, das sich niemals ganz aus seinen Gedanken verlor. Es war der erste Band eines Romans aus den Hussitenkriegen. Der zweite Band fehlte, und Severin suchte auch nicht danach. So wie das Buch schloss, mitten im Gange großer Ereignisse, schien es ihm am schönsten. Da waren Zigeuner darin, die in den Klüften der Teufelsmauer bei Hohenfurt ein Räuberversteck besaßen, wilde Krieger, die in den Schänken um ihre Mädchen würfelten, Nächte, in denen man im Walde beim Mondschein nach der Alraunwurzel grub. Ein Zaubergarten kam darin vor, wo verwachsene Zwerge den Verirrten äfften, Wundergrotten sich auftaten und wo eiserne Löwen rasselnd in der Tiefe versanken, wenn man in ihre Nähe kam. Und der Komet strahlte blutrot am Himmel, und in Böhmen war Krieg. An dieses Buch dachte Severin, während er zu Zdenka ging.

Auf dem Karlsplatze war es still. Nur einige Liebespaare flüsterten hinter dem Gesträuch. Severin stieß mit dem Fuße in die welken Blätter auf den Wegen. Die elektrischen Lampen brannten schon und hingen wie Monde über den Bäumen. Zwischen ihrem Lichte hindurch spähte Severin nach den ersten Sternen. Eine verdrießliche Unrast hielt ihn gefangen, die ihn immer wieder in den Park zurücktrieb, während Zdenka ihn schon erwartete. Er nahm den Hut in die Hand und die Luft feuchtete seine Haare. Vom Turme des Strafgerichtsgebäudes schlug die Uhr und ihre Schläge hallten langsam durch die Zweige. Severin lauschte ihnen mit einem bitteren Herzen. Eine weiche und schwächliche Lüsternheit zuckte in seiner Seele nach einem bunten und heftigen Dasein, wie es in den Kapiteln des Buches zu lesen stand. In einem verzehrenden Lichte stieg ein ungeheueres und gewaltsames Leben vor ihm auf. Hinter dem Rande des Karlsplatzes fühlte er die Stadt.

Aus dem Dämmerlichte des Parks trat Severin in die nächste Gasse. Wieder horchte er in die Geräusche hinein und hörte die Stimmen der Leute. Ein wenig von der Erkenntnis dämmerte in ihm auf, dass die Menschen es sind, die das Leben bedeuten. Dass im Spiel mit ihnen das alles war, was ihm Schmuck und Inhalt und Schauer deuchte. Kometennächte und Erschütterungen und die Rätsel des Herzens. Mit einem köstlichen Erschrecken gedachte er jenes Abends, an dem er mit einem Freunde die Vorstellung eines tschechischen Vorstadttheaters besucht hatte. Er war nie besonders wählerisch in solchen Genüssen gewesen. Die heischende Sentimentalität, die dort einem Publikum von Kleinbürgern und Banausen schmeichelte, war auch der richtige Stachel für seine Sinne. In dem Gehaben pathetischer Komödianten, den Tränen und dem Gelächter grob geschminkter Weiber spürte er mehr als woanders die heißen und ungepflegten Begehrlichkeiten seiner Seele. Ein Mädchen hatte damals seine Aufmerksamkeit erregt, die das Volk mit ihrer getäuschten Liebe rührte. In der Art, ihren dünnen Körper zu biegen, in den Linien ihres Halses und ihrer Schultern war manches, was ihn an Zdenka gemahnte. In einer merkwürdigen und uneingestandenen Zerwühltheit war er damals nach Hause gegangen. Es war das Gefühl, das ihn auch sonst immer heimsuchte, wenn er in den Nachtkaffeehäusern während der Pausen der Musik in die verlegene Stille horchte oder am Abende zögernd und gespannt an den Straßenecken lungerte. Das Gefühl, dass etwas in seiner Nähe war, so stark und so körperlich, dass die Luft davon leise zu zittern begann, und das er vergebens mit den Händen suchte.

Die Ferdinandsstraße glänzte vor ihm auf, und der Schein der Auslagenfenster blendete ihn. Es war schon spät geworden und er eilte. Beim Nationaltheater sah er Zdenka stehn und ihr süßes Gesicht grüßte ihn lächelnd aus der Menge.

2. Das war auch der Herbst, in dem Severin mit Lazarus Kain bekannt wurde. In der oberen Stephansgasse, unfern von dem großen botanischen Garten, hatte er seinen Laden. Ein paar abgegriffene Leinenbände und der rostfleckige Umschlag vergilbter Broschüren hinter der Glasscheibe des Schaukastens machten die Vorübergehenden darauf aufmerksam, dass hier eine Buchhandlung sei. Über der Türe, auf einem vom Schnee und vom Regen getauften Schilde, stand unter dem Namen des Eigentümers in verwaschenen Buchstaben das Wort »Antiquariat«.

Der Laden war niedrig und schmal und eine Gasflamme erhellte ihn auch tagsüber. Aber im Winter konnte es hier sehr gemütlich sein, wenn der eiserne Ofen in der Ecke beinahe rot glühend vor Eifer wurde und Lazarus hinter dem Pulte in dickbäuchigen Katalogen blätterte oder dem Raben Anton Kunststücke lehrte. In den Ferienmonaten und im Frühherbst war ja ohnehin nichts mit dem Geschäfte. Da ließ der alte Lazar für gewöhnlich seine Tochter im Laden zurück und machte Streifgänge in der Umgebung. Mit kleinen Schritten ging er die Gasse auf und nieder und sah nach den Stockwerken der Häuser hinauf. Er war etwas kurzsichtig und das Gaslicht in dem finsteren Laden hatte seine Augen geschwächt. Er sah den Dienstmädchen zu, wie sie die festen Brüste an den Fensterrand lehnten und den Staub aus den Tüchern in die Gasse hinunterschwenkten. Das Blut stieg in sein gelbes Gesicht und er blinzelte. Oder er blieb bei der Säule des heiligen Adalbert stehn und verfolgte die Wärterinnen der nahen Gebäranstalt mit den Blicken. Dicht daneben stand die schäbige Bude der *Gifthütte*. Lazarus Kain erinnerte sich der Zeiten, wo hier die Mediziner zusammenkamen und am Abende mit den Hebammen tanzten. Da war er auch mitunter zu Besuch gewesen und hatte sich aus einem Winkel das Treiben angesehn. Jetzt hatte das Wirtshaus den Besitzer gewechselt und am Tage war die Gastwirtschaft vollständig einsam. Nur ein paar tschechische Jünglinge schoben in dem verwahrlosten Garten Kegel und eine mürrische Kellnerin brachte das trübe Bier in zersprungenen Gläsern.

Oft saß er auch in der kleinen *Pilsner Stube* gegenüber der Stephanskirche. Auch hier war es nicht sehr lebhaft an den Sommervormittagen, wenn er zu Gaste war. Erst später kamen dann die Priester aus der nahen Dechantei zum Mittagessen. Lazarus saß beim Fensterplatz, hinter der grünen Gardine und bewunderte die feinen Knöchel der vorbeieilenden Mädchen. Er hatte schon bald ein halbes Jahrhundert auf dem Rücken, aber trotzdem waren die Weiber noch immer seine liebste Passion.

Zu Hause, auf den hohen Regalen in seinem Buchladen, bewahrte er manchen kostbaren Band für die Kenner und seine besten Kunden. Gefährliche und unverschämte Romane, französische und deutsche Privatdrucke, Kupferstiche, seltene Übersetzungen aus der Zeit des Rétif de la Bretonne. Er hing mit einer verliebten Zärtlichkeit an diesen Schätzen, die er oft und wieder hernahm und sich an ihnen ergötzte, die er mit seinen dürren Fingern streichelte und nur ungern und zu hohen Preisen verschacherte. Mit ehrlichem Bedauern sah er sie in den Händen der Käufer, und ihm war, als ob sie mit ihnen ein Stück eines lieb gewordenen Inventars aus seinem Hause trügen. Nur zwei Wesen liebte er mehr als diese Bücher: den Raben Anton, ein altes und zerzaustes Tier, das ihm seit Jahren in seinem Buchladen Gesellschaft leistete, und seine Tochter Susanna.

In dem kleinen Wirtshause gegenüber der Kirche war es, wo Severin Lazarus Kains Bekanntschaft machte. Draußen läuteten die Turmglocken gerade zur Sonntagsmesse, und beide blickten den jungen Frauen nach, die nachdenklich, mit dem Gebetbuche in der Hand, an dem Gasthausfenster vorüberkamen. Da rückte Lazarus sein Glas näher zu Severin und begann zu erzählen. Sein vertrocknetes Gesicht erregte sich beim Sprechen und unter dem kurzen Backenbarte brannten die Wangen. Er sprach von dem kalten und fantasielosen Temperamente der neuen Zeit, in der die Sucht nach dem Gelde die Freude an der Lust getötet habe. Und mit zwinkernden Augen, in denen das Fieber eines geheimen Vergnügens glänzte, geriet er in die Schilderung der Lieblingswelt, an die er sein alterndes Herz gehängt hatte, das Frankreich des achtzehnten Jahrhunderts. Seine Geschichten aus der Hirschparkperiode Ludwigs XV. hatten Farbe und Elan, und eine neidische Sehnsucht bebte in seiner Stimme, als er dem aufhorchenden Severin von Madame Janus berichtete, der genialen Kupplerin, die selbst das damalige Paris noch mit neuen und erfinderischen Sensationen verblüffte.

Das kommt nicht mehr wieder – sagte er, und eine aufrichtige Trauer klang in dem Tone der Worte. Eine Weile saßen dann die beiden schweigend beisammen und sannen in dem Halbdunkel der Wirtsstube den galanten Wundern vergangener Zeiten nach, während drüben die Kirchenglocken verstummten und nur ein goldenes Summen, immer feiner und leiser, unmerklich zum Schlusse in der Luft zurückblieb. Severin sah verstohlen nach dem kahlen Schädel des alten Lazarus, der sein Gesicht wieder dem Fenster zuwandte, und betrachtete sein jüdisches von unzähligen Fältchen zerrissenes

Profil. Eine Ahnung überkam ihn, dass dieser Mann ein ähnliches Leiden litt wie er, dass er an einer ungestillten Inbrunst krankte, die sich aus einem engen und törichten Leben in alte Bücher geflüchtet hatte. Ein Mitleid fasste ihn mit dem Alten, der seit Jahren seine Seele an tote Bilder vergeudete. Sie sprachen dann noch einiges miteinander und Lazarus erzählte von seiner Tochter und dem Raben. Als er fortging, lud er Severin ein, ihn in seinem Laden zu besuchen.

Severin kam der Einladung in den nächsten Tagen nach. Auf einem niedrigen gepolsterten Stuhle neben dem Ofen saß Susanna. Die Tage waren noch schön und der Buchhändler brannte noch kein Feuer. Trotzdem kam nach Sonnenuntergang eine feucht rieselnde Kälte in die Häuser der Gasse. Susanna hatte ein schwarzes Tuch um ihre Schultern geschlagen und über die Seiten des geöffneten Buches auf ihrem Schoße tanzte das Gaslicht. Lazarus stand hinter dem Ladentische und begrüßte Severin ohne Überraschung. Sein nackter Kopf glänzte in dem Lichtschein, als er sich über ein paar wertvolle Kuriosa beugte und sie durch die Lupe untersuchte. Severin hörte geduldig seine Erklärungen an und sah zerstreut nach Susanna hinüber, die schweigend in ihrem Buche las. Ihr braunes Haar war glatt gescheitelt und auf den Wangen spielten die Schatten ihrer langen Wimpern. Als sie einmal das Gesicht erhob, begegneten einander ihre Blicke.

Von nun an kam Severin oftmals zu Lazarus Kain. Der Gedanke an die junge Jüdin ließ ihn nicht schlafen. Susanna war eigentlich nicht schön. Aber in ihren Augen züngelte eine verdächtige Flamme, die in einem jähen Gegensatze zu ihrem ruhigen Munde stand. In der samtenen Tiefe glomm eine verräterische Andacht, die Severin befangen machte und ihn reizte. So hatte er manchmal die Sterne flackern gesehn, wenn er ausgeschöpft von einem unbegreiflichen Drange bei späten Heimgängen nach dem Nachthimmel schaute. Severin suchte diese Augen hinter dem Rauche seiner Zigarette, hinter dem kahlen Vogelkopfe des Vaters und dem kurzen Geflatter des Raben, der in dem engen Raume wie in einem Käfige aus einem Winkel in den andern sprang. Susanna bot sie ihm mit einem unergründlichen Ernste, ohne sich an dem Gespräche zu beteiligen und ohne jemals das Wort an ihn zu richten. Wenn er sie ansprach, stand sie knapp und teilnahmslos Rede, dass er sich ärgerte und es aufgab. Dann schwätzte er mit dem Buchhändler und ließ sich von ihm alte Steindrucke und Heliogravüren zeigen.

Eines Tages, als Susanna gerade nicht anwesend war, versprach ihm Lazarus, ihn bei Doktor Konrad einzuführen. Zögernd brachte er seinen Antrag vor wie das letzte Stück eines vorsichtigen Vertrauens. Und er erzählte Severin auf dessen verwunderte Frage von dem großen Atelier in einem der neuen Häuser, die man im Assanationsgebiete anstelle der Hütten des Judenviertels baute. Hier hatte Doktor Konrad mit den letzten Resten seines vor Jahren einmal bedeutenden Vermögens eine Malerwerkstatt gemietet, die in Wirklichkeit ganz anderen Zwecken galt. Palmenkübel und Teppiche gaben den Räumen ein exotisches Aussehen und ein paar Bilderrahmen in der Ecke, eine Staffelei und einige zur Wand gekehrte Studienköpfe markierten das Metier des Bewohners. In Wahrheit hatte Doktor Konrad schon seit Langem keine Palette mehr angerührt. Er lag stundenlang auf dem bequemen türkischen Sofa, rollte parfümierte Zigaretten in der Hand und ließ sich von seinem Diener französischen Cognac mit Selters bringen. Oder er hörte seiner Geliebten zu, wenn sie gelangweilt auf der Mandoline klimperte. Sie war ein blondes und verwöhntes Geschöpf und hieß Ruschena. In den Nachmittagsstunden kam ein Schwarm von Gästen: junge Herren im Smoking, mit mausgrauen Gamaschen über den Lackschuhen; alte und erfahrene Lebemänner im eleganten Straßenkleide, den Elfenbeinknopf ihrer Reitstöcke am Munde; Künstler mit Schlapphüten und unsauberer Wäsche; Modelle in Seidenblusen und engen Röcken, die hier ihre freie Zeit bei den süßen Likören des Doktors verbrachten; und hie und da auch ein Mädchen oder eine Frau aus der besseren Gesellschaft, unsicher und scheu die einen, mit mehr Frechheit als gerade nötig war die andern, von jener vielgestaltigen Anziehungskraft hergetrieben, die ein ungebundenes Leben für den Außenstehenden hat. Davon berichtete Lazarus, und Severin erriet an der verkniffenen Aufregung, den fahrigen Händen des Alten das Übrige.

Als er wieder ins Freie trat, kam ihm im Nebel der abendlichen Straße Susanna entgegen. Sie sah ihm mit einem Lächeln ins Gesicht, dass sein Körper plötzlich wie im Schreck zu zittern anfing. Mechanisch nahm er ihre Hand, die sich warm anfühlte, ohne zu zucken.

Kommen Sie – sagte Susanna zu ihm und hatte noch immer das Lächeln auf den Lippen. Er ging mit ihr in das Haus, wo die Treppen noch im Finstern lagen. Hier küsste er sie auf den Hals, den ihr Kleid im Nacken freiließ.

Der Vater ist unten im Laden – sagte er.

Susanna nickte nur und führte ihn über schmale Stiegen und durch Flurgänge in ihr Zimmer.

3. An einem frostklaren Abende im vorigen Winter hatte sich Zdenka in Severin verliebt. Die Straße führte sie zusammen, in der sie beide planlos zwischen den hastenden Leuten gingen. Die kleinen Lokomotiven der Kastanienverkäufer standen mit roten Augen am Rande der Fahrbahn. Langsam und ganz vereinzelt fielen ein paar taumelnde Flocken in das Licht der Lampen. Zdenka sah ihnen zu und dachte an die hellen Flügel der Mücken, die im Sommer um die leuchtenden Kugeln gaukeln. Sie war noch ganz versunken, als Severin sie ansprach. Dann aber lachte sie heiter, und als sie in sein hübsches, von der Kälte verschöntes Knabengesicht schaute, wurde ihr leicht und fröhlich zumute. So gingen sie miteinander durch die Stadt. Sie betrachteten zusammen den lustigen Kram in den Auslagen der Spielwarengeschäfte, wo eine kleine Eisenbahn auf wirklichen Schienen lief, und bewunderten den ausgestopften Tiger, den ein Teppichhändler zur Reklame ins Fenster gestellt hatte. Sie blieben vor den vereisten Scheiben der Delikatessenhandlungen stehn, hinter denen die goldenen Sprotten in den weißen Holzkistchen glänzten. Dann kaufte Severin ein Abendessen für beide und sie ging mit ihm in seine Junggesellenstube.

Zdenka arbeitete bis sechs Uhr abends in einem Kontor. Ihre Eltern waren beide gestorben und sie wohnte allein in einem Zimmer auf dem Altstädter Ring. In der Zeit, in der sie ihre unfrohe Jugend selbst betreuen musste, hatte sie sich schon einige Male an fremde Männer fortgegeben, und sie bat es Severin unter Küssen weinend ab, dass er nicht der Erste war, dem sie ihre Liebe schenkte. Er nahm ihre zitternde Zärtlichkeit großmütig entgegen, und auch später, als er sah, wie aus der spielerischen Laune jenes Abends eine Leidenschaft in ihr emporwuchs, gab er sich keine Mühe. Sie war ihm ein Trost in der Leere seines gelangweilten Herzens, das durch die Gläubigkeit und den Glanz ihrer Liebe nicht verwirrt wurde. Er hörte ihr zu, wenn sie mit einer singenden Altstimme von ihrem Glücke sprach, und freute sich über die ungeübten Worte, die sie wählte. Im Grunde aber ließ sie ihn kalt. Sie hatte nichts von der verzehrenden Flamme, von dem Blitzlichte an sich, das seine Seele brauchte. Sie war eine niedliche und schwärmerische Begebenheit, die ohne Wucht und ohne Fatum geschah und die ihn nicht interessierte.

Für Zdenka aber war Severin ein wundervolles Erlebnis geworden. Mit einer unabwendbaren Kraft hatte es sie ergriffen, als er sie damals von der Straße nach einer kurzen Stunde mit in seine Wohnung nahm. Und einmal sein Eigen, liebte sie ihn mit einer scheuen und grenzenlosen Verzücktheit. Das slawische Blut, das bei den Männern ihres Volkes in Hass und Revolten losbrach, hatte in ihr einen Überschwang geboren, dem sich nun alle Schleusen öffneten. Sie fühlte erschreckt, dass sie dagegen nichts vermochte, und spürte es zuinnerst mit Seligkeit und Grauen.

Es kamen schöne Tage für sie. Sie ging mit Severin in der Stadt umher, wie er es seit Jahren gewohnt war. Sie bekam jene Feinhörigkeit für die Geräusche und fernen Rufe in ihr, die ihm innewohnte und die er sie lehrte. An dem Geruche der Steine und des Pflasters erkannte sie die Straße, in der sie schritt, wenn sie die Augen schloss und sich von ihm führen ließ. Er erschloss ihr die monotone Schönheit in der Landschaft der Vorstädte, die Schauer des Wyschehrad mit den großen Steintoren, wo das Denkmal des heiligen Wenzeslaus stand. Sie lernte die Moldau lieben, wenn in der Dunkelheit die Lichter des Ufers auf dem Wasser schwankten, und den Duft des Teers auf den Kettenbrücken. Sie saß mit ihm in den Wirtshäusern der Kleinseite und war bezaubert von der breitspurigen Gemächlichkeit der alten Herren, die hier ihren Schoppen tranken. In dem dicken Zigarrenrauche verschwammen die Bogenwölbungen der niedrigen Decke, die Napoleonbilder an den Wänden in einem farblosen Grau. Sie besuchte mit ihm die Vikarka auf dem Hradschin, wo ein paar Armlängen von der Türe entfernt der Dom in die Höhe ragte, wunderlicher Mauerzierrat und Steinfiguren in den Nischen. Sie verstand allmählich die stille Sprache der Stadt, die Severin geläufiger war als dem Tschechenmädchen. Sie begriff es, dass zwischen ihren gedunkelten Mauern, ihren Türmen und Adelshäusern, ihrer fremdartigen Abgestorbenheit eine verhaltene Fantastik mit ihm groß geworden war, dass er immer mit dem Gefühle die Straße betrat, dass ihn heute ein Schicksal erwarte.

Als das Frühjahr und der Sommer sich meldeten, stand sie mit ihm vor den Weihern des Baumgartens und fütterte die Schwäne. Oder sie fuhr mit ihm auf der Fähre nach Troja. Durch die Tore der

Schanzwälle und der Festungswerke gingen sie nach Pankraz hinaus und saßen mitsammen bei dem steinernen Gasthaustische im Garten, wo schon der einäugige Zizka in den böhmischen Kriegen gerastet hatte. Unweit erhob sich die Strafanstalt wie eine kleine Stadt im Felde und auf den Rasenplätzen arbeiteten die Gefangenen mit dem Spaten. Hinter den einstöckigen Häusern führte die Straße in das nahe Dorf und in den Wald. Die Melodie der Leierkästen mischte sich mit dem Getöne der Pappeln und der Telegrafenstangen. Ausflügler kamen, und die Fiaker warfen den handhohen Staub nach der Windseite. Manchmal kehrten sie auch in der Straßenschänke *Zum grünen Fuchsen* ein. Vor Jahren, als Severin noch ein Kind war, gab es hier ein vorzügliches Bier und eine gute Küche; auch viele Deutsche machten damals einen Spaziergang zu der Fuhrmannskneipe. Jetzt wurde hier Sonntag für Sonntag getanzt und die rotweißen Fahnen flatterten über dem Haustore. Aber ein paar Schritte weiter lärmte ein Ringelspiel. Da setzte sich Zdenka zuweilen mit Severin in eine der goldenen Schaukeln und machte eine Reise. Ein Mann mit hohen Stiefeln schlug die Trommel und die Kinder jauchzten. Die Musik spielte die Barkarole aus *Hoffmanns Erzählungen*.

Das waren köstliche Stunden für Zdenka. Sie bemerkte es kaum, wenn Severin unwirsch und einsilbig wurde, und tröstete sich mit dem nächsten Lächeln, das er ihr gab. Aber als dann der Herbst hereinbrach und ihr Severin immer mehr entfremdete, war sie zaghaft wie nie. Es kam vor, dass sie ihn tagelang nicht zu Gesichte bekam. Still und mit traurigen Schritten ging sie nach Hause und setzte sich in ihr Stübchen.

Auf dem großen Platze unter ihrem Fenster war es lebendig, nur die Dienstmänner faulenzten an den Ecken. Zdenka wartete, bis es ganz finster wurde. Erst spät am Abende machte sie Licht.

Mit einer unbegreiflichen und zwecklosen Grausamkeit hatte ihr Severin von Susanna erzählt. Mit kalten Augen forschte er in ihren Zügen nach dem Flämmchen der Eifersucht, während er mit breiter Deutlichkeit sein Abenteuer schilderte. Es missfiel ihm, dass ihre Liebe so standhaft und unverletzt dabei blieb und dass kein Vorwurf ihre Lippen regte. Jenes Mädchen im Theater fiel ihm ein, das die Bewegungen Zdenkas hatte, und das Stück, in dem sie spielte. Wie stand sie damals schlank und zerbrechlich auf den Brettern, und das Schicksal schüttelte sie! Aber nichts von alledem geschah. Nur ein

Schmerz flog wie ein Gleitschatten über Zdenkas Gesicht, und er wusste nicht einmal, ob er sich täuschte.

Es kam jetzt immer seltener vor, dass sie einander sonntags trafen. Dann gingen sie meistens durch die Anlagen der Stadt, wo schon die kalten Herbstblumen brannten. Die eisernen Stühle im Stadtpark standen unbenutzt in dem nassen Sande und die Sodawasserbuden waren leer. Hie und da fuhren sie auch mit der Drahtseilbahn auf die Hasenburg hinauf. Zdenka blieb vor den Bildern des Kreuzweges stehn, wo jährlich in der Nacht auf den Karfreitag die Leute beteten. Dort war auch die Kapelle des heiligen Laurenzius. Von oben sah man die Stadt im Spätnachmittagsdunste und ein träger Wind fegte die dürren Blätter langsam in die steinernen Regenrinnen der Wege. Zdenka trat mit dem Fuße auf die weißen Beeren, die von den Sträuchern auf die Erde rollten. Als Kind hatte sie sich immer über den kurzen Knall gefreut, mit dem sie zersprangen. Ein Soldat kam ihnen entgegen, der sich zu seinem Mädchen beugte und es küsste. Zdenka ging neben Severin mit einer Seele voll Tränen.

4. Im Atelier des Doktor Konrad waren schon die Gäste versammelt, als Lazarus Kain und Severin eintraten. Ein Gewirr von Stimmen schlug ihnen aus dem Zigarettendampfe entgegen, das ungewohnte Durcheinander deutscher und tschechischer Gespräche und das gezierte Lachen der Frauen. In einer Ecke waren einige auffallend gekleidete Modellmädchen um einen Tisch beschäftigt und unterhielten sich mit einem italienischen Würfelspiele. Nachlässig an den Türpfosten gelehnt stand die wunderbar schlanke Figur einer Dame im schwarzen Samtkleide neben der blonden Ruschena und sah zu. Severin erkannte sie sofort. Scharf und lebendig, wie ein eben geschauter Vorgang, stieg ihm ein Bild in der Erinnerung auf, an das er nun schon lange nicht mehr gedacht hatte. Als Schulbub in dem Jahre vor der Matura war er in den Ferien einmal vormittags über die Ferdinandsstraße gegangen, während gerade die elegante Welt ihre Promenade machte. Da war sie ihm aufgefallen, mit der großen blutroten Straußenfeder auf dem Hute, in ihrer seltenen, kostbaren Schlankheit, mit dem lieblichen und gefährlichen Lächeln, das er nur einmal später auf einem Gemälde der büßenden Magdalena wiedergesehen hatte. Ein schöner junger Mann trat grüßend auf sie zu und küsste ihre behandschuhten Finger. Dieser

Augenblick war ihm im Sinne haften geblieben und wurde jetzt wieder deutlich in ihm: die festtägig bewegte Straße, das glatte Geräusch der Gummiräder, mit dem die Kutschen über das Pflaster fuhren, und mitten im Gewühle der Menschen und der Toiletten jene Bewegung voll unnennbarer Gnade, mit der die Fremde dem jungen Dandy die Hand zum Kusse reichte. Später war er ihr noch manchmal begegnet, flüchtig und unaufmerksam, und dann lange nicht mehr. Sie war eine Sängerin des Nationaltheaters, die damals gerade auf der Höhe der Volksgunst stand. Jetzt erzählte ihm Kain, der seinen unverwandten Blick bemerkte, ihre Geschichte. Durch eine Krankheit, die sie von einem ihrer Liebhaber übernommen, verlor sie die Stimme. Sie versuchte noch ein paarmal ihr Glück bei den Bühnen der Provinz, bis es dann nicht mehr ging. Jetzt war sie wieder in Prag und Kain hatte sie schon verschiedene Male in Doktor Konrads Atelier getroffen.

Es war nicht Sitte in diesem Kreise, dass die Gäste einander vorgestellt wurden. Jeder kam und ging nach Belieben. Als aber dann der Hausherr die Neueingetretenen begrüßte, bat Severin trotzdem, ihn zu der schwarzen Dame zu führen. Er stand vor ihr und verbeugte sich, als Doktor Konrad seinen Namen nannte. Er forschte in ihrem Antlitz nach der Anmut jenes Moments. Dann nahm er die Hand, die sie ihm reichte, in die seine und küsste sie. Sie sah ihm erstaunt in die Augen und lächelte. Aber es war nicht mehr das Lächeln, das er an ihr kannte. Ihr Mund war weiß und ohne Schminke und verzog sich ein wenig in einer gezwungenen Gleichgültigkeit.

Wo ist denn Ihr Hut mit der roten Straußenfeder? – fragte Severin.

Oh – meinte sie verwundert. Sie hob den Kopf und drehte ihn in der Runde, als ob sie sich auf einen Traum besänne. Dann sagte sie langsam, und ihre Worte hatten einen spröden, von einer leisen Heiserkeit verschleierten Klang: Der Hut mit der roten Feder – der ist schon lange perdu.

Severin hielt sich den ganzen Abend über an Karlas Seite. Die Stimmung war allmählich immer lauter geworden, und die blonde Ruschena, geputzt und frisiert wie eine Puppe, holte ihre Mandoline. Die Modellmädchen hatten das Würfelspiel aufgegeben, sie saßen schwatzend beim Tische, aßen belegte Brötchen und schlürften den Sekt, den der Diener servierte. Lazarus Kain hatte sich zu ihnen gesellt und erzählte Anekdoten. Einige der Herren waren mit ihren Mädchen gekommen. Die saßen nun kauend in den bequemen

Atelierstühlen und zeigten unter den kurzen Röcken ihre Beine. Ein unglaublich magerer Mensch im modischen Gehrock und mit noblen Allüren saß neben Doktor Konrad und weissagte den Gästen, die zu ihm kamen, der Reihe nach die Zukunft aus den Linien ihrer Hand. Auch Severin ging zu ihm hin und bat ihn darum. Der magere Mensch blickte ihn hinter den runden Brillengläsern forschend an und hielt seine Hand länger als die der andern vor sein Gesicht.

Sie haben ein Schicksal erlebt – sagte er dann, als er wieder aufsah – ein großes Schicksal, was war das? –

Ich habe nichts erlebt – sagte Severin und zog seinen Arm zurück.

Dann kommt es noch – Sie haben eine Hand, vor der man sich fürchten könnte.

Severin ging auf seinen Platz zurück und setzte sich wieder neben Karla. Es ärgerte ihn, dass er dem Buchhändler gefolgt und mit heraufgegangen war. Der saß nun vergnügt unter den lachenden Dirnen und amüsierte sich. Seine eckigen Schultern hüpften und sein kahler Judenschädel zitterte. Severin lauschte in den Lärm mit einem Gefühle des Ekels und der Traurigkeit. Der Tabakqualm stieg in breiten Bändern in die Luft und legte sich um das Licht der Lampe, die an kunstvoll gearbeiteten Ketten von der Decke hing. Ab und zu ging Doktor Konrad von einer Gruppe zur andern und spielte mit der übertriebenen Höflichkeit des Slawen den Wirt. Er war ein großer vollbärtiger Mann und mochte ungefähr dreißig Jahre alt sein. Unter dem Smoking trug er eine helle Fantasieweste mit blauen Knöpfen. Sein kluges Gesicht war von einer etwas tartarenhaften Schönheit. Severin sah ihm zu und suchte zu ergründen, warum dieser Mann, dessen Doktortitel in seiner Umgebung einen fremdartigen Klang annahm, die Tage in kostspieligen und inhaltslosen Schlemmereien verbrachte. Ihm fehlte der erotische Anreiz von Situationen, wo ein paar Modelle mit frecher Grazie die Röcke übers Knie schoben, die hübsche Ruschena sentimentale Strophen und unanständige Lieder klimperte, wo der Sekt die Weiber betrunken machte und der alte Lazarus sein Repertoire von Kalauern aufbrauchte. Ihn dürstete mehr denn je nach dem wirklichen Leben, das Blumen und Grauen bescherte und das mit Sturmbacken den Alltag zerblies. Bisher waren es nur Surrogate gewesen, die ihm genügen mussten. Sein Verhältnis mit Zdenka, das jeder großen Form entbehrte, das Spiel mit Susanna und nun hier der wüste Kehraus in Konrads Atelier, wo er übellaunig neben der schlanken Karla saß. Er sah sie von der Seite an und studierte die Spuren, die ein wechselvolles Dasein in ihr feines Gesicht gegraben hatte. Er wusste, dass auch sie in kurzer Zeit ihm gehören werde, denn es ging von ihm eine Kraft aus, die die Weiber zu ihm zwang, die sie lockte, seinen verschlossenen und schweigsamen Mund zu küssen. Auch hier merkte er es, wie sie alle mit matten Augen nach ihm lächelten, wie auch die blonde Ruschena ihn mit heißen Blicken ansah. Und neben ihm lag die schmale Hand Karlas, die damals der schöne Kavalier geküsst hatte, auf der Polsterlehne des Stuhles. Sie kannte das Theater und das Leben. Er wollte sie fragen, ob es denn nicht möglich sei, sich ein künstliches Leben zu schaffen, das dem wirklichen zum Verwechseln ähnlich war und das man meistern konnte. Ob es nicht anging, Tragödien in die Tage zu bauen, Operetten mit tiefen und nachklingenden Pointen? Was war denn die Bühne? Auch da war es ja doch nur ein Spiel, und dennoch weinten und jubelten die Leute, Verbrechen geschahen, und die Angst schlug mit den Flügeln gegen papierene Wände. Aus den Launen und Eigenwilligkeiten des Herzens ein Schicksal machen, für sich und für andere, so wie man Landschaften und Städte im Theater aus Holz und Pappe macht – war das so schwer?

Aber Karla schüttelte nur leise den Kopf.

Wozu? Wozu? – Es kommt ja doch alles von selbst. –

Nein! Nein! – schrie Severin – Das ist nicht wahr!

In diesem Schrei war eine Anklage ohnegleichen, eine überhitzte Sehnsucht, wie sie mancher hier kannte und die sich wie ein Echo an den verqualmten Wänden des Ateliers zerstieß. Es wurde still und die Gespräche verstummten. Alle sahen nach Severin hin, Ruschena legte die Mandoline beiseite und hing mit den Augen an seinem leidenschaftlichen Gesicht. Karla strich mit nervösen Fingern den schwarzen Samt ihres Kleides zurecht und beugte sich zu ihm. Die glühende Schönheit früherer Tage wachte mühsam in ihrer rauen und zerrissenen Stimme auf und es klang darin wie der Ton in einem gesprungenen Glas. Sie sprach zu ihm von dem Glanz ihres Lebens, als sie noch den Hut mit der roten Straußenfeder trug. Von dem Jüngling, den Severin damals auf der Straße gesehen und der sie geliebt hatte. Sie sprach von den Untiefen und Niederungen des Glücks. Sie flüsterte und stockte, und mit einem Male war wieder das liebliche Magdalenenlächeln auf ihren Lippen, auf das er den ganzen Abend vergebens gewartet.

Da kam eine fieberische Lustigkeit über Severin. Er nahm sein Glas, stieß mit Karla an und trank. Immer wieder goss er den kalten Schaumwein durch die Kehle, bis ihm das Atelier zu einem Durcheinander von Gestalten und Gesichtern verschwamm, bis Ruschena mit der falschen Lockenfrisur auf dem Teppich in der Mitte mit fliegenden Röcken einen Cancan zu tanzen begann.

5. Zwischen Nikolaus, der an dem Atelierabend Doktor Konrads die Gäste mit seinen Handlesekünsten unterhalten hatte, und Severin war es seither zu einer Art Freundschaft gekommen. Es war etwas Unklares und Unergründetes in der Person des jungen Studenten, das Severin anzog und seine Gesellschaft suchen ließ. Niemand wusste etwas Genaues über Nikolaus zu berichten, der vor ein paar Jahren nach Prag gekommen war und an der Universität die philosophischen Fächer studierte. Auf den Sportplätzen auf dem Belvedere sah man ihn beim Fußballspiel und beim Tennis, und man begegnete ihm in den Bootshäusern der Ruderklubs an der Moldau. Abends saß er in den Kaffeehäusern der Stadt, spielte stundenlang Schach mit allerhand Leuten und trank zwischendurch aus einem dünnen Strohhalme ungezählte Gläser Schwedenpunsch. Man wusste, dass er reich war, eine große und wertvolle Bibliothek besaß, mit Künstlern Umgang pflegte und okkultistische Liebhabereien betrieb. In seiner mit Eleganz und gutem Geschmack ausgestatteten Wohnung gab es eine Menge merkwürdiger und ungewohnter Dinge, Buddhabronzen mit unterschlagenen Beinen, mediumistische Zeichnungen in metallenen Wandrahmen, Skarabäen und magische Spiegel, ein Porträt der Blavatsky und einen wirklichen Beichtstuhl. Man erzählte, dass in seinem Zimmer einmal ein Mensch auf geheimnisvolle Weise ums Leben gekommen sei. Niemand war Zeuge dieses Vorfalles gewesen, und die gerichtliche Untersuchung ergab, dass der Revolver, ein schönes und kostbares Stück, das Nikolaus seinem Besucher zeigte, unversehens sich plötzlich entladen und ihn getötet hatte. Das Verfahren gegen Nikolaus wurde eingestellt, aber ein hartnäckiges Gerücht brachte noch lange Zeit eine Dame der Gesellschaft mit dem Unglück in Verbindung, und man munkelte von Totschlag und einem amerikanischen Duell, ohne dass Nikolaus in Hinkunft sich bewogen fand, diesen verdächtigen Geschichten entgegenzutreten.

Auf Severin machte die Erzählung von dem rätselhaften Tode des jungen Menschen einen ungeheuren Eindruck. Mit einer unverhohlenen Scheu betrachtete er das hagere Gesicht seines neuen Bekannten, wenn er die Abende nun mitunter in dessen Wohnung verbrachte und von den schweren Schnäpsen kostete, die Nikolaus in den matt gefärbten Gläsern kredenzte. Immer wieder gingen seine Blicke nach dem zierlichen Damenschreibtisch hinüber, wo scharf geschliffene Dolche zwischen Büchern und Papieren lagen, wo er hinter den gelben Messingschlössern die Schusswaffe vermutete, die damals den Tod in dieses Zimmer gebannt hatte. Den Tod. Es war etwas in dem dumpfen Klange der Silbe, das ihm aufreizender, beziehungsreicher zu sein schien als alle die schläfrigen Äußerungen eines behüteten Lebens. Ein kleiner und perverser Neid kroch an die Oberfläche seiner Seele und blieb in trüben Blasen zögernd stehen. Neid gegen Nikolaus, der mit gleichmütigen Händen mit dem Opalring an seinem Finger spielte, über Bücher und Zeitschriften plauderte, während der Teppich unter seinen Füßen vielleicht noch das trockene Blut des Mannes bewahrte, der auf ihm gestorben war. Er fühlte die Überlegenheit eines Charakters, der sich korrekt und blasiert vor der Welt verriegelte, der trotz seiner Jugend nichts mehr von der unsicheren Gestaltslosigkeit hatte, die dem seinen innewohnte.

Auch Karla kam manchmal mit ihm in das Zimmer zu Nikolaus. Seit ihrer Begegnung mit Severin folgte sie ihm auf Schritt und Tritt und wusste es so einzurichten, dass sie fast täglich mit ihm zusammentraf. Für ihre empfindsame, von Frösten und Gluten geprüfte Seele war er ein neues, noch ungenossenes Fieber, dem sie verfallen war und dem sie erlag. Sie warb um ihn mit einer beharrlichen Verliebtheit, mit dem echten und ungekünstelten Schmachten ihres schwermütigen Wesens, mit den erfahrenen Künsten einer rücksichtslosen Koketterie. Auch Severin konnte sich der Wirkung ihrer Persönlichkeit nicht entziehen, aber es ging ihm mit ihr wie mit allen Erlebnissen, die bisher an ihn herangetreten waren. Es gab Augenblicke, wo sich sein Herz an der Schwelle dessen glaubte, was er nur dunkel tastend verstand und was für ihn ohne Namen war. Dann zitterten die Hände beider ineinander, dann hatte alles, was um ihn geschah, einen goldenen und besonderen Glanz, dann saß er still und unbeweglich und fühlte die Dinge der Welt um sich in einer betörenden Schönheit. Dann kamen wieder Stunden, in denen ihn die Gnade ganz verließ. Da spürte er mit Groll und Trauer, dass ihn eine Laune täuschte. Er sah die Lichter in Karlas Augen, ihren hohen und schlanken Leib, ihre lässigen Glieder. Er sah die kupplerischen Schatten der Dämmerstunde, die fahl und verlegen zur Erde hingen, auf der mit einem Male kein Wunder mehr war. Und er küsste Karla auf ihren Mund und nahm sie, so wie er Susanna genommen hatte und Ruschena nehmen würde, wenn sie ihn darum bat.

Er sprach mit Nikolaus über sein Herz. Er erzählte ihm alles, was er bei sich bedachte, wenn er des Morgens im Büro die Zahlen auf das graue Papier schrieb und das nackte Licht der elektrischen Birne auf der feuchten Tinte flimmerte. Er sprach von dem Buche, das er als Knabe gelesen, von der Angst, die ihn manchmal erfasste, wenn er vor der verschlossenen Türe seiner Wohnung stand und sich minutenlang nicht getraute sie zu öffnen, gerade als ob sich etwas Schweres für ihn damit entscheiden sollte. Er weihte ihn in seine Liebesabenteuer ein, soweit er sich an alles entsinnen konnte, was ihm in durchschwärmten Nächten, in den Bars und Tingeltangels der Vorstädte in dieser Hinsicht widerfahren war. Immer hatte er geglaubt, im Innersten berührt zu sein, das große und absichtslose Geschehen in sich zu spüren, das die andern alle überwältigte, das die Frauen in die Moldau trieb und den Männern die Pistole an die Stirne drückte. Einmal war er dabei gewesen, als die Flößer am Flussufer von Podskal die Leiche eines Weibes aus dem Wasser zogen. Es war eine junge Person aus dem Volke, ein Dienstmädchen oder eine Handwerkersfrau, und die nassen Kleider, die an dem starren Körper klebten, legten sich straff um die kräftigen Schenkel und die runden Brüste. Severin kam dazu, als die Leute sich um die Tote versammelten und der Polizeimann seine Notizen machte. Er sah ihr im Sterben verkrampftes Gesicht und den bläulichen Mund und fragte sich, wie wohl das Dasein dieses Menschen beschaffen gewesen sein musste, welche Gewalttätigkeiten und Nöte es zu diesem Ende brachten. Er las täglich in der Zeitung von einem Selbstmord. Bald hatten sich zwei in einem Hotelzimmer erschossen, bald nahm ein Mädchen Gift und starb unter Qualen. Halbe Knaben noch, Schuljungen und Fünfzehnjährige, töteten sich, weil sie das Leben nicht mehr ertragen konnten. Severin begriff das nicht. Er sah mit Trotz und Einsamkeit die lange Reihe der Unglücklichen, die an einem Hass oder einer Liebe zugrunde gingen, er las in den Gerichtsverhandlungen der Tagesblätter von den Mühseligen, die erschüttert zwischen den Schicksalen schwankten. Die Zahl der Opfer und der Sieger in diesem Kampfe wuchs vor seinen Augen, und er wusste, dass auf der Straße neben ihm Menschen mit brennenden Seelen gingen, Hasardspieler, die ihr Glück auf eine Karte setzten, Bankrotteure, die es nicht mehr konnten.

Nikolaus hörte ihm nachdenklich zu und schob mit einer kleinen Elfenbeinschaufel die Haut hinter seine polierten Nägel. Und als Severin von Zdenka und Susanna sprach, von den Frauen, die er kannte, wie er in den Armen der Kellnerinnen, im Bette der Jüdin, unter den Liebkosungen Karlas vergebens auf den Rausch seines Blutes gelauert, meinte er:

Weibergeschichten sind nichts für Sie. Ich glaube, dass Sie etwas Größeres erwartet. –

Severin erschrak. Er gedachte der sonderbaren Prophezeiung, die Nikolaus bei ihrer ersten Begegnung im Atelier des Doktor Konrad aus den Linien seiner Hand gelesen hatte. Er fühlte seinen Puls schlagen und empfand mit Sträuben und Schauer die Nähe eines unförmigen Geschicks, dem er mit allen Sinnen zustrebte und das er nicht kannte.

6. Unvermutet war es plötzlich Winter geworden. Als Severin eines Morgens aus dem Hause trat, lag der Schnee auf den Dächern und Steigen der Stadt und wirbelte in der Luft, in der noch die letzte Dämmerung der Nacht lagerte. Es war acht Uhr und die Straßengeschäfte öffneten laut und umständlich ihre Laden. Der Wind blies eine leichte Kälte in die verschneiten Gassen, und Severin fror ein wenig in dem dünnen Überrocke. Er war überrascht und ging langsam auf einem kleinen Umwege zur Kanzlei. Zum ersten Male seit Jahren kam es ihm wieder zu Bewusstsein, dass der Schnee einen eigenen Geruch habe, wie Äpfel, die lange Zeit zwischen den Fenstern gelegen sind. Schon als Kind besaß er eine empfindsame Witterung für das Aroma, das einem jeden Ding und einer jeden Zeit anhaftete. Er dachte an die Tage des Schulanfangs, wenn er nach den Ferien zum ersten Male wieder das Klassenzimmer betrat und ihm der feuchte Duft der Kreide entgegenschlug. Er entsann sich des Behagens, wenn er nach langen und schweren Frösten in der Frühe das Tauwetter durch die Ritzen der Türe spürte, wenn er dann draußen von dem Eiswasser kostete, das in glitzernden

Strähnen von den Bäumen und Gesimsen niederrann und das in der Sonne ganz anders und milder schmeckte als im Schatten. Seine Kindheit war erfüllt mit dieser Freude an vielerlei Gerüchen, die ihm wohltaten oder ihn bedrückten, an denen er Folge und Wiederkehr erkannte und die die Jahreszeiten begleiteten. Nun war er froh, dass der Herbst vorbei und der Winter da war. Ihm war es, als ob sich damit etwas Neues ereignet habe, etwas, das ihm schon lange gefehlt hatte.

Im Büro saß er still, den Kopf hinter den hohen Aufsatz des Schreibtisches gebeugt, und sah hinter den schmutzigen Fensterscheiben die weißen Sterne in den Hof fallen. Auf dem Wege war er an den Buden der Nikoloverkäufer vorbeigegangen. Die geschnitzten Teufel streckten die roten Flanellzungen nach ihm aus, und an den Straßenecken waren ganze Buschen von goldenen Ruten aufgestapelt, mit schreiend bunten Papierblumen beklebt. Auf grün lackierten Brettchen standen die Heiligen in ihren steifen Gewändern und hatten einen Bart aus Watte.

Am Abende ging er auf den Altstädter Ring, wo der Jahrmarkt war. Zwischen Pfefferkuchenreitern, gelben Trompeten und farbigen Kindertrommeln drängten sich die Menschen, und die Mädchen schoben sich paarweise durch den Schwarm. Die Windflammen taumelten über den ausgebreiteten Süßigkeiten und beleuchteten flatternd den roten Turban der Männer, die den türkischen Honig feilboten. Vor dem niedrigen Zelte eines Panoptikums lehnte Zdenka und starrte den Mohren an, der an der Kasse saß und die Eintrittsgelder sammelte. Es war lange her, seitdem sie Severin zum letzten Male gesehn. Als er jetzt plötzlich ihren Arm berührte, schrie sie vor Schrecken.

Du ... du – stammelte sie, und ihre schöne, vom Weinen entstellte Stimme schwankte. Dann aber nahm sie seine Hände und führte ihn abseits aus dem Trubel in eine stille Gasse. Beim Licht einer Straßenlaterne sah sie in sein Gesicht, und da bemerkte auch er, wie schmal und elend das ihre geworden war. Ihre Nase war mager und spitz wie bei einer Kranken und ihr Mund war dünn. Nur die Süßigkeit war noch da, in den verhärmten Winkeln und Schatten ihrer Augen, die sie zu ihm mit einem Blicke aufschlug, den er an ihr nicht kannte. Sie wollte reden, aber sie konnte es nicht. Und wie sie nun vor ihm dastand, wirr und hilflos, von der Liebe betäubt, da regte sich in Severin neben dem Mitleid mit Zdenka eine selbstgefällige

Freude an ihrem Schmerz. Er verglich sie in der Erinnerung mit dem Mädchen aus dem Theaterstück, an das er immer denken musste, wenn er mit Zdenka beisammen war. Er dachte bei sich, dass nun das Stück zu Ende sei und der Vorhang fallen müsse. Und etwas von der alten Zärtlichkeit des vergangenen Sommers war in der Bewegung, mit der er ihre Wange streichelte und über das Haar hinstrich, das ihr in die Stirne wollte. Da fiel sie ihm mit einem wehen Ausruf vor die Füße und fasste mit den Händen seine Knie.

Severin! –

Ein paar Leute, die vom Jahrmarkt nach Hause gingen, blieben in der Ferne stehen und sahen auf das Mädchen hin, das weinend auf der Erde kauerte. Severin machte seine Hände von seinen Knien los und ging davon, ohne sich umzukehren.

Im Zimmer des jungen Nikolaus war in die Wand ein kleines mit Edelsteinen und Intarsien ausgelegtes Schränkchen eingelassen. Als Severin eines Tages nach dem Inhalt fragte, nahm Nikolaus einen dünnen Schlüssel aus der Tasche und öffnete es. Drin lagen sorgsam verpackt und übereinandergeschichtet rotkugelige Opiumpillen, Giftstaub in winzigen Glasröhren und indischer Tempelhaschisch in flachen Apothekerschachteln verwahrt.

Eine Liebhabersammlung – sagte Nikolaus.

Severin stand lange, von einer jähen Erregung gebannt, vor dem offenen Schranke. Seine Augen tasteten suchend in den zierlichen Fächern umher, in denen die Geheimnisse fremder Kulturen aufgespeichert waren, Stoffe, die einem Träume und Visionen brachten, die schwüle Räusche in das Blut träufelten, Gifte, die töten konnten. Ein liebkosender Wohlgeruch stieg ihm daraus entgegen. Nikolaus sah lächelnd die Spannung in seinem Gesichte und holte aus der Ecke ein blaues Fläschchen mit gläsernem Stöpsel hervor.

Das ist unfehlbar – meinte er – aber Sie müssen vorsichtig sein. –

Severin sah die trockenen Brocken einer tonigen Masse hinter dem geschliffenen Halse.

Was ist das? – fragte er.

Ein chinesisches Gift.

Und Sie wollen mir das schenken?

Nikolaus drückte die Türe des Schrankes langsam ins Schloss.

Ich habe mehr von dem Zeug. – Und er drehte den Schlüssel um.

Als Severin die Treppe hinunterstieg, stieß er mit Karla zusammen. Sie hatte ihn tagelang vergebens erwartet und wollte eben zu Nikolaus, wo sie ihn zu finden dachte. Ihr schwarzes Samtkleid schleifte über die Stufen, und ein paar Augenblicke stand sie hochaufgerichtet vor ihm und wandte ihm ihr regungsloses Gesicht zu, das weiß war wie vor einer Entscheidung.

Wo bist du? –

Severin hob seine Augen zu den ihren, die dunkel und abwesend über ihn hingingen und in denen er die Angst las, ihn zu verlieren. Er prüfte ihre hohe, königliche Gestalt, die wie eine fremde, sehnsüchtige Blume aus den Treppensteinen zu ihm emporwuchs, und sah, dass sie schön war in dieser Sekunde. Auf ihren Lippen meinte er die Male der Küsse zu schauen, die er noch vor Kurzem getrunken hatte. Aber es war ihm wie ein lange gewesenes, längst abgetanes Ereignis, das seine Seele nicht mehr erreichte. Mühsam, wie man im Schlafe die Worte sucht und kann sich nicht an sie besinnen, sagte er zu ihr: Geh nach Hause, Karla – ich liebe dich nicht mehr.

Ihre Hand löste sich vom Rande des Geländers los. Ein Windstoß kam durch das offene Tor des Hauses und machte sie beide frösteln.

Geh nach Hause – sagte er noch einmal und ging an ihr vorüber, wie er von Zdenka fortgegangen war, ohne den Kopf zu wenden.

In seinem Zimmer blieb Severin eine Weile im Finstern. Er fühlte nach dem Fläschchen in seiner Tasche, das die Wärme des Körpers an sich sog, und merkte, wie kalt seine Hände waren. Dann zündete er die Kerze an.

Auf seinem Tische lag ein Brief, auf dessen Umschlag die schiefe und lüsterne Hand eines Weibes seinen Namen geschrieben hatte. Ein Bote musste ihn gebracht haben, während er bei Nikolaus weilte. Er öffnete ihn und sah nach der Unterschrift. Und ungelesen hielt er den Brief der blonden Ruschena über die Flamme.

7. Seitdem Severin das Pulver aus dem Giftschranke seines Freundes an sich genommen hatte, gewann eine unbezwingliche Unruhe über ihn Gewalt. Er war jetzt wieder ganz allein und verkehrte mit niemandem mehr. Er ging nicht zu Nikolaus, und mit dem alten Lazarus war er schon seit Wochen nicht mehr beisammen gewesen. Zum letzten Male hatte er ihn an jenem Tage gesehen, wo er den Buchhändler auf der Straße getroffen und mit ihm in das Atelier des Doktor Konrad gegangen war. Von Susanna hörte er nichts mehr. Seit dem Abende im Herbst, wo sie ihn, von einer plötzlichen Flamme entlodert, in ihr Zimmer geführt, war er ohne Nachricht von ihr. Er hielt sich mit Absicht von dem Laden ihres Vaters fern, der spielerischen Vorliebe gemäß, die er für halbe und unausgeglichene Ereignisse besaß. Er fürchtete sich, die Erinnerung an die Jüdin durch eine gewöhnliche Folge zu verflachen und ihr den Reiz zu nehmen. Ihm drängten sich die unklaren Wünsche eines Genießers auf, der es zuwege brachte, ein Zuschauer des eigenen Lebens zu sein. Es kam ihm gelegen, dass Susanna keinen Versuch machte, zu ihm zu gelangen; mit Karla und Zdenka hatte er abgeschlossen. Eine zitternde Sehnsucht bohrte beständig in seinem verworrenen Herzen. Wenn er jetzt am Nachmittage aus der Kanzlei nach Hause kam, legte er sich wieder wie früher zu einem stumpfen und stundenlangen Schlafe nieder. In der Nacht lag er dann wach in seinem Bette und sah mit offenen Augen in die Dunkelheit. Er zählte die Stundenschläge der Uhr hinter der Mauer der Nachbarswohnung und wehrte sich gegen die Angst, die ihn befiel. Am Morgen ging er mit geränderten Lidern in sein Büro.

Es kam auch vor, dass er mitten in der Nacht aufstand und sich ankleiden musste. Es litt ihn nicht länger in dem zerwühlten Bett, in dem niedrigen und langen Zimmer, aus dem die Finsternis sich nur zögernd entfernte, wo es noch dunkel war, während draußen schon die Frühstreifen über den Himmel gingen. Oft schloss er in der zweiten oder dritten Stunde nach Mitternacht die Türe seiner Wohnung hinter sich zu und tappte die schwarzen Treppen hinunter zur Straße. Die Stadt, die er sonst tagsüber oder in den Abendstunden kreuz und quer durchstreift hatte, erhielt eine ungekannte und scheue Macht über ihn. Sie zerrte ihn aus schreckhaften Träumen in ihren Schoß. Dann ging er frierend, die verkohlte Zigarette zwischen den Lippen, an den schlafenden Häusern vorbei, sah in die späten Lichter einsamer Fenster hinein und horchte auf den Gesang der heimkehrenden Schwärmer und auf den schweren Schritt der Schutzleute. Früher war er auch häufig mit weinheißen Augen und ermattet vom Lärm in den Kneipen in den Nachtstunden nach Hause gegangen. Nun merkte er erst den Unterschied. Seine Sinne waren hell und wachsam; er sah, wie die Nacht alle Dinge veränderte, dass sie ein zweites und anderes Leben als am Tage lebten. Er sah, wie sie aus nüchternen und kahlen Plätzen melancholische Landschaften machte, aus engen Gassen feuchtwandige Burgverliese. Seine Unrast trieb ihn bis zu der äußersten Grenze der Vorstädte, wo die Zinskasernen in endloser Reihe hintereinanderstanden, in das fünfte Viertel, in dessen langweilig modernen Straßen man sich bei Lichte verirrte. Hie und da krochen noch ein paar Trümmer der alten Judenstadt aus dem Dunkel hervor, das Kloster der Barmherzigen Brüder schob seinen ungeheueren Rumpf gegen die nachrückenden Neubauten, an denen noch die Gerüste hingen. Am Ufer des Frantischek brannten nur ein paar vereinzelte Lampen, und das Wasser des Flusses schlug schwer und gleichmäßig gegen die Brücke.

In den Nachtlokalen spielten die Musikanten auf den heiseren Violinen. Severin blieb vor den trüben Scheiben stehen und spähte zwischen den Fenstervorhängen ins Innere. Er hörte die Billardkugeln auf den grünen Brettern aneinanderschlagen und das Klappern des Büfettgeschirres. Wenn sich die Türe öffnete, kam der fade Geruch der Frühsuppe auf die Straße. Der Winter war kalt, und Severin drückte die Hände mit den schmerzenden Gelenken in die Tasche. Zuweilen ging er auch zu der Musik hinein. Dann ließ er sich einen brennenden Punsch bringen und hielt die Finger über die blaue Flamme. Der abgestandene Zigarrenrauch beizte ihm die Augen, aber die Wärme tat ihm wohl. Es waren zumeist immer dieselben Lokale, in denen sich Severin vor der Kälte versteckte, der *Weiße Kranz* auf dem Obstmarkte, wo die Gäste den Kopf auf die überschlagenen Arme legten und bei den Tischen schliefen, die *Falte* in der Kleinen Karlsgasse, wo er oft stundenlang der einzige Besucher blieb, oder das russische Kaffeehaus an der Grenze zwischen Prag und Weinberge, wo die südslawischen Studenten verkehrten. Er kannte das alles noch von früher her, als er in den Nächten den Abenteuern nachgegangen war. Jetzt saß er fremd und erwartungslos in dieser Welt, die ihm unwirklich und automatenhaft erschien, in den Spelunken, wo die schäbigen Reste der Lustigkeit an der eigenen Stumpfheit erloschen, in den Kaffeesalons, wo die Bänke mit rotem Samt gepolstert waren und wo die Gäste wie Kellnerburschen und die Kellner wie Lebemänner aussahen. Er musste über sich selber lächeln, dass er hier einmal den Hunger der Seele zu stillen gedachte. Jahre waren seitdem vergangen und es hatte sich nichts gewandelt in ihm. Nur bitterer, eigensinniger und verstockter war er inzwischen geworden. Seine übermächtige

Erregung hatte nichts Gemeinsames mit dem lässigen Taumel um ihn her, und die Starrheit, die ihn lähmte, war eine andere als die auf den Gesichtern der Kokotten, die sich an den Marmortischchen räkelten oder zu ihm kamen und um ein Glas Tee zu betteln begannen. Er wusste es nicht, wie lange er sich nun schon in den Nächten in der Stadt herumtrieb und in den Wirtsstuben lungerte, die bis zum Morgen geöffnet hielten. Aber er fühlte, dass er im Kreise um einen Punkt herumging wie ein angepflocktes Tier an der Kette. Mit einem ohnmächtigen Grauen tastete er über sein Kleid, wo er das Giftfläschchen aufbewahrte. Als einmal die Winterfrühe nach einer durchwachten Nacht in den Straßen dämmerte, ging er zu Nikolaus.

Es war noch sehr zeitig am Morgen, als die Türklingel hastig und verdrossen durch den Flurgang tönte. Nikolaus lag noch zu Bett und empfing den Besucher mit unverhohlenem Staunen. Aber als er in das verfallene, von Schatten durchfurchte Gesicht Severins blickte, gab er ihm die Hand.

Nikolaus schlief in einem Boudoir. Sein erlesener Geschmack hatte die hundert Dinge einer künstlerischen Kultur in dem Raume zusammengetragen, der eher dem üppigen Nest einer Kurtisane als dem Schlafzimmer eines Junggesellen glich. Eine silberne Ampel hing von der Decke herab, in der das Licht hinter honigfarbenen Gläsern glomm. Auf den Stühlen und den niedrigen Tischchen leuchteten die schweren Farben der Seide und des Brokat. Statuetten aus dunkler Bronze, Sandelholzbüchsen und japanische Lackmalereien standen neben zierlichen Gläsern und Schatullen, neben Messkelchen und asiatischem Nippes, und ein großer vom Alter geschwärzter Leuchter hielt sieben dicke und feierliche Kerzen in seinen Armen. Durch das gotische Muster des Vorhangs fiel der erste und trostlose Schimmer des Wintertages. Severins Augen gingen durch das Gemach, über die matten Linien der Tapete zu der Stelle, wo Nikolaus halb aufgerichtet in seinem goldenen Bette saß. Es war ein Ausdruck in ihnen, als ob sie sich nicht zurechtfinden könnten in der Umgebung, in der schwülen und gediegenen Schönheit, die sie schmückte. Es war ein Schrei, mit dem er die Hand erfasste, die Nikolaus ihm bot. Alle Not, alle Gequältheit offenbarte sich in seiner Stimme. Er lag vor dem Bette des Jünglings und hatte den Kopf in die Kissen gewühlt.

Nikolaus – schrie er – wie war das – als Sie damals Ihren Freund getötet hatten! –

Nikolaus sah zu ihm nieder, wie sein Körper in einem namenlosen Krampf sich streckte. Ein Schrecken stieg mit dem Blute in sein Gesicht. Er hob den Arm und hielt ihn in die Höhe und seine Finger spreizten sich. Es war eine große mitleidige Trauer, mit der er immer von Neuem den Namen des andern rief: Severin! Severin!

8. Doktor Konrad war tot. Nach einer laut verlärmten Nacht, die seine Gäste zum letzten Male bei ihm vereinigte, hatte er sich eine Kugel in den Kopf geschossen. Mit der ungefähren Sinnlosigkeit, die in seinem Leben gewesen, war auch das Sterben zu ihm gekommen. Er lag auf dem Boden neben dem türkischen Sofa zwischen zerbrochenen Gläsern und verschütteter Zigarrenasche, die noch feucht vom vergossenen Wein war. Aus einer kleinen Schläfenwunde rann das Blut auf die Parketten. In dieser Nacht hatte er den letzten Rest seines Vermögens ausgegeben. Als die Gäste gegangen waren, schoss er sich tot.

Es war eine bunt zusammengewürfelte Gruppe von Trauernden, die ihm die letzte Ehre gab. Junge Akademiker in abgeschabten Überziehern, die frostroten Hände in den Taschen vergraben. Sie blickten mit aufrichtiger Teilnahme auf den Sarg vor ihnen. Der, den sie heute zum Grabe geleiteten, hatte immer eine offene Hand für sie gehabt. Bummler mit Künstlerhüten und verwahrlosten Gesichtern. Dämchen mit eng anliegenden Röcken, die beim Gehen die Beine sehen ließen. Elegante Frauen mit Pelz und ungeheuren Muffen, und Herren mit sorgfältig gebügelten Zylinderhüten, die sich kokett in der modischen Taille ihrer Winterröcke wiegten. Die blonde Ruschena ging hinter dem Leichenwagen. Severin war auf sie zugetreten und drückte ihr schweigend die Hand.

Sie antwortete mit einem bösen und flackernden Blick, aber sie sagte nichts. Ihr glattes, ein wenig zu sehr gepudertes Gesicht ließ nichts davon erraten, dass sie dem Toten mehr gewesen als die übrigen. Severin forschte in ihren Augen, aber sie wandte den Kopf zur Seite.

Neben einem großen Menschen mit schmalen Lippen ging Karla. Ihre hohe Figur war womöglich noch schlanker geworden und sie hielt sich ein wenig vornübergeneigt. Der weite Mantel schlotterte um ihren Körper, und sie ging mit unsicheren und schleppenden Schritten, ohne die hochmütige Anmut, die Severin an ihr kannte.

Ihr Gesicht war alt und straff geworden in den wenigen Wochen, seit er ihr auf der Treppe begegnet war. Und er konnte es nicht unterscheiden, ob die Farbe ihrer Wangen von der Kälte oder der Schminke herrührte. Vor dem Museum in der Höhe des Wenzelsplatzes stockte der Zug. Der Priester nahm die Einsegnung vor und die Schar der Teilnehmer verlief sich. Nur die nächsten Bekannten folgten dem Sargwagen im Fiaker auf den Friedhof.

Auch Severin fuhr mit den anderen. Er wischte mit dem Handschuh den Hauch von den Fenstern, der an den Rändern der Scheibe sich langsam zu Eis zu verkrusten begann. Draußen sah er die Wolschaner Straße mit ihrem trüben und einförmigen Panorama. Seit seiner Kindheit war er bei keinem Begräbnis gewesen. Er erinnerte sich, wie damals der Wagen, in dem er mit seinen Eltern saß, in einen Trupp tschechischer Demonstranten geraten war. Sie hatten auf dem Kirchhofe einen ihrer Märtyrer bestattet und kehrten nun nach Hause. Ein von tausend Stimmen gesungenes Kampflied kam drohend mit ihnen des Weges, dass die Pferde sich bäumten und zitternd stehen blieben. Severin dachte an die wunderschöne, mit Andacht und Grausen vermischte Angst, die ihn damals umklammert hatte, und horchte auf das Rollen der Räder.

Es war beinahe schon dunkel, als er draußen vor dem Tore des Friedhofs ausstieg. Er stand neben Karla, als die gefrorene Erde in die Grube rollte und polternd auf den Sarg aufschlug. Erst jetzt in der Nähe bemerkte er, wie verbraucht und gelb ihr Gesicht aussah. Die Schminke lag in kreisrunden Flecken darauf und ihre schöne Stirne war welk und traurig. Und hier auf dem Friedhofe neben dem offenen Grabe erkannte er ihr Geschick; wie sie aus einem Schmerz in den nächsten und aus einer Liebe in die andere geriet. Sie zuckte zusammen, als er mit den Augen nach dem großen Menschen wies, neben dem sie heute unter den Leuten gegangen war. Leise und weich, wie man mit einem Kinde redet, fragte er sie: Der da ist's? –

Ja – sagte sie einfach und nickte nur.

Severin kehrte zu Fuß in die Stadt zurück. Er hatte den Kutscher entlohnt und verließ als Letzter den Friedhof, als die Übrigen alle schon gegangen waren. Das bleiche Violett des Spätnachmittages lagerte über den Feldern und aus der Ferne kam das gedämpfte Brausen eines Eisenbahnzuges. Hie und da stand ein Baum am Rande der Straße und streckte die nackten Äste gegen den trüben

Himmel. Der aufsteigende Abend spann lang gedehnte Schatten und aus dem Rübenacker stieg der Nebel auf. Die Spatzen flogen über den Weg und flatterten wie große und schwarze Vögel in der Dämmerung. Die elektrische Straßenbahn fuhr mit gelben Augen vorüber und in der Stadt entzündeten sich die Lichter. Severin dachte an Konrads Tod. Ein lahmer und lächerlicher Gedanke hockte in seinem Gehirn, der ihn nicht losließ und dem er nachsinnen musste. Er stellte sich das Antlitz des Mannes vor, den sie drüben gerade begraben hatten, wie es unter dem Sargdeckel in der Erde lag. Ein Schauer strich leise über seine Haut, fröstelnd, wie die Wolken am Horizonte. Er prüfte den Pulsschlag in seinen Handgelenken; aber er hatte gar keine Furcht. In der Weite rollten sich weiße Gestalten zusammen, aber er wusste, es war nur der Winterdunst. Die ersten Häuser der Weinberge lösten sich aus dem Grau. Er sah noch einmal den Weg zurück. Die Luft hing schlaff und reglos vom Himmel und der Frost hatte zugenommen. Aus den Schaufenstern der Kaufmannsgeschäfte fiel schon der Lampenschein auf den Gehsteig der Vorstadtstraßen.

Vor der Tür eines Pferdeschlächters blieb Severin stehen. Ein warmer Blutgeruch schlug ihm entgegen und der Ekel schüttelte ihn. Zwei Männer mit aufgestreiften Rockärmeln trugen eine Schüssel vorbei, aus der ein feuchter Dampf aufstieg und sich widerlich mit der Kälte vermengte. Severin knöpfte bedächtig seine Handschuhe zu, bevor er die Finger auf den schmutzigen Türgriff legte. Ein breitschultriger Mann mit roten Haaren sah ihn misstrauisch an, als er für ein paar Kreuzer ein Stück Fleisch verlangte. In Zeitungspapier eingeschlagen trug er ein weiches und klebriges Bündel aus dem Laden. Beim Licht einer Straßenlaterne löste er vorsichtig die Schnur und öffnete es. Er nahm das Giftfläschchen aus der Tasche seines Rockes und schüttete den Inhalt auf das Fleisch; aufmerksam sah er zu, wie der feine und trockene Staub zwischen den blutigen Fasern glänzte.

Susanna saß neben dem Ofen und hörte dem Feuer zu, als Severin eintrat. Sie hielt die Hand vor die Augen, als ob sie schliefe, und schaute zwischen den Fingern nach der Türe. Der alte Lazarus war ausgegangen und der Platz hinter dem Pulte war leer.

Guten Abend, Susanna – sagte Severin.

Susanna hob den Kopf in einem langen und verwunderten

Schrecken. Ihre Schultern zitterten, und die Falte zwischen ihren Brauen wurde tiefer und dunkler, als sie ihm den Gruß zurückgab. Und dann fragte sie mit einem besonderen Klang in der Stimme: Woher kommst du, Severin?

Severin antwortete nicht. Unschlüssig stand er da, und ein Gefühl durchrieselte ihn, das er kannte und das ihm schon lange entschwunden war. Als Student war es manchmal über ihn gekommen, wenn er zu Hause in alten englischen Romanen las und die Lampe summte. Dann war ihm zumute, als ob das Zimmer, in dem er wohnte, ein Teil der Erzählung sei, in die er sich eben vertiefte. Auf der Wand gegenüber huschten die Schattenrisse der Personen vorbei, deren Schicksale ihn beschäftigten. Und in dem trüben Lichte der Stube erkannte er ihre Gebärden.

Der Doktor Konrad ist tot – sagte er endlich und setzte sich in den Lehnstuhl mit den ledernen Armpolstern, der neben dem Pulte stand. Er sah an Susanna vorbei auf das Bild, das neben ihr in der Ecke hing und das er früher niemals bemerkt hatte. Es war eine Landschaft mit einem absonderlichen und traumhaften Baum, unter dem ein paar Menschen im Halbdunkel gingen. Ein Lufthauch streifte seine Wange; der Rabe flog hinter ihm auf und setzte sich auf seine Knie. Severin beugte sich über das Tier. Langsam zog er das vergiftete Fleisch aus der Tasche.

Das ist der Tod – sagte er und hielt es ihm vor den Schnabel. Der Vogel schnappte zu und floh damit in sein Versteck zurück.

Severin sah nach Susanna hinüber. Ihre schweren Zöpfe hatten sich gelockert und waren in ihren Schoß geglitten. Ihr Gesicht war undurchdringlich und fremd und ihr Mund war fest geschlossen. Es war ganz still, und man hörte draußen die Schritte der Leute auf dem Pflaster, die an dem Laden vorübergingen. Über das Gemälde neben dem glühenden Ofen zuckten die Reflexe und malten Figuren auf die Leinwand.

Severin suchte in seinem Gedächtnis. Der Baum auf dem Bilde kam ihm bekannt vor und er hatte ihn schon einmal irgendwo gesehn. Aber er konnte sich nicht entsinnen.

Ich will gehen – dachte er und stand auf.

Guten Abend, Susanna! – grüßte er wieder und nahm seinen Hut. Dann horchte er noch eine Weile in den Winkel hinein, wo der Rabe sich zum Fraße verkrochen hatte und sich gar nicht mehr regte.

9. In der Nacht war der Sturm gekommen und lief brüllend die Straßen auf und nieder. Aus der Ebene hinter den Grenzgebirgen hatte er eine schwere und dunstige Wärme mitgebracht und klatschte das Schneewasser von den Dächern. Severin lag wachend in der Finsternis. Das Fieber trieb den Schweiß aus seinem Körper und erhitzte sein Blut. Das Fenster klapperte, und manchmal kam ein dumpfes Geräusch von unten herauf, wenn das Haustor in den Angeln stöhnte. Der gelbe Blitz eines Wintergewitters erhellte für einen Augenblick das Zimmer, und in seinem Lichte glaubte Severin plötzlich das Bild zu sehn, das über dem Kopfe Susannas in dem Laden des Buchhändlers hing. Nun wusste er, wo er den Baum schon einmal gesehn hatte! Bei dem Begräbnis Konrads war es gewesen: an der Friedhofsmauer auf dem Platze, der für die neuen Gräber bestimmt war. Severin hatte ihn immer angeschaut, während die Leute den Sarg in die Erde hoben, und in dem kalten Lichte des Tages war er ihm sonderbar und grotesk erschienen.

Er zog die Decke zum Halse und ihn fror. Ein großer Kummer bedrückte ihn, über den er sich keine Rechenschaft zu geben vermochte. Er dachte an den törichten und grausamen Besuch am Tage vorher und dass er den Raben getötet hatte. Draußen schlug der Sturm das klirrende Glas der Laternen entzwei und fuhr gurgelnd in den Kamin.

Matt und verschlafen ging er am Morgen ins Büro. Auf den Gassen stand das Wasser in breiten Pfützen, und der Wind war noch immer sehr heftig. Der Hut flog ihm vom Kopfe und fiel in den Kot. Severin bückte sich und setzte ihn wieder auf. Von der Krempe rann ihm der kühle Schmutz in die Stirne, aber er kümmerte sich nicht darum. In den Vormittagsstunden, während er rechnete und schrieb, ging draußen von Zeit zu Zeit ein strichweiser Regen nieder und prasselte gegen die Scheiben. Severin stand auf und sah auf die nassen Steine im Hofe hinunter. Eine fade Übelkeit stieg ihm wie eine glatte Kugel in die Kehle. Früher als sonst ging er nach Hause und warf sich wieder auf sein Lager. Aber der Schlaf wollte nicht kommen. Wenn er die Augen schloss, hatte er das Empfinden, dass er stetig und unaufhaltsam in die Tiefe fiel. Ein stumpfer Gedanke brannte beständig hinter seinen Schläfen, dass er entsetzt das Gesicht in die Kissen vergrub.

Der Wind hatte sich gelegt und es war beinahe schwül geworden. In der Stadt brach schon der Abend an, und nur noch am Himmel zeichnete das entschwindende Licht schwarzblaue Ränder um die Wolken über den Häusern.

Severin ging mit gesenktem Kopfe zwischen den Leuten. Eine maßlose Angst hing wie ein Gewicht an seinem Herzen und machte ihn taumeln. Ein schwerer Gegenstand drückte in der Tasche gegen seinen Leib und er umschloss ihn mit den Fingern. Es war ein großer und runder Stein, den er einmal in den Feldern aufgelesen und nach Hause genommen hatte.

Im Laden des Lazarus Kain brannte die Gasflamme über dem Pulte. Severin sah durch die Glastüre den kahlen und spitzigen Kopf des Buchhändlers. Eine Furche lief in der Mitte gegen die Stirne zu, als ob sich dort die Haut über einem gespaltenen Knochen spannte. Severin überlief es. Er suchte im Hintergrunde nach dem Bilde und erkannte mit einem starren und gequälten Lächeln den Baum, von dem er heute in der Nacht geträumt hatte.

Eine Hand legte sich auf seine Schulter und als er sich umwandte, stand Susanna vor ihm.

Was tust du hier? – fragte sie, und ihre erloschenen Augen drohten. Ihre Gestalt wuchs groß und gebieterisch in der Dämmerung, und Severin sah voll Grauen, dass sie ein Kind erwartete.

Susanna! – flüsterte er.

Zum ersten Male seit Wochen fiel ein Licht in seine nackte Seele. Die Finsternis in ihm zerflatterte und er erschrak.

Warum bin ich hierhergekommen? – dachte er bei sich. Es war still und einsam in der fahlen Gasse und er fürchtete sich vor dem Gesichte der Jüdin.

Die Hand, mit der er den Feldstein umkrampfte, fing an zu zittern und sein Blut blieb stehn.

Ich bin doch kein Mörder – sagte er laut, und in derselben Sekunde sah er sich selbst in einem unsichtbaren Spiegel, von Lastern entstellt, die ihn erstickten, mit Geschwüren besät, in denen die Verhängnisse wucherten.

Jesus! – rief er, und seine Stimme verriet es ihm, dass er gekommen war, um den alten Kain zu erschlagen.

Jesus!

Der Schrei war so furchtbar, dass Susanna erblasste. Eine Ohnmacht verfinsterte ihre Gedanken, und sie sah nur undeutlich und mit stockendem Herzen, wie Severin die Gasse entlang in die Dunkelheit lief.

Es war schon spät und der Mond stand weiß und ruhig über den Türmen. Die Wolken hatten sich verzogen und es war kühler und klar geworden. Severin ging unter den Bäumen des Belvederes und atmete die feuchte Luft, in der er schon den Geruch des kommenden Frühlings spürte. Unter ihm lag die Stadt im Tale. Hie und da brannten noch ein paar Lichter wie die Augen eines schläfrigen Tieres in der Ferne. Severin erfasste ein Schauer. Er dachte an die Tausende, die da unten gleich ihm ratlos in einem trüben Leben versanken. Die Erinnerung an die Menschen überwältigte ihn, die ihm begegnet waren und die einer wie der andere sich selbst verloren. Karla, die sich verzweifelt an schleichende Schmerzen wegwarf, Konrad, über dessen Grabe die Erde noch locker war, und Susanna, die nun ein Kind von ihm im Hasse gegen den Vater gebären würde. Eine Traurigkeit ohnegleichen zermarterte ihn. Er spähte in den Schatten der Häuser hinunter und sah seine eigene Gestalt, von den Rätseln der Liebe und des Todes vermummt, ruhelos in den Gassen, wo Mordgedanken aus dem steinernen Pflaster aufstiegen und sein Herz verblendeten. Er weinte und seine Tränen waren scharf und verzehrend wie Essig. Er stieß sich die Stirne an einem Baumstamm wund und biss mit den Zähnen in seine Rinde. Die Schauer der Verlassenheit kamen, und er sehnte sich nach einem Gesicht, an das er das seine lehnen konnte.

Auf einmal war es ihm, als ob ihn im Dunkeln zwei Augen anblickten, die er lange vergessen hatte. Eine wunderschöne und gute Stimme wachte in seinem Gedächtnis auf und tröstete ihn. Er kehrte um und schritt den Weg hinunter zur Brücke.

Das Fenster der kleinen Stube auf dem Altstädter Ringplatze war noch hell. Es war immer das letzte in dem großen Hause, das erst spät nach den anderen dunkel wurde. Während der Schlaf vor den Schwellen kauerte und die Fledermäuse an der Uhr des Rathauses vorüberflogen, war Zdenka noch wach und ging erst zu Bette, wenn sie vom Denken müde geworden war und wenn die Lampe zu blinzeln anfing.

Severin war die Treppen heraufgestiegen und wartete vor der Türe. Er pochte und wollte rufen, aber seine Stimme gehorchte ihm nicht.

Severin!

Sie hatte den Riegel zurückgeschoben und stand jetzt glühend und verwirrt im Lichte. Die blonden Haare fielen offen auf ihr Kleid und sie presste die Hände gegen die Brust. Ihr schmales Gesicht war lieblich, als sie ihm den Mund zum Küssen bot.

Ich wusste, dass du wiederkommst; ich habe auf dich gewartet –

Er kniete vor ihr und streichelte ihre Hände. Ihm war zumute wie einem Kind, das sich verlaufen hat und nun endlich daheim ist.

Ich liebe dich – sagte er und wusste, dass es nun endlich die Wahrheit sei. Und dann rief er ihren Namen, zärtlich und feierlich wie noch nie: Zdenka! Zdenka!

Hand in Hand traten sie zum Fenster und sahen in die Nacht hinaus. Das Gröhlen der Betrunkenen lärmte in den Gassen und der Mondschein glänzte in den Fensterscheiben. Über den Dächern der Stadt hing er wie eine Flamme und hüllte sie in einen weißen Rauch. Severin fühlte, wie etwas Wunderbares geschah, das süßer und gewaltiger war als die Abenteuer des Buches aus den böhmischen Kriegen. Er neigte sich zu Zdenka und suchte ihren Mund; und als er sie küsste, klang ein Getöse aus der Mondnacht in das Zimmer herein, ein grollender Schlag, als ob die Erde zerbrochen wäre.

Auf der Moldau hatte der Eisgang begonnen.

Zweites Buch
Die »Spinne«

1. Langsam war wieder der Sommer gekommen. Unmerklich ging eine Woche nach der andern an dem Leben Severins vorbei, ohne sein Herz aus der Erschöpfung aufzurütteln, in die es seit dem Ende des Winters geraten war. An dem Abende, wo er in Not und Tränen in der Stube Zdenkas weilte, glaubte er nicht mehr an den Frieden. Und nun war eine wundersame Stille in ihm, die seine Sinne schärfte und in der er lächelnd wie ein Mensch nach einer schweren Krankheit ging. Eine zärtliche Aufmerksamkeit wachte in ihm auf, mit der er die Welt und ihre tausend Kleinigkeiten wie ein Fremder betrachtete, dem alles neu war und der immerwährend staunte. Der Morgen weckte ihn täglich aus einem langen und gleichmäßigen Schlaf, und die Sonne stieg heiß und glänzend in sein Fenster, wenn er die Augen öffnete und sie geblendet wieder schloss; oder der warme Regen pochte an die Wand seines Zimmers, der die Luft draußen mit süßen Dämpfen füllte und den er so liebte.

Mit Zdenka war er jetzt immer beisammen.

Er fürchtete sich, sooft ihn die Erinnerung an den Winter überraschte, und seine Liebe suchte bei ihr um Hilfe. Mit einer kindlichen Andacht genoss er ihre Gemeinschaft, die sie wieder wie früher an den Sonntagen zu den Erholungsplätzen der Stadt und der Vorstädte führte. In den Biergärten saßen sie mitsammen bei den Konzerten der Militärkapellen, die nacheinander Stücke aus Verdi und Wagner, Wiener Operettenschlager und den *Traum eines Reservisten* spielten. Die Blätter der Kastanienbäume spannten ein grünes Oberlicht in der Höhe und warfen schaukelnde Sonnenflecken auf die Tischtücher, an denen noch die Feuchtigkeit und der Geruch der Wäschekammern haftete. Severin sah Zdenka in das schöne Gesicht und führte mit der Trägheit des Rekonvaleszenten die Zigarette zum Munde. Die Stimmen der Leute, die an den Nebentischen schwätzten, taten ihm wohl. Aus den Bruchstücken der Gespräche, die zu ihm drangen, sprach das geregelte, behaglich erstickte Tempo eines Lebens zu ihm, an das er sich beglückt verlor.

Der Sommer hatte die Stadt in diesem Jahre, wie es ihm schien, ganz besonders verwandelt. Er spürte ihren Blutlauf noch immer im eigenen Leibe, aber es ängstigte ihn nicht mehr. An den Nachmittagen, bevor er Zdenka aus dem Kontor abholte, ging er durch die sonnigen Gassen. Er sah den Männern zu, die das Pflaster besprengten und freute sich, wenn aus den schadhaften Wasserschläuchen kleine Fontänen aufsprangen oder wenn sich hinter den zerstäubten Tropfen ein farbiger Regenbogen entzündete. Am Franzenskai blühten die Akazien. Severin setzte sich auf eine Bank am Rande des Ufers. Unter ihm floss die Moldau und ein Segelboot trieb langsam den Mühlen zu. Ein Schwarm von abenteuerlichen Wolken zog über den Himmel und bedeckte zeitweilig die Sonne.

Severin kannte dieses Bild aus seiner Knabenzeit. Damals hatte er manchmal mit dem Vater unter den Akazien des Kais auf die Tante Regina gewartet. Eine muffige Erinnerung dämmerte schläfrig in seinem Gehirn, und das finstere Zimmer im Erdgeschosse tauchte wieder vor ihm auf, das die Tante mit dem alten Fräulein bewohnte. Dort war er immer gerne zu Besuche gewesen. Hinter den weißen Tüllvorhängen des Fensters hing ein Wetterhäuschen und vor seiner Türe stand ein Männchen mit einem Regenschirm aus rotem Blech. Das alte Fräulein war krank, und der Krebs fraß an ihrem gebrechlichen Körper. Auf dem Bethlehemsplatze hatte sie eine kleine Trafik gepachtet, eine hölzerne Bude im Winkel der Häuser, wo sie den Tag über Zigarren verkaufte. In der Wohnstube, die sie mit der Tante Regina teilte, war beständig ein seltsames Gemisch von Gerüchen nach Kellerluft und verdorrten Fronleichnamskränzen, nach Weihrauch und dem trockenen Duft der Tabakvorräte. Für Severin hatte das alles einen besonderen, von kindischen Ahnungen durchzitterten Reiz. Aus dem Zimmer der Tante, das mit Heiligenbildern und geweihten Kerzen, mit zerlesenen Gesangsbüchern und Korallenkreuzen gefüllt war, nahm seine Seele die erste Inbrunst mit nach Hause, von der seine Kindheit heimgesucht wurde.

Ein wenig von dieser Inbrunst regte sich wieder in Severin. Er sah die Kleinseite am jenseitigen Ufer des Flusses und die Karlsbrücke, über die die Ordenspriester in langen Röcken paarweise wie Schüler gingen. Etwas von der Stimmung der Nepomuktage war noch in der Luft zurückgeblieben, die ruhig über das Wasser strich und die welken Blüten der Moldauakazien vor seine Füße kehrte. Auf der Brücke stand noch das Holzgerüst mit den gläsernen Lampen vor der Statue des Märtyrers, wo die Landleute aus den Dörfern alljährlich zusammenkamen, um ihren Schutzpatron zu verehren. Severin gedachte der fieberhaften Erwartung, die das Fest des böhmischen Heiligen in seine Kindheit getragen hatte. Am Vorabende des

Johannistages war er mit dem Vater zum Ufer gepilgert, wo sich die Menschen schon seit Stunden stauten. Beim Einbruche der Dunkelheit wurde hier ein Feuerwerk abgebrannt und die dünnen Raketen stiegen mit leisem Geknatter senkrecht zum Himmel. Unten schwammen die lichterbehängten Boote auf dem Flusse, und vor dem Altare des heiligen Nepomuk beteten die Bauern auf der Brücke.

Severin war schon seit Jahren in keiner Kirche gewesen. Die Glut seiner Jugend hatte sich in blinden und lässigen Schwärmereien verbraucht. Aus der Müdigkeit, die ihn hielt und von der er sich absichtslos von einem Tag in den anderen tragen ließ, kam nun die alte und lange vergessene Sehnsucht seiner Knabenseele herauf. Die Nachmittagssonne hatte aus dem Dufte der Akazien und dem Atem des Flusses einen warmen Dunst gekocht, dessen leise Fäulnis ihn erregte. Auf dem Gehsteig des Ufers ging eine Waisenschule spazieren und die gleich gekleideten Mädchen unterhielten sich flüsternd. Eine vermummte Nonne geleitete sie und ihre jungen Augen sahen unter der Kapuze einen Augenblick lang zu Severin herüber. Es waren graue und fromme Augen, mit einem Stern in der Mitte, so wie Tante Regina sie gehabt hatte.

Unschlüssig stand er auf und suchte in den Taschen seines Rockes nach einer Zigarette. Ihm gegenüber glänzte die Firmentafel der Bibelgesellschaft im Licht. Vor vielen Jahren hatte er hier einmal in den Schulferien für billiges Geld eine heilige Schrift gekauft. Er behielt sie nicht lange; sie ging ihm verloren wie die meisten Bücher, die er besaß. Er dachte nur daran, weil er heute wieder den Wunsch nach den schweren, vom Alter nachgedunkelten Berichten der Testamente und nach der hellen Weisheit der Evangelisten spürte.

Vor dem Monumente des Kaisers Franz spielten die Kinder im Sande. Ein weißbärtiger Greis mit einem grünen Augenschirm und einer verbogenen Brille bot klebrige Zuckerstangen feil und Brezeln mit Salz und Mohn. Severin kaufte den Rest seiner Ware und verteilte ihn unter die Kinder. Der Alte trug vergnügt den leeren Korb nach Hause; die Dienstmädchen auf den Bänken rückten zusammen und kicherten.

Eine weiche und beseligende Ergriffenheit nahm von Severin Besitz, die mit den lange verblassten Dingen seiner Schulzeit verwoben war. Seine Gedanken tasteten vorsichtig in diese Welt zurück, in den naiven Zauber der Schulkapelle, zu dem scheuen Gefühl, wenn er die kühlen Kommuniontücher mit den Fingerspitzen berührte. Die Musik der Maiandachten fing an in seinem Innern zu klingen, wenn die Orgel sich mit dem Gesange der Marienlieder vereinigte und draußen, wo der Lindenbaum vor dem geöffneten Kirchenfenster wuchs, laut und mit bebender Kehle ein Vogel zwitscherte. Er war über die Brücke gegangen und hatte das goldene Kruzifix mit dem Hute gegrüßt. Unversehens stand er vor dem Portal der Niklaskirche. Ihre grüne Kuppel funkelte über den Dächern, und auf den Stufen vor dem Tore lag grell und brennend das Licht. Severin trat ein. Aus dem farbigen Dunkel sahen ihn die steinernen Gesichter der Bischöfe an und seine Schritte widerhallten an den Säulen. Die Kirche war leer, nur eine schwarze Frau kniete unweit der Türe. Sie wandte sich um, als er eintrat, und er erkannte die Nonne vom Ufer. Ihr Gesicht war weiß und unter der Kapuze brannten die Augen. Severin kniete neben ihr und betete laut: Gegrüßet seist du, Regina! Und es war ihm, als ob über ihren Mund hinter den gefalteten Händen ein erschrockenes Lächeln ginge.

2. Karla hatte gemeinsam mit ihrem neuen Freunde eine Weinstube in der inneren Stadt errichtet. Neben der deutschen Universität, wo die Studenten mit den bunten Mützen vor dem riesigen Holztore standen, begann das Gassengewinkel. Aus den niedrigen Einfahrten der Durchhäuser kam ein kühler Hauch und vor den Gewölben der Kaufleute roch es nach feuchtem Filz und vermodertem Leder. Auch reisende Händler nächtigten hier manchmal unter den Laubengängen des Grünmarktes, die mit Schwämmen und frischen Beeren in die Stadt gekommen waren und hier mit ihren Körben den Morgen erwarteten. Bei Tag war da ein reges Leben. Auf den schmalen Fußsteigen drängten sich die Menschen, die Trödler riefen mit singender Stimme ihre Waren aus, und die Fuhrwerke rasselten über das holprige Pflaster. In der Nacht verkroch sich der Lärm hinter die trüben Scheiben der kleinen Tanzlokale, nur zuweilen kam eine bezechte Gesellschaft des Weges, oder ein Wachmann schlichtete, von einem Kreise von Neugierigen umgeben, eine betrunkene Schlägerei.

Eine feurige Bogenlampe hing vor dem Weinhause in der schwarzen Gasse. Wenn man aus den schlecht beleuchteten Häusern um die Ecke trat, stach einem das Licht in die Augen, und durch die Türe klang das gedämpfte Spiel des Klaviers. Bei der Ausstattung der Räume hatte Karla den fruchtbaren und eleganten Geschmack des jungen Nikolaus zurate gezogen, den man auch jede Nacht unter ihren Gästen sah. Sie selbst hatte dann durch zügellose Dissonanzen eine aufreizende und besondere Schönheit in das Ganze gebracht, die ihrem Wesen entsprach und die sie nicht missen mochte. Zwar schüttelte Nikolaus nachdenklich den Kopf, als er zum ersten Male das Zimmer betrat. Der tiefe Ton der Tapeten ertrank in dem scharlachfarbenen Brande der Portieren, und über den geliebten schwarzblauen Samt der Tischläufer und Diwandecken hatte die Laune Karlas ein unruhiges und bizarres blutrotes Herzmuster gestickt. Aber das ungeschulte Temperament, das hier zu Worte gekommen war, riss mit und bezwang. Und wenn Karla am Abende in einem zigeunerhaft wilden Gesellschaftskleide, das ihre schöne Brust und ihre Arme zeigte, das eigenwillige Haar durch eine Kette gefesselt, im Lichte der elektrischen Lampen stand, dann quoll der Wein süßer in die geschliffenen Kelche, und in der Musik war ein wunderbarer und betörender Klang.

Aber das Entzückendste, das die Leute anzog und lockte, war Mylada. Irgendwo hatte Karla dieses Mädchen entdeckt, dessen Herkunft niemand kannte und die niemals zuvor in Prag gesehen worden war. Jetzt saß sie jeden Abend in der Weinstube und ihr mageres Gesicht wurde nicht röter vom Trinken. Sie trug ein einfaches grünes Kleid, das ihren Leib wie ein dünnes Hemd umhüllte und ihre kleinen und spitzigen Brüste sehen ließ. In wenigen Wochen hatten sich alle Männer in sie verliebt. Sie hatte eine Art, der niemand widerstand, die die Schweigsamsten zum Reden verführte und die Verschlossensten gewann. Ihre hellen Augen, die sich beim Sprechen manchmal umwölkten, konnten den Schwerfälligen bestechen, den Kapriziösen berauschen, den Lasterhaften überwältigen. Sie war ein neuer und aufrührerischer Trick in dem trägen Nachtleben der Stadt. Karla hatte sie als Sängerin engagiert und hie und da sang sie vor den Gästen mit heller Stimme zur Klavierbegleitung ein Lied. Deutsche Chansons, die in den Tingeltangeln gerade aktuell waren, tschechische Volksweisen, wie sie die Burschen vor den Türen der Vorstadt am Abende auf der Mundharmonika bliesen. Aber der Reiz ihrer Person hatte nichts mit diesen Liedern zu tun.

Ein ungeahnter Zulauf brachte das Weinlokal Karlas in Mode. Eine schrille Lustigkeit tobte hier in den Nachtstunden bis früh, schrie und stampfte und lachte aus vollem Halse. Draußen auf der Gasse, wo das Bogenlicht brannte, blieben die Passanten stehn und drückten sich neidisch in den Schatten. Der süßliche Elan der Wiener Musik rief sie zurück, wenn sie vorübergegangen waren, und legte den Türgriff in ihre Hände. Die Lebensfreude, die drinnen im Walzertakte lärmte, krallte sich um die Einsamen und zog sie in den Lichtkreis der Lampe. Auch von den früheren Bekannten Karlas, die seit dem Tode Doktor Konrads nicht mehr zusammengekommen waren, fanden sich viele ein. Die blonde Ruschena kam und brachte einen dicken blatternarbigen Maler mit. Sie saß in einer Ecke, schlürfte den sauren österreichischen Wein, den er spendierte, und sah mit einem faden Lächeln in die Luft. Erst gegen Mitternacht erschien gewöhnlich Nikolaus. Er kam in Frack und seidener Weste von einem Abendbesuche, und Karla stellte den weiß gekapselten Sekt für ihn in den Kühler.

Es war nach einem heißen Tage, als Severin mit Zdenka die erste Visite in der schwarzen Gasse machte. Über der Stadt zog unwillig ein Gewitter auf und sie waren beide müde. Zdenka hatte Hunger und Durst, und da schlug Severin vor, einmal zu Karla zu gehn. Er hatte ihre Inserate in den Zeitungen gelesen und hatte auch im Büro von Mylada sprechen gehört. Es war noch zeitig am Abend und die Weinstube war leer. Nur der alte Lazarus hockte zusammengekauert in einem Winkel und war betrunken. Er erkannte Severin und begrüßte ihn winkend. Neben ihm saß Mylada in ihrem grünen Kleide und hörte geduldig seinen Gesprächen zu. Ihre hellen Augen schauten mit ruhiger Neugier zu Zdenka hinüber und streiften auch ihren Begleiter mit einem kurzen Blick. Severin sah ihr gebannt in das kleine und magere Gesicht. Ein erschrockenes Widerstreben hatte ihn gefasst, als er beim Eintreten den Buchhändler erblickte. Jetzt saß er still und verwandelt auf seinem Platze und fühlte ungläubig den Stoß, der sein Blut beklommen und schwer zum Herzen trieb, während er Mylada betrachtete. Ein sonderbarer, ihm seltsam vertrauter Ausdruck in ihren Augen gab ihm zu raten. Zdenka verstummte verlegen, als sie die Falte auf seiner Stirne bemerkte, und wagte es nicht, ihn zu stören. Erst als Karla in das Zimmer trat und ihm erfreut die Hände schüttelte, wachte er auf und besann sich. Sie setzte sich neben ihn auf den Diwan und begann flüsternd von

Lazarus zu sprechen. Jeden Abend, wenn er sein Geschäft gesperrt hatte, kam er zu ihr und betrank sich. Aber er blieb nicht lange. Wenn sich nach dem Theater die ersten Gäste versammelten, ging er nach Hause.

Und Karla erzählte, wie er manchmal in der Betrunkenheit sinnlose Reden führe und weine:

Oft schlägt er mit den Armen um sich wie ein Vogel, der zu fliegen versucht, und krächzt wie ein Rabe. Und dann schreit er wieder nach seiner Tochter –

Severin wurde bleich. Wie eine Vision sah er den Abend vor sich, wo die Jüdin ihm in der dunklen Gasse begegnet war und ihn verjagte. Er erinnerte sich nicht mehr an ihre Worte; aber er sah ihren Leib, den die Mutterschaft entstellte, und zitterte. Er stand auf und ging zu dem Berauschten hin.

Guten Abend, Lazarus! – sagte er – Wie geht es Susanna?

Seine Stimme klang spröde vor Angst, und er wunderte sich in demselben Augenblicke, dass er den Mut hatte, zu fragen.

Der Alte stierte in den Wein, ohne den Kopf zu rühren.

Heute ist sie aus dem Findelhause zurückgekommen –

Und nach einer langen Pause, während die drei Frauen einander ansahen und den Atem verhielten:

Aber das Kind ist tot, Herr Severin – mausetot –

Und Lazarus lachte, dass ihm die Tränen über die knochigen Backen liefen.

3. Der Sommer wurde liebreizender und zärtlicher, je mehr er dem Ende entgegenging. Jeden Tag spannte der Himmel seine fleckenlose Decke aus und die Sonne war milde. Severin verbrachte seinen Urlaub in der Stadt. Die Vormittage, die er jetzt müßig nach seinem Gutdünken verbummelte, waren für ihn ein lange entbehrter Genuss. Hinter den schweigsamen, von stumpfer Büroarbeit vernichteten Jahren quoll zeitweise wundervoll klar die Stimmung der Schulferien auf, und die Gedanken an sein armes, in der Tretmühle zerriebenes Leben, die Ereignisse des letzten Winters zerflatterten ihm wie dünne Gespinste. Früh, wenn der Schlaf von ihm abfiel, dehnte er die Glieder und lag noch eine Stunde im Bette. Bedächtig sah er den Ringen zu, die das Licht durch die Maschen des Vorhangs auf die Zimmertüre malte, und fühlte sich von einer Last befreit.

Dann wusch er sich und ging auf die Gasse. Er stieg auf die Höhe, wo man von den Weinberger Schanzen in das Nusler Tal hinuntersah. Neue kalkweiße Gebäude glänzten unten in der Sonne und das Rauschen der fernen Eisenbahnzüge erfüllte die Luft. Irgendwo in der Nähe war in seiner Kindheit ein kleiner verwilderter Garten gewesen, wo er nach Kieselsteinen und Schneckenhäuschen gesucht hatte und wo im Frühling auf dem ungepflegten Rasen die Gänseblümchen wuchsen. Neben dem Kinderspital guckte die Kuppel der Karlshofer Kirche wie eine ungeheure braune Zwiebel zu ihm herüber, und jenseits des Tals stand der neue Wasserturm in den Feldern von Pankraz, der ihm immer so vorkam, als hätte ihn jemand aus dem Bilderbuche herausgeschnitten, das er früher einmal besessen hatte. Der Morgen war durchsichtig und leuchtete über den Häusern. In einer Fabrik fing eine Sirene zu pfeifen an und ihre melancholische Stimme blieb noch lange wie ein neuartiger und einförmiger Gesang in seinen Ohren.

In diesen Vormittagsstunden empfand er so eigentlich erst das vielgestaltige Leben der Stadt. Neben ihm und hinter ihm dehnten sich ihre tausend Straßen, und wenn er drüben den Talhang erstieg, sah er die Moldau unter den Wyschehrader Schanzen vorbeifließen, und die grellen Reflexe der Sonne schwammen wie glühende Brände auf ihrem Wasser. In den verfallenen Schießluken des Schanzgemäuers sprosste das Gras. Severin dachte an die Abende zurück, wo es ihn dumpf und unruhig bedrückte, wenn er von Furcht und Ahnungen überrieselt im Gewirre der Häuser stand. Die Stadt, die vor ihm lag und ihre Türme in den Morgen tauchte, schien ihm schöner zu sein und hatte doch ihre Wunder behalten.

Auf dem Heimwege trat er zumeist in das geöffnete Tor einer Kirche ein. Seit jenem Nachmittage auf der Kleinseite trieb ihn immer etwas an, im Dunkel der Seitenaltäre zu verweilen, wo die Statuen mit ernsten Mienen in der Nische lehnten und wo das ewige Licht in einem roten Glase brannte. Er setzte sich auf eine Bank und ruhte eine Viertelstunde. Zu dieser Zeit kam selten ein Besucher und nur ein altes Weib schlurfte manchmal mit kurzen Schritten über die Fliesen. Severin nahm die Stille in sich auf, begierig wie jemand, der lange den Lärm gewohnt war. Im Zwielicht des Schlupfwinkels, der ihn verbarg, spannten sich die Gedanken unlösbar ineinander und verstrickten sein Herz in eine kindisch verworrene Welt. Die Bilder des Vormittags kamen traumhaft wieder, und er sah die Wellen des Flusses und die niedrigen Giebel des Hradschins in der helldunklen Luft und hörte die Dampfpfeife im Tale singen. Es kam auch vor, dass ein Geräusch ihn störte und dass eine Frau hinter ihm im Gebete kniete, die leise eingetreten war, bevor er sich umwandte. Dann schrak er zusammen und über die Schulter spähte er prüfend in ihr Gesicht.

Allmählich wurde es ihm bewusst, dass er die Nonne mit den Sternenaugen suchte. In einer grundlosen Laune hatte er sie Regina getauft und er glaubte am Ende selbst an diesen Namen. Es kam ihm in den Sinn, wie sie ihm unter den Akazien des Ufers begegnet war. Und in einem jähen und unergründlichen Zusammenhange musste er plötzlich an Mylada denken. –

In diesen Stunden gab er sich Rechenschaft über die Tage, an denen ihn die Liebe Zdenkas beschützte. Er erlebte alles zum zweiten Male, was seither mit ihm geschehen war. Die Worte des alten Lazarus fielen ihm ein, und nutzlose und grausame Tränen gemahnten ihn an sein Kind. Nach und nach begann er zu begreifen, dass die Idylle dieses Sommers nur eine Täuschung war. Die verschlafene Müdigkeit seines Herzens hatte ihn glauben gemacht, dass jetzt der Trost darin eingekehrt sei und ein wirkliches Glück. Aber die bösen Kräfte wohnten weiter darin, sie wucherten im Geheimen, während er lächelnd den Mund seines Mädchens küsste, und bissen wie ätzende Säuren sein Inneres wund. Irgendetwas hatte den flackernden Schatten in ihm aufgescheucht, vor dem er im Winter geflohen war und den er im Dunkel der leeren Kirche wiedererkannte. Er wusste es nicht genau, ob es Regina oder Mylada war, und die Erinnerung an beide verwob sich ihm merkwürdig zu einer einzigen Gestalt. Das Schicksal Susannas war für ihn eine Deutung, dass sein Fuß auf einer schlimmen und unseligen Fährte ging. Wo sie vorüberführte, standen der Gram und das Unheil hinter ihm auf, und auf seiner Spur welkte die Freude. Die Sorge um Zdenka packte ihn und er wand sich vergebens unter ihren Griffen. Und in der geängstigten Liebe zu ihr entdeckte er fröstelnd eine grimmige Lust, dass er ihr Leben in seinen Händen hielt und es zerknittern konnte.

Wenn Severin aus der Kirche wieder ins Freie trat, schüttelte er den Kopf über seine Träume. Die Mittagssonne floss wie ein warmer Honig durch die Gasse, und an der Mauer stand ein Blinder mit dem Hute in der Hand und blinzelte. Das köstliche Flimmern des Spätsommers hing über den Dächern, das draußen vor der Stadt aus den Stoppelfeldern aufstieg.

Severin strich mit den Fingern über die Stirne. Unsicher ging er weiter und die wohlige Betäubung der letzten Wochen löste die Spannung in ihm. Aus den offen Fenstern der Parterrewohnungen klang manchmal das Trillern eines Kanarienvogels auf und oben im dritten Stocke eines Hauses kratzte eine Geige. Von fern her kam ein Summen durch die Luft, ein metallisches Klingeln, das immer stärker wurde. Auf den Türmen huben die Mittagsglocken zu läuten an.

4. Nathan Meyer liebte es, sein Leben vor den Leuten zu verstecken. Seitdem er mit Karla zusammen die Weinstube in der schwarzen Gasse eröffnet hatte, war er noch niemals unten bei seinen Gästen gewesen. Er hielt sein Zimmer versperrt, wo er zwischen Büchern und achtlos auf dem Fußboden verstreuten Broschüren hauste, und verließ es nur in der Nacht, wenn die Bewohner des Hauses zur Ruhe gegangen waren und er niemandem mehr auf der Treppe begegnete. Er mochte ungefähr vierzig Jahre alt sein, aber das kurz geschorene Haar und sein glatt rasiertes Gesicht ließen ihn jünger erscheinen. Über seine Vergangenheit wusste man wenig. Sein Vater hatte eine große Brauerei in Russland besessen und ihm nach seinem Tode ein stattliches Vermögen hinterlassen. Jahrelang lebte er von den Zinsen seines Kapitals, ohne den Drang nach irgendeiner Tätigkeit in sich zu spüren. Sein schroffes, durch keinerlei Gutmütigkeit gemildertes Wesen hatte seinen Hang zum Alleinsein nicht erschwert. Karla und er waren durch einen unbekannten Zufall zusammengeführt worden, aber sein äußeres Dasein ward dadurch nur wenig berührt. In der Wohnung, die sie miteinander teilten, blieb seine Türe auch ihr zumeist verschlossen. Darum war es für die wenigen Menschen, mit denen er in eine flüchtige Beziehung kam, erstaunlich und nur schwer verständlich, als Nathan plötzlich die Idee, ein Weinlokal zu gründen, mit Eifer und Beharrlichkeit verfolgte. Vielleicht hatte Karla die Anregung dazu gegeben, weil ihr beweglicher Geist in dem unerträglichen Einerlei ihres Zusammenlebens eine Beschäftigung suchte. Aber er begrüßte ihren Gedanken mit einem Fanatismus, der selbst für Karla unerklärlich blieb, die besser als die anderen die Energien kannte, die er unverbraucht in müßiger Beschaulichkeit vertat. Er hatte auch Mylada aufgespürt und sich händereibend für ihren Erfolg

verbürgt. Aber als alles im Gange war und das Unternehmen zu einem vielversprechenden Anfang gedieh, nahm er seine Gewohnheiten wieder auf und bekümmerte sich nicht mehr darum.

Wenigstens schien es so. Denn es sah ja niemand das zufriedene Lachen auf seinen dünnen Lippen, wenn in der Nacht der Lärm der Musik aus der Weinstube in seine Kammer drang. Das Fenster stand offen und Nathan Meyer saß mit erhobenem Kopfe beim Schreibtisch und lauschte. Die stille Gasse fing alle Geräusche zwischen den hohen Wänden der Häuser auf und brachte sie in sein Zimmer. Er hörte, wie unten die Gläser aneinanderstießen und wie das spröde Gelächter Myladas die Männer erhitzte. Er hörte die schrillen und ekstatischen Stimmen der Menschen, die sich am Wein und an den Gesprächen berauschten. In sein glattes Gesicht trat ein Ausdruck der Genugtuung und er nickte. An manchen Abenden kam ein minutenlanges Brausen von unten herauf, das Zischen und Gurgeln einer ungehemmten und überschäumenden Lust, die sich überschlug und die er nicht zu fassen vermochte. Die heißen Akkorde des Klaviers tönten taumelnd dazwischen, und schwere Hände wühlten aus den Tasten jubelnde Melodien, Walzer und Märsche. Dann nahm Nathan Meyer den Hut und den Mantel aus dem Schrank und ging die Treppen hinunter. Ungesehn und unerkannt stand er neben dem Weinhause und zählte die Gäste, die darin verschwanden. Das Bogenlicht der Lampe zeichnete einen hellen Kreis in die Finsternis der Gasse und beleuchtete die Gesichter der Eintretenden mit einem grellweißen Strahlenbündel. Einen Augenblick lang konnte Nathan die Seelen der Menschen erkennen, die vor der Türe haltmachten und geblendet ein wenig verweilten. Tiefer und unverschleierter als bei Tage zeigte die Lampe das Antlitz eines jeden. Die Gruben, die die Angst hineingegraben, die Furchen und Risse um starre, vom Nachtschwärmen entzündete Augen. Nathan hatte den Hut in die Stirne gedrückt und den Kragen des Mantels hochgeschlagen. Bewegungslos stand er im Dunkel und bewachte das Haus.

Severin erinnerte sich noch vom Begräbnistag des Doktor Konrad her an Nathan Meyer. Er hatte seine hohe, breitknochige Gestalt und seinen ingrimmigen Mund im Gedächtnis, wie er damals in der kalten Dämmerung des Winternachmittags neben Karla zwischen den Leidtragenden schritt. Eine mitfühlende Bangigkeit mit der Frau war damals in ihm rege geworden, die vor Kurzem noch seine

Geliebte war und deren schlanke Grazie neben den robusten Schultern des Mannes müde und hingebungsvoll in sich zusammenkroch. Seither war er ihm kein einziges Mal mehr in den Weg gekommen, auch später nicht, als Karla ganz zu ihm übersiedelte und die Weinstube in der schwarzen Gasse schon im Betriebe war. In einem kleinen Kaffeehause in der Nähe der Moldau sah er ihn wieder, wo Severin jetzt manchmal vor dem Schlafengehn einkehrte, wenn er mit Zdenka den Abend verbracht hatte und wenn ihn die meuchlerischen und feigen Gedanken der Nacht noch vom Heimgange abhielten. Neuerdings war es ihm ein Bedürfnis geworden, wenigstens eine Stunde mit sich selbst zu verbringen, wenn er sich von Zdenka verabschiedet hatte und ihre sanften Liebkosungen nicht mehr da waren, um die Unruhe zu beschwichtigen, die ihn wieder wie früher in einem immer engeren Bogen umkreiste. Sein Urlaub näherte sich dem Ende. Lichtlos und engbrüstig wartete der Herbst auf ihn. Das lautlose Dasein in seinem Büro begann von Neuem, wo die Tage wie Mauern aneinanderstießen und zwischen den engen Lücken sein Leben zerschürften. Wenn Zdenka bei ihm war und er die Wärme ihrer Hand auf seinem Arme spürte, dann ging er wohl noch mit der Miene des Gesundeten neben ihr her, und ihre schöne Stimme erzählte ihm von dem großen Glück ihrer Liebe. Zugleich mit dem Nebel, der jetzt frühzeitig in die Straßen fiel und das Ende des Sommers prophezeite, kam die Unrast zu ihm. Er sah wieder wie einmal am Anfang mit einem verzerrten Lächeln auf den blonden Scheitel Zdenkas, die sich an ihn schmiegte. Wenn sie zu Bette gegangen war und ihr Fenster erlosch, grub er die Zähne in das Fleisch seiner Fingernägel. Er lief durch die Gassen und die Laternen zogen seinen schmalen Schatten auf den Pflastersteinen nach. Im Kaffeehause setzte er sich zum Fenster und schob den Vorhang beiseite. Ungeheuer hob sich der Rumpf des Rudolfinums vom Himmel ab, auf dem die Spätsommersterne wie rote Lampions verkohlten.

Es war in einer solchen Nacht, als Severin mit Nathan Meyer ins Gespräch geriet. Hinter den Zeitungen, die er las, hatte dieser schon längere Zeit nach ihm hingesehn, und ein nachdenklicher Zug zog seine Lippen tiefer in die Winkel, während er mit den langen Fingern die Asche seiner Zigarette in den Messingbecher streifte. Severin antwortete anfangs wortkarg und mürrisch. Er fühlte sich unbehaglich, und es ärgerte ihn, dass jener unverwandt sein Gesicht durchforschte. Aber es dauerte nicht lange, so saß er gebannt auf seinem Platze und hörte den Worten des Mannes zu, der ihm unvermittelt und ungebeten seine Bekenntnisse enthüllte. Sie waren allein in der niedrigen Kaffeehausstube, nur der Kellner schlief mit hörbaren Atemzügen in einer Ecke, und aus dem Spielzimmer nebenan tönte noch das Klatschen der Kartenblätter zu ihnen herüber. Es waren sonderbare Dinge, die sie verhandelten. Die blinde und gehässige Wut der Einsamkeit flammte in der Stimme Nathans, das Gift brodelte darin, das die Herzen der Krüppel und der Wahnsinnigen verwüstet, der Hass gegen die Welt. Der zornige Unglaube an die Güte und Herrlichkeit der Erde, der erbarmungslose Hohn eines vermessenen Frevlers predigte von seinen Lippen, die sich beim Sprechen feuchteten und über die ein Zittern hinflog, das aus der innersten Seele kam. Mit einem trockenen und hüstelnden Geflüster neigte er sich zu Severin: Wir sind alle ein bisschen Chemiker, die von drüben aus Russland kommen. Ich habe Sprengbüchsen und Maschinen zu Hause, die eine Gasse umreißen würden, wenn ich es wollte. Aber das tun ja nur die Dilettanten. Es gibt feinere und bessere Mittel, die die Polizei konzessioniert und das Gesetz gestattet. – Sind Sie schon einmal in meiner Weinstube gewesen? –

Severin überlief es. Er sah in die grauen und listigen Augen Nathans hinein und ohne weitere Erklärung verstand er ihn plötzlich. Ein Schrecken fasste ihn vor dem Manne, der auf Seelenfang ausging, ohne dass jemand es merkte.

– Vor einer Woche hat sich ein junger Herr erschossen – erzählte der Russe weiter. – Er hat die Kassa seiner Bank bestohlen, um bei mir Sekt zu trinken und mit Mylada zu schlafen. Ich habe seine Leiche im pathologischen Institute gesehn. – Ein Fratz, kaum über die zwanzig. Seine Mutter hat der Schlag gerührt, als sie davon erfuhr. Und das ist nur der Anfang. Ich kenne sie alle, die in das Haus hineingehn. Ich sehe sie an, wenn sie sich unbewacht glauben, im Finstern, neben der Türe. –

Und nach einer Pause, während Severin schweigend wartete: Ich habe einen Namen für das Haus gefunden, einen guten Namen, der die Leute anziehn wird: *Die Spinne*.

Severin stand auf. Der Speichel stieg ihm bitter in die Kehle und ihn schwindelte. Der kurz geschorene Kopf Nathans tauchte in dem Rauche seiner Zigarette unter, und Severin sah statt seiner sekundenlang ein Bild vor sich, das ihn beklemmte. Da war die Stadt, riesengroß, mit tiefen Straßen und tausend Fenstern. Und mitten darin das Weinhaus in der schwarzen Gasse. Die Lampe über dem Eingang glotzte wie ein Auge und vor der Türe drängten sich die Leute. Sie kamen einer nach dem andern, wie die Mücken zum Licht – drinnen saß Mylada in ihrem grünen Kleide – unsichtbar, unter den geschweiften Beinen des Klaviers zusammengeduckt, kauerte ein plumpes Wesen, das die Nachtmenschen die Freude nannten –

Severin schüttelte sich und das Bild verschwand.

Wollen Sie nicht einmal mein Laboratorium besichtigen? – hörte er Nathan Meyer fragen.

Ich weiß es nicht – sagte er und musste sich an der Lehne des Stuhles festhalten, um nicht zu fallen.

5. Es kamen die Regentage und wuschen die letzten Spuren des Sommers mit sich fort. Auf den Parkwegen stand das Wasser in großen Lachen, und auf den Bänken klebten die Blätter, die der Wind von den Bäumen riss. Die Droschken fuhren mit nassen Lederdächern durch die Stadt, und die Buben pantschten mit nackten Füßen durch die Pfützen und bauten am Rande des Gehsteigs kleine Dämme auf dem Straßenkot. Rascher als sonst um diese Jahreszeit dämmerte der Abend hinter dem feuchten Himmel.

Severin stand beim Fenster. Das spärliche Leben des Vorstadtbezirkes, in dem er wohnte, ging langsam in zögernden Pausen durch den Nachmittag. Ein Kohlenwagen ratterte über die Steine und die großen Lastpferde senkten missmutig die Köpfe. Ein Mann eilte mit schnellen Schritten die Häuser entlang und sein schwarzer Tuchschirm glänzte vor Nässe. Hie und da stieg ein schmutziger Papierdrache in die Höhe, den ein Kind an einem Faden durch den Regen zerrte; dann fing er schwer und ängstlich zu flattern an und fiel auf die Erde. In dem Kaufmannsladen an der Ecke surrte die Türglocke; eine junge Frau mit gebrannten Stirnhaaren trat heraus und schaute prüfend in das Wetter. Dann hob sie die Röcke hoch, dass man die hübschen Beine bis zu den Knien sehen konnte, und lief die Straße hinunter.

Severin dachte an den Herbstregen in seinen Kinderjahren. Es war alles wie heute und die Knabenwünsche gruben in seinem Herzen ein wehleidiges Heimweh auf. Auch die Kaufmannsklingel gegenüber dem Vaterhause hatte denselben Klang. Severin wartete ungeduldig, bis unten wieder die Türe gehen würde. Einmal war er an der Lungenentzündung erkrankt, als ganz kleiner Junge, lange bevor er zur Schule musste. Da hatte ihn manchmal ein eigentümliches Gefühl beschlichen, während er zu Hause im Bette lag und das schräge Licht der Gasse auf die gemalten Blumen auf der Zimmerdecke fiel. Draußen hantierte die Mutter in der Küche und von irgendwoher kam der lang gezogene Ton eines Leierkastens. Da hatte das Fieber in sein Gehirn eine merkwürdige kreisrunde Stelle genagt, die sich weich anfühlen mochte und mit einer feinen Membran bedeckt war. Es fiel ihm auch ein Vergleich ein; er erinnerte sich an die Bonbons, die er sich damals für einen Kreuzer auf dem Markte kaufte. Wenn der Zucker im Munde zerfloss, dann spürte er unter der papierdünnen Rinde die flüssige Fülle mit der Zungenspitze. Lange war dieses Gefühl in ihm verschollen gewesen und nicht mehr wiedergekommen. Jetzt war es wieder da, klar und bestimmt, und Severin erkannte es wieder. Ein Schwarm von vertrauten, durch die Jahre verwaschenen Bildern kam zugleich in ihm herauf, die er seitdem vergessen hatte und die der Regentag wieder in sein Gedächtnis spülte. Die rußige Pawlatsche mit dem Eisengeländer, wo er mit dem Bruder kindische Spiele ersann und mit der Gummischleuder nach den Katzen im Garten jagte. Die alte Julinka, die das Gnadenbrot im Hause aß und dafür die zersprungenen Holzstiegen scheuern musste. Die Sommerabende vor der offenen Türe, wenn ihm die roten Wolken zwischen den Dächern die ersten unverstandenen Tränen brachten und die Dienstmädchen in den Nachbarhöfen die tschechischen Lieder anstimmten, deren banale Süßigkeit ihn noch heute bewegte.

Auch Mylada kannte diese Lieder.

Severin lehnte den Kopf gegen die glatte Scheibe. Ein bettelhafter Schmerz verzog seine Lippen zum Weinen.

Die Nacht war gekommen und hatte den Regen in einen triefenden Nebel verwandelt, der durch die Fensterspalten in die Wohnungen drang und die Träume der Schlafenden beunruhigte. Severin hielt es nicht zu Hause. Er war seit dem Mittag nicht auf der Straße gewesen und ein stechender Krampf trieb ihm das Blut in die Schläfen. Er hatte Zdenka heute vergeblich warten lassen, und eine lästige Reue staute sich in seinen Gedanken, wie der Dunst, der draußen die Gaslaternen verschleierte. Er zog den Wetterkragen um die Schultern und stülpte die Kapuze über den Hut.

Auf dem Marktplatze der Vorstadt scheuchte er zwei Gestalten auf, die sich hinter den leeren Bretterbuden der Obstverkäufer umschlungen hielten. Severin blieb stehn und sah ihnen zu, bis der Mann ihn gewahrte und mit dem Mädchen in die Dunkelheit flüchtete. Eine übermächtige Sehnsucht nach dem einfachen Glück dieser Menschen erfasste ihn. Mit einer dumpfen und grüblerischen Spannung versuchte er zum hundertsten Male die Spur zu ergründen, die ihn seitab in eine unselige Wildnis des Lebens führte. Und eine schmerzliche, von Bangigkeit erdrückte, von Zweifeln zerrissene, ohnmächtige Lüsternheit nach den Küssen des Weibes verzehrte ihn jäh, das sein Begehren in derselben Stunde entfacht hatte, in der ihm Lazarus vom Tode seines Kindes sprach.

Vor der Rampe des Museums machte er halt. Vor ihm lag der Wenzelsplatz, und der Herbstdampf hing in weißen Wolken zwischen den elektrischen Flammen. Severin breitete die Arme aus.

Mylada! – rief er, und seine Stimme flatterte wie ein zitternder Vogel durch den Nebel.

In der *Spinne* zeigte der Zeiger der Wanduhr schon die zwölfte Stunde. Das Lokal war überfüllt und ein aufreizender Geruch nach vergossenem Wein schwamm über den Tischen. An den grünen Rauchringen der Zigarren kletterte das Gelächter empor und fiel mit Gekreisch wieder zu Boden. Der Lärm der Gespräche schwoll zum Getöse an, das sich nicht hemmen ließ und das glucksend abbrach, wenn die Musik begann oder einer der Gäste mit lauter Stimme ein Lied anstimmte. Karla selbst, in einem bunten und verführerischen Kostüme, saß beim Klavier. Ihr schöner Kopf bog sich zurück, während sie spielte, und berührte den Nacken.

Severin setzte sich hinter sie und bestellte eine Flasche. Die dicke und verdorbene Luft des Zimmers nahm ihm den Atem, und der Schweiß brach aus seinen Poren und klebte das Hemd an seine Haut. Karla spielte die Melodien, die die Leute verlangten. Das falsche und lügnerische Gefasel der Operetten girrte unter ihren Fingern, und das Aroma ihres Leibes perlte mit dem Wein durch die Kehlen und verbrannte die Adern. Eine sinnlose und verwegene Lustigkeit tobte in den Köpfen und überschwemmte die Herzen.

Von einer Gruppe ganz junger Männer in Frack und weißer Binde löste sich Mylada los. Ihr magerer Mund lachte in einer unendlich verheißenden Freude, als sie sich über Severin beugte.

Gib mir zu trinken – bat sie, und er reichte ihr sein Glas.

Er sah ihr zu, wie sie die Zunge zwischen die scharfen Zähne schob, und er musste an sich halten, um sie nicht zu küssen. Er schlang den Arm um sie und zog sie auf seinen Schoß.

Deine Augen hab ich schon einmal gesehn, hast du nicht eine Schwester, Mylada? –

Ich hatte eine Schwester, die mir sehr ähnlich war, aber sie ist gestorben. –

Severin strich ihr die Haare aus dem Gesichte und sie klammerte sich mit den Beinen an ihn und ließ ihn gewähren. Ihr Körper war klein wie der eines Kindes und hinter dem dünnen Kleide reckten sich ihre Brüste.

Komm zu mir heute Nacht – flüsterte er, und sie sagte darauf: Sie hieß Regina und war eine Nonne.

6. Severin zählte nicht mehr die Zeit, seitdem Mylada seine Geliebte geworden war. In einem einzigen, alles überflutenden, bunten und brennenden Blendwerk vergingen ihm die Tage. Alles, was früher eine Bedeutung für ihn hatte, was ihn verstimmte und erregte, verschwand aus seinem Leben, als ob es niemals darin gewesen wäre! Mit der sorglosen Sicherheit des Schlafwandlers kam er den Beschäftigungen nach, die sein Dasein umfriedeten. Er tat seine Arbeit im Büro, ohne den Druck zu empfinden, der sonst immer auf diesen Stunden lastete. Er fühlte nicht mehr den bösen und heimtückischen Hass in den Dingen, die ihn früher beleidigten, und er hatte nur Raum in sich für die grenzenlosen Schwelgereien seiner Liebe. Niemals hatte er geglaubt, dass ein Weib es vermöchte, was er jetzt täglich an sich erfuhr. Die Abgründe einer Glückseligkeit öffneten sich vor ihm, in der er mit wilden und verirrten Sinnen und einer gelähmten Seele untersank.

Mylada verstand seinen Körper. Mit der klugen und hellsichtigen Verderbtheit ihrer erfahrenen Jugend begriff sie sein Wesen und machte sich den Launen untertan, die sie darin entdeckte. Sie fand die Schlupfwinkel seiner Begierden und ging ihnen bis zu den Wurzeln seiner Nerven nach. Sie lehrte ihn die bizarren und zügellosen Spiele der Liebe kennen und ihre Zärtlichkeit berauschte ihn. Ihre Küsse waren erfinderisch, und das Glück, das sie ihm bereiteten, war eine sündhafte und verzweifelte Lustbarkeit. Oft, wenn sie an seinem Halse hing und eine wollüstige Wolke ihre Augen verdeckte, verlor er das Gedächtnis der Gegenwart. Das Zimmer, in dem sie weilten, kam ihm fremd und wunderlich vor, und die Lampe vor seinem Bette gab ein absonderliches Licht. Er sah die Funken hinter den Lidern Myladas tanzen und eine goldene Welle löschte in seinem Gehirn die Gedanken aus.

Ihr schwacher und zerbrechlicher Leib hatte eine ungeahnte Kraft der Liebe in sich. Es war eine Leidenschaft in ihr, die sich schrankenlos verschenkte, die sich an Severin hing und ihn erschöpfte. Die Frauen waren für ihn immer eine Enttäuschung gewesen. In den Abenteuern mit ihnen hatte die große und zwingende Gewalt gefehlt, die hinreißen und gebieten konnte, die unwiderstehlich und tödlich war. Jetzt brach zum ersten Male der Blitz in sein Leben, der es zerstieß und erhellte. Zuweilen kam ungewollt eine Erinnerung an ihn heran und das Bildnis Zdenkas erschien ihm und bettelte. Wenn er des Nachts aus dem Schlafe fuhr und die Dunkelheit betrachtete, kam es zu ihm und wollte ihn retten. Der Glanz ihrer blonden Haare verfing sich dann noch einmal in seinem Herzen, und von fern her läutete ihre Stimme wie eine Glocke. Aber der nächste Tag führte ihn wieder mit Mylada zusammen und an ihrem Munde vergaß er die Welt.

Wenn der Nachmittag kam und die Oktoberschatten an den Wänden zerstäubten, saß er zu Hause und wartete. Die Geräusche der Straße klangen undeutlich und verändert von unten herauf und die vorüberfahrenden Wagen erschütterten die Dielen. Manchmal blieb ein Sausen und Stampfen in seinem Kopfe, das ihn erschreckte und das er nicht loswerden konnte. Er hielt sich die Ohren mit den Händen zu und merkte, dass es von innen kam und dass der Lärm in ihm war. Eine angstvolle Bangigkeit wühlte in seinen Gedärmen. Bis dann die Klingel ging und Mylada in sein Zimmer trat und den Mantel öffnete.

Er liebte alles, was zu ihr gehörte. Jedes Kleid, das sie auf ihrem glühenden Körper trug, wurde ihm zum Fetisch. In den Maschen des Schleiers, den sie einmal in seiner Wohnung zurückgelassen hatte, suchte er ihren Atem zu erwecken, und der Duft der Handschuhe, die er ihr stahl, tröstete ihn in den Stunden, wo er sie nicht besaß. Wenn sie mit grausam tändelnden Fingern sich vor ihm entkleidete, dann warf ihn das Verhängnis vor ihre Füße, dem er nicht mehr entrinnen konnte und vor dem er in die Knie fiel.

Schluchzend, von einer überirdischen Seligkeit gepeinigt, berührte er ihr Hemd mit den Lippen.

Er wusste, dass er Zdenka endgültig und für immer geopfert hatte, als er sie um Myladas willen verließ. Aber es war zu spät für die Umkehr, und es war ein leerer und gespenstischer Gedanke für ihn, dass es eine Zeit gegeben, die nicht bis zum Rande von der Liebe voll war, die ihn verzehrte. Oft, wenn er sie in die Arme schloss und wenn sie sich wie ein ungebärdiges Kind auf seinem Schoße zusammenrollte, dann schauten ihn die Augen der Nonne unter ihren Wimpern an, die er im Sommer auf ihrem Kirchgang begleitet hatte. Er erzählte ihr seine Begegnung und dass er sie lächeln gesehn, als er an ihrer Seite das ›Gegrüßet seist du, Regina!‹ betete. Mylada lachte und begann von ihrer Schwester zu sprechen, die schon seit Jahren tot war, und nannte ihn einen Geisterseher. Aber Severin ließ es sich nicht nehmen und blieb bei seiner Geschichte. Klar und wirklich stand das weiße Gesicht des jungen Weibes vor seiner Seele, und in seinem Innern glomm das schwüle Feuer unheiliger Wünsche weiter, an dem er sich damals entzündet hatte.

Mylada ließ ihm seine Fantasien. Mit dem reizbaren Instinkt, mit dem sie die Männer beherrschte, erkannte sie bald, dass sich hier eine Quelle neuer und komplizierter Genüsse verbarg, die sie aufgraben musste, um sie zu verkosten. Einmal kam sie später als sonst, als schon die Dämmerung des Herbstabends sein Zimmer verdüsterte. Fiebernd, von der Erwartung zerstört, öffnete er die Türe. Und vor ihm stand wortlos und ruhig, die frommen Hände über der Brust gekreuzt, die junge Nonne, wie er sie einmal unter den Uferakazien gesehn hatte. Die Kutte floss weit und faltig über ihre Glieder und unter der schwarzen Haube glänzten die Sternenaugen. Regina! – stammelte er.

Da fiel sie ihn mit einem Jauchzen an und ihre Lippen saugten sich in seinen Mund. An ihren Küssen erst erkannte er Mylada. Er riss das raue Kleid entzwei, unter dem ihr Fleisch wie eine matte und schöne Seide schimmerte. Er nahm sie um den Gürtel und trug sie auf sein Bett.

Regina! Regina!

Und ein wunderbares und überlebensgroßes Glück rann ihm wie siedendes Metall ins Blut und brannte in sein armes, von der Liebe bewältigtes Herz eine süße korallenrote Narbe.

Die Nächte, die auf diese Nachmittage folgten, verbrachte Severin von nun an in der *Spinne*. Abgesondert von den Übrigen, saß er auf seinem Platz und sah den Gästen zu, die sich um Mylada bemühten. Sie hatte für jeden ein Wort, ein Aufleuchten der Stimme, ein halblautes Versprechen, das jeder für sich allein zu besitzen glaubte und das die Wangen eines jeden mit einer verschwiegenen Röte färbte. Zwischendurch aber flog ihr Blick zu Severin hinüber, und wenn sie an ihm vorüberging, streifte sie mit den Fingern über sein Haar. Sie sah ihn an, wenn sie die Lieder sang, die er liebte und in denen die Musik seiner Kindheit mitklang. Auch sie besaß die wiegende und schwärmerische Anmut der slawischen Frauen, die ihn bei Zdenka bestochen hatte. Aber in ihr war eine gefährliche Behändigkeit, eine listige Sentimentalität, die an der Oberfläche haftete und die ihr Wesen nicht enträtselte. Severin trank den tiefroten Wein, den Karla ihm eingoss, und rührte sich nicht. Er nahm keinen Anteil an der Fröhlichkeit, die sich an ihn drängte, und sie erweckte ihn nicht aus seinem Versunkensein. Mitten in der exaltierten Tollheit der andern war er mit Mylada allein, und er dachte heimlich an die Stunde, wo sie ihm wieder gehören würde. Es war schon hell, wenn er am frühen Morgen sein Glas austrank und auf die Straße trat. Ein Mann mit einer Stange über den Schultern ging vor ihm her und drehte die letzten Laternen aus. Eine Truppe geschwätziger Weiber kam ihm entgegen, die große Körbe auf dem Rücken schleppten. Es waren die Händlerinnen, die das Gemüse auf den Frühmarkt trugen. Ohne sich erst auszukleiden, legte er sich zu Hause zum Schlafe nieder.

Einmal, als sich wieder bei Tagesanbruch die Türe des Weinhauses hinter ihm verriegelte, stand Nathan Meyer neben ihm. Sein dünner Mund verzog sich höhnisch, als er Severin begrüßte und mit ihm noch ein Stück weit durch die Gasse ging. Er räusperte sich unruhig und schüttelte den Kopf beim Abschied.

Sie ist ein Luder! – sagte er mehrmals durch die Zähne, und Severin wusste nicht, ob darin Freude oder eine Warnung lag.

Mit einer sonderbaren, fast väterlichen Miene sah ihm der Russe in die Augen.

Sie ist ein Luder, Severin! – Glauben Sie mir – sie ist ein Luder!

7. Wie eine Stichflamme, die jählings in die Höhe fährt und die Brandnacht schrecklich erleuchtet, war die Liebe zu Mylada in das Leben Severins gekommen. Ein furchtbares und einsames Grauen umfing ihn nun, als sie sich von ihm abwandte und ihn nach einigen Wochen einer selbstvergessenen und eigenwilligen Laune wieder den frostigen Schatten überließ. Er vermochte es nicht zu glauben, dass er wieder allein war. Die Glut hatte seine Seele wie ein taubes Gehäuse ausgehöhlt, und er verstand es nicht, dass nur die Asche davon übrig geblieben war und der Schmerz vereiterter und hässlich flackernder Wunden. Mit der Raserei des Verlorenen bäumte er sich gegen das Schicksal.

Jeden Tag wartete er in seinem Zimmer auf ihren Besuch. Der Zeiger der Stockuhr ging knackend an den Viertelstunden vorbei und es wurde spät. Mylada kam nicht mehr. Er schlug mit dem Gesichte auf die Erde und aus dem entstellten Munde flossen der Speichel und das Blut und durchnässten den Teppich.

Abends in der Weinstube packte er ihren Arm. Er grub seine Nägel bis auf den Knochen, dass sie schwankend nach Hilfe schrie und mit wütenden Bissen sein Handgelenk zerfleischte. Endlich riss sie sich los.

Ich will nicht mehr! Es ist zu Ende!

Von Ekel geschüttelt, floh er auf die Gasse. Ein Luftstoß entführte ihm den Hut, aber er beachtete es nicht. Barhäuptig, vom Jammer vernichtet, lief er durch die Nacht, und das Entsetzen kam riesengroß hinter ihm her, und er konnte ihm nicht entweichen. Die Uniform eines Schutzmannes blinkte neben ihm auf und eine befehlende Stimme rief ihn an. Severin antwortete mit einem Fluche und rannte weiter.

In den Feldern hinter der Vorstadt blieb er stehn. Der Atem quoll ihm röchelnd aus der Kehle, seine Adern klopften und drohten seinen Hals zu zersprengen. Er riss sich den Kragen auf, und allmählich gelang es ihm wieder, sich zu besinnen. Die Wolken, die über den Himmel trieben, zerteilten sich für eine Weile und entblößten den Mond. Severin erkannte die Landschaft. Ein verfallenes Gehöft erhob sich in der Nähe, das schon seit Langem niemand mehr bewohnte. Im Sommer nächtigten die Stromer zwischen den zerspaltenen Mauern, und bei Tage suchten noch manchmal die Lumpensammler in dem alten Kehricht nach Schätzen.

Ein paar Schritte weiter mündete der Fußweg auf der Landstraße ein. Der Neubau der großen Fabriken ragte an ihrem Rande und dahinter begannen die Friedhöfe. Seit dem Tode des Doktor Konrad war Severin nicht in dieser Gegend gewesen. Seine Gedanken gingen über die Tage hin, die seit dem Begräbnis verflossen waren, und fanden sich zerstückelt und erschreckt in der Wirklichkeit zurecht. Der Mond verschwand und über den Feldern ballte sich die Finsternis. Severin lief weiter. Immer mehr entfernte er sich von der Stadt und kehrte ihren trüben Lichtern den Rücken zu. Der Nachtwind kämmte seine Haare und griff ihm durch das offene Hemd an seine nackte Brust. Sein Blut wurde ruhiger und stürmte nicht mehr. Hinter dem Gittertore des Kirchhofs stand der Baum neben dem Grabe Konrads, der ihn einmal bis in den Schlaf verfolgt hatte. Severin lachte, als er vorüberkam. Er nahm eine Scholle von der Erde auf und warf sie über die Mauer.

Eine furchtsame Müdigkeit fesselte seine Füße. Er dachte an das Gehöft an der Straße. Wenn er sich dort bis zum Morgen verkroch, musste er nicht mehr in die Stadt zurück, und er wollte schlafen. Es fiel ihm ein, dass sich erst kürzlich die Zeitungen mit dem Bauernhofe beschäftigt hatten. Ein Selbstmord war dort geschehen und man fand die Leiche eines Offiziers zwischen dem alten Schutte. Severin hatte ihn gekannt; es war ein Stammgast aus der *Spinne.* Er erinnerte sich an den Abend, als Karla die Nachricht von seinem Tode in die Weinstube brachte. Damals kümmerte er sich nicht darum, weil ihn die Liebe zerwühlte und ihm Augen und Ohren verschloss. Jetzt sah er deutlich den Zusammenhang. Ein trostloser, mit Geschwüren beladener Hass brach in ihm auf; er hob die Hand und drohte mit der Faust in die Dunkelheit.

Die Zeit, die dieser Nacht nachfolgte, brachte Severin den Niederbruch. Die zähe Lebenskraft, die er besaß und die allen Ausschweifungen und Krisen standgehalten hatte, zerbrach und zerbröckelte unter der Gewalt einer hoffnungslosen Traurigkeit. Er meldete sich krank und ging nicht mehr in sein Büro. Es war ihm unmöglich, etwas zu tun und zu denken, das nicht zu der selbstquälerischen Lust in einer Beziehung stand, mit der er seinen Schmerz genoss und immer wieder von Anbeginn erneuerte. Ein unbarmherziger und verwahrloster Zorn überfiel ihn nach Stunden einer in sich gekehrten Teilnahmslosigkeit. Dann trat ihm der Schaum vor die Lippen und er erstickte seine grässlichen Schreie in den Kissen des

Bettes. Mit den geballten Händen zerschlug er das Glas des Spiegels, das ihm seine zerrissene Stirne und seine vom Wachen geröteten Augen zeigte. Er ging den Leuten aus dem Wege, die ihn auf der Straße ansahn und sich vorsichtig nach ihm umwandten, wenn sie sein graues Gesicht mit den verquollenen Tränensäcken erkannten.

So fand ihn Nathan Meyer eines Abends vor der *Spinne*. Er starrte in den Lichtkreis der Türlampe, und seine Zähne schlugen aneinander, als Nathan auf ihn zukam und seine Hand auf seine Schulter legte.

Gehn Sie nicht mehr da hinein! – sagte er.

Seine Stimme war weich, und es klang jener zärtliche und bestimmte Grundton darin, mit dem die Erwachsenen zu den Kindern reden.

Gehn Sie nie wieder da hinein, Severin!

Dann fasste er ihn unter den Arm und führte ihn die Treppen hinauf in seine Stube. Severin folgte ihm, ohne sich zu sträuben.

Was wollen Sie von mir, Nathan? – fragte er nur, und sein geschwächter Körper lehnte sich an die große Gestalt des Mannes.

Nathan Meyer schraubte die Lampe auf und rückte seinem Gaste einen Stuhl zurecht. Er stellte eine Schachtel mit den langen und schmächtigen Zigaretten vor ihn hin, die er aus seiner Heimat bezog und die er selbst unaufhörlich eine an der andern entzündete.

Rauchen Sie!

Und dann begann er mit langen Schritten im Zimmer auf und ab zu gehen. Severin saß und hörte ihm zu. Es war dasselbe, was er schon damals im Kaffeehause erfahren hatte. In kurzen, von der Erregung zerhackten Sätzen predigte der Russe den Krieg gegen die Welt. Aber es war noch etwas anderes, was sich in seinen Worten verriet, eine freundschaftliche Anteilnahme, eine ungeschminkte Besorgnis, die ihn aus seinem Munde sonderbar berührte und die er sich nicht zu erklären wusste.

Was wollen Sie von mir? – fragte er noch einmal.

Nathan Meyer blieb vor ihm stehn.

Ich habe Sie gern, Severin!

Er neigte sich lächelnd vor.

Sie gehören zu uns! Sie gehören zur Gilde!

Zur Gilde? – Was ist das?

Aber er erhielt keine Antwort auf seine Frage. Nathan klapperte mit dem Schlüsselbunde und schloss den Schreibtisch auf.

Sie können unterdessen die Dinger da besichtigen, während ich unten eine Flasche Wein besorge. – Aber geben Sie acht mit Ihrer Zigarette!

Severin erhob sich und zog neugierig die schwere Lade auf. Nathan Meyer hatte ihn allein gelassen, und ein merkwürdiges Gefühl überkam ihn in dem Zimmer, wo die Bücherregale die Wände bis zur Decke verkleideten und der Lampenschein auf den alten Möbeln flimmerte. In der Truhe ruhten wohlverwahrt eiserne Sprengbomben in allen Formen, kugelförmige Handgranaten, eirunde und viereckige Büchsen mit weißen Zündschnüren nebeneinander!

Severin stand mit gebeugtem Rücken vor der geöffneten Lade. Ein hellroter wollüstig schleppender Gedanke ging durch sein Gehirn, und seine Hände stießen schlotternd gegen die Manschette. Wählerisch prüfte er ein jedes Stück mit den Augen. Ein mittelgroßes, wunderlich gestaltetes Ding lag wie ein schwarzes Herz zwischen den andern. Severin nahm es und schob es in die Tasche.

Nun? – meinte Meyer, als er mit zwei Gläsern und einer gefüllten Karaffe wieder ins Zimmer trat.

Ein Spielzeug für Kinder! – murmelte er verächtlich, als Severin stillschwieg und sperrte den Schreibtisch ab.

Kommen Sie, wir wollen ein Glas auf die Gilde trinken!

8. Nach Wochen einer grausam verlorenen Einsamkeit konnte Severin sein Verlangen, Mylada wiederzusehn, nicht mehr bezähmen. Die blutleeren Gespinste, die seine Fantasie ihm vorgaukelte und die er im Schatten der Nächte verfolgte, führten ihn immer wieder zu der Stelle hin, wo das Licht der Weinstube wie ein großes und blendendes Rad auf die Gasse fiel. Nathans Mahnung fand keinen Widerhall mehr in seiner Seele. Geduckt vor Scham und von Sehnsucht verwüstet, fand er sich eines Abends wieder in der *Spinne* ein.

Er brachte es nicht mehr über sich, den letzten und bittersten Stachel seines Leidens länger zu entbehren. Mylada sah über ihn hinweg, wie über einen fremden und unbekannten Gast. Aber an ihrer Stimme, die sich lüstern bog, an ihren Augen mit der goldenen Arglist in den Pupillen entfachte er das Gedächtnis an ihre Leidenschaft und ihre böse und verderbliche Liebe. Er rief jene Stunde in seine Erinnerung zurück, wo sie als Nonne verkleidet zu ihm gekommen war. Er schauerte und seufzte unter ihren Küssen und hielt entzückt den Spuk in seinen Armen, der ihn einmal im Sommer unter den Akazien verwirrt hatte.

Nun saß er mit aufgestützten Armen unter den anderen. Zwischen den vorgehaltenen Fingern hindurch sah er Mylada mit den Männern scherzen und fand die Linien ihres Leibes unter dem Gewand. Der Buchhändler Lazarus schaukelte sie auf den Knien. Sein Kahlkopf drängte sich an ihre Brüste, und Severin sah die Furchen seiner Schädelknochen unter der gespannten Haut. Der Abend kam ihm in den Sinn, wo er mit dem Feldstein bewaffnet durch die Stadt gelaufen war, um einen Menschen zu töten. Mylada spielte mit dem Barte, der ungepflegt und schütter von den schlaffen Kiefern des Alten hing, und in ihren hellen Augen ging die Wolke auf, die er darin kannte. Ein widerwärtiges Gefühl rutschte ihm wie eine schleimige Faust durch die Kehle. Er trank sein Glas leer und ging auf die Gasse.

Draußen breitete sich der tiefe und unausschöpfliche Nachthimmel des Winters über die Stadt. Es war nirgends ein Stern zu sehen, und der abziehende Herbst schleifte eine klebrige, nasskalte Schleppe von Dünsten hinter sich her und fegte damit das Pflaster. Bei der Maschine eines fahrenden Teekochers blakte ein winziges Lämpchen; zwei Dirnen mit Federhüten und hellgelben Sommermänteln nahmen dort eine hastige Mahlzeit ein und unterhielten sich lachend. Severin trat hinzu und kaufte ein paar Zigaretten. Eines der Mädchen sprach ihn an und bettelte um ein Zwanzighellerstück. Er griff in die Tasche und reichte ihr eine Handvoll Silbermünzen.

Eine gleichgültige und verschlossene Herbheit hatte sich seiner bemächtigt. Er wusste nicht, wohin er gehen und was er beginnen solle.

Aus dem teppichbelegten Hausflur einer Bar schlug ihm ein warmer Fuselgeruch ins Gesicht, und der Portier legte grüßend die Hand an die Mütze. Severin gedachte der Jahre, wo er sein Leben in solchen Lokalen verschlagen hatte. Ein bohrender Wunsch nach dieser Zeit übermannte ihn. Damals besaß er eine Zufluchtstätte. In der Dürftigkeit und in der Enge seines Daseins war er nicht allein; einfältige Begierden leisteten ihm Gesellschaft, weinerliche Ahnungen von der Größe und der Irrsal der Welt. Jetzt wusste er es besser. Zerstört und beschmutzt, verbraucht und entkräftet ging er im Unrat zugrunde, weil ihm ein Animiermädchen den Laufpass gegeben hatte.

Jetzt konnte er auch das Wort verstehn, das Nathan Meyer im Munde führte. Es gab welche, für die der Glanz des Lebens nur ein Trugfeuer war. Höhnische mit unseligen Händen, Parias, die eine hündische Angst durch die Straßen hetzte, Mörder und Gezeichnete. Das war die Gilde, zu der auch Severin gehörte.

Er hatte es immer gefühlt, schon damals, als er als Knabe in dem wilden Buche las und nach Abenteuern hungerte. In den blassen Flammen seiner wurmstichigen Jugend war immer ein rötlicher Rauch gewesen, der aus den schlimmen Verstecken seines Herzens kam. Das Glück der anderen war ihm ein kindisches Bilderrätsel. Planlos hatte er mit dem Schicksal gespielt und war an seinen armseligen Mausefallen vorbeigestolpert, ohne sich zu verletzen.

Er sah auf und merkte, dass er im Kreise beständig denselben Weg gegangen war. Das Lämpchen des Teekochers glomm vor ihm in der kleinen Laterne, und die weiße Schürze des Mannes leuchtete in der Finsternis. Severin unterdrückte ein Schluchzen. Der da hatte ein Heim und das Kerzenstümpfchen in dem zerbrochenen Glase brannte in einem friedfertigen Licht.

Und er? Und Severin?

Tief, in der innersten Seele, spürte er einen Schmerz. Ein süßes, unter Scherben und Kehricht vergrabenes Frauenbild hob das vergrämte Antlitz zu ihm. Aber er warf den Kopf in den Nacken und wollte es nicht sehn.

Oder doch? War es möglich? –

Eine linde und beschämende Schwäche löste seine Glieder. Vor den Torstufen eines Hauseingangs sank er in die Knie und fühlte seine Stirne an den Steinen. Er faltete die Hände und schloss die Augen, und gerade über ihm in dem schmalen Ausschnitt, den die Gasse für den Himmel freiließ, kam ein schüchterner Stern zum Vorschein und strahlte.

Eine dünne lichtgraue Helle kündigte den Morgen an, als Severin sich aufraffte und die Richtung gegen den Altstädter Ring einschlug. Die bunten Straßenplakate zeigten schon ihre flüchtigen Umrisse an den Wänden, und der Mann mit der Teemaschine rüstete sich zur Heimfahrt. Vor der Ringapotheke lehnte ein Frauenzimmer mit übernächtigten Augen und zog an der Glocke.

Der Hausbesorger hielt ihm verschlafen die verschwitzte Hand entgegen und nickte zufrieden, als er den späten Besucher erkannte.

Severin gab ihm ein Geldstück und stieg die Treppen zu Zdenkas Wohnung hinauf. Eine endlose Pause setzte sein Herz zu schlagen aus, bevor er an die Türe pochte.

Ein Geräusch ward drinnen vernehmbar.

Ist jemand hier? – fragte eine Stimme.

Ich bin es – Severin!

Die Türe öffnete sich und eine heiße Hand führte ihn in das Zimmer. Die Petroleumlampe mit dem grünen Schirme qualmte auf dem Tische. Zdenka war im Hemd. Das Haar fiel ihr in blonden Ringen auf den Hals und sie zitterte vor Kälte.

Warum kommst du zu mir? – fragte sie ruhig.

Severin nahm den Hut ab und hielt ihn in den Händen. Er schaute sich um und umfasste die Stube mit einem langen, Abschied nehmenden Blicke. Das Frühlicht rann durch die Fenstervorhänge herein und machte den Schein der Lampe klein und ärmlich. Neben dem Bette stand der Schrank, in dem Zdenka die Kleider und die Wäsche aufbewahrte. Die violette Porzellanvase auf der Truhe hatte einen Sprung und von dem Henkel war die Farbe losgegangen. Ein vertrockneter Blumenstrauß stak darin, den sie einmal im Sommer miteinander im Walde gepflückt hatten.

Zdenka sah ihn an und wartete. Das Hemd glitt über ihre nackte Brust und sie zog frierend die Schultern zusammen. Mit einer eingelernten und mechanischen Bewegung streckte er die Arme aus. Aber er ließ sie wieder sinken.

Warum bist du gekommen? –

Da kehrte er sich um und ging zur Türe hinaus.

9. Der Wind, der in den Vormittagsstunden mit den Firmentafeln der Kaufleute geklappert hatte, war zur Ruhe gekommen. Ein stiller Abend machte den Himmel klar und eine blasse und schöne Sonne fing an zu scheinen. Severin richtete sich in dem zerwühlten Bette auf und sah nach der Uhr. Der lange Schlaf nach der durchwachten Nacht hatte ihn nicht gekräftigt. Er wusch sich die heiße Betäubung aus den Augen und kleidete sich sorgfältig an.

Auf der Gasse kamen ihm die Gruppen halbwüchsiger Gymnasiasten entgegen, die eben aus der Schule heimkehrten und aufgeregte Gespräche miteinander führten. Severin schaute sich mit einem unbestimmten Gefühle des Neides nach ihnen um. Der

Wetterumschlag lockte die Menschen aus den Häusern heraus, und eine Schar von Spaziergängern schlenderte den Gehsteig entlang und sammelte sich vor den Auslagefenstern der Geschäfte. Mit kleidsamen Samthauben auf der koketten Frisur drängten sich die Mädchen durch die Menge. Ein Liebespaar blieb an der Straßenkreuzung stehn und bewunderte den Sonnenuntergang. Mohnblumenfarbene Streifen tauchten am Rande der Dächer auf und setzten die Kamine in Brand. Eine dicke Wolke kam plötzlich in Glut und schwamm über dem Karlsplatze wie ein großer aus Goldblech gerollter Klumpen.

Severin ging gemächlich mit einer kalten und entschlossenen Neugier seinen Weg. Jene halbdunkle Empfindung überrumpelte ihn, die ihn immer nach einer Erschöpfung heimsuchte und der er sich widerstandslos überließ. Sein Bewusstsein spaltete sich und lebte getrennt von ihm ein selbstständiges Leben. Die Vergangenheit und die Gegenwart zogen wie die Bilder eines Panoramas an ihm vorbei und er sah verwundert und willenlos in seine eigene Existenz. Die Gesichter der Leute, die sich neben ihm bewegten, die Profile der Häuser, die er kannte, gewannen eine neue und besondere Anschaulichkeit, die seine Aufmerksamkeit reizte.

An den Ecken der Quergassen hatten die Kastanienbrater ihre Öfen aufgestellt. Ein freundlicher Lichtglanz lagerte über der Stadt. Ein verrunzeltes Weiblein humpelte umständlich mit dem Krückstocke über das Pflaster. Vor den Haustoren standen langhaarige Studenten mit den Dienstmädchen im Gespräch, und die blaue Dämmerung holte behagliche Schatten aus den Winkeln. Vor der Kreuzherrnkirche funkelte eine verfrühte Laterne auf und füllte die Luft mit gläsernen Farben.

Severin trat auf die Brücke. Ein kalter Windhauch blies vom Wasser herauf und verscheuchte die Stimmung, an die er sich hingab. Messerscharf kam die Erinnerung wieder und zerschnitt das betrügerische Spiel seiner Sinne. Der Abend gaukelte über dem Flusse. Ein Automobil mit großen milchweißen Lampen tutete melancholisch, und die Glocke der kleinen Kapelle am Fuße der Burgstiegen läutete zum Segen. Severin schritt an den schwarzen Steinfiguren der Brüstung vorüber. Er biss mit den Zähnen auf seine Zunge und das Blut floss ihm in den Mund und schmeckte wie Galle. Das war nicht die Stadt, die er kannte. Das war ein Guckkasten, wo brave Bürger und Bürgerinnen ihre Besorgungen machten und wo der heilige Nepomuk mit gleisnerischen Händen die Moldau bewachte.

Das Zwielicht dunkelte immer stärker, als Severin durch die Turmeinfahrt der Kleinseite zum Radetzkydenkmale einbog. Bei dem Tore der Hauptwache ging ein Soldat mit geschultertem Gewehr auf und ab und auf dem alten Platze mit den Laubengängen lag der Farbton vergilbter Kupferstiche. Severin kletterte durch die Spornergasse zum Hradschin hinauf. Die Stadt, die er kannte, war anders. – Ihre Straßen führten in die Irre und das Unheil lauerte auf den Schwellen. Da klopfte das Herz zwischen feuchten, verräterischen Mauern, da schlich sich die Nacht an erblindeten Fenstern vorbei und erwürgte die Seele im Schlaf. Überall hatte der Satan seine Fallen aufgestellt. In den Kirchen und in den Häusern der Buhlerinnen. In ihren mörderischen Küssen wohnte sein Atem und er ging in Nonnenkleidern auf Raub aus –

Vor dem Eingange zum Schlosshof wandte Severin den Kopf. Es war finster geworden und mit tränenden Lichtern breitete sich Prag zu seinen Füßen.

Ein Hund heulte irgendwo, und sein angstvolles Gebell hörte sich an, als ob es aus der Tiefe käme, aus einem verschollenen Erdschacht unter den schiefen Gassen des Hradschin –

In der *Spinne* war heute schon seit dem frühen Abend eine zahlreiche Gesellschaft beisammen. Lazarus zahlte Champagner. Mit unzüchtigen Scherzen wurde der Geburtstag Myladas gefeiert. Es waren viele Bekannte aus dem Kreise darunter, der sich ehemals bei Doktor Konrad zusammenfand. Lazarus hatte alle eingeladen, selbst Nikolaus saß ernst und gelangweilt unter den anderen, und auch der blatternarbige Maler war da, der jetzt mit der blonden Ruschena lebte. Mylada führte mit hinreißender Laune den Vorsitz der Tafelrunde. Ihre geschmeidige Schamlosigkeit entzückte die Männer und begeisterte die jungen Leute. Einer nach dem andern trank ihr zu und sie netzte ihre rote Zunge in dem Glase eines jeden. Die Begehrlichkeit hüpfte wie ein Flämmchen über die Angesichter und nestelte an ihrem grünen Kleide. Jemand schlug eine Tombola vor, deren Erlös bei nächster Gelegenheit vertrunken werden sollte, und unter Jubel und Lachen erklärte sich Mylada bereit, dem Gewinner anzugehören.

Der Preis der Lose war groß, aber trotzdem waren alle bis auf eines verkauft, als Severin eintrat und mit lautem Zuruf empfangen wurde.

Mylada begrüßte ihn.

Willst du das letzte Los haben?

Sie hielt das weiße Blatt zwischen den Fingerspitzen.

Was kann ich gewinnen? – fragte er.

Mich!

Da legte er schweigend sein letztes Geld in ihre Hände und nahm den Zettel.

Die Ziehung begann. Die Nummern wurden in einen Sektkühler geworfen und man drängte sich schreiend um den Tisch. Eine wütende Erregung hielt alle in ihren Klauen. Der Weinrausch rötete die Stirnen, und eine fratzenhafte Spannung straffte die Züge der Bezechten und machte Tiergesichter und Grimassen daraus.

Mylada griff mit verbundenen Augen in den Kübel. Es wurde still im Zimmer, als sie das Papier auseinanderfaltete.

Du hast Glück gehabt, Severin! – meinte sie lächelnd.

Eine neidische Pause entstand.

Severin trat näher. Das Blut brauste in seinen Ohren und er war bleich. Er hob den Gegenstand in die Höhe, den er unlängst aus dem Schreibtische Nathan Meyers entwendet hatte. Wie ein weißer Wurm ringelte sich die Zündschnur um seinen Arm.

Eine Bombe! – rief jemand entsetzt und ein Aufschrei erschütterte alle.

Ich bin gekommen, um euch zu töten –

Seine Stimme zerriss. Mit roten Augen starrte er in die Lampe.

Nikolaus nahm ihm die Büchse aus der Hand und streichelte ihm wie einem Kinde die Wangen.

Warum? – fragte er zärtlich.

Weil ich euch hasse! –

Und weshalb tatest du es nicht? – flüsterte Mylada und schaute mit geöffnetem Munde zu ihm auf. Sie reckte ihren Leib und ihre Brüste berührten ihn.

Jetzt habe ich ja das Los gewonnen! –

Eine tödliche Scham warf ihn zu Boden. Er kniete nieder und legte seinen Kopf in ihren Schoß. Das Schluchzen bezwang ihn und er weinte. Aber das Gelächter der Betrunkenen ging über ihn hinweg und verwandelte seine Tränen in einen unsauberen und glühenden Schlamm.

John Charles Dent

John Charles Dent (1841–1888) lebte zeitweise in England, Kanada und Amerika. Nach Jahren als freier Journalist erzielte er seinen größten Erfolg mit der vierbändigen *The Canadian Portrait Gallery*, deren erster Band 1880 erschien – diese Sammlung enthielt die Lebensläufe bekannter Personen aus Kanada. Es folgten *The Last Forty Years: Canada since the Union of 1841* und *History of the Rebellion in Upper Canada* (1885). Außerdem schrieb er eine große Anzahl von Essays und Erzählungen.

Seine gesammelten Erzählungen wurden nach seinem Tod in *The Gerrard Street Mystery and other Weird Tales* veröffentlicht. Die Titelstory ist eine klassische Geistergeschichte und Dents einziges Werk, das immer wieder in Anthologien nachgedruckt wird.

Das Geheimnis in der Gerrard Street

1. Mein Name ist William Francis Furlong. Ich bin Kaufmann, und mein Geschäft befindet sich in der St. Paul Street in der Innenstadt von Montreal. Ich lebe dort seit meiner Hochzeit mit meiner aus Toronto stammenden Cousine Alice Playter im Jahre 1862. Mein Name mag den derzeitigen Einwohnern von Toronto vielleicht nicht vertraut sein, obwohl ich dort geboren wurde und die ersten Lebensjahre dort zubrachte. Seit den Tagen meiner Jugend waren meine Besuche in den nördlichen Provinzen rar und mit einer Ausnahme sehr kurz, daher bin ich zweifellos von vielen Menschen vergessen worden, mit denen ich einst auf vertrautem Fuße stand. Doch es gibt auch heute noch einige Einwohner von Toronto, die ich glücklicherweise zum Kreise meiner engsten Freunde zählen darf. Es gibt auch eine nicht geringe Anzahl von Personen mittleren Alters, nicht nur aus Toronto, sondern aus ganz Ontario, die sich unschwer an meinen Namen als den eines Kommilitonen am Upper Canada College erinnern werden. Der Name meines verstorbenen Onkels Richard Yardington ist natürlich allen älteren Bewohnern Torontos wohlbekannt, da er dort die letzten zweiunddreißig Jahre seines Lebens verbrachte. Er ließ sich 1829 in der Stadt nieder, als sie noch Little York hieß. Er eröffnete einen kleinen Laden in der Yonge Street, und seine Karriere brachte ihm einigen Wohlstand ein. Nach und nach entwickelte sich das kleine Geschäft zu etwas, das man damals als »angesehenes Etablissement« bezeichnete. Im Laufe der Jahre stellte der Eigner eine Hilfskraft ein und zog sich 1854 gänzlich aus dem Geschäftsleben zurück. Von dieser Zeit bis zum Tage seines Todes lebte er in seinem eigenen Haus in der Gerrard Street.

Nach reiflicher Überlegung habe ich den Entschluss gefasst, der kanadischen Öffentlichkeit Bericht über einige außergewöhnliche Vorfälle zu erstatten, die mit meiner Wohnstatt in Toronto in Verbindung stehen. Obwohl man mich wiederholt dazu gedrängt hat, habe ich bis dato gezögert, jenen Vorfällen ein größeres Publikum zu verschaffen, da ich nicht der Meinung bin, dass dies einem guten Zweck dienen würde. Jedoch ist die einzige Person, deren Ruf unter den Einzelheiten leiden könnte, seit mehreren Jahren tot. Er hinterließ niemanden, dessen Gefühle durch die Enthüllung verletzt werden könnten, und die Geschichte an sich ist so bemerkenswert, dass sich das Erzählen lohnt. Nun also soll sie geschildert werden, und das einzig fiktive Element, das sich darin finden wird, ist der Name einer Person, die unmittelbar davon betroffen war.

Zu der Zeit, als er sich in Toronto – oder vielmehr Little York – niederließ, war mein Onkel Richard Witwer und kinderlos; seine Gattin war einige Monate zuvor verstorben. Die einzigen Verwandten diesseits des Atlantiks waren zwei unverheiratete Schwestern, die wenige Jahre jünger waren als er. Eine zweite Ehe ging er nie ein, und nach seiner Ankunft lebten die Schwestern für einige Zeit in seinem Haus und erfreuten sich seiner Unterstützung. Nach ein paar Jahren heirateten die beiden und gründeten eigene Haushalte. Die Ältere war meine Mutter. Sie wurde Witwe, als ich noch ein kleiner Junge war, und überlebte meinen Vater nur um wenige Monate. Ich war ein Einzelkind, und da meine Eltern in bescheidenen Verhältnissen gelebt hatten, ging die Verantwortung für meinen Unterhalt an meinen Onkel über, dessen Großzügigkeit ich meine schulische Bildung verdanke. Nachdem er mich einige Jahre auf die Schule und die Universität geschickt hatte, nahm er mich in seinen Laden und gewährte mir erste Einblicke in die Welt des Handels. Ich lebte in seinem Haus; er war zu mir wie ein Vater; als solchen empfand ich ihn auch fast. Seine jüngere Schwester, die mit einem Uhrmacher namens Elias Playter verheiratet war, lebte bis zu ihrem Tod im Jahre 1846 in Quebec. Ihr Gatte war kein erfolgreicher Geschäftsmann und im Allgemeinen von liederlicher Lebensführung. Er blieb mit einer Tochter zurück, und da meinem Onkel die Vorstellung widerstrebte, das Kind seiner Schwester in der Obhut von jemanden zu lassen, der derart unfähig war, für ihr Wohlergehen zu sorgen, schlug er vor, das kleine Mädchen an Kindes statt anzunehmen. Diesem Vorschlag stimmte Mr Elias Playter bereitwillig zu, und bald darauf wohnte die kleine Alice bei ihrem Onkel und mir in Toronto.

Da wir unter dem gleichen Dach aufwuchsen und uns jeden Tag unseres Lebens sahen, entstand eine kindliche Anhänglichkeit zwischen meiner Cousine Alice und mir. Im Laufe der Jahre reifte diese Anhänglichkeit zu einer zärtlichen Zuneigung, die schließlich zu unserer Verlobung führte. Sie wurde mit dem vollen und herzlichen Einverständnis unseres Onkels geschlossen, der die

Vorurteile, die manche Personen gegen Ehen zwischen Cousin und Cousine hegen, nicht teilte. Er machte allerdings zur Bedingung, dass unsere Hochzeit erst dann stattfinden sollte, wenn ich mehr von der Welt gesehen hatte und wir beide ein Alter erreicht hatten, wo wir uns gut genug kannten, um zu wissen, was wir wollen. Natürlich war er auch dafür, dass ich, bevor ich die Verantwortung einer Ehe einging, erst beweisen sollte, dass ich für meine Frau und andere Ausgaben, die eine Ehe für gewöhnlich mit sich bringt, aufkommen kann. Er machte kein Geheimnis aus seiner Absicht, sein Eigentum nach seinem Tod zwischen mir und Alice aufzuteilen, und die Tatsache, dass dank unserer Ehe keine wirkliche Aufteilung nötig sein würde, war gewiss ein Grund für seine freudige Einwilligung in unsere Verlobung. Er war jedoch von einer kräftigen Konstitution, sehr gemäßigt und methodisch in all seinen Gewohnheiten, sodass er vermutlich noch ein langes Leben vor sich hatte. Man konnte ihn schwerlich des Geizes bezichtigen, doch wie alle Männer, die sich ihren Platz im Leben erfolgreich erkämpft haben, war er der Autorität sehr zugetan und wenig gesinnt, auf seinen Reichtum zu verzichten, solange er ihm noch Nutzen brachte. Er gab seiner Bereitschaft Ausdruck, mich ins Geschäftsleben einzuführen, entweder in Toronto oder sonstwo, und mich von seiner Erfahrung in allen kaufmännischen Tätigkeiten profitieren zu lassen.

Als die Dinge derart standen, hatte ich gerade mein einundzwanzigstes Jahr vollendet, und meine Cousine war drei Jahre jünger. Seit dem geschäftlichen Rückzug meines Onkels hatte ich auf eigene Verantwortung ein- oder zweimal in kleinerem Rahmen spekuliert und dabei Erfolg gehabt, doch war ich keiner regelmäßigen Arbeit nachgegangen. Bevor endgültige Entscheidungen über den künftigen Verlauf meines Lebens getroffen worden waren, kam es zu einem Ereignis, das meinem kaufmännischen Talent den Weg zum Erfolg zu ebnen schien. Ein alter Freund meines Onkels kam aus dem australischen Melbourne nach Toronto, wo er im Laufe weniger Jahre von einem kleinen Angestellten zum Seniorpartner eines angesehenen Handelshauses aufgestiegen war. Er malte das Land seiner Wahl in leuchtenden Farben und versicherte meinem Onkel und mir, dass es für einen jungen Mann mit Kraft und Geschäftstüchtigkeit ein reiches Feld wäre, vor allem, wenn er ein kleines Kapital zur Verfügung hätte. Die Angelegenheit wurde sorgfältig in der Familie besprochen. Mir widerstrebte natürlich eine Trennung von Alice, doch Mr Redpaths schwärmerischer Bericht über seinen prachtvollen Erfolg hatte meine Fantasie entfacht. Ich stellte mir vor, nach einer Abwesenheit von vier oder fünf Jahren mit einem Berg aus Gold nach Kanada zurückzukehren, das Ergebnis meiner eigenen Kraft und meines Scharfsinns. Ich sah mich mit Alice in einem palastartigen Haus in der Jarvis Street residieren und den Rest meiner Tage im Überfluss verbringen. Mein Onkel bat mich, die Angelegenheit wohl zu überdenken, ermutigte die Idee aber mehr als alles andere. Er bot an, mir fünfhundert Pfund vorzustrecken, und ungefähr die Hälfte dieser Summe hatte ich aus meinen Spekulationen gewonnen. Mr Redpath, der kurz vor seiner Rückkehr nach Melbourne stand, versprach mir, alles in seiner Macht Stehende zu tun, um mir behilflich zu sein. Weniger als zwei Wochen später waren wir auf dem Weg zur anderen Seite des Erdballs.

Wir erreichten unser Ziel Anfang September 1857. Mein Leben in Australien hat keinen unmittelbaren Bezug zu den folgenden Ereignissen, weshalb ich es mit nur sehr wenigen Worten wiedergeben möchte. Ich engagierte mich in verschiedenen Unternehmen und erreichte einen gewissen Erfolg. Wenn mich auch keines meiner Unterfangen zu sofortigem Reichtum führte, so hatte ich doch keine ernsthaften Verluste. Am Ende der vier Jahre – genau gesagt: im September des Jahres 1861 – ließ ich den Wert meiner Unternehmen schätzen und erfuhr, dass sie zehntausend Dollar wert waren. Ich verspürte jedoch schreckliches Heimweh und sehnte mich nach dem Ende meines freiwilligen Exils. Natürlich hatte ich regelmäßig mit Alice und Onkel Richard korrespondiert, und seit einer Weile drängten mich beide dazu, nach Hause zu kommen. »Du hast genug«, so schrieb mein Onkel, »um in Toronto neu anzufangen, und ich sehe keinen Grund dafür, warum Alice und du noch länger voneinander getrennt sein sollt. Ihr werdet keine Haushaltungskosten haben, denn ihr sollt bei mir wohnen. Ich werde alt und würde mich über eure Gesellschaft in meinen letzten Jahren sehr freuen. Während meines Lebens sollt ihr es bei mir gut haben, und wenn ich sterbe, soll alles euch beiden gehören. Schreibe uns sobald als möglich nach Erhalt dieses Briefes und teile uns mit, wie schnell du wieder da bist – je eher, desto besser.«

Ich war sehr geneigt, diesem Drängen auf meine Heimkehr Folge zu leisten. Das einzige derzeitige Hindernis war ein Wollhandel, den ich vermutlich Ende Januar oder Anfang Februar erledigt haben würde. Gewiss wäre ich am ersten März bereit zur Heimreise, und ich beschloss, meine Abfahrt in dieser Zeit festzulegen. Ich schrieb sowohl Alice als auch meinem Onkel und unterrichtete sie von meiner Absicht, spätestens Mitte Mai Toronto zu erreichen.

Diese Briefe schickte ich am neunzehnten September ab, rechtzeitig für die Post des nächsten Tages. Am Siebenundzwanzigsten war das Wollgeschäft zu meiner gewaltigen Überraschung und Zufriedenheit unerwartet schnell abgeschlossen, und ich war frei, mit dem nächsten Dampfschiff, der *Southern Cross*, die Melbourne am elften Oktober verließ, nach Hause zu reisen, wenn mir danach war. Mir war tatsächlich danach, und ich traf meine Vorkehrungen. Es war nutzlos, so überlegte ich, meinem Onkel oder Alice schriftlich meine Planänderung mitzuteilen, denn ich würde auf dem kürzesten Weg reisen und ebenso früh wie ein etwaiger Brief in Toronto ankommen. Ich entschied, ihnen bei meinem Aufenthalt in New York zu telegrafieren, um sie nicht völlig zu überrumpeln.

Am Morgen des elften Oktobers befand ich mich an Bord der *Southern Cross*, nachdem ich mich von Mr Redpath und einigen weiteren Freunden verabschiedet hatte, die mich zum Schiff begleiteten. Die Einzelheiten der Reise nach England sind nicht wichtig für die Geschichte und können sehr kurz abgehandelt werden. Wir nahmen die Route übers Rote Meer und kamen am neunundzwanzigsten November um zwei Uhr nachmittags in Marseille an. Von dort aus reiste ich mit dem Zug nach Calais und war so ungeduldig, ohne Zeitverlust das Ziel meiner Fahrt zu erreichen, dass ich nicht einmal innehielt, um die Wunder von Paris zu bestaunen. Ich hatte in London noch einen Auftrag zu erfüllen, der mich allerdings nur wenige Stunden beschäftigte, sodass ich bald nach Liverpool eilte, in der Hoffnung, dort noch den Dampfer nach New York zu erreichen. Ich kam rund zwei Stunden zu spät, doch am nächsten Tag sollte die *Persia* eine Sonderfahrt nach Boston machen. Ich sicherte mir eine Koje und verließ am nächsten Morgen um acht Uhr den Hafen in Richtung Heimat.

Die Reise von Liverpool nach Boston dauerte vierzehn Tage. Alles, was darüber zu sagen wäre, ist, dass ich vor der Ankunft mit einem der Reisenden Freundschaft schloss – Mr Junius Gridley, einem Bostoner Kaufmann, der von einer übereilten Geschäftsreise nach Europa zurückkehrte. Er war und ist ein äußerst angenehmer Gefährte. Wir verbrachten einen großen Teil der Reise gemeinsam und legten den Grundstein unserer Freundschaft, die noch heute besteht. Bevor die Kuppel des State House in Sicht kam, hatte er mir das Versprechen abgerungen, bei ihm zu übernachten, bevor ich meine Reise fortsetzte. Wir landeten am Kai im Ostteil von Boston am Abend des siebzehnten Dezembers, und ich begleitete ihn in sein Haus in der West Newton Street, wo ich bis zum nächsten Morgen blieb. Nach einem Blick auf den Fahrplan fanden wir heraus, dass mittags um halb zwölf ein Expresszug fuhr. So hatten wir noch einige Stunden zur Verfügung, und wir machten uns sofort nach dem Frühstück auf, einige der Sehenswürdigkeiten des amerikanischen Athen zu besuchen.

Im Verlauf unserer Wanderung durch die Straßen kamen wir an dem Postgebäude vorbei, das erst kürzlich im Merchants Exchange Building in der State Street eröffnet worden war. Beim Anblick der zahllosen Stapel von Briefen witzelte ich, dass hier wohl für jedes Mitglied der Menschheit ein Brief warte. Er antwortete mir in derselben Stimmung, worauf ich neckisch erwiderte, dass es höchst wahrscheinlich sei, unter so vielen Briefen auch einen an mich zu finden.

»Ganz recht«, antwortete er. »Wir Einwohner von Boston sind stets sehr großzügig gegenüber Fremden. Hier ist die allgemeine Zustellung, und hier die Abteilung, wo Briefe an die Familie Furlong aufbewahrt werden. Frag nur nach.«

Ich gebe zu, der Witz war nicht gerade brillant, doch mit todernstem Gesicht schritt ich an den Schalter und fragte die junge Dame dahinter: »Post für W. F. Furlong?«

Sie nahm aus einem Brieffach eine Handvoll Korrespondenz und überflog die Anschriften. Als sie ungefähr die Hälfte durchhatte, hielt sie inne und stellte die Frage, die man für gewöhnlich an Fremde richtet: »Von wo erwarten Sie Post?«

»Aus Toronto«, erwiderte ich.

Zu meinem großen Erstaunen händigte sie mir sofort einen Brief aus, der den Poststempel von Toronto trug. Die Adresse war in der sonderbaren und wohlbekannten Handschrift meines Onkels Richard geschrieben. Ich glaubte meinen Augen nicht zu trauen, riss den Umschlag auf und las wie folgt:

Toronto, den 9. Dezember 1861

Mein lieber William,

ich bin so froh zu hören, dass Du weitaus früher als in Deinem letzten Brief angekündigt heimkommen und am Weihnachtsabend bei uns sein wirst. Aus Gründen, die Du bei Deiner Ankunft erfahren wirst, wird dies kein sehr fröhliches Weihnachtsfest für uns werden, doch Deine Anwesenheit wird es erträglicher machen. Ich habe Alice nicht gesagt, dass Du kommst. Es soll eine freudige Überraschung für sie werden, ein Trost für die Leiden, die sie in letzter Zeit erdulden musste. Du musst nicht telegrafieren. Ich sehe Dich dann am GWR-Bahnhof.

Dein Dich liebender Onkel
Richard Yardington

»Was ist denn los?«, fragte mein Freund, als er den verblüfften Ausdruck auf meinem Gesicht sah. »Natürlich ist der Brief nicht für dich, warum zum Teufel hast du ihn geöffnet?«

»Er *ist* für mich«, antwortete ich. »Gridley, alter Junge, hast du mir einen Streich gespielt? Wenn nicht, dann ist dies das Merkwürdigste, was mir je geschehen ist.«

Natürlich hatte er mir keinen Streich gespielt. Ein Moment der Überlegung zeigte mir, dass so etwas unmöglich war. Hier war der Umschlag mit dem Poststempel von Toronto vom neunten Dezember, und zu jener Zeit war Gridley mit mir an Bord der *Persia* gewesen, vor der Küste Neufundlands. Im Übrigen war er ein Ehrenmann und hätte sich mit seinem Gast keinen derart armseligen und dummen Scherz erlaubt. Und, um die ganze Sache von jedem Zweifel zu befreien, erinnerte ich mich, dass ich in seiner Gegenwart nie den Namen meiner Cousine erwähnt hatte.

Ich gab ihm den Brief. Er las ihn zweimal sorgsam durch und war vom Inhalt ebenso verwirrt wie ich, denn während unserer Fahrt über den Atlantik hatte ich ihm erklärt, unter welchen Umständen ich heimkehrte.

Wie konnte mein Onkel von meiner Abreise aus Melbourne erfahren haben? Hatte Mr Redpath ihm geschrieben, sobald dieser

Ehrenmann von meiner Absicht wusste? Doch selbst wenn das der Fall war, hätte der Brief nicht früher als ich Australien verlassen und Toronto nicht am neunten Dezember erreichen können. Hatte mich in England jemand gesehen, der mich kannte, und von dort aus meinem Onkel geschrieben? Höchst unwahrscheinlich, und selbst wenn es so gewesen sein sollte, hätte der Brief unmöglich am Neunten Toronto erreichen können. Ich muss den Leser wohl kaum darüber belehren, dass es zu jener Zeit keine telegrafische Verbindung zwischen England und der Neuen Welt gab. Und wie hätte mein Onkel wissen können, dass ich die Route über Boston nehmen würde? Und *hätte* er das gewusst, wie hätte er vorhersehen können, dass ich etwas so Absurdes tun würde, wie auf dem Bostoner Postamt nach Briefen zu fragen? *»Ich sehe Dich dann am GWR-Bahnhof.«* Wie konnte er wissen, mit welchem Zug ich in Toronto ankommen würde, wenn ich es ihm nicht telegrafiert hatte? Und ebendies hatte er ja flugs als überflüssig abgetan.

Wir suchten keine Sehenswürdigkeiten mehr auf. Ich folgte dem Wunsch in dem Brief und sandte kein Telegramm. Mein Freund begleitete mich zum Bahnhof von Boston und Albany, wo ich in fieberhafter Ungeduld auf die Abfahrt des Zuges wartete. Wir sprachen noch bis halb zwölf über die Angelegenheit in der fruchtlosen Hoffnung, den Schlüssel des Rätsels zu finden. Dann setzte ich meine Reise fort. Mr Gridleys Neugier war nun angefacht, und ich versprach, ihm sofort nach meiner Heimkehr eine Erklärung zu schicken.

Kaum hatte der Zug den Bahnhof verlassen, da ließ ich mich auf meinem Sitz nieder, nahm den peinigenden Brief aus der Tasche und las ihn wieder und wieder. Wenige Durchsichten genügten, um den Inhalt im Gedächtnis zu behalten, sodass ich jedes Wort mit geschlossenen Augen wiederholen konnte. Und doch prüfte ich ständig genauestens das Papier, die Handschrift und sogar den Farbton der Tinte. Aus welchem Grund, mag man fragen. Nur aus dem einen, dass ich hoffte, auf geheimnisvolle Weise mehr Licht in die Sache bringen zu können. Es gab jedoch kein Licht. Je mehr ich prüfte und grübelte, desto größer wurde meine Verwirrung. Das Papier war ein gewöhnlicher weißer Briefbogen von der Art, die mein Onkel stets für seine Korrespondenz verwendete. Soweit ich sehen konnte, gab es auch an der Tinte nichts Auffälliges. Jeder, der mit der Schrift meines Onkels vertraut war, hätte geschworen, dass diese Zeilen nur von seiner Hand stammen konnten. Seine wohlbekannte Unterschrift, ein Meisterwerk verschlungener Hieroglyphen, war da in all ihrer Undeutlichkeit, so wie einzig er sie schreiben konnte. Und doch war ich aus unerklärlichen Gründen halbwegs dazu geneigt, eine Fälschung zu unterstellen. Fälschung! Welch ein Unsinn. Jeder, der gewitzt genug wäre, um Richard Yardingtons Handschrift nachzuahmen, hätte sein Talent gewinnbringender anwenden können als für einen üblen und sinnlosen Scherz. Keine Bank in Toronto hätte eine Anweisung mit dieser Unterschrift mit Argwohn betrachtet.

Als ich von dem Vorhaben abrückte, diese Probleme lösen zu wollen, versuchte ich, den Sinn gewisser Punkte des Briefes zu erfassen. Welches Unglück war geschehen, das die Weihnachtsfeier im Hause meines Onkels beeinträchtigen konnte? Und was konnte der Bezug auf das Leid meiner Cousine Alice bedeuten? Sie war nicht krank. *Das,* so dachte ich, konnte als gegeben erachtet werden. Mein Onkel hätte wohl kaum eine eventuelle Krankheit als eines der »Leiden, die sie in letzter Zeit erdulden musste«, bezeichnet. Natürlich konnte man eine Krankheit ein Leiden nennen, doch ›Leid‹ war kein Wort, das ein Mann wie Onkel Richard verwendet hätte. Ich konnte mir auch keinen anderen Grund für ihre Pein vorstellen. Mein Onkel war wohlauf, wie dieser Brief von seiner Hand und sein Versprechen, mich am Bahnhof abzuholen, bewiesen. Alices Vater war lange vor meiner Reise nach Australien verstorben. Sie hatte keine weiteren Verwandten außer mir, und was mich betraf, so hatte sie keinerlei Grund zur Besorgnis, geschweige denn zum ›Leid‹. Ich fand es auch merkwürdig, dass mein Onkel, nachdem ihm auf seltsame Weise mein Vorhaben bekannt geworden war, dieses Wissen vor Alice verbarg. Es passte nicht zu dem Bild, das ich von ihm hatte, dass es ihm irgendwie eine Befriedigung verschaffen könnte, seine Nichte zu überrumpeln.

Alles vernebelte sich, und meine Schläfen pochten wegen meiner angestrengten Gedanken. Ich war halb dazu geneigt, mich selbst in einem Albtraum zu glauben, aus dem ich sofort erwachen würde. Mittlerweile glitt der Zug weiter.

Ein schwerer Schneesturm verursachte eine Verzögerung von mehreren Stunden, und wir erreichten Hamilton zu spät für den Mittagsexpress nach Toronto. Jedoch kamen wir noch rechtzeitig für den Zug um Viertel nach drei, sodass wir Toronto um fünf Minuten nach fünf erreichen würden. Ich durchquerte den Zug von einem

Ende zum anderen in der Hoffnung, jemanden zu finden, den ich kannte und von dem ich Neuigkeiten von daheim erfahren könnte. Keine Menschenseele. Ich sah mehrere Personen, die ich als Einwohner von Toronto kannte, doch niemandem davon war ich je vorgestellt worden, und keiner von ihnen konnte etwas über die Vorgänge im Hause meines Onkels wissen. Alles, was mir unter diesen Umständen zu tun blieb, war meine Neugier zu zähmen, bis ich in Toronto ankam. Würde mein Onkel übrigens wirklich am Bahnhof sein, wie er versprochen hatte? Sicher nicht. Wie könnte er auch wissen, dass ich mit diesem Zug ankommen würde? Und doch schien er derart ausführliche Informationen über meinen Verbleib zu haben, dass ich nicht sagen konnte, wo sein Wissen begann oder wo es aufhörte. Ich versuchte, nicht über die Sache nachzudenken, doch als sich der Zug Toronto näherte, wurde meine Neugier wahrlich fieberhaft. Wir waren nur drei Minuten hinter der Zeit. Als wir im Bahnhof einfuhren, ging ich auf die Plattform am Ende des Waggons und starrte angestrengt in die Finsternis. Plötzlich machte mein Herz einen großen Sprung. Da, vor der Tür der Wartehalle, stand mein Onkel, deutlich erkennbar im unsteten Licht der Lampen über ihm. Bevor der Zug zum Stillstand kam, sprang ich ab und lief auf ihn zu. Er hielt Ausschau nach mir, doch da seine Augen nicht mehr so jung wie die meinen waren, erkannte er mich erst, als ich seine Hand ergriff. Er begrüßte mich herzlich, fasste mich an der Hüfte und hob mich fast vom Boden. Sofort fielen mir mehrere Veränderungen in seiner Erscheinung auf, Veränderungen, auf die ich nicht vorbereitet war. Er war stark gealtert, seitdem ich ihn zum letzten Mal gesehen hatte, und die Falten um seinen Mund hatten sich beträchtlich vertieft. Das stahlgraue Haar, an das ich mich so gut erinnerte, war verschwunden; an seine Stelle war eine neue und ziemlich stutzerhafte Perücke getreten. Der altmodische Wintermantel, den er von jeher getragen hatte, war von einem modernen Gehrock von elegantem Schnitt ersetzt worden, mit Kragen und Aufschlägen aus Seehundsfell. All das fiel mir während unserer Begrüßung auf.

»Kümmere dich jetzt nicht um dein Gepäck, mein Junge«, sagte er. »Lass es bis morgen hier, dann werden wir danach schicken lassen. Wenn du nicht zu müde bist, werden wir den Heimweg zu Fuß zurücklegen. Ich muss dir vieles erzählen, bevor wir heimkommen.«

Ich hatte seit der Abfahrt aus Boston nicht geschlafen, doch war ich viel zu aufgeregt, um mir meiner Müdigkeit bewusst zu sein. Und wie man mir wohl bereitwillig glauben wird, war ich viel zu gespannt darauf zu hören, was er zu sagen hatte. Wir verließen den Bahnhof und gingen Arm in Arm die York Street entlang.

»Und nun, Onkel Richard«, sagte ich, sobald wir weit genug von der Menge entfernt waren, »spann mich nicht mehr auf die Folter. Zuallererst: Geht es Alice gut?«

»Sehr gut, doch aus Gründen, die du sehr bald begreifen wirst, ist sie in tiefer Trauer. Du musst wissen, dass –«

»Aber«, unterbrach ich ihn, »sage mir in Gottes Namen bitte, wie du wissen konntest, dass ich mit diesem Zug ankomme, und wie kamst du darauf, mir nach Boston zu schreiben?«

Da kamen wir an der Ecke Front Street an, wo eine Laterne stand. Als wir die Stelle erreichten, wo das Licht am hellsten war, wandte er sich halb um, sah mir genau ins Gesicht und lächelte frostig. Sein Gesichtsausdruck war fast erschreckend.

»Onkel«, sagte ich rasch, »was ist los? Ist dir nicht wohl?«

»Ich bin nicht so stark, wie ich es mal war, und mich belasten in letzter Zeit viele Dinge. Sei geduldig, und ich werde es dir erzählen. Lass uns langsamer gehen, sonst komme ich nicht zum Ende, bis wir zu Hause sind. Damit du den Stand der Dinge klar verstehst, muss ich ganz vorne beginnen, und ich hoffe, du wirst mich nicht mit Fragen unterbrechen, bis ich fertig bin. Woher ich wusste, dass du im Bostoner Postamt nachfragen und mit diesem Zug in Toronto ankommen würdest, steht am Ende der Geschichte. Übrigens, hast du meinen Brief bei dir?«

»Den ich in Boston bekam? Ja, hier ist er«, erwiderte ich und nahm ihn aus meiner Brieftasche.

»Gib ihn mir bitte.«

Ich händigte ihm den Brief aus, und er ließ ihn in einer Innentasche seines Mantels verschwinden. Ich wunderte mich über sein Vorgehen, machte aber keine Bemerkung.

Wir mäßigten unseren Schritt, und er begann seine Erzählung. Natürlich kann ich nicht vorgeben, mich an den genauen Wortlaut zu erinnern, doch es ging um Folgendes: Im Winter, der auf meine Abreise nach Melbourne gefolgt war, hatte er die Bekanntschaft eines Herren gemacht, der sich gerade in Toronto niedergelassen hatte. Der Name dieses Herren war Marcus Weatherley, der unmittelbar nach seiner Ankunft ein Geschäft als Großhändler gegründet hatte und seitdem stets damit beschäftigt gewesen war. Für über drei Jahre war die Bekanntschaft zwischen ihm und meinem Onkel sehr locker gewesen, doch während des letzten Sommers hatten sie gemeinsam einige Immobiliengeschäfte abgewickelt und sich dabei angefreundet. Weatherley, ein lediger junger Mann in meinem Alter, war ins Haus in der Gerrard Street eingeladen worden, wo er bald schon zu einem regelmäßigen Besucher wurde. Und in letzter Zeit waren seine Besuche derart häufig geworden, dass mein Onkel eine Neigung für meine Cousine befürchtete und sich vornahm, ihn über ihre Verlobung mit mir aufzuklären. Von jenem Tage an brachen die Besuche ab. Mein Onkel hatte über die Sache nicht viel nachgedacht, bis er zwei Wochen später zufällig der Tatsache bewusst wurde, dass sich Weatherley in einer peinlichen Lage befand.

Hier unterbrach mein Onkel seine Erzählung, um Atem zu schöpfen. Dann fügte er leise hinzu, indem er seinen Mund ganz nah an mein Ohr brachte: »Und Willie, mein Junge, ich habe auch noch etwas anderes herausgefunden. Er muss hier und in Montreal 42.000 Dollar innerhalb der nächsten zehn Tage einzahlen, *und er hat meine Unterschrift auf Akzepten über 39.716,24 Dollar gefälscht.*«

Wenn mein Gedächtnis mich nicht täuscht, waren dies seine genauen Worte. Wir hatten mittlerweile die York Street und die Queen Street durchquert und erreichten nun die Yonge Street, wo wir nach links abbogen, um nach Hause zu gelangen. Als mein Onkel diese letzten Worte geäußert hatte, waren wir gerade einige Meter nördlich der Crookshank Street, genau vor einer Apotheke, die sich, so glaube ich, im dritten Haus befand. Das Fenster des Ladens war hell erleuchtet, und dieser Schein wurde von dem Gehweg davor widergespiegelt. In jenem Moment eilten zwei Männer in entgegengesetzter Richtung an uns vorbei, doch ich war zu vertieft in die Worte meines Onkels, um den Passanten Aufmerksamkeit zu schenken. Sie waren jedoch kaum vorüber, als einer von ihnen innehielt und ausrief: »Na, wenn das nicht Willie Furlong ist!«

Ich wandte mich um und erkannte Johnny Gray, einen meiner ältesten Freunde. Ich ließ für einen Augenblick den Arm meines Onkels los und schüttelte Grays Hand, der sagte: »Ich bin überrascht, dich zu sehen. Ich hörte erst vor wenigen Tagen, dass du nicht vor Frühjahr hier sein würdest.«

»Ich bin viel früher hier«, erwiderte ich, »als ich es selbst erwartet hätte.« Dann fragte ich eilig nach gemeinsamen Freunden, worauf er kurz antwortete.

»Allen geht es gut«, sagte er, »doch du bist in Eile, und mir geht's nicht anders. Ich will dich nicht aufhalten. Schau doch morgen bei mir vorbei. Ich wohne immer noch in den Romain Buildings.«

Wieder reichten wir uns die Hände, und er ging weiter mit dem Herren, der ihn begleitete. Ich wandte mich dann um, um mich wieder bei meinem Onkel einzuhaken. Offensichtlich war der alte Herr weitergegangen, denn ich konnte ihn nicht sehen. Ich sputete mich, denn ich wollte ihn vor der Gould Street einholen, da mein Gespräch mit Gray kaum mehr als eine Minute in Anspruch genommen hatte. Noch eine Minute später kam ich an der Ecke der Gould Street an. Keine Spur von Onkel Richard. Ich beschleunigte meinen Schritt zu einem Laufen und erreichte so bald die Gerrard Street. Noch immer war von meinem Onkel nichts zu sehen. Ich hatte ihn auf meinem Weg nicht überholt, und er hätte sicher nicht weiter als bis hier gelangen können. Er musste einen seiner Läden aufgesucht haben; ein merkwürdiges Verhalten unter diesen Umständen. Ich schritt den ganzen Weg bis zur Apotheke noch einmal ab und blickte in jedes Fenster und jede Tür, an der ich vorbeikam. Es war niemand zu sehen, der ihm auch nur im Geringsten ähnlich sah.

Einen Moment lang blieb ich stehen und dachte nach. Selbst wenn er aus voller Kraft gerannt wäre – was alles andere als wahrscheinlich war –, so hätte er doch die Gerrard Street nicht vor mir erreichen können. Und warum sollte er auch gerannt sein? Er hatte gewiss nicht den Wunsch, mir aus dem Weg zu gehen, hatte er mir doch noch vieles zu berichten, bevor wir heimkamen. Vielleicht war er einen anderen Weg gegangen. Jedenfalls gab es keinen Grund, auf ihn zu warten. Ebenso gut konnte ich auf der Stelle nach Hause gehen. Und das tat ich auch.

Als ich den vertrauten Ort erreicht hatte, öffnete ich das Gartentor, stieg die Treppe zur Haustür hinauf und klingelte. Es wurde von einem Bediensteten geöffnet, der zu meiner Zeit nicht zum Haushalt gehört hatte und mich nicht kannte. Doch zufällig befand sich Alice gerade in der Diele und hörte meine Stimme, als ich nach Onkel Richard fragte. Einen Augenblick später war sie in meinen Armen. Mein Herz erriet, dass sie in tiefer Trauer war. Wir gingen ins Esszimmer, wo die Tafel zum Abendessen gedeckt war.

»Ist Onkel Richard schon da?«, fragte ich, sobald wir allein waren.
»Warum ist er vor mir weggelaufen?«
»Wer?«, rief Alice verstört. »Wen meinst du, Willie? Ist es denn möglich, dass du es noch nicht gehört hast?«
»Was denn?«
»Du hast es also noch *nicht* gehört«, erwiderte sie. »Setz dich, Willie, und mach dich auf schmerzliche Neuigkeiten gefasst. Doch sage mir zuerst, wen du eben gemeint hast – wer ist dir fortgelaufen?«
»Nun, ich kann es wohl kaum fortlaufen nennen, doch jedenfalls verschwand er geheimnisvollerweise genau an der Ecke Yonge und Crookshank Street.«
»Von wem redest du?«
»Von Onkel Richard natürlich.«
»Onkel Richard! An der Ecke Yonge und Crookshank Street! Wann hast du ihn dort gesehen?«
»Wann? Vor einer Viertelstunde. Er hat mich am Bahnhof abgeholt, und wir sind gemeinsam gegangen, bis ich Johnny Gray traf. Mit dem habe ich mich einen Augenblick unterhalten, als –«
»Willie, von was in Gottes Namen redest du da? Du musst einer Täuschung erlegen sein. *Onkel Richard ist vor mehr als sechs Wochen nach einem Schlaganfall gestorben und liegt auf dem Friedhof von St. James begraben.*«

2. Ich weiß nicht, wie lange ich dasaß und versuchte, mit meinem Gesicht in den Händen begraben, nachzudenken. Während der letzten dreißig Stunden war mein Verstand auf harte Proben gestellt worden, und die Kette der Überraschungen, denen ich ausgesetzt gewesen war, hatte meine Kräfte zeitweilig überstiegen. Einige Momente nach Alices Enthüllung befand ich mich wohl in einer Art Starre. Ich weiß noch, dass meine Fantasie wegen allem und nichts die wildesten Sprünge machte. Meine Cousine hatte den spontanen Eindruck, ich hätte einen Unfall erlitten, der meinen Verstand in Mitleidenschaft gezogen hat. Das Erste, woran ich mich danach erinnere, ist mein Erwachen aus jener Starre. Alice kniete vor mir und hielt meine Hand. Dann kehrten meine Geisteskräfte wieder, und ich konnte mich an alle Geschehnisse des Abends erinnern.

»Wann starb unser Onkel?«, fragte ich.
»Am dritten November gegen vier Uhr nachmittags. Es kam

unerwartet, wenn seine Gesundheit auch schon seit einigen Wochen angeschlagen war. Er fiel in der Diele hin, als er gerade von einem Spaziergang zurückkam, und starb zwei Stunden später. Nach seinem Anfall erkannte er niemanden mehr und sprach kein Wort.«

»Was ist aus seinem alten Wintermantel geworden?«, fragte ich.

»Sein alter Wintermantel – Willie, was soll diese Frage?«, entgegnete Alice, die offensichtlich glaubte, ich wäre noch immer verwirrt.

»Trug er den bis zum Tage seines Todes?«, fragte ich.

»Nein. Es wurde diesen Herbst schon früh kalt, und er musste seine Winterkleidung früher als üblich tragen. Zwei Wochen vor seinem Tod hatte er sich einen neuen Wintermantel machen lassen. Er trug ihn, als er den Anfall erlitt. Aber warum fragst du?«

»War der neue Mantel von modischem Schnitt und hatte einen Kragen und Aufschläge aus Pelz?«

»Er hatte ihn bei *Stovel's* schneidern lassen, denke ich. Kragen und Aufschläge waren aus Pelz.«

»Wann hat er angefangen, eine Perücke zu tragen?«

»Zur gleichen Zeit, als er den neuen Mantel trug. Ich habe dir einen Brief geschrieben, in dem ich mich – natürlich nur aus Spaß – darüber lustig machte, dass er auf der Suche nach einer jungen Frau wäre. Doch du hast meinen Brief sicher nicht erhalten. Du musst schon auf dem Heimweg gewesen sein, bevor ich ihn schrieb.«

»Ich verließ Melbourne am elften Oktober. Ich nehme an, die Perücke ist mit ihm begraben worden?«

»Ja.«

»Und wo ist der Wintermantel?«

»In Onkels Zimmer, im Kleiderschrank.«

»Komm und zeige ihn mir.«

Ich ging nach oben, und meine Cousine folgte mir. Im Flur des ersten Stocks begegneten wir meiner alten Freundin Mrs Daly, der Haushälterin. Sie klatschte vor Überraschung, mich zu sehen, in die Hände. Unsere Begrüßung war äußerst kurz, denn ich war zu sehr darauf erpicht, das Problem zu lösen, das seit dem Erhalt des Briefes in Boston meinen Verstand in Atem gehalten hatte. Mit zwei Worten erklärten wir ihr, wohin wir wollten, und auf unsere Bitte hin begleitete sie uns. Wir betraten das Zimmer meines Onkels. Meine Cousine entnahm den Schlüssel des Kleiderschranks einer Schublade und öffnete die Tür. Dort hing der Wintermantel. Ein Blick genügte. Es war derselbe.

Das Gefühl der Benommenheit breitete sich wieder in meinem Kopf aus. Die Atmosphäre des Raumes schien mich zu bedrücken, und als ich die Tür des Kleiderschrankes wieder verschlossen hatte, kehrte ich, gefolgt von meiner Cousine, ins Esszimmer zurück. Mrs Daly war aufmerksam genug, um zu merken, dass wir familiäre Angelegenheiten besprachen, und zog sich auf ihr Zimmer zurück.

Ich nahm die Hand meiner Cousine und fragte: »Willst du mir erzählen, was du über Mr Marcus Weatherley weißt?«

Das war offensichtlich eine weitere Überraschung für sie. Wie konnte ich von Marcus Weatherley gehört haben? Sie antwortete jedoch ohne Zögern: »Ich weiß nur wenig von ihm. Onkel Richard und er hatten vor wenigen Monaten gemeinsame Geschäfte, und seitdem war er häufig hier zu Gast. Nach einer Weile nahmen seine Besuche noch zu, hörten dann aber kurze Zeit vor Onkels Tod auf. Ich muss dir nichts vorenthalten. Onkel Richard dachte, er habe ein Auge auf mich geworfen, und wies ihn darauf hin, dass du ältere Rechte hast. Danach kam er nie wieder. Darüber bin ich ganz froh, denn er hat etwas an sich, das ich nicht mag. Ich kann nicht sagen, was es ist, doch sein Betragen gab mir den Gedanken ein, dass er nicht der ist, der er zu sein vorgibt. Vielleicht tue ich ihm Unrecht. Das glaube ich tatsächlich, denn er kommt mit jedermann gut aus und ist hoch angesehen.«

Ich sah auf die Uhr auf dem Kamin. Es war zehn vor sieben. Ich erhob mich.

»Ich bitte dich, mich für ein oder zwei Stunden zu entschuldigen, Alice. Ich muss Johnny Gray aufsuchen.«

»Aber du darfst mich nicht verlassen, Willie, bis du mir deine unerwartete Ankunft und deine sonderbaren Fragen erklärt hast. Das Abendessen ist fertig und kann sofort aufgetragen werden. Versprich mir, dass du nicht wieder ausgehen wirst, bevor du etwas gegessen hast.«

Sie ergriff meinen Arm. Sie hielt mich augenscheinlich für verrückt und befürchtete, ich könnte mich auf und davon machen. Das konnte ich nicht ertragen. Was das Essen anbelangte, so war das in meinem damaligen Zustand schlicht unmöglich, obwohl ich seit der Abfahrt aus Rochester nichts mehr zu mir genommen hatte. Ich beschloss, ihr alles zu erzählen. Ich nahm meinen Platz wieder ein. Sie ließ sich auf einem Stuhl neben mir nieder und hörte zu, während ich ihr alles berichtete, was mir seit meinem letzten Brief an sie aus Melbourne geschehen war.

»Und nun, Alice, weißt du, warum ich Johnny Gray sehen möchte.« Sie hätte mich begleitet, doch ich hielt es für besser, mich alleine auf die Suche zu begeben. Ich versprach, im Laufe des Abends zurückzukommen und ihr das Ergebnis meines Gespräches mit Gray mitzuteilen. Jener Ehrenmann hatte während meines Aufenthaltes in Australien geheiratet und einen eigenen Hausstand gegründet. Alice kannte seine Anschrift und gab mir die Hausnummer in der Church Street. Wenige Minuten schnellen Marsches brachten mich an seine Tür. Ich hatte keine große Hoffnung, ihn zu Hause anzutreffen, da ich es für wahrscheinlich hielt, dass er noch nicht von dort zurückgekommen war, wohin er sich gerade hinbegeben hatte, als ich ihn getroffen hatte. Doch zumindest könnte ich herausfinden, wann man ihn zurück erwartete, und dann auf ihn warten oder ihn suchen gehen. Das Glück war mir jedoch hold, denn er war bereits vor mehr als einer Stunde heimgekommen. Man führte mich in den Salon, wo er mit seiner Gattin Karten spielte.

»Na, Willie«, rief er aus und stand auf, um mich willkommen zu heißen, »das ist besser, als ich es erwartet hätte. Ich habe kaum vor morgen mit dir gerechnet. Umso besser, denn wir haben gerade von dir gesprochen. Ellen, dies ist mein alter Freund Willie Furlong, der zurückgekehrte Übeltäter, dessen Verbannung du mich so oft hast beklagen hören.«

Nach einem kurzen Austausch von Höflichkeiten mit Mrs Gray wandte ich mich ihrem Gemahl zu: »Johnny, fiel dir irgendetwas an dem alten Herren auf, der bei mir war, als wir uns heute Abend in der Yonge Street begegnet sind?«

»Alter Herr? Wen meinst du? Niemand war bei dir, als ich dich traf.«

»Denk nach. Wir gingen Arm in Arm, und du bist an uns vorbeigegangen, bevor du mich erkannt und meinen Namen gerufen hast.«

Er sah mich für einen Augenblick genau an und sagte dann mit Bestimmtheit: »Du bist im Unrecht, Willie. Du warst ganz sicher allein, als wir uns trafen. Du bist langsam gegangen, und ich hätte es gewiss bemerkt, wenn jemand bei dir gewesen wäre.«

»Du bist es, der im Unrecht ist«, entgegnete ich fast streng. »Ich wurde begleitet von einem älteren Herrn, der einen langen Mantel mit Kragen und Aufschlägen aus Pelz trug, und wir unterhielten uns ernst, als du vorübergingst.«

Er zögerte einen Moment und schien nachzudenken, doch kein Schatten des Zweifels legte sich über sein Gesicht. »Denk, was du willst, alter Junge«, sagte er. »Ich kann nur sagen, dass ich außer dir niemanden sah, ebenso wenig wie Charley Leitch, der mich begleitete. Nachdem wir uns von dir verabschiedet hatten, sprachen wir noch über deine offensichtliche Zerstreutheit und deine finstere Miene, die wir der Tatsache zuschrieben, dass du erst vor Kurzem vom plötzlichen Tode deines Onkels Richard gehört haben musstest. Wäre irgendein alter Herr bei dir gewesen, so wäre uns das sicherlich nicht entgangen.«

Ohne ein einziges Wort der Erklärung oder Entschuldigung sprang ich auf, stürmte in die Diele, ergriff meinen Hut und verließ das Haus.

3. Ich stürzte wie ein Wahnsinniger auf die Straße und schlug die Tür hinter mir zu. Ich wusste, dass Johnny mir folgen würde, um eine Erklärung zu verlangen, also rannte ich wie der Blitz um die nächste Ecke und von dort in die Yonge Street. Dann verlangsamte ich meinen Schritt, schöpfte Atem und fragte mich, was ich als Nächstes tun sollte.

Plötzlich erinnerte ich mich an Dr. Marsden, einen alten Freund meines Onkels. Ich winkte eine Droschke herbei und fuhr zu seinem Haus. Der Doktor war allein in seinem Sprechzimmer.

Natürlich war er überrascht, mich zu sehen, und gab seinem Beileid für meine Trauer mit angemessenen Worten Ausdruck. »Aber wie kommt es, dass ich Sie schon so bald sehe?«, fragte er. »Wenn ich mich recht entsinne, erwartet man Sie doch erst in einigen Monaten.«

Dann begann ich meine Erzählung, wobei ich keine Einzelheit ausließ, und endete mit dem Augenblick meiner Ankunft in seinem Haus. Er hörte mich mit größter Aufmerksamkeit an und unterbrach mich nicht, bis ich fertig war. Dann begann er, Fragen zu stellen, von denen ich manche für sonderbar belanglos hielt.

»Waren Sie während Ihres Aufenthaltes im Ausland im Besitz Ihrer vollen Gesundheit?«

»Mir ging's nie besser. Ich war nicht eine Minute krank, seit Sie mich das letzte Mal sahen.«

»Und hatten Sie Erfolg in Ihren geschäftlichen Unternehmungen?«

»Einigen, aber ich bitte Sie, Doktor, bleiben wir bei der Sache. Ich bin gekommen, um den Rat eines Freundes zu hören, nicht den eines Spezialisten.«

»Alles zu seiner Zeit, mein Junge«, erwiderte er ruhig. Das war eine Qual. Meine merkwürdige Erzählung schien seine Heiterkeit nicht im Geringsten gestört zu haben.

»Hatten Sie eine angenehme Reise?«, fragte er nach einer kurzen Pause. »Ich glaube, das Meer kann zu dieser Zeit des Jahres sehr stürmisch sein.«

»Ein oder zwei Tage nach der Abfahrt aus Melbourne verspürte ich eine leichte Übelkeit«, antwortete ich, »die ich jedoch bald überwand und die auch an sich nicht wirklich schlimm war. Ich bin ein leidlich guter Seemann.«

»Und es gab in letzter Zeit keinen besonderen Grund zur Besorgnis? Ich meine, nicht bis zum Erhalt dieses wundervollen Briefes ...«, fügte er hinzu, sichtlich bemüht, ein Lächeln zu unterdrücken.

Da erkannte ich, worauf er hinauswollte.

»Doktor«, stieß ich mit einigem Ärger hervor, »ich bitte Sie, meinen Bericht nicht als die Folge eines gestörten Verstandes zu betrachten. Ich bin geistig so gesund wie Sie. Der Brief selbst liefert den besten Beweis, dass ich nicht völlig der Narr bin, für den Sie mich halten.«

»Mein lieber Junge, ich halte Sie ganz und gar nicht für einen Narren, obwohl Sie mir im Augenblick doch sehr erregt vorkommen. Aber ich dachte, Sie hätten gesagt, dass Sie den Brief Ihrem ... nun, Onkel zurückgegeben haben.«

Einen Moment lang hatte ich diese wichtige Tatsache vergessen. Doch ich war nicht ganz ohne Beweis dafür, dass ich nicht das Opfer eines gestörten Hirnes war. Mein Freund Gridley konnte den Empfang und den Inhalt des Briefes bestätigen. Meine Cousine konnte bezeugen, dass ich mit Tatsachen vertraut war, die ich von niemand anderem als meinem Onkel hätte erfahren können. Ich hatte mich auf seine Perücke und seinen Wintermantel bezogen und den Namen von Mr Marcus Weatherley erwähnt – einen Namen, den ich nie zuvor gehört hatte. Ich lenkte Dr. Marsdens Aufmerksamkeit auf diese Dinge und bat ihn, sie mir zu erklären, wenn er konnte.

»Ich gebe zu«, sagte der Doktor, »dass ich gegenwärtig zu keinem befriedigenden Schluss gelangen kann. Doch sehen wir den Tatsachen ins Auge. Während unserer dreißigjährigen Bekanntschaft sah ich in

Ihrem Onkel immer einen wahrheitsliebenden Mann, der vernünftig genug war, keine Behauptungen über seine Nächsten aufzustellen, die er nicht beweisen konnte. Andererseits scheint sich Ihr Informant nicht mit den Tatsachen vertraut gemacht zu haben. Er bezichtigt einen Ehrenmann des Betrugs, dessen sittliche und geschäftliche Redlichkeit von niemandem, der ihn kennt, angezweifelt wird. Ich kenne Marcus Weatherley ziemlich gut und bin nicht dazu geneigt, ihn einen Betrüger und Schurken zu nennen, nur weil das die Auffassung eines düsteren Herrn ist, der auf geheimnisvollste Art und Weise auftaucht und verschwindet und den man für seine Verleumdungen nicht gerichtlich belangen kann. Und soweit ich weiß, befindet sich Marcus Weatherley auch nicht in einer peinlichen Lage. Ich habe solches Vertrauen in seine Zahlungsfähigkeit und Integrität, dass ich ohne Zögern seine ausstehenden Papiere übernehmen würde. Wenn Sie sich umhören, dann werden Sie herausfinden, dass meine Meinung die aller Banker der Stadt ist. Und ich bin mir ganz sicher, dass Sie weder auf diesem Markt noch sonstwo Akzepte mit dem Namen Ihres Onkels darauf finden werden.«

»Dessen werde ich mich morgen vergewissern«, antwortete ich. »Würden Sie, Dr. Marsden, in der Zwischenzeit einem Neffen Ihres alten Freundes einen Gefallen tun und an Mr Junius Gridley schreiben, damit er Sie mit dem Inhalt des Briefes und den Umständen, unter denen ich ihn erhielt, vertraut machen kann?«

»Es erscheint mir zwar ziemlich absurd«, sagte er, »doch werde ich das tun, wenn Sie es wünschen. Was soll ich schreiben?« Und er setzte sich an seinen Schreibtisch, um den Brief aufzusetzen.

Er war in weniger als fünf Minuten geschrieben. Er bat nur um die gewünschten Informationen und sofortige Antwort.

Unter die Unterschrift des Doktors fügte ich folgendes kurzes Postskriptum hinzu: »Man glaubt meiner Geschichte über den Brief und seinen Inhalt nicht. Antworte bitte ausführlich und rasch. – W. F. F.«

Auf meine Bitte hin begleitete der Doktor mich zum Postamt in der Toronto Street und warf den Brief eigenhändig ein. Ich wünschte ihm eine gute Nacht und zog mich ins Rossin House zurück. Mir war nicht danach, Alice wieder zu begegnen, bis ich mich ihr in einem günstigeren Licht darstellen konnte. Ich sandte einen Boten mit einer kurzen Nachricht zu ihr, die aussagte, dass ich nichts von Bedeutung entdeckt habe, und bat sie, nicht auf mich zu warten. Dann mietete ich ein Zimmer und ging zu Bett.

Doch nicht zum Schlafen. Die ganze Nacht wälzte ich mich von einer Seite auf die andere, und im ersten Tageslicht ging ich fiebernd und ohne Erholung spazieren. Rechtzeitig zum Frühstück kehrte ich zurück, aß aber wenig bis nichts. Ich sehnte mich nach der zehnten Stunde, zu der die Banken öffneten.

Nach dem Frühstück ließ ich mich im Lesesaal des Hotels nieder und versuchte umsonst, den örtlichen Spalten der Morgenzeitung Aufmerksamkeit zu widmen. Ich erinnere mich noch, dass ich einige Artikel wieder und wieder las, ohne ihre Bedeutung auch nur im Ansatz zu verstehen. Danach erinnere ich mich an – nichts.

Nichts? Alles war leer für mehr als fünf Wochen. Als ich wieder zu Bewusstsein gelangte, befand ich mich im Bett meines alten Zimmers im Haus in der Gerrard Street, und Alice und Dr. Marsden standen an meiner Seite.

Ich muss nicht erzählen, dass man mein Haar entfernt hatte, um Eisbeutel an meinem Kopf zu befestigen. Ich muss mich nicht bei den Einzelheiten des »gnadenlosen Fiebers, das in meinem Hirn brannte«, aufhalten. Ich muss auch nicht von meiner Besserung bis zur vollständigen Genesung erzählen. Eine Woche nach dem erwähnten Zeitpunkt erlaubte man mir, mich im Bett aufzusetzen, gestützt von einem Berg von Kissen. Meine Ungeduld gestattete keinen weiteren Aufschub, und man gewährte mir, Fragen darüber zu stellen, was in der Zeit geschehen war, seit meine überreizten Nerven dem andauernden Druck nicht mehr gewachsen waren. Zuerst gab man mir Junius Gridleys Antwort auf den Brief von Dr. Marsden. Er befindet sich noch immer in meinem Besitz, und ich wiederhole den Wortlaut des vor mir liegenden Originals:

Boston, den 22. Dezember 1861

Dr. Marsden,

in Antwort auf Ihren Brief, den ich gerade erhielt, muss ich sagen, dass Mr Furlong und ich uns vor Kurzem bei einer gemeinsamen Fahrt von Liverpool nach Boston auf der *Persia,* die letzten Montag hier ankam, kennengelernt haben. Mr Furlong begleitete mich nach Hause und blieb bis Dienstagmorgen, als ich ihm die öffentliche Bibliothek, das State House, das Athenæum, Faneuil Hall und andere

Sehenswürdigkeiten zeigte. Zufällig kamen wir am Postamt vorbei, wo er eine Bemerkung über die hohe Anzahl von Briefen machte. Auf meine – natürlich scherzhafte – Aufforderung hin fragte er am Schalter, ob Post für ihn da sei. Er erhielt einen Brief mit dem Poststempel von Toronto. Er war darüber natürlich sehr überrascht, und mehr noch über den Inhalt. Nach dem Lesen gab er das Schreiben mir, und auch ich las es sorgfältig. Ich kann mich nicht an den genauen Wortlaut entsinnen, doch es gab vor, von seinem »liebenden Onkel Richard Yardington« zu stammen. Der Brief drückte Freude darüber aus, dass er eher als erwartet heimkommen würde, und deutete sehr vage ein Unglück an. Er bezog sich auf eine Dame namens Alice und behauptete, sie sei nicht über Mr Furlongs bevorstehende Ankunft unterrichtet. Da stand auch etwas darüber, dass seine Anwesenheit zu Hause sie über einen kürzlich erlittenen Trauerfall trösten würde. Ebenso wurde der Absicht des Schreibers Ausdruck verliehen, seinen Neffen am Bahnhof von Toronto abzuholen. Ein Telegramm sei überflüssig. Das war, soweit ich mich erinnern kann, alles, was im Brief stand. Mr Furlong gab an, die Handschrift als die seines Onkels zu erkennen. Es war eine schwer leserliche Schrift, und die Unterschrift war so sonderbar gestaltet, dass es mir kaum möglich war, sie zu entziffern. Das Sonderbare bestand in der extremen Unregelmäßigkeit der Gestaltung der Buchstaben, von denen nicht zwei von gleicher Größe waren, und Großbuchstaben waren großzügig eingestreut, besonders im Nachnamen.

Mr Furlong war sehr bewegt von dem Inhalt des Briefes und konnte kaum die Zeit seiner Abfahrt abwarten. Er nahm den Zug um elf Uhr dreißig. Mehr weiß ich wirklich nicht über die Angelegenheit, und seitdem habe ich gespannt darauf gewartet, von ihm zu hören. Ich bekenne, Neugier zu verspüren, und ich würde mich freuen, von ihm zu hören – natürlich nur, wenn es sich nicht um etwas handelt, das nicht für die Augen eines verhältnismäßig Fremden bestimmt ist.

Mit besten Grüßen,
Junius H. Gridley

Mein Freund hatte also meinen Bericht bestätigt, was den Brief anging. Jedoch wäre das eigentlich nicht mehr nötig gewesen, wie man gleich sehen wird.

Zum Zeitpunkt meines Zusammenbruchs waren Alice und Dr. Marsden die einzigen Menschen, die wussten, über was ich mit meinem Onkel während des Heimwegs vom Bahnhof gesprochen hatte. Sie bewahrten beide Schweigen darüber, außer untereinander. In den ersten Tagen meiner Krankheit diskutierten sie die Angelegenheit sehr lebhaft. Alice glaubte meiner Geschichte vollauf. Sie hatte klugerweise eingesehen, dass ich mit Tatsachen vertraut war, die ich keinesfalls auf herkömmliche Art und Weise erfahren haben konnte. In wenigen Worten: *Sie* war nicht so verliebt in einen Fachjargon, dass sie dabei ihren gesunden Menschenverstand verloren hatte. Der Doktor hingegen war, wie viele Angehörige seiner Zunft, mit Blindheit geschlagen und weigerte sich zu glauben. Nichts dergleichen war ihm bis dato untergekommen, und daher war es auch unmöglich. Er schrieb alles dem bedrohlichen Fieber zu. Er ist nicht der einzige Mediziner, der die Ursache für die Wirkung hält und umgekehrt.

Während der zweiten Woche meiner Krankheit machte Mr Marcus Weatherley sich auf und davon. Dieser von allen, die mit ihm in Verbindung standen, völlig unerwartete Vorfall brachte mit einem Schlag seine finanzielle Lage ans Licht. Man fand heraus, dass er seit mehreren Monaten nicht mehr zahlungsfähig war. Am Tag nach seiner Abreise wurde eine Reihe von Akzepten fällig. Es handelte sich um vier Stück, die sich zusammen auf genau zweiundvierzigtausend Dollar beliefen. So wurde jener Teil der Geschichte meines Onkels bestätigt. Einer der Akzepte war zahlbar in Montreal und belief sich auf 2.283,76 Dollar. Die restlichen drei waren zahlbar bei verschiedenen Banken in Toronto. Diese letzten waren vor sechzig Tagen ausgestellt worden und trugen eine Unterschrift, die man für jene Richard Yardingtons hielt. Einer davon belief sich auf 8.972,11 Dollar, der andere auf 10.114,63 Dollar und der dritte und letzte auf 20.629,50 Dollar. Eine simple Addition wird uns die Summe dieser drei Beträge zeigen:

$8.972,11 + 10.114,63 + 20.629,50 = 39.716,24.$

Der genaue Betrag, von dem mein Onkel behauptet hatte, seine Unterschrift sei dafür gefälscht worden.

Eine Woche nach diesen Geschehnissen erhielt der Leiter einer der führenden Banken Torontos einen Brief von Mr Marcus Weatherley. Er schrieb aus New York, gab aber an, eine Stunde nach Einwurf des Briefes von dort wieder abzureisen. Er bekannte freimütig, die Unterschrift meines Onkels auf den drei oben erwähnten Akzepten gefälscht zu haben, und lieferte auch andere Einzelheiten über seine Geschäfte, die zu jener Zeit zwar höchst interessant für seine Schuldner waren, für die Öffentlichkeit jedoch ohne Belang sind. Die Banken, wo man die Akzepte eingelöst hatte, waren danach klüger und entdeckten zahlreiche Einzelheiten, in denen sich die gefälschten Unterschriften von der wirklichen Signatur Onkel Richards unterschieden. Jedenfalls nahmen sie den Verlust hin und schwiegen still, und ich bin mir sicher, dass sie mir nicht dankbar dafür sein werden, nach dieser langen Zeit die Aufmerksamkeit auf diese Sache zu lenken.

Viel mehr gibt es nicht zu erzählen. Marcus Weatherley, der Betrüger, wurde wenige Tage nach seinem Schreiben aus New York vom Schicksal eingeholt. Er bestieg in New Bedford, Massachusetts, ein Segelschiff namens *Petrel,* das als Ziel Havanna hatte. Die *Petrel* verließ den Hafen am zwölften Januar des Jahres 1862 und ging am dreiundzwanzigsten des gleichen Monats mit Mann und Maus unter. Sie versank vor den Augen des Kapitäns und der Mannschaft der *City of Baltimore,* denn der Wirbelsturm war derart stark, dass jede Hilfeleistung und jede Rettung der unglücklichen Mannschaft aus dem Zorn der Wellen unmöglich war.

Am Anfang dieser Geschichte erwähnte ich, dass das einzig erfundene Element der Name einer Person sein wird. Dieser Name ist der von Marcus Weatherley. Die Person, die ich so genannt habe, trug in Wirklichkeit einen anderen Namen – einen, an den sich die Menschen in Toronto noch immer erinnern. Er hat die Strafe für seine Missetaten erhalten, und ich sehe keinen Sinn darin, diese gemeinsam mit seinem wahren Namen zu verewigen. Ansonsten ist die vorangegangene Erzählung so wahr, wie es mein leidlich gutes Gedächtnis erlaubt.

Ich gebe nicht vor, eine psychologische Erklärung für die hier beschriebenen Ereignisse zu liefern, denn nur eine einzige Erklärung ist möglich. Der unheimliche Brief und sein Inhalt sind, wie man sah, nicht der einzige Beweis für meine Aussage. Was den Heimweg vom Bahnhof mit Onkel Richard und die Mitteilungen, die er mir dabei machte, betrifft, so erscheinen mir die Einzelheiten so wirklich wie alle anderen Erlebnisse meines Lebens. Der einzige Unterschied ist der, dass ich der Empfänger einer Botschaft war, die man für gewöhnlich als übernatürlich betrachtet.

Der Verlag von Mr Owen hat mein volles Einverständnis, diese Geschichte in der nächsten Ausgabe seiner Zeitschrift *Das umstrittene Land zwischen den Welten* zu veröffentlichen. Wenn das geschieht, dann werden die Leser zweifellos mit einer wortgewandten Analyse der Tatsachen und einer pseudophilosophischen Theorie über die Kommunikation zwischen Lebenden und Geistern erfreut werden. Meine Frau, eine begeisterte Anhängerin der Elektrobiologie, ist der Ansicht, dass Weatherleys Geist, belastet von der Schuld seiner Fälschung, auf irgendeine rätselhafte und ihm unbewusste Weise auf meinen Verstand eingewirkt habe. Ich jedoch ziehe es vor, einfach nur die Fakten wiederzugeben. Vielleicht habe ich eine Theorie darüber, vielleicht aber auch nicht. Dem Leser ist es freigestellt, sich nach Belieben eine eigene zu bilden. Ich möchte noch erwähnen, dass Dr. Marsden noch heute die Ansicht vertritt, meine Erlebnisse seien lediglich die Folge des Fiebers, das mich zusammenbrechen ließ, und er umschreibt das alles prächtig als »einen abnormen Zustand des Nervensystems, hervorgerufen durch Ursachen, die sich einer genaueren Untersuchung entziehen.«

Man wird sich im Klaren sein, dass – ob ich nun halluzinierte oder nicht – alle Informationen, die ich von meinem Onkel bezog, völlig richtig waren. Die Tatsache, dass die Enthüllung durch Weatherleys Bekenntnis schließlich überflüssig wurde, unterstützt in meinen Augen keinesfalls die Theorie einer Halluzination. Die Botschaft meines Onkels war wichtig zu der Zeit, als er sie mir übermittelte, und es gibt keinen Grund zu der Annahme, dass »jene, die von uns gehen«, im Allgemeinen mit dem Wissen zukünftiger Ereignisse begabt sind.

Es stand mir offen, die Tatsachen publik zu machen, sobald sie mir bekannt waren, und hätte ich das getan, so wäre Marcus Weatherley gewiss verhaftet und für sein Verbrechen bestraft worden. Hätte meine Krankheit mich nicht davon abgehalten, dann hätte ich im Laufe des Tages nach meiner Ankunft in Toronto sicher Entdeckungen gemacht, die zu seiner Festnahme geführt hätten.

Solche Spekulationen sind natürlich müßig, doch boten sie häufig Gesprächsstoff für meine Frau und mich. Auch Gridley bringt bei jedem seiner Besuche das unvermeidliche Thema wieder auf den Tisch, das er vor langer Zeit ›Das Geheimnis in der Gerrard Street‹ getauft hat, obwohl es ebenso gut ›Das Geheimnis in der Yonge Street‹ oder ›Das Geheimnis vom Bahnhof‹ heißen könnte. Mehr als hundert Mal hat er mich dazu gedrängt, die Geschichte zu veröffentlichen, und nun, nach all den Jahren, folge ich seinem Rat und übernehme seinen Titel.

Vernon Lee

Violet Paget schrieb unter dem Pseudonym Vernon Lee, damit man ihre Texte keinem Geschlecht zuordnen sollte. 1856 in Frankreich geboren, verbrachte sie ihr Leben wechselweise in England und Florenz. Sie sprach fließend vier Sprachen und schrieb neben Romanen und Erzählungen auch Werke über Ästhetik, Geschichte und Politik. Insgesamt veröffentlichte Violet Paget über 40 Bücher, davon kann man mehr als ein Dutzend Erzählungen der Fantastik zurechnen; diese Werke überzeugen durch einen eleganten Stil und raffinierte Ideen. Sie starb nach schwerer Krankheit 1935 in Florenz.

Das abgebildete Porträt von 1881 malte der bekannte Künstler John Singer Sargent, den Violet Paget schon seit ihrer Kindheit kannte.

In der hier aufgenommenen Geschichte ›Die verruchte Stimme‹ erwacht der Kastratensänger Farinelli (Carlo Broschi) unter dem Namen Zaffirino zu unheiligem Leben. Diese Erzählung erschien erstmals 1890 in der Sammlung *Hauntings. Fantastic Stories.*

Die verruchte Stimme

Sie haben mich heute aufs Neue beglückwünscht als den einzigen Komponisten unserer Zeit – dieser Zeit der ohrenbetäubenden Orchesterwirkungen und der musikalischen Armut –, der, die neumodischen wagnerschen Sinnlosigkeiten verschmähend, kühn zu den Traditionen des Händel, des Gluck und des göttlichen Mozart zurückgekehrt sei, zur Herrschaft der Melodie und der Achtung vor der menschlichen Stimme.

Oh! du verruchte menschliche Stimme, du Instrument von Fleisch und Blut, das der Teufel mit seinen Werkzeugen und geschickten Fingern gefertigt. Oh! hassenswerte Kunst des Gesanges, hast du nicht schon genug vergangenes Unheil angerichtet, indem du so viele edle Geister erniedrigt, Mozarts Reinheit getrübt, Händel zu einem Komponisten höherer Vokalisten herabgewürdigt und die Welt um die einzige Inspiration betrogen hast, die eines Sophokles und Euripides würdig war: die Inspiration des großen Poeten Gluck! Genügt es dir nicht, ein ganzes Jahrhundert erniedrigt zu haben durch die Anbetung jenes elenden, verächtlichen Geschöpfes, des Sängers! Musst du noch überdies einen obskuren jungen Komponisten unserer Zeit verfolgen, der keinen anderen Schatz sein Eigen nennt als seine große Liebe zur reinen Kunst und vielleicht ein paar Körnchen Talent!

Und dann beloben sie die Vollendung, mit der ich den Stil der großen alten Meister nachzuahmen verstehe, oder fragen mich sehr ernsthaft, ob ich, falls es mir gelingen sollte, das moderne Publikum für diesen überlebten Stil zu gewinnen, auch hoffen dürfte, entsprechende Sänger dafür zu finden.

Manchmal, wenn die Leute so wie heute reden, und darüber lachen, wenn ich mich als einen Jünger Wagners bezeichne, gerate ich in einen Paroxysmus unverständlicher, kindischer Wut und rufe: »Nun, es wird sich ja eines Tages zeigen!«

Ja, eines Tages wird es sich zeigen. Denn kann ich nicht trotz alledem von dieser sonderbarsten aller Krankheiten genesen? Es ist noch immer möglich, dass einst der Tag kommt, wo all das mir bloß ein unglaublicher nächtlicher Spuk scheinen wird, der Tag, wo *Ogier der Däne* vollendet sein und die Welt wissen wird, ob ich ein

Nachfolger des großen Meisters der Zukunftsmusik oder der kläglichen Chormeister der Vergangenheit bin. Ich bin nur halb behext, da ich mir des Zaubers, der mich bannt, bewusst bin. Meine alte Amme im fernen Norwegen erzählte mir oft, dass die Werwölfe ihr halbes Leben lang gewöhnliche Menschen sind und, falls sie sich während dieser Zeit ihrer scheußlichen Verwandlung bewusst werden, ein Mittel finden können, derselben zu entgehen. Kann dies nicht auch bei mir der Fall sein? Mein Verstand ist ja frei, obwohl meine künstlerische Inspiration gefesselt ist; und ich vermag die Musik, die ich zu komponieren gezwungen bin, und die abscheuliche Macht, die mich zwingt, zu verachten und zu verfluchen. Ja, ist es nicht vielleicht gerade weil ich mit der Zähigkeit des Hasses diese verderbte und verderbliche Musik der Vergangenheit studiert und jede Eigentümlichkeit des Stils, jede biografische Kleinigkeit aufgestöbert habe, um ihre Korruption zu beweisen, ist es nicht um dieses anmaßenden Mutes willen, dass mich jene geheimnisvolle, unglaubliche Rache ereilt hat?

Und inzwischen finde ich einzig darin Erleichterung, in meinem Geiste die Geschichte meines Unglücks wieder und wieder durchzugehen. Diesmal will ich sie niederschreiben, lediglich um sie dann zu zerreißen, das Manuskript ungelesen ins Feuer zu werfen. Und doch, wer weiß? Wenn die letzte verkohlte Seite knistert und langsam in die Gluten sinkt, dann wird der Bann vielleicht gebrochen sein, und ich habe meine lang verlorene Freiheit, mein entwichenes Talent wieder.

Es war an einem jener regungslosen Abende bei Vollmond, jenem unerbittlichen Vollmond, in dessen Lichte, fast mehr noch als unter der träumenden Pracht der Sonne, Venedig inmitten der Wässer zu verschmachten scheint und gleich einer großen Lilie geheimnisvolle Dünste ausatmet, die den Sinn verwirren und das Herz beklemmen – eine seelische Malaria, die, wie ich glaube, aus jenen schmachtenden Melodien, jenen girrenden Vokalisen strömte, die ich in den modrigen Notenheften des vergangenen Jahrhunderts gefunden hatte. Ich sehe jene Mondnacht vor mir, als wäre sie gegenwärtig. Ich sehe meine Hausgenossen in dem kleinen Künstlerheim. Der Tisch, um den sie nach dem Nachtessen sitzen, ist besät mit Brotkrumen, mit zusammengerollten Servietten in gestickten Ringen, hier und dort sind Weinflecke, in gleichmäßigen Abständen gedrechselte Pfefferbüchsen, Zahnstocherbehälter und Haufen jener großen harten

Pfirsiche, welche die Natur den Marmorläden von Pisa abgeguckt hat. Die ganze Einwohnerschaft der Pension ist versammelt und betrachtet einfältig die Stiche, die der amerikanische Radierer mir eben mitgebracht hat, weil er weiß, dass ich für die Musik und die Musiker des achtzehnten Jahrhunderts schwärme, und beim Durchsehen eines Haufens billiger Stiche am Platz von San Paolo entdeckt hat, dass dies das Porträt eines Sängers aus jener Zeit sei.

Sänger! Du verruchtes Wesen, du blöder, verworfener Sklave der Stimme, jenes Instrumentes, das nicht vom menschlichen Geist ersonnen, sondern vom Körper gezeugt wurde, und das, statt die Seele zu bewegen, nur den Schlamm in uns aufrührt! Denn was ist die Stimme anderes als die rufende Bestie, die jene andere Bestie weckt, die in der Tiefe der Menschheit schlummert; die Bestie, welche alle große Kunst stets zu bändigen versucht, wie auf den alten Bildern der Erzengel den Dämon mit dem Frauenantlitz in Ketten legt! Wie konnte das Wesen, das mit jener Stimme zusammenhing, ihr Besitzer und ihr Opfer war, der Sänger, der große, der echte Sänger, der einst über alle Herzen gebot, anders als verworfen und verächtlich sein? Aber ich will trachten, in meiner Erzählung weiterzukommen.

Ich sehe meine Hausgenossen, wie sie sich über den Tisch lehnen und den Stich betrachten, den weibischen Gecken mit den kunstvoll auffrisierten Locken, den Degen quer durch die gestickte Tasche, der in den Wolken unter einem Triumphbogen thront, umgeben von einer Schar pausbackiger Liebesgötter, von einer üppigen Siegesgöttin mit Lorbeer gekrönt. Ich höre wieder alle albernen Bemerkungen, alle blöden Fragen über diesen Sänger: »Wann hat er gelebt? War er sehr berühmt? Glauben Sie wirklich, Magnus, dass dies sein Bild ist?«, usw. Und ich höre meine eigene Stimme wie aus weiter Ferne, die allerhand Auskünfte, biografische wie kritische, erteilt, geschöpft aus einem abgenutzten kleinen Bändchen namens: *Das Theater des musikalischen Ruhmes, oder: Urteile über die berühmtesten Komponisten und Virtuosen dieses Jahrhunderts,* von Pater Prosdocimo Sabatelli, Barnabit und Professor der Beredtsamkeit an der Universität von Modena, Mitglied der Arkadischen Akademie unter dem Schäfernamen Evander Lilybaean, Venedig 1785, mit Genehmigung seiner Vorgesetzten. Ich erzähle ihnen, wie jener Sänger, jener Balthasar Cesari, den Spitznamen »Zaffirino« führte, weil ihm eines Abends von einem maskierten Fremden ein Saphir mit kabbalistischen Zeichen geschenkt worden war, in dem einige kluge Leute den großen Förderer der menschlichen Stimme, den Teufel, erkannten; wie die Stimmmittel jenes Zaffirino so viel herrlicher gewesen seien als die irgendeines Sängers aus alter oder neuerer Zeit; wie sein kurzes Leben nur eine Reihe von Triumphen war; verwöhnt von Monarchen, besungen von den berühmtesten Dichtern »und endlich«, fügt Pater Prosdocimo hinzu, »wenn die ernste Muse der Geschichte ihr Ohr dem galanten Gerede leihen darf – umschwärmt von den reizendsten Nymphen von allerhöchster Art«.

Meine Freunde blicken nochmals auf den Stich; noch mehr alberne Bemerkungen fallen; ich werde – namentlich von den jungen Amerikanerinnen – aufgefordert, eines von Zaffirinos Lieblingsliedern zu singen oder zu spielen: »Denn Sie kennen sie doch natürlich, lieber Meister Magnus, Sie, der Sie solch eine Leidenschaft für alte Musik haben. Seien Sie nett und setzen Sie sich ans Klavier!«

Ich weigere mich ziemlich unhöflich und rolle den Stich um meine Finger. Wie entsetzlich müssen jene verdammten Hitzen, jene verdammten Mondnächte meine Nerven heruntergebracht haben! Dies Venedig würde mich auf die Dauer sicherlich umbringen! Beim Anblick dieses blöden Stiches, beim bloßen Namen dieses Gecken von einem Sänger klopft mir das Herz, versagen mir die Glieder wie einem liebeskranken jungen Laffen!

Nach meiner barschen Ablehnung beginnt die Gesellschaft sich zu zerstreuen; sie rüsten sich zum Ausgehen, einige, um durch die Lagunen zu rudern, andere, um vor den Cafés am Markusplatz zu bummeln; Familiendebatten erheben sich, man hört das Brummen der Väter, das Murmeln der Mütter, das lustige Lachen von jungen Leuten und Mädchen. Und der Mondschein, der durch die weit offenen Fenster dringt, verwandelt den alten herrschaftlichen Tanzsaal, nun der Speisesaal eines Hotel garni, in eine Lagune, die funkelnd auf- und niederflutet wie die andere, die wirkliche Lagune, die sich draußen ausbreitet, durchfurcht von unsichtbaren Gondeln, die nur das helle Licht am Schnabel verrät. Endlich setzt sich der ganze Trupp in Bewegung. Nun werde ich doch etwas Ruhe kriegen und an meiner Oper *Ogier der Däne* arbeiten können! Aber nein! Das Gespräch belebt sich aufs Neue, und zwar über jenen Sänger Zaffirino, dessen lächerliches Bild ich zwischen meinen Fingern zerknittere.

Der Hauptsprecher ist Graf Alvise, ein alter Venezianer mit gefärbtem Backenbart und einer schreienden schottischen Krawatte mit mächtiger Busennadel; ein fadenscheiniger Kavalier, der um jeden

Preis für seinen Sohn die hübsche Amerikanerin erobern möchte, deren Mutter sich an seinen Anekdoten über die vergangene Größe Venedigs im Allgemeinen und die seiner vornehmen Familie im Besonderen berauscht. Warum muss er sich mit seinem Gewäsch gerade über Zaffirino verbreiten, der alte Narr von einem Aristokraten!

»Zaffirino – ach! Ja freilich! Balthasar Cesari, genannt Zaffirino«, näselt die Stimme des Grafen Alvise, der das Ende jedes Satzes mindestens dreimal wiederholt. »Ach! Ja, freilich, Zaffirino! Ein berühmter Sänger aus der Zeit meiner Vorfahren; ja, meiner Vorfahren, liebe gnädige Frau!« Dann wieder ein Schwall von Unsinn über Venedigs vergangene Größe, die Pracht der alten Musik, die früheren Konservatorien, vermengt mit Anekdoten über Rossini und Donizetti, mit denen er nach seiner Behauptung intim befreundet war; endlich eine Geschichte, in der natürlich seine vornehme Familie eine große Rolle spielt: »Meine Urgroßtante, die Prokuratessa Vendramin, von der wir unsere Besitzung Mistrà an der Brenta ererbt haben ...« – eine sehr verworrene Geschichte voller Abschweifungen, deren Held jedoch jener Sänger Zaffirino ist. Nach und nach wird die Erzählung klarer, oder vielleicht wende ich ihr nun mehr Aufmerksamkeit zu.

»Wie es scheint«, sagt der Graf, »hatte er ein ganz besonderes Lied, welches *Das Lied der Ehemänner – L'Aria dei Mariti* – hieß, weil es den Gatten nicht ganz so gut gefiel wie ihren besseren Hälften. Meine Großtante, Pisana Renier, die an den Prokurator Vendramin verheiratet war, war eine Aristokratin aus der alten Schule, von jener Art, die vor nun hundert Jahren schon im Aussterben war. Ihre Tugend und ihr Stolz machten sie völlig unzugänglich. Zaffirino seinerseits pflegte sich zu rühmen, keine Frau hätte ihm je zu widerstehen vermocht, was sich, wie es scheint, auf Tatsachen gründete – die Ideale wechseln mit den Zeiten, liebe gnädige Frau, die Ideale verändern sich wesentlich, von einem Jahrhundert zum andern! – Bei seinem ersten Liede müsste jede Frau erbleichen und die Augen senken, beim zweiten sich sterblich verlieben, während sie beim dritten stürbe, auf der Stelle vor seinen Augen aus Liebe stürbe, wenn er es nur darauf anlegte. Meine Großtante Vendramin lachte, als man ihr das erzählte, weigerte sich, den unverschämten Hund anzuhören, und fügte hinzu, es möchte wohl möglich sein, mithilfe höllischer Pakte und Zaubermittel eine *Gentildonna* zu töten, aber niemals würde sich eine solche in einen Lakaien verlieben. Natürlich wurde das dem Zaffirino hinterbracht, der etwas dreinsetzte, jeden zu besiegen, der an der Macht seines Gesanges zweifelte. Wie es die alten Römer hielten: *parcere subjectis et debellare superbos.* Sie, meine amerikanischen Damen, die Sie so gelehrt sind, werden dies kleine Zitat aus dem göttlichen Virgil wohl zu würdigen wissen. Während er scheinbar der Prokuratessa Vendramin aus dem Wege ging, benützte Zaffirino eines Abends in großer Gesellschaft die Gelegenheit, vor ihr zu singen. Er sang und sang und sang, bis meine arme Großtante Pisana liebeskrank wurde. Die geschicktesten Ärzte waren außerstande, die geheimnisvolle Krankheit zu ergründen, an der die arme junge Dame augenscheinlich dahinsiechte; und der Prokurator Vendramin flehte vergeblich zu den wundertätigsten Madonnen und gelobte umsonst, den heiligen Cosmo und Damian, den Schutzpatronen der Heilkunst, einen silbernen Altar mit Leuchtern von massivem Gold zu spenden. Endlich wurde dem Schwager der Prokuratessa, Monsignor Almoro Vendramin, dem Patriarchen von Aquilea, einem Kirchenfürsten, der im hohen Geruch der Heiligkeit stand, von der heiligen Justina, der er einen besonderen Kult weihte, in einem Gesichte verkündet, dass das einzige Mittel, die sonderbare Krankheit seiner Schwägerin zu bannen, die Stimme des Zaffirino sei. Wohlbemerkt, meine arme Großtante hatte sich nie zu einem solchen Bekenntnis herbeigelassen.

Der Prokurator war entzückt von dieser glücklichen Lösung, und Seine Eminenz der Patriarch suchte Zaffirino persönlich auf und geleitete ihn in seiner eigenen Kutsche in die Villa von Mistrà, wo die Prokuratessa residierte. Als meine arme Großtante erfuhr, was bevorstand, bekam sie einen Wutanfall, dem unmittelbar ein Anfall lebhafter Freude folgte. Dennoch vergaß sie niemals, was sie ihrer hohen Stellung schuldig war. Obwohl beinahe todkrank, legte sie einen glänzenden Staat an, ließ ihr Antlitz schminken und nahm ihren ganzen Schmuck; es war, als wollte sie ihren vollen Glanz vor dem Sänger entfalten. Deshalb empfing sie Zaffirino auf einem Ruhebett im großen Festsaal der Villa von Mistrà, unter dem fürstlichen Baldachin, denn die Vendramins, die mit dem Hause Mantua verschwägert waren, besaßen kaiserliche Lehen und waren Fürsten des Heiligen Römischen Reiches. Zaffirino begrüßte sie mit tiefster Ehrerbietung, doch wurde kein Wort zwischen ihnen gewechselt. Der Sänger erkundigte sich bloß beim Prokurator, ob die hohe Kranke die Sakramente der Kirche empfangen habe. Als er erfuhr, dass die Prokuratessa selbst die heilige Wegzehrung aus der Hand ihres

Schwagers verlangt hatte, erklärte er sich bereit, den Befehlen Seiner Exzellenz nachzukommen, und setzte sich sofort an das Klavier.

Nie hatte er so göttlich gesungen. Am Schluss des ersten Liedes hatte sich die Prokuratessa Vendramin bereits sichtlich erholt; am Schluss des zweiten schien sie völlig hergestellt und strahlte in Glück und Schönheit; aber bei dem dritten Liede – zweifellos die *Aria dei Mariti* – ging eine schreckliche Wandlung mit ihr vor; sie stieß einen entsetzlichen Schrei aus und verfiel in Todeszuckungen. Eine Viertelstunde darauf war sie verschieden!

Zaffirino wartete ihr Ende nicht ab. Nachdem er sein Lied beschlossen, zog er sich sofort zurück, nahm Postpferde, und reiste ununterbrochen Tag und Nacht bis nach München. Man hatte bemerkt, dass er in Trauerkleidern nach Mistrà gekommen war, obwohl er keinen Todesfall in seiner Familie erwähnt hatte; ebenso hatte er alle Vorbereitungen zu seiner Abreise getroffen, als fürchtete er den Grimm einer so mächtigen Familie. Dazu noch jene merkwürdige Frage, ob die Prokuratessa gebeichtet und kommuniziert habe, ehe er zu singen begann –

– Nein, meine gnädige Frau, ich rauche keine Zigaretten. Aber wenn es Sie und Ihre reizende Tochter nicht geniert, möchte ich um die Erlaubnis bitten, eine Zigarre zu rauchen.«

Und Graf Alvise, entzückt von seiner Erzählerkunst, und überzeugt, seinem Sohne das Herz und die Dollars seiner schönen Zuhörerin gesichert zu haben, entzündet eine Kerze und an der Kerze eine jener langen schwarzen italienischen Zigarren, die man desinfizieren muss, ehe man sie raucht.

Wenn das so weitergeht, werde ich den Arzt um ein Mittel bitten müssen; das lächerliche Herzklopfen, der widerwärtige kalte Schweiß haben während der Erzählung des Grafen beständig zugenommen. Um mir etwas Haltung zu geben inmitten jener törichten Kommentare über diesen albernen Roman einer überspannten großen Dame und eines geckenhaften Sängers, beginne ich das Bild jenes einst so berühmten, nun so vergessenen Zaffirino zu entrollen und zu betrachten. Ein lächerlicher Kerl, dieser Sänger unter dem Triumphbogen, mit seinen pausbäckigen Liebesgöttern und der fetten geflügelten Küchenmagd, die ihn mit Lorbeer krönt! Wie flach und gewöhnlich, und abgeschmackt ist doch dies ganze achtzehnte Jahrhundert!

Aber er selbst ist doch nicht ganz so abgeschmackt, wie ich gedacht. Sein feistes weibisches Gesicht ist beinahe schön mit seinem sonderbaren frechen und grausamen Lächeln. Ich habe schon solche Gesichter gesehen, wo nicht im Leben, so doch in meinen romantischen knabenhaften Träumen, als ich Swinburne und Baudelaire las: die Gesichter böser, rachsüchtiger Frauen. Oh ja! Er ist zweifellos schön, dieser Zaffirino, und in seiner Stimme lag sicherlich jene gleiche Art von Schönheit und Verderbtheit ...

»Kommen Sie, Magnus«, lassen sich die Stimmen meiner Tischgenossen vernehmen, »seien Sie nett und singen Sie uns ein paar Lieder von dem alten Burschen oder wenigstens sonst was aus jener Zeit, damit wir doch einen Begriff von dem Lied bekommen, mit dem er die arme Dame tötete.«

»Ach ja! Die *Aria dei Mariti*, die Gatten-Arie«, murmelt Graf Alvise zwischen zwei Zügen aus seiner unmöglichen schwarzen Zigarre. »Meine arme Großtante Pisana Vendramin! Er kam und tötete sie mit seinem Lied, mit dieser *Aria dei Mariti*.«

Ich fühle, wie eine sinnlose Wut mich überkommt. Ist es jenes entsetzliche Herzklopfen (Es ist übrigens gerade ein Landsmann von mir, ein norwegischer Arzt, in Venedig!), das mir das Blut zu Kopf treibt und mich verrückt macht? Die Leute ums Klavier, die Möbel, alles scheint im Kreis herumzugehen und wird zu tanzenden Farbklecksen. Ich beginne zu singen; einzig deutlich vor meinen Blicken bleibt nur das Bild des Zaffirino auf dem Pult dieses Hotel-Klaviers; das sinnliche weibische Gesicht mit dem bösen, zynischen Lächeln scheint zu verschwinden und aufzutauchen, während der Stich hin und her weht im Luftzug, unter dem die Kerzen flackern und abfließen.

Und ich singe toll drauflos, singe, ohne recht zu wissen, was. Ja, nun erkenne ich es: Es ist die *Biondina in Gondoletta*, das einzige Lied aus dem achtzehnten Jahrhundert, welches das Volk in Venedig noch kennt. Ich singe es, indem ich alle altmodischen Faxen, Tremolos, Kadenzen, schmachtend anschwellende und verhallende Töne nachahme und allerhand Possen hinzufüge, bis meine Zuhörer, nachdem sie sich erholt haben, sich vor Lachen schütteln; bis ich selbst toll, krampfhaft zu lachen beginne zwischen den Sätzen des Liedes, bis meine Stimme schließlich in diesem albernen, brutalen Lachen bricht. – Und zum Schluss, um das Ganze zu krönen, zeige ich dem längst verstorbenen Sänger, der mich mit seinem bösen weibischen Gesicht, seinem spöttischen, geckenhaften Lächeln ansieht, die Faust.

»Ja, ja! Du möchtest dich auch an mir rächen!«, rufe ich. »Du möchtest mich dazu bringen, derartige Rouladen und Schnörkel, noch eine *Aria dei Mariti!* für dich zu komponieren, mein lieber Zaffirino!«

In jener Nacht hatte ich einen sehr merkwürdigen Traum. Selbst in dem großen halb leeren Raum war die Hitze unerträglich und erstickend. Die Luft schien beladen mit den verschiedenen Düften vieler weißer Blumen, von schwerer, betäubender Süßigkeit: als welkten Tuberosen, Jasmin und Gardenien irgendwo vergessen in unsichtbaren Vasen. Das Mondlicht hatte die Marmorfliesen um mich her in einen schimmernden See verwandelt. Um der Hitze willen hatte ich mein Bett mit einem Ruhebett aus hellem Holz vertauscht, das gleich einem alten Brokat mit Ranken und Blumensträußen bemalt war; ich lag dort, ohne Verlangen einzuschlafen, und ließ meine Gedanken zu meiner Oper *Ogier der Däne* schweifen, deren Text längst vollendet war und für deren Vertonung ich glückliche Inspirationen erhofft hatte von jenem seltsamen Venedig, das gleichsam in einem stehenden Gewässer von Vergangenheit schwimmt. Aber Venedig hatte meine Ideen nur hoffnungslos verwirrt; es war, als entströmten jenen stockenden Wässern die Dünste längst erstorbener Melodien, die meine Seele umnebelten und entkräfteten. Ich lag auf dem Sofa und beobachtete jenen See von weißem Licht, der höher und höher stieg, hier und da von hellen Glanzlichtern durchsetzt, wo die Strahlen des Mondes auf glänzende Flächen trafen, indes im Luftzug der offenen Balkontüren gewaltige Schatten auf- und niederwogten.

Ich ging im Geiste die alte nordische Legende wieder und wieder durch; wie der Ritter Ogier, einer von den Paladinen Karls des Großen, auf seinem Heimweg vom gelobten Land von den Künsten einer Zauberin verführt wurde, derselben Zauberin, die einst den großen Kaiser Cäsar in Bann gehalten und ihm den Sohn König Oberen geschenkt; wie Ogier sich bloß einen Tag und eine Nacht auf dieser Insel aufgehalten und doch alles verändert fand, als er in sein Königreich heimkehrte, die Freunde tot, sein Geschlecht entthront und keinen Menschen, der sein Antlitz gekannt hätte; bis endlich, nachdem er obdachlos wie ein Bettler umhergeirrt, ein armer Sänger sich seiner Not erbarmte, und ihm alles gab, was er zu geben hatte – ein Lied. Das Lied von den kühnen Taten eines Helden, der vor hundert Jahren lebte: der Paladin Ogier der Däne.

Die Geschichte des Ogier floss in einen Traum, der ebenso lebendig war, wie mein waches Denken unklar gewesen. Es war nicht mehr der See von Mondlicht mit seinen tanzenden Lichtern und schwankenden Schattenwellen, den ich erblickte, sondern die bemalte Wand eines großen Saales. Ich erkannte auf den ersten Blick, dass es nicht der Speisesaal des nun in eine Fremdenpension verwandelten venezianischen Palastes war. Es war ein weit größerer Raum, ein wahrer Saal, fast rund in seiner achteckigen Form, mit acht mächtigen weißen, stuckverkleideten Türen und, hoch in der Wölbung des Plafonds, acht kleinen Galerien oder Nischen, wie die Logen eines Theaters, die zweifellos für Musikanten oder Zuschauer bestimmt waren. Der Raum war nur ungenügend von einem der acht Kronleuchter erhellt, die langsam, wie riesige Spinnen, an ihren langen Schnüren kreisten. Aber das Licht fiel auf die vergoldeten Stukkos mir gegenüber und auf ein großes Wandgemälde, das Opfer der Iphigenie darstellend, worauf Agamemnon und Achilles in römischen Helmen, Schurzen und Kniehosen zu sehen waren. Es enthüllte auch eines der Ölgemälde, die in die Decke eingelassen waren, eine Göttin, in zitronengelben und helllila Draperien, die verkürzt hinter einem großen grünen Pfau erschien. Rings um den Saal entdeckte ich, wohin das Licht fiel, große gelbe Atlassofas und schwere goldene Konsolen; im Schatten einer Ecke stand etwas, das einem Klavier ähnlich sah, und noch tiefer im Schatten einer jener großen Baldachine, wie sie die Vorhallen der römischen Paläste schmücken. Ich blickte um mich und fragte mich erstaunt, wo ich sei; ein schwerer, süßer Geruch, der mich an den Duft von Pfirsichen erinnerte, erfüllte den Raum.

Nach und nach begann ich, Töne zu vernehmen; kurze, scharfe, metallische, abgerissene Töne, wie die einer Mandoline; und damit verband sich der Klang einer Stimme, sehr leise, fast ein Flüstern, das schwoll und schwoll und schwoll, bis der ganze Raum erfüllt war von jenem köstlichen, bebenden Laut von seltsamem, fremdartigem, einzigem Klang. Der Ton schwoll und schwoll immerzu.

Da, auf einmal vernahm man einen entsetzlichen, durchdringenden Schrei, das Geräusch eines Körpers, der auf den Boden fällt, und allerhand unterdrückte Rufe. Plötzlich erglänzte ein Licht dort in der Nähe des Baldachins, und inmitten der dunkeln Gestalten, die sich durch den Raum bewegten, sah ich eine Frau auf dem Boden liegen, von anderen Frauen umringt. Ihr verworrenes blondes Haar, geschmückt von Diamanten, die im Halbdunkel aufblitzten, hing halb aufgelöst herab; die Spitzen an der Taille hatte man durchschnitten, und ihr weißer Busen erschimmerte zwischen dem juwelengezierten Brokat; ihr Antlitz war nach vorn geneigt, und ein schlanker weißer Arm hing wie gebrochen herab von den Knien einer Frau, die sich bemühte, sie aufzuheben. Dann vernahm man ein plötzliches Aufplätschern von Wasser auf dem Boden, noch mehr wirres Durcheinanderrufen, ein heiseres, gebrochenes Stöhnen und einen gurgelnden, grässlichen Laut.

– Ich fuhr mit einem Ruck aus dem Schlaf und eilte ans Fenster.

Draußen, im bläulichen Nebel des Mondes, erschimmerten blau und durchsichtig die Kirche und der Glockenturm von San Giorgio, mit schwarzem Rumpf und Takelwerk und roten Lichtern streckte sich ein großes Dampfboot davor hin. Aus der Lagune stieg ein feuchter Seewind auf. Was war es nur gewesen? Ach! Ich begann zu begreifen: die alte Geschichte des Grafen Alvise, der Tod seiner Großtante, Pisana Vendramin – ja, davon hatte ich geträumt.

Ich kehrte in mein Zimmer zurück, machte Licht und setzte mich an meinen Schreibtisch. Der Schlaf war mir ganz vergangen. Ich versuchte an meiner Oper zu arbeiten. Ein- oder zweimal war es mir, als hielt ich endlich fest, wonach ich so lange gesucht – aber sowie ich mein Thema fixieren wollte, erklang in meinem Geiste das ferne Echo jener Stimme, jenes langsam und allmählich anschwellenden Tones, jener lang gezogenen Melodie von so starkem und doch so subtilem Klang.

Es gibt im Leben des Künstlers Augenblicke, in denen er, wenngleich noch außerstande, die eigene Inspiration zu erfassen oder selbst nur deutlich zu unterscheiden, doch das Herannahen des lang heraufbeschworenen Gedankens fühlt. Ein Gemisch von Freude und Schrecken sagt ihm, dass, ehe ein weiterer Tag, eine weitere Stunde vergeht, die Inspiration die Schwelle seiner Seele überschritten und sie verzückt haben wird. Den ganzen Tag über hatte ich ein Bedürfnis nach Ruhe und Einsamkeit empfunden, und als der Abend einbrach, ließ ich mich nach dem entlegensten Teil der Lagunen rudern. Alles deutete darauf hin, dass mir dort meine Inspiration begegnen würde, und ich erwartete ihr Kommen, wie der Geliebte auf die Ankunft der Geliebten wartet.

Ich hatte meine Gondel einen Augenblick halten lassen, und wie ich so sanft auf den mondbeglänzten Wellen auf und nieder schaukelte, war es mir, als befände ich mich an den Grenzen einer geträumten Welt. Sie war dicht neben mir, in hellblauen, leuchtenden Nebel gehüllt, durch den der Mond einen breiten schimmernden Pfad schlug; die kleinen Inseln, die draußen auf dem Meere wie schwarze verankerte Schiffchen schwammen, erhöhten nur die Einsamkeit dieser Öde von Mondstrahlen und Wellen, indes das Summen der Insekten in den nahen Obstgärten den Eindruck ungestörter Stille noch vermehrte. Auf solch einer See, dachte ich, musste der Paladin Ogier geschwommen sein, als er entdeckte, dass während seines Schlummers zu Füßen der Zauberin Jahrhunderte vergangen waren, in denen die heroische Welt versank und die Herrschaft der Prosa anbrach.

Indes meine Gondel ruhig auf jenem Meer von Mondstrahlen schaukelte, sann ich über das Zwielicht jener heroischen Welt. In dem sanften Anschlagen der Wellen an das Boot glaubte ich das Rasseln der Rüstungen zu vernehmen, das Klirren der Schwerter, die nun an den Wänden rosten, vergessen von den entarteten Söhnen der alten großen Helden. Ich hatte lange nach einem Motiv gesucht, welches ich »das Motiv vom Heldentum des Ogier« nannte. Es sollte ab und zu in meiner Oper auftauchen, um schließlich in das Lied des Barden auszuklingen, der dem Helden offenbart, dass er einer längst erstorbenen Welt angehört. In jenem Augenblick glaubte ich, die Gegenwart jenes Motives zu fühlen. Noch ein Augenblick, und mein Geist würde von jener wilden, erhabenen Musik des Todes überflutet sein. Da plötzlich drang über die Lagune, rieselnd, perlend, die Luft zackig durchfurchend, wie der Mond das Wasser mit Blitzen durchschoss und zerfranste, ein Schauer von Tönen, eine Stimme, die in ein Geriesel von Läufen, Kadenzen und Trillern zerrann.

Ich sank in die Kissen zurück. Die Vision heroischer Tage war versunken, und vor meinen geschlossenen Augen schienen zahllose Funken zu tanzen, die einander jagten und sich verschnörkelten wie die Töne jener Vokalise.

»Ans Ufer! Schnell!«, rief ich dem Gondolier zu. Doch der Laut war verstummt, und von den nahen Obstgärten mit den im Mondschein glitzernden Maulbeerbäumen und den schwarzen wehenden Federn der Zypressen kam nichts herüber als das verworrene Summen der Insekten, das monotone Zirpen der Grillen.

Ich sah um mich: auf der einen Seite leere Dünen, Obstgärten und

Wiesen, ohne Häuser oder Türme, auf der anderen die blaue, neblige See, die sich leer erstreckte bis dort, wo die fernen Inseln sich schwarz gegen den Horizont abhoben.

Eine Schwäche überkam mich, ich fühlte, wie ich mich auflöste, denn plötzlich drang über die Lagune abermals ein Geriesel von Tönen, das wie ein spöttisches Lachen klang.

Dann wieder alles still. Die Stille hielt so lange an, dass ich aufs Neue in Nachdenken über meine Oper versank. Wieder lauerte ich auf das halb erfasste Motiv. Aber nein! Es war nicht jenes Motiv, worauf ich mit angehaltenem Atem wartete! Meine Täuschung kam mir zum Bewusstsein, als, wie ich um die Spitze der Giudecca bog, das Flüstern einer Stimme aus der Mitte des Wassers tauchte, einer Stimme so zart wie ein Mondstrahl, kaum vernehmbar, aber auserlesen, die langsam, unmerklich schwoll, greifbar wurde, Körper, Blut und Feuer gewann, eine Stimme von unvergleichlicher Art, volltönend, leidenschaftlich, aber gleichsam umhüllt von zarten, wolkigen Schleiern. Der Ton wurde stärker und stärker, wärmer und leidenschaftlicher, bis er durch jenen seltsamen und entzückenden Schleier brach und aufleuchtete, um sich in einen langen, prächtigen, triumphierenden, funkelnden Triller aufzulösen.

Dann Todesstille.

»Rudert zum Markusplatz! Schnell!«, rief ich. Die Gondel glitt durch die schimmernde lange Fährte der Mondstrahlen und zerriss den breiten Spiegel gelben Lichtes, in dem sich die Kuppeln von San Marco, das Spitzenwerk der Zinnen und der schlanke rosige Glockenturm spiegelten, der aus dem durchleuchteten Wasser zu dem blassen, bläulichen Nachthimmel aufstieg.

Auf dem größeren der beiden Plätze wand sich eine Militärkapelle durch die letzten Spiralen eines *Crescendo* von Rossini. Die Menge zerstreute sich in diesem großen Ballsaal unter freiem Himmel, und es entstanden jene Geräusche, die jedem Gartenkonzert unfehlbar folgen. Ein Klappern von Tellern und Löffeln, das Rascheln von Kleidern und Stühlen und das Rasseln der Säbel auf dem Pflaster. Ich bahnte mir meinen Weg durch die Reihen der jungen Lebemänner, die, an den Knöpfen ihrer Stöcke lutschend, die Damen musterten, zwischen ehrbaren Ehepaaren, die Arm in Arm, dicht hinter ihren weiß gekleideten Töchtern marschierend, spazieren gingen. Ich setzte mich vor das *Café Florian*, während die Besucher sich zum Aufbruch rüsteten und die Kellner, mit den leeren Tassen und

Löffeln klappernd, hin und her eilten. Zwei Talmi-Neapolitaner nahmen ihre Gitarre und ihre Violine unter den Arm und schickten sich an, fortzugehen.

»Halt!«, rief ich ihnen zu. »Geht noch nicht; singt mir etwas vor – singt *La Camesella* oder *Funiculi – funiculà* – gleichviel, was, wenn es nur Lärm macht«, und als sie schon aufs Lauteste schrien und kreischten, rief ich: »Zum Teufel, könnt ihr nicht lauter singen? Singt lauter – hört ihr!«

Ich fühlte das Bedürfnis nach Lärm, nach Gekreisch und falschen Tönen, nach etwas Scheußlichem und Gemeinem, um jene Geisterstimme zu verjagen, die mich verfolgte.

Wieder und wieder sagte ich mir, dass es sicherlich nur ein Narr von einem romantischen Dilettanten gewesen sei, der sich in einem der Ufergärten verbarg oder unbemerkt auf der Lagune dahinglitt, und dass sich unter dem behexenden Einfluss des Mondlichtes und der Seenebel triviale Solfeggien von Bordogni oder Crescentini in meiner erregten Fantasie verwandelt hätten.

Gleichwohl verfolgte mich diese Stimme unablässig. Meine Arbeit wurde von dem Bestreben unterbrochen, ein imaginäres Echo dieser Stimme zu vernehmen, und in die heroischen Motive meiner nordischen Legende schlichen sich üppige Melodien und blühende Kadenzen, in denen ich jene verruchte Stimme wieder zu vernehmen meinte.

Von Vokalisen spukhaft verfolgt zu werden – es war zu lächerlich für einen Musiker, der angeblich die Gesangskunst hasste!

Und doch glaubte ich lieber noch an den kindischen Amateur, der sich damit vergnügte, den Mond anzusingen.

Eines Tages, als ich zum hundertsten Mal jene Betrachtungen anstellte, fiel mein Blick zufällig auf das Bild des Zaffirino, das mein Freund an die Wand geheftet hatte. Ich zerrte es herab und zerriss es in viele Stücke. Dann, mich meiner Torheit schon wieder schämend, sah ich den Stücken nach, wie sie zum Fenster hinausflogen und vom Seewind hin und her getrieben wurden. Eins verfing sich in einen gelben Fensterladen unter mir, die anderen fielen in den Kanal und entschwanden den Blicken bald in den dunkeln Wassern. Ich war tief beschämt. Mein Herz klopfte zum Zerspringen. Was für ein elendes, kraftloses Geschöpf war ich geworden in diesem verdammten Venedig mit seinem schmachtenden Mondlicht und seiner

Atmosphäre, wie die eines dumpfen, lange unbewohnten, von altem Kram erfüllten Boudoirs!

An jenem Abend schien es jedoch besser zu gehen. Ich konnte mich an meine Oper machen und sogar ein wenig arbeiten. In den Pausen kehrten meine Gedanken, nicht ohne einiges Vergnügen, zu den verstreuten Fragmenten des Bildes zurück, die nun im Wasser trieben. Ich wurde in meinem Klavierspiel unterbrochen vom rauen Klang der Stimmen und dem Kratzen der Violinen, das aus einem jener Musikboote aufstieg, die nachts vor den Hotels am Canal Grande halten. Der Mond war untergegangen. Unter meinem Balkon streckte sich das Wasser schwarz hin, unterbrochen von den noch schwärzeren Umrissen der Gondelflottille, die das Musikboot begleitete, in welchem die Gesichter der Sänger, die Gitarren und Violinen rötlich leuchteten bei dem schwankenden Lichte der chinesischen Lampions.

»Jammo, jammo; jammo, jammo ja«, sangen die lauten, heiseren Stimmen; dann ein entsetzliches Kratzen und Klimpern und ein gellend hinausgeschrienes: »Funiculi, funiculà; funiculi, funi-culà; jammo, jammo, jammo, jammo, jammo, jammo ja.«

Dann kamen ein paar Rufe »Bis! Bis!« aus einem benachbarten Hotel, ein kurzes Händeklatschen, der Klang einer Handvoll Kupfermünzen, die in das Boot fielen, und die Ruderschläge einiger Gondeliers, die sich zum Wegfahren rüsteten.

»Singt die *Camesella*«, befahl eine Stimme mit fremdem Akzent.

»Nein, nein! *Santa Lucia*.«

»Ich möchte *La Camesella*.«

»Nein! *Santa Lucia*. Hallo! Hört ihr? Singt *Santa Lucia!*«

Die Musikanten unter den grünen, roten und gelben Lampions berieten flüsternd, wie sie diese widersprechenden Forderungen befriedigen sollten. Dann, nach kurzem Zögern, begannen die Violinen das Vorspiel zu jenem einst berühmten Liede, das sich in Venedig erhalten hat – dessen Text vor mehreren Jahrhunderten von einem Aristokraten Gritti gedichtet und das von einem Unbekannten in Musik gesetzt wurde – *La Biondina in Gondoletta*.

Das verdammte achtzehnte Jahrhundert! Ein boshaftes Verhängnis musste jene Bestien verführt haben, gerade dieses Lied zu wählen, um mich zu stören.

Endlich war das lange Vorspiel zu Ende; aber über die quietschenden Geigen und klimpernden Gitarren erhob sich nicht der erwartete näselnde Chor, sondern eine einzelne Stimme, die leise und verhalten sang.

Meine Pulse flogen. Wie gut kannte ich diese Stimme! Sie sang, wie gesagt, leise und verhalten, dennoch genügte sie, um den ganzen Arm des Kanals mit jenem sonderbaren, erlesenen, fremdartigen Klang zu erfüllen.

Es waren lang gezogene Töne, intensiv, aber eigenartig anmutig, eine Männerstimme, in der viel Weibliches lag, mehr wie die eines Chorknaben, aber ohne die Klarheit und Unschuld eines Chorknaben; es war, als erstickte und verschleierte eine Art vager Trauer, ein Strom verhaltener Tränen ihren jugendlichen Schmelz.

Ein Sturm von Beifall folgte, die alten Paläste widerhallten davon. »Bravo! Bravo! Danke! Noch einmal – bitte, noch einmal! Wer kann das nur sein?«

Und dann das Zusammenstoßen der Bootswände, das Platschen von Rudern, das Fluchen der Gondeliers, die einander verdrängen wollten, indes die roten Buglaternen der Gondeln sich um das bunt erleuchtete Musikboot drängten.

Aber dort rührte sich keiner. Der Applaus gebührte keinem unter ihnen. Und indes alles drängte und applaudierte und rief, glitt eine der roten Buglaternen aus der Flottille leise davon; einen Augenblick lang hob sich eine einzelne Gondel schwarz von der schwarzen Wasserfläche ab, dann entschwand sie ins Dunkel.

Durch mehrere Tage war der geheimnisvolle Sänger der allgemeine Gegenstand des Gespräches. Die Leute vom Musikboot beteuerten, dass niemand außer ihnen im Boot gewesen sei und dass sie von dem Besitzer jener Stimme so wenig wüssten wie wir selber. Die Gondoliers waren, trotz ihrer Abkunft von den Spürnasen der alten Republik, ebenso wenig imstande, uns auf die Spur zu helfen. Man wusste von keiner musikalischen Größe, die man in Venedig vermutet hätte; und alle waren darüber einig, dass ein derartiger Sänger eine europäische Berühmtheit sein müsste. Das Befremdendste an der befremdenden Geschichte war, dass selbst die Musikverständigen sich über die Art dieser Stimme nicht einigen konnten: Sie wurde in der verschiedensten Weise definiert und mit den widersprechendsten Adjektiven bezeichnet; die Leute gingen so weit, darüber zu streiten, ob es die Stimme eines Mannes oder einer Frau sei; jeder Einzelne fand eine andere Auslegung dafür. In all diesen musikalischen Diskussionen gab ich allein keine Meinung ab. Ich fühlte eine Scheu, fast die Unmöglichkeit, über diese Stimme zu sprechen; und die mehr oder minder banalen Bemerkungen meiner Freunde hatten unveränderlich die Wirkung, mich aus dem Zimmer zu vertreiben.

Inzwischen war meine Arbeit von Tag zu Tag schwieriger geworden, und ich ging bald vom Unvermögen in einen Zustand unerklärlicher Erregung über. Jeden Morgen stand ich mit den schönsten Entschlüssen und Arbeitsprojekten auf; aber jeden Abend ging ich schlafen, ohne irgendetwas ausgeführt zu haben. Stundenlang lehnte ich auf meinem Balkon oder wanderte durch das Netz von Gässchen mit dem blauen Himmelsband, vergeblich bemüht, den Gedanken an diese Stimme loszuwerden, oder eigentlich bemüht, sie in meiner Erinnerung heraufzubeschwören; denn je mehr ich danach strebte, sie aus meinem Denken zu verbannen, desto heftiger dürstete ich nach jenem eigenartigen Ton, nach jenen geheimnisvollen, weichen, verschleierten Noten; und kaum versuchte ich an meiner Oper zu arbeiten, da durchschwirrten meinen Kopf auch schon Bruchstücke vergessener Melodien aus dem achtzehnten Jahrhundert, kleine frivole oder schmachtende Motive, und voll bittersüßer Sehnsucht verfiel ich in Nachsinnen, wie jene Melodien wohl, von jener Stimme vorgetragen, klingen möchten.

Endlich war ich gezwungen, einen Arzt aufzusuchen, dem ich jedoch all die sonderbaren Symptome meines Leidens sorgfältig verheimlichte. Er erwiderte sorglos, die große Hitze und die Luft der Lagunen hätten mich ein wenig heruntergebracht, ein kräftigendes Mittel, ein Monat auf dem Lande, viel Bewegung im Freien und völliges Ausruhen würden mich wieder ganz herstellen. Der alte Bummler, Graf Alvise, der darauf bestanden hatte, mich zu dem Arzte zu begleiten, schlug sofort vor, ich sollte zu seinem Sohn fahren, der sich beim Überwachen der Maisernte im flachen Land zu Tode langweile; er könnte mir prächtige Luft, gute Pferde und alle friedlichen Bedingungen und köstlichen Beschäftigungen des ländlichen Lebens versprechen: »Also seien Sie vernünftig, mein lieber Magnus, und gehen Sie ruhig nach Mistrà.«

Mistrà – der Name durchschauerte mich. Ich war im Begriff, die Einladung abzulehnen, als plötzlich ein Gedanke in meinem Gehirn vage aufdämmerte.

»Ja, mein lieber Graf«, entgegnete ich, »ich nehme Ihre Einladung dankbarst und mit Vergnügen an. Morgen schon will ich nach Mistrà aufbrechen.«

Der nächste Tag fand mich in Padua, auf dem Weg nach Mistrà. Es war, als hätte ich eine unerträgliche Last hinter mir gelassen. Ich war zum ersten Mal nach so langer Zeit wieder leichten Herzens. Die gewundenen, holperigen Straßen mit ihren leeren, düsteren Säulenhallen; die verwitterten Paläste mit den farblosen geschlossenen Fensterläden; der kleine Park mit den dürftigen Bäumen und dem spröden Gras; die venezianischen Gartenhäuser, die ihre verfallene Grazie in der schlammigen Brühe der Brenta spiegelten, die Gärten ohne Zaun und die Zäune ohne Gärten, die Alleen, die nirgends hinführten, und die Bevölkerung von blinden, lahmen Bettlern und scheltenden Sakristanen, die wie durch Zauberei plötzlich unter der sengenden Augustsonne in den öden, staubigen Straßen auftauchten, zwischen deren geborstenen Pflastersteinen das Gras wächst, all jener traurige Verfall belustigte mich bloß und gefiel mir. Meine frohe Stimmung wurde noch gehoben durch den glücklichen Zufall, dass ich in der Kirche von Sant Antonio eine musikalische Messe zu hören bekam.

In meinem ganzen Leben hatte ich nichts Ähnliches vernommen, obwohl Italien hinsichtlich der Kirchenmusik genug Merkwürdigkeiten bietet. In den tiefen, näselnden Gesang der Priester brach plötzlich ein Chor von Kinderstimmen, die völlig unabhängig von Takt und Tonart sangen. Grunzende Priester, denen quäkende Knabenstimmen antworteten, tiefe gregorianische Modulationen, die von flottem Leierkastengewerkel unterbrochen wurden, ein tolles, verrückt-lustiges Bellen und Kläffen, Meckern, Wiehern, Schnattern, eine Musik, die zu einem Hexensabbat oder besser noch zu einem mittelalterlichen Narrenfest gepasst hätte. Und was den grotesken, fantastischen, Gespenster-hoffmannschen Eindruck noch erhöhte, war, nebst der Pracht der kunstvoll behauenen marmornen Pfeiler und der vergoldeten Bronzen, die hohe künstlerische Tradition herrlicher Kirchenmusik, durch die Sant Antonio einst in vergangenen Tagen berühmt war. Ich hatte in alten Reisebeschreibungen von Lalande und Burney gelesen, dass die Republik von San Marco ungeheure Summen nicht bloß an den bildnerischen Schmuck, sondern auch an die Pflege der Musik dieser mächtigen Kathedrale des Binnenlandes gewendet hatte. Inmitten dieses unbeschreiblichen Konzertes von Stimmen und Instrumenten versuchte ich, mir die Stimme Guadagnis vorzustellen, jenes Soprans, für den Gluck die Arie: *Che farò senza Euridice?* geschrieben, und die Geige des

Tartini, jenes Tartini, mit dem einst der Teufel um die Wette musiziert hatte. Und mein Vergnügen an etwas so vollkommen Sinnlosem, Barbarischem, Groteskem, Fantastischem wie dieser Aufführung an diesem Orte wurde noch gesteigert durch ein Gefühl der Ketzerei: Das waren die Nachfolger jener großen Musiker aus dem verhassten achtzehnten Jahrhundert!

Das Ganze hatte mich so sehr entzückt, so weit mehr, als es irgendeine vollendete Aufführung vermocht hätte, dass ich beschloss, mir das Vergnügen nochmals zuzuführen; und um die Zeit der Vesper, nach einem fröhlichen Mittagessen, das ich in Gesellschaft von zwei Handlungsreisenden in der *Trattoria della Stella* eingenommen, wendete ich meine Schritte abermals der Kirche von Sant Antonio zu.

Die Glocken läuteten den Abend ein, und aus dem mächtigen verödeten Dom schienen dumpfe Orgeltöne zu dringen; ich hob den schweren Ledervorhang, um einzutreten, und war auf eine Wiederholung des grotesken Schauspieles vom Vormittag gefasst.

Ich hatte mich jedoch getäuscht. Die Vesper musste längst vorüber sein. Ein schaler Weihrauchgeruch, ein moderiger Gruftgeruch stieg mir in die Nase; es war schon Nacht in der weiten Kathedrale. Durch das Dunkel schimmerte das Licht der ewigen Lampen in den Seitenkapellen und warf zitternde Streiflichter auf den roten polierten Marmor, die vergoldeten Gitter und Kronleuchter und setzte den marmornen Gliedern einer Steinfigur gelbe Reflexe auf. Ein brennender Wachsstock wob einen Heiligenschein um den Kopf eines Priesters und ließ seinen kahlen Schädel, sein weißes Chorhemd und das vor ihm aufgeschlagene Buch hell erglänzen. »Amen«, sang er; dann klappte er das Buch zu, das Licht wanderte aufwärts zur Apsis, ein paar dunkle kniende Frauengestalten erhoben sich und schritten rasch dem Ausgang zu; auch ein alter Mann, der vor einem Seitenaltar sein Gebet verrichtete, stand auf und machte dabei ein heftiges Geräusch, weil er seinen Stock fallen ließ.

Die Kirche war leer, und ich erwartete, jeden Augenblick hinausgewiesen zu werden von dem Sakristan, der seine abendliche Runde machte und die Türen schloss. Ich lehnte an einem Pfeiler und blickte in die Dämmerung der großen Gewölbe, als plötzlich aus der Orgel eine Reihe von Akkorden quoll, die wie ein grollender Donner in der Kirche widerhallten; es schien der Schluss des Gottesdienstes, dessen Anfang ich offenbar versäumt hatte. Und über das Tönen der Orgel erhob sich der Klang einer Stimme; hoch, mild, gleichsam umschleiert, von einer Wolke von Weihrauch umnebelt, durchlief sie die Tonreihen einer langen Kadenz. Dann versank die Stimme in Stille; mit zwei donnernden Akkorden fiel die Orgel ein. Darauf tiefes Schweigen. Einen Augenblick lang lehnte ich mich an einen Pfeiler des Schiffes: Mein Haar klebte feucht an den Schläfen, die Knie versagten mir, eine lähmende Glut rann mir durch die Glieder; ich versuchte, tiefer zu atmen, die Töne mit der weihrauchgeschwängerten Luft einzuziehen. Ich war unendlich glücklich, und doch war mir, als müsste ich vergehen; dann plötzlich überlief mich ein kalter Schauer und zugleich eine vage Furcht. Ich wandte mich und eilte dem Ausgang zu.

Draußen hob sich der Abendhimmel in klarem Blau von der langen Zeile der Dächer ab; die Fledermäuse und die Schwalben kreisten; und von allen Türmen ringsum erklang, halb ertränkt in dem vollen Schall von Sant Antonios Glocke, das Ave-Maria-Geläute.

»Sie scheinen wirklich leidend«, hatte der junge Graf Alvise am vorhergehenden Abend gesagt, als er mich bei dem Schein einer Laterne, die ein Bauer trug, in dem verwilderten Schlossgarten von Mistrà willkommen hieß. Es war mir alles wie ein Traum erschienen: das Schellengeklingel des Pferdes, während wir im Dunkel von Padua herüberfuhren und die Laterne im Vorüberfliegen ihr Licht über die hellgelben Akazienhecken goss; das Knirschen der Räder auf dem Kies; das Nachtessen, bei dem aus Furcht vor den Mücken nur eine einzige Petroleumlampe auf dem Tische brannte, wobei ein gebrechlicher alter Diener in einer alten Stall-Livree die Schüsseln mit dem Zwiebelduft herumreichte; die alte Gräfin, die hinter ihrem Fächer mit den Stiergefechten mit schriller, wohlwollender Stimme im Dialekt schwatzte; der unrasierte Dorfpfarrer, der beständig mit dem Glas und dem Fuß herumzappelte und die eine Schulter zuckend emporhob. Und nun, am nächsten Nachmittag, war es mir, als sei ich mein ganzes Leben in diesem weitläufigen, verfallenen Schloss von Mistrà gewesen – ein Schloss, das zu drei Vierteln Korn- und Getreidekammern abgab oder den Ratten, den Mäusen und Skorpionen zum Tummelplatz diente. Es schien mir, als sei ich ewig in der Bibliothek des Grafen gesessen, zwischen den Stößen verstaubter landwirtschaftlicher Bücher, den Haufen von Rechnungen, den Getreideproben, den Seidenkokons, den Tintenklecksen und Zigarrenstummeln; als habe ich nie von etwas anderem gehört als von den Grundlagen des italienischen Feldbaues, den Krankheiten des Mais und der Reben, der Viehzucht und den Verdrießlichkeiten mit den Feldarbeitern, angesichts der blauen Gipfel der Euganeischen Hügel, welche die grüne, schimmernde Ebene vor den Fenstern am Horizont begrenzten.

Nach einem zeitigen Mittagessen, wieder in Gesellschaft der kreischenden alten Gräfin und des zuckenden, zappelnden Dorfgeistlichen, inmitten der Gerüche von heißem Öl und gerösteten Zwiebeln, nahm mich Graf Alvise auf seinen Wagen und kutschierte mich zwischen mächtigen Staubwolken und endlosen Pappel-, Akazien- und Ahornalleen nach einem seiner Meierhöfe.

Etwa zwanzig bis dreißig Mädchen in bunten Röcken, Schnürleibchen und großen Strohhüten droschen in der glühenden Sonne den Mais auf dem großen mit roten Ziegeln gepflasterten Dreschboden, während andere die Körner in großen Sieben schwangen. Graf Alvise III. (der Alte war Alvise II.; in dieser Familie heißt jeder Alvise, das heißt Louis; der Name steht auf den Wänden, den Wagen, den Karren, ja, sogar den Eimern) nahm eine Handvoll Mais, befühlte ihn, kostete ihn, sagte etwas zu den Arbeiterinnen, das sie zum Lachen brachte, und etwas zum Oberknecht, worüber dieser sehr verdrießlich schien; dann führte er mich in einen großen Stall, in dem zwanzig oder dreißig weiße junge Stiere herumtrampelten, mit den Schweifen schlugen und im Dunkel mit den Hörnern gegen die Futtertröge stießen. Alvise III. streichelte jeden, nannte ihn beim Namen, gab ihm Salz oder eine Rübe und erklärte mir, welche der mantuanischen, der apulischen oder der romagnolischen Rasse angehörten. Dann hieß er mich wieder aufsitzen, und weiter ging es zwischen Staubwolken, Hecken und Tümpeln, bis wir zu einem roten Ziegelbau mit rosigen Schloten gelangten, aus denen der Rauch zum blauen Himmel aufstieg. Hier droschen und siebten wieder viele Mädchen den Mais, der wie ein goldener Regen der Danae herabrieselte; wieder brüllten und stampften junge Stiere in der kühlen Dämmerung; wieder wurde gescherzt und gescholten und erklärt; und so durch fünf Meierhöfe, bis die rhythmisch geschwungenen Dreschflegel auf dem sonnendurchglühten Hintergrund, der goldene Körnerregen, der gelbe Staub, der aus den Sieben zu den roten Ziegelbauten aufstieg, mir vor den Augen tanzten, sobald ich die Lider schloss, und dazu bewegten sich zahllose Schweife und Hörner und mächtige weiß schimmernde Flanken und Stirnen.

»Ein tüchtiges Tagwerk!«, sagte Graf Alvise und streckte die langen Beine in den engen Reithosen und den hohen Stulpenstiefeln von sich, »Mama, gib uns doch eine Anisette nach Tisch; das ist ein prächtiger Stimulus und der beste Schutz gegen die Fieber unserer Gegend.«

»Was, es gibt Fieber in Ihrer Gegend? Ihr Vater sagte doch, die Luft sei so gut!«

»Freilich, freilich«, beschwichtigte die alte Gräfin. »Arg sind hier nur die Moskitos; schließen Sie nur ja die Fensterläden, ehe Sie Licht anzünden.«

»Nun«, fügte Graf Alvise gewissenhaft hinzu, »Sumpffieber gibt es eigentlich schon; aber Sie müssen es ja nicht bekommen. Nur hüten Sie sich, abends in den Garten zu gehen. Der Papa hat mir gesagt, dass Sie eine Vorliebe für Mondscheinpromenaden haben. Das taugt nicht für diese Gegenden, lieber Freund, das taugt nicht. Müssen Sie schon in der Nacht herumrennen, weil Sie ein Genie sind, dann machen Sie lieber eine Runde im Schloss; Sie sollen ja möglichst viel Bewegung haben.«

Nach Tisch kam die Anisette, zugleich mit dem Schnaps und den Zigarren, und wir saßen alle zusammen in dem langen, schmalen halb leeren Salon im ersten Stock; die Gräfin strickte an einem formlosen undefinierbaren Kleidungsstück, der Geistliche las die Zeitung, Graf Alvise rauchte seine langen verbogenen Zigarren und zauste dabei seinen langen, hageren, schäbigen Hund mit dem blinden Auge bei den Ohren. Aus dem dunklen Garten drang das Summen und Schwirren zahlloser Insekten und der Duft der Trauben an den Spalieren, die sich schwarz vom sternenhellen Himmel abhoben. Ich ging auf den Balkon. Dunkel lag der Garten da; die hohen Pappeln ragten auf zu dem blinzelnden Firmament; man hörte den schrillen Ruf einer Eule, das Kläffen eines Hundes; dann kam ein plötzlicher warmer Duftstrom, ein Duft, der an den Geschmack gewisser Pfirsiche erinnerte und das Bild weißer, dicker, wächserner Blüten heraufbeschwor. Ich musste den Duft dieser Blume schon von früher her kennen; es nahm mir den Kopf ein und berauschte mich beinahe. »Ich bin sehr müde«, sagte ich zum Grafen Alvise, »sehen Sie nur, wie uns kraftlose Städter alles angreift!«

Aber trotz meiner Müdigkeit fand ich es ganz unmöglich zu schlafen. Die Nachtluft schien geradezu erstickend. Ich hatte in Venedig nichts Ähnliches empfunden. Trotz der Warnung der Gräfin öffnete ich die hermetisch geschlossenen Fensterläden und blickte hinaus.

Der Mond war aufgegangen; und in seinem Schein lagen die weiten Rasenflächen, die gerundeten Baumkronen, in leuchtende, blaue Nebel gehüllt, und jedes Blatt bebte und funkelte in diesem flutenden Meer von Licht. Unter dem Fenster erstreckte sich das lange Spalier mit dem weißen, leuchtenden Steinboden. Es war so hell, dass ich das Grün der Weinblätter und das dunkle Rot der Catalpablüten unterscheiden konnte. In der Luft lag ein vager Duft von frischem Heu, von reifen Trauben und jenen weißen Blüten (Sie konnten nur weiß sein!), die mich an den Geschmack von Pfirsichen erinnerten; und alle Düfte verschmolzen in die köstliche Frische fallenden Taues. Auf dem Kirchturm des Dorfes schlug es eins: Gott weiß, wie lange ich vergeblich versucht hatte einzuschlafen. Ein Schauer überlief mich, der Kopf war mir plötzlich eingenommen wie vom Dunst eines starken und seltsamen Weines; ich gedachte der sumpfigen Ufer, der Kanäle mit dem stehenden Wasser, der fahlen Gesichter der Bauern; das Wort »Malaria« kam mir in den Sinn. Gleichviel! Ich fuhr fort, im Fenster zu lehnen, erfüllt von dem durstigen Verlangen, in jenen blauen Mondnebel, jenen Duft, jene Stille zu tauchen, die draußen schillerten und bebten wie die Sterne, die das Himmelszelt besäten. – Welche Musik, und wäre es die des gewaltigen Wagner oder jenes großen Sängers der Sternennacht, Schumann, ließe sich mit jener tiefen Stille vergleichen, jener großen Symphonie stummer Dinge, die in der Seele klingen und singen!

Während ich diese Betrachtung anstellte, durchbrach ein hoher, bebender, süßer Laut die Stille, die sich gleich wieder darum schloss. Ich lehnte mich aus dem Fenster, mein Herz schlug zum Zerspringen. Nach einer kurzen Pause wurde die Stille abermals von jenem Laut durchquert, wie eine Sternschnuppe oder eine langsam steigende Rakete das Dunkel durchblitzt. Aber diesmal war es klar, dass die Stimme nicht, wie ich zuerst gedacht, aus dem Garten, sondern aus dem Hause kam, aus irgendeinem fernen Winkel jenes verwitterten alten Schlosses von Mistrà.

Mistrà ... Mistrà! Der Name klang mir im Ohr, und endlich ging mir sein Sinn auf, der mir bis dahin, wie es schien, entgangen war. »Ja«, sagte ich zu mir selber, »es ist ganz natürlich.« Und mit jenem Gefühl der Selbstverständlichkeit paarte sich eine fieberhafte, ungeduldige Freude. Es war, als sei ich eigens nach Mistrà gekommen und endlich im Begriff, dem Gegenstand meiner lang gehegten Träume zu begegnen.

Die Lampe mit dem versengten grünen Schirm erfassend, öffnete ich leise die Tür und machte mich auf den Weg durch eine lange Reihe großer leerer Säle, in denen meine Schritte wie in einer Kirche widerhallten und mein Licht ganze Schwärme von Fledermäusen aufscheuchte. Ich wanderte ziellos weiter und weiter weg von dem bewohnten Flügel des Gebäudes.

Die Stille machte mich beklommen; sie legte sich mir aufs Herz wie eine unverhoffte Enttäuschung.

Da plötzlich erklang ein Laut – ein Saitenklang, scharf, metallisch, eher wie der Ton einer Mandoline – dicht an meinem Ohr. Ja, ganz dicht: Ich war nur durch eine Wand von dem Laut getrennt. Ich tastete nach einer Tür; das flackernde Licht meiner Lampe genügte meinen Augen nicht, die umschleiert waren wie die eines Betrunkenen. Endlich fand ich eine Klinke, und nach einem Augenblick des Zögerns drückte ich darauf und stieß sanft eine Tür auf. Zuerst konnte ich nicht erkennen, wo ich mich eigentlich befand. Um mich her war es ganz dunkel, aber ein glänzendes Licht, das von unten her kam und die gegenüberliegende Wand streifte, blendete mich. Es war, als hätte ich die dunkle Loge eines halb erleuchteten Theaters betreten. Es war tatsächlich etwas Derartiges, eine dunkle Höhle mit hoher Balustrade, halb verdeckt von gerafften Vorhängen. Ich erinnerte mich, dass es derartige kleine Galerien oder Nischen hoch in der Wölbung des Plafonds für die Musikanten oder die Zuschauer in den Tanzsälen mancher italienischer Paläste gibt. Ja, etwas Ähnliches musste es sein. Mir gegenüber war eine gewölbte Decke mit vergoldetem Stuck, der große, von der Zeit geschwärzte Gemälde umrahmte; und tiefer drunten sah ich in dem Lichte, das von unten kam, eine lange, mit verblassten Fresken bedeckte Wand. Wo hatte ich doch jene Göttin in helllila und zitronengelben Draperien, die verkürzt hinter einem großen grünen Pfau erschien, schon gesehen? Denn sie war mir wohlbekannt, ebenso wie die Tritonen aus Stuck, die ihre Schweife um den vergoldeten Rahmen schlangen. Und jene Freske, die Krieger in römischen Panzern, in grünen und blauen Schurzen und Kniehosen – wo mochte ich sie gesehen haben? Ich stellte mir diese Fragen, ohne die geringste Überraschung zu empfinden. Überdies war ich sehr ruhig, wie man manchmal bei ungewöhnlichen Träumen ruhig ist – träumte ich am Ende gar?

Ich trat leise vor und lehnte mich an die Brüstung. Zuerst traf mein Auge auf das Dunkel über mir, in dem die großen Kronleuchter, die von der Decke niederhingen, langsam gleich riesigen Spinnen kreisten. Nur einer von ihnen war erleuchtet, und seine venezianischen Glasgehänge, die Nelken und Rosen opalisierten in dem Lichte des schmelzenden Wachses. Dieser Luster beleuchtete die gegenüberliegende Wand und jenen Teil des Plafonds mit der Göttin und dem Pfau; er erhellte, wenn auch weit spärlicher, eine Ecke des mächtigen Raumes, wo sich im Schatten eines Baldachins eine kleine Gruppe um ein Sofa drängte, das gleich den Wänden mit gelbem Atlas überkleidet war. Auf dem Sofa, meinen Blicken halb entzogen durch die Leute, die sie umgaben, lag eine Frau; die Silberstickereien ihres Kleides und ihre Diamanten funkelten und facettierten, während sie sich ruhelos bewegte. Und dicht unter dem Luster, im vollen Lichte, neigte sich ein Mann über ein Klavier, als wollte er sich sammeln, ehe er zu singen begann. Er schlug ein paar Akkorde an und sang. Ja, gewiss, das war die Stimme, die Stimme, die mich so lange verfolgt hatte! Ich erkannte sofort ihren zarten, üppigen, seltsamen, auserlesenen Klang, ihren unbeschreiblich süßen Schmelz, aber den völligen Mangel an Klarheit und Frische. Jene tränenumflorte Leidenschaft, die mir damals in den Lagunen die Sinne verwirrt hatte, und damals am Canal Grande, als sie die *Biondina* sang, und dann vor zwei Tagen, im verödeten Dom von Padua. Aber ich erkannte nun, was sich mir bis jetzt verborgen hatte, dass mir auf der ganzen weiten Welt nichts teurer war als diese Stimme.

Die Stimme durchlief schwellend und wieder verklingend lange empfindsame Passagen, reich verschnörkelte, üppige *Rifiorituras*, die von zarten, köstlichen Läufen und hellen Trillern durchsetzt waren; ab und zu hielt sie an, leise schwingend, wie sich wiegend in schmachtender Wonne. Und ich fühlte mich zerfließen wie Wachs in der Sonne, und es schien mir, als sei auch ich aufgelöst, entmaterialisiert, um mit diesen Tönen zu verschmelzen, wie die Mondstrahlen mit dem Tau in eins zusammenfließen.

Da plötzlich erklang aus der dämmerigen Ecke unter dem Baldachin ein leiser Klagelaut; dann ein zweiter, der im Gesang des Sängers unterging. Während einer längeren Passage auf dem Klavier wandte der Sänger sein Antlitz dem Thronhimmel zu, und ein kurzes klagendes Aufschluchzen drang von dort hervor. Aber statt einzuhalten, schlug er einen kräftigen Akkord an, und glitt mit gedämpfter, kaum vernehmbarer Stimme sanft in eine lange Kadenz. Im selben Augenblick warf er den Kopf zurück, und das Licht fiel voll auf das schöne weibische Gesicht des Sängers Zaffirino mit der fahlen Blässe und den dichten dunkeln Brauen. Beim Anblick dieses sinnlichen, tückischen Gesichtes mit dem grausamen, spöttischen Lächeln wie das einer boshaften Frau wurde mir intuitiv klar, dass jener Gesang unterbrochen werden *müsse,* dass jener verdammte Satz nicht vollendet werden *dürfe.* Ich erkannte, dass Zaffirino ein Mörder sei, der die Frau dort tötete, der auch mich töten würde mit seiner verruchten Stimme.

Ich stürmte über die dunkle Stiege, die von der Loge hinabführte, wie verfolgt von der köstlichen Stimme, die unmerklich mehr und mehr anschwoll. Ich warf mich gegen die Tür, die zu dem großen Salon führen musste, ich konnte die Lichter durch die Spalten schimmern sehen. Ich zerschund mir die Hände in dem Bemühen, den Riegel zu sprengen. Die Tür war fest verschlossen, und indes ich mit jener verschlossenen Tür rang, hörte ich die Stimme schwellen und schwellen, den Schleier zerreißen, der sie umhüllte, hell hinausschmettern, leuchtend wie der scharfe, funkelnde Stahl einer Klinge, die mir tiefer und tiefer in die Brust drang. Dann abermals ein Klagelaut, ein Todesröcheln und jenes entsetzliche Geräusch, das Gurgeln einer Stimme, die von einem Strom vom Blut erstickt wird. Dann ein langer, heller, scharfer, triumphierender Triller.

Die Tür wich unter der Wucht meines Körpers; die eine Hälfte stürzte polternd ein. Ich drang vor. Eine Flut blauen Mondlichtes blendete mich. Durch vier mächtige Fenster floss friedlich ein bleicher, durchsichtiger Mondnebel und verwandelte den großen Saal in eine Art von unterseeischer Grotte, deren Boden mit Mondstrahlen gepflastert war, wo schimmernde Tümpel von Mondlicht erglänzten. Es war so hell wie am Tage, aber es war eine kalte, blaue, nebelhafte, spukhafte Helle. Der Raum war völlig leer, wie eine große Scheune. Nur die Schnüre, an denen einst die Kronleuchter befestigt waren, hingen vom Plafond herab; und in der Ecke, zwischen Stößen von Holz und Haufen von Welschkorn, denen ein dumpfer Geruch von Feuchtigkeit und Mehltau entströmte, stand ein langes, schmächtiges Klavier mit Spindelbeinen, dessen Deckel von einem Ende zum anderen geborsten war.

Es kam plötzlich eine große Ruhe über mich. Mich beschäftigte nur eins: die Kadenz, die mir noch in den Ohren klang, der unterbrochene Satz, den ich einen Augenblick zuvor vernommen. Ich öffnete das Klavier, und meine Finger fielen kühn auf die Tasten. Ein entsetzliches, lächerliches Klirren zerrissener Saiten war die einzige Antwort.

Da packte mich eine ungeheure Angst. Ich flüchtete durch eins der Fenster; ich durcheilte den Garten und irrte durch die Felder, die Ufer des Kanals entlang, bis der Mond unterging und die Dämmerung frostig anbrach, immer verfolgt, gejagt von dem unablässigen Klirren der zerrissenen Saiten.

Man schien sehr erfreut über meine Genesung. Es scheint, dass man an diesen Sumpffiebern gewöhnlich stirbt.

Genesung? Bin ich denn genesen? Ich gehe herum, ich esse und trinke; ich kann sogar schlafen. Ich lebe wie andere, gewöhnliche Menschen. Aber ich werde von einer sonderbaren tödlichen Krankheit verzehrt. Ich vermag meine eigene Eingebung nicht festzuhalten. Mein Kopf ist erfüllt von musikalischen Ideen, die sicherlich meine eigenen sind, da ich sie nie zuvor vernommen, aber die dennoch nicht mein sind, die ich hasse und verabscheue: kleine, zarte Schnörkel, schmachtende Phrasen und lang gezogene Kadenzen.

O du verruchte, verruchte Stimme, du Geige von Fleisch und Blut, die die Finger des Teufels gefertigt! Darf ich dich nicht wenigstens gründlich verabscheuen?! Muss auch noch im Augenblick, da ich dich verfluche, die Sehnsucht, dich wiederzusehen, meine Seele wie Höllendurst erfüllen?! Und da du nun deinen Rachedurst gestillt, mein Leben, mein Künstlertum zerstört hast, wäre es nicht an der Zeit, Gnade zu üben? Darf ich nicht einen, nicht wenigstens einen Ton von dir vernehmen, du Sänger, du elendes, fluchwürdiges Geschöpf?

WILLIAM HOPE HODGSON

William Hope Hodgson wurde 1877 als eines von zwölf Kindern in der englischen Grafschaft Essex geboren. Sein Vater war ein anglikanischer Geistlicher. William liebte die See und riss im Alter von dreizehn Jahren von zu Hause aus, um Seemann zu werden. Acht Jahre lang bereiste er die Meere. Nachdem er in seine Heimat zurückgekehrt war, versuchte er mit einigen Jobs seinen Lebensunterhalt zu bestreiten, u. a. betrieb er zeitweilig das weltweit erste Bodybuilding-Studio. Mit mäßigem finanziellem Erfolg schrieb er fantastische Erzählungen, deren literarischer Wert deutlich schwankte. In seinen besten Erzählungen reicht er jedoch an die großen Meister des Unheimlichen heran – Hodgson gilt neben Edgar Allan Poe als bedeutendster Autor unheimlicher Seegeschichten.

Bei Ausbruch des Ersten Weltkrieges 1914 wurde Hodgson zum Leutnant der Artillerie ausgebildet. Am 17. April 1918, im Alter von 40 Jahren, wurde er von einer deutschen Granate tödlich getroffen.

Der Spuk auf der Jarvee

»Hast du in letzter Zeit Carnacki gesehen?«, fragte ich Arkright, als er mir in der Stadt zufällig über den Weg lief.

»Nein«, sagte er. »Er ist sicher wieder auf Tour, wie üblich. Aber es kann nicht mehr lange dauern, bis die nächste Einladung kommt, da bin ich mir sicher. Und wenn wir alle im Cheyne Walk versammelt sind, werden wir schon hören, was er so getrieben hat, der verrückte Kerl!«

Er nickte mir zu und war auch schon weitergegangen. Die letzte Einladung in Carnackis Haus am Cheyne Walk Nr. 472 lag Monate zurück, und wir vier Freunde – außer Arkright noch Jessop und Taylor – waren begierig darauf, endlich von seinem neuesten Fall zu hören. Keine seiner Geschichten war wie die andere, und so unerhörte oder gar erschreckende Begebenheiten er auch schilderte, wir wussten doch, dass nicht ein Wort daran erfunden war. Andächtig saßen wir da und lauschten fast atemlos, bis der Erzähler geendet hatte.

Aber wie das Leben so spielt: Schon am nächsten Morgen kam Carnackis Karte, die mich in knappen Worten noch für denselben Abend einlud. Wie verlangt, traf ich pünktlich um sieben Uhr ein, als Erster, doch Jessop und Taylor folgten bald darauf, und als eben das Essen aufgetragen wurde, erschien auch Arkright.

Nach dem Dinner ließ Carnacki wie gewohnt das Kistchen mit den Zigarren kreisen, sank dann in seinen Lieblingssessel und kam ohne Umschweife zur Sache – denn der Grund unseres Treffens war ja die Geschichte, die er zu erzählen hatte.

»Ich komme gerade von einer Schiffsreise zurück, auf einem richtig großen Segelschiff, wie man sie hier und da noch antrifft«, begann er. »*Jarvee* heißt das Schiff, und es gehört einem alten Freund von mir, Captain Thompson. Eigentlich wollte ich nur etwas Seeluft schnuppern, der Gesundheit wegen, doch hatte es mir die Jarvee angetan, weil Thompson mir mehr als einmal von seltsamen Vorkommnissen auf seinem Schiff berichtet hatte. Es war mir fast zur Gewohnheit geworden, ihn danach auszufragen, wann immer er hier vor Anker ging, aber – und das ist vielleicht noch seltsamer – er war nicht imstande, irgendetwas Konkretes dazu zu sagen. Sobald er die

Merkwürdigkeiten, die ihm zweifellos an Bord widerfahren waren, in Begriffe fassen wollte, entzogen sie sich, schienen sich unter seinem Zugriff zu entleeren, bis er am Ende selbst daran zu zweifeln begann. Und stets hörte ich dann, dass da *so etwas* gewesen wäre, *irgendetwas*, das sich ein paarmal gezeigt hätte, so *von ungefähr*, und dazu machte er einige Handbewegungen, die nicht weniger vage waren. Das war alles, was ich aus ihm herausbrachte, abgesehen von unbedeutenden und eher kuriosen Details.

›Kann meine Leute nicht halten‹, bekam ich dann zu hören, ›kriegen Angst, sehen verrückte Dinge oder spüren sie auch nur. Hab schon eine Menge Leute verloren, sind mir vom Mast und den Rahen gefallen, einfach so! ... Kriegt einen schlechten Ruf, mein Kahn.‹ Und dazu nickte er ernst und bedächtig.

Er war ein feiner Kerl, mein Freund Thompson. Als ich an Bord ging, stellte ich fest, dass er eine Extra-Kabine unweit meiner eigenen als Laboratorium und Werkstatt für mich reserviert hatte. Der Schiffszimmermann war angewiesen, die leere Kabine mit Regalen und anderem Mobiliar zu versehen, ganz nach meinen Wünschen, und so hatte ich in wenigen Tagen die gesamte Ausrüstung, die ich für meine Arbeit brauchte, ordentlich und sicher verstaut. Und das war nicht wenig, denn ich hatte längst beschlossen, dieser rätselhaften Geschichte auf den Grund zu gehen, die den Captain so beschäftigte und zugleich verstummen ließ.

Während der ersten beiden Wochen auf See tat ich das, was ich in solchen Fällen immer zu tun pflege: Ich sah mich um und durchforschte die Räumlichkeiten, inspizierte und sondierte, so gründlich man sich das nur vorstellen kann. Keinen Winkel des Schiffs ließ ich aus, doch irgendetwas Verdächtiges fand sich nicht. Es war ein altes Schiff, ganz aus Holz, und so vermaß ich Schotte und Wände, klopfte Spanten und Planken ab, suchte nach versteckten Zugängen in die Laderäume und versiegelte alle Luken. Und so viel Zeit ich auch damit verbrachte, es ergab sich nicht das Geringste in all den Tagen.

Die Bark war allem Anschein nach ein ganz gewöhnlicher, wenn auch – in Anbetracht des Alters – sehr gut erhaltener Kahn und bestens geeignet, gemütlich von einem Hafen zum nächsten zu schippern. Und wenn der Captain auch noch so oft beteuerte, dass ›ich schon sehen würde ...‹, so blieb das eine leere Formel, einmal abgesehen von jenem undefinierbaren Gefühl, das einen beschleicht, wenn sich die Dinge allzu harmlos und alltäglich präsentieren. Immer wieder hörte ich diesen Satz auf unseren Wanderungen über das Poopdeck, wobei er immer wieder stehen blieb und einen langen und leicht beklommenen Blick über das unendliche Meer ringsum schweifen ließ.

Und schließlich, am Abend des achtzehnten Tags, geschah doch etwas. Wie gewohnt spazierten wir auf dem Poopdeck hin und her, als der alte Thompson jäh stehen blieb und hinaufsah zum Kreuz-Royalsegel, das schlaff herabhing und gegen den Mast schlug. Er warf einen Blick auf die Wetterfahne ein paar Schritte abseits, rückte seine Mütze zurecht und starrte aufs Meer hinaus.

›Der Wind flaut ab, Mister ... Werden Ärger kriegen, heut Nacht‹, sagte er, und dann: ›Haben Sie's gesehen?‹ Er zeigte nach Luv.

›Was denn?‹, wollte ich wissen, und irgendetwas an seinem Tonfall ließ mich aufhorchen. ›Wo denn?‹

›Rechter Hand vom Mastbaum‹, sagte der Captain, ›in Richtung der Sonne.‹

›Ich sehe nichts‹, stellte ich fest, nachdem ich lange genug über die Wellen gestarrt hatte, deren Hügel und Täler in der Windstille schon fast eingeebnet waren.

›Dieser Schatten da drüben ... wird immer deutlicher‹, sagte er und hob sein Fernglas. Nach einem langen Blick reichte er es mir und gab mit der ausgestreckten Hand die Richtung vor. ›Genau unter der Sonne‹, wiederholte er, ›kommt näher, mit'n paar Knoten.‹ Ganz sachlich sprach er, fast unbeteiligt, und doch bemerkte ich in seiner Stimme eine gewisse Erregung. Also nahm ich rasch das Glas und hielt es in die angezeigte Richtung.

Es dauerte eine Weile, bis ich es auch sehen konnte. Da war ein verschwommener Schatten auf der glatten Wasserfläche, der sich zu nähern schien. Wie gebannt starrte ich dorthinüber, doch schwankte ich in meinem Urteil von einem Augenblick zum andern, und wenn ich eben noch überzeugt war, dass das mehr war als nur ein gewöhnlicher Schatten, dann hätte ich in der nächsten Sekunde wiederum bestreiten wollen, dass es überhaupt das Geringste zu sehen gab. Aber wenn ja, dann näherte es sich zweifellos dem Schiff ...

›Ist nur ein Schatten, Captain‹, entschied ich mich nach einer ganzen Weile.

›Genau, Mister‹, gab er zurück. ›Werfen Sie mal 'nen Blick übers Heck nach Norden ...‹ Er sagte das mit der Ruhe und Gelassenheit eines Mannes, der sich einer schon des Öfteren bewältigten Herausforderung gegenübersieht und sogar einen gewissen Kitzel dabei verspürt.

Also drehte ich mich um und richtete das Glas nach Norden. Ich suchte eine Weile, prüfte mit meiner Sehhilfe immer neue Bildausschnitte der grauen See. Und dann sah auch ich es, dieses Etwas: ein flüchtiger Schatten auf dem Wasser, mit unscharfen Konturen, der sich bewegte und tatsächlich näher kam.

›Wirklich seltsam‹, murmelte ich, und meine Stimme hörte sich mit einem Mal ziemlich belegt an.

›Und jetzt nach Osten, Mister‹, sagte der Captain nicht weniger ruhig und gelassen als zuvor.

Gehorsam schwenkte ich das Glas nach Osten, und diesmal dauerte es nur ein paar Augenblicke, bis ich den Schatten entdeckt hatte. Das also war Nummer drei, und auch er schien sich zu bewegen.

›Großer Gott, Captain!‹, rief ich. ›Was hat das zu bedeuten!?‹

›Genau das wüsst ich gern‹, sagte er. ›Hab das schon oft gesehen und manchmal gedacht, ich wär nicht ganz bei Verstand ... Mal ist es gut zu erkennen, mal kann man es nur erahnen. Manchmal denkt man, irgendein Tier vor sich zu haben, dann wieder hält man es für Einbildung. Versteh'n Sie jetzt, warum ich es einfach nicht beschreiben konnte?‹

Ich gab keine Antwort, denn inzwischen suchte ich mit dem Glas gespannt das Meer jenseits des Bugspriets ab. Weit voraus, fast am Horizont, bemerkte ich einen dunklen verschwommenen Klecks, der sich allmählich immer deutlicher abzeichnete.

›Großer Gott!‹, sagte ich wieder. ›Das gibt es doch gar nicht! Das –‹ Ich wandte mich wieder gen Westen.

›Kommt aus allen vier Richtungen, nicht wahr‹, sagte Captain Thompson und setzte seine Trillerpfeife an die Lippen. Der Maat erschien.

›Holt mir alle drei Royals nieder und macht sie fest!‹, befahl der Captain. ›Und sag einem der Männer, dass er an den Spreizlatten Laternen aufhängen soll ... Ich will keinen Mann mehr oben haben, wenn es dunkel wird!‹, fügte er noch hinzu, als der Maat sich schon auf den Weg machte.

›Im Dunkeln kommt mir keiner mehr in die Wanten‹, sagte er zu mir. ›Hab dabei schon genug Leute verloren.‹

›Aber es könnten auch einfach nur Schatten sein, Captain ...‹ Die ganze Zeit hatte ich diesen grauen Schemen am westlichen Horizont nicht aus den Augen gelassen. ›Ein Nebelfleck vielleicht, eine tief hängende Wolke ...‹ Doch im Grunde glaubte ich kein Wort von dem, was ich da sagte. Und der Captain machte sich auch nicht die Mühe einer Antwort, sondern streckte nur die Hand nach dem Glas aus, damit ich es zurückgab.

›Wird immer dünner, wenn es näher kommt, und verschwindet dann‹, sagte er schließlich. ›Ich kenn das, hab's oft genug geseh'n. Haben sich bald um das Schiff herum versammelt, alle zusammen, aber weder Sie noch ich werden sie sehen, und auch sonst niemand. Aber sie sind *da!* ... Wünschte, es wär schon morgen, in der Tat!‹

Er hatte mir das Glas wiedergegeben, und so besah ich mir der Reihe nach diese Schatten oder was auch immer, die sich aus allen vier Himmelsrichtungen näherten. Und es war, wie der Captain gesagt hatte: Irgendwann auf ihrem Weg verblassten sie und begannen an den Rändern zu zerfließen, sodass es nur eine Frage der Zeit sein konnte, bis sie im trüben Dämmerlicht untergegangen waren. So ähnlich sah es aus, wenn Wolkenfetzen vom Wind verweht wurden.

›Wünschte, ich hätt auch gleich die Bramsegel einholen lassen, wenn wir schon dabei waren‹, riss mich Thompson aus meinen Gedanken. ›Denk nicht dran, in der Nacht jemand hochzuschicken, wenn es nicht unumgänglich ist.‹ Er ging ein paar Schritte zur Seite, um durch das Oberlicht nach dem Barometer zu spähen. ›Stabil, tatsächlich‹, murmelte er, als er zurückkam. Nun sah er etwas zufriedener aus.

Inzwischen waren alle Männer wieder sicher an Deck angelangt, und langsam senkte sich die Nacht über uns. Langsam genug, um mit ansehen zu können, wie die heranrückenden Schatten immer mehr zerflossen und eins wurden mit der Dämmerung ringsum.

Man kann sich also vorstellen, welcher Art Gefühle mich nach und nach beschlichen, während ich dem alten Thompson auf dem Poopdeck Gesellschaft leistete. Mehr als einmal ertappte ich mich bei einem raschen, nervösen Blick über die Schulter: Mir war, als lauerte jenseits der Reling etwas Körperloses, Unfassliches, das uns auch ohne Augen unablässig beobachtete.

Ich ließ dem armen Captain keine Ruhe. Unermüdlich fragte ich ihn aus, fragte nach tausend Einzelheiten und erfuhr doch nichts außer dem wenigen, was ich schon gehört hatte. Es war, als gäbe es keine Worte für das, was er erfahren hatte – keine Möglichkeit, es einem anderen zu vermitteln. Und er war doch der Einzige, den ich fragen konnte, denn die gesamte Mannschaft war eben erst angeheuert worden, einschließlich der Offiziere: Und das sprach doch wohl Bände!

›Sie werden schon sehen, warten Sie's ab ...‹ Das war die Antwort, die wie in einer Litanei wiederkehrte, sodass ich mich bald fragte, ob er sich etwa fürchtete, darüber zu sprechen, laut zu sprechen. Doch als ich mich wieder einmal mit einem hastigen Blick über die Schulter zu vergewissern suchte, dass da keine Gefahr drohte, meinte er trocken: ›Keine Sorge, Mister ... ist nichts zu befürchten, wenn man im Licht ist und beide Beine auf dem Deck hat!‹ Das Erstaunlichste war wohl, wie gelassen er die Dinge nahm – sie waren, wie sie waren –, und was seine Person betraf, schien er sich nicht im Mindesten Sorgen zu machen.

Die Nacht blieb erst einmal ruhig, bis dann, gegen elf, urplötzlich und ohne jede Vorwarnung eine gewaltige Bö über das Schiff hereinbrach. Der Wind hatte etwas Absonderliches, Boshaftes an sich, als wäre er das Werkzeug einer übel gesinnten Macht. Aber den Captain konnte auch das nicht erschüttern; er ließ den Steuermann anluven, bis die Segel killten, und die Bramsegel einholen. Bald folgten auch die drei Obermarssegel, und noch immer brüllte der Sturm über uns hinweg und übertönte fast das Donnern und Schlagen der Segel.

›Wird mir noch ein paar in Fetzen reißen!‹, bellte der Captain mir ins Ohr, um den Wind zu übertönen. ›Was soll's – ich schick bei Nacht keinen Mann zum Festzurren hoch, solange es mir nicht das Schiff ruiniert! Das tue ich keinem an ...‹

Aber der Wind hielt unvermindert an, auch als um Mitternacht acht Glasen geläutet wurde, wenn er nicht noch an Stärke zugelegt hatte. Die ganze Zeit harrte ich beim Skipper auf dem Poopdeck aus, der immer wieder besorgt nach oben spähte, wo in der Dunkelheit die Segel rauschten und knallten. Und auch ich starrte wie gebannt in die Nacht hinaus, die schwarz und undurchdringlich wie selten das Schiff umgab, ja, fast zu erdrücken schien. Nichts anderes beschäftigte mich, und allein das Geräusch des Windes, sein wildes Zerren und Zausen, jagte mir Angst ein, denn dieser Ausbruch schierer Gewalt hatte etwas Unnatürliches an sich. Doch weiß ich nicht, inwieweit das meiner Fantasie zuzuschreiben ist, die sich unter derart seltsamen Umständen allzu leicht entzündet. Nur eines steht fest: Niemals zuvor habe ich ein derartiges Gefühl von Beklemmung und Ausweglosigkeit empfunden wie in jenem Augenblick, als die gespenstische Bö über uns hereinbrach.

Bei Wachwechsel um Mitternacht schließlich blieb dem Captain keine andere Wahl, die Männer mussten hinauf und die Segel bergen – denn es war tatsächlich zu befürchten, dass die Masten brachen. So gingen sie an die Arbeit, um den Dreimaster sturmfest zu machen.

Und obwohl alles zur Zufriedenheit erledigt werden konnte, bestätigten sich die Befürchtungen des Captains aufs Schrecklichste. Als man schon im Begriff war, herabzuklettern, war plötzlich lautes Rufen zu hören, dann ein Schrei, und im nächsten Augenblick schlug ein Mann krachend auf das Hauptdeck, unmittelbar gefolgt von einem zweiten.

›Großer Gott! Gleich zwei! ...‹, rief der Captain, während er eine Laterne aus dem Kompasshaus holte, und schon waren wir hinuntergestiegen und liefen das Hauptdeck entlang. Es war, wie er gesagt hatte: Zwei der Männer waren vom Mast gestürzt – oder, wie es mir nun in den Sinn kam, gestürzt worden – und lagen leblos auf den Decksplanken. Von oben kamen einige vereinzelte Rufe, die aber rasch erstarben, bis nur noch das Pfeifen und Heulen des Winds in der Takelage zu hören war und das erschrockene Schweigen der Männer unterstrich. Dann sah ich sie, wie sie rasch herabgeglitten kamen und einer nach dem anderen sich mit einem kleinen Sprung aus dem Tauwerk löste. Sie umringten die beiden auf den Planken Liegenden, es folgte ein Hin und Her aus aufgeregten Ausrufen und Fragen, bis auch das in einem neuen Schweigen verebbt war.

Und die ganze Zeit lag es mir wie ein Albdruck auf der Brust, dass ich kaum atmen konnte: dieses Gefühl von Hoffnungslosigkeit und Bedrohung, diese bange Erwartung der Dinge, die da noch kommen würden. Denn beim Anblick der Toten, umbraust von diesem unheimlichen Wind, konnte sich niemand des Eindrucks erwehren, dass etwas Böses wie eine Wolke sich über das Schiff gelegt und der Schrecken erst begonnen hatte.

Am Morgen wurde eine kurze Zeremonie für die Toten abgehalten – schlicht und etwas ungelenk, aber nicht ohne Feierlichkeit und mit allem schuldigen Respekt. Dann wurden die Leichen, auf einem Lukendeckel liegend, mit einer raschen Drehung über die Reling gekippt. Ich sah zu, wie sie langsam im tiefblauen Wasser versanken

– und da kam mir eine Idee. Am Nachmittag sprach ich mit dem Captain darüber, lange und ausführlich, und die bis Sonnenuntergang noch verbleibende Zeit verbrachte ich damit, einige meiner elektrischen Apparate aufzubauen. Danach ging ich an Deck und beobachtete eine Weile das Meer. Es war ein herrlich ruhiger Abend, genau richtig für das Experiment, das ich plante. Der Sturm hatte sich längst gelegt, schon kurz nach dem Tod der beiden Männer war das gewesen, und den ganzen Tag über sah man ringsum eine See, die glatt war wie ein Spiegel.

Auch wenn ich letztlich noch nicht sicher sein konnte, so glaubte ich doch den Grund für diese wenig fassbaren, aber darum umso bemerkenswerteren Erscheinungen erkannt zu haben, die der Captain für den Tod seiner Männer verantwortlich machte.

Alles hat seine Ursache – eine befremdlich-fremdartige mitunter, die aber dennoch mit dem menschlichen Verstand nachvollziehbar sein kann. Es gibt da ein Phänomen, das unter Fachleuten als ›Schwingungsaffinität‹ bekannt ist. In seiner großen Abhandlung stellt Harzam beispielsweise fest, dass viele Formen des sogenannten *induzierten Spuks* ausnahmslos durch eine solche Wechselwirkung von Schwingungen des Äthers und der materiellen Welt zustande kommen.

Das war jedenfalls der Hintergrund für meine Überlegungen, die mich verschiedentlich schon zum Experimentieren angeregt hatten. Wenn Schwingungen so unterschiedlicher Natur allein dadurch, dass sie im Gleichtakt schwingen, eine Verbindung zwischen jener und der unseren Welt herstellen können, also einen Spuk auslösen – warum sollte es dann nicht möglich sein, mit Schwingungen einer anderen, sozusagen störenden Frequenz ebendas zu unterbinden? Das fragte ich mich, und tatsächlich hat auch Harzam selbst dies versucht, erfolgreich, wie er für drei seiner Fälle nachweisen konnte. Mir dagegen ist es nur einmal gelungen – und auch da nur zum Teil –, aber das lag an meiner unzureichenden technischen Ausstattung, die ich seither entscheidend verbessern konnte.

Ich möchte euch nicht langweilen, aber so viel an Theorie muss einfach sein, wenn man meine Vorgehensweise verstehen will – und den Verlauf der Geschichte dazu. Ich machte mich also daran, mit meiner Apparatur elektromagnetische Schwingungen zu erzeugen, die auf jene Ätherschwingungen störend oder abstoßend wirken sollten. So gewappnet, hielten der Captain und ich, während die

Sonne sich dem Horizont bis auf wenige Grad genähert hatte, Ausschau nach den beunruhigenden ›Schatten‹. Und tatsächlich dauerte es nicht lange, bis sich nahe der untergehenden Sonne ein verschwommener Tupfen Grau auf dem Wasser zeigte, und binnen Kurzem bestätigte der alte Thompson, dass auch er – im Süden – fündig geworden war.

Im Norden und Osten war es nicht anders, nicht anders als am Abend davor: Von allen vier Himmelsrichtungen kamen sie heran, die grauen Kleckse, und näherten sich gleichmäßig und unaufhaltsam dem Schiff. Nun war es Zeit, den Schalter für meine elektrische Apparatur zu betätigen, und ich hoffte, dass sich bald die abstoßende Kraft der Gegenschwingung auf die rätselhaften Wölkchen in der Ferne auswirken würde.

Schon früh am Abend hatte der Captain alle Royal- und Bramsegel bergen lassen. Er wolle, sagte er, trotz der Flaute kein Risiko eingehen, oder besser: wegen der Flaute, denn stets sei das Wetter ungewöhnlich ruhig gewesen, wenn die seltsame Erscheinung sich zeigte. Und wie angebracht solche Vorsicht war, bestätigte sich während der zweiten Wache in dieser Nacht, als nämlich eine fürchterliche Bö das Schiff traf und das Obermarssegel am Fockmast aus der Vertäuung riss.

Ich war unten in der Messe in diesem Augenblick, um etwas auszuruhen, und hatte mich auf einer großen Truhe ausgestreckt. Als ich spürte, wie das Schiff unter der Wucht des Sturms krängte, war ich sofort auf den Beinen und lief hinauf zum Poopdeck. Der Wind traf mich wie ein Peitschenschlag, tobte und brüllte, dass die Ohren schmerzten, aber am schlimmsten war dieses mehr und mehr Raum gewinnende Gefühl, dass etwas Unnatürliches und Bedrohliches hier am Werk war.

Doch obwohl das Obermarssegel davongeweht worden war, ließ der Captain keinen einzigen Mann nach oben. ›Soll doch das ganze Leinenzeug zum Teufel geh'n!‹, fluchte er. ›Hatte eigentlich vor, alles festmachen zu lassen – hätt ich's nur getan!‹

Es mochte gegen zwei Uhr sein, dass der Wind so plötzlich endete, wie er gekommen war. Von einem Augenblick zum andern klarer, wolkenloser Himmel über unseren Köpfen, an dem unzählige Sterne funkelten. Ich blieb auf dem Poop, patrouillierte mit dem Captain auf und ab bis auf jene Male, wo ich am Schanzkleid haltmachte, um einen Blick über das erleuchtete Hauptdeck zu werfen. Und einmal bemerkte ich dort etwas höchst Seltsames: Es war wie das Vorübergleiten eines Schattens, der sich kurz über die hellen, sorgsam geschrubbten Planken legte. Aber ehe ich es recht gesehen hatte, war er schon verschwunden, und ich hätte nicht sagen können, ob es vielleicht nur Einbildung war.

›Sie haben's geseh'n, nicht?‹, sagte der Captain, der neben mich getreten war. ›Hab das bisher erst einmal geseh'n, hab auf jener Fahrt die halbe Mannschaft verloren ... Wünschte, wir wären schon im Hafen. Fürchte, ich werd das Schiff nicht heil zurückbringen.‹

Die unerschütterliche Ruhe, mit der er das vorbrachte, verstörte mich fast noch mehr als die Erkenntnis, dass ich mich also nicht getäuscht hatte. Da unten auf dem Deck, gerade mal acht Fuß entfernt, tummelte sich ein Zipfelchen, ein winziger Rest jener grauen Schemen, die uns seit zwei Tagen verfolgten.

›Du lieber Himmel, Captain!‹, entfuhr es mir. ›Hat man denn die Hölle auf uns losgelassen? ...‹

›Schon möglich‹, meinte er. ›Ich sagte doch: Warten Sie ab, bis Sie's selber gesehen haben ... Und das ist erst der Anfang. Warten Sie, bis Sie die kleinen schwarzen Wolken gesehen haben, die wie eine Schafherde das Schiff umringen und mit ihm ziehen, als wäre es ihr Hirte. Schwarze Schafe auf dem Meer, so weit das Auge reicht ... Aber wie gesagt, an Bord hab ich so ein Ding nur ein einziges Mal gesehen. Ich denke, diesmal wird es ungemütlich!‹

›Erzählen Sie mehr davon!‹, bat ich, aber ich konnte so viel fragen, wie ich wollte, aus seinen Antworten wurde man – wie üblich – nicht schlau. ›Sie werden schon seh'n, Mister, warten Sie's ab. Ist ein verrücktes Schiff ...‹

Von da an bis zum Ende der Wache stand ich an der Reling und starrte auf das Hauptdeck hinunter, nicht ohne hin und wieder einen besorgten Blick hinter mich zu werfen. Der Skipper hatte seine Wanderung über das Poop wieder aufgenommen, nur unterbrochen von jenen Pausen, wenn er bei mir kurz innehielt und fragte, ob ich denn noch mehr ›davon‹ gesehen hätte.

Mehr als einmal zog nun dieses Etwas da unten vorbei, schwächte kaum merklich den Widerschein der Laternen auf den hellen Decksplanken. Nicht mehr als ein Flimmern der Luft eigentlich, ein Hauch von irgendetwas, so sehr verdünnt, dass am Ende einzig seine Bewegung übrig geblieben war. Und selbst die zeigte sich so kurz nur, dass das Gehirn kaum noch fähig war, sie zu registrieren.

Dann, gegen Ende der Wache, gab es für den Captain und mich doch noch etwas zu sehen, etwas wirklich Außerordentliches. Er hatte sich eben zu mir gesellt und stand wie ich an die Reling gelehnt. ›Noch eins, da ...‹, sagte er so gelassen wie stets und stieß mich leicht an. Mit einem Nicken wies er zum Hauptdeck hinunter.

Backbords, nicht mehr als zwei Yards von uns entfernt, schwebte ein dünnes graues Wölkchen über den Planken. Ein Fuß etwa über dem Deck, und nun verdichtete sich das graue Etwas allmählich und geriet in Bewegung. Ein Wirbel entstand in seiner Mitte, erfasste mehr und mehr von dem Grau – wie beim Umrühren einer Flüssigkeit, und zugleich wuchs die Wolke, dehnte sich aus bis zu einem Durchmesser von mehreren Fuß. Noch immer konnte man hindurchsehen, bis hinunter zu den hellen Planken, aber in dem Maße, in dem das Rotieren sich nun beschleunigte, verdunkelte sich die Wolke, sodass beinahe der Eindruck eines festen Körpers entstand.

Ein flüchtiger Eindruck, denn fast im selben Augenblick begann das Ding schon zu verblassen, wurde zu dem undeutlichen Schatten über den Planken, der es zu Beginn gewesen war, und nicht lange darauf war auch die letzte Spur davon verschwunden. Und wir standen da und starrten gebannt auf nichts weiter als ein Stückchen Deck, das durch die Laternen an den Wanten in helles Licht getaucht war.

›Ganz schön verrückt, nicht?‹, sagte der Captain, fast ein wenig abwesend, während er in der Tasche nach seiner Pfeife tastete. ›Mächtig verrückt ...‹ Dann zündete er sie an und begann seine Runde über das Poop von Neuem.

Die Flaute hielt eine ganze Woche an, und jeden Tag blickten wir auf ein spiegelglattes Meer hinaus, während jede Nacht sich wiederholte, woran wir uns längst gewöhnt hatten: ein Sturm, der urplötzlich aus dem Nichts über uns hereinbrach. Aber der Captain ließ schon am Abend, jeden Abend, die Segel festmachen und wartete im Übrigen geduldig auf das Einsetzen des Passatwinds.

Und jeden Abend machte auch ich mich an die Arbeit und versuchte es mit einem weiteren Experiment, um endlich jene ›abstoßenden‹ Schwingungen zu erzeugen, von denen ich mir so viel versprach. Doch alle Mühe war vergebens, wenn ich auch nicht behaupten kann, dass sich keinerlei Resultat ergab. Denn je länger ich experimentierte, desto deutlicher trat das Seltsame unserer Umgebung zutage: die willkürlich und bedrohlich erscheinende

Windstille – das unnatürlich glatte Meer, einer polierten Tischplatte gleich, aus dem dann und wann, wenn auch selten, eine schwere, ölige Welle sich erhob, als wäre eine riesige Blase aus der Tiefe aufgestiegen. Und dazu war es still – so still, dass man zu träumen glaubte und sich nicht mehr in dieser Welt wähnte. Nie hörte man den Ruf eines Meeresvogels, nie zeigte sich einer auch nur von Weitem. So langsam bewegte sich das Schiff, dass auch das unablässige Knarren von Masten und Rahen aufgehört hatte, das für einen Segler so typisch ist.

Das Meer war zum Inbegriff von Verlassenheit und grenzenloser Leere geworden, sodass man zu zweifeln begann, dass es jenseits davon noch eine Welt gab, dass die trostlose Wasserfläche irgendwo überhaupt ein Ende hatte. Die Sturmböen, die des Nachts über uns herfielen, nahmen beständig an Heftigkeit zu, und oft genug fürchtete ich um die segellosen Rahen und Masten – aber noch hielten sie, zum Glück.

Sosehr ich mich auch gegen diese Einsicht sträubte, es war im Verlauf dieser Woche offensichtlich geworden, *dass* meine Experimente etwas bewirkten, wenn es auch das Gegenteil dessen war, was ich beabsichtigte. Ich brauchte bei Sonnenuntergang nur den Schalter an meiner Apparatur umzulegen, um am Horizont, in allen vier Himmelsrichtungen, die grauen Wölkchen erscheinen zu lassen. Es war sinnlos, in der gewohnten Weise fortzufahren; ich musste neues, unbekanntes Terrain beschreiten, auch wenn das ein gewisses Risiko barg.

Ein Gedanke war mir während dieser Tage schon öfter gekommen: Konnte es nicht sein, dass die vermeintlich abstoßenden Schwingungen nur deshalb entgegengesetzt wirkten, weil sie zu *schwach* waren? Dass sie die Erscheinung anzogen, weil sie nur ihre ›Neugier‹ weckten oder ein angenehmes Kitzeln erzeugten statt des schmerzhaften Schocks, den ich beabsichtigte? ... Es wäre ein wagemutiges Experiment, meine Apparatur einmal bei voller Leistung zu betreiben, doch wenn man den Ablauf sorgfältig beobachtete, ließe sich das Ganze sicher unter Kontrolle halten.

Das war der Vorschlag, mit dem ich am siebten Tag zum Captain ging, und nach einem langen Gespräch erklärte er sich einverstanden. Alles wurde vorbereitet, noch für denselben Abend. Die Rahen der Royal- und Bramsegel wurden abgenommen, die Segel im Deckshaus verstaut, alles an Deck, was nicht niet- und nagelfest war, gesichert.

Ein Treibanker an einer langen Trosse sorgte dafür, dass das Schiff immer hart am Wind gehalten wurde, ganz gleich, aus welcher Richtung der Sturm in der Nacht auch kommen würde.

Am späten Nachmittag wurde die Mannschaft in ihre Quartiere geschickt: Die Männer sollten im Vorschiff bleiben und tun, was immer ihnen beliebte – schlafen, zum Beispiel –, aber auf keinen Fall, so schärfte man ihnen ein, dürfe auch nur einer von ihnen während der Nacht das Deck betreten, was immer passieren sollte. Und damit sie sich auch daran hielten, wurden die Türen backbord und steuerbord mit Vorhängeschlössern versehen. An die Pfosten rechts und links malte ich, genau gegenüber, das erste und achte Zeichen des Saama-Rituals und verband sie durch drei Linien, die sich alle sieben Zoll überkreuzten. Danach zog ich ein Kabel um das gesamte Vorschiff herum und verband es mit meiner Apparatur, die ich achtern in der Segelkoje untergebracht hatte.

›Ihre Leute sind nicht in Gefahr‹, erklärte ich dem Captain, ›nicht mehr als bisher jedenfalls, denn Schlimmeres als die üblichen Sturmböen haben sie nicht zu erwarten. Gefährlich wird es nur für die, die sich einmischen. Die Energie der Schwingungen ist in unmittelbarer Nähe der Apparatur am größten, und auch bei einer abstoßenden Wirkung ist doch ihr Ursprung auszumachen. Möglich, dass meine Geräte die Gefahr auf sich lenken wie ein Blitzableiter den Blitz ... Ich muss hier oben bleiben und den Schwingungsgenerator bedienen, und ich nehme das Risiko in Kauf – aber Sie und Ihre Offiziere sollten sich besser in die Kabinen zurückziehen!‹

Aber der alte Thompson war dazu mitnichten bereit, und auch die drei Offiziere baten um die Erlaubnis, zu bleiben: Gerne wollten sie sich ›den Spaß ansehen‹, sagten sie. Ich warnte sie eindringlich, denn die Gefahr war keineswegs zu unterschätzen, welchen Verlauf auch immer das Experiment nehmen würde – aber vergebens. Und offen gesagt, es kam mir durchaus gelegen, dass ich nicht ganz ohne menschlichen Beistand die Stellung halten musste.

Es gab noch einiges vorzubereiten, aber mithilfe der Männer war auch das bald erledigt. Das Steuergerät für den Schwingungsgenerator schraubte ich fest auf die Planken des Poops, zwischen Kabinenoberlicht und Segelkoje, und führte durch das Oberlicht hindurch alle nötigen Stromkabel zu den Batterien, die unter Deck untergebracht waren.

Nun musste noch für den Schutz meiner Person und meiner

Mitstreiter gesorgt werden. Ich ließ den Captain und die Offiziere eng zusammenrücken, ermahnte sie, sich von jetzt an nicht mehr von der Stelle zu bewegen, was immer geschehen mochte, und zog mit Kreide ein Pentagramm um uns alle und das Steuergerät. Es war später, als ich dachte, und die Dämmerung längst über uns hereingebrochen, und so beeilte ich mich, das Elektrische Pentagramm aufzubauen. Endlich konnte ich den Strom einschalten und, einigermaßen erleichtert, das bläuliche Aufleuchten der Vakuumröhren betrachten.

Es war fast dunkel, als ich meinen Platz vor dem Steuergerät einnahm und den Schwingungsgenerator einschaltete, der nun sein Signal weit hinaus in alle Richtungen aussandte, bis in unbekannte Räume. Noch einmal ermahnte ich meine Mitstreiter, den Schutzkreis nicht zu verlassen, wenn ihnen ihr Leben lieb sei. Die Männer nickten ernst, und es war ihnen anzusehen, dass sie die Gefährlichkeit unseres Unternehmens zu erahnen begannen.

Und nun warteten wir. Wir hatten alle das Ölzeug übergestreift, denn ich war sicher, dass sich im Lauf des Experiments auch die Elemente nachdrücklichst bemerkbar machen würden. Wir waren bereit und harrten der kommenden Dinge. Eins noch war unerlässlich, und so schritt ich rasch zur Tat: Jeder der Männer musste mir seine Streichhölzer aushändigen, damit keiner – wenn auch nur gedankenlos – etwa seine Pfeife anzündete, denn selbst das kleinste Fünkchen Licht kann gewissen Mächten eine Tür öffnen, durch die sie in den Schutzkreis gelangen können.

Mit einem Binokular suchte ich nach allen Seiten den Horizont ab. Da war noch ein Rest von Tageslicht, aber dennoch zeichnete sich ringsum, Meilen entfernt, ein dunkler Saum auf den Wellen ab. Aufmerksam beobachtete ich das Phänomen und kam zu dem Schluss, dass es sich um tief liegende Nebelschwaden handelte. Weit entfernt, wie gesagt, aber ich behielt sie im Auge, und der Captain und seine Offiziere hatten ebenfalls ihre Gläser darauf gerichtet.

›Kommt näher‹, sagte der Captain leise, ›ein paar Knoten, schätze ich ... Kommt mir vor, Mister, wie Spielchen machen mit dem Teufel selbst. Hoffe nur, dass es nicht ins Auge geht.‹ Mehr sagte er nicht, und von diesem Augenblick an sprach auch sonst niemand mehr während der aufregenden Stunden, die folgen sollten.

Nacht senkte sich über die Wasser, und von den seltsamen Nebelschwaden war nichts mehr zu sehen. Das blasse Schimmern der Vakuumröhren war unsere einzige Beleuchtung, während wir aufs Äußerste angespannt dahockten und warteten, während die Stille ringsum immer drückender und beängstigender wurde.

Dann zuckte ein Blitz über den Himmel – ein merkwürdiger Blitz, der nicht die Spur eines Donners nach sich zog, obwohl er aus nächster Nähe zu kommen schien und die See weithin erleuchtete. Und so viele Blitze auch folgten, nicht einmal ihr Licht schien *real* zu sein – das klingt verrückt, aber genau dieser Eindruck drängte sich auf. Es war, als würde man lediglich das Abbild eines Blitzes sehen anstatt ihn selbst. Kein Strom, keine Elektrizität – ich hätte ohne Zögern geschworen, dass man nicht einmal eine Zigarette mittels dieser Blitze hätte anzünden können.

Dann ging ganz unvermittelt ein Zittern durch das Schiff, vom Bug bis zum Heck, und erstarb wieder. Ich sah nach vorn, sah nach hinten und dann zu den vier Männern, die meinen Blick ein wenig erschrocken und ungläubig erwiderten, doch keiner sagte etwas. Fünf Minuten vergingen, in denen bis auf das leise Summen der Apparatur nichts zu hören war – und nichts zu sehen außer den lautlosen Blitzen, die in einem unaufhörlichen Bombardement auf uns niedergingen und das Meer in helles Licht tauchten.

Dann geschah etwas höchst Bemerkenswertes: Wieder durchlief ein Zittern das Schiff und verebbte, doch damit nicht genug – unser Gefährt begann zu schaukeln, ein Stampfen zuerst, dann ein Pendeln von backbord nach steuerbord, und das, obwohl die See ringsum glatt wie ein Spiegel war! Und wenn ich ein Bild für diese Bewegung finden soll, dann würde ich sagen, dass die Hand eines Riesen das Schiff gepackt haben musste, der nun mit ihm spielte – der es prüfend anhob und hin und her tanzen ließ in einem kaum nachvollziehbaren und uns Übelkeit bereitenden Rhythmus ... Zwei Minuten mochte das andauern, und es endete damit, dass das Schiff mehrmals auf und ab hüpfte, worauf das Zittern sich wiederholte – dann war Ruhe.

Eine volle Stunde verging dann, während der nichts weiter zu registrieren war, als dass das Schiff zweimal leicht geschüttelt wurde, wobei dem zweiten Mal andeutungsweise das Schaukeln folgte. Aber nach ein, zwei Sekunden war auch das vorüber, und nun konnte ich meine Aufmerksamkeit wieder ungeteilt der Beobachtung von Meer und Himmel widmen. Ein Blitz nach dem andern zuckte über uns hinweg, wie immer lautlos, zuckte durch die unheimliche, schwer auf uns lastende Stille.

Eines war nicht zu übersehen: Die dunklen Schwaden auf dem Wasser waren näher gerückt und zu einer hohen Wand angewachsen, die uns lückenlos umgab, vielleicht eine Viertelmeile entfernt. So hell die Blitze auch die Umgebung des Schiffs erleuchteten, sie konnten die seltsame Schwärze nicht durchdringen. Das war kein Nebel, kein Rauch, keine Substanz irgendeiner Art, nichts, was dem Auge auch nur den kleinsten Anhaltspunkt bot – nur Schwärze. Es war, als endete die Fähigkeit, zu sehen, einfach so an jener Wand, sodass man letztlich auch nicht sagen konnte, ob da überhaupt etwas war ...

Das unaufhörliche Feuerwerk nahm an Heftigkeit zu; immer rascher folgten immer grellere Blitze, bis sie zu einem einzigen, unaufhörlichen Leuchten verschmolzen. Fast taghell lag das Meer diesseits der schwarzen Wand vor uns – aber merkwürdig: Nicht einmal die geballte Helligkeit aller Blitze besaß die Kraft, das schwache Glühen des Elektrischen Pentagramms zu überstrahlen, das uns umgab.

Es war zu dieser Zeit, dass mir zum ersten Mal bewusst wurde, wie schwer mir das Atmen fiel. Jeder einzelne Atemzug geriet zu einer Anstrengung, und bald fragte man sich mit einiger Bangigkeit, wie lange man noch die nötige Kraft aufbringen würde. Ich hörte, dass auch der Captain und seine Männer keuchend nach Luft rangen, aber das und ebenso das Summen des Generators schien von weither zu kommen. Ansonsten war es still, wie zuvor, und diese bösartige Stille schien sich durch die Ohren geradewegs in den Kopf hineinzubohren.

Vielleicht eine Viertelstunde war vergangen, quälend langsam, als sich etwas Neues zeigte. Da war eine Bewegung in der Luft ringsum, zuerst kaum wahrnehmbar, sodass ich an eine Täuschung glaubte. Doch so dünn und verschwommen die grauen Schemen auch waren, die das Schiff umrundeten, sie waren bald nicht mehr zu übersehen. Dunkler wurden sie, schienen sich zu verdichten und wuchsen zugleich, bis schließlich, wenige Fuß über dem Wasser, eine unübersehbare Schar bauschiger schwarzer Wölkchen das Meer bedeckte.

Eine halbe Stunde beobachtete ich nun diese merkwürdigen Gebilde. Eine geschlossene schwarze Hügellandschaft inzwischen –

nur dass diese Landschaft in Bewegung war und langsam das Schiff umkreiste: stetig, doch widerwillig träge, und von diesem Dahingleiten ging eine fast hypnotische Wirkung aus.

Einige Zeit später musste ich feststellen, dass die schwarzen Hügel zu schwingen begannen, ein rhythmisches Auf und Ab im Gleichtakt, das nach und nach die Hügellandschaft insgesamt erfasste, und wenn ich es auch zu Beginn nicht glauben wollte: Allmählich übertrug sich dieses Schwingen auf das Schiff, fast unmerklich erst, bis es dann für jedermann deutlich zu spüren war.

Immer heftiger wurde das Auf und Ab, zuerst am Bug, dann am Heck und schließlich im Wechsel, sodass wir ins Stampfen gerieten wie bei hohem Seegang. Dann, nach einigen Stößen, als würde die Bewegung unbeholfen abgefangen, kehrte das Schiff in die Ruhelage zurück.

Von einem Augenblick zum andern verschwanden jetzt die Blitze; wir saßen, vom Leuchten des Pentagramms abgesehen, in völliger Dunkelheit und fragten uns bestürzt, was als Nächstes geschehen würde. Und wir mussten nicht lange auf eine Antwort warten, obwohl es auch diesmal recht verhalten anfing: ein kleiner Schubs von unten, nicht an Bug oder Heck, sondern an der Steuerbordseite, der kaum zu spüren war; der zweite, ebenfalls aufwärtsgerichtet, war schon stärker. Beim dritten Stoß krängte das Schiff leicht nach backbord, und nun ging es weiter, steigerte sich Schritt für Schritt, mit kleinen unerwarteten Pausen dazwischen – und endlich wurde mir klar, in welcher Gefahr wir schwebten: Irgendetwas war da unten, da draußen in der Dunkelheit und Stille, das mit seiner ungeheuren Kraft das Schiff zum Kentern bringen wollte.

›Um Himmels willen! Machen Sie ein Ende, Mister – schnell!‹, rief der Captain heiser und aufgeregt. ›Gleich ist das Schiff verloren! ... Verloren!‹

Er hatte sich auf die Knie erhoben, hielt sich an den Planken fest und blickte wild um sich. Auch die Offiziere versuchten Halt zu finden, um nicht das abschüssige Deck hinunterzurutschen. In diesem Augenblick kam ein weiterer Stoß, sodass die oben liegende Seite des Decks wie eine Wand über unsere Köpfe ragte. Ich griff nach dem Schalter des Steuergeräts und legte ihn um.

Fast augenblicklich senkte sich das Deck wieder nach steuerbord, als das Schiff sich mit einem einzigen Ruck gleich um zwei, drei Dutzend Grad aufrichtete. Und ruckartig, wenn auch nicht mehr so jäh, ging es weiter, bis wir in die waagrechte Position zurückgekehrt waren.

Noch während ich erleichtert feststellte, dass diese Gefahr zumindest überstanden war, spürte ich, wie die Luft sich plötzlich verdichtete und mit ungeheurer Spannung auflud. Von weit her, steuerbords, hörte man ein Heulen – Wind war das, kein Zweifel. Ein gewaltiger Blitz flammte auf, einige mehr noch, und diesmal folgte, mit ohrenbetäubendem Krachen, auch der Donner. Immer näher kam das Heulen, wurde zu einem Kreischen, das Blitzen hörte auf, und der letzte Donner ging schon unter in dem beängstigenden Brüllen des Orkans. Weiter als eine Meile konnte die Sturmfront nicht mehr entfernt sein. Und doch hatte dieser höllische Lärm etwas Unwirkliches an sich, als könne er das weite Rund diesseits der schwarzen Wand auf dem Meer, in dem so lange gespenstische Stille geherrscht hatte, nicht füllen – als hörten wir, am Fuß eines himmelhoch aufragenden Kliffs, nur das Echo des wilden Tobens da oben: Zaungäste auf der Schwelle zu einer unheimlichen, fremden und zugleich majestätischen Welt. Und so kurios es auch klingen mag, ich konnte mich eines Gefühls der Ehrfurcht in diesem Augenblick nicht erwehren.

Aber da traf uns auch schon die erste Bö mit der Wucht eines haushohen Brechers. Der Wind prügelte und betäubte uns, nahm uns die Luft zum Atmen. Allein durch den Druck auf die nackten Rahen und die Bordwand holte das Schiff über nach backbord, bevor noch der Treibanker wirksam werden konnte. Ringsum schwarze Nacht und teuflisches Gebrüll und dazu Tonnen von Gischt, die sich wie Geifer über uns ergossen. Nie hatte ich dergleichen erlebt oder hätte es mir auch nur vorstellen können. Alle viere ausgestreckt, lagen wir auf dem Poop, griffen nach allem, was uns Halt versprach. Die Vakuumröhren waren längst zu Krümeln zerschmettert, sodass uns nicht einmal ihr schwächlicher Schimmer geblieben war. Der Sturm hatte uns in seiner Gewalt.

Gegen Morgen legte sich der Wind, und am Abend konnten wir uns einer leichten Brise erfreuen, die dem Schiff endlich wieder Fahrt gab. Aber die Pumpen liefen ohne Unterlass, und dem üblen Leck, das uns der Sturm geschlagen hatte, konnten wir schließlich nichts mehr entgegensetzen. Nach zwei Tagen mussten wir in die Boote gehen, doch hatten wir Glück und wurden schon am selben Abend aufgefischt ... Die *Jarvee* allerdings, sie liegt nun wohlverwahrt auf dem Grund des Atlantiks, wo sie – so Gott will – auch für alle Zeiten bleiben wird.«

Carnacki hatte geendet und klopfte seine Pfeife aus.

»Aber du hast kein Wort darüber verloren, was das alles mit der *Jarvee* selbst zu tun hat!«, beschwerte ich mich. »Was war an ihr denn anders als an einem gewöhnlichen Schiff? Warum und woher kamen diese Schatten und all das Übrige? ... Hast du nicht eine Idee?«

»Das schon«, meinte Carnacki. »Ich denke, dass das Schiff ein *Fokus* war – das ist ein weiterer Fachausdruck, der sich am besten so erklären lässt, dass ein solcher Gegenstand oder Ort die Eigenschaft besitzt, Ätherwellen auf sich zu ziehen. Auf ähnliche Weise, wie ein Medium das tut, und ich sprach ja schon von der möglichen Wechselwirkung zwischen Ätherschwingungen und solchen der materiellen Welt, eine Art Resonanz also. Wie allerdings ein Gegenstand zum ›Resonanzkörper‹ für Ätherwellen wird, darüber kann ich nur spekulieren. Vielleicht erwirbt er sich diese Eigenschaft im Lauf der Jahre durch bestimmte Umstände, vielleicht ist sie aber auch von Anfang an fester ›Bestandteil‹ von ihm, das wäre in unserem Fall also seit dem Tag der Kiellegung. Damit meine ich, dass womöglich die Ausrichtung des Kiels, die atmosphärischen Bedingungen, die Elektrizität der Luft und selbst noch die Hammerschläge und die zufällig verwendeten Materialien eine Rolle spielten – dass eben alles zusammenkam, auf genau die ›richtige‹ Weise. Aber das sind nur die Ursachen, die wir mit unserem Wissen uns vorstellen können, von jenen, die ein fortgeschrittenes Bewusstsein sicher noch anführen könnte, kann naturgemäß nicht die Rede sein, und so müssen wir uns, was eine Erklärung betrifft, noch etwas gedulden, nicht wahr ...

Überhaupt denke ich, dass so manches, was gemeinhin als ›Spuk‹ bezeichnet wird, auf nichts anderem als einer solchen Wechselwirkung von Schwingungen beruht. Warum sollte ein Haus, ein Schiff, auch ein bestimmter Ort nicht zum ›Resonanzkörper‹ für Ätherschwingungen werden – nicht anders, als ein Glas auf dem Klavier zu vibrieren beginnt, wenn ein ganz bestimmter Ton angeschlagen wird? ... Vielleicht wird es lange dauern, bis man es *beweisen* kann, aber darum sollte man es nicht vorschnell abtun. Auch in der Physik gibt es offene Fragen, die seit Langem einer Lösung harren – niemand konnte uns, beispielsweise, bis heute erklären, was Elektrizität eigentlich ist! Also sollten wir uns, vorerst, mit einem bescheidenen Blick durch den Türspalt ins Reich der Mysterien begnügen, bis der Schritt zu einer wissenschaftlich gesicherten Theorie getan werden kann ... Apropos Tür und Schritt: Was haltet ihr davon, euch allmählich auf den Weg zu machen?«

So endete dieser Abend kurz und bündig, wie wir es von Carnacki gewohnt waren. Und freundlich wie gewohnt verabschiedete er uns auch an der Tür, wo uns die kühle, feuchte Luft des Flussufers entgegenschlug. Er winkte noch kurz, als wir davontrotteten.

ERIC COUNT STENBOCK
Eine bretonische Legende

Stanislaus Eric, Count Stenbock, wurde am 12. März 1860 in England geboren. Er war eine der bizarrsten Gestalten der englischen Dekadenzliteratur und schon zu Lebzeiten von merkwürdigen Geschichten umrankt – so soll er seine Mahlzeiten in einem Sarg sitzend zu sich genommen haben, sein Schlafzimmer war angeblich bevölkert mit exotischen Tieren, und zur Stunde seines Todes soll sein Geist in Übereinstimmung mit einer Begebenheit aus einer seiner Geschichten am Fenster seines Onkels erschienen sein … Vom Wahnsinn gezeichnet, starb Graf Stenbock 1895.
Seine wenigen Erzählungen und Gedichte erschienen in vier sehr schmalen Bänden – im leichten französischen Stil geschrieben, schildert Stenbock darin die abnormen Schrecken des Sterbens, des Irrsinns und des Übernatürlichen.

DIE ANDERE SEITE
A la joyeuse Messe noire

Nicht dass ich es mögen würde, aber man fühlt sich danach so viel besser – oh, Dank sei Euch, Mère Yvonne, ja, nur noch einen kleinen Tropfen.« Also sprachen die alten Weiber ihrem heißen Brandy mit Wasser zu (obwohl sie ihn natürlich nur als Medizin gegen ihr Rheuma nahmen), während sie alle um das große Feuer herum saßen und Mère Pinquèle ihre Geschichte fortsetzte.

»Oh ja, wenn sie dann auf der Spitze des Berges ankommen, steht da ein Altar mit sechs ziemlich schwarzen Kerzen darauf und mit einem gewissen Etwas dazwischen, das keiner ganz klar erkennen kann, und der alte schwarze Widder mit dem Mannsgesicht fängt an, die Messe in einer Art von Kauderwelsch zu lesen, das keiner versteht, und zwei seltsame schwarze Dinger wie Affen huschen mit dem Buch und den Messkännchen herum – und da gibt es auch Musik, so eine Musik. Da sind Geschöpfe, die obere Hälfte wie Katzen und der untere Teil wie Männer, nur dass ihre Beine ganz mit dichtem schwarzen Haar bedeckt sind, und sie spielen auf den Dudelsäcken, und wenn sie zum Hochgebet kommen, dann ...«

Inmitten der alten Weiber lag auf dem Kaminvorleger vor dem Feuer ein Junge, dessen große hübsche Augen weit aufgerissen waren und dessen Glieder in Schreckensverzückung bebten.

»Ist das alles wahr, Mère Pinquèle?«, sagte er.

»Oh, ziemlich wahr, und nicht nur das, der beste Teil kommt erst noch, denn sie nehmen ein Kind und ...«

Hier zeigte Mère Pinquèle ihre hauerähnlichen Zähne.

»Oh, Mère Pinquèle, seid Ihr auch eine Hexe?«

»Sei still, Gabriel«, sagte Mère Yvonne, »wie kannst du so etwas Schlimmes sagen? Nun, Gott befohlen, der Junge sollte schon seit Ewigkeiten im Bett sein.«

Gerade in diesem Augenblick erschauerten alle, und alle außer Mère Pinquèle machten das Kreuzeszeichen, denn sie vernahmen den schrecklichsten aller schrecklichen Laute – das Heulen eines Wolfs, das mit dreimaligem scharfen Bellen beginnt und sich dann zu einem lang hinziehenden Heulen voller Grausamkeit und gleichzeitiger

Verzweiflung erhebt und schließlich in einem gewisperten Knurren verklingt, das mit ewiger Bosheit beladen ist.

Da gab es einen Wald und ein Dorf und einen Bach; das Dorf lag auf der einen Seite des Bachs, und niemand wagte es, ihn auf die andere Seite hin zu überqueren.

Dort, wo das Dorf lag, war alles grün und froh und fruchtbar und erträglich; auf der anderen Seite trieben die Bäume nie grüne Blätter aus, und ein dunkler Schatten hing sogar am Mittag über ihnen, und zur Nachtzeit konnte man die Wölfe heulen hören – die Werwölfe und die Wolfsmänner und die Mannwölfe und jene völlig gottlosen Männer, die sich jedes Jahr für neun Tage in Wölfe verwandeln, doch auf der grünen Seite war nie ein Wolf zu sehen, auch wenn nur ein kleiner, rinnender Bach wie ein silberner Streifen dazwischen floss.

Nun war es Frühling, und die alten Weiber saßen nicht länger um das Feuer, sondern vor ihren Katen und sonnten sich, und jede fühlte sich so glücklich, dass sie aufhörten, Geschichten über die »andere Seite« zu erzählen. Doch Gabriel streifte an dem Bach entlang, wie er es gewohnt war, und wurde von einer seltsamen, mit heftigem Grauen vermischten Anziehungskraft von drüben her angelockt.

Die Mitschüler mochten Gabriel nicht; alle verlachten und verspotteten ihn, weil er weniger grausam und von Natur aus sanfter war als der Rest, und wie ein seltener und schöner Vogel, der aus seinem Käfig entkommen ist, von den gewöhnlichen Spatzen zu Tode gehackt wird, so erging es auch Gabriel unter seinen Mitschülern. Jeder wunderte sich, dass Mère Yvonne, jene dralle und wackere Matrone, einen solchen Sohn mit seltsam verträumten Augen hervorgebracht hatte, der, wie sie sagten, »pas comme les autres gamins« war. Seine einzigen Freunde waren der Abbé Félicien, in dessen Messe er jeden Morgen diente, und ein kleines Mädchen namens Carmeille, die ihn liebte – warum, das konnte niemand verstehen.

Die Sonne hatte schon zu sinken begonnen, als Gabriel noch den Bach entlangwanderte und erfüllt war von vagem Schrecken und unwiderstehlicher Faszination. Die Sonne sank, und der Mond stieg auf, der Vollmond, sehr groß und sehr klar, und das Mondlicht durchflutete den Wald sowohl auf dieser als auch auf der »anderen Seite«, und gerade dort, an der »anderen Seite« des Baches, sah Gabriel eine große tiefblaue Blume überhängen, deren seltsamer berauschender Duft ihn erreichte und ihn sogar dort, wo er stand, bannte.

»Wenn ich nur einen Schritt hinübermachen könnte«, dachte er, »nichts könnte mir etwas antun, wenn ich nur diese eine Blume pflückte, und niemand würde überhaupt wissen, dass ich dort drüben war«, denn die Dorfbewohner betrachteten jeden mit Hass und Argwohn, von dem die Rede ging, er sei auf die »andere Seite« hinübergeschritten. Und als er so Mut gesammelt hatte, sprang er leichthin auf die andere Seite des Baches. Dann brach der Mond hinter einer Wolke hervor und strahlte mit ungewöhnlichem Glanz, und Gabriel sah, dass sich vor ihm weite Felder derselben blauen Blumen erstreckten, eine hübscher als die andere, und da er sich nicht entschließen konnte, ob er nur eine oder mehrere Blumen nehmen sollte, ging er weiter und weiter, und der Mond schien sehr hell, und ein seltsamer unsichtbarer Vogel sang beinahe wie eine Nachtigall, nur lauter und lieblicher, und Gabriels Herz war erfüllt von einem unbekannten Verlangen, und der Mond schien und die Nachtigall sang. Doch plötzlich bedeckte eine schwarze Wolke den Mond völlig, und alles war schwarze, äußerste Dunkelheit, und durch die Dunkelheit hörte er Wölfe in der schrecklichen Hitze der Jagd heulen und schreien, und vor ihm zog eine schauerliche Prozession von Wölfen vorbei (schwarze Wölfe mit roten, feurigen Augen), und unter ihnen waren Männer, die die Köpfe von Wölfen besaßen, und Wölfe mit Männerköpfen, und über sie hinweg flogen Eulen (schwarze Eulen mit feurigen Augen) und Fledermäuse und lange, schlangengleiche schwarze Geschöpfe, und zu allerletzt ritt auf einem riesigen schwarzen Widder mit einem scheußlichen Menschengesicht der Wolfshüter heran, auf dessen Antlitz ein ewiger Schatten lag; doch sie setzten ihre Jagd fort und liefen an Gabriel vorüber, und als sie vorüber waren, schien der Mond strahlender denn je, und die seltsame Nachtigall sang wieder, und die seltsamen starkblauen Blumen lagen vor ihm in Matten zur Rechten und zur Linken.

Doch nun war ein Geschöpf dort, das vorher nicht da gewesen war: Inmitten der tiefblauen Blumen wandelte eine daher mit golden schimmerndem Haar, und einmal drehte sie sich um, und ihre Augen waren von derselben Farbe wie die seltsamen blauen Blumen, und sie wandelte fort, und Gabriel hatte keine Wahl, als ihr zu folgen. Doch als eine Wolke vor dem Mond vorüberzog, sah er nicht länger eine wunderschöne Frau, sondern einen Wolf; so machte er in äußerstem Schrecken kehrt und floh, wobei er eine der seltsamen Blumen am Wege pflückte, und er sprang abermals über den Bach und rannte heim.

Als er nach Hause kam, konnte Gabriel nicht widerstehen, seinen Schatz der Mutter zu zeigen, obwohl er wusste, dass sie ihn nicht guthieße; doch als sie die seltsame blaue Blume sah, wurde Mère Yvonne bleich und sagte: »Aber mein Kind, wo bist du gewesen? Das ist mit Sicherheit die Hexenblume«, und während sie dies sagte, schnappte sie ihm die Blume fort und warf sie in die Ecke, und sofort verwehte all ihre Schönheit und ihr seltsamer Duft, und sie sah verkohlt aus, so als wäre sie verbrannt worden. Nun setzte sich Gabriel still und recht mürrisch an den Tisch; ohne zu Abend gegessen zu haben, ging er zu Bett, doch er schlief nicht, sondern wartete und wartete, bis alles im Hause ruhig war. Dann schlich er in seinem langen weißen Nachthemd barfuß über die kalten Steinplatten hinunter und las rasch die verkohlte und verblichene Blume auf und barg sie an seiner warmen Brust nächst seinem Herzen, und sofort erblühte die Blume lieblicher denn je. Er fiel in einen tiefen Schlaf, doch durch seinen Schlaf hindurch schien er eine sanfte, tiefe Stimme zu hören, die unter seinem Fenster in einer seltsamen Sprache sang (in der die feinen Laute ineinander verschmolzen), doch er konnte kein Wort außer seinem eigenen Namen verstehen.

Als er am Morgen fortging, um in der Messe zu dienen, behielt er die Blume immer noch nahe bei seinem Herzen. Da nun der Priester die Messe begann und sagte: »*Introibo ad altare Dei*«, antwortete Gabriel: »*Qui nequiquam laetificavit juventutem meam.*« Und der Abbé Félicien drehte sich um, als er diese merkwürdige Antwort hörte, und sah, dass das Gesicht des Jungen totenbleich, sein Blick starr und seine Glieder steif waren, und als der Priester ihn ansah, fiel Gabriel ohnmächtig zu Boden, sodass der Sakristan ihn nach Hause tragen und einen anderen Messdiener für den Abbé Félicien suchen musste.

Als nun der Abbé Félicien kam, um nach ihn zu sehen, fühlte Gabriel eine seltsame Abneigung dagegen, von der blauen Blume zu berichten, und täuschte so zum ersten Mal den Priester.

Am Nachmittag, als sich der Sonnenuntergang näherte, fühlte er sich besser, und Carmeille kam ihn besuchen und bat ihn, mit ihr hinaus an die frische Luft zu gehen. So gingen sie Hand in Hand hinaus, der dunkelhaarige, gazellenäugige Junge und das hübsche Mädchen mit dem welligen Haar, und irgendetwas, was auch immer, führte seine Schritte (halb bewusst und doch wieder nicht, denn er konnte nicht anders, als dorthin zu gehen) zu dem Bach, und sie setzten sich zusammen am Ufer nieder.

Gabriel dachte, er müsse wenigstens Carmeille von seinem Geheimnis erzählen, und so nahm er die Blume von seinem Busen und sagte: »Schau her, Carmeille, hast du jemals eine so schöne Blume wie diese gesehen?« Doch Carmeille wurde bleich und matt und sagte: »Oh Gabriel, was ist das für eine Blume? Ich habe sie bloß angerührt und doch gefühlt, wie mich etwas Seltsames überkommen hat. Nein, nein, ich mag ihren Duft nicht, es stimmt etwas nicht mit ihr, oh lieber Gabriel, lass sie mich bitte wegwerfen«, und bevor er Zeit für eine Antwort hatte, hatte sie die Blume fortgeschleudert, die abermals all ihre Schönheit und ihren Wohlgeruch verlor und so verkohlt aussah, als sei sie verbrannt worden. Doch plötzlich erschien dort, wo die Blume auf dieser Seite des Bächleins niedergefallen war, ein Wolf, der dastand und die Kinder anstarrte. Carmeille sagte: »Was sollen wir bloß tun!«, und klammerte sich an Gabriel, doch der Wolf blickte sie unverwandt an, und Gabriel erkannte in den Augen des Wolfes die seltsamen tiefen blauen Augen der Wolfsfrau, die er auf der »anderen Seite« gesehen hatte, und so sagte er: »Bleib hier, Carmeille, schau, sie sieht uns freundlich an und wird uns nichts tun.«

»Aber es ist ein Wolf«, sagte Carmeille, und sie erschauerte vor Angst, doch erneut sagte Gabriel schleppend: »Sie wird uns nichts tun.« Dann ergriff Carmeille Gabriels Hand in schrecklicher Angst und zog ihn hinter sich her, bis sie das Dorf erreichten, wo sie Alarm schlug und alle Burschen des Ortes sich daraufhin versammelten. Sie hatten niemals zuvor einen Wolf auf dieser Seite des Baches gesehen; deshalb regten sie sich sehr auf und beschlossen eine große Wolfsjagd für den folgenden Tag, doch Gabriel saß still abseits und sagte kein Wort. In jener Nacht konnte Gabriel weder schlafen noch sich dazu bringen, seine Gebete aufzusagen. Er saß in seinem kleinen Zimmer bei dem Fenster, sein Hemd war an der Kehle geöffnet, und er hielt die seltsame blaue Blume über seinem Herzen.

In dieser Nacht hörte er abermals eine Stimme unter seinem Fenster in derselben sanften, feinen, fließenden Sprache wie zuvor singen:

Ma zála liràl va jé
Cwamûlo zhajéla je
Cárma urádi el javé
Járma, symai – carmé –
Zhála javály thra je
al vû al vlaûle va azré
Safralje vairálje va já?
Cárma serâja
Lâja lâja
Luzhà!

Und als er hinausschaute, konnte er die silbernen Schatten auf dem glimmernden Licht goldenen Haars herumgleiten sehen, und die seltsamen Augen leuchteten dunkelblau durch die Nacht, und es schien ihm, als müsse er ihr folgen. So wanderte er halb angezogen und barfuß, wie er war, mit starren Augen wie in einem Traum leise die Treppe hinunter und hinaus in die Nacht.

Immer wieder drehte sie sich um und schaute ihn mit ihren seltsamen blauen Augen voller Zärtlichkeit und Leidenschaft an, und voller Traurigkeit, die jenseits der Traurigkeit menschlicher Wesen lag – und wie er es vorhergewusst hatte – führte sie ihn zum Ufer des Baches. Dann nahm sie seine Hand und sagte ungezwungen: »Willst du mir nicht hinüberhelfen, Gabriel?«

Da erschien es ihm, als habe er sie sein ganzes Leben lang gekannt – so ging er mit ihr auf die »andere Seite«, doch jetzt sah er niemanden mehr bei sich. Als er noch einmal schaute, standen neben ihm *zwei Wölfe*. In wahnsinniger Angst ergriff er (der zuvor nie daran gedacht hatte, ein lebendes Wesen zu töten) einen nahebei liegenden Holzscheit und schlug es einem der Wölfe über den Schädel.

Sofort sah er die Wolfsfrau an seiner Seite. Blut strömte aus ihrer Stirn und befleckte ihr wunderbares goldenes Haar, und während sie ihm einen Blick unendlichen Vorwurfs zuwarf, sagte sie: »Wer hat das getan?«

Dann flüsterte sie einige Worte zu dem anderen Wolf, der über den Bach sprang und seinen Weg auf das Dorf zu nahm, und zu Gabriel gewandt sagte sie: »Oh Gabriel, wie konntest du mich schlagen, mich, die ich dich so lange und so innig geliebt hätte.« Da erschien es ihm wieder, als hätte er sie sein ganzes Leben hindurch gekannt, aber er fühlte sich benommen und sagte nichts. Doch sie hob ein dunkelgrünes merkwürdig geformtes Blatt auf, hielt es an ihre Stirn und sagte: »Gabriel, küss diese Stelle, und alles wird wieder gut.« So küsste er sie, wie sie ihn gebeten hatte, und er fühlte den Geschmack von Blut in seinem Mund, und dann verließ ihn das Bewusstsein.

Wieder sah er den Wolfshüter mit seinem schrecklichen Gefolge um sich herum, doch dieses Mal waren sie nicht mit einer Jagd beschäftigt, sondern saßen in seltsamem Konklave in einem Kreis, und die schwarzen Eulen saßen in den Bäumen, und die schwarzen Fledermäuse hingen von den Ästen herunter. Gabriel stand allein in der Mitte. Hundert böse Augen starrten ihn an. Sie schienen zu überlegen, was mit ihm gemacht werden sollte, und sprachen in derselben seltsamen Zunge, die er in den Liedern unter seinem Fenster gehört hatte. Plötzlich fühlte er, wie eine Hand die seine drückte, und er sah die rätselhafte Wolfsfrau an seiner Seite.

Dann hub etwas an, das eine Art von Anrufung sein mochte, in welcher menschliche oder halbmenschliche Kreaturen zu heulen und Tiere mit menschlichen Worten zu reden schienen, jedoch in der unbekannten Sprache. Dann äußerte der Wolfshüter, dessen Antlitz von ewigen Schatten verschleiert war, einige Worte mit einer Stimme, die von weit her zu kommen schien, doch alles, was Gabriel verstehen konnte, war sein eigener Name und der ihre, Lilith. Dann fühlte er, wie Arme ihn umschlangen.

Gabriel erwachte – in seinem eigenen Zimmer – so war es nur ein Traum gewesen – doch was für ein schrecklicher Traum. Ja, war es denn sein eigenes Zimmer? Natürlich, da hing sein Mantel über dem Stuhl – ja, aber – das Kreuz – wo waren das Kreuz und das Weihwasserkesselchen und der geweihte Palmzweig und das alte Bild Unserer Lieben Frau *Perpetuae Salutis* mit dem Ewigen Licht davor, vor dem er die an jedem Tag gesammelten Blumen aufgestellt hatte, nicht jedoch die blaue Blume?

Jeden Morgen erhob er seine noch traumbeladenen Augen zu dem Bild und sagte das Ave-Maria und machte das Kreuzeszeichen, das der Seele Frieden bringt – doch wie entsetzlich, wie verrückt, es war nicht da, überhaupt nicht da. Nein, er konnte mit Sicherheit nicht wach sein, zumindest noch nicht *völlig* wach; er würde gleich das Segenszeichen machen und wäre erlöst von dieser angstvollen

Illusion – ja, aber das Zeichen, er wollte das Zeichen machen – oh, aber was war das Zeichen? Hatte er es vergessen? Oder war sein Arm gelähmt? Nein, er konnte ihn bewegen. Dann hatte er es also vergessen – und das Gebet – er musste sich doch daran erinnern. *A-vae-nunc-mortis-fructus*. Nein, so lautete es gewiss nicht, aber so ähnlich bestimmt – ja, er war wach, er konnte sich auf jeden Fall bewegen – er musste sich dessen versichern – er musste aufstehen – er würde die graue alte Kirche mit den fein gespitzten Giebeln sehen, die im Licht der Morgendämmerung badeten, und sogleich würde die tiefe, feierliche Glocke läuten, und er würde hinunterlaufen und seine rote Soutane und das spitzenbesetzte Chorhemd anziehen und die großen Kerzen auf dem Altar entzünden und ehrfurchtsvoll warten, um den guten und gnädigen Abbé Félicien anzukleiden und jedes Kleidungsstück zu küssen, während er es mit ehrerbietigen Händen aufhob.

Aber dies war gewiss nicht das Licht der Morgendämmerung – es war eher der Sonnenuntergang! Er sprang von seinem kleinen weißen Bett auf, und ein unbestimmter Schrecken überkam ihn, er zitterte und musste sich an dem Stuhl festhalten, bevor er das Fenster erreichen konnte. Nein, die feierlichen Türme der grauen Kirche waren nicht sichtbar – er befand sich in den Tiefen des Waldes, jedoch in einem Teil, den er nie zuvor gesehen hatte – aber gewiss hatte er jeden Teil desselben erkundet, also musste es die »andere Seite« sein. Dem Schrecken folgte eine Trägheit und ein Abgespanntsein, die nicht ohne Reiz waren – Passivität, Ergebung, Hingabe –; er fühlte sozusagen die starke Liebkosung eines anderen Willens, der wie Wasser über ihn floss und ihn mit unsichtbaren Händen in ein unfühlbares Gewand kleidete; so zog er sich beinahe mechanisch an und ging, wie ihm schien, dieselben Stufen nach unten, die er für gewöhnlich herabrannte und sprang. Die breiten Steinfliesen schienen einzigartig schön und schillernd in vielen seltsamen Farben – wie kam es, dass er dies nie zuvor bemerkt hatte? – doch er verlor allmählich die Kraft des Verwunderns – er betrat den unteren Raum – der übliche Kaffee und die Croissants lagen auf dem Tisch.

»Nun, Gabriel, wie spät du heute bist.« Die Stimme war sehr süß, doch der Tonfall seltsam – und da saß Lilith, die geheimnisvolle Wolfsfrau. Ihr gleißendes Goldhaar war locker in einem losen Knoten zusammengebunden, und eine Stickarbeit, auf der sie merkwürdige schlangenhafte Muster zeichnete, lag auf dem Schoß ihres

maisfarbenen Gewandes – und sie schaute Gabriel unverwandt mit ihren wundervollen dunkelblauen Augen an und sagte: »Nun, Gabriel, du bist spät heute«, und Gabriel antwortete: »Ich war müde gestern, gib mir etwas Kaffee.«
Ein Traum in einem Traum – ja, er hatte sie während seines ganzen Lebens gekannt, und sie lebten zusammen; hatten sie es nicht immer getan? Und sie würde ihn durch die Lichtungen des Waldes führen und Blumen für ihn sammeln, die er nie zuvor gesehen hatte, und ihm Geschichten in ihrer seltsamen tiefen Stimme erzählen, die unablässig von den feinen Vibrationen von Geigensaiten begleitet zu werden schien, und ihn währenddessen starr mit ihren wunderbaren blauen Augen ansehen.

Nach und nach schien die Flamme der Lebenskraft, die in ihm brannte, schwächer und schwächer zu werden, und seine geschmeidigen, wendigen Glieder wurden träge und üppig – doch er war beständig erfüllt von einer matten Zufriedenheit, und ein Wille, der nicht sein eigener war, überschattete ihn beständig.
Eines Tages sah er während ihrer Wanderungen eine seltsame dunkelblaue Blume gleich den Augen Liliths, und ein plötzliches Halberinnern blitzte durch seine Gedanken.
»Was ist das für eine blaue Blume?«, fragte er, und Lilith erzitterte und sagte nichts, doch als sie weitergingen, kamen sie zu einem Bach – der Bach, dachte er, und er fühlte, wie seine Fesseln von ihm abfielen, und er schickte sich an, über den Bach zu springen; doch Lilith ergriff ihn am Arm und hielt ihn mit all ihrer Kraft zurück, und während sie am ganzen Leibe zitterte, sagte sie: »Versprich mir, Gabriel, dass du ihn niemals überqueren wirst.« Doch er sagte: »Sag mir, was das für eine blaue Blume ist und warum du mir das nicht sagen willst.« Und sie sagte: »Schau auf den Bach, Gabriel.« Und er schaute hin und sah, dass, obwohl es wie das Trennungsflüsschen aussah, es doch nicht dasselbe war; die Wasser flossen nicht.
Als Gabriel unverwandt auf die reglosen Wasser blickte, war es ihm, als nehme er Stimmen wahr – wie eine Ahnung der Totenvesper. *»Hei mihi quia incolatus sum«*, und dann wieder *»De profundis clamavi ad te«* – oh dieser Schleier, dieser alles überschattende Schleier! Warum konnte er nicht richtig hören und sehen, und warum konnte er sich nur wie jemand erinnern, der durch einen dreifachen halb durchsichtigen Vorhang schaute? Ja, sie beteten für

ihn – aber wo waren sie? Er hörte wieder Liliths Stimme in geflüsterter Angst: »Komm fort!«

Dann sagte er, diesmal in einförmiger Rede: »Was ist das für eine blaue Blume und wozu wird sie benutzt?«

Und die tiefe erbebende Stimme antwortete: »Sie heißt *lûli uzhûri;* zwei Tropfen davon auf das Gesicht des Schläfers, und er wird *schlafen*.«

Er war wie ein Kind in ihrer Hand und duldete es, dass sie ihn von dort wegführte; dennoch pflückte er gleichgültig eine der blauen Blumen und hielt sie in seiner Hand nach unten. Was meinte sie? Würde der Schläfer erwachen? Würde die blaue Blume einen Fleck hinterlassen? Könnte der Fleck weggewischt werden?

Als er aber bei der frühen Dämmerung im Schlafe lag, hörte er von fern Stimmen, die für ihn beteten – der Abbé Félicien, Carmeille, auch seine Mutter; dann trafen einige vertraute Worte seine Ohren: *»Libera me a porta inferni.«* Es wurde eine Messe für seine Seelenruhe gelesen, das wusste er. Nein, er konnte nicht bleiben, er würde über den Bach springen, er kannte den Weg – er hatte vergessen, dass der Bach nicht mehr floss. Ah, aber Lilith wusste es – was sollte er tun? Die blaue Blume – da lag sie nahe bei seiner Bettstatt – er verstand jetzt; so schlich er sehr leise dorthin, wo Lilith lag und schlief; ihr langes Haar glitzerte golden und leuchtete wie ein Heiligenschein um sie. Er rieb zwei Tropfen auf ihre Stirn, sie seufzte einmal, und ein Schatten übernatürlicher Angst huschte über ihr wunderschönes Gesicht. Er floh – Schrecken, Reue und Hoffnung zerrten an seiner Seele und machten seine Füße flink.

Er kam an den Bach – er sah nicht, dass das Wasser nicht floss – natürlich war dies der Bach der Trennung; ein Satz, und er sollte wieder bei den Menschen sein. Er sprang hinüber und ...

Eine Wandlung war über ihn gekommen – was war es? Er konnte es nicht sagen – war er auf allen vieren gelaufen? Ja, sicherlich. Er schaute in den Bach, dessen reglose Wasser fest wie ein Spiegel waren, und dort, oh Grauen, erblickte er sich selbst; oder war er es nicht selbst? Sein Kopf und sein Gesicht, ja; aber sein Körper war in den eines Wolfs verwandelt. Gar als er sich noch anschaute, hörte er hinter sich ein scheußliches, spottendes Gelächter. Er drehte sich um – dort, in einem Schein roten unheimlichen Lichts, sah er jemanden, dessen Körper menschlich war, doch dessen Haupt das Haupt eines Wolfs war, mit Augen unendlicher Bosheit, und während dieses scheußliche Geschöpf mit einer lauten menschlichen Stimme lachte, konnte Gabriel, als er zu sprechen versuchte, nur das gedehnte Heulen eines Wolfs ausstoßen.

Doch wir wollen unsere Gedanken von den fremdartigen Dingen auf der »anderen Seite« zu dem einfachen menschlichen Dorf hinüberbringen, in dem Gabriel früher gewohnt hatte. Mère Yvonne war nicht sonderlich überrascht, als Gabriel nicht zum Frühstück erschien – das tat er oft nicht, so geistesabwesend war er, und diesmal sagte sie: »Ich nehme an, dass er mit den anderen auf die Wolfsjagd gegangen ist.« Es war nicht so, dass Gabriel der Jagd ergeben war, doch, wie sie weise sagte, »man konnte nie wissen, was er als Nächstes tun würde«. Die Jungen sagten: »Natürlich drückt sich dieser Tölpel von Gabriel vor der Jagd und versteckt sich; er hat Angst davor, bei der Wolfshatz mitzumachen; nun, er würde nicht einmal eine Katze töten«, denn ihr einziger Begriff von Vortrefflichkeit war das Schlachten – demnach war der Ruhm umso größer, je größer das Spiel war. Sie waren jetzt hauptsächlich beschränkt auf Katzen und Spatzen, doch sie alle hofften, später einmal Armeegeneräle zu werden.

Und dennoch waren diese Kinder ihr ganzes Leben hindurch in den sanften Worten Christi unterrichtet worden – aber leider fällt beinahe die gesamte Saat an den Wegesrand, sodass sie keine Blume oder Frucht hervorbringen kann; wie wenig wissen diese von Leid und bitterer Qual oder erkennen die volle Bedeutung der Worte an jene, von denen geschrieben steht: »Einige fielen zwischen die Dornen.«

Die Wolfsjagd war insofern ein Erfolg, als dass sie tatsächlich einen Wolf sahen, andererseits aber kein Erfolg, da sie ihn nicht töten konnten, bevor er über den Bach auf die »andere Seite« sprang, wo sie natürlich zu ängstlich waren, um ihn zu verfolgen. Keine Empfindung ist stärker in die Köpfe gewöhnlicher Menschen eingepflanzt und intensiver als Hass und Angst hinsichtlich etwas ›Seltsamem‹.

Die Tage gingen vorüber, doch Gabriel war nirgendwo gesehen worden, und Mère Yvonne begann schließlich klar zu erkennen, wie sehr sie ihren einzigen Sohn liebte, der ihr so unähnlich war, dass sie sich selbst als Gegenstand des Mitleids für andere Mütter gesehen hatte – die Gans und das Schwanenei. Die Leute suchten und gaben vor zu suchen, sie gingen sogar so weit, die Tümpel zu durchsehen, was die Kinder sehr unterhaltsam fanden, denn es ermöglichte ihnen, eine große Anzahl von Wasserratten zu töten, und Carmeille saß in einer Ecke und weinte den ganzen Tag lang. Mère Pinquèle saß ebenso in einer Ecke und jammerte in sich hinein und meinte, sie habe ja immer gesagt, dass es mit Gabriel kein gutes Ende nehmen würde. Der Abbé Félicien sah bleich und besorgt aus, sagte aber sehr wenig, außer zu Gott und zu jenen, die bei Gott wohnten.

Schließlich, als Gabriel nicht zu finden war, nahmen sie an, dass er nirgendwo war – das heißt *tot*. (Ihre Kenntnis von anderen Örtlichkeiten war so beschränkt, dass es ihnen nicht einmal in den Sinn kam, er könnte anderswo als im Dorf leben.) So kam man überein, dass ein leerer Katafalk in der Kirche aufgestellt werden sollte, mit großen Kerzen darum, und Mère Yvonne sagte alle Gebete auf, die in ihrem Gebetbuch standen; gleichgültig gegen deren Angemessenheit, begann sie am Anfang und hörte am Schluss auf – sie ließ nicht einmal die liturgischen Anweisungen aus. Und Carmeille saß in der Ecke der kleinen Seitenkapelle und weinte und weinte. Und der Abbé Félicien veranlasste die Jungen, die Vesper für die Toten zu singen (dies fanden sie nicht so unterhaltsam wie das Durchseihen des Weihers), und er sagte am folgenden Morgen, in der Stille der frühen Dämmerung, die Totenklage und das Requiem – *und das hörte Gabriel.*

Dann erhielt der Abbé Félicien die Nachricht, einem Kranken die Letzte Ölung zu spenden.

So brachen sie in einer feierlichen Prozession mit großen Fackeln auf, und ihr Weg führte entlang des Bachs der Trennung.

Als er zu sprechen versuchte, konnte er nur das gedehnte Heulen eines Wolfs ausstoßen – der beängstigendste aller tierischen Laute.

Er heulte und heulte erneut – vielleicht würde Lilith ihn hören! Vielleicht konnte sie ihn retten? Dann erinnerte er sich an die blaue Blume – der Anfang und das Ende all seines Leids. Seine Rufe schreckten all die Bewohner des Waldes auf – die Wölfe, die Wolfsmänner und die Mannwölfe. Er floh vor ihnen in peinigendem Schrecken – hinter ihm war der Wolfshüter; er saß auf einem schwarzen Widder mit menschlichem Gesicht, und sein Antlitz war in ewigen Schatten gehüllt.

Nur einmal drehte sich Gabriel um, um hinter sich zu schauen – denn in dem Schreien und Heulen der bestialischen Jagd hörte er eine zitternde Stimme, die vor Schmerzen jammerte. Und da erblickte er Lilith unter ihnen; auch ihr Körper war der eines Wolfs, beinahe verborgen unter den Massen ihres glitzernden goldenen Haares; auf ihrer Stirn war ein blauer Fleck von gleicher Farbe wie ihre rätselhaften Augen, die nun von Tränen verschleiert waren, die sie nicht zu vergießen vermochte.

Der Weg der Letzten Ölung führte entlang des Bachs der Trennung.

Sie hörten das beängstigende Heulen von fern; die Fackelträger wurden blass und erzitterten – doch Abbé Félicien, der das Ziborium hochhielt, sagte: »Sie können uns nichts tun.«

Plötzlich kam die ganze schreckliche Jagd in Sicht. Gabriel sprang über den Bach, der Abbé Félicien hielt das heilige Sakrament vor ihn, und Gabriel wurde seine Gestalt wiedergegeben, und er sank nieder in demütiger Anbetung. Doch der Abbé Félicien hielt immer noch das heilige Ziborium hoch, und die Leute fielen in furchtbarer Angst auf die Knie, das Gesicht des Priesters hingegen schien in göttlichem Glanz zu strahlen. Dann hielt der Wolfshüter in seinen Händen die Gestalt von etwas Schrecklichem und Unbegreiflichem in die Höhe – eine Monstranz mit dem Sakrament der Hölle, und dreimal erhob er es in Verspottung des gesegneten Ritus der Benediktion. Und beim dritten Mal gingen Feuerströme von seinen Fingern aus, und die ganze »andere Seite« des Waldes fing Feuer, und große Dunkelheit lag über allem.

Alle, die dort waren und es gesehen und gehört hatten, behielten den Eindruck davon für den Rest ihres Lebens – nicht einmal in der Todesstunde war die Erinnerung daran aus ihrem Gedächtnis verdrängt. Über jede Vorstellung hinaus schreckliche Schreie waren bis zum Einbruch der Nacht zu hören – dann ging der Regen nieder.

Die »andere Seite« ist harmlos nun – nichts als verkohlte Asche; doch niemand wagt hinüberzugehen, außer Gabriel allein – denn einmal im Jahr kommt für neun Tage ein seltsamer Wahnsinn über ihn.

Karl Hans Strobl

Der 1877 in Österreich geborene Karl Hans Strobl ist neben Gustav Meyrink und Hanns Heinz Ewers der bedeutendste deutschsprachige Fantast am Anfang des 20. Jahrhunderts, dessen Bücher wie die seiner Kollegen Ewers und Meyrink damals Rekordauflagen erzielten. Strobl gab von 1919 bis 1921 die berühmte Zeitschrift für fantastische Literatur ›Der Orchideengarten‹ heraus. Er starb 1946.

Der Skelett-Tänzer

Im dritten Winter nach meinem ersten Auftreten hatte mein Ruf einen europäischen Umfang angenommen und begann sich auch nach Amerika auszubreiten. Alle bunten Bühnen, Varietés, Kabaretts von Stockholm bis Neapel, von Lissabon bis Sewastopol, bemühten sich, mich zu gewinnen – ich hielt oft die mit einer Morgenpost gekommenen Anträge wie ein Kartenspiel in der Hand und blätterte darinnen, um den besten Trumpf zu finden. Der Skelett-Tänzer Mac Robert wurde jedes Programmes Kern und Glanznummer. Der Erfolg war unausbleiblich. Ich tanzte vor einem tiefschwarzen Hintergrund in einem eng anliegenden schwarzen Trikot, dem mit Leuchtfarbe ein menschliches Gerippe aufgemalt war, von jenem seltsamen, unergründlichen Maler Doleschal, der in einem Keller der ehemaligen Prager Judenstadt hauste. Man muss nämlich wissen, dass die Erneuerung Prags wohl mit dem oberirdischen Gerümpel hat aufräumen können, dass es ihr aber keineswegs gelungen ist, die geheimen Labyrinthe der Tiefe zu vernichten, dieses Netz von Kanälen und Kellern, diese Stadt der Nacht und des Grauens, die noch heute unter der protzigen Nüchternheit der neuen Häuser ihr verschwiegenes Leben führt.

Von der Malerei meines Freundes Doleschal ging ein geheimnisvoller Zauber aus, und wenn ich auf der Bühne meine grotesken Tänze begann, so leuchtete, da das Fleisch meiner Körperlichkeit in der Schwärze des Hintergrundes verschwand, das gemalte Skelett, bestrahlt von einem opalfarbenen Verwesungslicht, in grauenhaftester Vortäuschung der Wirklichkeit. Hölzerne Klappern, die an meine Handgelenke und an meine Beine gebunden waren, unterstützten den Eindruck, als mache da ein leibhaftiges Skelett seine Sprünge und Verbeugungen.

Ich bin aufrichtig genug, nicht mir das alleinige Verdienst meiner Erfolge zuzurechnen, und will zweierlei gestehen: erstens, dass ich den Gedanken meinem Freund Doleschal, dem troglodytischen Maler von Prag, verdanke. Er, der sich aus Ekel vor der Zeit wie ein Wurm unter die Erde verkrochen hatte, sagte mir in jener entscheidenden Nacht: »Tanze! Tanze ihnen das Grauen, das Gruseln, die Verwesung, den Verfall, und du wirst ihnen den Tanz der Zeit tanzen, den sie begehren!« Damit ist auch zugleich das Zweite gestanden: dass mir die Zeit auf halbem Weg entgegenkam und meinen Triumph selbst mitbereiten half, dass all die Satten, Geblähten, vor Überfüllung Rülpsenden einen überaus großen Gefallen daran fanden, durch einen Schauer von Grauen zu gehen, um sich, wenn sie von ihm recht durchrüttelt waren, wieder ihrem platten Behagen zuzuwenden, jenem Gefühl der Sicherheit, es habe im Ernst keinen Bezug auf sie und finde an ihnen keine Handhabe.

Es war in Madrid, als mir die Karte eines mir unbekannten Herrn Semert in die Garderobe gebracht wurde: Wenzel Semert, ohne weitere Angaben. Auf meine Einladung öffnete sich die enge Tapetentüre einem hageren Herrn mittleren Alters, der in einem offenbar zu weiten Anzug steckte und sich mir als Prager Landsmann und guter Freund meines Freundes Doleschal vorstellte. Nun hatte ich den Maler zwar niemals von einem Herrn Semert sprechen hören, aber auf einige vorsichtig tastende Fragen gab er mir über die Umstände meines Freundes so wohlunterrichtet Bescheid, dass ich annehmen musste, es habe damit seine Richtigkeit.

Ich bat den Fremden, da mein Auftritt unmittelbar bevorstand, mir sein Anliegen in Kürze zu erklären. Er begann damit, dass er mir über meine Kunst die wärmste Anerkennung aussprach. Seit meinem ersten Auftreten sei er durch mich wie magisch angezogen, reise mir von Stadt zu Stadt nach und könne nicht aufhören, mich zu bewundern. Ein wenig ungeduldig – war ich doch durch Lobpreisung zur Genüge verwöhnt – ersuchte ich ihn, zur Sache zu kommen.

»Nun«, antwortete er mit einem etwas unangenehmen Lächeln, »ich habe Ihnen einen Vorschlag zu machen. Wollen Sie nicht mit mir in einer Doppelnummer auftreten? In einem Boxkampf. Die boxenden Gerippe ... denken Sie, die Sensation, die so was auslösen wird! Ich betone sogleich, dass ich Amateur bin, und aufs Honorar kommt es mir gar nicht an. Ich überlasse Ihnen auch das meine. Sie beziehen also doppelte Gage, denn ich betreibe Ihre Kunst nur sozusagen spaßeshalber, aus Ehrgeiz, als Sport.«

Da ich den Mann äußerst verblüfft anstarrte und nicht wusste, was ich sagen sollte, fuhr er fort: »Ich begreife, dass Sie mein Ansinnen sonderbar, ja, eigentlich unverschämt finden. Ich bin durch nichts legitimiert, mich Ihnen auch nur im Entferntesten vergleichen zu dürfen. Sie müssen mir also schon gestatten, mich Ihnen sozusagen als Kollegen vorzustellen.« Und ohne weitere Vorbereitungen deckte er seine Hand über das Gesicht und fuhr mit ihr langsam von der Stirne zum Kinn.

Es kam mir so vor, als brenne im gleichen Augenblick das elektrische Licht trüber, wie rote Würmer lagen die Glühdrähte in den gläsernen Tulpen, und in diesem düsteren Licht schien ein Nebel die Gestalt des Fremden zu überziehen. Unter der Hand des Mannes aber tauchte, als wische er eine Maske oder eine Schminkschicht fort, eine beinerne Kugel auf. Es war ein Totenkopf mit leeren Augen und Nasenhöhlen und einem grinsend gefletschten Gebiss.

Falls der Mann ein Taschenspieler war, so war er jedenfalls ein Meister seines Faches, die Täuschung war so vollkommen, dass ich mein eigenes aufgemaltes Gerippedasein von Doleschals Gnaden im Augenblick als höchst unvollkommenes, armseliges Blendwerk empfand. Wir standen einander gegenüber: ich in meinem schwarzen Trikot, dem das phosphoreszierende Skelett schwindelhaft angetüncht war, er in einem schwarzen Mantel, aus dessen Kragen die Halswirbel einen völlig echt erscheinenden Totenschädel emporhielten und aus dessen weiten Ärmeln entfleischte Arme mit den knöchernen Gerüsten der Hände hervorkamen.

Während ich mir den Kopf zerbrach, wie er ohne allen Apparat diese erschreckende Wandlung habe bewirken können, sagte er mit einer Stimme, als sei ihm der Mund mit Erde gefüllt: »Ich hoffe, das genügt Ihnen zu meiner Legitimation!«

Die Türe wurde aufgerissen, der Inspizient rief hastig herein, meine Nummer sei jetzt dran. Ich hatte über meinem Gespräch mit dem Fremden die dringenden Klingelzeichen überhört, nun brannte, als ich mich wieder aufraffte, das Licht wie zuvor, und der Besucher stand mir gegenüber, ein hagerer Herr mittleren Alters mit einem etwas zu weitem Anzug und einem unangenehmen Lächeln auf den dünnen Lippen.

Ich stürzte auf die Bühne, aber während meines Tanzes verließ mich der Gedanke an den Fremden nicht, der mir in meinem eigensten Fach so unendlich überlegen war, und zum ersten Mal bemächtigte sich meiner ein Gefühl der Unsicherheit. Es bereitete mir bei alledem eine Art Genugtuung, den Mann im Dunkel einer Loge und ihn, wie hingerissen von mir, die Hände zum Beifall regen zu sehen.

Als ich nach der Vorstellung das Theater verließ, stand er beim Bühnenausgang und schloss sich mir schweigend an. Einige Enthusiasten, die mich erwartet hatten, zogen sich sogleich zurück, da sie mich in Gesellschaft sahen.

»Nun?«, fragte er nach einer Weile, während wir im Mondschein durch enge Gassen gingen.

»Ich verstehe nur nicht«, sagte ich, »warum Sie mir gerade einen Boxkampf als gemeinsame Nummer vorschlagen?« Ich hatte mich inzwischen gefasst und mir zurechtgelegt, dass es sehr zu meinem eigensten Vorteil sei, diesen Mann an mich zu fesseln; denn wenn ich ihn mir nicht verbündete, so würde er, ein Meister unserer Kunst und unabhängig, wie er offenbar war, schließlich seinem ehrgeizigen Verlangen folgen und sich selbstständig dem Publikum zeigen; damit aber wäre ein Mitbewerber und Geschäftsgegner auf den Plan getreten, dem ich schließlich erliegen müsste.

»Warum ich einen Boxkampf vorschlage, wollen Sie wissen?«, antwortete er mit einem spöttischen Lachen. »Das ist einfach genug. Sie fassen das Publikum bei einem seiner Urtriebe, und der Erfolg spricht für Sie. Denken Sie aber einen Augenblick darüber nach, wie ungeheuer sich Ihr Erfolg, unser Erfolg steigern müsste, wenn Sie sich noch an einen zweiten Trieb wenden, den Allgemeinsten: die Gemeinheit. Denken Sie an das ungeheuerliche Johlen des Vergnügens, wenn sich zwei Gegner von Fleisch und Blut mit den Fäusten bearbeiten, an das Jauchzen über eingeschlagene Zähne und ausgeschlagene Augen. Wie erst, wenn sich zu diesem Durst nach Gewalttätigkeit auch noch das Grauen gesellt, wenn zwei boxende Gerippe auf der Bühne stehen. Ich weiß, Sie wollen sagen, dass Sie nicht boxen können. Es ist nicht nötig, ich nehme die Rolle des Unterliegenden auf mich, und Sie sollen sehen, ich habe einige Tricks, die selbst Sie in Erstaunen setzen werden. Wir wollen einander gar nicht im Ernst zu Leibe gehen, und es soll Ihnen kein Haar gekrümmt werden, aber das Publikum wird dennoch in seinen tiefsten Leidenschaften ergriffen sein. Ich hoffe, dass Ihnen das einleuchtet und dass ich mir morgen Ihr Ja holen kann.«

Er bekam es am nächsten Morgen.

Man wird sich erinnern, welches Aufsehen von nun an die ganze Welt in Atem hielt, wenn irgendwo der ›Boxkampf der Gerippe‹ angekündigt wurde. Man rannte mir, der, wie ich vorher als mein eigener Manager die Geschäfte geführt hatte, so jetzt für uns beide verhandelte und Verträge abschloss, die Türen ein und bot uns ungeheure Summen.

Es muss auch ein äußerst seltsames und grauenvoll erregendes Schauspiel gewesen sein, das wir bei unserer Aufführung boten; wenigstens habe ich mich, als ich später einmal unseren Kampf im Film wiedergegeben sah, eines mit Ekel gemischten Entsetzens nicht erwehren können. Dennoch war es bloß ein Scheinkampf, denn während mich mein Gegner, trotz der Wut, mit der er vor aller Augen auf mich losging, nicht berührte, verlangte er von mir, dass ich aus allen Kräften und ohne Schonung zustieß. Auch ich berührte ihn niemals, ja, es war mir, selbst wenn ich ihn derb getroffen zu haben glaubte, als gingen meine Schläge in die leere Luft. Dennoch hörte man ein Krachen wie von brechenden Knochen, und zum Schluss schien das ganze Skelett des Gegners unter meinen Schlägen zu wanken und aus den Fugen zu gehen. Das Ende war, dass das Gerippe auf eine schauerliche Weise zerbarst, dass Kopf, Rumpf und Gliedmaßen ihre Verbindung lösten, davonrollten, und mein gespenstischer Partner auf ein Häufchen phosphoreszierender Knochen zusammensank, als habe ich ihn wirklich völlig in Scherben geschlagen. Wenn dann die Aufregung des Publikums aufs Höchste gediehen war, sprang mein Genosse plötzlich wieder ganz heil und unverletzt auf und verneigte sich vor der brüllenden Menge. Das waren die Tricks, von denen er mir gesprochen hatte, deren Zustandekommen er aber so sorgsam vor mir verbarg, dass es mir unmöglich war, hinter sein Geheimnis zu dringen.

Er zog sich überhaupt vor mir zurück, als wünsche er mit mir keine andere Gemeinsamkeit als die der Arbeit auf der Bühne. Ich wusste nicht, wann er reiste, in welchem Hotel er übernachtete, wo er seine Mahlzeiten einnahm. Er war aber immer zur rechten Zeit da, erschien in Begleitung zweier Diener unmittelbar vor Beginn unserer Nummer, war nach fünf Minuten zum Auftreten bereit und verschwand ebenso unmittelbar nach unserem Fertigwerden. Es ist verständlich, dass ich, von Neugierde nach seinen näheren Lebensumständen geplagt, die beiden Diener auszuhorchen versuchte. Die zwei aber – es waren ein langer lederner Kerl, ausgetrocknet wie eine sonnengedörrte Mumie, und ein kleiner dicker, aufgequollener Mensch mit einem sozusagen verwesten grünen Gesicht, als habe er lange im Wasser gelegen – gaben keine Auskunft und grinsten mich auf meine Fragen nur an, als seien sie taubstumm oder blödsinnig.

Wir hatten von Spanien aus eine Reise durch Südamerika unternommen und kehrten, nachdem wir – das heißt ich – in den

Vereinigten Staaten unerhörte Mengen von Dollars gemacht hatten, nach Europa zurück.

In Paris traf ich nach fast einem halben Jahr zum ersten Mal wieder mit meiner Freundin Marsa Stradella zusammen, der berühmten Filmschauspielerin, die inzwischen gleichfalls den Anstieg auf die Höhen des Ruhmes angetreten hatte. Sie hatte mich natürlich bereits längst in zahllosen Bildern illustrierter Blätter und auch im Film mit meinem Partner kämpfen gesehen und mich in ihren Briefen auf eine seltsam ängstlich dringliche und doch verhaltene Weise bestürmt, ihr Näheres über Mister Semert mitzuteilen. Ich konnte ihr nicht mehr sagen, als sie selbst schon wusste. Nun sah sie uns zum ersten Mal in voller Wirklichkeit auf der Bühne.

Als die Vorstellung zu Ende ging und ich in der Garderobe aus meinem Trikot gekrochen war, stürmte sie herein, blass, wie ich sie nie gesehen, und mit einem Flackern des Entsetzens in den Augen.

»Ist er da?«, flüsterte sie wie gehetzt und umkrampfte meinen Arm mit einer fast verzweifelten Kraft. »Wo ist er?«

»Ich weiß es nicht. Er verschwindet immer gleich nachher.«

»Weißt du auch«, keuchte sie atemlos, »weißt du auch, mit wem du da kämpfst? Du kämpfst mit dem Tod.«

»Nun ja«, lächelte ich, »gewissermaßen stellen wir ihn beide vor!«

»Du stellst ihn vor ... aber er ... er ist es wirklich ...«

Ich muss zugeben, dass mein Lächeln etwas erstarrte, als ich in ihre Augen sah, in denen die innere Gewissheit der Wahrheit stand. »Du wirst doch nicht im Ernst behaupten wollen ...«

»Ja, ja, ja!«, schrie sie. »Das ist kein Lebender, mit dem du dich eingelassen hast.«

Ich wollte sie beruhigen, obgleich ich von ihrer wahnsinnigen Erregung selbst angesteckt war, sodass mir im gleichen Augenblick, in dem mir das Törichte ihres Betragens vollkommen klar war, doch auch wieder die Möglichkeit nicht abzuweisen schien, sie könnte recht haben. Alles, was meinen Gefährten betraf, erschien mir nur noch seltsamer als zuvor. War ich wirklich blindlings am Abgrund dahingetanzt, am Rand der Vernichtung in freventlichem Spiel mit dem Herrn des Lebens? Es fiel mir etwas mit Wucht und spritzendem Licht in die Seele, wie ein zentnerschwerer glühender Block meteorischen Eisens Funken sprühend die Nacht durchschlägt. Hatte mein Genosse nicht gefügt, dass er ein Prager Landsmann sei? War es dann nicht seltsam, dass, wenn man aus seinem Namen Semert die beiden Vokale, die ja sozusagen das blühende Fleisch der Worte sind, wegließ, dass dann das dürre Buchstabengerippe ›smrt‹ übrig blieb, das in der tschechischen Sprache ›Tod‹ bedeutet? Während mir solche Gedanken wie mit körperlichen Fäusten die Kehle zuschnürten, war ich bemüht, die Fassung zu bewahren und meine Freundin zu beschwichtigen.

Ich war inzwischen mit dem Umkleiden fertig geworden, und wir wollten, da Marsa etwas zur Vernunft gekommen schien, gerade gehen, als es klopfte und der lange lederne, mumienhafte Mensch eintrat, der eine von Semerts Bediensteten. Er überbrachte mir eine Karte seines Herrn, mit der Bitte, ich und meine Freundin möchten ihm die Ehre erweisen, heute Abend mit ihm zu speisen.

Marsa war bis an die Wand zurückgewichen und starrte den Menschen entsetzt an, der grinsend dort stand und auf Antwort wartete. Es war das erste Mal, dass Semert außer unserer Arbeit eine Beziehung zu mir suchte, und es blieb mir – eben erst recht nach dem vorangegangenen Auftritt mit Marsa – nichts anderes übrig, als zuzusagen.

Kaum hatte der Lederne die Garderobe verlassen, als Marsa in einem neuerlichen Ausbruch der schrecklichsten Angst weinend vor meine Füße fiel und mich beschwor, nicht hinzugehen. Ich erklärte ihr, dass es unmöglich sei, nun meine Zusage unerfüllt zu lassen; ich könne, wenn sie ein so unüberwindliches Grauen vor Semert habe, ihr wohl die Pein eines Abendessens mit ihm ersparen und wolle sie irgendwie entschuldigen, aber ich selbst müsse unbedingt mein Versprechen halten.

»Gut«, sagte sie nach einer Weile des Nachdenkens, »dann geh, aber das muss dein letztes Zusammensein mit ihm bleiben. Du musst heute noch deine Verbindung mit ihm völlig lösen. Du mordest meine Liebe, wenn du dich nicht von ihm trennst. Das Grauen vor ihm überträgt sich auch auf dich.«

Das war eine Drohung, die zu denken gab. Denn ich liebte Marsa mit allen Kräften meiner Seele, sie war die Frau, in der ich alle Erfüllung alles je Ersehnten gefunden hatte; und erwies sich nicht eben in dieser Angst um mich auch die Tiefe ihrer Neigung? Mochte sie hundertmal mit ihrer Furcht unrecht haben, wer will die Abgründe eines weiblichen Herzens ermessen, und war es mir nicht lebenswichtiger, mir Marsa zu erhalten als eine geschäftliche

Beziehung, die nur meinen Ehrgeiz befriedigte und reichlich Geld einbrachte?

In dem kleinen Extrazimmer des Hotels, in dem mich Semert erwartete, waren drei Gedecke aufgelegt, als Tafelblumen stand ein Strauß weißer Rosen auf dem Tisch; ich sah gewiss schon mit den Augen Marsas, als ich mir sagte: *wie man sie für Totenkränze verwendet.*

Ich entschuldigte meine Freundin mit einem plötzlichen Unwohlsein. Semert ließ trotzdem das dritte Gedeck nicht abtragen und meinte mit seinem unangenehmen Lächeln: »Wir wollen Ihre schöne, berühmte Freundin wenigstens im Geist an ihrem Platz sehen.«

Das Essen verlief unter einem einseitig geführten Gespräch, das eigentlich nur ein Selbstgespräch war. Semert erwies sich als ein unterrichteter Mensch von ungewöhnlicher Bildung, der vor allem philosophischen Fragen zugetan und in allen Denksystemen von den alten Griechen bis auf unsere Tage daheim war.

Nach Beendigung des Speisens, bei Chartreuse und Zigarre, eröffnete ich Semert, dass der heutige Auftritt unser letzter gewesen sei.

»Man hat Ihnen Ihre Harmlosigkeit genommen«, sagte Semert als Antwort, indem er mich mit seinen tief liegenden Augen durchdringend ansah. »Wenn Frauen zwischen Männer treten, so ist es mit der Harmlosigkeit und allem Verstehen vorbei.«

Es war mir, als müsse ich Marsa vor den Vermutungen Semerts schützen, ich leugnete also rundweg alle Einflussnahme ab, erklärte umständlich, dass ich nun andere Pläne ins Auge gefasst hätte, die ein Zusammenarbeiten mit ihm nicht länger zuließen. Ich begründete meine Aussage so überaus sorgfältig, dass es schon dadurch verdächtig war.

Aber Semert schüttelte den Kopf und wandte sich dem dritten, dem leeren Platz zu, der für Marsa bestimmt gewesen war. »Die Frauen«, sagte er, als spreche er mit der Abwesenden, »die Frauen sind eine seltsame Schöpfung, mehr des Unheils als des Heils. Ist nicht durch sie erst der Tod in die Welt gekommen?«

Es berührte mich seltsam, dass er ohne jeden äußeren Anlass jene Macht erwähnte, vor der Marsa ein solches Grauen hatte. Indessen hatte er sich schon wieder mir zugewandt und fuhr fort: »Immer vernichten sie unsere Harmlosigkeit. Dem Mann ist eine glückliche Blindheit gegeben, eine Blindheit, die es ihm ermöglicht, schlafwandlerisch alle Gefahren zu bestehen. Erst am Zagen und Nervenzittern

der Frauen wird er unsicher und fällt.« Er sprach noch eine Weile so fort, aber als er am Ende fragte, ob es bei meinem Entschluss bleiben solle, da raffte ich mich auf und bestand auf meiner Absage.
»Sie werden es zu bereuen haben«, sagte er zum Abschied.

Marsa, die ich noch wachend antraf, war glücklich, ihren Wunsch erfüllt zu sehen und drang in mich, gleich am nächsten Morgen mit ihr Paris zu verlassen, als könne sie mich nicht rasch genug auch räumlich von Semert entfernen.

Ich nahm meine früheren Grotesktänze wieder auf, aber es war, als sei das Publikum durch mein Zusammenarbeiten mit Semert an stärkere Eindrücke gewöhnt und bringe meinen Leistungen nicht mehr die alte Schätzung entgegen. Man beachtete mich kaum mehr, ich war eine Nummer geworden wie jede andere und hatte oft Mühe, ein Engagement zu finden, sodass es mir manchmal schien, als wirke mir eine verborgene Macht im Geheimen entgegen, um mich das Abschiedswort Semerts in seiner ganzen Schwere fühlen zu lassen. Da ich aber von meiner Amerikareise so viel Geld mitgebracht hatte, um eine solche, wie ich annahm, vorübergehende Welle des Misslingens nicht schwer zu empfinden, nahm ich es nicht allzu schwer. Ich fand Ersatz in den Erfolgen meiner schönen Freundin, die in dieser Zeit immer noch höher anstieg und mit Anfragen und märchenhaften Honoraren überschüttet wurde.

Dass ich selbst von meinem ehemaligen Gefährten nicht aus den Augen gelassen wurde, konnte ich aus einigen seltsamen Begegnungen schließen, die sich bei jeder Vorstellung wiederholten, in der ich aufzutreten hatte. Es ereignete sich jedes Mal, dass ich, wenn ich ins Theater kam, die beiden Diener Semerts wie Wachen an der Bühnentür aufgepflanzt fand. Das erste Mal glaubte ich, sie hätten mir eine Botschaft Semerts zu überbringen. Aber als ich mich mit einer Frage an sie wenden wollte, sagte der Lederne mit einer hohen, dünnen Fistelstimme: »Kehre zurück!«, und der Grüne ergänzte in einem verquollenen Bass: »Alles vergeben.«

Ich schritt, angewidert durch dieses geschmacklose Betragen, zwischen ihnen durch und tat, als sehe ich sie nicht.

Sie waren aber auch das nächste Mal wieder da, nur dass sie mir ein anderes Sprüchlein in die Ohren raunten: »Herr, gedenke ...«, fistelte der Lederne und: »... der Athener!«, ergänzte brummend der Grüne. Und diesen Unsinn setzten sie mit seltsamer Beharrlichkeit fort, zerlegten allerlei Sprichwörter in zwei Hälften, eine gefistelte und eine gebrummte: »Morgenstunde – hat Gold im Munde!« ... oder: »Hochmut kommt vor dem Fall!« ... und dergleichen.

Ich weiß nicht, was mich hinderte, sie zur Rede zu stellen; wenn es aber Semerts boshafte Absicht war, mich durch diesem bizarren Unfug zu verwirren und unsicher zu machen, so erreichte er seinen Zweck; denn mir blieb von diesen Begegnungen, so läppisch sie waren, eine Art Gift in Kopf und Gliedern, das meine vollen Leistungen beeinträchtigte; und vielleicht war das der Grund, aus dem sich das Publikum von mir abwandte.

So rückte jener Winterabend in Warschau heran, an dem mein Glück, das ich in der Liebe Marsas fand, auf so schreckliche Weise vernichtet werden sollte. Wenngleich ich mich um Politik nicht bekümmerte, hatte ich doch nicht übersehen können, dass eine gespannte Stimmung vorhanden war, in der sich Unheimliches vorzubereiten schien. Man flüsterte von bolschewistischen Verschwörungen, die vor dem Ausbruch stünden, und die polnische Regierung war, wie man wusste, auf allerlei Schlimmes gefasst und auf noch Schlimmeres nicht gefasst. Da ich mir selbst aber in keiner Weise etwas vorzuwerfen hatte, beachtete ich dieses Gemunkel nicht sonderlich und hielt mich für außer Bezug zu dem, was sich bereitete.

An jenem Abend hatten Marsa und ich verabredet, uns in der Oper zu treffen. Sie wollte unmittelbar von einer Filmprobe ins Theater fahren, ich kam aus dem Hotel, wo ich geschäftliche Angelegenheiten zu erledigen gehabt hatte. Als ich eben den Fuß auf den roten Teppich der Treppe setzte, die zu den Logen führte, stand plötzlich Semert neben mir, in seinem etwas zu weiten Gewand, das unangenehme Lächeln auf den dünnen Lippen, in seinen tief liegenden Augen einen Glanz, als seien die Höhlen mit Phosphor angefüllt.

»Gehen Sie heute nicht hier hinein!«, sagte er, ohne mich zu begrüßen, als hätten wir uns vor einigen Stunden zum letzten Mal gesehen.

»Warum nicht?«, fragte ich verblüfft.

»Gehen Sie heute nicht hier hinein«, wiederholte er und war, als ich ihn noch einmal fragen wollte, wie ein Schatten hinter der Treppenbiegung verschwunden.

Ich stieg die Treppe hinauf, äußerst peinlich berührt durch dieses

Zusammentreffen, das die glückliche Laune dieses Abends in Missbehagen umkehren wollte. Aber ich bezwang mich und sagte mir, es gehöre vielleicht zu Semerts Bosheiten, mir auf jede Weise meine Heiterkeit zu zerstören. So trat ich mit einiger Überwindung, aber, wie ich glaubte, dem Anschein völlig ausgeglichenen Gemütes in die Loge, in der ich bereits Marsa fand. Sie war schöner als je, noch immer in der Kleiderpracht der Kleopatra, die sie heute in dem neuen Monumentalfilm darzustellen gehabt hatte; um den Hals trug sie noch die königliche Kette mit dem Skarabäus, das unschätzbare Geschenk des Vizekönigs von Ägypten.

»Was ist passiert?«, fragte sie, kaum dass sie mir in die Augen gesehen hatte.

Ich leugnete, dass etwas geschehen sei, und blieb trotz ihres Drängens standhaft; und da bald darauf das Orchester mit der Ouvertüre begann, musste sie ihr Fragen einstweilen einstellen. Dennoch blieb sie ängstlich an mich geschmiegt, und ich fühlte, wie eine Angstwelle nach der andern ihren Körper überlief.

So waren wir bis in die Mitte des ersten Aktes gelangt, als plötzlich im obersten Rang mir gerade gegenüber eine Unruhe entstand. Es war, als rangen dort mehrere Menschen miteinander, und mit einem Mal sah ich trotz der Dämmerung im Haus ganz seltsam klar, wie sich drüben jemand über die Brüstung der Galerie beugte und ein schwarzes Ding fallen ließ. Im nächsten Augenblick schoss eine Feuersäule aus dem dunklen Parkett zur Decke, und ein fürchterliches Krachen schien die Welt auseinanderzureißen. Ich wurde von einem Wirbelwind erfasst, aufgehoben und in den Raum geschleudert, fiel auf einen Knäuel brüllender Menschen, die zum Ausgang drängten.

»Marsa! Marsa!«, schrie ich, aber in dem ohrenzerreißenden Getöse war meine Stimme machtlos. Wo vordem die Bühne gewesen war, wogte eine Feuerwand, aus dem Parkett spritzten Garben von Flammen zu den Rängen auf. In dieser blendenden Helligkeit stürzten Blöcke von Finsternis durcheinander, Klumpen von Menschen hingen wie kämpfende Bienenschwärme an den Brüstungen der Galerien, fielen verschlungen in den Krater. Ich wurde mitgerissen, in einem Höllenstrom von Jammern und Schreien durch eine Enge gepresst und in den grellen lodernden Schnee geworfen.

Wie eine Flammensäule stand das Theater. Aus dem berstenden Sockel des Baues hob sie sich zum Himmel hinauf und breitete oben eine Wolke von Funken aus, aus der glühender Regen niederprasselte.

Ich wollte mich halb betäubt in die tobende Lavamasse stürzen. Eine Hand, stärker als mein Wille, hielt mich zurück. Ich sah in Semerts hageres Gesicht, dessen Augen wie glühende Kohlen schienen. In dieser selben Sekunde neigte sich die vordere Wand des Theatergebäudes und brach mit einem fast menschlichen Kreischen, einem Aufheulen von tausend Stimmen, gischtend und wirbelnd in sich zusammen.

Durch den Flammenvorhang sah man noch stehen gebliebene Mauerreste, und auf einem Vorsprung inmitten des Gezüngels der feurigen Lanzen und dem Springbrunnen fliegender Lohe erblickte ich Marsa. Ihr Kleid wehte im Feuerwind, ihre Arme waren ausgebreitet, als rufe sie mich um Hilfe – noch in diesem Augenblick, schon vom Rachen der Vernichtung fast verschlungen, triumphierte ihre ergreifende Schönheit.

Ich war im Begriff, mich rasend vor Verzweiflung und Sehnsucht in das Gedröhn fallender glühender Steine und das heiße zischende Sprudeln der Flammenausbrüche zu werfen, als ich plötzlich dort oben neben Marsa, als habe das Feuer ihn hinaufgeschleudert, einen Menschen auf dem schmalen Vorsprung entdeckte. Ich erkannte Semert, den ich eben erst noch neben mir geglaubt hatte, und ich weiß nicht, welcher törichten Hoffnung sich mein Herz einen Schlag lang hingab, dass er sie retten wolle.

Im nächsten Augenblick aber schon wusste ich es besser. Er reckte sich, hinter Marsa stehend, hoch empor und streckte seine Hand nach ihr, und jetzt sah ich auch, dass er, als könne er auch in dieser fürchterlichen Minute sein verruchtes Verwandlungsspiel nicht lassen, im Kostüm unseres Auftretens war: im schwarzen Mantel, aus dem der entfleischte Kopf und die knöchernen Arme eines Gerippes hervorsahen. So stand er hinter ihr, sie um zwei Köpfe überragend. Plötzlich schoss eine breite, schwefelgelbe Feuerwoge von unten an der Wand hinauf, ich sah noch, wie Marsas Kleid gleich einer Fackel aufbrannte, wie sie um sich selbst gedreht und wie ein loderndes Bündel Stoff in die kochende Glut geschleudert wurde, während die schwarze Wand hinter ihr zusammenbrach.

Man erinnerte sich, wie der bolschewistische Putsch in Warschau, zu dem die Bombenexplosion im Theater die Einleitung gewesen war, ausging. Am nächsten Morgen versuchten die Revolutionäre sich in den Besitz der Gewalt zu setzen, aber die Regierung ließ Maschinengewehre und Panzer auffahren und warf den Aufstand nach dreitägigen Straßenkämpfen nieder. Erst nachdem wieder Ruhe eingetreten war, konnte man sich an die Wegschaffung der Trümmer machen. Bei den Arbeiten in den Brandruinen des Theaters durfte ich mit Erlaubnis des Polizeipräsidenten zugegen sein, obgleich ich mir sagen musste, dass es töricht sei, zu hoffen, es könne irgendein erkennbarer Bestandteil des Leichnams meiner Geliebten geborgen werden.

Man unterlasse es mir, zu sagen, welch grausige Bilder sich uns zeigten, als wir den Schutt abzuräumen begannen; nie wird dieser Reigen verkohlter, verbrannter, zerstückelter Leichen aus meinem Gedächtnis weichen, von denen auch nicht eine in einem solchen Zustand war, dass man hätte sagen können, wer es sei.

Am dritten Tag der Arbeit fand sich ein völlig wohlerhaltenes Skelett von blendender Weiße, das so aussah, als sei es von einem großen Anatomen mit aller Sorgfalt für ein Museum präpariert worden. Die Flammen, die stürzenden Balken, der Zusammenbruch der Mauern hatten es unzerstört gelassen. Es war das Gerippe einer Frau, und ich musste mit wühlendem Schmerz ersehen, was uns der täuschende Trug des Fleisches bedeutet. Ich starrte es an – und erkannte erst an der königlichen Kette mit dem Skarabäus, die sich unversehrt um den Hals des Skelettes schlang, dass es der letzte Überrest meiner Geliebten war.

Originaltitel- und Copyrightangaben

RALPH ADAMS CRAM: *Das Haus in der Rue M. le Prince* (No. 252 Rue M. le Prince), *Gefangen auf Schloss Kropfsberg* (In Kropfsberg Keep), *Die weiße Villa* (The White Villa), *Notre Dame des Eaux* (Notre Dame des Eaux).
Übersetzung von Andreas Diesel. © 1895 by Ralph Adams Cram.

RALPH ADAMS CRAM: *Das Tote Tal* (The Dead Valley).
Übersetzung von Michael Siefener. © 1895 by Ralph Adams Cram.

ROBERT E. HOWARD: *Das Ding auf dem Dach* (The Thing on the Roof).
Übersetzung von Eduard Lukschandl. © 1932 by Popular Fiction Publishing Company for *Weird Tales*.

GUSTAV MEYRINK: *Die Pflanzen des Dr. Cinderella*.
© 1913 by Gustav Meyrink.

OSKAR PANIZZA: *Die Kirche von Zinsblech*.
© 1893 by Oskar Panizza.

L. P. HARTLEY: *Der australische Gast* (A Visitor from Down Under).
Übersetzung von Viviane Knerr. © 1926 by L. P. Hartley.

EDGAR ALLAN POE: *William Wilson* (William Wilson).
Übersetzung von Anonymus. © 1839 by Edgar Allan Poe.

LEONARD STEIN: *Der Flötenbläser – Eine Reiseerzählung*.
© 1918 by Leonard Stein.
Der Dank des Herausgebers für die Texterfassung gebührt Robert N. Bloch.

BRAM STOKER: *Im Haus des Richters* (The Judge's House).
Übersetzung von Andreas Diesel. © 1891 by Bram Stoker.

WILLY SEIDEL: *Lemuren*.
© 1929 by Willy Seidel.

MAX BROD: *Wenn man des Nachts sein Spiegelbild anspricht*.
© 1907 by Max Brod.

OREST M. SOMOW: *Eine eigenartige Abendgesellschaft* (Videnie na javu).
Übersetzung von Edda Werfel. © 1931 by Orest M. Somow.

IGNAZ FRANZ CASTELLI: *Tobias Guarnerius.*
© 1839 by Ignaz Franz Castelli.

ALEXANDER VON UNGERN-STERNBERG: *Das gespenstische Gasthaus.*
© 1842 by Alexander von Ungern-Sternberg.

VILLIERS DE l'ISLE-ADAM: *Das zweite Gesicht* (L'Intersigne).
Übersetzung von Freiherr von Oppeln-Bronokowski. © 1867 by Villiers de l'Isle-Adam.

GUY DE MAUPASSANT: *Eine Erscheinung* (Apparition).
Übersetzung von Anonymus. © 1883 by Guy de Maupassant.

PAUL LEPPIN: *Severins Gang in die Finsternis.*
© 1914 by Paul Leppin.

JOHN CHARLES DENT: *Das Geheimnis in der Gerrard Street* (The Gerrard Street Mystery).
Übersetzung von Andreas Diesel. © 1886 by John Charles Dent.

VERNON LEE: *Die verruchte Stimme* (A Wicked Voice).
Übersetzung von M. von Berthoff. © 1890 by Vernon Lee.

WILLIAM HOPE HODGSON: *Der Spuk auf der Jarvee* (The Haunted Jarvee).
Übersetzung von Jürgen Martin. © 1948 by Lissie Hodgson.

ERIC COUNT STENBOCK: *Die andere Seite* (The Other Side).
Übersetzung von Michael Siefener. © 1893 by Eric Count Stenbock.

KARL HANS STROBL: *Der Skelett-Tänzer.*
© 1926 by Karl Hans Strobl.

FESTA

Der neue historisch-fantastische Thriller

Gelungene Mischung aus historischem Krimi und überraschend hartem Horror.
Amazon.de

Herbst 1730. Entsetzliche Morde an mehreren jungen Frauen beunruhigen das Königsberger Umland. Geht in den gottverlassenen Dörfern ein Ungeheuer um, halb Werwolf, halb Vampir? Gemeinsam mit seinem unvergleichlichen Adjutanten Kosemaul macht der Crako Jagd auf den Gierfraß. Doch das Blutvergießen nimmt kein Ende …

ISBN 978-3-86552-031-9
208 Seiten, Euro 10,00

Sie töten nicht mit normalem Gift, das wäre zu einfach …

Der Crako und sein Adjutant Kosemaul werden nach Damaskus gesandt, um den äußerst bizarren Tod des Barons von Helfersdorf aufzuklären – der Diplomat soll durch den Biss eines so genannten Giftmädchens gestorben sein.
Im Herzen Syriens stoßen die beiden Preußen auf alte, grausame Legenden, werden in teuflische Verschwörungen verwickelt und geraten in den Bann reizender, aber auch gefährlicher Frauen. Was wie ein Reiseabenteuer beginnt, entwickelt sich immer mehr zu einem höchst politischen Kriminalfall und wird für den Crako zur lebensgefährlichen Herausforderung.

ISBN 978-3-86552-053-1
192 Seiten, Euro 10,00

Das Haus der Fantastik
www.Festa-Verlag.de

FESTA

GRAHAM MASTERTON

In den USA zählt Graham Masterton zu den Stars der Horrorszene.
Amazon.de

ISBN 978-3-935822-99-2
384 Seiten, Euro 9,90

David Williams hat den Auftrag angenommen eine verrufene Villa zu renovieren. Zusammen mit seinem kleinen Sohn Danny zieht er in das alte Gemäuer, doch bereits in der ersten Nacht werden sie von unheimlichen Geräuschen geweckt – etwas Großes und Ruheloses bewegt sich oben auf dem Dachboden.

Damit beginnt der Albtraum aber erst: Existiert das Haus tatsächlich, oder ist es nur eine Spiegelung aus der Vergangenheit oder der Zukunft? Und sind es wirklich Geister, die das Haus heimsuchen?

Bestsellerautor Graham Masterton verneigt sich mit diesem großartigen Albtraum in Prosa vor H. P. Lovecraft, dem modernen Meister des Schreckens.

Wer noch nie das Vergnügen hatte, einen Roman von Graham Masterton zu lesen, sollte mit diesem Albtraum beginnen, in dem die Toten ruhelos durch Granitehead, einem Fischerdorf an der Küste Neu-Englands, wandeln.

ISBN 978-3-935822-78-7
420 Seiten, Euro 9,90

Das Haus der Fantastik